Cztery rzęsy
nietoperza

WL

HANNA KOWALEWSKA

Cztery rzęsy nietoperza

WYDAWNICTWO LITERACKIE

I. DZIEŃ WIELKIEJ ŻABY

1

Od czego zaczęło się tym razem, babko? Od sceny jak ze snu. Żaba! Siedziała na mosiężnej klamce bramy do Zawrocia. Była z tych większych. I mniej urodziwych! O ile to nie była po prostu ropucha. Otworzyłam boczną furtkę, a gdy chwilę później chciałam ją zamknąć z drugiej strony, moja ręka zatrzymała się milimetr od tego nakrapianego brzydactwa. Zastygłam. Chyba bardziej ze zdumienia niż odrazy. Żaba wyglądała jak zaśniedziała, makabryczna ozdoba, polakierowana przez wilgoć jesiennego zmierzchu.

Dlaczego nie zeskoczyła, gdy nacisnęłam klamkę i pchnęłam furtę? Machnęłam jeszcze ręką, ale ani drgnęła. Lekko popchnęłam ją kluczami, ale i to nie pomogło.

No tak, powinnam się była domyślić — to była martwa paskuda, przyklejona w dodatku do mosiądzu jakimś superklejem. Był przecież koniec listopada i wszystkie żywe żaby pewnie już spały pod swoimi kamieniami. Nie mówiąc o tym, że żaby nie bawią się we wskakiwanie na klamki, nawet tak solidne jak ta od bramy Zawrocia. Ktoś sobie postanowił ze mnie zakpić, a może nawet mnie nastraszyć.

Rozejrzałam się, czy nie ma gdzieś za drzewami gówniarzy skłonnych do robienia głupich kawałów. Zawrocie zawsze ich interesowało, jak wszystko, co jest za wysokim parkanem, niedostępne dla innych. Teraz jednak w pobliżu bramy było pusto i cicho. Podobnie jak po drugiej stronie drogi, gdzie rosły jarzębiny, w tej chwili niemal bezlistne. Do tego już tylko trochę mgły, wypełniającej rozmiękłe, błotniste koleiny pola. Wątpiłam, by ktoś miał ochotę się tam ukryć.

Unta szczeknęła, by mi dać znać, że też jest zdumiona tym wielkim żabskiem na klamce. I zupełnie niewinna, bo przecież była ze mną w domu, więc nie mogła wykryć i postraszyć żartownisia. Co innego pozostałe psy, Remi i Solmi.

— Gdzie się włóczyłyście, zamiast stać na straży Zawrocia? — spytałam je.

Odpowiedziały zgodnym chórem w ciągle jeszcze mało zrozumiałym dla mnie psim języku. Dopiero się go uczyłam.

— Dobra, dość tych usprawiedliwień! Ta szpetota nie zniknie od waszego ujadania.

Znowu zapatrzyliśmy się wszyscy na żabę. Była zresztą doskonale wypreparowana. Nagle to do mnie dotarło! Czy to na pewno szczeniacki kawał? Ktoś musiał sobie zadać sporo trudu, by coś takiego zdobyć. Wyglądała jak żywa. Jej oczy błyszczały złudnym, szklistym światłem. Aż się wzdrygnęłam.

Psom też nic się nie zgadzało. Kolejny raz wzięły się za jej wąchanie. Ja zresztą też, bo ich ogony zadziałały jak wachlarze poruszające ciężkie jesienne powietrze. Wywachlowany zapach nie miał nic wspólnego ani z jesienią, ani z listopadem, ani z niczym, czego można by się spodziewać w tym miejscu. Nie była to także woń żabiego truchła.

Chanel 5! Dziwne. Nawet bardzo dziwne. Żaba nie powinna tak pięknie pachnieć. Unta szczeknęła oburzona.

Używałam kiedyś tych perfum, babko. Teraz otulały ohydkę na klamce. I to nie była bynajmniej kropelka. Ktoś zadbał, by ten zapach do mnie dotarł i bym nie pomyliła go z żadnym innym. Ale kto? I dlaczego? Prześmiewcza metafora? Że niby czasy księżniczki mam za sobą, a teraz jestem zwykłą paskudą i nawet Chanel 5 nie pomoże!? Tylko komu chciało się zadać tyle trudu, by mi to w ten sposób oznajmić?

Rozejrzałam się jeszcze raz, teraz za kimś pojedynczym i dobrze schowanym, ale nikogo nie wypatrzyłam.

— Ładna żabka — powiedziałam głośno do Fasolki, która od ponad czterech miesięcy rozpychała się w moim brzuchu i pewnie nie wiedziała, czy się przestraszyć, czy może zainteresować tym znaleziskiem. — Ktoś się bawi w podrzucanie niespodzianek — dodałam kłamliwie. Nie musiała przecież wiedzieć, jak się mają sprawy poza podskórnym jeziorkiem, w którym sobie pływała.

Cofnęłam się na posesję, zamknęłam furtkę i przekręciłam klucz. Dwa razy. I jeszcze sprawdziłam, czy aby na pewno zamknięte. Unta, która miała iść ze mną, patrzyła na to zaniepokojona, a potem zaprotestowała paroma szczeknięciami.

Wiem, babko, ty na pewno nie zrezygnowałabyś z przechadzki z tak błahego powodu. Żadna żaba, szczur czy wrona nie odwiodłyby cię od wcześniejszych postanowień.

Ja dawna, ta sprzed paru miesięcy, bez Fasolki, też bym pewnie tego nie zrobiła. A ta dzisiejsza straciła ochotę na spacer w kierunku miasteczka.

— Później się tam przejdziemy — powiedziałam do Unty, niezadowolonej i ciągle jeszcze stojącej przy bramie. — Albo jutro.

Wiedziałam, że za godzinę czy dwie zjawi się Jóźwiak i zajmie się klamką. Będzie potem błyszczała jeszcze bardziej niż zwykle. Nie zostanie na niej żaden ślad po kleju i paskudzie. Wszystko wróci do należytego porządku.

Jak to dobrze, babko, że mam takiego sąsiada i pomocnika. Odziedziczyłam go po tobie niejako w masie spadkowej, razem z Zawrociem. Całe szczęście! Bez Jóźwiaka nie poradziłabym sobie z tak dużą posesją i domem. Wszystko tu jeszcze funkcjonuje jak za twego życia. Mogłabym to teraz, gdy coraz częściej przebywam w Zawrociu, pozmieniać.

Ale na razie bawi mnie chadzanie twoimi ścieżkami. Może dzięki temu wszystko tu na ogół toczy się dobrze? I tylko czasami, jak teraz, następuje mała anomalia — paskudztwo na klamce!

Wracałam potem do domu lipową alejką, z przykrością myśląc, że mała anomalia usiłuje być większą anomalią. Bo mimo iż żaba została po drugiej stronie bramy, zapach Chanel 5 podążał za mną, jakby przyczepił się do mego szalika albo psich ogonów. I jeszcze do mgły, narastającej z każdą minutą.

To była zresztą dziwna mgła — gęsta, snująca się przy samej ziemi, jakby była za ciężka, by się choć trochę podnieść. Za to lipy z alejki i drzewa w sadzie zdawały się unosić w mlecznym oparze. Psy też biegły przede mną trochę niekompletne. Świat bez korzeni i nóg pachnący drogimi perfumami!

Przysiadłam na ganku, by to sobie lepiej obejrzeć. Widziałam Zawrocie w różnych odsłonach, ale to dzisiejsze w niczym nie ustępowało wiosennemu czy letniemu. Zaczynałam rozumieć, babko, dlaczego tak lubiłaś późną jesień. Na pewno wpływ na to miały dni, gdy świat odrywał się od ziemi!

Żaba siedząca na klamce właściwie pasowała do tego lewitującego, surrealistycznego świata, ale przez nią to wszystko wydawało się trochę niepokojące. Choć może raczej przez tego kogoś, kto ją tam umieścił i kto mógł się czaić w pobliżu Zawrocia.

Jeszcze bardziej niepokojące było to, że ten ktoś postanowił zabawić się akurat dzisiaj, gdy po raz pierwszy od tygodni byłam w domu sama, bez Pawła, i nie wiedziałam, co ze sobą zrobić. Czyżby chciał mi dać do zrozumienia, że lepsze już było, a teraz zaczął się ten gorszy, żabi czas?

Pogoda na pewno robiła się coraz bardziej żabia. Mgła się w końcu podniosła i przestałam widzieć dalej niż dziesięć metrów. Sad przede mną zmienił się w siedlisko niewyraźnych cieni. Z czereśni zerwał się jakiś ptak i z krzykiem zniknął w szarości. W oddali szczęknęła bramka. Psy pobiegły w tamtą stronę, ale usłyszałam tylko kilka zdawkowych hauknięć. Musiały znać tego kogoś, kto poruszył bramką. Lecz nikt nie nacisnął dzwonka. Byłam pewna, że z mgły wyłoni się w takim razie Jóźwiak, który miał klucz do bramy i mógł wejść do Zawrocia w każdej chwili. Nic takiego jednak nie nastąpiło.

Psy wróciły za moment jakieś niespokojne.

— O co chodzi? Zobaczyłyście ducha? A może ta nakrapiana paskuda ożyła i zeskoczyła z klamki?

Unta usiłowała mi coś opowiedzieć.

— I tak nie pójdę sprawdzać. Pewnie Jóźwiak cofnął się do domu po coś, czym może wyczyścić klamkę. Mam rację?

Ale psy tylko zatańczyły we mgle.

— Lepiej mi powiedzcie, czy znacie kogoś, kto używa Chanel 5? Musicie kogoś takiego znać. Macie przecież czułe nosy. Kto ma to wiedzieć jak nie wy?

Psy zniknęły we mgle, jakby tam szukały odpowiedzi.

— Hej, gdzie się podziałyście? Co to za znikanie? Nie wystarczy, że Paweł zniknął?

2

Wybacz, babko, taki początek. Nie zaglądałam do pamiętnika ponad miesiąc, a zaczęłam wczoraj od żaby i listopadowej mgły.

No tak, już koniec listopada... Co robiłam przez te cztery tygodnie, gdy ani razu nie sięgnęłam po pióro? Paweł! To on wypełnił mi ten czas niemal całkowicie. Wszystko inne zeszło na dalszy plan. Ty też, babko. Chyba nie masz mi tego za złe? W końcu byłam zajęta uszczęśliwianiem twego ukochanego wnuka. Choć pewnie nie tak wyobrażałaś sobie to jego szczęście. A nawet na pewno nie tak. Cioteczne rodzeństwo! W dodatku ja z cudzą Fasolą w brzuchu. Z pozoru słabe widoki na szczęście. A jednak byliśmy szczęśliwi. Więc czy tamto ma znaczenie? W końcu liczy się rezultat.

Dziś o świcie samolot Pawła odleciał prosto w ołowiane chmury, z których zaraz potem posypał się śnieg. Tak przynajmniej powiedział mi przez telefon Mikołaj, który zawiózł Pawła wczoraj do Warszawy, a dziś na Okęcie.

— Sypnęło jak z rozdartej poduchy. Chyba to namaluję.

Bo Mikołaj jest malarzem! Nie wiem, babko, czy zdążyłaś go poznać. Mieszka ze swoją Prawie Żoną w domku nad jeziorem, parę kilometrów od Zawrocia. Z jednej strony jeziora jest hotel, a z drugiej mała osada.

Jest tam zresztą więcej znajomych Pawła. „Para malarzy, jeden ekolog, psycholożka, małżeństwo architektów, dwoje zwariowanych wegetarian, co najmniej jedna kosmitka. Znajdziesz jakąś pokrewną duszę". Tak przedstawiła ich Ewa, krewna dziadka Maurycego, podczas pierwszej wizyty u mnie. Pisałam ci o tym, babko. „Postrzeleńcy z osady nad jeziorem" — to też słowa Ewy. Postrzeleni rzeczywiście byli. Niestety podczas krótkiego i niezbyt udanego spotkania z nimi nie poczułam do nikogo sympatii. Miałam jednak nadzieję, że to Ewa ma rację i że gdy lepiej ich poznam, zdołam kogoś polubić.

Mikołaj zadzwonił właśnie ze swego nadjeziornego domku, zaraz po powrocie z Warszawy.

— Paweł poleciał, choć niechętnie — kontynuował ze śmiechem. — Niemal siłą wepchnąłem go do samolotu. Gdybym ja dostał taką szansę jak on, nie zastanawiałbym się ani sekundy. Kobieta poczeka, a szansa nie!

— Ula wie, że tak myślisz? — spytałam.

— Ullala? — Tak też czasami nazywał swoją Prawie Żonę. — Jeśli nie wiedziała, to się właśnie dowiedziała. Smaży spokojnie naleśniki i nie zamierza żadnym rzucić. To w niej lubię. Idealna kobieta dla artysty.

Słabo znałam Mikołaja, jeszcze mniej Ulę. Jedno było dla mnie oczywiste: w tym stadle to ona miała talent. Nie tylko do robienia doskonałych naleśników. Malowała równie dobrze i smakowicie. Tak przynajmniej wynikało z katalogów wystaw, które pokazał mi Paweł. Jednak to Ula zarabiała na farby dla obojga, myjąc, strzygąc i układając włosy w salonie fryzjerskim o mało oryginalnej nazwie „Loczek". Mikołaj za bardzo dbał o swoje ręce i wyobraźnię, by podjąć się jakiejś pracy.

— A ty jesteś idealnym mężczyzną dla artystki? — zapytałam zaczepnie.

Nie przejął się moim tonem.

— Gdyby nie fakt, że się wybrzuszasz tak malowniczo, pomyślałbym, że jesteś feministką. A tak stawiam na burzę hormonów. Jakkolwiek jest, to nie ja będę się z tym męczyć, tylko Paweł. Jeśli wróci. Ja z Ameryki nie wróciłbym za żadne skarby.

Naleśnik jednak wylądował na jego głowie, bo usłyszałam jakieś pacnięcie, a potem tylko krótkie i wściekłe:

— Muszę kończyć. Zdzwonimy się.

3

Mikołaj w domku nad jeziorem ścierał resztki tłuszczu z czoła, a Paweł może właśnie w tym samym momencie patrzył na chmury nad Frankfurtem, gdzie miał przesiadkę na kolejny samolot. A te chmury pewnie były nie ołowiane, jak w Warszawie czy Zawrociu, a lżejsze, bo tam jeszcze jesień miała się dobrze i kolorowo. Tak czy owak, Paweł z minuty na minutę oddalał się ode mnie coraz bardziej. A ja z minuty na minutę byłam coraz bardziej ołowiana.

Sprawy zawodowe! Musiał lecieć do Stanów, by spotkać się z producentem filmu, do którego napisał muzykę, i wyjaśnić jakieś niespodziewane problemy z producentem drugiego filmu, do którego muzykę dopiero tworzył. Był jeszcze jeden cel tej podróży — rozmowa z rodzicami Pawła o naszym związku i planach na przyszłość. Jeden z producentów i rodzice byli w Nowym Jorku, drugi producent był w Los Angeles, czekało go więc sporo podróży.

— Trzy tygodnie i będę z powrotem. Może nawet wcześniej. Święta spędzimy razem, przy wielkiej choince. Ty będziesz najładniejszą bombką — dodał, zsuwając ręce na mój już niestety wypukły brzuch. — Trochę obsypię cię brokatem i załatwione.

Żartowniś! Nie znałam go przedtem z tej strony. I uwodziciel! Przez ucho do serca kobiety. Choć to nie były słodkie komplementy, a raczej zaczepne. Miałam w domu drapieżnika, czarną panterę. Choć ta czarna pantera przez większość czasu przypominała ozdobnego, leniwego i przyjaznego kota.

Tak było zwłaszcza na początku, gdy Paweł miał na dłoniach ochronne bałwanki. Poparzenia, których doznał podczas gaszenia płonącego fortepianu, na szczęście okazały się powierzchowne. Trochę jednak potrwało, zanim mógł mnie dotykać. Może i dobrze? Dzięki temu wszystko odbyło się inaczej niż zwykle w moim życiu. Zamiast pośpiesznego seksu, najpierw rozmowy i przytulenia. I śmiechy, gdy go karmiłam czy ubierałam. Pomagała mu też Jola, jedna z czterech córek Jóźwiaka, która była pielęgniarką. Ale z dnia na dzień przejmowałam coraz więcej jej obowiązków. A potem, gdy rany się zagoiły, to Paweł mył, ubierał i karmił mnie. I rozpieszczał każdy kawałek mojej skóry swoimi długimi palcami, na których ciągle jeszcze były ciemniejsze plamy po oparzeniach.

I tak się bawiliśmy w dom i miłość przez niemal cztery tygodnie. Długi, bezmyślny amok zakochania. Pozwoliliśmy sobie na to z premedytacją, wiedząc, że potem inne rzeczy wypełnią nam życie. Nasz przedmiodowy miesiąc, jak go nazwał Paweł.

— Zabrałbym cię w tropiki, ale jak z takim bębnem — żartował. Wygrywał przy tym na moim brzuchu jakąś melodię, opuszkami palców, delikatnie, pieszczotliwie, powtarzając co chwila te same frazy. Mój brzuch był teraz jego fortepianem. Wyglądało na to, że za tym prawdziwym, który miesiąc temu został unicestwiony przez ogień, Paweł tęsknił mniej, niż można by się spodziewać. Jedynym śladem po instrumencie była teraz już tylko nadpalona podłoga w salonie, przykryta dywanem. Jej naprawienie odłożyliśmy na wiosnę.

— Co tym razem grasz?

— Kołysankę. Nie przeszkadzaj.

— Ach tak... kołysankę... Jest piętnasta. Sądzisz, że to pora na sen?

— Ciii... To nie jest kołysanka dla ciebie.

— Wiesz, że jesteśmy połączone. — Ziewnęłam.

— To się rozłączcie na chwilę, bo nie zamierzam uprawiać seksu z nieletnią.

— Albo z nieletnim.

— Właśnie. — Przyłożył ucho do brzuszka. — Śpi?

Ziewnęłam kolejny raz.

— Tak sądzę... zważywszy na mój staaan...

— Ty masz nie spać — Paweł wsunął dłonie pod bluzkę i poszukał moich piersi.

— Dlaczego to zawsze musi być dzień? — pytałam już mniej sennie.

Trzy ruchy Pawła i siedziałam na jego kolanach.

— Bo chcę cię lepiej widzieć, Czerwony Kapturku — zaśmiał się.

To był naprawdę drapieżca. Umieszczał mnie sobie, gdzie chciał. A przecież tak całkiem krucha to ja nie byłam.

— Tej bajki jeszcze nie przerabialiśmy.

— Właśnie. Nie wiem, jak to możliwe. — Paweł dobrał się do mojej szyi. — Trzeba to nadrobić.

— Zamierzasz mnie zjeść?

— I to natychmiast.

Wiem, babko, infantylne dialogi. To ze względu na Fasolkę tak rozmawialiśmy. Bo czymś ją trzeba było zająć, gdy mamusia i przyszywany tatuś zajmowali się swoimi kocimi sprawami. Kołysanka dla niej, pieszczoty dla mnie. Muzyka i słowa dla niej, pocałunki dla mnie. A co z rozkoszą? Musiała ją czuć. Byłyśmy przecież połączone. Czy nie za wcześnie na takie doznania? A może w sam raz? Będzie przynajmniej wiedziała, jak powinno być. Nie nabierze się kiedyś na jakieś miłosne podróbki. Co to, to nie!

4

Za to po telefonie Mikołaja usiłowałam nabrać Fasolkę na moją dzielność. Pogrzałam się chwilę przy kominku, przesunęłam stojącą na nim fotografię Pawła tam i z powrotem, zdmuchnęłam niewidoczny pyłek z ramki.

Nie pomogło. Przeciwnie. Poczułam się jak jakaś opuszczona, zepsuta lalka, która zaraz rozsypie się z hukiem — oddzielnie durna głowa, oddzielnie dwie lewe ręce, oddzielnie dwie prawe nogi, nie mówiąc już o bezkształtnym korpusie.

No pięknie! Rozłąkowa depresja w pełnej krasie.

— Spacer! Idziemy na spacer! — rzuciłam do Fasolki. — Tak sobie podwójnie pospacerujemy dla twego i mego zdrowia. A przy okazji zobaczymy, czy Paweł nie lata gdzieś w górze. Bo może lata. Zawrócił i kołuje nad Zawrociem. Pokołuje i zniknie, ale czemuż nie miałybyśmy mu przedtem pomachać?

Zaraz za progiem powitała mnie lepka szarość jesiennego popołudnia. Ani skrawka czegoś jaśniejszego na niebie. Nawet jeden ptak nie pojawił się nad moją głową. Było cicho, trochę jakby sennie. Obeszłam dom i ruszyłam w kierunku łąki, na sam jej środek, by nic nie zasłaniało nieba. Unta wlokła się obok mojej nogi równie nieszczęśliwa jak ja. Wczoraj myślała, że Paweł gdzieś wyjechał na trochę, a dziś leżała przy drzwiach, czekając na niego. Fasolce można wmówić różne rzeczy, ale jak wytłumaczyć psu, że jego ukochany pan musiał lecieć do Stanów?

Musiał?

— Musiał! — powiedziałam głośno, a Unta szczeknęła, jakby się z tym nie zgadzała. Odpowiedzieli jej chórem z psich boksów Remi i Solmi.

Ja też się nie zgadzałam. Głupi los głupio wszystko ułożył. Taka parszywa późna jesień, a ja mam być sama w wielkim domu. Potem przyjdzie zima, zasypie mnie po komin i tyle tego będzie. Nie mówiąc już o tym, że wcześniej uschnę z tęsknoty za Pawłem. I po co mi to było? Trzeba się było trzymać od niego z daleka. Miłość! Nie ma nic bardziej niebezpiecznego niż miłość. Przecież wiedziałam! Zatęsknię się teraz na śmierć. A Fasolka? Nie zrobaczywieje w tej tęsknocie?

Unta znowu szczeknęła. Myślałam, że szóstym zmysłem usłyszała moje pochrzanione myśli. Ale nie. Oburzył ją płatek śniegu, który siadł jej na nosie i rozpuścił się, zostawiając mokrą plamkę. Śnieg! Ale taki dziwny — wielkie, pojedyncze płatki, spadające jak piórka. Jakby się niebo nie mogło zdecydować — ma padać czy nie. W końcu zdecydowało się na to drugie i śnieg przestał prószyć.

— To były wiadomości od Pawła. Jego zziębnięte myśli. Spadły z nieba, by nam nie było smutno.

Unta miała chyba wątpliwości co do śniegu, bo wytarła nos o moją kurtkę. Cóż, nie znała się tak dobrze na metafizyce jak ja. I jeszcze mniej na budowaniu złudzeń.

— Trzy tygodnie — powiedziałam jeszcze. — Wróci za trzy tygodnie. W najgorszym wypadku za miesiąc. To w końcu jedynie dwunasta część roku. Trzydzieści dni. Wcale nie tak długo.

Unta w odpowiedzi zaskamlała. Dla niej czas nie istniał. Żadne długo i krótko nie miało znaczenia. Ważne było tylko to, że jej ukochany pan zapakował w walizki wszystkie fajne zapachy i z tymi zapachami zniknął w obcym samochodzie. Nie znosiła takiego znikania. Co chwila ktoś się zjawiał, a potem przepadał. Jej psie serce było już za stare na takie niepojęte zmiany.

II. PUDŁO

1

Kolejny kiepski dzień, babko. Nawet bardzo kiepski. Wiem, że nie znosiłaś narzekania, ale może dla kobiety w ciąży, chwilowo samotnej i prześladowanej żabą, znajdziesz trochę zrozumienia.

Najpierw o świcie zadzwonił Paweł. Z lotniska w Nowym Jorku.

— Dopiero teraz doleciałem. Lot był opóźniony. — Jego głos był nasiąknięty ciemnym splinem. Kiedy ja ostatni raz słyszałam u niego taki depresyjny ton? Na pewno tuż po twojej śmierci, babko. I przed rozstaniem z Anną. A potem? No tak! Gdy w maju, tuż przed poprzednim wylotem do Stanów, usiłował się ze mną skontaktować. Głos z automatycznej sekretarki, który natychmiast wykasowałam.

— Wszystko w porządku, Kocie? — spytałam teraz.

— Nic nie jest w porządku — kolejna ponura fraza. — Za chwilę odlatuje powrotny samolot. Mam ochotę do niego wsiąść. Co ty na to?

— Jak na lato.

— Dowcipkujesz sobie, a ja ledwie żyję.

— Ja też ledwie żyję. Za dobrze nam było, ot co. Jak wrócisz, to wprowadzę reglamentację na rozkosz... i inne takie.

— Będziesz mi wydzielać? — Paweł natychmiast otrząsnął się ze splinu.

— Owszem. Dla twego i mego dobra.

— To nie wiem, czy jest po co wracać — w jego głosie pojawiły się pierwsze iskierki jaśniejszego.

17

— Może za trzy tygodnie nie będę pamiętała o tym pomyśle — ziewnęłam teatralnie.

— Obudziłem cię?

— To ty mi się nie śnisz?

Paweł się roześmiał.

— Przepadam za twoim stylem, Maty. Trzy minuty rozmowy i postawiłaś mnie do pionu.

— Nie wspominaj o pionie! Ani się waż.

To także rozbawiło Pawła, ale zaraz potem zmarkotniał.

— Nie wytrzymam tyle czasu bez ciebie.

— Założymy się?

— Jesteś niemożliwa.

— Zrób swoje i wracaj.

— Tak... Zrobię swoje, jak sobie życzysz. Będę się śpieszył. A teraz muszę już kończyć. Julia na mnie macha zza szyby.

— A na mnie Unta ogonem zza drzwi.

Paweł znowu się roześmiał.

— Uwielbiam was.

— Julię i mnie?

— Nie. Ciebie i Untę.

— A ja was.

— Mnie i Untę?

— Nie. Ciebie i twój talent. A teraz dość tego. Zdobywaj tę swoją Amerykę, a ja idę wypuścić psa. Pa.

— Pa, kochanie.

2

Paweł ruszył do wyjścia, by przywitać się ze swoją menedżerką, a ja burknęłam Uncie, że jest środek nocy i nie czas na przechadzki, a potem powlokłam się do łóżka, by zakopać się w pościel i wygrzać ten ciemny splin, który w trakcie rozmowy przeskoczył z Pawła na mnie. Lepka,

18

smolista tęsknota. Przytuliłam zastępczo mego starego miśka Joachima, ale na niewiele się to zdało. Miał krótkie i zimne łapki. Gdzież mu było do długich, cudownych i ruchliwych palców Pawła. Tylko Filip kiedyś zajmował się moim ciałem równie dobrze. Tamten też mnie tak rozpieścił, a potem zniknął bezpowrotnie.

Skurczyłam się na to wspomnienie. Do tęsknoty za Pawłem dołączył ból utraty. A jeśli Paweł nie wróci ze Stanów? Nie ma nic pewnego na tym cholernym świecie. Nic! Odbieranie to ulubiona zabawa losu. Już tyle razy udowodnił mi, że potrafi to robić właśnie wtedy, gdy niczego się nie spodziewam. Tak było z moim ojcem i z Filipem. Pani Śmierć wzięła ich sobie po kolei bez ostrzeżenia. A do tego mniejsze straty, jak choćby zdrada Pauli i Jaśka, równie zaskakująca. Moja siostra i ojciec mego dziecka razem! Czy może być coś gorszego? Nie mówiąc już o problemach z pracą w teatrze i o fortepianie, który tak malowniczo spłonął miesiąc temu.

Już miałam się pogrążyć w czarnej rozpaczy, gdy przypomniałam sobie o Fasolce — i o tym, że los bawi się też w dawanie. Równie niespodziewane. Tak było nie tylko z dzieckiem, ale i z Zawrociem, które dostałam od ciebie, babko, choć wcześniej nikt by nie postawił na to nawet centa. I tak samo było z miłością Pawła. Przyszła, gdy się jej najmniej spodziewałam. Silna, trwała, namiętna. I w dodatku wzajemna. Dobrze wyważona! Co do grama. Przez co żadne z nas nie czuło się obdarzane mniej. To tak rzadko się zdarza. A nam się zdarzyło!

Fasolka przyczaiła się we mnie, jakby nie chciała przypominać, że i jej już się zdarzyły straty i zyski. Najpierw los pozwolił, by jej własna ciotka odebrała jej ojca, a potem postanowił dać nowego. Jeszcze się nie narodziła, a tu takie zawirowania. Doprawdy, świat to niepewne miejsce. Ale czy gdyby było pewne, nie byłoby nudne?

Komu się to pomyślało? Mnie czy Fasolce? A może nam obu? Miałam teraz czasami taki trochę fasolowy mózg, więc może więc jednak mnie.

Paweł podśmiewał się z tego.

— Nie byłaś taka w maju — mruczał, przytulając się do pleców i kładąc ręce na brzuszku. — Głowa też w ciąży. Pół rozumku. Jak ja lubię takie kobiety. Nie ma szansy, by im nie zaimponować.

— A jak mi tak zostanie? — marudziłam.

— To będę żył z kobietą-fasolą.

— Nie wytrzymasz.

— Już wytrzymuję. Całkiem to przyjemne. A chwilami fascynujące. Nigdy jeszcze nie miałem takiej okazji. To zupełnie inna skala kobiecości. A ja mogę się tym wszystkim sycić do woli.

— Mężczyzna-klucz wiolinowy to też zupełnie inna skala męskości — odcinałam się.

— Klucz wiolinowy?! Zaraz ci udowodnię skalę możliwości klucza wiolinowego!

Wiem, babko. Masz już dość tych alkowianych wspominek. To nie w twoim stylu, by zagłębiać się w cudze, w dodatku intymne przekomarzanki. Ty nigdy nie zapisywałaś takich rzeczy. Trzeba będzie potem trzymać pamiętnik w głębokiej szufladzie. Ja jednak chcę zostawić jakiś ślad po tych czterech tygodniach. Zakochanie i namiętność trwają tak krótko. Lot motyla. Paweł wróci, ale wszystko będzie już inne. Ja będę miała przed sobą coraz większy brzuch, on zaś będzie po brzegi nasycony Ameryką i sukcesem. Inne będą rozmowy i uczucia. To dlatego Paweł miał taki głos podczas tej krótkiej rozmowy przez telefon — jakby skąpał się w czerni. I dlatego ja leżałam teraz zwinięta na łóżku, pełna sprzecznych nastrojów i myśli.

3

To moje użalanie się nad sobą zostało przerwane przez pukanie do drzwi domu. Wiedziałam, że to Jóźwiak. Od czasu spalenia fortepianu tylko on i Paweł mieli klucze do bramy Zawrocia. Reszta musiała korzystać z dzwonka przy bramie.

Przy drzwiach domu też był dzwonek, ale Jóźwiak używał kołatki — metalowej jaszczurki, która goniła swój własny ogon. Przyzwyczajenie wyniesione z czasów, gdy to ty, babko, byłaś panią w Zawrociu. Druga taka sama jaszczurka jest na drzwiach prowadzących z przedsionka do korytarza. Pewnie za twoich czasów Jóźwiak częściej używał właśnie tej drugiej kołatki. Do przedsionka, potem do piwnicy, gdzie był piec, albo do schowka na drewno czy do spiżarni wchodził zapewne bez pukania. Jedynie gdy potrzebował rozmówić się z tobą, a więc wejść „na pokoje", sięgał po kołatkę.

Teraz jednak ja mieszkałam w Zawrociu, a Jóźwiak stał nie w przedsionku, a na ganku, z trochę niewyraźną miną, patrząc raz na mnie, raz na to, co trzymał w ręku. Nie, babko, to nie była żaba, choć coś równie paskudnego. Wyglądało jednak niewinnie.

— Pana Pawła nie ma, a ja mam dla niego to pudło. Zastanawiałem się, czy teraz je tu przynieść, czy poczekać na jego powrót, ale przecież to obecnie i jego dom.

Jóźwiak widocznie domyślił się, co łączy mnie z Pawłem. Nie kryliśmy się z tym zresztą zbytnio. Choć na pewno nie było to dla niego przyjemne odkrycie. Cioteczne rodzeństwo! To mogło bulwersować.

— Tak... To także dom Pawła — potwierdziłam. — Kto panu to dał?

— Pani Emila. Zamierza przeprowadzić się na stałe do miasta i opróżnia dom.

— Paweł wspominał o tych planach. Nie wiedziałam, że to już.

— Na to wygląda. — Jóźwiak znowu miał w głosie niewygodę.

Dziwne było to wszystko. Dlaczego tak się śpieszył z przyniesieniem tego pudła? Przecież równie dobrze mogłam o tej porze jeszcze spać. I dlaczego miał w oczach taki jakiś niepokój, jakby sam nie wiedział, czy dobrze robi?

— Proszę zanieść je do pokoju Pawła — poprosiłam.

Jóźwiak zataszczył pudło na górę, a potem jeszcze zajrzał do kuchni, gdzie robiłam sobie kakao.

— Nie wiem, czy pani widziała wczoraj tę żabę na klamce.

— Widziałam.

— Zdjąłem ją i wyczyściłem klamkę.

— Miałam nadzieję, że pan to zrobi. Ciekawe, kto ją tam przykleił?

— Też się nad tym zastanawiałem. Nic mi nie przychodzi do głowy. Pytałem Martę, czy nie widziała kogoś przez okno, ale twierdzi, że nie.

Okno w kuchni Jóźwiaków wychodziło na drogę i Marta Jóźwiak nie zwykła była przegapiać nikogo, kto tamtędy przechodził czy przejeżdżał. Umiała obierać ziemniaki i jednocześnie patrzeć na zewnątrz.

— Mam nadzieję, że się pani nie przestraszyła? — zatroskał się jeszcze Jóźwiak.

— Właściwie nie, choć przyjemne to nie było. Wyjątkowo wielkie i wyjątkowo brzydkie żabsko. Ktoś się tu już tak kiedyś bawił?

— W przyklejanie nie. Jak pani Milska była skłócona z miasteczkiem, to ze dwie czy trzy wrony powieszono na bramie. A! I jeszcze jakieś figle za młodych lat Emili i Pawła. Ale to było dawno temu.

— Odziedziczyłam nie tylko ten dom, ale i jego przeszłość. Może to coś w rodzaju miejscowego powitania. Dotąd wpadałam do Zawrocia tylko na chwilę, a teraz tu po prostu mieszkam. Widocznie nie wszystkim się to podoba.

Jóźwiak kręcił czapką.

— W każdym razie to nie Renia — wydukał. — Nie było jej teraz w domu. Nie mówiąc już o tym, że nie stać jej na takie perfumy. A ta żaba pachniała, jakby ktoś na nią z pół butelki wylał. — Więc to dlatego Jóźwiak przez cały czas miał taką dziwną minę. Bał się, że podejrzenie spadnie na jego ukochaną, najmłodszą córkę, która miała powody, by mnie nienawidzić, bo była po uszy zakochana w Pawle.

— Nawet nie pomyślałam o pana córce — rzuciłam uspokajająco.

— Dziękuję. Ona już wybiła sobie z głowy myśli o Pawle. I nie słucha pani Emili. Poza tym cały czas jest w Warszawie. Na nauce się skupia, bo chce dostać stypendium naukowe.

— Mam nadzieję, że jej się uda.

Jóźwiak się rozprostował.

— To napalę teraz w piecu — powiedział, wracając tym samym do zwykłych spraw, które zazwyczaj omawialiśmy. — Jutro z rana chciałbym go przeczyścić. Dobrze by było, żeby pani już do niego dziś sama nie podkładała. Można dorzucić więcej do kominka. Przyniosę jeszcze trochę drewna.

— To miłe z pana strony, ale naprawdę mogę zrobić to sama. Pan ma i tak sporo pracy.

— Przyniosę jednak parę większych kawałków, by ogień wieczorem dłużej trzymał. Zresztą obiecałem panu Pawłowi, że będę o panią dbał.

Jóźwiak i bez tego o mnie dbał. Czasami zastanawiałam się, czy dzierżawa należących do Zawrocia gruntów i korzystanie z łąk, sadu i gospodarczych zabudowań rekompensowały te wszystkie prace, które wykonywał na rzecz Zawrocia.

— Marta przyjdzie do sprzątania pojutrze, bo jutro musi do okulisty. Że niby kurzy już nie widzi. No nie wiem... — w głosie Jóźwiaka przez chwilę było słychać rzadki u niego, żartobliwy ton. — Chyba żeby chciała pani jakoś inaczej? — zapytał już poważniej.

— Nie, tak będzie dobrze. O ile pani Marcie też to odpowiada.

— Odpowiada — rzucił trochę pośpiesznie, jakby to nie do końca była prawda.

Wyszedł zaraz potem, a ja zastanawiałam się nad odrobiną dystansu, który wkradł się ostatnio w moje stosunki z Jóźwiakiem. Nie chodziło bynajmniej o Renée, lecz o mnie. Rozumiałam go. Najpierw moja niespodziewana ciąża, a teraz w dodatku związek z Pawłem. Skandal za skandalem, choć ten drugi jeszcze był w fazie początkowej i niewiele osób w miasteczku znało prawdę. Tak czy owak nowa pani na Zawrociu w niczym nie przypominała starej, której nigdy nie przytrafiały się takie rzeczy. A inne, które się przytrafiły, nie wypłynęły na światło dzienne.

Jóźwiak był człowiekiem starej daty i na pewno trudno mu było się pogodzić z kłopotliwymi faktami. Nie usłyszałam jednak od niego ani jednego krytycznego zdania. Ani razu nie zmarszczył znacząco czoła i nie burczał pod nosem, jak to robiła jego żona. Taki był, taktowny i dyskretny. Pewnie dlatego tak go ceniłaś, babko. Zawrocie bez niego nie mogłoby przetrwać. Przynajmniej ja bym sobie bez Stanisława Jóźwiaka nie poradziła.

Tym bardziej przykro było go zawodzić. Ale co mogłam zrobić? Nie jestem tobą i nigdy nie będę. Żyję, jak żyję. Po swojemu. Wiedziałaś, babko, dając mi Zawrocie, że nie jestem ideałem. Pewnie i Jóźwiak to wiedział, choć oboje chyba się nie spodziewaliście, jak bardzo potrafię być nieidealna...

4

Jóźwiak poszedł, a ja ruszyłam na górę, by obejrzeć przesyłkę od Emili. Ozdobne, pachnące pudło nie było zaklejone. Spodziewałam się tego. To przecież nie był przypadek, że Emila przekazała je właśnie teraz, gdy Pawła nie było w Zawrociu. Być może i Jóźwiak zdawał sobie z tego sprawę, dlatego postawił pudło na wysokiej bieliźniarce, jakby chciał, by znalazło się poza zasięgiem moich rąk.

Trochę ważyło. Słodziutki, malinowy kolor, a na pokrywce równie słodziutki napis „Wybrane specjalnie dla ciebie, braciszku". Tym bardziej podejrzewałam, że w środku jest coś paskudnego, co mnie miało zdenerwować i zniechęcić do Pawła. Inaczej Emila nie zadawałaby sobie trudu targania tego do Jóźwiaka i przekonywania go, że te rzeczy muszą się znaleźć w Zawrociu akurat teraz.

Unta, której po wyjeździe Pawła coraz częściej pozwalałam przebywać w domu, wąchała pudło i poszczekiwała. No tak, ona nie miała alergii na Emilę jak ja. Znały się doskonale. To nie był zapach tak bliski jak Pawła, ale też nieobojętny. Widocznie Uncie Emila się dotąd nie naraziła. Choć równie dobrze jej psie serce mogło wybaczyć swojej pańci jakieś chłodne odepchnięcie czy zwykłe: daj mi spokój, Unta.

— Wiem, dla ciebie to rodzina. A dla mnie wróg! Chciała mi odebrać Zawrocie. Spaliła fortepian. Bo kto, jak nie ona?

Unta dotknęła nosem pudła i szczeknęła, jakby chciała zobaczyć, co jest w środku. Ja jednak odsunęłam pudło.

— Nic z tego. Nie zajrzę do niego. Z przekory. Emila chce, bym to zrobiła. Więc nie! A poza tym to rzeczy Pawła. Poczekają na niego.

Ruszyłam ku drzwiom, a zdziwiona Unta szczeknęła jeszcze raz i z niechęcią ruszyła za mną.

Zawróciłam na schodach, babko. Wiem, ty byś tego nie zrobiła. I miałabyś rację! To był głupi pomysł. Wiedziałam to, unosząc pokrywkę.

Zdjęcia! Trzy duże albumy. Różowe skórzane okładki, złote litery. Emila się wykosztowała. Także i na cyferki nad napisami. 1, 2, 3 — bym nie miała wątpliwości, w jakiej kolejności mam oglądać albumy. Wszystko co najlepsze dla ukochanego braciszka, od niewątpliwie najlepszej pod słońcem i najbardziej kochającej siostrzyczki.

Na każdym napis „Kochanemu Bratu". Dedykacja równie słodka jak napis na przykrywce pudła, ale fotografie dobrane wyjątkowo wrednie. W tym na wierzchu były zdjęcia z dzieciństwa, na których Paweł płakał, dłubał w nosie, miał rozcięte kolano, stał nad rozbitym kubkiem, leżał rozciągnięty na alejce... Długa i dogłębna historia ofermy.

W drugim albumie mniej więcej tyle samo upadków z dorosłego życia, choć już nie o kolana chodziło. Paweł z głową w śledziach. Śpiący na podłodze z petem przyklejonym do ust. Z pustym spojrzeniem siedzący obok półotwartej szafy. Pociągający z coraz to innych butelek. Z głową w sedesie. Ze szlaczkiem wymiocin obok posklejanych włosów.

I tego by wystarczyło. Ale nie dla Emili. Wiedziała zresztą, że tak łatwo nie podważy mojej wiary w Pawła. Te dwa poprzednie albumy były tylko wstępem do tego, co chciała osiągnąć. Zrozumiałam to, gdy sięgnęłam po trzeci, ten, który leżał na samym dnie. Jóźwiak na pewno do niego nie zajrzał, boby mi nie przekazał tej paczki. Na pierwszej stronie znajdowało się nieostre zdjęcie dwóch nagich ciał i podpis: „Z Hanią Jóźwiak, twoją pierwszą dziwką". I jeszcze dokładna, starannie wykaligrafowana data.

Poczułam, że robi mi się niedobrze. Zamknęłam album i wrzuciłam do pudła, a potem jeszcze przykryłam tamtymi dwoma. Emila miała chyba bardziej nie po kolei w głowie, niż myślałam. Czy nasze nagie zdjęcia też były w tym albumie, na ostatnich stronach? Mogła je przecież zrobić w dniu, gdy spaliła fortepian. Wolałam tego nie sprawdzać. I nie zamierzałam oglądać albumu, choć pewnie właśnie o ten ostatni najbardziej jej chodziło. Wiedziała, że jestem ciekawska. Nie tym razem, cioteczna siostrzyczko. Ten album poczeka na Pawła. Należy do niego. Tylko do niego.

5

Musiałam jakoś to wszystko przewartościować. Nie było z kim pogadać, postanowiłam więc przynajmniej otoczyć się życzliwymi istotami.

Unta szczeknęła zazdrośnie, gdy wpuściłam do domu pozostałe psy. Rzadko to czyniłam i wówczas pozwalałam co najwyżej rozłożyć im się w korytarzu czy kuchni. A teraz otworzyłam drzwi salonu. Remi jak zwykle się wahał, czy wejść do środka, a Solmi wepchnął się, jakby niczego innego przez całe życie nie robił, tylko wygrzewał się przy kominku.

W rzeczywistości nazywał się mniej muzycznie — zwykły Reks, choć bardzo dobrze ułożony. Wilczur. Miał być policyjnym psem, ale nie miał smykałki do wąchania narkotyków i posadę dostał jego konkurent. Reks nie wyglądał na zawiedzionego. Zawrocie bardzo mu się podobało. Ganiał po nim z rozwianym ogonem, węsząc i tropiąc swoje psie fantazje. Był młodszy od Unty i Remiego, dlatego jeszcze mu się chciało ruchu i przygody. I pewnie z powodu wieku łatwo zaakceptował, że w domu rządzi Unta, a na zewnątrz Remi.

W Zawrociu mieszkał od niedawna. Kupiliśmy go po tym, jak spłonął fortepian, by już nikt niepowołany nie zdołał wejść na posesję. Tak brzmiała oficjalna wersja. W gruncie rzeczy chodziło o to, by na teren Zawrocia nie weszła bez zaproszenia Emila. Nie chciałam się bać, że znowu jej odbije i zechce puścić z dymem to czy owo. Nigdy jednak nie powiedziałam tego głośno, podobnie jak Paweł nie powiedział głośno, kto naprawdę podpalił jego fortepian. Jakkolwiek było, Solmi nie znał Emili i było oczywiste, że jak ją spotka na posesji, to dobierze się do jej łydek albo tyłka. To mnie napawało w tej chwili spokojem. Emila mogła się posługiwać Jóźwiakiem czy innym posłańcem, ale samo Zawrocie było już dla niej nieosiągalne. Żadnego podglądania! Żadnego łażenia po domu, gdy mnie nie było. Żadnego otwierania okienek na strychu czy grzebania po szufladach. I żadnego wysyłania do Zawrocia zmanipulowanej, gotowej przedtem na wszystko Renée. Koniec! To musiało być dla Emili naprawdę wkurzające. Gładziłam teraz łeb Solmiego nie bez satysfakcji.

Ale też po to, by go bardziej do siebie przywiązać. Szybko mnie zaakceptował, ale nie ja byłam jego panią, tylko Paweł. Jóźwiaka też się słuchał, a ja czasami musiałam powtarzać rozkaz.

— Ladaco z ciebie — mówiłam teraz do niego pieszczotliwie, co trochę denerwowało Untę. Była zazdrosna o Reksa. — Pewnie dlatego nie zrobiłeś policyjnej kariery. Za bardzo lubisz zabawę, a za mało pracę. Mam nadzieję, że ugryzienie Emili w dupę uznasz za zabawne. Uznasz? Co, Reks?

Solmi zrozumiał to opacznie. Szczeknął ochoczo i poleciał po piłkę Unty, która nie wiadomo kiedy przyniosła do salonu parę swoich zabawek. Teraz jednak warknęła. Solmi wypuścił więc piłkę, potoczył ją jeszcze nosem w moim kierunku, ale za nią nie ruszył, tylko położył się przy Remim, mając nadzieję, że rzucę mu piłkę i w ten sposób utrę nosa Uncie.

— Nic z tego. To nie twoja piłka. Twoje zabawki są na ganku.

Solmi łatwo pogodził się z porażką. Zajął się własnym ogonem. A potem ogonem Remiego, co nie spodobało się dogowi. Powarczeli trochę na siebie i to mi przypomniało, jak groźne są to psy. Olbrzymi sznaucer, równie wielki dog i na dodatek młody wilczur. Byłam naprawdę dobrze strzeżona. Do tego ogień na kominku, orzechy na stoliku obok, kakao...

A jednak chandra, która pojawiła się na widok pudła w rękach Jóźwiaka, nie chciała zniknąć. Siedziałam teraz w twoim fotelu, babko, i patrzyłam na puste miejsce po fortepianie. Brakowało mi go. Nie potrafiłam na nim grać, a jednak za nim tęskniłam. Tęskniłam też za widokiem Pawła przy fortepianie i za muzyką, to inna sprawa. Ale za samym instrumentem nie mniej, przynajmniej w tej chwili. Był sednem tego pokoju, najlepszą ozdobą. Bez niego to była inna przestrzeń, za duża, pusta.

Od trzech tygodni w domu było pianino Pawła. Zabrał je z domu siostry i czasami na nim komponował czy grał. Stało jednak w jego pokoju. Pokątne granie na górce.

A na dole pustka. Emila dobrze wiedziała, co robi, niszcząc fortepian. Choć podkładając ogień, miała chyba nadzieję osiągnąć więcej. Naiwnie myślała, że w tym instrumencie jest uwięziona dusza Pawła i że on dlatego wraca do Zawrocia i przy okazji do mnie. Liczyła na to, że niszcząc fortepian, wyzwoli Pawła i na zawsze mi go odbierze. A unicestwiła tylko piękny instrument i harmonię tego salonu. Pewnie już nigdy nie zabrzmi tu koncert fortepianowy. Chyba że z płyty.

Ale nie tylko dlatego czułam smutek. Miałam przedtem nadzieję, że po tym czynie Emila zostawi mnie i Pawła w spokoju. Myślałam, że to taki ostatni, nienawistny akord. Paweł chyba też tak sądził. Przesyłka Emili niestety dawała do myślenia. A co, jeśli żabę też przykleiła ona, a nie jakiś żartowniś? Czyżby miała zamiar dręczyć mnie dalej? Chyba że to już ostatnie niespodzianki, taka kropka nad i? Może jednak wyniesie się z miasteczka i da nam spokój?

III. GRAFOMANKA

1

Wizyta Agi, babko. Już ci o niej parę razy opowiadałam. Moja przyjaciółka ze studiów. Choć pewnie bardziej pasowałoby do niej miano kumpela. Od czasu, gdy się wydało, że plotkowała za moimi plecami, z kim popadło, nasza znajomość trochę przywiędła. Nie dzwoniłam do niej i rzadko odbierałam jej telefony na komórkę. Aż tu nagle zadzwoniła do Zawrocia.

— Skąd miałaś ten numer? — zdziwiłam się.

— Od tej wielkiej, co mówi tubalnym głosem. — Miała pewnie na myśli Sonię, aktorkę grającą w teatrze, w którym pracowałam. Tuba! O niej też już ci, babko, opowiadałam. — Jak ona ma na imię? — zastanawiała się Aga. — Przedstawiałaś mi ją kiedyś, tyle że...

— Wyleciało ci z głowy.

Adze łatwo wylatywały z głowy informacje, ważne i nieważne. Kiedyś to lubiłam. Potem nie. A teraz nagle pomyślałam, że dobrze byłoby znowu mieć kogoś takiego przy sobie, z lekką, przewietrzoną główką. Bo mnie od jakiegoś czasu wszystko tylko wpadało do głowy, a nic nie wypadało. Jak tak dalej pójdzie, to mi się mózg przeciąży. To była już taka myśl, jakie miewałam przy Adze, lżejsza, beztroska i nie najmądrzejsza.

— Przyleciało, wyleciało. To ciało i to ciało. No właśnie! Ta wielka mówiła, że masz kłopoty z brzuchem. Mam na to sposób. Pomyślałam, że ci po przyjacielsku zdradzę. Indyjska mikstura. Do tego trochę ćwiczeń i będziesz jak deska do prasowania. Mówię ci, to działa! Wypróbowałam na sobie.

Aga miała także i tę przypadłość, że nigdy nie słuchała niczego do końca. Tuby na pewno nie wysłuchała.

— To nie pomoże — mruknęłam.

— Założymy się? Mam parę dni urlopu. Od rodziny też postanowiłam sobie dać urlop. Ty masz urlop, ja mam urlop, pięknie się składa. Czemu nie miałabym zobaczyć tego twego Zawrocia?! To musi być ekscytujące miejsce, jeśli spędzasz tam każdą wolną chwilę.

Urlop? Każda wolna chwila? Tuba chyba sobie z niej zażartowała.

— Może i ekscytujące, ale daleko od szosy — powiedziałam, bo ciągle jeszcze zastanawiałam się, czy naprawdę mam ochotę na wizytę Agi.

— Daleko od szosy! Rany! Ale można dojechać?

— Można.

— To dojadę! — zdecydowała Aga.

Zjawianie się bez zapowiedzi lub bez zaproszenia też było w jej stylu. Mogłam ją oczywiście powstrzymać, ale czy chciałam? No bo już nasiedziałam się przy kominku, zastanawiając się nad Emilą, naoglądałam się jesiennych pejzaży przez szybę, naspacerowałam się w deszczu i wietrze, namyślałam się o Fasolce i naczytałam się o diecie w ciąży. Za Pawłem też już się natęskniłam. Czy nie należała mi się zmiana? Ale Aga? Przecież się na niej zawiodłam. Czy warto było ją znowu wpuszczać do swego życia?

2

Parę godzin później Aga zatrąbiła przed bramą Zawrocia. A potem wyszła z samochodu w futrzanej kurtce i takich samych butach, okutana jeszcze w jakieś kolorowe chusty, jakby wybierała się na Syberię.

Chyba spodziewała się pałacu, bo trochę kręciła nosem, wchodząc na ganek.

— Aż taki wielki to on nie jest. Posesja... owszem, ta lipowa aleja, sad... ale dom? Widywałam większe.

Jej dom też nie był z tych małych. I do tego nowoczesny. Aga miała bogatego męża. Kto szuka, ten znajdzie, mawiała. I znalazła. W tej jednej sprawie nie była lekkomyślna. Do tego urodziła mu przepisową dwójkę dzieci. Aż trudno było w to wszystko uwierzyć, gdy się na nią patrzyło w chwilach, gdy była z dala od rodziny. Nic nie zdradzało, że w głębi duszy była mieszczką. Nawet sama przed sobą nie lubiła się do tego przyznawać.

A potem w prześwicie drzwi zobaczyła twój portret, wzdrygnęła się i przestała komentować wygląd Zawrocia.

— Jesteś do niej podobna — powiedziała niemal z pretensją. — Jeden portret może obsłużyć was obie. Nie sądzisz, że to dziwne, być tak podobną do własnej zmarłej babki?

— Byłoby dopiero dziwne, gdybym była podobna na przykład do twojej zmarłej babki.

Aga prychnęła tym swoim głupim, beztroskim śmiechem, a ja poczułam, że ten śmiech działa na mnie jak lek. Tego mi było trzeba. Pośmiać się i pogadać o bzdurach. Otworzyłam szerzej drzwi salonu i wskazałam fotel przy kominku, od którego płynęło przyjemne ciepło.

— Też mam kominek — mruknęła. — No, ale nie taki duży. — Spojrzała zazdrośnie na marmurowe zdobienia. I na rzeźbę stojącą na kominku. A potem znowu na twój portret. — I pomyśleć, że miała to wszystko, była, żyła, a potem tylko trochę farby na płótnie. — Jak na Agę to była bardzo długa i głęboka refleksja.

— Nic ci nie jest? — spytałam zaniepokojona.

— Oprócz tego, że siedziałam parę godzin w aucie i słuchałam, jak deszcz bębni po dachu?

— A radio?

— Zepsuło się. Nie znoszę takiej zadeszczonej ciszy.

Mąż? Znowu się z nim pokłóciła? Ale po kłótni zwykle jechała na zakupy. Czyżby coś większego? Na większe jednak za dobrze wyglądała. Ani podkrążonych oczu, ani smutku czającego się na dnie źrenic. Może po prostu jak ja potrzebowała odmiany.

Dorzuciłam do ognia szyszek i poszłam po dzbanek z herbatą, turkusowy, ze srebrnymi gwiazdkami. Nalałam potem herbatę do takich samych filiżanek. Wiedziałam, że Aga doceni ten komplet. Uwielbiała ten kolor. W końcu miała właśnie takie oczy.

3

Po podwieczorku wstałam, odchyliłam połę kardiganu i stanęłam bokiem, by moja przyjaciółka wreszcie dostrzegła to, co jej umykało przez tyle minut.

Aga zapatrzyła się na brzuszek jak na jakąś fatamorganę.

— O... Coś zdaje się przegapiłam z twego życia. Chyba że nie raczyłaś mnie zaprosić na ślub — rzuciła obrażona i spojrzała na moją dłoń w poszukiwaniu obrączki, albo chociaż zaręczynowego pierścionka. Potem dotknęła mego brzucha, by sprawdzić, czy to nie tłuszczyk.

— Wpadłaś?

— Jak widać.

— Tyle lat bzykania bez wpadki, aż tu nagle... — Otuliła się obronnie swoim kolorowym swetrem, jakby to było zaraźliwe. — Myślałam, że sobie poszalejemy! Ktoś mi opowiadał o wiejskich dyskotekach i disco-polo. Nie tańczyłam z miesiąc.

— Tu w pobliżu nie ma nic takiego. Z wiatrem możesz sobie potańczyć.

— Ale jakieś fajne sklepy chyba są?

Pokręciłam przecząco głową.

— Multikino? Nocny klub? Coś musi być!

— Kawiarenka „U Basi".

Aga zapadła się w fotelu, jakbym tym jednym zdaniem wyssała z niej całą energię.

— Nie uprzedziłaś mnie... — burknęła jeszcze z pretensją.

— Nie słuchałaś, Aga.

— Może... To co ty tu robisz całymi dniami?

— Hoduję Fasolkę.

— O tej porze roku? — zdziwiła się Aga. — Masz cieplarnię?

— Mam. Naturalny inkubator dla Fasolki. Najlepszy z możliwych.

Aga wreszcie załapała.

— I to wszystko?

— Nie. Przetłumaczyłam sztukę. Zaczęłam tłumaczyć drugą. Czytam. Spaceruję z psami. Patrzę na ogień. Nie mówiąc już o tych wszystkich banalnych rzeczach, które trzeba zrobić, by było tu ciepło, syto i przytulnie.

Moja przemowa przygnębiła Agę.

— Tylko tyle? Nie wierzę. Przyznaj się, jest tu jakiś przystojniak w okolicy i dlatego tu siedzisz. To jego, tak? Żonaty? Ale ty przecież nie zadawałaś się nigdy z zajętymi. — Aga kombinowała jak koń pod górkę. — Chyba że to był jakiś jednorazowy, który się nawet nie przedstawił. A może ty się nie przedstawiłaś i facio nie miał szansy na drugi raz i wszystko inne? Tylko czemu pozwoliłaś tej... no... jednorazowej fasolce zakiełkować?

— Żeby zobaczyć, jak to jest.

— Nie byłabyś taka głupia. Chyba że jednak znasz dawcę plemnika i to na przykład jest milioner, który cię będzie utrzymywał do końca życia. Taki bogacz mógłby sobie życzyć, by matka jego dziecka łykała wiejskie powietrze i piła mleko od krowy.

— Czytasz za dużo kolorowych gazet.

— Bo wolę kolorowe wersje wydarzeń.

— To jest kolorowa wersja wydarzeń? Chyba że ta twoja krowa jest w kropki bordo.

Aga się poddała.

— Nie wiem, czy wytrzymam tu trzy dni — przyznała w końcu. — Może jest tu chociaż jakiś market, jeśli nie ma przyzwoitej historii.

Jest przyzwoita, całkiem emocjonująca historia, ale ci jej nie opowiem — rzuciłam w myślach. — Ponudź się. Może w końcu usłyszysz własne myśli.

4

Zamiast tego Aga następnego dnia rano usłyszała przez telefon parę słów, które nie były przeznaczone dla niej. Takie miała szczęście — jeśli gdzieś snuła się jakaś intryga, Aga musiała się natknąć na jej lepkie nici. A pojechałam tylko do sklepu po parę rzeczy, bez których nie mogła się obyć podczas śniadania, jak choćby płatki śniadaniowe czy masło orzechowe.

— Niby tak sielsko i spokojnie — powiedziała, gdy wniosłam zakupy — a pod spodem kłębowisko żmij.

Upiła z kieliszka czerwone wino, którym sama się poczęstowała, i rozsiadła się, nie robiąc sobie nic z tego, że mam do rozpakowania dwie torby.

— Teraz to już raczej żmije śpią.

— I tu się mylisz. Ta żmija, która do ciebie zadzwoniła, na pewno nie śpi.

— Przedstawiła się?

— Może.

— Wyleciało?

— Właśnie.

Przeciągnęła się znacząco, a potem odłamała sobie kawałek czekolady, którą przed chwilą wyjęłam z torby.

— Myślisz, że to dobre śniadanie? Wino i czekolada?

— Boszee... Jeszcze nie urodziłaś, a już marudzisz jak moja matka. Ja się nie dałam ani jej, ani moim wrednym dzieciakom, ani równie wrednemu mężowi. BYWAM matką. I BYWAM żoną. To w zupełności wystarczy.

— Okej. Będę jedynie BYWAĆ dobrą przyjaciółką. A teraz proszę bardzo, truj się, czym chcesz.

Aga upiła kolejny łyczek.

— Dobre wino. — Przeciągnęła się w twoim szlafroku, babko, szmaragdowym i za dużym na nią. — W ogóle dobry początek dnia. Masz własną prowincjonalną żmiję. Kto by pomyślał... — wróciła do poprzedniego tematu.

— Dlaczego sądzisz, że prowincjonalną?

— Intuicja.

— Poznałaś po syku? — nie kryłam ironii.

Aga jak zwykle się nie przejęła.

— Właśnie.

— Co syknęła?

— Trochę cię to jednak ciekawi... — Aga dolała sobie jeszcze wina. — Tak... To były nader interesujące syki. Braciszek! Że ponoć chciałaś go mieć na własność. A tu nic z tego i siedzisz tu sama. Ta żmija ma braciszka. Żmijowatego, jeśli cię zostawił.

Emila? Czyżby dzwoniła, bo nie doczekała się mojej reakcji po otrzymaniu paczki? Jakkolwiek było, rozbawienie Agi wkurzyło mnie równie mocno jak to, co mówiła.

— Mówisz o moim życiu, Aga — rzuciłam ostro. — To nie zabawa.

Trochę oprzytomniała.

36

— Sorki! Tak się nudziłam od wczoraj. Nic nie chciałaś gadać. Deszcz za oknem. Szaro. Ranek też beznadziejny.

— Tak sobie z nią tylko pogadałaś czy chciała mi coś przekazać?

— Syknęła, że zawsze osiąga to, co chce. I że właśnie osiągnęła. To akurat pamiętam doskonale. Słowo w słowo. — Aga mimo przeprosin patrzyła na mnie tak, jak sadysta patrzy na przyszpilonego żuka.

— A to o braciszku jak brzmiało?

— Wywiało go jak nadpalony liść. Jakoś tak. Zadajesz się z nadpalonym liściem? — Aga kręciła szpilką, jakbym za słabo machała żukowymi łapkami.

Skierowałam tęskne spojrzenie ku butelce wina. Nalałabym sobie, gdyby nie Fasolka. A tak tylko oblizałam się w myślach. Zrobię sobie słodką miksturę. Imbir z miodem i cytryną. Może nawet dodam sok malinowy, który niedawno przyniosła Marta Jóźwiak. Muszę jakoś przetrwać ten poranek pod obstrzałem spojrzeń Agi. Nadpalony liść? Wywiało? I dlaczego Emila wysyczała to wszystko Adze?

— Powiedziałaś jej, że jesteś moją przyjaciółką?

— Owszem. Ale nie mówiłam jej, że jestem twoją trąbką do ucha. Tak właśnie mnie potraktowała. Zatrąbiła i bachnęła słuchawką. Bez pożegnania, jak to żmije prowincjonalne i miastowe mają w zwyczaju. Aż się musiałam napić przez te syki. Jeszcze zapalenia ucha dostanę.

— Możesz się na chwilę zamknąć?

— Mogę. Pewnie. Zniosłam tamto, zniosę i to. Tylko nie miej potem pretensji, że zapomnę, co mi jeszcze ta zygzakowata nagadała.

Opadłam na krzesło.

— Dobra, mów.

— Ponoć z nadpalonymi liśćmi tak już jest, że wiatr przegania je z kąta w kąt. Albo niesie daleko.

— Marne metafory.

— Też tak pomyślałam. A! Było coś jeszcze o palcach. Tylko co? — zastanawiała się teatralnie Aga, by podkręcić napięcie.

— Aga!

— No co? Myślę! — Nawet zmarszczyła nos, by udowodnić, że ten proces rzeczywiście w niej zachodzi. — Coś że grały na wielu lepszych instrumentach niż ty i żebyś sobie nie myślała, że będziesz je miała tylko dla siebie. — Aga rozprostowała nos. — Więcej naprawdę nie pamiętam. Wypluwała jad z prędkością światła. A ja przecież dopiero wstałam. Pierwsze ziewnięcie i zaraz ten telefon.

— Dzięki. Zapamiętałaś dostatecznie dużo — sarknęłam i podniosłam się, by jednak zrobić słodki ulepek, który poprawi mi nastrój. I Fasolce, w razie gdyby zrozumiała coś z historii o nadpalonym liściu, który wywiało aż za ocean.

— Zwykle jak dziecko w drodze, to rodzina się uspokaja. Chyba że to nie tego palczastego liścia — zastanawiała się. — To chyba kasztan jakiś, nie?

Prychnęłam śmiechem. Aga też.

— Rany, kobieto, w coś ty się wplątała? To jakaś grafomanka! — rzuciła jeszcze i znowu skręciło nas ze śmiechu.

IV. MUZYKA W ŚRODKU NOCY

1

No właśnie, w co ja się wplątałam? W mroczną rodzinną historię, która miała swoje początki wiele lat temu, gdy nic mnie jeszcze nie łączyło z Pawłem! Historię, która miała być już zakończona, a najwyraźniej nie była i dalej snuła się byle jakimi akapitami.

Tylko czy na pewno je rozumiałam? A jeśli to nie Emila dzwoniła? Może pudła i fortepian to jedno, a ten telefon i żaba to zupełnie coś innego? I może to o braciszku odnosiło się nie do tego, że był rodzonym bratem Emili, a moim ciotecznym? Tym bardziej że taki pseudopoetycki styl zupełnie nie pasował do Emili. Gdyby już zadała sobie trud dzwonienia, to Aga usłyszałaby parę mięsistych zdań, a nie te kiepskie metafory. Dziwne... Naprawdę dziwne... Tyle że nikt inny nie przychodził mi do głowy. Renée by się nie odważyła na coś takiego. Z byłych kobiet Pawła znałam tylko Annę. Ale Anna? Nie, to chyba niemożliwe... Zresztą ona też miała lepszy styl. Więc kto?

Paweł pewnie znał odpowiedź na to pytanie, ale wiedziałam, że nieprędko mu je zadam. Miał w tej chwili za dużo spraw na głowie, bym dokładała mu jeszcze jedną. To nie była zresztą sprawa na telefon. Mieliśmy fajniejsze rzeczy do omówienia. Owinąć się słowami. Poczarować znakami zapytania. Poprzytulać pauzami. To w końcu było wszystko, co teraz mieliśmy — parę chwil na rozmowę.

Muszę przycisnąć Agę — postanowiłam. — Może przypomni sobie coś jeszcze.

Dałam wodę psom, wstawiłam naczynia do zmywarki, rozpaliłam w kominku, a potem poszłam do gościnnego pokoiku, gdzie Aga fermentowała po wypiciu niemal całej butelki wina.

— Śpisz?

— Spałam — burknęła niezadowolona. — Przerwałaś mi sen erotyczny. Grzeszny jakiś ten pokój. Ilekroć przyłożę głowę do poduszki, śnią mi się świństwa. — Aga ziewnęła przeciągle.

— Muszę cię jeszcze zapytać o ten poranny telefon.

— Nudna sprawa — znowu ziewnęła. — Dopóki nie opowiesz o kasztanie, nie usłyszysz nic więcej.

— Opowiem, ale potem, przy kolacji. Albo po. Zapakujemy się do łóżka, wokół świece, kadzidełka...

— I ploteczki!

— I ploteczki.

— Obiecujesz?

— Obiecuję.

— Dobra, pytaj.

— Pamiętasz imię czy nie?

— Nie. Chyba się nie przedstawiła. Zanim zdołałam jej przerwać i powiedzieć, że to nie ty odebrałaś telefon, już nasyczała o tym liściu.

To była ważna informacja.

— Ale na wstępie powiedziałaś parę słów?

— Owszem — Aga miała niepewną minę.

— Co?

— Rezydencja w Zawrociu, słucham — zacytowała ze śmiechem.

Mnie nie było do śmiechu. Czy Emila mogłaby nie rozpoznać mojego głosu? Na pewno zastanowiłby ją taki durny tekst. Nie mówiąc już o tym, że raczej by go nie zostawiła bez komentarza. Im dłużej o tym myślałam, tym więcej miałam wątpliwości. Najwyraźniej nie tylko Emila miała coś do mnie i Pawła. Był jeszcze ktoś, o kim nie miałam pojęcia. Ktoś, kto mówił dziwne rzeczy bardzo niepokojącym tonem.

— Mam jeszcze jedno pytanie. Czy ta sycząca wspomniała coś o żabie?

— Skąd wiesz?

Więc wspomniała... To była druga ważna informacja.

— Przypominasz sobie, co powiedziała?

— Mgliście. Coś o księżniczkach w żabich szatkach.

— Tylko tyle?

— To mało? Spytałam, co ma na myśli, a ona na to, żebym pokumkała sobie o tym z tobą — Aga potężnie ziewnęła. — Wredna gadzina, to jedno jest pewne. A drugie to to, że na razie nie mam na kumkanie siły...

2

Aga wróciła do swoich erotycznych snów, a ja kroiłam sałatkę i zastanawiałam się nad ostatnimi dniami. Miałam wrażenie, że coś przegapiłam. Coś ważnego. To się stało niedawno. Ale co?

Telefon! Ale nie ten dzisiejszy. To wtedy wszystko się zaczęło. Od telefonu Julii tydzień przed wylotem Pawła do Stanów. Rozmawiali o jakimś problemie, którego Paweł tak do końca nigdy mi nie wyjaśnił.

— To przecież bzdury — rzucił do słuchawki, zanim zamknął drzwi korytarza, by mnie nie budzić. — Same kłamstwa.

Był środek nocy. Julia najwyraźniej zapomniała o różnych strefach czasu.

— Coś ważnego? — spytałam, gdy Paweł wrócił do łóżka.

— Nic takiego, o czym warto by teraz mówić — wyszeptał prosto w moje ucho, pieszcząc je przy okazji. — Śpij.

Sam jednak nie mógł zasnąć. Gdy się obudziłam nad ranem, nie było go w łóżku. Siedział przy kominku i patrzył na swoje dłonie, rozstawiając palce na tle ognia.

Opadłam na fotel obok. Też patrzyłam na jego dłonie — smukłe i kształtne, o wyjątkowo długich palcach, idealnych do gry na fortepianie. Byłyby to piękne dłonie, gdyby nie ślady po oparzeniach. Ciągle jeszcze te miejsca różniły się od tych, których ogień nie dosięgnął.

— Co się dzieje?

— Cały czas jestem w cętki.

— Wolę ten etap niż bąble. I także późniejszy, gdy bąble popękały. Brr...

Paweł zagrał w powietrzu parę akordów.

— Też wolę. Cętkowane, ale całkiem sprawne.

— Wiem, Kocie — zaśmiałam się. — Udowadniasz mi to codziennie. A teraz przestań ściemniać i powiedz, co się stało.

Paweł odwrócił twarz do ognia. Zagrał na jego tle kilka mocniejszych fraz.

— Dlaczego miałoby się coś stać?

— Nie śpisz.

— Mam pomysł... nie do końca wykrystalizowany...

— Więc grasz przy kominku?

— Właśnie. Pośpij jeszcze, a ja sobie pogram.

Pocałował mnie, ściągnął z fotela, a potem wypchnął żartobliwie z pokoju. Muzyka! Moja najgroźniejsza konkurentka. Właśnie wzięła go sobie w posiadanie. Cóż było robić — westchnęłam i poszłam na górę, nieświadoma, że jestem w błędzie.

3

Tak, to chyba był ten moment. Potem były jeszcze dwa inne telefony, też w środku nocy. I kilka telefonów w dzień, tyle że wykonanych, a nie odebranych, i na pewno nie do Julii, choć zawsze za zamkniętymi drzwiami.

— Zawodowe sprawy — zbywał mnie Paweł. — Co powiesz na spacer? Słońce wyszło zza chmur. Poszeleścimy liśćmi? Lipy są już golusieńkie. Wszystko na alejce. Będę się musiał dziś wziąć za grabie i miotłę.

I się wzięliśmy. Oboje. Obrzucając się potem zeschniętymi, żółtymi sercami. Listopad był w tym roku ciepły i bardziej przypominał październik. Taki podarowany, kolorowy czas. Specjalnie dla nas. Żeby nam było dobrze, słonecznie i ciepło. Przynajmniej przez chwilę...

A potem jeszcze jeden telefon Julii. I kolejna nieprzespana noc Pawła. Pasaże na nieistniejącym instrumencie, na tle ognia, bo przecież to ogień strawił ten prawdziwy. Miał pianino na górze, ale widocznie potrzebował tego ognistego fortepianu, nie mówiąc już o tym, że był środek nocy i nie chciał mnie budzić.

Myślałam, że tworzy, poganiany przez swoją menedżerkę. Myliłam się. Paweł zresztą chciał, bym się myliła. W ten sposób podarował mi jeszcze kilka beztroskich godzin.

— Muszę lecieć do Stanów — powiedział z samego rana. — Pojutrze mam samolot.

Siedziałam w stuporze.

— Pojutrze? — wykrztusiłam w końcu.

— Pojutrze — powtórzył, przytulając mnie.

— Nie zgadzam się.

— Ja też. Ale jeśli nie polecę, stracę kontrakt. A może nawet dwa kontrakty.

— Dlaczego? Przecież skończyłeś muzykę do pierwszego filmu. A do drugiego miałeś skończyć dopiero wiosną.

— Jest parę powodów... — Paweł się zawahał. — Nieważne jakich.

— Nieważne jakich?!

— Wiesz, jak to bywa z pracą — zbywał mnie. — Jest też dobra strona tej podróży. Będę mógł osobiście powiedzieć rodzicom o naszym związku i ślubnych planach.

— Za wcześnie na to. A poza tym nie zgadzam się na żadne kłopoty, loty i inne knoty. Miałeś lecieć w lutym na premierę filmu. Jest koniec listopada! — Buntowałam się dalej.

— Nic na to nie mogę poradzić.

— Chcę wiedzieć, o co chodzi.

— O co?... — Paweł znowu się zawahał. — To się okaże tak naprawdę na miejscu. Wzywają mnie. W umowach mam dyspozycyjność do końca montażu filmów — przyznał niechętnie. — Gdyby chodziło tylko o ten drugi film, to po prostu bym zrezygnował. A tak, nie bardzo mogę. Za dużo ludzi na mnie liczy.

— Wiedziałeś już od paru dni. Cholerny udawacz!

— Wiedziałem. Pierwszy bilet był zarezerwowany na lot pięć dni temu. Odmówiłem. Mam to zrobić znowu? Zrobię, jeśli tego właśnie chcesz.

Wysunęłam się z objęć Pawła, by zobaczyć jego twarz. Pełne zachmurzenie. Ani skrawka jaśniejszego.

— Nie. Oczywiście że nie — powiedziałam. — To wszystko nie było do ciebie, a do losu.

— Tak mi się właśnie wydawało — odpowiedział, dalej bez jasnego.

— Na drugi raz nie ukrywaj przede mną takich rzeczy.

— Właśnie że ukryję. Jak długo będę mógł.

— Może jeszcze coś ukrywasz?

— Może — to już było z jasnym na horyzoncie.

— Ani mi się waż!

— Jeśli miałabyś być szczęśliwsza choć jeden dzień...

— Też mi sposób na szczęście. Kłopotami trzeba się dzielić. Tylko taki związek ma sens.

— Ale czy wszystkimi? Chyba tylko tymi, z którymi człowiek nie jest w stanie sam sobie poradzić.

— Szkoła babki Aleksandry, co?

— Zgadza się. Mam zresztą taki jeden kłopot... — to już było bardzo jasne i bardzo znaczące. — Porozwiązujemy go razem w sypialni?

— Akurat tam? — droczyłam się, zupełnie zapominając, jak niewiele z tego całego zawodowego zawirowania zdradził mi Paweł.

— Będzie najwygodniej.

4

— Naprawdę zamierzasz tu mieszkać na stałe? — Aga wreszcie była trzeźwa i poważniejsza.

— Naprawdę.

— To musisz znaleźć tu jakichś fajnych ludzi. Paweł i miłość to za mało. — Opowiedziałam jej wczoraj o nim to i owo. — Dziecko to też za mało. Zawrocie również. Musisz mieć kawałek własnego życia. Choćby taki maluśki. — Zaśmiała się, odgryzając od maślanej bułeczki, przyniesionej przez Jóźwiakową, wcale niemaluśki kęsik.

— W teorii to ty jesteś wielka. Jak z praktyką?

— Różnie. Ale doceń, że wyprzedzam cię w małżeństwie o parę lat i mogę ci służyć bezcennymi radami.

— Zgłoszę się po ślubie.

— I to jest pierwszy błąd. Po ślubie jest za późno. Nagle masz przy sobie buraka, który układa ci życie. Już cię ma i mocno trzyma w garści. To u nich instynktowne. Jeśli myślisz, że Paweł jest inny, mylisz się.

— Może i dobrze, że się mylę. Gdybyśmy się nie myliły, to w ogóle nie byłoby ślubów i małżeństw.

— Wkurzasz mnie.

— A ty mnie.

— On nie może być całym twoim światem. Bo któregoś dnia naprawdę poczuje się osaczony i usłyszysz, że potrzebuje przestrzeni, oddechu albo czegoś w tym stylu. Albo nic nie usłyszysz, tylko wyjdzie — jak gdyby nigdy nic — i nie wróci.

Adze załamał się głos. Więc to tak. Jednak!

— Cholera, Aga, czemu nie powiedziałaś wcześniej?

— Bo nie chciałam o tym myśleć. Temu!

— Która to wersja wydarzeń?

— Przestrzenna. Jak to słyszę, to zawsze oznacza to samo, jakąś pindulkę, której się wydaje, że może nas rozwieść. — To ostatnie było już powiedziane zimnym, mściwym głosem. — Spakuję go i powiem, że mnie też przyda się trochę przestrzeni. Niech zobaczy, czy mu się będzie lepiej oddychało w M1 tej cycatej dziwki. A ja oblecę wszystkie sklepy i gabinety kosmetyczne. Przynajmniej będę miała na to czas.

Poradzi sobie — pomyślałam. — Pindulka nie ma szans. Zniknie z horyzontu zdarzeń z prędkością światła, jak inne przed nią. Byłam tego pewna.

I także tego, że ja nie walczyłabym z tą jednopokojową cycatką. Niechby sobie poszedł raz a dobrze. W diabły! Nie powiedziałam tego jednak głośno. Aga i tak nie chciałaby tego słuchać — podobnie jak nie słuchała trzy czy cztery lata temu.

V. KOLCZYK

1

Za oknem kolejny dzień szarej, rozwłóczonej mżawki, przerywanej z rzadka większym deszczem. Do tego zamazane szyby. Jestem jak w deszczowej pułapce, utopiona w wilgoci razem z domem, sadem i całym moim światem. Aga tego nie wytrzymała i wyjechała wcześniej, niż planowała.

Już były przedtem takie dni, ale przy Pawle niemal ich nie zauważałam. Deszcz był jak jeszcze jedna firana, która oddzielała nas od świata miękkim woalem. I był usprawiedliwieniem dla próżniaczego życia, które przez ten miesiąc wiedliśmy.

— Pada — mówił Paweł, gdy usiłowałam wysunąć się z jego ramion. — Nie warto wstawać — dodawał. Potem przebiegał po moim biodrze palcami w rytm deszczu. Pac, pac, pac, pac... Deszczowe dotyki, uzależniające jak najmocniejszy narkotyk.

A teraz zostałam sama — z głodem, niepogodą i wiedźmami, które bawiły się w psuciu mi humoru na różne sposoby. Nie dam się! — postanowiłam. — Ani jesieni, ani temu cholernemu siąpieniu, ani reszcie.

Ale się dawałam. Zwłaszcza tęsknocie. Jedno muśnięcie warg Pawła i świat by pojaśniał. Jedno solidne przytulenie, a nawet by poróżowiał. Ale Pawła nie było i wszystko wokół było szare. Ja też. Jak jakiś zaciek na szybie.

Nawet Marta Jóźwiak, która przyszła sprzątać, zauważyła to bez trudu, choć zinterpretowała po swojemu.

— Coś niewyraźnie pani wygląda. Tak myślałam, że jak się zaciągnie na dobre, to zatęskni pani za miastem. Nawet się dziwię, że jeszcze pani tu jest.

— I zamierzam być tu nadal — odrzekłam.

Marta Jóźwiak wzruszyła ramionami.

— Trzy dni deszczu to jeszcze nie nowina. Tydzień może się znudzić. A jak siąpi miesiąc, to można zwariować.

— Babka Aleksandra nie zwariowała.

— Ja tam bym się na pani miejscu nie porównywała do świętej pamięci pani Milskiej. — Jóźwiakowa nie mogła sobie darować złośliwości. — Kto jej tam dorówna!

Na chwilę przerwała polerowanie stolika i spojrzała na twój portret, ale tak nie wprost, kątem oka, jakby się ciebie bała. Od twojej śmierci minęło już prawie półtora roku, a dla Marty Jóźwiak ciągle jeszcze to ty byłaś prawdziwą panią na Zawrociu.

— Tak prawdę powiedziawszy — kontynuowała — w tym domu nigdy nie było tak pusto jak teraz. Bo i pani Irena wpadała niemal każdego dnia. A jak nie wpadała, to dzwoniła. Ja też przychodziłam codziennie, a nie jak teraz raz na tydzień. A mój Stasiek to więcej czasu spędzał w Zawrociu niż w domu. I jeszcze pan Paweł do fortepianu. I panienka Emila nie wiadomo po co. Renia na francuski. A czasami jeszcze ktoś z wizytą. A teraz, po wyjeździe pana Pawła, to pies z kulawą nogą tu nie zajrzy.

— Pani zajrzała.

— E! Do kurzy przyszłam, a nie do pani. Taka to i wizyta. — Jóźwiakowa jak zwykle nie grzeszyła taktem. — Deszczu tym nie da się przegonić. Ani rodziny, ani koleżanki. Bo tej przyjezdnej to przecież nie ma co liczyć. Wpadła jak po ogień. Trzy psy i to wszystko.

— Póki co wystarczy.

— Póki co? A niby co miałoby się potem odmienić? Najwyżej zamiast deszczu spadnie śnieg. Szare czy białe, jaka to różnica?

Nie zamierzałam dyskutować z Martą Jóźwiak o Pawle i naszych planach. Dotąd najwyraźniej nie wiedziała, co nas łączyło. Jóźwiak się domyślał, ale jak zwykle nie podzielił się swoimi spostrzeżeniami z żoną.

— Sądzę, że na tym blacie nie został już ani jeden pyłek — rzuciłam, bo już trzeci raz rozpylała pronto i przecierała politurę. — Spokojnie może się pani zająć innym meblem.

Marta nie przejęła się ani chłodem, ani ironią w moim głosie. Oderwała się od stolika, ale nie od tematu.

— Prawdę mówiąc, to się nawet ucieszyłam, że pan Paweł wyjechał do tej całej Ameryki. Bo już w miasteczku zaczynali mnie pytać o to wspólne mieszkanie. Jakby mało było innych plotek! — zerknęła na mój brzuszek.

O swojej ciąży też nie zamierzałam z nią dyskutować. Ani wdychać rozpylanego przez nią środka.

— Niech pani nie przesadzi z tą chemią — rzuciłam tylko i ruszyłam ku wyjściu, łapiąc po drodze przeciwdeszczowy płaszcz z dużym kapturem, odziedziczony po tobie, babko. — Zostań — rzuciłam jeszcze do Unty i ruszyłam w głąb pluchy.

Padało w nieuporządkowanym, niespokojnym rytmie. Zrywami. Nawet Paweł nie ułożyłby z tych odgłosów żadnej harmonijnej melodii. Ale kto powiedział, że zawsze musi być harmonia?

2

Szłam przez deszcz, jak to było w twoim zwyczaju, babko. Dla ciebie nie było złej pory na przechadzkę. Należało się tylko odpowiednio ubrać. Został mi po tobie nie tylko ten wielki przeciwdeszczowy płaszcz, lecz także dwie podpinki do niego — wełniana na październik i podbita lekkim futerkiem na późniejsze słoty i chłody. Do tego kilka par kaloszy, śniegowców i skórzanych butów, które wytrzymywały najgorsze roztopy.

— Pasują na ciebie jak ulał — mruknął Paweł, gdy po raz pierwszy przy nim wciągnęłam na nogi twoje granatowe kalosze. Miał chyba dualistyczne odczucia.

— Wszystko tak pasuje — przyznałam. — Bluzki, sukienki i buty. Ten sam rozmiar.

— I te same upodobania kolorystyczne — dodał, patrząc, jak dobrze kalosze zgrały się ze spódnicą, rajstopami i bluzką. — Szafir. Ona też lubiła szafir — zapatrzył się na szalik. — I też było jej w nim do twarzy.

W głosie Pawła były minorowe tony. Chyba za tobą zatęsknił. Ale miałam wrażenie, że pod spodem jest coś innego.

— Przeszkadza ci to? — zapytałam.

— Nie. Co najwyżej trochę niepokoi. Ale nie jesteś nią, mam nadzieję? — zażartował.

— Mam to powyrzucać?

— Nie. Przecież używamy jej domu, kominka, foteli, łóżek. Dlaczego w takim razie nie miałabyś nosić jej kaloszy? To tylko taka chwila refleksji. Zniknął człowiek, zostały buty.

— Ja bym w ten sposób o tym nie pomyślała. Nie znałam babki, więc mnie to wszystko nie smuci. Te rzeczy to jedyne co mi po niej zostało. Nie mam wspomnień z nimi związanych, ale używając ich, w jakiś sposób się z nią komunikuję.

— Tak... Mamy zupełnie inne problemy. Ja czasami chciałbym o wszystkim zapomnieć, ty chciałabyś, by to dawne życie jakoś ci się choć na chwilę objawiło.

— Nie zapomnisz o przeszłości, mieszkając tutaj — zauważyłam.

— Zgadza się. A ty, mimo posiadania tego wszystkiego, nie wskrzesisz dawnego Zawrocia.

— Jaki stąd płynie wniosek?

— Taki, Bemolku, że cię kocham, mimo że wskoczyłaś w buty naszej babki. Wiąże się z nimi wyjątkowo kiepskie wspomnienie.

— Powiesz mi jakie?

Paweł zajął się starannym zapinaniem mego-twego płaszcza.

— Ostatnia kłótnia — przyznał, gdy wszystkie guziki były już zapięte. — O Ankę... — dodał niechętnie. — Babka chciała, bym się z nią rozstał. Ja chciałem, by babka przestała się wtrącać w moje życie. Wychodząc, potknąłem się o jeden z tych kaloszy. Nigdy przedtem nie zostawiała ich na środku korytarza. To było nie do pomyślenia. Stały w szafce, jeden przy drugim. A tu nagle leżały w takim nietypowym miejscu, rozrzucone niedbale. Powinienem był się nad tym zastanowić, ale zaślepił mnie gniew. A to był znak, że coś się z nią dzieje. Najbardziej wkurza mnie to, że ona miała rację. Stara, schorowana, zdziwaczała, a ciągle jeszcze miała rację. Wiedziałem to zresztą tak samo dobrze jak ona, a mimo to chciałem jej udowodnić, że jest inaczej. Wbrew wszystkiemu!

— Zaplątaliście się.

— Zgadza się. Nabiłem sobie przez te buty guza. Nawet kalosze usiłowały mi wtedy przemówić do rozsądku — rzucił już ze śmiechem.

Wyciągnęłam w jego kierunku nogę.

— A co mówią teraz?

— Że wskoczyły w nie długie i wyjątkowo zgrabne nogi. I że od tej pory będę pamiętał właśnie ten moment, a nie tamten. — Przyciągnął mnie i mocno pocałował. Potrafił tak właśnie przewartościować kiepskie chwile.

Zatrzymałam się teraz na środku drogi, by lepiej poczuć ten pocałunek sprzed tygodnia. Nic z tego. Deszczowe strugi zaraz go wypłukały z mojej pamięci, jakby tego dnia nie należało mi się nawet jedno fajne wspomnienie. Bywa!

Ruszyłam więc dalej przez deszcz. Zatrzymałam się dopiero przy Zielonookiej, skąd był widok na ogołocony z liści sad i miasteczko w oddali. Oparłam się o jabłonkę i odpoczywałam chwilę.

— To już wiem, jak się czujesz oblepiona jabłkami. Trzeba się nadźwigać, co? — Pogładziłam przygiętą ku ziemi gałąź. — A teraz nie zostało przy tobie ani jedno dziecko. Zjadłam je. A resztę Jóźwiakowa przerobiła na dżemy i szarlotki. Taka prawda. Mam nadzieję, że nie masz mi tego za złe? — Przytuliłam czoło do kory, a potem chwilę wsłuchiwałam się w to, co pod nią. I tak sobie obie stałyśmy w zadeszczonej ciszy. Jednocześnie przypomniały mi się słowa Marty Jóźwiak. — Coś będę musiała ze swoim życiem zrobić, jabłoneczko. Nie dam rady bez ludzi. Bo z tobą nie da się pogadać. Co najwyżej pomilczeć. Trochę to mało, gdy się pomyśli o życiu tutaj w dłuższej perspektywie. Kto wie, jak często Paweł będzie wyjeżdżał. I na jak długo. Poza tym on nie może być całym moim światem. Aga też ma rację. Nikt by tego nie wytrzymał!

Uświadomiłam to sobie z przykrością. Paweł przez ostatni miesiąc naprawdę przysłonił mi świat. Teraz trzeba się było po tym świecie rozejrzeć — dla dobra Pawła i mego własnego. Nie przetrwam w Zawrociu bez znajomych i przyjaciół. A zwłaszcza bez przyjaciółek — dodałam i od razu zrobiłam przegląd ewentualnych kandydatek. Najpierw postanowiłam się skupić na tych, które mają dzieci. Anna! Przedtem dzielił nas Paweł, ale teraz to musiała być dla niej prehistoria. Zdążyła wyjść za mąż i urodzić dziecko. W dodatku była tu od zawsze, doskonale więc wiedziała, kogo jeszcze w tym miasteczku warto poznać. Potem Ewa! W końcu jestem cioteczną ciotką jej maluszka. Trzeba przedtem odwiedzić sklep z zabawkami. Znajomi Pawła znad jeziora później, bo nie mają małych dzieci.

Oderwałam głowę od kory i spojrzałam na zamazane zarysy miasteczka. Uda się! — postanowiłam. — Musi się udać!

3

Najpierw jednak musiałam zająć się przeciekającą rynną. A właściwie zajął się nią Jóźwiak, a ja jedynie asystowałam mu, gdy umawiał się z blacharzem w jego zakładzie i potem, podczas oglądania szkody.

Blacharza chyba trochę krępowała moja obecność.

— Szkoda pani fatygi — mruknął. — Zmoknie pani. Leje coraz mocniej.

— Mam dobry płaszcz.

— Chyba że tak. Ale po prawdzie, nie wiem, co tu oglądać. Świętej pamięci pani Milska to się takimi sprawami nie zajmowała.

Jóźwiak zerknął na mnie, ale się nie odezwał. Puściłam mimo uszu uwagę blacharza, bo postanowiłam nauczyć się dbać o dom. A to oznaczało, że trzeba poznać wszystkich okolicznych fachowców. Nie mogłam przecież wiecznie polegać na Jóźwiaku.

— Uda się dzisiaj to naprawić? — zapytałam.

— A co ma się nie udać. Po to tu przecież jestem. Na razie zrobi się prowizorycznie, a jak przestanie lać, jutro czy pojutrze, wymienię ten kawałek rynny. Bo łatać już nie ma co. Końcówkę wezmę z tej starej. Połączy się i po kłopocie.

— Dobry pomysł — powiedziałam.

Bo to nie była zwykła końcówka! Oplatała ją metalowa jaszczurka, podobna do tej z kołatki, tylko większa.

Ona też połykała własny ogon. Jak to się stało, że zobaczyłam ją dopiero teraz? No tak, róże! Gdy kwitły, zasłaniały rynnę. A teraz jesień odsłaniała kolejne niespodzianki.

Także i duży srebrny sopelek, który leżał niedaleko rynny. Blacharz nachylił się i podniósł kolczyk.

— No proszę, skarby tu leżą. W zeszłym roku na jesieni, gdy poprawiałem tę rynnę, na pewno go tu nie było. No a wiosną czy latem to tu raczej ciężko dojść. — Zerknął ku górze, gdzie było okno pokoju Pawła. — Chyba że stamtąd spadł. Bo inaczej nie wiem, jak by się tu znalazł. — Spojrzał jeszcze na mnie z nadzieją, że mu to wyjaśnię. Ja nie miałam jednak pojęcia, jak kolczyk tu zawędrował. — Nawet nie za bardzo zaśniedziały — rzucił jeszcze blacharz.

Podał mi kolczyk, który naprawdę wyglądał jak sopel. Tyle że z bliska okazało się, że nie jest srebrny, a z białego złota, w dodatku kunsztownie połączonego z platyną, która tworzyła na nim wzór klucza wiolinowego. Trzycentymetrowe cudeńko. Wyjątkowe!

Spojrzałam na Jóźwiaka, ale on miał zastygłą twarz, z której niewiele dało się wyczytać. Patrzył przed siebie, na ścianę, jakby interesowały go tylko brązowawe zacieki. Byłam jednak pewna, że doskonale wie, do kogo należało to platynowo-złote cacko. Czegoś takiego nie sposób było zapomnieć!

VI. DRZAZGI

1

Anna czekała na mnie w kawiarence „U Basi" sama, bez dziecka, trochę jakby zniecierpliwiona, mimo że zjawiłam się punktualnie. Wybrała ten sam stolik, przy którym siedziałyśmy półtora roku temu, w lecie, i patrzyłyśmy na wchodzącego do środka Pawła. Wpadł wtedy do kawiarni po papierosy i zapatrzył się na nas jak na dwie strzygi.

Zamówiłam zieloną herbatę i ciasto, a Anna kawę. Potem chwilę na siebie patrzyłyśmy w milczeniu. Ani ja nie wyglądałam tak atrakcyjnie jak w tamto pamiętne lato, ani ona. Ja się wybrzuszyłam, a Anna odrobinę zszarzała. Jej włosy straciły rudawy połysk, pod oczyma miała szare podkówki. I tylko ubrania miała równie drogie i starannie dobrane jak przedtem. Zdążyła wrócić do dawnej wagi, więc jak kiedyś leżały na niej doskonale.

Obserwacje przerwała nam pani Basia, która przyszła z tacą i wolno rozstawiała filiżanki i talerzyki. Po jej odejściu Anna jeszcze przez chwilę przesuwała łyżeczkę tam i z powrotem, jakby szukała dla niej idealnego miejsca, a potem spojrzała na mój opięty sweter.

— Mnie mówił, że nie chce mieć dzieci — rzuciła.

— Kto? — zdziwiłam się. Anna nie znała przecież Jaśka, z którym nieopatrznie wyprodukowaliśmy Fasolkę.

— Jak to kto? Paweł! A o kim innym miałabym z tobą rozmawiać? — W jej głosie były dawne, chłodne tony, które znałam z czasu, gdy ona i Paweł stanowili jeszcze parę. Trochę mnie to zdziwiło. Myślałam, że Anna ten rozdział życia ma już za sobą. Gdy widziałam ją w październiku z dzieckiem, wydawała się szczęśliwa. Teraz nie było po tym śladu.

— No tak... Paweł to faktycznie interesujący temat — mruknęłam. — Choć ja myślałam, że sobie tak po prostu nieśpiesznie coś wypijemy i pogadamy o prowincji.

Anna zdawała się tego nie słyszeć.

— Jak to jest, gdy się otrzymuje to, czego nikt inny nie może dostać? — Jej piękne zielone oczy pociemniały.

— Nie wiem. Ja tego też nie mogę mieć. Geny. To maleńkie, podstępne paskudztwo...

Anna się skrzywiła.

— Komu ty to chcesz wmówić! Przecież wiem, że planujecie ślub. Dziwne. Ślubu też nie chciał. Mówił, że nie nadaje się ani na męża, ani na ojca. Ponoć potrzebował muzy, a nie jakiejś tam kury domowej. A tu proszę, ciąża — ironizowała. — Ciekawe, czy to się przełoży na symfonię?

Naprawdę powiało chłodem. Zastanawiałam się, skąd Anna wie o naszych planach. Może Paweł jej powiedział? Wspominał, że spotkał ją w sklepie.

— Życie czasem pisze nowe scenariusze — rzuciłam polubownie. — Tobie napisało chyba całkiem niezły.

— Całkiem niezły, to nie znaczy idealny.

— Nie ma idealnych scenariuszy.

— Akurat! Widać, że jesteś szczęśliwa. Paweł też śmierdział szczęściem na kilometr, gdy się przypadkiem spotkaliśmy. — Anna nie przebierała w słowach. — A to znaczy, że można go było uszczęśliwić. Nie umiałam!

— Bo może akurat wtedy nie było to możliwe. Z różnych powodów... — powiedziałam najłagodniej, jak potrafiłam. Wolałam nie uściślać, że Anna sama była sobie winna, bo weszła w związek z Pawłem tylko na złość tobie, babko.

Zemsta! Chciała ukarać ciebie, ale los spłatał jej figla. Miłość! Tyle że spóźniona o te miesiące, gdy robiła wszystko, by zniszczyć Pawła. Teraz zdawała się o tym nie pamiętać. Była w dodatku za bardzo rozdrażniona, by jej o tym przypominać. — Czas i okoliczności to realna sprawa — dodałam więc tylko ogólnikowo.

— Nawet bardzo realna — burknęła, znowu patrząc z urazą na mój brzuszek.

— Mówił ci, że zostanie ojcem?

— To chyba oczywiste!

— Mówił?

Zastanawiała się chwilę.

— Właściwie... Geny? Co miałaś na myśli...? — Zastygła, bo dotarły w końcu do niej moje słowa. — Rzeczywiście... Teraz sobie przypominam... Powiedział, że będziecie razem wychowywać dziecko.

— I będziemy. Moje dziecko.

Myślałam, że Annie po tych słowach trochę ulży, ale stało się odwrotnie. Po zimnej irytacji już wprawdzie nie było śladu, ale moje wyznanie ją przygnębiło.

— Nie kochał mnie ani przez chwilę. Myślałam, że nie potrafi. A on potrafi. I to jak!

Była zadziwiająco szczera. Pozwoliłam jej to przetrawić.

— Zjedzą was tu żywcem — rzuciła w końcu już zupełnie innym, przyjaźniejszym tonem. — Cioteczne rodzeństwo, dziecko nie wiadomo czyje, w dodatku już w drodze. Nie brak ci odwagi. Jemu, o dziwo, też. Zawsze uważałam go za cholernego strusia, który potrafi tylko chować głowę w piasek. On zresztą tę swoją główkę chował babce pod spódnicę. Bo tak było mu wygodniej. A tu proszę! Odmiana. Tylko czy na zawsze? — Ciągle jeszcze nie mogła sobie darować chęci ranienia mnie. — Żebyś się nie obudziła pewnego dnia ze strusiem przy boku. Jesteś na to przygotowana?

— Nie i nie zamierzam być. Choć jak Paweł będzie tego chwilowo potrzebował, to pozwolę mu się schować. Każdy może mieć gorszy czas.

— To się tylko tak mówi. A potem z dnia na dzień coraz bardziej się pogardza.

— Umiem być sama. On już też to potrafi. Oboje znamy swoją wartość i siłę. Na razie to ja chowam się w jego ramionach. Jestem strusiem z wielkim jajem w środku. Byłaś w ciąży, to wiesz, jak to jest.

— Właściwie nie musiałaś mi mówić, że to nie jego.

— Nie musiałam. Mam zresztą nadzieję, że zachowasz to na razie dla siebie.

— Ale wy chyba teraz nie... — urwała. — Przepraszam... — Kręciła głową nad tą swoją ciekawością, wcześniejszym gniewem i wszystkimi innymi emocjami, które się w niej narodziły. — Czerpałam przyjemność z tego, że ja mam dom i rodzinę, a on nic — przyznała w końcu. — Jego samotność była jakby w komplecie z moim małżeństwem. Wydawało mi się, że tak już zostanie, że on nigdy się nie ustatkuje i zawsze będzie żałował, iż nie zrobił tego ze mną. Moje życie miało mu przypominać, co stracił. — Spojrzała mi prosto w oczy. — To jest ten mój idealny scenariusz. Właśnie wszystko się posypało.

— Tylko czy na pewno? Widziałam cię w październiku z dzieckiem. Byłaś wtedy taka szczęśliwa i wyciszona. Co Paweł ma z tym wspólnego? Nic. Myślę, że wydłubujesz właśnie ostatnie drzazgi z serca.

— Może. — Anna przez chwilę przeganiała łyżeczką kawowe fusy. — Może.

— Nie rozmawiałabyś ze mną, gdyby było inaczej.

— Może — powtórzyła. — Będę musiała żyć bez kompletu. Miałam ich dwóch i to się jakoś składało na jednego idealnego.

— Tylko w wyobraźni.

— To prawda. Fikcja. Jestem mistrzynią fikcji.

— Ja też nią byłam. Przez dziesięć lat każdemu nowemu mężczyźnie towarzyszył fantom mojego nieżyjącego męża. Jak widzisz, też miałam swój komplet. Ale parę miesięcy temu postanowiłam zadowalać się tylko rzeczywistością. To była dobra decyzja.

— A wyglądałaś na taką, co mocno trzyma się ziemi. Kto by pomyślał.

— Ty też wyglądałaś na taką bardziej przyziemną — odcięłam się.

— To jesteśmy kwita — uśmiechnęła się swoim dawnym, pięknym i chłodnawym uśmiechem. — Ciekawe, czy wam się uda. Paweł dotąd miał trudności w trzymaniu się jednego kwiatka, nawet najwonniejszego. — Anna nie byłaby sobą, gdyby nawet w takiej chwili nie starała się wbić mi jakiejś szpili. — A do tego ta upiorna rodzinka. Czy oni już wiedzą o waszych planach?

— Myślę, że to temat na inne spotkanie.

Piękny uśmiech Anny zmienił się w złośliwy uśmieszek.

— Więc nie. To jeszcze nie wiesz, co cię czeka. Nie zazdroszczę. Wprawdzie najmocniejsza zawodniczka może co najwyżej poprzewracać się w grobie, ale zostały jeszcze dwie równie groźne. Nawet nie wiem, która jest gorsza, mamuśka czy siostrzyczka.

Zajęłam się sernikiem.

— Smaczny — powiedziałam. — Polecam.

— O wilku mowa! — Anna wskazała ruchem głowy okno. Emila właśnie wysiadała z samochodu i szukała kluczy, by wejść do domu. Z okna kawiarni „U Basi" było widać to doskonale. — Słyszałam, że na stałe wyprowadziła się z miasteczka. Ktoś mówił nawet o Nowym Jorku, niby że wszyscy zamierzają się tam przeprowadzić, cały klan

Starskich. Ale jak widać, to była tylko plotka. — Emila zniknęła w drzwiach domu. — Twoja upiorna cioteczna siostrzyczka nie odda ci tak łatwo swego ukochanego braciszka. Tego możesz być pewna. Bo on jest jej, a przynajmniej tak jej się wydaje. Na wieki wieków amen! Może podzielić się nim na chwilę, ale to wszystko. Nie wiem, co ta jędza wymyśli i co zrobi, ale na twoim miejscu mocno bym się pilnowała.

Zatopiła spojrzenie w kawowym oczku, jakby nie chciała, bym odgadła jej prawdziwe intencje. Może to było ostrzeżenie, a może próba zasiania we mnie lęku. Albo jedno i drugie jednocześnie.

— Szkoda — powiedziałam.

— Szkoda? Czego?

— Za wcześnie — dodałam. — Może nigdy nie będzie w sam raz.

— O czym ty, do diabła, mówisz?

— O nas. O tobie i o mnie. Nie wiem, czemu wydawało mi się to możliwe.

Milczała długą chwilę, ciągle zapatrzona w głąb filiżanki.

— Też nie wiem — mruknęła w końcu. — Może i szkoda, ale on już zawsze będzie nas dzielił. — Upiła jeszcze jeden łyk i sięgnęła po torebkę. — Wolałabym, żebyście zamieszkali w Warszawie — dodała, wstając.

2

Anna poszła, a ja zostałam z niedopitą herbatą i niedojedzonym ciastem, które smakowało gorzej niż zwykle. Zastanawiałam się, czy cukiernik nie miał dobrego dnia, czy też Fasolka rządziła nawet moim podniebieniem i zmieniała mi smaki. A może to ta dziwna rozmowa z Anną odebrała mi apetyt?

Nie mówiąc już o Emili. Miało jej tu przecież nie być. Paweł przed wyjazdem napomknął, że Emila wyprowadza się stąd na dobre. Słowa Jóźwiaka też zdawały się to potwierdzać. A tu proszę, ciągle jeszcze bywała w miasteczku!

I w dodatku stała teraz przed swoim domem i dyskutowała z jakimś wielkim i umięśnionym chyba na temat fasady.

— Nie ma to jak dom przy Rynku — rzuciła właścicielka kawiarenki, zabierając filiżankę Anny. — Ponoć ma być tu prywatna przychodnia. Pani kuzynka jest lekarką, to i zna różnych takich, co tu mogą leczyć. A pieniążki będą same wpadały do portfela. Tak to już jest. Jednych się trzymają, a drudzy to mogą pęknąć z przepracowania, a i tak wystarcza im tylko na to, by związać koniec z końcem. — W głosie pani Basi było trochę goryczy. — Nie to, bym miała coś przeciwko pani kuzynce. Sama w końcu mam dom przy Rynku, tyle że dużo mniejszy. Tam przecież trzy kondygnacje. I pokoje jak salony. Z sześć gabinetów jak nic można zrobić, a zostanie jeszcze góra do mieszkania — westchnęła.

— Może i pani na tym skorzysta. Jak komuś przyjdzie czekać na lekarza, to przyjemniej będzie mu to robić tutaj, w kawiarni.

— A! — Pani Basia widocznie nie miała nadziei na odmianę. — Taki schorowany to nie myśli o kawie i ciastku, tylko o tym, czy mu starczy na prywatnego medyka.

Odpłynęła z naczyniami, a po chwili wróciła z rachunkiem.

— W Warszawie to pewnie ludzie częściej wychodzą do kawiarni czy klubu. A tu to co najwyżej panowie do knajp — kontynuowała. — A kobiety to kupują ciastka w sklepie i jedzą je przed telewizorami. Takie to u nas obyczaje. Sama pani widzi, jak tu pusto. Chyba że jakaś para się trafi. Ale oni też wolą obściskiwać się w domach, niż siedzieć tutaj. Bo przy kawie czy herbacie to trzeba rozmawiać. A czy oni to potrafią? Miałam tu wczoraj taką parę, co to siedzieli naprzeciwko jak niemowy. Potem on coś powiedział o deszczu. A ona o paznokciu, że lakier odprysnął nie wiadomo jak i kiedy. Taka to była rozmowa. — Przyjęła pieniądze. — Nie warto tu zostawać — dodała. — Ja bym na pani miejscu nie mieszkała w Lilowie ani chwili.

3

Szłam potem przez miasteczko, zastanawiając się nad Anną. Czułam się tak, jakbym obejrzała jakieś nieudane przedstawienie. Nic nie szło według napisanej roli. Bohaterka miała być ciepła i uśmiechnięta, jak podczas spotkania w październiku, a była pochrzaniona i zaczepna. A pamiętałam jeszcze tę dawną, wyrafinowaną Annę z ubiegłego lata, z maską uprzejmego chłodu na twarzy. Która była prawdziwa?

I dlaczego Anna tak się przede mną odkryła? To nie było w jej stylu. Naprawdę tak ją rozstroiło szczęście Pawła czy może coś innego wyprowadziło ją z równowagi, a Paweł tylko dołożył swoje?

A może odkryła się tak bardzo, bo w tym miasteczku byłam jedyną osobą, z którą mogła rozmawiać w taki sposób? Codziennie nakładana maska może zmęczyć. I nagle pojawił się ktoś, kto kiedyś już zobaczył jej prawdziwą twarz i przed kim nie było sensu się kryć. Pozwoliła więc sobie na szczerość.

Jakkolwiek było, rozmowa z Anną nie poprawiła mi humoru. Jej wygląd także. Brak farby na włosach, cienie pod oczyma. Mamuśka! Cokolwiek spracowana. Markowe ciuszki nie zdołały tego ukryć. Ze mną też tak będzie? Fasolka zmieni się we wrzeszczącego bachora i będzie wysysała ze mnie wszystko? O ile to dziecko tak zmieniło Annę. Równie dobrze to mogły być jakieś kłopoty, choćby z mężem.

Jej szczerość też mogła mieć swoje granice. O ile nie była zasłoną dymną.

Co za gówniane myśli! Ale jak mieć lepsze, gdy ktoś taki jak Anna wypada z roli, a wokół jest utopione w mżawce miasteczko z pustymi ulicami. Pewnie akurat leciał jakiś znany serial, dlatego wokół nie było żywego ducha. Nie wiedziałam zresztą, co to mogło być, bo nie miałam telewizora ani w Warszawie, ani Zawrociu.

Lilów! Nigdy przedtem nie przyszło mi do głowy, że mieszkam w Lilowie. Mieszkałam przecież w Zawrociu! A jednak to pani Basia miała rację — mimo że Zawrocie było oddzielone od miasteczka pasem pól i łąk, to ciągle był Lilów. Leśna 3. Pod numerem 2 mieszkali Jóźwiakowie. Po numerze 1 została tylko zarośnięta bluszczem ruina. Najdłuższa ulica miasteczka z dwiema zaledwie posesjami, biegnąca przez pola aż do lasu. Było w tym coś absurdalnego — takie nitkowate przedłużenie miasteczka, anomalia. Z innych stron miasteczko było zwarte. I tylko ta jedna wypustka! Do innych ulic doklejały się domy i kolejne uliczki, a tu nie mogły, bo tuż za miasteczkiem było kilka stawów i bagienek, a dalej ziemia należała w większości do Zawrocia. Za nim zaczynały się już meandryczne rozlewiska Lilijki, piaski i mokradła, które nie zachęcały do tego, by stawiać tam domy. I wreszcie las...

— Świętej pamięci pani Milska nie miała ochoty na sąsiedztwo — powiedziała kiedyś Jóźwiakowa z przekąsem. — Powykupywała wszystko, co było coś warte. I przez to Zawrocie stoi tak w pustce. Mówiłam, by nam trochę odsprzedała, ale się nie zgodziła. Wystarczy wam dzierżawa! — Jóźwiakowa sparodiowała twój zimny ton. — A gdy moi najstarsi, Jadźka i Krzysiek, chcieli się budować obok nas, to pani Milska powiedziała, że zasłonią jej widok i że ona sobie nie życzy. Widok! Jakby można było najeść się i napić widokiem. Nie powiem, pożyczyła nam pieniądze na zakup działek gdzie indziej. No ale mieć dzieci Bóg wie gdzie, to nie to samo co za płotem.

Szłam teraz Leśną i zastanawiałam się nad twoim uporem, by to miejsce pozostało takie jak zawsze. Odkupiłaś nawet tę zarośniętą bluszczem ruinę, by nikt jej nie odbudował. Teraz ode mnie zależało, czy ten widok przetrwa. Było sporo chętnych do osiedlenia się przy drodze do Zawrocia. Jóźwiakowa też nie przestawała marzyć o postawieniu tu domu dla któregoś z młodszych synów czy Renée. Rozumiałam ją. Ale gdy usiłowałam sobie teraz ten nowy dom wyobrazić, czułam dyskomfort. Jakbyś zainfekowała mnie nie tylko swoim egoizmem, ale i estetyzmem. Przecież jeden dom nie mógł aż tak bardzo zepsuć widoku. A jednak nie chciałam go tutaj. Nie wszystkie kawałki świata muszą być zabetonowane. Ten powinien zostać taki, jaki jest. Nie tylko ze względu na mnie, ale i ze względu na wszystkich innych, którzy chodzą tą drogą nad Lilijkę i do lasu. Nie należy psuć ładnych dróg i widoków tak długo, jak to możliwe.

VII. KOMEDIA POMYŁEK

1

Z Anną nie wyszło, więc zadzwoniłam do kolejnej mamuśki, by ją zaprosić do Zawrocia. Ewa miała malutkie dziecko i mogła się stać moją przewodniczką po świecie pieluch, kolek i grzechotek. Do tego była chyba moją najfajniejszą kuzynką. I najżyczliwszą! Może jedynie jej matka, ciocia Zosia, potrafiła okazać tyle samo rodzinnego ciepła. Milscy, linia dziadka Maurycego, zawsze byli gotowi przytulić, nakarmić i otoczyć opieką.

Ewa ucieszyła się z telefonu, ale nie mogła przyjechać do mnie od razu, bo właśnie wybierała się na szczepienie z dzieckiem.

— Możesz zjawić się, kiedy zechcesz — powiedziałam. — Mam teraz czasu pod dostatkiem.

— Domyślam się — zaśmiała się Ewa i obiecała, że przyjedzie, jak tylko będzie mogła. Dość niejasna była to odpowiedź. Ale od matki małego dziecka chyba nie należało spodziewać się innej.

Po odłożeniu słuchawki zaczęłam zastanawiać się nad znajomymi Pawła znad jeziora. Część z nich mieszkała wprawdzie na co dzień gdzie indziej, lecz każdą wolną chwilę starali się spędzać w swoich domach na prowincji. Jak ja!

No właśnie! Wydawali się idealnymi kandydatami na moich nowych przyjaciół. Już bym ich pewnie odwiedziła, gdyby nie to pierwsze, nieudane spotkanie, o którym wcześniej wspominałam.

To był sobotni wieczór, jakieś dziesięć dni przed wylotem Pawła do Stanów. Najpierw zadzwonił Mikołaj. Miał jakąś pilną sprawę, nie na telefon. Tak przynajmniej powiedział Pawłowi. Pięć minut później przed bramę Zawrocia zajechał jednak inny kumpel Pawła, Brunon, z informacją, że Mikołaj czeka na Pawła w domu nad jeziorem. Paweł chwilę się wahał, ale w końcu postanowił tam pojechać. A potem się okazało, że ta pilna sprawa to impreza z okazji kontraktu podpisanego przez Mikołaja. Właściciel nowego hotelu na Mazurach zapragnął ozdobić pokoje „prawdziwą sztuką" — czyli trzydziestoma pejzażami afrykańskimi. Bo hotel nazywał się „Sawanna". Tego dowiedziałam się od Pawła godzinę później.

— Gdybym wiedział, tobym cię ze sobą zabrał — tłumaczył się przez telefon. — Przyjedź! Choć na chwilę. Są tu prawie wszyscy jezioracy, poznasz ich więc za jednym zamachem. A oni ciebie.

— Właśnie zamierzałam wziąć prysznic i wsunąć się pod koc z książką — marudziłam, bo te poprzednie kombinacje jego znajomych nie wskazywały na to, że byli mnie ciekawi.

— Potem wsuniemy się pod koc. Oboje. A jak się nie zjawisz, to będę tu musiał przenocować, bo wszyscy są na rauszu.

On też zaliczył już niejeden kieliszek.

— Jóźwiak może po ciebie pojechać.

— To moi znajomi. Chcę, byś ich poznała.

— Koniecznie dziś?

— To wyjątkowa okazja. Kochanie, proszę...

Głos Pawła owijał mi się wokół głowy jak jakiś świetlisty kokon, który tłumi zdrowy rozsądek. Nie byłam w stanie mu odmówić.

— Dobrze. Jadę po ciebie. Jaki strój tam dziś obowiązuje?

— Dowolny z przewagą szalonego.

— A adres?

— Nic ci to nie powie. Z jednej strony jeziora jest hotel, a z drugiej las i schowane między drzewami domki. Musisz skręcić w leśną drogę kilometr przed hotelem. Trzeci domek z lewej. Zresztą, usłyszysz, gdzie jesteśmy.

2

Warszawka! Tak określiła ich młoda kobieta, którą zapytałam o drogę. Wysoka czarnowłosa trzydziestolatka, z trzema jamnikami, rzuciła to z niechęcią. Ludziom, którzy udawali się w stronę osiedla nad jeziorem, najwyraźniej nie należała się ani uprzejmość, ani rzetelna informacja.

— Skąd ta nazwa? — spytałam.

— Wszyscy stamtąd pochodzą. Jedzie tam pani, to chyba pani wie. — Przybrała obronny ton.

— Tak się składa, że nie. Cóż złego w takim pochodzeniu?

— W pochodzeniu może i nic, ale w zadzieraniu nosa owszem. Trzymają się z dala od innych. Najpierw postawiła tam dom para architektów. Potem ci niby malarze. A później już hurtowo zwlokła się tu reszta. I teraz kursują między stolicą a tym zadupiem, nie zauważając po drodze nikogo innego. O! — wskazała ręką głębokie koleiny. — Rozchlapują to błoto, jakby ta droga należała tylko do nich.

Najwyraźniej jej też nie zauważyli, czego teraz i na zawsze nie zamierzała im wybaczyć.

Spojrzała na moją rejestrację, a potem jeszcze raz na mnie.

— A panią to skądś znam... — rzuciła z namysłem i dystansem. Potem nagle jej rysy złagodniały, aż w końcu na twarzy zagościł świetlisty uśmiech. — No tak! Jak mogłam nie poznać! Wnuczka doktora Milskiego! Odziedziczyła pani w tamtym roku Zawrocie. Widziałam panią na pogrzebie pani babki.

To chyba dziadkowi Maurycemu zawdzięczałam ten piękny uśmiech, a nie Zawrociu czy tobie, babko.

— Znała pani mego dziadka?

— Uratował moją nogę. Chcieli mi ją obciąć, bo pies sąsiada porozszarpywał mięśnie i nerwy. Gdyby nie pani dziadek, byłabym kaleką. Miałam wtedy sześć lat, ale pamiętam, jak się do mnie uśmiechnął i powiedział, że wszystko będzie dobrze, że zatańczę na własnym weselu, że mi to obiecuje. Jemu się wierzyło. Nie było innej opcji. Żałowałam potem, że nie mogę go zaprosić na swoje wesele, ale poszłam przed ślubem na cmentarz i podziękowałam mu raz jeszcze.

Poczułam ucisk wzruszenia w gardle.

— Dziękuję pani za tę opowieść.

— Nie ma za co. Jak pani tu pomieszka, to się pani takich historii jeszcze nasłucha. Elżbieta Kępska — przedstawiła się. — Pracuję w Urzędzie Miasta. Gdyby miała pani jakiś problem, zawsze pomogę. Sekretarka burmistrza niejedno może.

— Dziękuję. To miłe z pani strony.

— Ojciec zajmuje się ogrodnictwem. Może sprowadzić każdą roślinę, jaka się pani zamarzy. Pani babka czasami korzystała z jego usług. Mijała pani po drodze naszą posesję.

— A tak. Dużo malutkich drzewek. Szkółka. Choć może raczej drzewkowe przedszkole.

— Właśnie! — zaśmiała się Elżbieta. — Pani Aleksandra też tak mówiła. Raz na jakiś czas przywoził ją do nas Jóźwiak. Rzadko kupowała, ale lubiła wiedzieć, co ojciec ma. Mówił o tych odwiedzinach „wizytacja"! — znowu się zaśmiała. — Ale pani pewnie najlepiej wie, jaka była pani Mil... — urwała, nagle skonfundowana. — O... przepraszam... głupio mi się powiedziało. Przecież pani tu nie bywała... Przepraszam...

— Nie szkodzi. A te domki? Jak je znajdę?

68

— Rozgadałam się i zapomniałam, dokąd chce pani trafić. Są dwie drogi. Ta po deszczach jest rozmiękła i sporo na niej zakrętów i rozgałęzień. Zgubi się pani. Do tej drugiej trzeba się cofnąć. Za naszą posesją w lewo idzie żwirówka. Ona panią doprowadzi do domków.

— Prosto do Warszawki — rzuciłam przekornie.

— Do Warszawki. Tak ich tu nazywamy. Sama pani oceni, czy to dobra nazwa.

3

Pięć drewnianych domków, trzy większe murowane i dwie okazałe wille. Łączyło je tylko jedno — wszystkie budynki miały równie duże werandy. Na jednej stała grupka palaczy poowijanych w patchworkowe pledy w jaskrawych kolorach. Łatwo było zgadnąć, że to tam jest impreza.

Paweł też tam zresztą był, okutany jak inni. I równie wstawiony. W dodatku z papierosem w ręku, choć ostatnio ze względu na Fasolkę starał się rzucić palenie.

Zamachał do mnie z daleka.

— Jesteś, Bemolku! — Przytulił mnie potem tak, jakbyśmy się nie widzieli co najmniej tydzień. — Tak się cieszę!

— Rausz... — mruknęłam cicho. — Akurat!

Obok stał Brunon, który przywiózł Pawła nad jezioro. Ekolog z opowieści Ewy. I olbrzym — miał pewnie ze dwa metry. Nie spodobało mu się to, co usłyszał.

— Bemolku? — Oglądał mnie od stóp do głów, jakby chciał znaleźć usprawiedliwienie dla tego zdrobnienia. Nie wyglądało na to, że znalazł. — Dziwnie jakoś do niej mówisz. — Pewnie też sobie chlapnął, bo słowa mu się trochę rozciągały. Ale dziwił się jakby mniej rozciągliwie.

Podobnie jak stojący obok przystojniak z burzą jasnych włosów na głowie, który przedstawił się jako Mikołaj.

Spojrzałam pytająco na Pawła. Rozbawiła go ta sytuacja.

— A jak mam się do niej zwracać? Myszko? Skarbie?

Zdziwienie Brunona jeszcze się pogłębiło.

— Nie wystarczy po imieniu?

— Oczywiście, że nie — zaśmiał się Paweł. Klepnął przy tym Brunona, a mnie zaraz potem znowu przytulił. — Nie przejmuj się, kochanie — szepnął mi do ucha. — Zaniedbałem ich przez ten miesiąc. Są trochę zaborczy. Ale to w końcu nie twój problem.

Nie byłam tego taka pewna, tym bardziej że żadna z poznanych później osób nie przyjęła mnie serdecznie. Niby się uśmiechali uprzejmie przy prezentacji, ale chwilę później ten uśmiech znikał. Stałam przy boku Pawła jak nie do końca widzialne zagęszczenie powietrza, które najlepiej ominąć wzrokiem.

Postanowiłam dać im czas, a na razie usiłowałam ułożyć sobie w głowie to, co o nich wiedziałam od Ewy, Pawła i Elżbiety Kępskiej. I przyporządkować tę wiedzę do poznawanych kolejno ludzi.

Dom i patchworkowe pledy należały do Uli i Mikołaja. Oni sami również byli trochę patchworkowi, w ubraniach, które na pewno nie zostały kupione w sklepie, lecz uszyte przez kogoś, kto lubił naturalne materiały i kolory. Przez to wyglądali swojsko, choć była to swojskość starannie wystylizowana. Ula była drobna, ruda i cicha. Mikołaj duży, jasny i hałaśliwy.

Brunon, który przywiózł nad jezioro Pawła i który tak malowniczo się dziwił na werandzie, ponoć rzadko bywał w swoim domku nad jeziorem. Był nie tylko najwyższy w tym towarzystwie, ale i potężnie zbudowany, z ciemną czupryną, kipiący nieuporządkowaną energią, która pchała go ku różnym akcjom i współpracy z Greenpeace. Teraz pchała go do barku i stołu z zakąskami. A potem do kąta, gdzie stał sprzęt muzyczny. Dwa razy zmieniał płytę, aż znalazł taką, na której były dostatecznie szalone rytmy.

Bogna, psycholożka, była dużą blondyną, niepozbawioną uroku i seksapilu. Trochę się wylewała z ubrań, co nie przeszkadzało jej w dobrej zabawie. Cały czas tańczyła. Nie potrzebowała przy tym partnera. Doskonale bawiła się sama ze sobą. Trochę tylko denerwowało ją to, że Brunon co chwila kombinował z płytami.

Sabina i Czesiek, małżeństwo architektów, byli trochę starsi od reszty i bardziej pijani. Ona ubrana jak wamp, on jak luj, który przed chwilą opuścił jakąś mordownię i nawet mu się nie chciało podciągnąć dobrze dresów. Nie przeszkadzało im to w przytulanym tańcu, który zresztą nie miał nic wspólnego z tym szalonym rytmem, narzuconym przez Brunona.

Z osób, które wymieniła Ewa, nie było jedynie kosmitki oraz pary wegetarian. Domków było dziesięć, na imprezie brakowało więc chyba jeszcze kilku innych osób.

I tak ledwie zdołałam zapamiętać, kto jest kto. Nie na wiele się to zdało, bo żadna z nowo poznanych osób nie zwracała na mnie uwagi.

— Czyżbym stała się niewidzialna? — rzuciłam cicho do Pawła, ale nie zdążył odpowiedzieć, bo długie i wysportowane ramię Brunona objęło go i pociągnęło kolejny raz na werandę.

Rozejrzałam się za jakąś potencjalną rozmówczynią czy rozmówcą, ale wszyscy byli zajęci zabawianiem się nawzajem. Opadłam więc na kanapę w kącie pracowni, która robiła też za gościnny pokój. Tam odszukał mnie po paru minutach Paweł.

— Jak się bawisz, kochanie? — spytał z pijacką rozlewnością.

— Doskonale — odrzekłam, bo przysłuchiwała się naszej rozmowie Sabina, która akurat nakładała na talerz męża sałatkę swoją smukłą i wypielęgnowaną dłonią, ozdobioną w dodatku krwistymi paznokciami. Jej mąż był lekko zaokrąglony. Z bliska widać było, że ma czerwoną twarz i szpakowate, nieuporządkowane włosy.

— Doskonale?! — oburzyła się Sabina, dźgając widelcem plasterek łososia. — Czyżby? Po co to udawanie? Zachowujesz się, jakby on był twoją własnością!

Paweł zmarszczył brwi, usiłując sobie tę jej napastliwą wypowiedź jakoś lepiej ułożyć w głowie.

— To znaczy? — spytałam Sabinę.

— Wyrwał się na trochę, a ty już tu jesteś i nie opuszczasz go ani na chwilę. Nie za dużo jak na cioteczną siostrę?

— To ja jej nie opuszczam ani na chwilę — zaprotestował ze śmiechem Paweł.

— A co ci pozostaje, jak nie robienie dobrej miny do złej gry — burknęła jeszcze Sabina i odpłynęła. A za nią jej podstarzały luj.

Paweł znowu zmarszczył brwi z namysłem, ale chyba przeanalizowanie tej sytuacji przerastało chwilowo jego możliwości.

— Nic z tego nie rozumiem. Co jej się stało?

— Co IM się stało! — uzupełniłam.

— Im... — Paweł rozejrzał się po pracowni Uli i Mikołaja i w końcu dostrzegł, że jesteśmy sami w rogu pomieszczenia. — Dziwne. Ale dlaczego?

Nie znałam odpowiedzi. Czułam tylko, że otaczała mnie niechęć. Paweł też to w końcu zrozumiał.

— Pójdę poszukać naszych ubrań — zdecydował.

Gdy na niego czekałam, podeszła do mnie Ula. Niestety, w głosie miała podobną nutkę pretensji jak Sabina, tyle że lepiej to skrywała.

— Już go zabierasz?

— Sam się zabiera.

— Na pewno? — pretensja jednak wymknęła się Uli spod kontroli. — Emila wspominała mi, że jesteś równie zaborcza jak kiedyś twoja babka, ale sądziłam, że przesadza. Godzina wolności to trochę mało.

— Sądzisz, że Paweł jest moim niewolnikiem? Tak niskie masz o nim mniemanie?

— Nie... ale...

— Ale?

— No właśnie! Masz taki oschły ton. I do tego spojrzenie jak...

— Jak? Dokończ!

— A, nieważne...

Ula zakręciła się na pięcie i odpłynęła. A do mnie przypłynął Paweł z naszymi ubraniami.

— Może wolisz z nimi zostać? — zapytałam. — Mogę przyjechać za dwie czy trzy godziny. Możesz też tu przenocować.

— Już się nabyłem. — Paweł przyciągnął mnie do siebie i pocałował w usta, co wysztywniło tańczących obok nas Brunona i Bognę. Aż przystanęli.

To mnie zastanowiło.

— Powiedziałeś im, że jesteśmy razem?

— Oczywiście. Nie widzę powodu, by to ukrywać.

— Kiedy to zrobiłeś? — dociekałam.

— Ze dwa tygodnie temu. W rozmowie z Mikołajem.

To jakbym dał ogłoszenie do rubryki towarzyskiej.

— A jakich słów użyłeś?

— Jakich? — Paweł przez moment usiłował sobie to przypomnieć. — Że zamieszkaliśmy razem. Tak... to mu właśnie powiedziałem. I że z nikim jeszcze nie było mi tak dobrze.

— Cóż, chyba źle cię zrozumiał, a potem oni wszyscy.

— A co tu rozumieć? — Paweł rozejrzał się po znajomych, ale zobaczył ich zdumione miny. Nikt już nie tańczył, a wszyscy patrzyli na mnie. Paweł kolejny raz mnie przyciągnął i pocałował. — Jesteśmy razem.

— Przecież ona jest twoją siostrą! — Sabina była chyba najbardziej zbulwersowana.

— Cioteczną — przypomniał Paweł.

— Ale Emila mówiła... — to była Ula. Urwała i już tylko z niedowierzaniem kręciła głową.

— Emila ani nikt inny nie ma nic do tego.

— Jednak... no sam wiesz... — Spojrzenie Mikołaja powędrowało ku memu brzuszkowi. Dla wszystkich było oczywiste, że to nie mogło być dziecko Pawła. Był przecież od maja w Stanach.

— Żadne jednak. Albo to akceptujecie, albo nie. Wybierajcie.

— Jesteś pijany — zaoponował Brunon.

— Nie aż tak, by nie wiedzieć, co czuję i z kim się związałem.

— Oczywiście... To twój wybór — rzuciła polubownie Ula. — Jesteśmy wprawdzie trochę zdziwieni... ale dopóki będziecie razem...

— Czyli do końca świata! — uściślił Paweł.

— Jasne, niech będzie do końca świata. — Ula usiłowała ukryć zakłopotanie.

— Jasne, jasne — powtórzyła Bogna, by ją jakoś wesprzeć.

Inni tylko pokiwali niewyraźnie głowami. Sabina nie zadała sobie nawet trudu, by pokiwać. Obracała w dłoni widelec i oglądała tak, jakby widziała go po raz pierwszy w życiu.

— Przepraszam, kochanie. — Paweł mnie przytulił. — To nie tak miało być.

— Wiem.

— Oni zazwyczaj... Zapewniam cię...

— Komedia pomyłek. Najważniejsze, że się wyjaśniło.

Nie dodałam, że Emila dołączyła do tej farsy w charakterze źle podpowiadającego suflera. Paweł i bez tego był dostatecznie przygnębiony.

— Jedźmy już. Jestem trochę zmęczona.

— Tak. Jedźmy.

— Miło was było poznać — powiedziałam jeszcze, zdobiąc uśmiech odrobiną ironii.

4

Leżałam teraz na twoim łóżku, babko, owinięta szczelnie puchową kołdrą, zastanawiając się jeszcze raz nad tamtym wieczorem i nad poznanymi wtedy ludźmi. Czy warto przełamywać ich niechęć?

Jedynie Ula przepraszała potem Pawła i proponowała, byśmy wpadli do niej na kawę i wspólnie przepracowali ten nieudany początek. Reszta dzwoniła po kolei, by dowiedzieć się, czy aby na pewno sobie z nich nie zakpiliśmy i czy naprawdę jesteśmy razem.

Pawła w końcu zmęczyły te telefony i przestał je odbierać.

— Nie mam pojęcia, o co im chodzi. Moraliści się znaleźli. Ula i Mikołaj udają małżeństwo, ale to klasyczna kocia łapa. Nie mówiąc już o tym, że on ma zawsze jeszcze jakąś kobietę na boku. Bogna... nieważne... Sabina zdradza Cześka z kim popadnie. Brunon porzucił już piątą narzeczoną. A zajmują się nami, jakby byli bez skazy. — To były pierwsze plotkarskie zdania, jakie usłyszałam od Pawła. Musiał być naprawdę wkurzony, jeśli coś takiego przeszło mu przez gardło.

Miałam mu ochotę przypomnieć o Emili, która najwyraźniej zadała sobie dużo trudu, by mnie przedstawić ludziom z osady w bardzo niekorzystnym świetle. Coś mnie jednak powstrzymywało. Kiedy wredne postępki Emili przeszły w sferę tabu? Jakoś to przegapiłam.

— Może potrzebują czasu — powiedziałam tylko.

— Pewnie tak. Nie rozumiem ich jednak. Tak łatwo cię kochać. Jeszcze łatwiej jest cię lubić. — Przyciągnął mnie. — Naprawdę ich nie rozumiem.

— A ja tak. Nie są we mnie zakochani — zaśmiałam się. Pawłowi nie było jednak do śmiechu.

— Sądzisz, że nie myślę racjonalnie?

— Sądzę, że oboje mamy teraz na nosach wielkie różowe okulary. Mam nadzieję, że nigdy nam z nosów nie spadną. Albo że przynajmniej będą gdzieś pod ręką w tajnej szufladzie i będziemy je stamtąd wyjmować, zakładać i na siebie patrzeć.

— Ja tak o tym nie myślę. Żadne różowe. Widzę twoje wady doskonale, Maty. To niczego nie zmienia.

— To ja mam jakieś wady?!

— Owszem. Twoje omlety czasami są jak podeszwy od starych kamaszy. — To była prawda. Paweł gotował lepiej ode mnie. — Wszędzie rozkładasz niedoczytane książki. Ostatnio znalazłem jedną za koszem z brudną bielizną. Odłożona na chwilę, została na wieki. A że ja robię to samo, to niedługo będziemy mieli puste półki. Nie mówiąc już o tym, że rozpychasz się w nocy i co chwila śpisz w innej pozycji. Naprawdę, kochanie, trudno w nocy za tobą zdążyć. Dziś przez dwie godziny spaliśmy w poprzek łóżek. Dobrze, że są dwa, bo już sam nie wiem, jak by to było.

— Dlaczego nie mówiłeś wcześniej?

— O nocnym dryfowaniu?

— Na przykład.

— Mam dzięki temu swoje przyjemności... — uśmiechnął się szelmowsko. — Bo tak się składa, że podczas tego dryfowania przez noc i półsen nie przestajesz mnie szukać. A to mam twój brzuszek przy nosie. A to głowę pod pachą. Nawet jak już naprawdę daleko odpływasz, to chociaż stopę oprzesz o moje biodro czy udo. Łóżkowe akrobacje. Bywam trochę niedospany, ale w końcu przyzwyczaimy się do siebie. Ty przestaniesz się tak miotać w pościeli, a ja budzić przy każdym twoim ruchu.

— Więc widzisz moje wady? — burknęłam tonem nauczycielki, która właśnie odkryła nieodrobioną lekcję.

— I myślę, że ty równie ostro widzisz moje.

— Mnie wydajesz się doskonały.

— Także i wtedy, gdy śpię do południa?

Miał rację, wkurzałam się, że tak późno wstaje. Rozmijaliśmy się przez większość poranków. Ja miałam ochotę zrywać się wcześnie i pędzić z energią przez kolejne godziny, a on otwierał jedno oko i znowu je zamykał. I jedynie gdy to oko spojrzało w kierunku moich piersi i gdy mnie potem do siebie przyciągał, nasze pragnienia się ujednolicały.

— Nie wiem, czy to wada — zastanawiałam się. — Może raczej różnica.

— Dużo różnic. Jeszcze ich nie chcemy widzieć, ale one są. Będziemy się o nie potykać. I co z tego? Może miłość polega właśnie na tym, że potykanie się o wady osoby, którą się kocha, w tajemniczy sposób dodaje energii, podczas gdy w innych przypadkach rozprasza ją i niszczy?

— Coś w tym jest. Ty na pewno działasz na mnie jak ładowarka.

— Wiem — przyciągnął mnie. — I wiem, że mimo tych różnic, znanych i nieznanych, pasujemy do siebie. Zawsze tak myślałem, a ten miesiąc spędzony razem to potwierdził. Jesteśmy zgodni, nie nudzimy się ze sobą, bez trudu razem ustalamy co trzeba, mamy podobne temperamenty i poczucie humoru — wyliczał.

— Mało romantycznie to brzmi — kaprysiłam. — Nie zapomniałeś o czymś, Kocie?

— Masz na myśli tę chemię, która nas łączy i której nawet Atlantyk nie zdołał wypłukać? Nie mówiąc już o tych ślicznotkach, które widziałem w Los Angeles! — Pocałował mnie tak, że na chwilę poplątały mi się wszystkie myśli. — Dla mnie to nie zakochanie, Maty, ale przeznaczenie. Po prostu jesteśmy sobie przeznaczeni. Trochę nam zeszło, ale się odnaleźliśmy. W końcu!

VIII. CZERWONE NA BIAŁYM

1

I znowu było jak we śnie, babko. Tyle że to był dużo bardziej paskudny sen na jawie niż ten pierwszy, z żabą. Po prostu koszmar!

Ale najpierw było całkiem fajne przebudzenie. Nie kapało! I nie wiało! Odwróciłam się do okna i zobaczyłam, że prószy śnieg. Zerwałam się z łóżka. Za szybą był zupełnie inny świat niż wczoraj. Po tylu szarych, byle jakich dniach miałam przed sobą pobielone, czyściutkie Zawrocie. Widziałam je takie po raz pierwszy. Jeszcze nie zima w pełnym wydaniu, ale już na pewno jej przedsmak.

Spacer! Zobaczyć sad i brzezinkę w bieli! I to natychmiast. Bez mycia i śniadania. Bo jeszcze się wszystko roztopi i nie zdążę niczego obejrzeć!

Psy tylko na to czekały. Biegały wokół mnie równie podniecone, jakby pod stopami miały nie zimny śnieg, a kaczy puch. Śnieg go zresztą trochę przypominał — był płytki, lekki. Wystarczył psi ogon, by odsłoniła się trawa czy żwir.

Narobiliśmy śladów w sadzie i na skraju brzezinki, a potem zawróciłam, bo mi się zachciało wyjść za bramę Zawrocia, by zobaczyć, jak śnieg odmienił pola i rozlewiska przy Lilijce. I zachciało mi się o tym wszystkim opowiedzieć Fasolce. I nawdychać się zapachu zimy, by dotarł do podskórnego jeziora. Należało się to Fasolce po tych smętkach i szarościach z ostatnich tygodni.

Doszliśmy do bramy. Psy też miały ochotę na spacer.

— Unta, idziesz ze mną! A wy zostajecie na straży Zawrocia. Remi, Reks, co ja powiedziałam? Nie pchać się do bramy!

Nietoperz! Tym razem był to nietoperz przyklejony do tego samego mosiądzu, na którym parę dni temu siedziała żaba. Zajęta psami, nie spojrzałam na klamkę, tylko ją złapałam. Zamiast sztywnego metalu dotknęłam czegoś zimnego, miękkiego i lepkiego. Cofnęłam rękę i zobaczyłam na niej krew. Zaczęła skapywać nie tylko z moich palców, ale i z klamki, brudząc śnieg.

Ktoś starannie wybrał dzień, babko. Na śniegu krew robiła większe wrażenie niż na ziemi czy betonie. Nie krzyknęłam jedynie dlatego, że głos ugrzązł mi w krtani. Poczułam w dodatku, że robi mi się słabo. Może bym i pacnęła na ziemię, ale Unta zaczęła skakać i obszczekiwać obrzydlistwo na klamce i wyrwała mnie w ten sposób z koszmaru.

Remi i Solmi dołączyły się z drugiej strony bramy.

— Cisza! — udało mi się wykrztusić. — Trochę za późno się zabieracie za to ujadanie. Trzeba mnie było ostrzec.

Nabrałam powietrza, by nieco dojść do siebie, ale to nie był dobry pomysł, bo poczułam Chanel 5. Znowu zrobiło mi się na chwilę niedobrze. Tym bardziej że nietoperz prezentował się dużo gorzej niż żaba. Miał podciętą głowę, która zwisała teraz z boku na cienkim płacie skóry. Małe ciałko ociekało krwią. Było jej dziwnie dużo jak na takie niewielkie stworzenie. Ścisnęłam je nieopatrznie i krew wypłynęła.

Te obserwacje nie poprawiły mi samopoczucia. Cofnęłam się, zawołałam Untę i starannie zamknęłam bramkę na klucz. Jóźwiak! Trzeba natychmiast zadzwonić do Jóźwiaka. Niech z tym coś zrobi!

Ja musiałam się uspokoić, by nie zaszkodzić Fasolce. Miałam wrażenie, że tłucze się w moim brzuchu od ściany do ściany jak przerażona rybka w akwarium, które ktoś rozbujał.

— To naprawdę nic takiego — szeptałam w drodze do domu. — Zabawa w kolory. Trochę białego i trochę czerwonego. Zaskakujące zestawienie, ale przecież ładne. Oblejemy to meliską, skarbie. Duży kubek melisy. Co ty na to? Będziemy po nim spokojne jak rzadko kiedy.

2

Miałam nadzieję, że nietoperz zniknie bezpowrotnie, ale to nie Jóźwiak był pierwszy przy bramie, a Ewa. Kolejna odsłona horroru, poprzedzona spokojniejszymi minutami. Już byłam po uspokajającym prysznicu, melisa też już stygła w największym kubku, jaki znalazłam w kuchni. Nawet ogień już buzował na kominku. Obok był zapas drewna, który mógł starczyć nawet na dwa dni. Pomyślałam, że brakuje mi jedynie cienkich patyków, które paliły się ładniej niż grube polana. W koszu miałam już tylko parę gałązek. Szyszki też się kończyły. Trzeba się było wybrać do drewutni.

Nie doszłam tam, babko. Zawrócił mnie krzyk Ewy, dobiegający zza bramy Zawrocia. Serce kolejny raz tego dnia podeszło mi pod gardło. Psom chyba też, bo rozszczekały się histerycznie i jazgotliwie. A za chwilę usłyszałam jeszcze płacz dziecka w samochodzie Ewy.

Ruszyłam w tamtym kierunku. Psy już były przy bramie.

— Spokój — krzyknęłam, by nie przeraziły dziecka swym szczekaniem. Już i tak mocno się przelękło wrzaskiem matki.

— Przepraszam — usprawiedliwiała się Ewa, gdy znalazłam się przy niej. — Pewnie cię wystraszyłam. Uf! Chciałam nacisnąć dzwonek i wtedy to zobaczyłam. Brr! Ohyda! — Ewa jeszcze parowała obrzydzeniem i strachem. — Nie patrz.

— Już to widziałam.

— Co za debil to zrobił! Sadysta jakiś. — Ewa nogą nasunęła na plamę krwi trochę śniegu. — No, teraz lepiej. Dobrze, że nie trzymałam małego na rękach, bo jak nic wylądowałby na chodniku. A tak tylko się wystraszył. Ciii... — To już było do Kamilka, który głośnym płaczem dawał z samochodowego fotelika znać, co myśli o całym tym zamieszaniu. — No już... już... — Ewa odpięła dziecko i przytuliła. Niewiele to dało, zaczęła więc intensywnie nim potrząsać. — Nie rób wiochy, chłopie — dodała stanowczym tonem.

Mały o dziwo posłuchał i już tylko chlipnął parę razy, a potem zajął się swoimi palcami.

— Jest coraz głośniejszy i cięższy. — Ewa była trochę zasapana.

Nic dziwnego, sama była drobną istotką, niewyglądającą na swój wiek. Aż trudno było uwierzyć, że zdążyła skończyć medycynę i zostać matką. Zwłaszcza że przez ostatni miesiąc udało jej się zrzucić większość kilogramów, które zostały po ciąży.

Odsunęłam kocyk i zagadałam w gulskim. Mały po chwili zastanawiania się, o co mi chodzi, uśmiechnął się słodko.

— No... i coraz przystojniejszy — dodałam zachwycona.

— Jak ci się tak podoba, to go sobie bierz. — Ewa wręczyła mi Kamilka i zaczęła wyciągać z samochodu koszyk małego i torbę.

— Ale fajnie, że jesteście, bardzo fajnie — mówiłam, trochę spieszcząc, by mały również wiedział, jak bardzo cieszę się z tej wizyty. Psy też merdały ogonami. A Unta ocierała się o marchewkowe paltko Ewy jak kot.

Ewa na chwilę zostawiła klamoty, by potargać jej kudłaty łeb.

— Jesteś coraz grubsza. I masz coraz większą brodę. Nie wiem, czy to wypada, suniu?

Inne psy też nastawiły łby do głaskania. Nawet Solmi, który nie znał Ewy, poszedł za przykładem Remiego i Unty.

— Pobrudzą cię. No już, za bramę! — zadysponowałam.

Psy posłuchały.

— Nie wiem, jak ty to robisz — powiedziała z podziwem Ewa.

— Szczerze mówiąc, ja też nie wiem, jak ja to robię. To się nazywa dobre wychowanie. Nie ja je wychowałam, zatem to nie moja zasługa, że są takie karne.

— Może i tak.

— Chodźmy do domu, bo zaczyna mżyć. Szkoda. Krótko było tego białego.

Ewa zamknęła samochód i zerknęła na nietoperza.

— A to paskudztwo tak tu sobie będzie siedziało i straszyło? — zapytała.

— Ktoś zainwestował w dobry klej. Masz ochotę na zeskrobywanie go nożem czy czymś podobnym?

— Ja? W życiu!

— Ja też nie. Więc póki co musi tu siedzieć. Dzwoniłam już do Jóźwiaka, by to usunął.

— Jóźwiak! — rzuciła Ewa z udawaną zazdrością. — Dobrze mieć takiego Jóźwiaka pod ręką. Babka Aleksandra sprytnie to obmyśliła. Praca za użytkowanie domu, budynków gospodarczych i dzierżawę pól. Feudalne obyczaje.

— Może i tak. Choć ja nie czuję się tak dobrze w istniejącym układzie jak ona.

— Nie chcesz mieć służby? — zaśmiała się Ewa. Jak wszyscy Milscy miała nie tylko zdrowy rozsądek, ale też skłonność do śmiechu i przekomarzanek.

Ja jednak po konfrontacji z nietoperzem byłam dziś bardziej w klimacie twojej familii, babko, Kamilowskich, też zdroworozsądkowych, ale ze skłonnością do dostrzegania wszystkich rys i cieni.

— No jakoś nie bardzo — rzuciłam malkontencko.

— Ale w sumie masz.

— Nie żartuj sobie.

— Może nie służący, ale rządca na pewno — droczyła się dalej Ewa.

— To już bliższe rzeczywistości.

— Kimkolwiek on jest w Zawrociu, cieszę się, że usunie to biedne zwierzątko — dodała.

Weszłyśmy do domu. Psy były niepocieszone, że muszą zostać na zewnątrz. Nie wpuściłam nawet Unty. Wiedziałam, że nic nie zrobi małemu, ale nie chciało mi się wycierać jej ubrudzonych łap.

Otworzyłam drzwi salonu. Ewa pod marchewkowym paltkiem miała szmaragdowy golf, fioletową spódnicę z jaśniejszym, lawendowym paskiem, i do tego zielone rajstopy. Zapatrzyłam się na te wszystkie kolory.

— Wiem, wyglądam jak papuga. To powiedzonko mamy. Zastanawia się, jak dwie szare myszy wychowały coś takiego. Romek, gdy jest na mnie wkurzony, nazywa mnie Arą. A jak ma romansowy humor, to jestem jego ukochanym kanarkiem.

— Gra w kolory.

— Zgadza się.

Mały też był kolorowy. Ewa wyjęła go z niebieskiego kombinezonu, poprawiła śpioszki w tygrysie, biało-pomarańczowe paski i włożyła do koszyka wyścielonego kocykiem w gołębim kolorze. Sama zaś opadła z ulgą na fotel przy kominku.

— Jak ja lubię ten fotel! I ten kominek! I to, że ilekroć tu jestem, pali się w nim ogień! — Wyciągnęła ku niemu ręce.

Palił się i to całkiem spory. Nie żałowałam drewna, by jakoś wygrzać ten nietoperzy splin. A teraz zyskałam jeszcze inne źródła ciepła. Ewa zjawiła się w samą porę — kolorowa, emanująca dobrą energią i wewnętrzną radością, która była zaraźliwa. W dodatku miała ze sobą jeszcze jedno źródełko ciepła, promieniujące jak mały, ale bardzo wydajny piecyk! Sama już nie wiedziałam, przy którym się grzać.

— Zostaw tego tygryska, może zaśnie — zdecydowała Ewa.

Wróciłam więc do kominka i wrzuciłam parę ostatnich patyków, wokół których od razu owinął się ogień.

— Niesamowite! — zachwyciła się Ewa. — Namawiam mamę na kominek, ale dotąd nie zdołaliśmy ustalić, w którym miejscu mógłby stanąć. Bo przy ścianie w salonie, za którą jest przewód kominowy, od zawsze stoi telewizor. Mama i tatuś twierdzą, że takie ognisko domowe w zupełności im wystarcza. Chyba więc nie zostaje nic innego, jak zrobić kominek na górze. Tylko muszę jeszcze namówić... Strzela! — zawołała, nie kończąc zdania, ale i tak wiedziałam, że ma na myśli Romka, swego męża, z którym mieszkała na piętrze rodzinnego domu. — Fajerwerki!

Ja też miałam ochotę na wykrzykniki, ale z zupełnie innego powodu. Znowu byłam przy małym. Właśnie rozstrzygał hamletowe: spać albo nie spać. Spojrzał na mnie sennie, spróbował się nawet uśmiechnąć, ale sen zwyciężył. Cudo! Małe, słodkie cudo! Pachnące mlekiem i oliwką! Szkoda, że zasnął. Tak przyjemnie byłoby go jeszcze trochę pozaczepiać!

3

— Ciekawe, kto przykleił do klamki tę ohydę? — zastanawiała się Ewa parę minut później. — Gdyby tu mieszkał dziesięciolatek, tobym to jeszcze rozumiała. A tak!? Miałaś jakiś konflikt z tubylcami?

— Nie. Nie licząc Emili, oczywiście.

— Kochana cioteczna siostrzyczka. Ale nietoperz to za słabe jak na nią! Pyton, krokodyl, rekin! W każdym razie coś, co by cię od razu pożarło — zaśmiała się.

Chwilę później wzrok Ewy przyciągnęło miejsce, w którym przedtem stał fortepian. Spoważniała. Czy dlatego, że spalenie fortepianu doskonale pasowało do Emili? Nawet jeśli tak pomyślała, nie powiedziała tego głośno. Pewnie jednak nie przyszło jej to do głowy, bo przecież według oficjalnej wersji fortepian zapalił się od świeczki.

— Pusto — rzuciła.

Miała rację. Dopiero gdy zabrakło fortepianu, widać było, jak ważnym meblem był w salonie. Została po nim przeraźliwa pustka. Dywan przykrywający nadpaloną podłogę jeszcze tę pustkę podkreślał. W domu były meble, które mogliśmy tam postawić, ale ani ja, ani Paweł nie potrafiliśmy tego zrobić.

— Kwiat! Ja bym umieściła tam wielki kwiat.

— Podłoga jest trochę naruszona. Najpierw trzeba ją naprawić.

— Akurat! Żałoba po fortepianie! Przyznaj się.

— Może i tak. To pierwsza rzecz w moim życiu, za którą tęsknię. Do tej pory łatwo rozstawałam się z przedmiotami i meblami. Nawet bardzo łatwo.

— Babka Aleksandra powiedziała mi kiedyś, że każdy instrument muzyczny ma duszę. To mnie w dzieciństwie fascynowało i niepokoiło. Ilekroć byłam w Zawrociu, zastanawiałam się, gdzie w fortepianie ta dusza siedzi. I czyja to dusza. Bo było dla mnie oczywiste, że czyjaś, przyciągnięta przez muzykę. Przez to zawsze trochę się tego fortepianu bałam. I podziwiałam Pawła, że potrafi sobie poradzić nie tylko z tyloma klawiszami, ale i z widmem. A teraz wszystko strawił ogień.

— Ciekawa opowieść.

— A może myślałam o tej nieszczęsnej duszyczce, bo Emila mnie nią straszyła? — zastanawiała się jeszcze Ewa. — No bo jedno zdanie babki Aleksandry pewnie by mi nie zapadło w pamięć, a potępieńczych jęków Emili i latania wokół fortepianu nie sposób było zapomnieć. Miałam potem serię takich dość przerażających snów, w których jakaś biała zjawa odrywała się od politury i frunęła ku mnie. Brr! Stare czasy. Emila nie tylko szczypała mnie boleśnie w moją pulchną wtedy pupę, ale i skutecznie zasiewała we mnie lęki.

— Jeszcze ciekawsza opowieść. Życie, które się tu toczyło... Nie byłam niestety jego częścią.

— Przepraszam... Nie powinnam była...

— Spokojnie! Tak tylko mi się powiedziało. I zatęskniło za inną wersją dzieciństwa. Mam Zawrocie teraz, to najważniejsze.

— Też tak myślę. A ta dusza... — Ewa złośliwie zachichotała — nie zdziwiłabym się, gdyby w fortepianie tak naprawdę mieszkała dusza Emili. A przynajmniej pomieszkiwała. Bo Emila zawsze wydawała mi się trochę bezduszna.

— Mnie też — przyznałam się i zajęłam się przesuwaniem polan w kominku. Nie mogłam jej powiedzieć, jak jest blisko prawdy. Może Emila musiała spalić fortepian, by wyzwolić nie duszę Pawła, jak myślałam przedtem, a swoją? O ile to zrobiła ona. Pewne było jedynie to, że ktoś podpalił fortepian, gdy ja kochałam się z Pawłem. Świeczka była z nami na górze.

— Ale mamy tematy... — Ewa chyba zorientowała się, że czas poszukać innego. — Nietoperz, spalony fortepian i bezduszna szczypawka.

— To przez ten nagły niż — zerknęłam ku oknu. — Już po śniegu. Znowu szaro.

Ewa patrzyła na mnie badawczo, jakby chciała zobaczyć, jak bardzo nasiąknęłam tym szarym. Miałam jej ochotę powiedzieć, że po brzegi, ale małemu chyba coś się nieprzyjemnego przyśniło, drgnął nerwowo, obudził się, a potem zaczął szukać oczyma matki. Wpakował sobie w dodatku do buzi całą piąchę.

Ewa westchnęła.

— Głodny. One są co chwila głodne. Sama zobaczysz za parę miesięcy.

— To ty karm, a ja zrobię ci coś do picia. Kawa? Herbata? Sok?

— Bawarka — zaśmiała się i wzięła na ręce małego.

4

— Paweł mi powiedział... o was — rzuciła Ewa dwadzieścia minut później, gdy mały już znowu spał, a my siedziałyśmy z kubkami w dłoniach. — Zadzwonił przed wyjazdem...

To dlatego cały czas tak badawczo mi się przyglądała.

— Zatem już wiesz — mruknęłam.

— W sumie mało się znamy... — dodała mniej pewnie niż zwykle. — Może nie chcesz o tym rozmawiać akurat ze mną?

Chwilę się nad tym zastanawiałam. Ale jeśli nie z Ewą, to z kim?

— Pewnie przeżyłaś szok — powiedziałam.

— Potrafisz zaskoczyć... A właściwie potraficie zaskoczyć. Oboje! Wiedziałam, że jesteś dla Pawła ważna. Cieszyłam się z tego, że on tak dobrze czuje się w Zawrociu, ale nigdy bym nie pomyślała... — Ewa kręciła głową, jakby jeszcze nie do końca potrafiła się z tym pogodzić.

— Uwierz mi, broniliśmy się przed tym z Pawłem długo. Cioteczny brat... Kto chce takiego związku? My też nie chcieliśmy.

— To kiedy to się właściwie zaczęło?

— Kiedy? — zastanawiałam się. — Od pierwszego spojrzenia na pogrzebie babki? Od pierwszej frazy, którą zagrał? Nie wiem. Myślisz, że dlaczego trzymałam się przez poprzednią jesień i zimę daleko od Zawrocia? Bo był tu Paweł! Wyjechał wiosną do Stanów, by mi zwrócić to miejsce. Uciekaliśmy od siebie, ale nie uciekliśmy. To było silniejsze od nas.

— To samo powiedział mi przez telefon Paweł. Ale w tej sytuacji... — spojrzała na mój brzuszek i znowu pokręciła głową. — Przepraszam... Chyba nie powinnam...

Więc tak to będzie? Wątpliwości, niedopowiedzenia, niechęć? Nawet w przypadku tak życzliwej nam osoby jak Ewa?

— W porządku. Możemy o tym rozmawiać. Choć mogę ci powiedzieć tylko tyle, że gdy Paweł był przy mnie, nie miałam żadnych obaw czy wątpliwości. Żadnych! On też. A co będzie potem, czas pokaże.

— Ale ślub? Powiedział, że planujecie ślub. Nie za wcześnie na to?

— To nie był mój pomysł. Ja w ogóle nie jestem przywiązana do formalnych związków. Wiesz, że już miałam męża. Gdy się go traci w rok po ślubie, to formuła „i nie opuszczę cię aż do śmierci" nabiera innego znaczenia.

— Paweł też kiedyś tak myślał. Teraz powiedział mi, że chce mieć to czarno na białym. — Znowu popatrzyła na mnie uważnie, jakby chciała dociec, jak doprowadziłam go do takiej desperacji.

— W Stanach będzie miał czas, żeby ochłonąć — zauważyłam. — Jego mamuśka już się o to postara.

— No nie wiem... — Ewa już się trochę rozluźniła. — Wzięło go. Przyszłam sprawdzić, czy ciebie także — powiedziała bez ogródek.

Cóż, mnie tylko lubiła, a Paweł był jej ukochanym, przyszywanym starszym bratem. To o niego się martwiła, nie o mnie.

— Także — powiedziałam.

— Wiem. Wystarczyło na ciebie spojrzeć. Wpadłaś po uszy. Rany, ale będzie skandal. Myślałaś o tym?

— Przy Pawle... jakoś tak mało miałam myśli. Co innego teraz, gdy go tu nie ma. Może ten wyjazd jest właśnie po to, byśmy oboje zaczęli znowu myśleć?

— Babka Aleksandra pewnie przewraca się w grobie. —
Ewa najwyraźniej postanowiła dopowiedzieć wszystko do
końca.

— Może mieć pretensje tylko do siebie. Gdyby nie wy-
dziedziczyła mojej matki albo gdyby przynajmniej zaprasza-
ła do Zawrocia mnie i Paulę, tobym znała Pawła od małego
i kochała albo nienawidziła jak brata. A przez nią widziałam
go raz jeden w dzieciństwie, a potem ujrzałam go dopiero na
jej pogrzebie. Był obcym mężczyzną. Cholernie przystojnym
i intrygującym. On też zobaczył kobietę, a nie cioteczną siostrę. Ja usiłowałam potem dostrzec w nim brata, a on nawet
nie próbował widzieć we mnie siostry. Może po prostu jest
mniej zakłamany. Nie wiem. Pewne jest tylko to, że się nie
oparliśmy. I że ten miesiąc spędzony z Pawłem to najlepsze,
co mi się zdarzyło od lat. A może w ogóle?

— Paweł powiedział to samo. Jakbyście się umówili.

— Nie umówiliśmy się. Po prostu czujemy podobnie.

— Dwie połówki i te rzeczy? — Ewa zaśmiała się, ale nie
przestawała patrzeć badawczo.

— Coś w tym rodzaju. Choć może więcej elementów
w tym wypadku składa się na całość... — położyłam ręce
na brzuszku.

— Zdajesz sobie sprawę z tego, że nie wszyscy ci uwierzą?

— Tak. I zdaję sobie sprawę, że niewiele osób to zaakceptuje.

— Ja nad tym pracuję.

— Ale nie jest lekko, co?

— Nie jest — przyznała Ewa. — W dodatku dziecko tak
wiele zmienia w życiu i związkach. Wy jeszcze tego nie wiecie. A jak potem okaże się, że jednak nie da się tego wszystkiego poskładać do kupy?

— Gdybyś słyszała, jak on rozmawia z Fasolką...

— Jak ta Fasola potem się urodzi, rozwrzeszczy, zwali kupę i zwymiotuje na kołnierz, to już nie będzie tak poetycko.

— Mówiłam to Pawłowi. Także i to, że nie ma się co tak śpieszyć ze ślubem. Nie słuchał!

— Ale ślub po Nowym Roku? Szalone tempo.

— To plany Pawła.

— A twoje?

— No właśnie się zastanawiam. Nie wiem, jak on mnie do tego namówił.

— Miesiąc... Mało czasu na dotarcie się. Co wy właściwie robiliście przez te cztery tygodnie? — drążyła dalej Ewa.

— Głównie słuchaliśmy jesieni. Bardzo muzyczna pora — zażartowałam.

— Pytam poważnie.

— Poważnie... to sobie bytowaliśmy. Paweł gotował obiady, ja robiłam sałatki i wkładałam rzeczy do pralki, on coś tam grał na pianinie albo skrobał na pięcioliniach, spacerowaliśmy i robiliśmy sobie zdjęcia, Paweł uczył mnie tanga, ja czytałam mu scenki z tłumaczonej tragikomedii, on się śmiał albo krzywił, że nudziarstwo, przymierzałam rzeczy babki, a Paweł mówił, w czym mu się podobam, a potem on przymierzał mundur Maurycego i ciął wroga szablą, rozmawialiśmy o Paryżu, Berlinie, Nowym Jorku i o tym, gdzie pojedziemy już we troje, z Fasolką, opowiadaliśmy sobie, co lubimy, a czego nie. Jak widzisz, nic specjalnego.

— Paweł wspomniał o zaręczynach. Chyba nie dostałaś pierścionka na deser do obiadu? — Ewa umierała z ciekawości.

— Nie. Paweł wyciągnął go z kieszeni munduru po tym, jak przestał atakować szablą niewidzialnego wroga i przyklęknął przede mną.

— Za mundurem panny sznurem...

— Myślałam, że to żarty, ciąg dalszy przebieranej scenki, pozwoliłam więc mu wsunąć pierścionek na palec. A potem się okazało, że to było na poważnie.

— Wiesz, że tak właśnie oświadczył się Maurycy twojej babce? W tym mundurze!

— Tak. Paweł mi to później opowiedział.

— Ale nie byłaś wtedy w kiecce Aleksandry?

— Nie. Aż tacy dziwni nie jesteśmy. Miałam na sobie własne trykoty. Za to byłam w kapeluszu babki.

— Wiedziałam! — Ewa się zaśmiała, a potem znowu zaczęła kręcić głową. — Rany! Ale wykręciliście numer. A ty to nawet dwa numery! Nie wiem, który gorszy.

— Ja też.

— A może trzeba to przewartościować i spytać, który lepszy? — Ewa puściła do mnie oko.

Mogłam się spodziewać, że po krótkiej wewnętrznej walce stanie po naszej stronie. Miała w sobie dobre geny Milskich, którzy zawsze potrafili dostrzec słoneczne refleksy nawet w najczarniejszych sytuacjach. Ja też trochę tych genów odziedziczyłam po dziadku Maurycym i po własnym ojcu, ale nie tyle, ile bym chciała. Ewa miała ich więcej.

— Jedno jest pewne, będzie się działo! — kontynuowała żartobliwie. — Mam cię wspierać. Takie dostałam od Pawła zadanie. Obiecał mi za to przywieźć ze Stanów najlepsze perfumy, jakie tam wywącha. Wiesz, że jestem uzależniona od przywożonych przez niego zapachów.

— Wiem. A ja jestem uzależniona od niego. Jesteś w lepszej sytuacji, bo zapach można trzymać w buteleczce i otwierać ją, kiedy się chce. Nie wiem, jak przeżyję najbliższe tygodnie — westchnęłam teatralnie.

Ewa w odpowiedzi zerwała się i mocno mnie przytuliła. To również było w stylu Milskich. Chłonęłam nie tylko jej ciepło, ale i otaczające ją wonie. Naprawdę interesujące. Pomyślałam, że ktoś tak wrażliwy na zapachy może mi pomóc w rozwikłaniu pewnej śmierdzącej zagadki.

— Może znasz kogoś, kto lubi Chanel 5? — zapytałam.

Ewa oderwała się ode mnie i opadła na fotel.

— Chanel 5? Moja szefowa! — rzuciła żartobliwie, ale miałam wrażenie, że moje pytanie trochę ją zaniepokoiło.

— A poza nią?

Ewa spoważniała.

— Dlaczego właściwie o to pytasz?

— Nie czułaś tego zapachu przy bramie?

— Może i tak... Odrobinę... Pomyślałam, że przypłynął od ciebie.

— Nie ode mnie.

— No tak... Nie używasz teraz perfum... Też tak miałam w ciąży...

— Przed nietoperzem była żaba — kontynuowałam. — I to wielkie, nakrapiane, paskudne żabsko także pachniało Chanel 5. Dziś to była kropla. Poprzednim razem ktoś wylał z pół butelki.

— Pół?... — Ewa była zszokowana. — Byłam pewna, że ten nietoperz to jakiś wredny, głupi dowcip. Gdy się komuś zazdrości, to czasami coś takiego przyjdzie do głowy. A tu jest czego zazdrościć. Ale pół butelki...? Jesteś pewna?

— Jestem. Mało mnie od tego zapachu nie zemdliło. I to nie była żaba spod kamienia, a wypreparowana. Jak na zwykłego zazdrośnika, trochę to dziwne...

— Chyba nie myślisz, że to Emila? — zaniepokoiła się Ewa. — Nietoperz... to jeszcze, ale ta pachnąca żaba zupełnie do niej nie pasuje. Nie mówiąc już o tym, że Chanel 5 są dla niej zbyt pospolite. — Ewa dziwnie mocno jej broniła. — Ta wasza krewna z Francji, Wiktoria, rozpuściła pod tym względem nie tylko Pawła, ale i Emilę. Najlepiej pachnąca rodzina w okolicy — kontynuowała z przekonaniem. — Zresztą wiesz o tym równie dobrze jak ja. Można różne rzeczy o Emili powiedzieć, ale pachnie zawsze wyjątkowo.

— Tak... wyjątkowo i za każdym razem inaczej — przyznałam.

— Ale ten rozcięty nietoperz i krew są w jej stylu. Wygląda to trochę tak, jakby ktoś chciał, byś myślała, że to mogła zrobić Emila.

To była celna uwaga.

— Tylko kto? — zastanawiałam się. — I dlaczego? Już bardziej nas nie może skłócić.

— Ale popsuć humor owszem. Jesteś właścicielką Zawrocia. To jedyna posiadłość w okolicy, która ma własną nazwę. Każdy wie, gdzie to jest. I niejeden ma gulę na myśl o tym, że to wszystko należy do ciebie. Wzięłaś to pod uwagę?

— Wzięłam, ale nie mogę się oprzeć wrażeniu, że to coś innego, bardziej osobistego. — Opowiedziałam Ewie o telefonie odebranym przez Agę. — To na pewno nie Emila czy Renée. Annę też wykluczyłam. Może jest tu gdzieś jeszcze jakaś inna kobieta zakochana w Pawle? Wiesz coś o tym?

— Ja...? — Ewa się na chwilę zmieszała. — To już musisz spytać Pawła o jego byłe.

— Rozumiem, nie wydasz braciszka. A ci znad jeziora? — drążyłam. — Ktoś byłby zdolny do takiego telefonu i takich makabrycznych kawałów?

— Nie sądzę. Wiem od Pawła, że pierwsze spotkanie z nimi było kiepskie, ale jak ich lepiej poznasz, to przekonasz się, że to naprawdę fajni ludzie.

— Może.

— A pomyślałaś o takich całkiem banalnych powodach? Jakaś obrażona ekspedientka, dzieciak, któremu zwróciłaś uwagę, wyrostek, którego obszczekały psy? — Ewa usiłowała skierować moje myśli na inne tory.

— Zapewniam cię, że nie zdążyłam nikogo tu obrazić. Oni zresztą by nie wylewali pół butelki drogich perfum — zauważyłam.

— No tak, masz rację. To już tylko przychodzi mi do głowy jakiś oszołom, który w ten sposób usiłuje zwrócić na siebie uwagę. Może warto to zgłosić na policję? Oni mają namiary na takich.

— Nie mam ochoty na opowiadanie jakiemuś facetowi, że jestem prześladowana za pomocą żaby i nietoperza. Dopóki te paskudne żarty nie przekraczają bramy Zawrocia, jestem w stanie to olewać. Jak przekroczą, to się tym zajmę.

— Jest to jakiś plan. Gdyby zrobiło się za bardzo krwiście... — Ewa podniosła znacząco brew — to możesz się przenieść do nas. Mama się ucieszy. Mnie też przyda się towarzystwo. Przy okazji przejdziesz mały kurs zajmowania się niemowlakiem. Będzie potem jak znalazł.

— Dzięki.

Ewa zajrzała mi w oczy.

— A może zabiorę cię od razu?

Chwilę się nad tym zastanawiałam. Była to kusząca propozycja.

— Nie mogę — odrzekłam jednak.

— Możesz. Nic cię tu nie trzyma.

— I tu się mylisz. Czekam na telefon Pawła.

— Rany! — Ewę porwał głupi śmiech. — Ty naprawdę jesteś zakochana jak nastolatka. To faktycznie nie możesz jechać. — Aż ją zgięło ze śmiechu.

— Mnie nie wydaje się to takie zabawne — westchnęłam ciężko.

Ewa znowu się zerwała i mnie przytuliła.

— Nawet nie wiesz, jak ci zazdroszczę. Motyle w brzuchu i te rzeczy. My z Romkiem chwilowo zmieniliśmy się w mamuśkę i tatuśka. Dopóki karmię, tak musi być. Ale jak tylko tego małego mlekopija odstawię od piersi, to podrzucę go dziadkom i pozwolę się porwać na romantyczny weekend. — Przeciągnęła się z uśmiechem. — Dwa dni we dwoje! Albo i więcej. Już nawet wiem, gdzie wyjedziemy. Toruń! Wielkie serca z piernika, polane lukrem. Dużo lukru!

Mały, który przebudził się na chwilę, w odpowiedzi wypchnął parę razy język, jakby chciał pokazać, że owszem, ma odpowiedni organ, by zareagować na takie głupie matczyne gadanie, lecz jest zbyt senny, by go teraz użyć. Ale innym razem, czemu nie, powie matce, co o tych durnych planach tak naprawdę sądzi.

5

Gdy odprowadzałam Ewę do samochodu, nietoperza już nie było.

— Jakby się nam przywidział — powiedziała.

Krwi też nie było. Mżawka zrobiła swoje. A może to Jóźwiak przejechał parę razy miotłą. Tak czy owak, po makabrycznej niespodziance nie został żaden ślad.

— Zamierzasz powiedzieć o tym Pawłowi? — spytała jeszcze.

Pokręciłam przecząco głową.

— Mamy ważniejsze tematy do rozmów przez telefon. Lepiej niech się skupi na komponowaniu.

— Słusznie. Pilnujcie jej — to już było do psów. Ewa wytargała je za uszy. A potem obejrzała się na dom. — Lubię Zawrocie, ale bez rodzinki nie dałabym rady tu mieszkać. Brr! Pamiętaj, że w każdej chwili możesz zadzwonić i ktoś z nas po ciebie przyjedzie.

— Będę pamiętać — powiedziałam w gugalskim, bo trzymałam Kamilka.

— Dość tych pogaduszek. — Ewa zabrała małego i przypięła do fotelika. Zaprotestował głośnym krzykiem. — Łał, łał! — przedrzeźniała go Ewa, bynajmniej tym nieprzejęta. — Myślałby kto. Spać!

Mały uspokoił się dopiero, gdy zagrał silnik. Ewa pomachała mi jeszcze i odjechała. A ja ruszyłam z Untą do domu Jóźwiaka. Chciałam wiedzieć, co on sądzi o ostatniej niespodziance.

Jóźwiak wyszedł mi naprzeciw. Musiał widzieć samochód Ewy.

— Nie mówiłem Marcie o nietoperzu — rzucił na wstępie. Pewnie nie chciał, by jutro mówiło o nim całe miasteczko. Jóźwiakowa uwielbiała plotki. — Ktoś go przykleił do klamki niedługo przed tym, jak go pani znalazła. Przez noc by zamarzł. Trochę przymrozku dziś było.

Miał rację. Ktoś zakradł się rano. Pewnie niewiele brakowało, bym go nakryła.

— To nie był świeżo zabity nietoperz, lecz wypreparowany. I to nie była jego krew, a czerwony atrament. Ktoś musiał go wlać do środka, może za pomocą strzykawki. Nacisnęła pani i poleciało.

— Dałam się nabrać.

— Przez zaskoczenie.

— Czyli to był znowu głupi żart?

— Tak bym nie powiedział. Wyglądało to bardzo prawdziwie. Dla kobiety z dzieckiem pod sercem takie żarty mogą się źle skończyć.

— To prawda, przestraszyłam się w pierwszej chwili. Ewa też, chociaż jest lekarką i jest przyzwyczajona do widoku krwi.

— No właśnie. Dlatego poszedłem po śladach. To na pewno nie dzieciaki. Ktoś pojedynczy. Stopa z takich średnich.

I nie od miasteczka szedł. Od strony lasu. Inaczej zresztą Marta by go pewnie zobaczyła.

— Od strony lasu? — zdziwiłam się. — W pobliżu nikt tam przecież nie mieszka.

— Ale można dojść boczną drogą do szosy. Tam zgubiłem ślad, bo wszystko rozjechane.

— Dziękuję, że zadał pan sobie tyle trudu, by to ustalić.

— A! Takie to ustalenia. Nic po nich, jak dalej nie wiadomo, komu taka rzecz przyszła do głowy. Przy żabie to pomyślałem, że złośliwość. A to? — Jóźwiak pokręcił z dezaprobatą głową.

— Na szczęście nic się nie stało.

— No tak. Kto inny na pani miejscu to by już dawno wpadł w histerię i pakował walizki.

— Ja się nigdzie nie wybieram.

— Jak się jeszcze raz coś takiego zdarzy, to pewnie trzeba będzie zgłosić na policję. Zachowałem tego nietoperza. Żaba też leży w tym samym pudle.

— Mam nadzieję, że na tym się skończy.

— No nie wiem, nie wiem... — Jóźwiak był tym wszystkim naprawdę zmartwiony. — Komuś się chyba spodobało straszenie pani. Ale tyle jego, że do klamki coś przyklei z tej strony bramy. Do środka nie ma dostępu, to najważniejsze. Będę częściej sprawdzał bramę. No i mam prośbę, by na spacery wybierała się pani z Untą. Będę spokojniejszy.

— Dobrze. I tak zwykle ją ze sobą brałam.

Odprowadził mnie do bramy.

— Proszę dzwonić, gdyby psy szczekały jakoś inaczej niż zwykle albo gdyby coś się działo.

IX. WIELKA GÓRA SELEDYNU

1

Telefon. Pędziłam, jakbym chciała ustanowić rekord świata na dobieganie do słuchawki, po drugiej stronie był jednak nie Paweł, lecz Zygmunt. Mój były szwagier, jeszcze bez formalnego rozwodu, ale już z rozwodowym pozwem przed nosem, zadzwonił, by się pożalić.

— Właśnie przyszedł — powiedział pogrzebowym tonem. — Nawet mnie nie uprzedziła.

— Tylko byś się wcześniej zdenerwował.

— Może — przyznał Zygmunt. — Ale przynajmniej mógłbym usłyszeć głos Pauli.

Tak to już z Zygmuntem było. Na własne oczy widział, jak kochana żoneczka go zdradza, potem czekał na nią tygodniami w pustym domu, gdy mieszkała u Jaśka, jeszcze później musiał się z tego domu wyprowadzić, ale i tak nie potrafił przestać jej kochać. Choć czasami też Pauli nienawidził. Teraz jednak przeważała w nim głupia, niezniszczalna miłość.

— Pewnie to ten barowy amant ją do tego zmusił! — Wszyscy troje jadali kiedyś w tym samym barze niedaleko biblioteki uniwersyteckiej, dlatego Zygmunt tak nazywał Jaśka. — Podsunął jej papiery, to podpisała.

— To chyba nie ma znaczenia, które z nich zdecydowało — oponowałam. — Myśl do przodu. To dobrze, że wszystko potoczy się szybko. Krócej będziesz cierpiał.

— Czy o naszym rozstaniu ma decydować sąd?

— To przecież już tylko formalność — przypomniałam. — Paula jest z Jaśkiem, urodzi mu dziecko, mieszkają razem.

— Specjalnie zrobił jej bachora — łudził się dalej Zygmunt. — Wykorzystał ją! Wróciła przecież do domu, mogło się między nami poukładać, ale okazało się, że jest w ciąży. — Zygmunt błędnie interpretował wydarzenia z przeszłości. — Dzieciorób! Najpierw dobrał się do ciebie, potem do Pauli. Jak jakiś rozpłodowy byk. Ona jeszcze przez niego będzie płakać jak ty.

— Ja przez Jaśka nie płakałam. Zrobiliśmy głupotę razem i tyle. Chwila zapomnienia. Tyle że z konsekwencjami. Jeśli już, to oboje jesteśmy winni.

— Może. Ale czy to normalne, że obie jesteście w ciąży z tym samym facetem? Mógł chociaż trochę poczekać.

Wiedziałam, że to Paula nie poczekała. Tylko udawała, że łyka tabletki albo zagląda do kalendarzyka. Chciała, by Jasiek jak najszybciej zapomniał o mojej Fasolce, a zaczął się wsłuchiwać w jej brzuch. I dopięła swego. Ale po co Zygmuntowi takie byle jakie prawdy? Po nic, zatrzymałam je więc dla siebie.

— Gdzie teraz mieszkasz? — zmieniłam temat, by choć w taki sposób ściągnąć go na ziemię.

— W garażu — rzucił znowu pogrzebowym tonem.

— Jak to w garażu?

— Tylko tam było miejsce na moje meble i rzeczy. Parkujemy z ojcem przed domem.

Wolałam się nie zastanawiać, co przygnębia go bardziej — meble w garażu czy jego ukochany samochód w deszczu i w chłodzie.

— Ale chyba masz w rodzinnym domu jakiś pokój?

— Mam. Też zapchany po brzegi. Z paru lat małżeństwa zostały mi góry klamotów. Jest tego aż po sufit. I tylko dla mnie nie ma już miejsca.

Widocznie Zygmunt zabrał z domu Pauli wszystko, co dało się wynieść. Nic dziwnego, to on za to kiedyś płacił. Wyobraziłam go sobie teraz na stercie pudeł, jak rozbitka na samotnej wyspie.

— To chwilowe — powiedziałam. — Coś sobie wynajmiesz albo kupisz i wszystko się zmieści.

— Nie wiem, czy dam radę postawić te rzeczy w nowym miejscu.

— To po co je brałeś?

— By Paula została w zupełnie pustym domu. Pomyślałem, że jak tę pustkę zobaczy, to może doceni, co razem stworzyliśmy. Dom! To był prawdziwy dom. Było w nim wszystko, co potrzeba. Wszystko!

Nie wszystko — pomyślałam, ale nie powiedziałam tego głośno. Zygmunt i tak nie przyjąłby tego do wiadomości. Nie chciał wiedzieć, że Paula się w tym idealnym domu i małżeństwie dusiła. I że szukała samej siebie. Czy teraz znalazła, to już inna sprawa. Za to niewątpliwie się zmieniła. Bezpowrotnie. Zygmunt tej nowej Pauli nie chciał dostrzec. I nie było pewne, czy potrafiłby tę nową kochać, gdyby przypadkiem wróciła. Mój szwagier, zamiast to wreszcie zrozumieć, gonił za mrzonkami.

— Byłam kiedyś z takim jednym, który zajmuje się nieruchomościami. Mogę ci podyktować telefon — zaproponowałam.

— Na razie nie dam rady niczego szukać. Siedzę w garażu na naszej wygodnej kanapie z salonu i gapię się na to pieprzone pismo i na podpis Pauli pod nim. Jak ona mogła mi to zrobić? No powiedz, jak?

— A u mnie zmiany. Ktoś przykleja mi do klamki martwe zwierzęta. A! I jeszcze miłość, na palcu zaręczynowy pierścionek i ślubne plany. Tylko termin nie do końca ustalony, bo ukochany niespodziewanie wyjechał za ocean — rzuciłam,

ale już po odłożeniu słuchawki. Zygmunt był tak zaafero-
wany swoimi problemami, że nie spytał, co u mnie słychać.
I tak bym mu tego nie powiedziała. Cudze szczęście, nawet
takie nie do końca szczęśliwe jak obecnie moje, mogłoby go
w tej chwili tylko dobić. Nieźle go urządziła moja siostrunia.
On ją zresztą też nieźle urządził tą totalną wyprowadzką.
I po idealnym domu. Był i się zmył. Trzeba zaczynać od
początku. Ciekawa byłam, czym Paula i Jasiek wypełnią tę
pustkę w pokojach. Bo miłość to zwykle trochę za mało.
Musi mieć choćby minimalną oprawę. Przynajmniej w co-
dziennym życiu.

2

Ja i Paweł mieliśmy idealną oprawę do miłości, tyle że jedynie przez miesiąc. A teraz łaziłam po kuchni i pokojach,
szukając powidoków i nasłuchując, czy nie terkocze telefon.
Od wczoraj nie wychodziłam na dwór, bojąc się, że Paweł
zadzwoni, gdy mnie akurat nie będzie w domu. Może przez
spacer przegapiłam jego telefon wczoraj albo przedwczoraj?
Na pewno tak było, bo jak inaczej wytłumaczyć to parodnio-
we milczenie?

Okręcałam pierścionek zaręczynowy i zastanawiałam się
nad tym, co wyczynialiśmy ostatnio. Przekroczyłam trzy-
dziestkę, wiedziałam doskonale, jak bardzo w życiu wszystko jest kruche i przemijające, a pozwoliłam Pawłowi wsunąć
na palec pierścionek. Po paru tygodniach mieszkania razem!
Chyba naprawdę zwariowaliśmy! Nie wiadomo, które z nas
bardziej. Nic dziwnego, że ci znad jeziora widzą we mnie po-
zbawioną skrupułów desperatkę. A ja tylko zgubiłam rozum.
Paweł mnie dotknął i stało się — rozum zniknął jak królik
w kapeluszu magika. Zaczarowaliśmy się nawzajem. Tylko
na jak długo? Opowieści Zygmunta były jak zimny prysznic.

Usiadłam teraz przy kominku, wyciągnęłam dłonie w kierunku ognia i patrzyłam, jak diament ożywa i nasyca się światłem, jakby w ten sposób chciał zneutralizować wszystkie moje wątpliwości — te dawne i obecne. Dotyczyły one nie tylko pośpiechu, ale i w ogóle ślubu. Samobójcza śmierć Filipa po roku małżeństwa nauczyła mnie raz na zawsze, że żadne przysięgi niczego nie załatwiają i przed niczym nie chronią. Więc po co je składać?

Paweł miał na ten temat inne zdanie i konsekwentnie go bronił.

— Obrączka jest jak krąg, który się wokół siebie zakreśla. Magiczny krąg! Nawet jeśli się go przekracza albo pozwala wchodzić w niego innym, to pozostaje świadomość, że to świętokradztwo i że się za to zapłaci. I to słono.

— To też z nauk babki Aleksandry? — zapytałam.

— Nie, z własnych doświadczeń — mruknął.

Nie chciałam się dopytywać jakich. Wiedziałam zresztą, że Paweł był zakochany w co najmniej dwóch mężatkach. Widocznie małżeńska przysięga okazywała się w przypadku jego związków silniejsza niż namiętność.

— Jeśli zamierzasz się bawić w przekraczania i inne takie...

— Nie zamierzam — przerwał mi już ze śmiechem. — Chcę tylko zakreślić swój własny krąg, żeby dla wszystkich było oczywiste, jak się sprawy mają. Żeby nikt się nie wpieprzał, jak chociażby ci znad jeziora.

— To ty znasz brzydkie wyrazy? — zdumiałam się.

— Znam, kochanie. I nie zawaham się ich użyć, gdy będzie trzeba — żartował.

Tak się właśnie rozmawiało z Pawłem. Niby dowcipkował, ale upierał się przy swoim. Aż w końcu uległam i przyjęłam pierścionek naprawdę. Pierwszy krąg został wyznaczony, choć jeszcze niewiele osób go dostrzegało, bo zakładałam pierścionek tylko wtedy, gdy byłam sama. Ewa była pierwszą osobą, której go pokazałam. Prosiłam ją zresztą, jak przedtem Paweł, o dyskrecję. Najpierw trzeba było o tych planach poinformować bliskich.

Czekałam teraz na telefoniczną relację z rozmowy Pawła z rodzicami. Wiedziałam, że zyskanie ich aprobaty to była najtrudniejsza ze spraw, które czekały go za oceanem. I raczej skazana na porażkę. A może jednak zaakceptują naszą decyzję i zechcą przyjechać na ślub, który wymarzył sobie Paweł?

3

I znowu pędziłam do telefonu, niemal frunąc nad schodami, ku oburzeniu Unty, bo nie lubiła być w tyle. Tym razem to był Paweł.

— Jesteś! — powiedział z ulgą.

— Jestem. Jak ci poszło?

— Źle. — W jego głosie czaił się smutek. — Nie mówmy dziś o tym. Szkoda czasu na kiepskie wiadomości. Przytul mnie chociaż słowami.

— No... nie wiem... Wyciągnąłeś mnie z kąpieli. Jestem owinięta tylko w ręcznik. — Wiedziałam, że ta wiadomość podziała na wyobraźnię Pawła.

— Oooo... Który to ręcznik?

— Ten seledynowy, jedyny, którym się mogę teraz dobrze owinąć.

— Wielka góra seledynu... Ale jak starczyło na brzuszek, to piersi albo uda gołe — dociekał.

— Uda.

— Tak myślałem. Czuję w dodatku, że nie wytarłaś się zbyt dobrze.

— Nie zdążyłam. Przerwał mi twój telefon.

— Wiesz, co teraz robię w myślach?

— Wiem, wycierasz mnie — zaśmiałam się.

— Powiedzmy... — Paweł westchnął przeciągle. — Wariuję tu bez ciebie.

— Ja bez ciebie też. Za mocno mnie rozpieściłeś. Teraz tęskni za tobą każdy mokry kawałek mojej skóry.

— Każdy? A który najbardziej?

— Paweł!

— Paweł! Paweł! — przedrzeźniał mnie. — Nie wiem, jak ty to robisz. Jestem ugotowany.

— Jak sądzę na twardo?

Prychnął bolesnym śmiechem.

— Pięknie! A na mnie stosuje się wykrzykniki. Sam już nie wiem, co na mnie bardziej działa, to co pod ręcznikiem czy twoje słowa.

— Też mam podobny dylemat.

— Wiesz, że musimy kończyć.

— Wiem. Było trochę krótko, kochanie, ale lepiej krótko niż wcale — żartowałam dalej, choć akurat chciało mi się płakać.

Paweł to bezbłędnie wyłapał.

— Nie martw się tamtym, Bemolku. To ostatecznie... bez znaczenia.

— Ty też się nie martw.

— Kocham cię.

— Ja też cię kocham.

Nie byłam ani świeżo po kąpieli, ani w seledynowym ręczniku, babko. Zmyślałam i żartowałam, ponieważ Paweł tego potrzebował. Bo było źle. Czułam to. Było! Głos Pawła zdradzał wszystko.

Bo tamto nie było dla niego bez znaczenia. Przeciwnie, miało znaczenie niemal pierwszorzędne — stało zaraz po naszej miłości.

Nie musiałam nawet zgadywać, co usłyszał od rodziców. To było zapewne jedno wielkie nie. Nie! Nie! Nie! Nie chcą. Nie zgadzają się. Nie wyobrażają sobie tego. Nie zniosą. Nie zaakceptują. Nie pogodzą się. Nie przyjadą. Nie pobłogosławią. Nie będą życzyć szczęścia ani wszystkiego najlepszego. Nie chcą nawet o tym słyszeć!

I do tego jeszcze mnóstwo innych zdań oblepionych argumentami, które wydawały im się ważne i słuszne, i które miały go naprowadzić na właściwą drogę. A on miał tylko jeden argument i jedno zdanie: kocham ją. Może czasami dodawał: ona mnie też.

4

Siedziałam potem przy kominku z poczuciem winy, bo Paweł powiedział o mnie rodzicom, a ja dotąd nawet nie pomyślałam o umówieniu się z matką na taką rozmowę. Wiedziałam zresztą, że usłyszę od niej to samo co Paweł. A potem od Pauli. Żadna z najbliższych mi osób nie poprze tego związku. Nie usłyszę: to cudownie, córciu. Nie usłyszę też: życzę ci szczęścia, siostrzyczko. Inni też będą się dziwić albo oburzać.

Tylko co z tego? Trzeba było przez to przejść i już. Paweł mógł stawić czoło swojej rodzinie, więc ja też powinnam to zrobić.

Na razie wystukałam numer matki.

— Mam dla ciebie nowinę — powiedziałam.

— Słucham?

— Ale to nie jest taka nowina, którą można powiedzieć przez telefon. Pomyślałam, że może zechciałabyś tu wreszcie przyjechać.

— To niemożliwe... przecież wiesz... — żachnęła się.

Wiedziałam. Po tym, jak ją wydziedziczyłaś, babko, była tu chyba tylko raz, ponad dwadzieścia pięć lat temu. Strefa skażona. Miejsce, które nie istniało na mapie jej świata. Nawet moja obecność tu nie była w stanie tego zmienić. Niechęć do Zawrocia była dotąd silniejsza od matczynej miłości.

— To dla mnie ważne, mamo — upierałam się. — Nie chcesz mieszkać w Zawrociu, to może w Lilowie.

— Wiesz, jakie by były plotki?

— Może więc zatrzymaj się u Zosi. Przecież ją lubisz. Macie telefoniczny kontakt. Mogłabyś poznać jej córkę, zięcia i wnuka. Są naprawdę mili. Z Ewą się zaprzyjaźniłam.

— Ale masz dziwne pomysły.

— Mnie one nie wydają się takie dziwne. Nie chcesz plotek i kontaktu z rodziną, zatrzymaj się w hotelu nad jeziorem. To dostatecznie daleko od miasteczka i dostatecznie blisko dla mnie.

Wiedziałam, że tę propozycję trudniej będzie jej odrzucić. Chwilę się nad nią zastanawiała.

— Teraz nie mogę — powiedziała w końcu. — Niestety, trochę się spóźniłaś... Obiecałam Pauli, że w ten weekend pomogę jej przy kupowaniu nowych mebli. Zygmunt zabrał dosłownie wszystko. Nie myślałam, że będzie taki... — szukała przez chwilę słowa na określenie jego postępku — skrupulatny... Dom wygląda jak pustelnia. To źle wpływa na nastrój Pauli. W jej stanie to może odbić się na dziecku. Sama wiesz, jaka ona jest delikatna. Nie powinna się teraz denerwować.

Tak więc jak zwykle moja kochana siostrzyczka była ważniejsza. Byłam w identycznym stanie, w dodatku sama w Zawrociu, ale matka tego nie widziała.

— A nie sądzisz, że to Jasiek powinien teraz dbać o nastrój Pauli i pomagać jej w doborze mebli? — zapytałam. — W końcu to on będzie ich razem z Paulą używał.

— Jeśli odziedziczył gust po Danucie... — Matka najwyraźniej miała wyrobione zdanie zarówno o swoim przyszłym zięciu, jak i o jego zmarłej matce. I nie było ono pochlebne.

— A nawet gdyby, to co? To Jasiek ma się w tym domu dobrze poczuć, a nie ty. I to w jego guście ma być wystrój. A przynajmniej: także w jego guście.

— A nie w najlepszym? — głos matki wibrował urazą.

— Tylko kto wyda wyrok, co jest najlepsze? Ty?

— Nie wiem, o co ci chodzi. Zawsze pomagałam Pauli w takich zakupach i było dobrze.

— Chodzi mi o to, mamo, że Jasiek to nie Zygmunt. Zygmunt niby rządził w domu, ale tak naprawdę to zarządzał tylko telewizyjnym pilotem i, do czasu zresztą, kierownicą samochodu. No, może jeszcze obiadowym menu. Paula pokaprysiła i było, jak chciała. A chciała często tak, jak chciał Kazik albo ty. Z Jaśkiem to się nie uda. Nie wiem, czy gust odziedziczył po Danucie, ale charakter na pewno. Pomyśl o tym, mamo.

— Kobieta niejedno potrafi. Są sposoby. Może szkoda, że ty ich w stosunku do Jaśka nie użyłaś. Wszystko potoczyłoby się inaczej. Twoje dziecko miałoby ojca, a Paula nie musiałaby kupować nowych mebli.

— Ciekawe, dlaczego ty nie stosujesz tych sposobów wobec Kazika — rzuciłam nieopatrznie. W słuchawce zaległa lodowata cisza. Ojczym to był temat tabu. — Halo, jesteś tam? — zaniepokoiłam się.

— Tak... — Matka przepychała z wysiłkiem lodowe kawałki. — A co do twojej nowiny — mistrzowsko wróciła do sedna naszej rozmowy — to opowiesz mi, jak przyjedziesz do lekarza. Wspominałaś, że jesteś zapisana na wizytę.

— Jestem.

— To zdaje się niedługo. — Matka przełknęła ostatni kawałek lodu. — Zatem do zobaczenia.

X. NOWE WĄTKI STUKNIĘTEGO SCENARZYSTY

1

W nocy dręczył mnie zły sen. Byłam w starej perfumerii, która przypominała labirynt zabudowany ciągiem drewnianych półek. Stały na nich tylko buteleczki Chanel 5. Choć może powinnam powiedzieć, że stały tam butelki, czy nawet butle, bo były dużo większe niż te, w których sprzedaje się zwykle perfumy. Szłam w półmroku, coraz bardziej niespokojna i zagubiona, ale także gnana taką trochę przestraszoną ciekawością, bo gdzieś niedaleko słyszałam kumkanie żaby. Miałam nadzieję, że za następnym rzędem regałów wreszcie zobaczę nie tylko ją, ale także tego kogoś, kto ją tam trzyma.

Klamka! — pomyślałam nagle. — Oboje są tam, gdzie jest klamka. Żaba siedzi na mosiądzu, a on włącza i wyłącza przycisk odtwarzacza. Rządzi jej kumkaniem. — Takie dziwne myśli, bo przecież to mogła być kobieta, a nie mężczyzna.

Przyśpieszyłam kroku, ale za zakrętem były takie same półki z butlami. Zaczęłam prawie biec, bojąc się, że już nigdy nie znajdę wyjścia. I wtedy trafiłam do innego, jaśniejszego zakamarka. Żaby tam nie było, ale zobaczyłam, że jedna butelka jest przewrócona i wypływa z niej czerwona strużka. Chwilę później okazało się, że ta strużka jest żywa i zaczyna pęcznieć, a potem jak wąż pełznąć po podłodze w moim kierunku. Wiedziałam, że muszę uciekać, a stałam jak sparaliżowana. Obudził mnie własny krzyk.

No pięknie! — pomyślałam, gdy udało mi się wreszcie uspokoić oddech. Wyglądało na to, że te paskudy przyklejone do bramy Zawrocia podziałały na moją wyobraźnię bardziej, niż sobie bym tego życzyła.

— Nie mam zamiaru się bać! — rzuciłam w mrok nocy, ale nie poczułam się przez to pewniej.

Unta! Pozwolę jej spać na górze. Przegoni głupie sny.

Ostatnio spała na materacyku w sieni. Lubiłam ją mieć w domu, a że nie zawsze chciało mi się wycierać jej ubłocone łapy, takie miejsce wydawało się optymalne. Podpowiedział mi je zresztą Paweł przed samym wyjazdem, a przy okazji zdradził, że czasami pozwalałaś Uncie spać w swojej sypialni. Pokazał mi jeszcze jedno jej posłanie, schowane w zakamarku pod schodami, dużo bardziej eleganckie od tego z sieni, takie w sam raz na pokoje.

— Wiesz, Maty, dlaczego ci o tym mówię?

— Wiem. Jak zrobi mi się zbyt samotnie albo jak za bardzo zacznie gwizdać i wyć za oknem, to otworzę schowek, potem uchylę drzwi sieni i powędrujemy z Untą na górę.

— Tylko nie przyzwyczajaj jej do spania w łóżku. — Paweł mnie przyciągnął.

— Do tego na pewno nie dojdzie.

Do spania Unty na pokojach też miało nie dojść, a tu proszę! Nawet się nie zdziwiła, gdy otworzyłam drzwi sieni. Ruszyła do wyciągniętego z zakamarka posłania i od razu zaczęła je ciągnąć w kierunku schodów. Pomogłam jej. Potem, już w sypialni, Unta pociągnęła je jeszcze w kąt koło toaletki, obróciła tak, by jego niższa strona była z przodu, i z zadowoleniem rozłożyła się na posłaniu. Chwilę później jednak zaczęła się kręcić, jakby jej czegoś brakowało. Zerwała się i pobiegła do zakamarka po popielaty kocyk, a po powrocie szczeknęła, bym go rozłożyła. Dopiero wtedy uznała, że wszystko jest tak, jak być powinno. Było oczywiste, że tam właśnie spała, gdy ty jej na to pozwalałaś. W tym kątku. Na miękkim kocyku. Taki mały rytuał z długich, samotnych, zimowych nocy. Mieszkanka sypialni się zmieniła, a rytuał pozostał.

2

Poranek okazał się niestety niewiele lepszy niż noc. Przesyłka z teatru, babko! Listonosz uśmiechał się szeroko, jakby miał do przekazania skarb.

— Tak rzadko teraz przychodzą tu listy, że pomyślałem, że oddam do rąk własnych — powiedział. — Z Łodzi! — dodał i zapatrzył się na mnie, jakby się zastanawiał, dlaczego akurat stamtąd.

Nie musiałam sprawdzać.

— Tak, z Łodzi — przyznałam.

— Gruby — rzucił jeszcze listonosz. — Pewnie jakieś czasopismo. Pomyślałem, że w skrzynce może zamoknąć. Dzień taki byle jaki. Za czasów pani Aleksandry to wszystko toczyło się według pór roku. W lecie zawsze wrzucałem przesyłki do skrzynki, chyba że była w pobliżu bramy, to zamieniło się parę słów. A jesienią to pani Aleksandra wołała odbierać listy sama. Zwłaszcza gdy padało. Dzwoniłem i czekałem pod bramą. No a dziś pada. To też poczekałem.

— Dziękuję, bardzo pan uprzejmy.

— I ciekawski — przyznał się. — Już pewnie z półtora roku, jak pani Aleksandra odeszła, a nie było okazji porozmawiać z nową właścicielką Zawrocia. No a jak się listy różne nosi, to człowiek chce wiedzieć komu. Zwłaszcza takie ciężkie! — uśmiechnął się znacząco.

Miałam nadzieję, że nie oczekuje gratyfikacji za dźwiganie. Nie miałam przy sobie ani grosza i nie wiedziałam, jakie tu panują pod tym względem obyczaje.

— Pewnie będzie teraz więcej okazji do takich spotkań — rzuciłam więc tylko uprzejmie.

— Tak, słyszałem, że sprowadziła się pani na dobre. Ja to się z tego cieszę, bo Zawrocie bez gospodyni na pewno by zmarniało. Szkoda byłoby takiego miejsca. Niby mieszkał tu zeszłej zimy pan Paweł, ale co właścicielka, to właścicielka. Wiadomo! Wszystko toczy się inaczej, gdy dogląda się swego.

— Może.

— Pasuje tu pani — dodał. — Różnie mówią o tym w miasteczku, ale ja wiem swoje. Do widzenia, pani Matyldo!

— Do widzenia!

No proszę, jeszcze jeden rytuał — tym razem przekazywania listów. Właścicielka Zawrocia się zmieniła, a późną jesienią, w porze mżawek i deszczy listy dostarczane są tak samo jak kiedyś, do rąk własnych. Byłaby to naprawdę miła, symboliczna chwila, gdyby nie to, że w dużej białej kopercie nie było czasopisma. Nie musiałam zaglądać do środka, by wiedzieć, że jest tam przetłumaczona przeze mnie sztuka. Dlaczego mi ją odsyłają? — zastanawiałam się, przyśpieszając przy tym kroku, bo mżawka właśnie zmieniła się w deszcz, a ja wyszłam bez parasola.

Unta trącała list nosem i szczekała, jakby chciała go ponieść. Może dawałaś jej, babko, do przeniesienia jakieś listowe reklamy?

— Nie tym razem, suniu. Za ciężkie. Trzydzieści stron głupich, farsowych perypetii. Pysk by ci się wyciągnął do samej ziemi od tych wszystkich scenek.

Unta nic z tego nie rozumiała. Także i z chandry, która nagle rozgościła się w moim głosie. Okrążyła mnie więc parę razy, jakby chciała mnie oddzielić od złego. Nie wiedziała, że to niemożliwe.

3

List był z teatru, który miał wystawić przetłumaczoną przeze mnie tragifarsę. Miesiąc temu uznali *Lato w Paryżu* za zabawny, błyskotliwy tekst. Potem przysłali propozycję umowy. A dziś, zamiast jej ostatecznej wersji, zwrócili maszynopis i dołączyli do niego krótką informację, że niestety muszą zrezygnować z planowanego przedstawienia. Bardzo im przykro, bardzo by chcieli, bardzo przepraszają, ale nie mogą. Przyczyny od nich niezależne, tak się złożyło, etc....

Dziwnie gęsto się tłumaczyli. I żadnych konkretów. Kostek? Czyżby jednak nie zrezygnował z wtrącania się w moje życie? Opowiadałam ci o nim, babko. Mój były, który nie do końca pogodził się z naszym rozstaniem. Od tamtego czasu usiłował mnie osaczać i kontrolować. Lubił mi czasami odbierać to i owo, by mi udowodnić, że przynajmniej w niektórych aspektach mego życia rzeczywiście ma nade mną kontrolę. To przez niego miałam kłopoty w teatrze i wylądowałam na zwolnieniu lekarskim. Czyżby znowu postanowił coś mi odebrać?

Wystukałam numer aktorki, która miała grać w sztuce. Znałyśmy się z przeglądu teatrów. To ja zasugerowałam, że mogłaby zagrać jedną z postaci.

— Cześć Ilona. Właśnie dostałam wiadomość, że nici z przedstawienia. Wiesz coś na ten temat?

Ilona bynajmniej nie ucieszyła się z mojego telefonu.

— To raczej ty powinnaś wiedzieć — rzuciła z pretensją w głosie. — I powinnaś nas uprzedzić, że masz wilczy bilet. Dyrektor jest na ciebie wściekły.

— Tak się składa, że osobnik, który wystawił mi ten bilet, nie raczył mnie uprzedzić, że będzie mnie ścigać po całej Polsce.

— Nie wiem, z kim zadarłaś, ale u nas już niczego nie wystawisz. Tylko powtarzam słowa dyrektora — zastrzegła się. — Ponoć wsadziłaś nas na niezłą minę.

— Głupią farsą?

— Też wydało mi się to dziwne. Ale wiesz, jak tu jest. Żebranina. Dyrektor nieźle musi się nagimnastykować, by co roku wydrzeć dotację. A teraz wpadł w popłoch, że nic nie dostanie albo znajdzie się na wylocie jak ty.

No proszę, wiedzieli nawet o tym. Kostek jak zwykle się postarał. Choć nie działał bezpośrednio, a użył wpływów swojej rodzinki. Kochany tatuś z ministerstwa. Choć zwykle takie sprawy załatwiała cioteczka z telewizji. Zawsze miała słabość do ukochanego siostrzeńca. Nie tylko zresztą ona. Kostek miał kilka cioć, dobrych wujków i kuzynów w mediach, teatrach i władzach. To była bardzo ustosunkowana rodzinka. Mamusia także. I wszyscy kochali Kostka, bo o ile dużo było w tej rodzinie czterdziesto- i pięćdziesięciolatków, to w młodszych przedziałach wiekowych już nie było tak dobrze. Kostka więc rozpieszczało przez całe jego durne życie sporo bezdzietnych krewnych. Mogłam naprawdę mieć się jak pączek w maśle, gdybym została z Kostkiem. Cudowne życie na szczycie ze skunksem!

I tylko zagadką było, jak on dowiedział się o planach wystawienia sztuki. Specjalnie wysłałam ją do łódzkiego teatru, mając nadzieję, że wiadomość o przedstawieniu dotrze do Kostka już po premierze.

— Żałuję, że nie zagram w tej tragifarsie. — Ilona zmieniła ton na przyjaźniejszy. — To byłaby moja pierwsza rola komediowa. Bo tego epizodu w filmie to nie ma co liczyć. — Mówiła o piętnastu minutach w serialu. To były zresztą te minuty, które zdecydowały, że chciałam, by zagrała jedną z bohaterek. — Wiesz, jak mnie obsadzają. Same femme fatale. A tu grałabym taką nieśmiałą lelujkę, która potem zmienia się w śmiałą leluję. Już ćwiczyłam fajtłapowatość. Piekielnie trudna sztuka. Jeśli to facet zaszkodził przedstawieniu, to kij mu w dupę! — rzuciła ponuro. — Babie też życzę tego samego. To miała być moja cholerna życiowa szansa! — Ilona nie przebierała w słowach.

— Przykro mi.

— Ponoć zasugerowałaś dyrektorowi, że pasowałabym do tej roli. Powiedział mi, gdy już wszystko się obsunęło. Jakbym była winna.

— Gdybym to przewidziała...

— Daj spokój! Dyrektorowi też życzę... wiesz czego. Cykor jeden. Zamiast fajnej sztuki wystawi jakiegoś gniota. Mam ochotę to wszystko rzucić i zatrudnić się jako striptizerka. Przynajmniej co wieczór grałabym przez dziesięć minut główną rolę.

Nie wiedziałam, co jej powiedzieć.

— Odmieni się — rzuciłam tylko.

— Obyś miała rację. Bo obie mamy na razie przechlapane. Nie wiem, która z nas bardziej. Mnie przynajmniej mój dyrektor nie zamierza wywalić, więc chyba ty.

— Odmieni się — powtórzyłam, jakby to było zaklęcie. — Zobaczysz!

— Zawsze parłaś do przodu. Na tym przeglądzie, na którym się poznałyśmy, co chwila gadałaś z innym krytykiem, dziennikarzem czy dyrektorem teatru. Sami się ustawiali w kolejce do ciebie. A teraz wilczy bilet. Jeśli mówisz o takiej odmianie...

— Będzie lepiej — wypowiedziałam kolejne zaklęcie. — U ciebie i u mnie. Będzie!

Ilona już nie oponowała. Chciała wierzyć, że mam rację. Potrzebowała tej wiary jak powietrza.

4

I tak to już jest z Kostkiem, babko. Czego się tknie, to po-
psuje. Wredna psuja. Lubi zresztą psuć — bardziej niż coś
stwarzać. A od jakiegoś czasu najbardziej kręci go psucie
mojego życia. Przyczepił się i nie może się odczepić. Nawet
nie próbuje. Choć kilka razy obiecywał, że zostawi mnie
w spokoju. Kłamać też zresztą lubi. I manipulować. Wszystko po to, bym nie mogła o nim zapomnieć, jeśli już nie chcę
wrócić.

Bywa! Ty miałaś swego Feliksa, który nie mógł pogodzić się z odtrąceniem, a ja mam Kostka. Na tym jednak
kończy się podobieństwo. Feliks cię kochał. I choć przed
jego wyjazdem do Stanów mogłaś czuć się osaczona przez
niego i jego uczucie, to jednak zawsze chronił Zawrocie
i nikomu nie pozwoliłby cię skrzywdzić. I w końcu sam dał
ci spokój. Tylko kartki z różami przysyłane z rozmaitych
zakątków świata świadczyły, że nigdy o tobie nie zapomniał
i nie przestał cię kochać.

No tak, była jeszcze niespodziewana puenta tego nie-
spełnionego uczucia sprzed lat. Anna i Paweł! Historia na
opak — Anna chciała się zemścić na tobie, zabierając ci
ukochanego wnuka, byś cierpiała jak kiedyś jej dziadek. Ale
Anna uwodziła Pawła z własnej inicjatywy. Feliks na pewno
nie myślał o zemście. Róże z pocztówek były najlepszym
tego dowodem.

Historia z Kostkiem nie jest niestety tak romantyczna.
Niewiele w niej uczuć, za to sporo nie do końca jasnych
pragnień. I jeszcze więcej obsesji. Ale to nie jedyna różnica.
Kostek zawsze skłonny był mnie zaniepokoić, zranić czy
nawet skrzywdzić, by w ten sposób wrócić do moich myśli.

To zresztą nie wszystko, babko. Oprócz zemsty Kostek
ma jeszcze inny powód do wtrącania się w moje życie —

w serialu, który pisze, ma podobną do mnie bohaterkę. Im więcej u mnie życiowych perypetii, tym łatwiej tworzy mu się ten wątek. Scenarzysta! Nie do końca zresztą utalentowany. Najlepiej przepisuje mu się z życia. Z mojego życia, oczywiście...

Już tego by wystarczyło. Ale to dużo bardziej skomplikowana historia. Kostek nie potrafi kochać. Umie tylko pożądać. I panicznie boi się prawdziwej bliskości. A przy mnie bał się jej jakby trochę mniej. I przez to doznał trochę więcej. A ja mu to potem odebrałam, zostawiając go na pastwę tęsknoty za tym, co się nie wydarzyło, a jego zdaniem mogło. Już wkrótce! Gdybym tylko zechciała poczekać.

Nie poczekałam, bo moim zdaniem były to tylko złudzenia Kostka. Może zresztą nie szukałam wtedy prawdziwej bliskości i miłości? To w tej chwili bez znaczenia. Znaczenie ma jedynie to, że Kostek nie był przyzwyczajony do tego, by go zostawiano. To on zostawiał. I to on panował nad uczuciami. A tu nagle coś mu się wymknęło spod kontroli i przegapił moment, w którym trzeba było powiedzieć: to już nie ma sensu, odchodzę! To ja wypowiedziałam te słowa pierwsza. To był niestety błąd. Zdaniem Kostka niewybaczalny.

— Odchodzisz? — skrzywił się sarkastycznie. — Jesteś pewna?

— Jestem.

— Tak ci się tylko wydaje. Ode mnie nie można odejść. Chyba że ci na to pozwolę.

Przez rok wydawało się, że pozwolił. A potem, po moim rozstaniu z Michałem, wrócił jak bumerang.

— Jak ci się podoba mój scenariusz, kochanie? — pytał, gdy kolejny raz udało mu się wpłynąć na moje życie. — Ładnie to wymyśliłem, nieprawdaż?

I teraz znowu mi udowodnił, że pociąga sznurkami, jakbym była jego marionetką. Było oczywiste, że za parę dni czy tygodni zadzwoni, by powiedzieć, że ma lepszy teatr dla *Lata w Paryżu*, stołeczny, z genialnymi aktorami, a nie z miernotami grającymi ogony jak ci z Łodzi. I jeszcze może załatwić mi Teatr Telewizji. Wszystko na wyciągnięcie ręki. Wystarczy powiedzieć „tak".

A może tym razem nie zadzwoni? Może to już tylko zimna zemsta? Ale jak długo można się mścić? Myślałam, że odpuści po tym, jak pozbawił mnie pracy w teatrze. Nie dostałam wymówienia jedynie dlatego, że przedstawiłam dyrektorowi zaświadczenie o ciąży. Zmiennik jednak już miał to wymówienie w swoim biurku, podpisane. Dla wszystkich, także i dla mnie było od dawna oczywiste, że dostanę je niedługo po tym, gdy wrócę do pracy po urlopie macierzyńskim. Kostek odebrał mi więc ukochaną pracę. Niejeden by się czymś takim nasycił.

I niejeden by zrezygnował, wiedząc o dziecku. Dotąd byłam pewna, że Fasolka odstręczy mego prześladowcę raz na zawsze. Czyżby jednak Kostek nie chciał przyjąć jej istnienia do wiadomości? To możliwe. Potrafił nie słyszeć niewygodnych słów i zdań.

— Mam kogoś — powiedziałam, gdy mnie zaczął przed laty podrywać.

— Oczywiście, że masz! — zaśmiał się. — Mnie! Obojętnie, czy chcesz tego, czy nie.

Wzięłam to za żart. Dopiero potem okazało się, że Kostek nie żartował.

— Obojętnie, czy chcesz tego, czy nie — powtórzyłam teraz głośno. — Obojętnie, czy tego chcesz, czy nie...

Dlaczego mnie te słowa nie zaniepokoiły? No tak! Kostek był ubrany w ulubione wtedy przeze mnie czernie, zagadkowo uśmiechnięty, otoczony interesującym zapachem, trochę upozowany. Teatr! Zawsze lubiłam teatr. Życiowe role i pozy przyciągały mnie kiedyś nawet bardziej niż kreacje na scenie. Nieopatrznie wzięłam słowa Kostka za taki mały występ. Mężczyzna, który bierze wszystko bez pytania! Taka gra wstępna w spektaklu pod tytułem: *Miłość przed trzydziestką*. A to był początek całkiem innego dzieła, serialu pod tytułem: *Miłość za kulisami zdarzeń*, bo tak się właśnie nazywał tasiemiec Kostka, który od jesieni gościł na ekranach.

Obsesja! Pewnie nie jedyna w jego życiu. Najbardziej niepokojące było to, że mimo moich dość ostrych protestów Kostek nie zamierzał zniknąć z mego życia. Przeciwnie, ostatnio był jakby bardziej okrutny. A ja myślałam, że po moim wyjeździe z Warszawy da mi wreszcie spokój. Nic przecież nie karmiło jego spaczonej psychiki. Za bramę Zawrocia nie miał wstępu. W dodatku nie płynęły do niego żadne informacje, bo nie miał tu donosicieli jak w teatrze. Obsesja karmi się widokiem, kontaktem, dotykiem. W ostateczności jakąś wiadomością. Bez tego obumiera. Kostek miał więc doskonałe warunki do tego, by o mnie powoli zapominać. Dlaczego się tak nie stało?

5

Usiłowałam potem o tym wszystkim nie myśleć, ale pytania, dlaczego Kostek uaktywnił się teraz i jak dowiedział się o tragifarsie, wracały. I nagle mnie olśniło. Aga! Tylko ona wiedziała, że skończyłam tłumaczenie *Lata w Paryżu* i wysłałam je do teatru w Łodzi. Czytałam jej fragmenty tej sztuki. Poprawiłam nawet jeden dialog, bo wydał się Adze za sztywny. Wysłałam potem ten fragment do teatru.

Tak, to było jedyne wytłumaczenie! Tuba wiedziała, że będzie u mnie Aga. A jeśli Tuba, to także Kostek. Czego jeszcze się dowiedział?

119

Postanowiłam zadzwonić do Agi i pociągnąć ją za język.

— Jak to było z tym moim telefonem, który dostałaś od Soni? — zaczęłam bez zbytnich wstępów.

— Zwyczajnie. Podyktowała mi i już.

— Z głowy?

— Z kartki.

— A tę kartkę skąd wyciągnęła?

— Rany! Jesteś jak Sherlock Holmes. Nie mam pojęcia, skąd się ta kartka wzięła. Patrzyłam na włoski nad jej wargą. Niedługo będzie miała wąsa.

— Z torebki?

— Jeśli nawet, to nie ze swojej. Powiedziała, że zdobędzie numer. I zdobyła.

Zgrzytnęłam zębami.

— Skup się Aga, to ważne. Wyjęła skądś tę kartkę, poszła po nią? — usiłowałam jej coś podpowiedzieć.

— A, już sobie przypominam! Zadzwoniła gdzieś. A potem oderwała kawałek gazety, którą przeglądała jakaś ruda, i zapisała numer.

— Coś mówiła do tego kogoś, do kogo dzwoniła?

— Chyba o scenariuszu. Że mu podrzuci pomysł na nowy wątek... — Aga nagle urwała. — O kurczę... Chyba nie myślisz...

— Myślę. Oczywiście, że myślę. Dzwoniła do Kostka! Miałam nadzieję, że może dostała numer telefonu w sekretariacie albo od Jakuba, ale teraz już nie mam wątpliwości, skąd go wzięła.

Chwilę obie milczałyśmy.

— Mówiłaś jej coś wtedy o mnie? — zapytałam jeszcze.

— Co miałam mówić, jak nic nie wiedziałam! — Aga udawała oburzoną. Więc jednak coś chlapnęła! Bo inaczej by się tak niespokojnie nie zarzekała.

— Co?

— Że nie wiem, w jakim teraz kolorze masz mieszkanie — rzuciła w końcu. — I że musi ktoś być, bo zawsze jest. Takie tam głupoty. Nawet geniusz żadnego wątku z tego by nie wycisnął. — Nie po raz pierwszy Aga twierdziła, że dobieram kolor ścian do aktualnego mężczyzny.

— Nie dzwoniła potem do ciebie?

— Raz, że niby dała mi zły numer... — Aga była dostatecznie przygnębiona, by już jej nie dokładać. Chyba bała się, że znowu zawieszę na długi czas naszą znajomość. — Obiecuję, że już nigdy nie zamienię z nią ani słówka. Nic.

— Mówiłaś jej o *Lecie w Paryżu*?

— No tak. Pomyślałam, że zeżre ją zazdrość, że będziesz miała wystawioną sztukę. I resztę tych wrednych kukieł z teatru też. Nadarzyła się okazja...

— Czy ona wie o Pawle? — przerwałam jej.

Przedłużające się milczenie Agi wystarczyło za odpowiedź. Pewnie musiała się pochwalić, że miała rację w sprawie faceta.

— To jaki kolor przypisałaś mi teraz?

— Biało-czarny — odrzekła zdławionym głosem Aga. — Gdybym wiedziała, to obcięłabym sobie wcześniej język.

— Przecież to dla ciebie obca osoba! Jak mogłaś jej o mnie opowiadać? Nic cię, Aga, nie usprawiedliwia.

— Przepraszam.

— Możesz sobie te przeprosiny wsadzić wiesz gdzie. Głęboko! Nawet nie wiesz, jak bardzo mi zaszkodziłaś.

XI. MIEDZIANKA

1

Za oknem znowu mgła, babko. Wyszłam po psie miski i ledwie je zobaczyłam na ganku. Psy też wyłoniły się jak z szarawej otchłani, która pochłonęła cały świat wokół. A właściwie dół tego świata, bo w górze coś majaczyło.

Wytargałam psy za uszy, wyściskałam i pozwoliłam im zniknąć w szarym. Tylko Unta wróciła ze mną do domu. Czekała karnie przy drzwiach, aż wytrę jej łapy i sierść. Nauczyłaś ją, babko, jak się powinien zachowywać pies, który wchodzi na pokoje. Paweł też był wymagającym panem i wyćwiczył niejedno. Ja teraz z tego chętnie korzystałam.

Tym razem zdążyłam wytrzeć jedynie trzy psie nogi, bo zadzwonił Mikołaj.

— I co tam słychać? — zapytał.

— Zależy, gdzie się ucho przyłoży.

— Może byś do nas wpadła?

— Już wpadłam. Teraz kolej na was.

Zaśmiał się.

— Fakt. Ale my wpadać nie mamy zamiaru. Mogę za to odwiedzić cię z Ulą.

— Zapraszam.

— A właśnie! Co powiesz na to, bym namalował twój akt? — Mikołaj zawiesił znacząco głos. — Jesień długa. Nuda. Zima będzie jeszcze dłuższa i nudniejsza. Czemu by jej czymś nie wypełnić?

— Nie — powiedziałam stanowczo.

— Jesteś pewna?

— Jestem.

— Chyba się nie wstydzisz? — próbował jeszcze.

— Nie.

— Więc dlaczego?

— Nie muszę ci się tłumaczyć.

— Twarda jesteś. Pani na Zawrociu nie pokazuje cycków?

— Pokazuje, tyle że nie wszystkim.

Mikołaj znowu się zaśmiał, lekko, jakby się dobrze bawił. Taki był, nie sposób go było zniechęcić czy urazić. Wesołek! A może bardziej lekkoduch?

— Jak chcesz. Propozycja jest aktualna jeszcze miesiąc. Potem nie będzie czego malować — dodał bezczelnie.

— Mylisz się. Potem dopiero będzie co malować.

— Pawła kręcą zarozumiałe baby. Taki feblik. Baby się zmieniają, a jego upodobania nie.

Więc jednak się wkurzył, stąd ta złośliwość.

— Ja mam odwrotnie niż on — rzuciłam. — Nie kręcą mnie zarozumiali faceci.

— I wszystkie były pyskate. Wytrzymałem z poprzednimi, wytrzymam i z tobą.

— Nie musisz.

— Muszę. Tak się składa, że obiecałem Pawłowi, że ja i Ullala będziemy mieli na ciebie oko. I że w razie czego się tobą zaopiekujemy.

— Sama potrafię się sobą zająć. Zapraszam was w gości, a nie do niańczenia mnie.

— Jak cię przysypie w Zawrociu, zmienisz zdanie.

— Na razie droga przejezdna.

— Zatem do zobaczenia.

Dupek! — pomyślałam po odłożeniu słuchawki. Wkurzał mnie swymi głupimi gadkami. Co Paweł w nim widział?

Może pociągała go ta beztroska i nieustający luz, którymi Mikołaj emanował.

Doskonale natomiast wiedziałam, co przyciągnęło Ulę — Mikołaj był naprawdę przystojny. Pewnie stąd brało się jego zadufanie, które dla mnie było niestrawne. Ula jakoś sobie z tym pewnie radziła. Zakochane kobiety potrafią przymknąć oko na niejedno. I potrafią tym drugim, nieprzymkniętym okiem wypatrzyć choćby źdźbło dobra, okruch ciepła, naparstek talentu. To musiał być właśnie ten przypadek. Chyba że zbyt pochopnie go oceniłam.

2

Mikołaj przyjechał po południu, ale bez Uli.

— Katar — wyjaśnił tak jakoś nie wprost, jakby zmyślał. — Pewnie alergiczny, ale jesteś w ciąży i Ullala wolała nie ryzykować.

Wyciągnął z samochodu owinięty w folię obraz i ruszyliśmy w kierunku domu w asyście Unty. Resztę psów zamknęłam, bo nie wiedziałam, jak zareagują na Mikołaja. Unta powitała go radośnie, musiał więc bywać w Zawrociu. I pomyśleć, że kiedyś uważałam Pawła za samotnika. Nic bardziej mylnego. Był bardziej towarzyski niż ja.

Mikołaj rozglądał się po domu, jakby spodziewał się zmian. Chyba rozczarowało go to, że wszystko było po staremu, oczywiście nie licząc pustki po fortepianie.

Zostawił obraz w korytarzu i opadł na fotel przy kominku.

— Znam cię dłużej, niż myślisz. Taką babkę trudno przegapić — rzucił, oglądając mnie od stóp do głów, jakby chciał się upewnić, czy rzeczywiście to mnie kiedyś widział.

— Jakoś nie przypominam sobie, byśmy się w przeszłości spotkali. Teatr? Wernisaż? Impreza?

— To nie było w Warszawie. Widziałem cię parę miesięcy temu z facetem w hotelu po drugiej stronie jeziora — powiedział. — Wpadam tam czasami po papierosy.

Miał na myśli Jakuba, z którym spędziłam w hotelu kilka godzin wiosną tego roku. Pisałam ci o tym, babko.

— Dlaczego mi to mówisz? — zapytałam.

— Wiem jeszcze o dwóch innych.

Miał pewnie na myśli Michała i Jaśka, którzy tu bywali.

— Policja moralna? — Nie kryłam ironii.

— Nie. Zagaiłem o tym tak z ciekawości. Widać, że lubisz zmiany, a Paweł po drodze do Warszawy gadał coś o ślubie. Nie boisz się, że trzeba się będzie potem rozwodzić?

— Wolałabym porozmawiać o czymś innym. Nad jeziorem też była dziś taka gęsta mgła?

— Jasne, pogoda! Chcesz sprzątnąć mi sprzed nosa kumpla, a ja mam zająć się teraz pogodą. — Mikołaj niby to żartował, ale jakoś nie było mi do śmiechu.

— Sprzątnąć? Wyglądam na sprzątaczkę?

— No... nieźle go wessało Zawrocie. Jak jakaś rura do odkurzacza.

— A ciebie nigdy nie wessało na miesiąc? Bo to był miesiąc. Niecały w dodatku. I przez pierwszy tydzień Paweł miał bandaże na dłoniach. I tak by z nimi nie latał po okolicy.

Mikołaja jednak to nie przekonało. Zerknął w kierunku twego obrazu, babko.

— Zanim jeszcze w życiu Pawła zagościła na dobre Anka i rozwaliła go na długo, poznałem twoją babkę. Wszyscy zostaliśmy jej przedstawieni — uśmiechnął się ironicznie. — Miała taki przewiercający wzrok. Na wskroś! Wiedźma to była rasowa. Z naszego towarzystwa jej aprobaty nie uzyskał nikt. Może Ula miałaby szansę, gdyby nie ja przy jej boku.

— Nie jestem babką.

— Ale jesteś do niej podobna. Przynajmniej do tej tutaj — wskazał ruchem głowy obraz. — Pewnie nas dlatego tak zmroziło, gdy się pojawiłaś na imprezce. Pomyślałem, że ci powiem.

— Dzięki. Tylko co mam z tą informacją zrobić?

— Sam nie wiem. Dziwne to wszystko. — Spojrzał znacząco na mój brzuszek. — Tak was złożyło w parę nie wiadomo dlaczego i po co. Trzeba trochę czasu, by się przyzwyczaić.

— Czuję się tak, jakby już było po wyroku. Choć nawet nie miałam okazji się porządnie przedstawić. To dopiero dziwne.

— No może — mruknął Mikołaj. — Supeł. Powoli się rozsupli. Pewne jest tylko to, że już nie będzie tak, jak było. Paweł się zmienił. Może przez ciebie, a może przez tę swoją Amerykę. Ta jego menedżerka też maczała w tym paluchy. Niezła z niej harpia. Udało ci się z nią wygrać, to znaczy, że jesteś jeszcze mocniejsza.

— Tak to widzisz? A Paweł co? Piłka do przerzucania?

— Czasami chciałoby się być piłką w takich rękach. Czego jak czego, ale kobiet to mu zawsze zazdrościłem. Gdyby je tak namalować, niezła byłaby z tego kolekcja. Wszystkie były wredne i charakterne, ale piękne. Koneser.

— Znam Julię i Annę.

— To dużo jeszcze przed tobą — uśmiechnął się złośliwie. — Choć to raczej mężczyźni wkurzają się na byłych. Kobiety martwią się raczej o przyszłe.

Rozbawiła go ta własna anegdotka niemal do łez.

— Trochę monotematyczne to nasze spotkanie. Wiem, że martwisz się o kumpla, ale może lepiej zostawić go na razie w spokoju. Chciałabym was lepiej poznać. Ciebie i Ulę. Malujecie, ja kocham teatr, to podobne klimaty.

— Może — rzucił Mikołaj bez przekonania. Rozmowa o sztuce najwyraźniej mniej go interesowała niż plotki o Pawle.

Przypomniałam sobie o płótnie, które postawił w korytarzu.

— A ten obraz? Paweł go zamówił?

— Owszem. Dawno temu. Malowałem, malowałem i jakoś nie mogłem namalować — znowu miał złośliwe nutki w głosie. — A teraz poszło. Będzie miał niespodziankę, gdy wróci. Obejrzysz sobie potem. Może gdy zobaczysz, jak dobrze maluję, sama zechcesz taki portret. To ciągle aktualne. Zamiast jednej niespodzianki Paweł miałby dwie.

3

Na razie to ja miałam niespodziankę, babko. Naga kobieta stojąca przy otwartym oknie. Miedzianowłosa. Więc ani Julia, ani Anna. Jakaś inna, choć równie atrakcyjna. I sugestywnie namalowana. Ładna szyja i kształtne, choć niewielkie piersi. Do tego bardzo jasna, delikatna skóra. Biodra trochę rozmyte w bieli, za to nogi długie i piękne. Jeszcze przed chwilą mogła patrzeć w stronę malarza, bo nie zdążyła się do końca od niego odwrócić. Uchwycona tak w pół kroku. Z twarzą niemal przysłoniętą przez firankę, którą trzymała w ręku. Mikołaj się postarał, trzeba mu było to przyznać. Malował, malował i namalował. Byłam pewna, że skończył obraz specjalnie dla mnie, bym mogła zobaczyć jeszcze jedną kobietę Pawła. Jakby wiedział, że żadne słowa nie podziałają tak, jak ten akt. I miał rację. Poczułam palącą zazdrość. Bo ta golaska z włosami koloru miedzi naprawdę była warta grzechu. Takie przynajmniej robiła wrażenie, choć jej twarzy nie było widać.

Zaniosłam ją do pokoju Pawła i postawiłam obok pudła Emili. Byłam przy tym pewna, że Miedzianka jest w tym pudle, podpisana i zaopatrzona w datę. Parę ruchów i już bym wiedziała. Ale przecież właśnie o to im wszystkim chodziło — Emili, Mikołajowi i reszcie — bym zaczęła nakręcać się starymi fotografiami, obrazami, aluzjami. I bym zwątpiła w Pawła.

— Nic z tego — powiedziałam do Miedzianki. — Przeminęłaś. I nie będziesz wisiała w Zawrociu. Musisz sobie poszukać ściany w innym domu. Tu się tylko chwilę poopierasz o bieliźniarkę. Mgnienie. Nie przyzwyczajaj się.

Odwróciłam jeszcze płótno, by zakończyć sprawę. Unta szczeknęła, jakby się zdziwiła, że tak źle potraktowałam Miedziankę. No tak, musiała ją znać, ale czy bez zapachu była zdolna rozpoznać ją na płótnie? I czy Mikołaj nie wyidealizował pierwowzoru? Przecież chciał mnie wkurzyć.

I udało mu się. Czekolada. Muszę zjeść czekoladę. Ale jak ją zjem, to przybędzie mi kilogram i Paweł po powrocie zatęskni nie tylko za Miedzianką, ale i za wszystkimi innymi, które kiedyś kochał i których pożądał. Bez czekolady też zresztą mi przybędzie, taki już mój fasolowy los. Gdy Paweł wróci ze Stanów, będę już jak beczka. Beczki nie biorą ślubów. I dobrze. Do diabła z Mikołajem i wszystkimi, którym nie podoba się moje życie. Nie będę otaczała się żadnym kręgiem i trzymała w nim na siłę Pawła. Bujajcie się! Wisi mi, co myślicie i będziecie myśleć później. Nie jesteście mi do niczego potrzebni.

4

Byłam w połowie czekolady, gdy zadzwonił Paweł. Niestety, nie ugryzłam się w porę w język.

— Nie wiem, co powiedziałeś rodzicom, czy tylko o naszym związku, czy także o naszych planach. Jeśli tylko o związku, to może na razie wstrzymaj się z innymi rewelacjami — zaproponowałam.

— Masz wątpliwości? — Paweł zaniepokoił się nie na żarty.

— Nie, nie mam — skłamałam. — Po prostu myślę, że będzie lepiej, jak teraz skupisz się na pracy. A potem...

— Maty — przerwał mi zdecydowanym głosem — wolę, byśmy trzymali się planu. Już zresztą powiedziałem rodzicom, że myślimy o ślubie. Bo myślimy, prawda?

— Prawda. Myślimy, myślimy... Miłe myśli. Czemu nie mielibyśmy myśleć o tym trochę dłużej?

— Nie podoba mi się to ostatnie słowo. Już się na ciebie wystarczająco długo naczekałem. Półtora roku!

— I się doczekałeś. To po co się śpieszyć? Chcę trochę pobyć twoją dziewczyną.

— Narzeczoną, kochanie. Zaręczyliśmy się — przypomniał Paweł.

— No właśnie. Jeszcze się nie nabyłam dziewczyną, a już jestem narzeczoną.

— Narzeczoną ciotecznego brata — nie dawał za wygraną Paweł. — Nie mówiąc już o tym, Bemolku, że to ty trochę przyśpieszyłaś sprawy. Jesteśmy w ciąży. Zjedzą nas żywcem, jak nie uporządkujemy naszego życia. Pamiętasz o tym?

— W tej chwili niechętnie.

Paweł się roześmiał.

— Dobrze, możemy na chwilę zapomnieć o paru faktach, dziewczyno... — przeciągnął to słowo.

— Dziewczyno w niebieskich pantoflach — uściśliłam, chcąc mu trochę osłodzić poprzednie słowa.

— O... — zaciekawił się Paweł. — Nigdy cię w takich nie widziałem. Wysoki obcas?

— Bardzo wysoki.

— Zima. Chyba nie włożyłaś tych pantofli na gołe stopy?

— Mam na nogach pończochy. Szare. W kolorze mgły, która jest za oknem.

— Idealne do niebieskich pantofli...

— Owszem. Tylko gumki u góry trochę za ciasne. Muszę je zsunąć w dół...

Oddech Pawła przyśpieszył. Seks przez telefon. Tak też można.

— Gdzie teraz są? — spytał zduszonym głosem.

— Jedna w połowie uda, a druga trochę wyżej.

— Nie wiem, jak ty to robisz, dziewczyno...

— Chyba zsunę też tę drugą... No, trochę lepiej. Wreszcie mnie nie uciska.

— Zwariuję przez...

I tyle tego było, bo połączenie nagle się przerwało. Niedokończona próba wycofania się ze ślubu. Niedokończone zsuwanie wymyślonych pończoch. Tak to już bywa z telefonami. Paweł został po drugiej stronie łącza nie tylko nienasycony, ale też pewnie trochę zaniepokojony.

XII. „LOCZEK"

1

Rano miałam wyrzuty sumienia. Po co Pawłowi zastanawianie się, z jakiego powodu nagle usiłuję się wycofać z naszych planów? I dlaczego tak łatwo dałam się podpuścić Mikołajowi? Bo to musiała być podpucha. Kto przywozi obraz akurat wtedy, gdy nie ma osoby, która go ponoć zamówiła? Czy Ula wie o Miedziance?

Zapytam ją — postanowiłam. „Loczek"! Miała przecież w sąsiednim miasteczku zakład fryzjerski. Piętnaście minut drogi i będę w Kapiskach. Zobaczę, jak się mają sprawy z katarem. Przy okazji wpadnę też na chwilę do Ewy i popytam ją o mieszkańców osady nad jeziorem. Czas ich w końcu lepiej poznać. Wówczas skończą się takie akcje, jak ta z obrazem.

Jechałam dłużej, niż się spodziewałam, bo padał deszcz ze śniegiem. Była kiepska widoczność i do tego ślisko. Poruszałam się w tempie stu ślimaków na godzinę. W dodatku pocałowałam klamkę — „Loczek" był zamknięty. Urlop. Do odwołania! Tak przynajmniej było napisane na ogłoszeniu. Czyżby Ula naprawdę była chora?

Pokręciłam się chwilę po Kapiskach, które były mniejsze niż Lilów, choć może tylko bardziej zwarte. Dom stał tu przy domu nie tylko w rynku, ale i w bocznych uliczkach. Na posesjach niewiele było drzew. I jakby w kontrze do tego zabetonowanego świata wokół miasteczka były lasy. Niemal każda uliczka kończyła się w lesie. I tylko z jednej strony ulice dochodziły do rzeki i fabryki mebli, dzięki której to miasteczko kiedyś powstało. Teraz niestety fabryka podupadła, a wraz z nią także cała okolica. Tak przynajmniej twierdziła Jóźwiakowa, którą to żywo obchodziło, bo w Kapiskach mieszkała jedna z jej czterech córek. Jadzia musiała jak większość mieszkańców dojeżdżać do pracy do sąsiedniego miasta. Tam zresztą też niełatwo było o pracę.

— Ludzie na Kapiska mówią Polana — dodała Jóźwiakowa. — Ja sama zresztą też tak mówię. No bo to niby-miasteczko jest przecież w środku lasu. Parę domów na krzyż. Mówiłam Jadźce, że to nie miejsce dla niej, ale ilekroć przyprowadziła do domu kawalera, okazywało się, że mieszka w Polanie. Przy czwartym machnęłam ręką. Bo widać taki jej los. I siedzą teraz tam jak dwa puszczyki na skraju lasu. Brzozy włażą im na podwórko. Światło zabierają. Zresztą, ile tego podwórka! Parcele tam takie, że jak się wyjdzie przed dom, to można sąsiadowi w garnku zamieszać.

Prychnęłam śmiechem, co Jóźwiakowa skwitowała wzruszeniem ramion, bo jej zdaniem ta opowieść była tragiczna, a nie śmieszna.

— Co najmniej raz w tygodniu mego wnuka gania dzik czy jakaś inna cholera. Takie to śmieszne — burknęła.

— Może płot by pomógł.

— Dzika może by i powstrzymał, ale nie Mateuszka.

— To dziki go ganiają czy on gania dziki?

— Pewnie! Łatwo żartować. — Marta gotowa była się obrazić. — Świętej pamięci pani Milska też tak czasem lubiła dopiec. Ale taka prawda, że nigdy nie wiadomo, co to się na świat pcha. Jadźka powolna, jej mąż jak taki leniwiec, co go pokazują w telewizji, a Mateuszka to nawet dzik nie dogoni. Przed chwilą był, a po chwili już szukaj wiatru w polu. Żeby to zresztą było pole. A to gąszcz, gdzie ani wyraźnej ścieżki, ani czego. Jedyna nadzieja, że z tego wyrośnie.

— Na pewno — powiedziałam, bo Jóźwiakowa potrzebowała pocieszenia.

— Ja bym tam w taką pogodę na Polanę nie jechała — rzuciła jeszcze Marta. — Tam zawsze jest bardziej ślisko niż gdzie indziej. Takie to jakieś zaklęte miejsce. Wjechać to jeszcze, ale wyjechać! Co chwila tam ktoś w rowie leży.

Marta najwyraźniej nienawidziła miasteczka, w którym mieszkała jej najstarsza córka i nadpobudliwy wnuk.

— Mam zimowe opony. I będę uważać.

— Jasne. Jak grochem o ścianę. Ze świętej pamięci panią Milską też tak było. Cóż tam pogoda czy droga. Zawsze musiało być po jej myśli.

2

Ewa śmiała się, gdy jej to opowiedziałam.

— Są tacy, co kochają to miasteczko, i tacy, którzy go nie znoszą. Mój ojciec się tu urodził i zawsze chciał mieć tu dom. W końcu jego marzenie się spełniło. Mama miała chyba inne, ale ojciec dostał tu po swojej babci kawałek ugoru, który ponoć do niczego innego się nie nadawał, tylko do tego, by go przywalić betonem. Ja lubię tu mieszkać, choć nie znoszę tej pokręconej szosy, którą muszę dojeżdżać do pracy. Inni liczą drogę kilometrami, a my zakrętami. Jedenaście zakrętów nad jezioro, trzynaście do Lilowa, dwadzieścia sześć do miasta.

— Zakręcone miejsce.

— Zgadza się. Cieszę się, że nie przestraszyłaś się malkontenckiej gadki Jóźwiakowej oraz pogody i przyjechałaś.

— Też się cieszę, choć miałam jeszcze jeden cel. „Loczek"!

Ewa jęknęła.

— O kurczę! Nie mów mi, że już tam byłaś?! — Wyglądała na przerażoną.

— Nie. Jest zamknięty.

— Całe szczęście! Uf!...

Ewie naprawdę ulżyło. Nic z tego nie rozumiałam.

— O co chodzi z tym „Loczkiem"?

— Do głowy mi nie przyszło, że wpadniesz na taki pomysł. Paweł powinien ci to wytłumaczyć.

— Ale co?

— To, że Ula z „Loczka" oficjalnie nie ma nic wspólnego z Ulą z pracowni malarskiej nad jeziorem. Nikt z nas się u niej nie strzyże i nie czesze. I nikt z nas jej tam nie odwiedza. Nawet ja, choć jak wiesz, „Loczek" jest na sąsiedniej ulicy. Tego miejsca i tego tematu nie ma. Ula chyba tylko raz zrobiła wyjątek, gdy zobaczyła, co mam na głowie w dniu mego ślubu. Wepchnęła mnie do łazienki, a potem zaczęła machać grzebieniem w tempie rekordu świata. Bo Romek już stał na dole i przebierał niecierpliwie nogami. Tyle że ta fryzjerska akcja była w moim domu. No wiesz, taka niby artystyczno-przyjacielska przysługa pod tytułem: trochę ci to poprawię, kochanie. I z bezkształtnej bezy zrobiła w pięć minut śliczną fryzurę. A gdy jej dziękowałam, to rzuciła, że tylko przełożyła ze dwa kosmyki. „Nie mówmy o tym" — zacytowała Ewa. — Więc nie mówiłam. Rozumiesz?

— Tak... Zaczynam rozumieć. Fryzjerka i malarka nie przyznają się do siebie nawzajem.

— Właśnie! — Ewa znowu odetchnęła z ulgą. — Kto ją zna z „Loczka", nie ma szansy dobrze poznać tej drugiej, z pracowni malarskiej. A to ta druga przyjaźni się z Pawłem. I to ta druga jest najważniejszą osobą nad jeziorem. To w jej domu toczy się życie towarzyskie osady.

— Myślałam, że tylko Mikołaj ma dwa życia. Paweł coś o tym mgliście wspomniał. A okazuje się, że Ula też.

— Trafiłaś w sedno. Mikołaj to ma nawet ze trzy życia. I każde ukryte.

— Tu jest zakręcony świat, a tam zaminowany.

Ewa przez chwilę wytrzeszczała oczy, a potem wybuchła śmiechem, wybudzając przy okazji Kamilka.

— Coś w tym jest. Miny! Wszyscy się znamy od dawna, to wiemy, jak je omijać. A ty nawet nie wiedziałaś, że one tam są.

— O ile dobrze rozumiem, nie tylko nie należy odwiedzać Uli w „Loczku", ale i pytać, dlaczego Mikołaj przyjechał do mnie sam?

— Nie należy. Ja bym w każdym razie tego nie zrobiła, bo ona pewnie o tej wizycie nic nie wie. I lepiej, by się nie dowiedziała, bo jest o Mikołaja wściekle zazdrosna. Niepotrzebne ci kolejne kwasy. Przeciwnie, jak tylko Paweł wróci, powinnaś spróbować się jednak zaprzyjaźnić z Ulą i resztą tych wariatów z osady. Chcą czy nie chcą! — zaśmiała się. — Bo z kim, jak nie z nimi? Poza tym dobrze jest mieć oko na znajomych ukochanego — dodała znacząco. — Podstawa udanego związku. I jedyny sposób, by ci potem nie znikał nie wiadomo gdzie i z kim.

— To nie mogę też pojechać do Uli i zapytać, dlaczego Mikołaj przydźwigał Miedziankę — westchnęłam teatralnie.

— Miedziankę? — zdziwiła się Ewa. — Co to takiego?

— Raczej kto. Mikołaj przyniósł obraz. Jest na nim jakaś śliczna, naga, z toną miedzianych loków na głowie. Powiedział, że Paweł, gdy wróci, będzie miał niespodziankę.

— I pewnie będzie miał.

— Wiesz czy nie wiesz, kto to taki?

— Wiem, że ponosi cię wyobraźnia.

— No może trochę. Ale jakieś wyjaśnienie chybaby się przydało.

— Gdybyś lepiej znała Mikołaja, tobyś od razu wpadła na to, że zrobił ci kawał. On lubi się bawić ludźmi. Taki już jest. W dodatku nudzi się na prowincji. A Ula zdecydowała

135

się na zamieszkanie w domku nad jeziorem, bo gdzie indziej pewnie nie utrzymałaby Mikołaja przy sobie. Tu też potrafi jej zniknąć na parę dni. Nie mówiąc już o tym, że ma swoje sprawy w Warszawie. To jest ladaco. Miglanc. Przyleciał do ciebie z obrazem, by pokazać, jak dobrze maluje kobiece ciała.

Czemu czułam, że Ewa mydli mi trochę oczy?

— Na pewno tylko dlatego? I co, wziął pierwszą z brzegu? Wybacz, ale mimo twoich gęstych tłumaczeń ta Miedziana z obrazu nie stała się mniej atrakcyjna.

— Wierzę. Mikołaj na pewno wybrał najlepszy obraz, jaki miał. Lubi, gdy kobiety go podziwiają. I gdy się przed nim rozbierają. Zawsze mu mało. Mnie kiedyś też usiłował namówić na pozowanie. Romek mu mało zębów przez to nie policzył.

— Ładnie się tu zabawiacie.

Ewa się roześmiała.

— Pożyjesz na prowincji dłużej, to też będziesz szukała rozrywki. Zima tu się cokolwiek dłuży. Za miesiąc czy dwa zaczniesz to w pełni rozumieć.

— Już zaczynam rozumieć. Za to gorzej z tym polem minowym. Zdaje się, że jest tego całkiem sporo. A ja jakoś nie mam cierpliwości do ostrożnych kroczków.

— W ostateczności zaliczysz parę wybuchów — rzuciła już beztrosko Ewa. — Romek mówi, że jestem za bardzo zachowawcza. To po tatusiu. I że chcę żyć w zgodzie z całym światem. To z kolei po mamusi. Dlatego nigdy nie zaszłam do „Loczka", choć przyznaję, korciło mnie raz czy dwa, by to zrobić i zobaczyć minę Uli. Może kiedyś się na to zdecyduję. — Mrugnęła do mnie okiem. — Tobie na razie nie radzę. Tobie też nie radzę!

To drugie już było do Kamilka, który rozdarł się jak syrena alarmowa. Trzeba mu było przyznać, że miał mocny głos. Obie nas postawił na baczność.

— Cały dzień tak się włącza. Skusiłam się na jeden, o, taki malutki kęsik śledzia w occie, a ten całemu światu chce dać do zrozumienia, że ma głupią, okropną i pazerną matkę. No już, skarbie... już. Pomasuję ci brzuszek. Będzie dobrze.

3

Mały chyba naprawdę miał kiepski dzień i żadne słowa czy noszenie nie były w stanie tego zmienić. Ilekroć Ewa usiłowała go położyć do łóżeczka, zaczynał wycie od początku.

— Nie pogadamy. — Ewa się w końcu poddała.

Postanowiłam więc nie czekać, aż będzie miała czas na opowieści o pozostałych mieszkańcach osady nad jeziorem i ruszyłam z powrotem do Zawrocia, okrężną drogą przez Lilów. Trzynaście zakrętów! Ewa miała rację. Dopiero w połowie droga się wyprostowała. I otworzyła — lasy się skończyły, a zaczęły pola. Wąskie paski z daleka wyglądały jak zabrudzona klawiatura. Zamiast białych klawiszy leżały szare. I tych szarych było więcej niż czarnych. Otworzyłam na chwilę szybę, by posłuchać, co na tym monstrualnym instrumencie gra wiatr, ale jego szum zlewał się z odgłosami silnika. Paweł może by to wszystko umiał porozdzielać, a ja tylko poczułam nagłe przygnębienie. I tęsknotę za Pawłem.

A potem wróciła złość na siebie, że dałam się tak łatwo podpuścić Mikołajowi. I że reaguję inaczej niż kiedyś, gdy bawiłam się życiem.

— Nie podkradasz mi czasami poczucia humoru i dystansu? — burknęłam do Fasolki.

Nie doczekałam się odpowiedzi. Ostatnio udawała, że jej nie ma. Dawno już zapomniałam o rannych mdłościach albo napadach wilczego apetytu na potrawy, które przedtem aż tak bardzo mi nie smakowały, by się nimi zajadać. Był czas, gdy to ja musiałam się naginać do widzimisię Fasolki, teraz przyszedł chyba kolejny etap, gdy ona chciała posmakować wszystkiego, co lubię. Przedtem była obcym ciałem, a w tej chwili zdawała się integralną częścią mnie. Aż trudno było uwierzyć, że potem będzie się przepychała ciasnym kanałem, by oddzielić się ode mnie na zawsze.

— Czemu tak zgrzeczniałaś? Cisza przed burzą? Będziesz się potem drzeć jak Kamilek? Bez ustanku?

Na razie to ja miałam ochotę drzeć się na idiotę, który niemal otarł się o bok mego garbusa. Albo na idiotkę. Tego nie zdążyłam zauważyć, bo granatowa beemka tylko mignęła obok.

— Burak! Debil! Gnojek! — krzyczałam, bo niewiele brakowało do zderzenia.

Kierowca, który mnie wyprzedził z minutę wcześniej, nie miał tyle szczęścia. Jego samochód wylądował w rowie, choć bez dachowania. Zatrzymałam się, by sprawdzić, czy nic mu się nie stało.

Otworzył, gdy zapukałam w szybę.

— Wszystko w porządku?

— Głupie pytanie. Siedzę w rowie — rzucił ponuro szpakowaty czterdziestolatek.

— Nie przeze mnie.

— Wiem. Przez inną idiotkę. Widziała pani jej numery? Postanowiłam puścić mimo uszu jego wredny tekst.

— Nie.

— Taki z was pożytek. Na miotle latać, a nie wsiadać do samochodu!

— Widzę, że ma się pan dobrze. W każdym razie pana mizoginizm nie ucierpiał. Żegnam.

— Zaraz! Chwileczkę! Jest pani świadkiem!

— Jaki może być świadek z idiotki? Nie mówiąc już o tym, że oboje jechaliście za szybko. Bujaj się, piracie drogowy.

Ruszyłam do samochodu, nie zwracając uwagi na jego krzyki. Dopiero po kilometrze zaczęłam się zastanawiać nad tym, co się zdarzyło. A jeśli ten człowiek był w szoku? Może trzeba było spokojniej? E tam! Ktoś się przy nim zatrzyma. Samochodów jest sporo. Niech się nim zajmie jakiś facet. Pogadają sobie o wiedźmach i idiotkach za kierownicą. Ja nie muszę tego słuchać.

Po następnym kilometrze zawróciłam. Szpakowaty właśnie usiłował wyjechać z rowu, ale koła tylko rozbryzgiwały śnieg i błoto. Próbował jeszcze raz i drugi, a potem zrezygnował.

— Widzę, że żaden z tych wspaniałych mężczyzn, których mijałam, nie raczył się przy panu zatrzymać.

— Wróciła pani, by sobie pokpić?

— Wróciłam spytać, czy mogę jakoś panu pomóc.

— Na pewno mnie pani z tym brzuchem nie popcha.

— Nie popcham. Coś innego przychodzi panu do głowy? — nie mogłam sobie darować kpiny.

— Owszem... — burknął. — Może pani gdzieś zadzwonić. Albo dać mi na chwilę swoją komórkę, bo moja, jak na złość, właśnie się rozładowała.

Wyciągnęłam telefon.

— Proszę, moja działa, jak trzeba.

4

Weterynarz, babko! Jacek Radkowski. W Lilowie był od niedawna. Jeszcze rok temu leczył zwierzęta w Milanówku. Mogłaś go nie znać. Za to doskonale znałaś jego ojca, Lucjana Radkowskiego.

— Pana ojciec leczy moje psy.

— Leczył. Choruje. Chce, bym na stałe przejął jego pacjentów, ale nie uśmiecha mi się życie w tej dziurze. — Jacek

Radkowski małe miasteczka lubił mniej więcej tak jak kobiety.

— Milanówek też nie jest specjalnie duży.

— Ale pół godziny i jestem w Warszawie. Tu po półgodzinie widzę takie same pola jak wcześniej.

— Zwykle lubi się rodzinną miejscowość.

— Nie taką, w której przeżyło się rozwód rodziców i potem niemal się w niej nie bywało. Macocha i te rzeczy. Zwinęła się zresztą na tamten świat, zostawiając ojca samego. Cholerne wiedźmy. Biorą, co najlepsze, i znikają.

Czułam, że nie tylko macocha go zawiodła. Krążył wokół samochodu jak nakręcony. Zatrzymał się w końcu przy mnie. Spojrzał, jakby mnie dopiero teraz zobaczył.

— Nie musi pani tu ze mną sterczeć. Zmarznie pani.

— Tak, trochę zimno.

— A jakie to psy? Ojciec o niektórych mi opowiada.

— Unta, Remi, a niedawno doszedł też Reks. Ale tego ostatniego pański ojciec nie widział.

— Unta! Sznaucer z Zawrocia! — Głos Jacka Radkowskiego złagodniał. — Raz nawet ją widziałem z pani babką. Mądra suka. O tym drugim nie słyszałem.

— Remi pewnie mniej chorował. Nie wiem dokładnie, bo odziedziczyłam je półtora roku temu.

— Tak, słyszałem. W jakimś sensie jest pani w podobnej sytuacji jak ja. Trafiła pani do miejsca, które jest pani obce i w którym pani przedtem nie chcieli.

— Rzeczywiście, jest pewne podobieństwo. Tyle że ja pokochałam Zawrocie.

— Ach tak... I zamierza tu pani przeżyć życie?

— Nie wiem czy całe. Kawałek na pewno.

— Kawałek... — Jacek Radkowski spojrzał na mnie z zamyśleniem. — Może tak na to trzeba spojrzeć... Kawałek... Łatwiej to strawić.

XIII. WSPARCIE ZZA OCEANU

1

Jacek Radkowski przysłał mi następnego dnia całkiem spory bukiet białych róż wraz z liścikiem: Przepraszam i dziękuję. Mimo że był mizoginem i mrukiem, cieszyłam się, że go poznałam. Chciałam, by miasteczko przestało być tylko pustawą dekoracją i zapełniało się znanymi mi ludźmi.

— Rozwodnicy! — dowiedziałam się od Jóźwiakowej jeszcze tego samego dnia. Prasowała pościel i plotkowała. — Ojciec miał trzy żony. Jacek to syn drugiej. Po pięciu latach już było po małżeństwie. Wróciło do niej to, co zrobiła poprzedniczce, zastąpiła ją młodsza. A że niedaleko pada jabłko od jabłoni, to Jacek jest w trakcie drugiego rozwodu. Pierwszą on zostawił, a druga zostawia teraz jego. Sodoma i Gomora na tym bezbożnym świecie. Niejedna by go tu zresztą pocieszyła, bo i dom wielki, i zawód dobry, i lecznica jak się patrzy, tyle że on to się lepiej z psami i kotami dogaduje niż z kobietami. Ale i tak latają ze swoimi i pożyczonymi zwierzakami, głupie takie.

— Dlaczego głupie? — zaciekawiłam się.

— Bo każdy rozwodnik jest jak szmata przepuszczona przez wyżymaczkę — odrzekła pogardliwie Jóźwiakowa. — Były kiedyś takie pralki z wyżymaczkami. Korbką się kręciło, by wycisnąć wodę. Placek się robił z takiej wyżętej rzeczy. Tak samo z nieudanym małżeństwem i rozwodem, tyle że wyciskają z człowieka nie wodę, a wszystko co dobre. Powinni taką wyżymaczkę pokazywać młodym przed ślubem, by się dobrze zastanowili, czy na pewno chcą się pożenić. Miesiąc, dwa i już im się wydaje, że się znają. A! Szkoda gadać.

Całkiem jak ja z Pawłem — pomyślałam, ale zostawiłam to dla siebie. Jóźwiakowa niczego się dotąd nie domyśliła i tak było dobrze.

— A pani jak długo znała pana Stanisława przed ślubem?

— Jak długo? — Marta trochę się spłoszyła. — No trochę się znaliśmy — wymigała się.

Wolałam się nie dopytywać, bo po jej minie widziałam, że nie tak długo, by stawiać to teraz za przykład. To było zresztą dla mnie oczywiste — gdyby dała zbyt dużo czasu do namysłu swemu narzeczonemu, Stanisław Jóźwiak nigdy by nie został jej mężem. Marta chyba sobie o tym przypomniała, bo zaczęła mocniej przyciskać żelazko do białej poszwy.

Włożyłam potem wizytówkę weterynarza do skórzanego organizera, który leżał na stoliku przy telefonie. Zgromadzone przez ciebie adresy i telefony ciągle tam były, babko. Część karteczek umieścił tam być może Paweł. Gdy wróci ze Stanów, trzeba będzie przejrzeć wizytówki i usunąć te, które już nigdy się nie przydadzą, bo tylko ty mogłabyś z nich skorzystać. W domu było dużo takich rzeczy. Kiedyś będziemy musieli się ich pozbyć.

Na razie odsunęłam od siebie tę myśl. Potem! Przyjdzie na to czas. Jeszcze gdzieś tu przecież jesteś. Może przeglądasz czasami ten wizytownik, myśląc o ludziach, którzy dali ci małe kartoniki lub podyktowali swoje adresy i telefony. Lucjan Radkowski lubił kredowy papier i ozdobne litery, które bardziej by pasowały do artysty niż do weterynarza. Jeśli obawy syna się spełnią, niedługo wizytówka Lucjana będzie już tylko pamiątką po nim.

Jacek Radkowski wolał biel i prosty, wyrazisty krój czcionki. Po jego zachowaniu spodziewałabym się raczej, że to imię i nazwisko będzie najmocniej wyeksponowane, a tymczasem najpierw w oczy rzucał się jego zawód. Widocznie pierwsze wrażenie było mylne. Jacek Radkowski nie mógł być takim bufonem i nerwusem, na jakiego wyglądał. Może tylko za długo kręciła się korbka wyżymaczki. Ciekawe, czy zamieszka w Lilowie i czy jest równie dobrym weterynarzem jak jego ojciec?

— Jego macocha przyprowadziła tu kiedyś Jacka. Mały jeszcze był. Chciała z niego zrobić muzyka, by dzięki niemu mieć wstęp do Zawrocia. Tyle że Jackowi słoń nadepnął na uszy. Co ona mu dała potem za bramą, to tylko ja jedna wiem, bo akurat szłam pomóc w oranżerii. Świętej pamięci pani Milska twierdziła, że mam rękę do róż i wolała, gdy ja o nie dbałam, a nie moja matka.

— Dobrą ma pani pamięć.

— A! Z tą pamięcią to cuda jakieś. To, co trzydzieści lat temu, potrafię zobaczyć, jakby wczoraj było. A to, co wczoraj, mgliste jakieś i niewyraźne.

— Jacek Radkowski nie wspomniał, że był w Zawrociu.

— Nic dziwnego. Macocha mało mu nie oberwała wtedy uszu. Krzyczała, że specjalnie źle grał. Że ona mu nie daruje i takie tam... Odesłała go zaraz potem do matki pod Warszawę. Biedę tam z nią klepał, gdy tu wszystkiego miałby w bród. Pewnie wolał zapomnieć o Zawrociu, fortepianie i tamtym dniu! Inna sprawa, czy zapomniał... — westchnęła, bo prasowała akurat białą serwetkę, która czasami leżała na fortepianie, gdy stał tam dzban z kwiatami. — Zawsze przecierałam i dekorowałam fortepian na końcu. I teraz jak kończę sprzątanie, to czuję się tak, jakbym czegoś nie zrobiła. Taki to już człowiek jest, nawet do takiego zimnego fortepianu przywiąże się nie wiadomo jak i kiedy.

2

Zaraz po wyjściu Jóźwiakowej zaczęła się seria głuchych telefonów. Przedtem też się to parę razy zdarzało, ale to były pojedyncze połączenia. A dziś telefon dzwonił raz za razem. Podnosiłam słuchawkę i nic, cisza, choć czułam, że ktoś jest po drugiej stronie. Nawet mi się zdawało, że słyszę czyjś oddech. Nie było to przyjemne. Po trzecim takim telefonie przestałam mówić halo, by zniechęcić natręta.

Wyłączyłabym telefon, babko, gdyby nie to, że w każdej chwili mógł zadzwonić Paweł. Miał lecieć do Los Angeles. Nie wiedziałam, czy już tam jest, czy może jeszcze w Nowym Jorku. Do jego rodziców nie chciałam dzwonić. Zostawało czekanie — coraz bardziej frustrujące, bo zamiast jego głosu witała mnie niepokojąca cisza. Komu chciało się tak bawić? Co za bezczelny, uparty gnojek! Telefoniczny puszczyk.

Emila? Tylko po co by dzwoniła? Kostek? Ale on kocha mówić. Nie wytrzymałby bez choćby jednego zdania! Więc kto? Kolekcjoner żab i nietoperzy? Sprawdza, czy jestem w domu, by przykleić coś równie paskudnego? Będę znajdowała takie ohydy co krok? Jest jeszcze ta sycząca od nadpalonego liścia, której dotąd nie zdołałam zidentyfikować. Ale ona też chyba lubiła mówić, jeśli tyle nasyczała Adze.

A może trzeba o wszystkim opowiedzieć Pawłowi, zamiast bawić się w gorącą linię? Nie, był tysiące mil ode mnie. Miał ważniejsze rzeczy na głowie niż zajmowanie się zdechłymi żabami i nietoperzami. Opowieść o głuchych telefonach też mu była niepotrzebna, bo co mógłby z tym zrobić?

Leżałam w ciemnościach i wyobrażałam sobie, jak idzie obok Julii zimowymi ulicami Nowego Jorku, mija krzykliwe wystawy i samochody. Julia wysoka i trochę szczudłowata, ale na pewno ubrana tak, że tego nie widać. Ona w pastelach i szarościach, on w czerniach. Przepuszczają jakąś kobietę, której się spieszy. Jaka tam jest pogoda? Pada? Świeci słońce? Nawet jeśli, to jego promienie mogą nie docierać do ulicy. Która to aleja? I dokąd idą? Nie wiem. Nic nie wiem! Nie ma czasu na takie opowieści przez telefon. Dopiero po powrocie opowie mi, gdzie był, co robił, o czym myślał i co czuł. Rozdzieleni. Paweł jest w świecie, który znam tylko z telewizji i kina, przez co moje wyobrażenia przypominają film. Kamera podąża za nim w takiej odległości, by widać było nie tylko jego i Julię, ale i przepływający obok tłum i miasto. Jeśli się nie pospieszę z wyobrażeniami, to Paweł zniknie za kolejnym rogiem. Początek filmu czy koniec? Będę w tym filmie czy tylko pozostanę widzem?

Unta poruszyła się na swoim materacu, a ja pozwoliłam rozpłynąć się wymyślonym obrazkom. Potem sięgnęłam do szuflady nocnej szafki i wyjęłam stamtąd zaręczynowy pierścionek. Włożyłam go na palec, myśląc o tym, że przyjęłam go od mężczyzny, który pewnie całe życie będzie mi tak znikał za różnymi zakrętami ulic i zdarzeń. Tylko czasami będę mu mogła towarzyszyć, bo ktoś z nas dwojga będzie musiał pilnować domu, gdziekolwiek ten dom będzie.

Unta kolejny raz zakręciła się na posłaniu, a potem cicho ruszyła ku mnie, położyła głowę na prześcieradle, a gdy ją pogłaskałam, polizała mnie po dłoni.

— Wygląda na to, że ja będę domem, a on podróżą — powiedziałam sennie. — To bez sensu. Powinno być odwrotnie. Paweł powinien być w Zawrociu, a ja powinnam do niego przyjeżdżać z Warszawy i opowiadać mu o teatrze i mieście. Zostałam domem przez Fasolkę. Co ty na to?

Unta w odpowiedzi tylko kolejny raz polizała mnie po dłoni.

— Naprawdę nie wiem, czy to wszystko ma jakiś sens. Nawet fortepianu już tu nie ma. Czy tu jeszcze w ogóle jest jakaś muzyka? — Te zdania już mi się chyba śniły.

3

I znowu bieg do telefonu, a po drugiej stronie cisza. Potem jeszcze jeden głuchy telefon. I w końcu trzeci, też rozczarowujący, bo usłyszałam nie cudowny, aksamitny głos Pawła, a cokolwiek zużyty i chropowaty Dawida Mende. Pamiętasz go, babko, ze zjazdu Malinowskich w Zawrociu. Opisywałam ci go dokładnie — przyszywany brat i przyjaciel mego ojca, do tego ojciec Jaśka Malinowskiego i dziadek mojej Fasolki. Paweł poznał Dawida podczas zjazdu, a potem skontaktował się z nim, gdy był pierwszy raz w Nowym Jorku.

Dawid dzwonił nie bez przyczyny.

— Widziałem się wczoraj z Pawłem — zaczął bez ogródek zaraz po powitaniu. — Odbyliśmy długą rozmowę. Jesteście w bardzo... — zastanawiał się, jakiego słowa użyć — ...delikatnej sytuacji...

— To prawda.

— Przyznam, że mnie to poruszyło. A niejedno w życiu widziałem.

— Przykro mi.

— Nie... Niech ci nie będzie przykro. Dobrze, że do mnie przyszedł. Dobrze! Rozmawialiśmy, zastanawialiśmy się, jak by było najlepiej w zaistniałej sytuacji.

— W zaistniałej sytuacji? — zaniepokoiłam się. — Co dokładnie masz na myśli?

— Pewnie już wiesz, że jego rodzice niezbyt dobrze zareagowali na wieści o waszym związku. O ślubie nawet nie chcą słyszeć.

— Owszem, choć bez szczegółów.

— Przepraszam... Myślałem, że Paweł zdążył ci już wszystko opowiedzieć. Pewnie zwleka z kiepskimi wieściami. No i skupia się na zawodowych sprawach, bo z tym jego filmem zrobił się jakiś produkcyjny zator. Byłem przy tym, jak przyjechała po niego Julia.

— Zator? Czy Paweł ma jakieś poważne problemy?

Dawid jednak nie miał zamiaru wprowadzać mnie w szczegóły.

— Jakiekolwiek by one były, poradzi sobie. Tym się nie martw, to tylko kwestia czasu. Lepiej zajmijmy się tym, na co mamy wpływ, planowaniem waszego ślubu.

— To bardziej pomysł Pawła.

— Mówił, że się zgodziłaś, a teraz masz wątpliwości. Wybacz, że cię pytam o tak intymne sprawy, ale muszę zyskać pewność, jeśli mam wyrazić swoje zdanie. Czy ty chcesz być z Pawłem? Chodzi mi o to, czy czujesz, że to właściwy mężczyzna, taki na zawsze, a przynajmniej na dłużej?

— Tak. Tak właśnie czuję, choć wszyscy starają się wybić mi go z głowy.

— Ja nie będę tego robił. Wolałbym, żeby to Jasiek był przy tobie, przyznaję, to było moje marzenie, ale cóż... — westchnął — niemożliwe do spełnienia. Niech będzie więc Paweł. Bo w końcu liczy się tylko to, co cię uszczęśliwi.

— Dziękuję.

— Ty jemu na pewno dajesz szczęście. To widać. Chciałby ci przychylić nieba i martwi się, że to niemożliwe.

— Mnie by wystarczyło, gdyby tu był, w Zawrociu.

Dawid się roześmiał.

— Akurat! A potem miałabyś pretensję, że siedzi w domu, jest nikim i plącze się bez zajęcia. Takiej kobiecie jak ty trzeba zaimponować, by ją przy sobie zatrzymać.

— Zaimponować? — zdziwiłam się. — Paweł ci to powiedział?

— Nie musiał. Obaj to wiemy. Jasiek nie miał szans, bo nie był dostatecznie zdeterminowany. Będzie jeszcze żałował, że pozwolił ci się wymknąć.

— To miłe, co mówisz, ale w przypadku Pauli okazało się, że Jasiek potrafi być bardzo zdeterminowany.

— A mnie się wydaje, że to raczej Paula była zdeterminowana — zaoponował Dawid. — Nie doceniasz się.

— Tylko czasami.

— Tak... wiem. Ciąża to nie najłatwiejszy czas dla kobiety. Ale wróćmy do sedna sprawy. Moim zdaniem tylko ślub da wam szansę na normalne życie. Inaczej ludzie was zadziobią, a bliscy nie dadzą spokoju. Paweł ma rację. On to sobie wszystko dobrze przemyślał. I to mi się podoba. Wie, czego chce. I wie, co jest najlepsze w obecnej chwili. I tylko los trochę stanął mu na drodze. Tak czy owak, moim zdaniem nie powinniście zwlekać zbytnio ze ślubem. Tylko, jako że wszystko dzieje się trochę szybko, to powinien być ślub cywilny. Z kościelnym może być trochę problemów, bo pewnie ze względu na pokrewieństwo potrzebna będzie dyspensa. Weźmiecie go sobie za parę miesięcy, jak załatwicie formalności i jak wy sami stwierdzicie, że nadszedł na to czas.

— Tak, chyba tak...

— Wiem, że wolałabyś inaczej, jedno wspaniałe, radosne święto kiedyś tam, w przyszłości, ale czasami trzeba zrobić to, co nakazuje rozsądek. Ja bym na waszym miejscu wybrał pierwszy wolny termin i Warszawę na ślub cywilny. Łatwiej będzie wszystkim dolecieć i dojechać.

— Wielu chętnych nie będzie.

— Ja będę. Jeśli tylko zechcesz, poprowadzę cię najpierw przed urzędnika, a potem do ołtarza.

Poczułam ucisk wzruszenia w gardle.

— Dziękuję — wykrztusiłam. — To wiele dla mnie znaczy...

— Dla mnie też. Jesteś w końcu jedną z Malinowskich, w dodatku córką mego najlepszego przyjaciela, nie mówiąc już o tym, że będziesz matką mego wnuka albo wnuczki. Ale zrobię to nie tylko z poczucia obowiązku. Jesteś mi naprawdę bliska i to będzie przyjemność. Duża przyjemność. Cieszę się, że się wkrótce zobaczymy.

Sprytnie! — pomyślałam po odłożeniu słuchawki. — Paweł przed wyjazdem z Nowego Jorku postarał się o potężnego sprzymierzeńca. Wiedział, że lubię i szanuję Dawida. I wiedział, że Dawid jest mądrym człowiekiem, który powie mu, co naprawdę sądzi o naszej trudnej sytuacji i możliwościach wyjścia z niej.

Akuratność! — to zawsze mnie uderzało w słowach i postępowaniu Dawida. Teraz też taki był, akuratny. Jeden telefon, pięć minut rozmowy, a czułam się tak, jakby był jakimś demiurgiem, który rozgonił chmury i rozjaśnił wszystko dokoła.

XIV. CZARNA WDOWA

1

Następnego dnia rano wyjrzałam przez okno i oniemiałam. Świat w bieli! Ale to nie był śnieg, tylko szadź, która grubą warstwą pokryła drzewa, trawy i wszystko inne. Miliardy błyszczących w słońcu kryształków. Ubrałam się, złapałam aparat fotograficzny i wyszłam uwiecznić ten bajkowy poranek. Umówiłam się z Pawłem, że będę utrwalała dzień po dniu zarówno siebie, jak i wszystko wokół, by on potem mógł to odtworzyć. Tyle że nie chciało mi się robić zdjęć kolejnym mżawkom i szarościom.

— To nie potrwa długo — powiedziała Marta Jóźwiak, wręczając mi przy bramie koszyk z jajkami, które zniosły hodowane przez nią kury. — Odwilż już znowu idzie. Zima może i ładniejsza, ale ja tam wolę, gdy do pieca nie trzeba pakować za dużo opału. Szary świat jest tańszy od białego, taka prawda.

Zaniosłam jajka do kuchni, a potem znowu ruszyłam na dwór, by nasycić się tą olśniewającą, kryształową bielą, zanim się stopi.

— Potrwaj trochę — zaklinałam ją. — Potrzebuję cię. Mam już uczulenie na szare. Potrwaj!

Unta szczeknęła, jakby i ona chciała się przyłączyć do tej porannej mantry. Tańczyła obok mnie, a każdy jej krok powodował ciche skrzypnięcie. Pod moimi butami też skrzypiało, tyle że w innym rytmie i natężeniu. Byłyśmy jak muzycy, a droga do Lilowa była jak instrument — srebrzysto-biały i bardzo czuły.

Pewnie nie miałabym takich myśli, gdyby nie absurdalne rozmowy z Pawłem.

— Niektórzy ludzie szeleszczą, inni trzeszczą, a jeszcze inni stukają — zaczynał na przykład.

Cały Paweł! Świat w dźwiękach, zupełnie inny niż mój, cały w barwach i scenkach.

— A ja? Do której grupy byś mnie zaliczył?

— Stukasz. Jesteś stukaczką. To przez twoją energię. Albo raczej dzięki niej! — zaśmiał się. — Rozpiera cię, więc otwierasz szafki z impetem, tak samo stawiasz kubki na stole, odkładasz pogrzebacz, wstajesz z krzesła. Tak! Zdecydowanie należysz do stukających.

Zapomniałam go niestety zapytać o ciebie, babko.

— A siebie do której kategorii byś zaliczył?

— Obecnie najczęściej wzdycham. Do ciebie, Bemolku! — żartował.

— Pytam poważnie.

— A jak myślisz?

— Chyba do szeleszczących. Tyle że ja niewiele z tego słyszę. Może to nawet nie szelesty, a szmery. Jesteś cichy. Koci. Oczywiście oprócz tych momentów, gdy grasz na pianinie. Stukająca i szemrzący... Trochę jakby nie do pary — zastanawiałam się.

— Przeciwnie, razem brzmimy naprawdę interesująco. Zapewniam cię, Maty.

Ja z Untą też brzmiałyśmy nieźle, ale z Pawłem byłoby jeszcze lepiej. Moja pierwsza szadź w Zawrociu, a jego nie ma. Takie nie do końca szczęśliwe szczęście. Niby było pięknie, biało i rześko, a ja nagle poczułam, że szare tylko się we mnie przyczaiło, gotowe oplątywać moje myśli. Ja byłam na jednej półkuli, Paweł na drugiej. Ja miałam zimę, a Paweł diabli wiedzą jaką pogodę. Ja byłam sama, a Paweł wśród ludzi. Inne dźwięki, inne zapachy, inne kolory. Inny świat wokół. Rozdzieleni.

Gdybym była w Warszawie, pewnie nie odczuwałabym tego tak mocno. W mieście wiedziałam, gdzie i jak się znieczulić. Tu dopiero się tego uczyłam. Choć może bardziej uczyłam się znosić niewygodne uczucia. I w ogóle je dostrzegać. Na przykład tęsknotę. Raz mi się wydawała słodkim uczuciem, raz bolesnym, a raz czymś pomiędzy. Teraz była pomiędzy. Bolało, ale tak jakoś srebrzyście, odświętnie, jakby Paweł był gdzieś blisko i słuchał ze mną tego skrzypiącego świata.

2

Mikołaj miał rację — Pawła pociągały zarozumiałe kobiety. Taka przynajmniej była Lilka. I do tego elegancka. I wyjątkowo zadbana. Miała czarne włosy, z którymi dobrze komponowały się modne w tym sezonie fiolety, burgundy i wrzosy. Nawet paznokcie miała pod kolor, nie mówiąc o torebce czy markowych botkach na wysokich obcasach. To właśnie te obcasy najpierw usłyszałam, stukające nerwowo przy wejściu do największego sklepu w miasteczku, a potem między długimi rzędami półek. Dopiero później poczułam egzotyczny zapach perfum, bo Lilka po paru nerwowych przechadzkach sklepowymi alejkami stanęła przy mnie.

— Matylda, prawda? — zapytała. Właśnie sięgałam po kakao.

— Owszem.

— Lilka — przedstawiła się. — Paweł pewnie ci o mnie opowiadał... — Jej głos trochę się załamał na widok mojej niepewnej miny. — Nie opowiadał... No tak, bywa... Mam dom nad jeziorem. Wiem, że część mieszkających tam osób już poznałaś.

— To za dużo powiedziane.

— Może i tak... Słyszałam o tej nieszczęsnej imprezie. Niektórzy jeszcze nie wyszli z szoku. — Lilka patrzyła, jakie te słowa robią na mnie wrażenie.

Nie zamierzałam tego z nią omawiać.

— Zastanawiam się, jak mnie rozpoznałaś — zapytałam.

— Jak?... — uśmiechnęła się trochę zaczepnie. — To nie jest takie trudne dla kogoś, kto bywał w Zawrociu. Przywiązałaś Untę do barierki przed sklepem.

— No tak, każdy zna tu Untę — rzuciłam, jakbym nie widziała tego jej uśmieszku. — Zatem mieszkasz nad jeziorem... Fajny pomysł, by pobudować domy obok siebie — dodałam, siląc się na miły ton.

— Też nam się tak kiedyś wydawało. Teraz to bywa niekiedy męczące. Zbyt dobrze się znamy. Chciałoby się czasami odpocząć od Warszawy, a tu przy kawkach i czymś mocniejszym te same tematy i frustracje. Na szczęście ja jestem dziennikarką, a nie artystką i mogę te nadjeziorne sny o potędze i opowieści o upadkach puszczać mimo uszu.

— Ale coś cię chyba z tymi ludźmi łączy?

— Łączyło... — zawiesiła na chwilę znacząco głos. — No tak... Paweł! I tak byś się dowiedziała... Byliśmy ze sobą... kiedyś.

Bardzo nieprecyzyjne określenie czasu. Poczułam ukłucie zazdrości. Lilka nie była tak ładna jak Anna, ale prezentowała się naprawdę dobrze. W dodatku ta elegancja i zadbanie. Mężczyźni pewnie za nią szaleli.

— Czy to wówczas zamieszkałaś nad jeziorem? — zapytałam.

— Nie. Wtedy bywałam jedynie w hotelu — zaśmiała się, jakby to był dobry żart. — Też nad jeziorem, tyle że z drugiej strony. Osadą zainteresowałam się później. Po śmierci męża. Chciałam coś zmienić w swoim życiu. Akurat ktoś się stamtąd postanowił wyprowadzić, więc odkupiłam od niego domek.

Kiedyś! — powtarzałam w myślach. — Kiedyś ja byłam z Michałem czy Jakubem. Kiedyś Paweł był z Lilką czy Anną. Kiedyś! A teraz jest teraz. Zupełnie inny porządek rzeczy. Czas wypłukał pamięć o tamtych pocałunkach i emocjach. Jesteśmy tylko my. Tylko my. Na zawsze.

Lilka jednak miała na ten temat inne zdanie.

— Miesiąc. Najlepsze masz za sobą. Potem jest zawsze gorzej. Dlatego już nigdy nie wyjdę za mąż. Jedno małżeństwo w zupełności wystarczy.

— Mam inne doświadczenie. Byłam mężatką przez rok i cały czas było równie dobrze.

— To dlaczego małżeństwo trwało tak krótko?

— Mój mąż zmarł.

— To chyba niewłaściwe określenie samobójczej śmierci. — Lilka znowu miała na twarzy ten swój uśmieszek.

— Paweł ci powiedział?

— Nie. Świat jest mały. Warszawa też nie taka duża. Znajoma była z tobą na roku. Pawła zaciekawiła jej wersja wydarzeń, gdy mu ją przybliżyłam... jakiś czas temu.

Jakiś czas temu — kolejna dość niejasna jednostka czasowa. Poczułam dławiący ucisk w gardle. Lilka może była z Pawłem kiedyś tam, ale dziwnie świeża była jej niechęć do mnie.

— A niedawno jeszcze ktoś inny mi o tym przypomniał — kontynuowała ze złośliwym błyskiem w fiołkowych oczach. — Jestem dziennikarką. Wiem, jak pociągnąć za język. Obie jesteśmy czarne wdowy — zaśmiała się. — Paweł musiał się trochę przestraszyć, gdy to sobie uświadomił. Zaraz potem zwiał do Ameryki.

— Chyba że przed tobą — mruknęłam, bo znudziło mi się robienie dobrej miny do złej gry.

— O! Potrafisz kąsać.

— Ty pierwsza zaczęłaś.

Lilka wzruszyła ramionami.

— Tak czy owak, nie ma go, nieprawdaż? Znikanie to jego specjalność. Jeśli o tym nie wiedziałaś, to już wiesz. On nie lubi trudności, jak zresztą większość mężczyzn. Chyba nie spodziewałaś się, że będzie delektował się rozstępami na twoim brzuchu?

Lilka po tych paskudnych słowach zakręciła się na pięcie i zniknęła za sklepowymi regałami. Jej słowa niestety zostały. Cholerny babiarz! Czy to już ostatnia? Ile tych bab było?

I co znaczyło to jej parszywe KIEDYŚ? Przed Anną, po Annie? A może i KIEDYŚ, i NIEDAWNO? Bo po co by kupowała domek nad jeziorem?

Jakkolwiek było, Lilka miała nadzieję, że zachwieje moją wiarą w Pawła. Zaczepiła mnie właśnie po to! Może robiła to już wcześniej, sycząc do słuchawki o nadpalonym liściu, którego wywiało za ocean? Tak, to chyba był właściwy trop. Bo kto inny mógł wtedy telefonować? Może to także ona wydzwaniała, by sprawdzić, czy jestem w domu, bo chciała mnie niby przypadkiem poznać.

Jeszcze jedno wyjaśniło się przy okazji tego spotkania — to pewnie z powodu Lilki ci znad jeziora patrzyli na mnie jak na zawalidrogę. Mieli dla Pawła własną, oswojoną kandydatkę na ukochaną. Paweł należał do nich i nie zamierzali mi go oddać bez walki. Nie wiedzieli, że walka była już dawno przegrana. Może już wtedy, gdy pierwszy raz całował mnie pod Zielonooką. Nikt nigdy z tym nie wygra, bo my sami przegraliśmy.

3

Najdziwniejsze w tym wszystkim było to, że nikt mi dotąd o Lilce nie raczył powiedzieć. Ani Paweł, ani Ewa, gdy opisywała mi mieszkańców osady. Nawet Mikołaj się na jej temat nie zająknął, za to przydźwigał Miedziankę.

Postanowiłam zadzwonić do Ewy i zapytać ją o tę dziwną sytuację.

— Powierzamy sobie z Pawłem różne tajemnice i chronimy je — powiedziała wprost.

— Czy to znaczy, że Lilka dalej jest tajemnicą?

— Oczywiście, że nie. To przeszłość. Wolę jednak, by to Paweł opowiedział ci o swoich kobietach. Już ci to mówiłam.

— Kobiety Pawła! Co chwila odkrywam jakąś inną. Jakby się mnożyły — burknęłam.

Ewa roześmiała się.

— To samo powiedział Paweł, gdy mu Mikołaj nadmienił o jakimś bardzo utalentowanym i bardzo znanym reżyserze teatralnym, z którym cię widział w hotelu nad jeziorem.

— Ciekawe, że Paweł podzielił się tym z tobą, a nie ze mną.

— Ty też dzielisz się teraz swoją zazdrością o nawet nie zeszłoroczne śniegi ze mną, a nie z nim. Ciekawe dlaczego? — zauważyła Ewa.

— No tak, przyganiał kocioł garnkowi.

— Będziecie chyba musieli o tym porozmawiać.

— Na to wygląda. Zanim jednak ten Casanova wróci, możesz mi powiedzieć, czy Lilka lubi Chanel 5?

— Lubi. I wszystkie inne dobre perfumy. Jest z tych pachnących. Ale wątpię, by ktoś taki jak ona biegał po polach z żabami i nietoperzami. Spojrzałaś na jej nogi? Zawsze ma dziesięciocentymetrowe obcasiska. Nawet w domu nosi klapeczki na wysokich słupkach.

Ewa chyba nie przepadała za Lilką. I miała rację — przypomniałam sobie bordowe botki z niebotycznymi szpilami. Reszta rzeczy, które miała na sobie Lilka, też nie wskazywały na to, że jest amatorką wycieczek. Tylko czy to była cała prawda o niej?

— Jesteś tam? — Ewa zaniepokoiła się moim milczeniem.

— Jestem. Właśnie zastanawiam się, dlaczego usiłowała mnie do Pawła zniechęcić, jeśli to rzeczywiście niegdysiejsze śniegi. Chce się zemścić na nim, czy raczej ma nadzieję, że gdy zniknę z jego życia i Zawrocia, to może jeszcze ma u niego jakąś szansę?

— Cokolwiek nią kieruje, to nie jest twój problem. Obie to wiemy.

— Czyżby? Mieszka nad jeziorem. Jak mam się zaprzyjaźnić ze znajomymi Pawła, gdy ona tam jest?

— Raczej bywa. I to rzadko. Jej drogie buciki za bardzo się brudzą na leśnych ścieżkach w taką psią pogodę. Ja bym się nią na twoim miejscu nie przejmowała. — Ewa usiłowała bagatelizować sprawę. — To miejska dziewczyna. Sklepy, kawiarnie, kluby! Prowincjonalna nuda nie dla niej. Poza tym jest uzależniona od salonów kosmetycznych. Bez masowania, piłowania pazurów i maseczek na tej swojej porcelanowej twarzyczce nie przeżyłaby tygodnia.

Ewa naprawdę się starała, ale wiedziałam, że to niecała prawda o Lilce. Musiało być w niej coś więcej, jeśli przyciągnęła Pawła. Nie mogła być tylko pustą, malowaną lalką. Znałam Annę i Julię i wiedziałam, że Pawła pociągają inteligentne i ambitne kobiety. Pod tym względem byliśmy do siebie podobni. Mnie też pociągała inteligencja i podobne zalety.

— Halo? — Ewę znowu zaniepokoiło moje milczenie.

— Jestem.

— Tylko czy na pewno? Masz jakieś lepsze pomysły na zapełnienie sobie czasu niż zastanawianie się nad byłymi Pawła? — zapytała już poważniej Ewa. — Co z tymi dramatami, które zaczęłaś tłumaczyć?

— Nie mam gdzie ich wystawiać. — Opowiedziałam jej historię z listem i wredną interwencją Kostka.

— Teatry ci zablokował. A książki? Znasz trzy języki. Może warto nawiązać kontakt z jakimś wydawnictwem? Nie dasz rady tu żyć bez pracy. Nie z twoim temperamentem.

— Babka dawała.

— Ona miała całkiem sporo zajęć. Bezpłatne lekcje gry na fortepianie, lekcje francuskiego dla Renée i innych dzieci, do tego przepisywała na maszynie rękopisy pamiętników. A jeszcze ogród i oranżeria, te wszystkie róże, storczyki, tulipany. Korespondowała z innymi pasjonatami róż. W lecie Jóźwiak woził ją na targi staroci, festiwale miodu i chleba, wystawy psów rasowych.

— Długa lista pańskich zajęć.

— Nie kpij. To dzięki niej Renée jest na filologii romańskiej. To już jej trzecia wychowanka. Pięcioro jej uczniów kontynuowało naukę w szkołach muzycznych. Tylko nie myśl, że ktoś tu oczekuje od ciebie takich rzeczy. Po prostu myślę, że jeśli masz tu mieszkać, potrzebujesz jakiegoś pomysłu na to życie.

— Nie mogę po prostu hodować Fasolki?

— Możesz — zaśmiała się Ewa. — Pewnie że możesz, to też zajęcie. Tylko sądzę, że jak dla ciebie to po prostu za mało.

— Czyżbyś sądziła, że wymyślam sobie problemy?

— Nie. Ten nietoperz na klamce był jak najbardziej ohydny. Lilka też umie nieźle dogryźć. A tobie pewnie dogryzła mocniej, bo jest zazdrosna. Tylko czy myślałabyś o niej tyle, gdybyś na przykład była w trakcie przygotowań do premiery? Nie takie intrygi, jak sądzę, znosiłaś w teatrze i większe zołzy niż Lilka stawały ci na drodze, a pewnie tylko się otrząsałaś i pędziłaś dalej.

Miała rację. Wiedziałam to równie dobrze jak ona. Tylko co z tego wynikało? Moje miejsce w teatrze zajął Eryk Zawijas i przejął te wszystkie zajęcia, które mnie nakręcały i które tak lubiłam.

I tak zresztą straciłabym to miejsce, bo pozwoliłam zagnieździć się i rozrastać Fasoli, która teraz postanowiła zmienić się w sporą kapustę. Zobaczyłam to nagle przy odkładaniu słuchawki, w lustrze na korytarzu. Patrzyłam na swoją zniekształconą sylwetkę ze zdziwieniem i oburzeniem.

— Nie możesz poczekać z tym kapuścianym rośnięciem? — mruknęłam.

Unta szczeknęła, bo myślała, że mówię do niej. Zatańczyła na korytarzu, by mi pokazać, że wcale nie rośnie i nie zielenieje. Poklepałam ją i ruszyłam po schodach, myśląc, że natura źle to wszystko ułożyła. Dlaczego Fasolka nie mogła sobie pobyć w fasolowatym kształcie do momentu, aż będę gotowa na więcej? Pół roku! Rok! Ona byłaby w środku malutka i bezpieczna, a ja mogłabym w tym czasie bawić się w miłość z Pawłem.

W lustrze szafy, która stała w korytarzu na piętrze, wyglądałam jeszcze gorzej, bo półmrok korytarza podkreślił cienie pod oczyma i przeciążył sylwetkę. Aż chciało się obejrzeć i zobaczyć tę babę, którą pokazuje lustro.

4

Z tych ponurych rozmyślań wyrwał mnie telefon Pawła.

— Skąd dzwonisz? — zapytałam.

— Już z Kalifornii.

— Gorąco?

— Owszem.

— Jak spotkanie z producentem?

— W porządku — zbył mnie jak zwykle. — Lepiej powiedz, co u ciebie.

— Dla odmiany zimno.

— Chciałbym cię otulić po same uszy.

— A nie rozebrać?

— To też — roześmiał się.

Mnie jednak nie było do śmiechu.

— Jesteśmy mocno przechodzeni — rzuciłam.

— Przechodzeni? — Paweł nie zrozumiał.

— Owszem. Dużo było byłych — postawiłam na szczerość.

— Dlaczego nagle zaczęłaś o tym myśleć?

— Bo mi się co chwila jakaś twoja była objawia.

— Czyli?

— Anna, Lilka i jeszcze jakaś miedziana z obrazu Mikołaja. Nawet nie wiem, kto to jest.

— Ja też nie wiem — rzucił z rozbawieniem Paweł. — Lilka... owszem. Natomiast z miedzianowłosą się nie zadawałem. To Mikołaj lubi takie kolorowe dziewczyny. Chyba postanowił podziałać ci na wyobraźnię.

— I podziałał — powiedziałam ponuro.

Paweł zrobił się czujny.

— Ale ciągle nie rozumiem, w czym problem?

— W czym? W tym, że te, do których się przyznajesz, nie przestały cię pragnąć! W tym! Każda utopiłaby mnie w łyżce wody.

— A naprawdę o co chodzi? — dociekał Paweł.

— O to, że one mówią takie rzeczy...

— Jakie?

— Niepokojące.

— O mnie?

— O tobie, o tym, co mnie czeka, jak głęboko mnie zranisz i jak paskudnie potem będę się czuła.

— Wierzysz im?

— Nie, ale boję się, że jak jeszcze jakąś spotkam, to w końcu uwierzę.

— Nie będziesz taka głupia. — Paweł powiedział to z przekonaniem.

— Obawiam się, że masz o mnie zbyt dobre mniemanie.

— A ja myślę, że źródło jest gdzie indziej. Jak brzuszek?

Zdumiała mnie intuicja Pawła. Jakby czytał w moich myślach.

— Kapuściany.

— Przytyłaś?

— Rany! Musisz być taki dosłowny?

— Obiecaliśmy sobie miłość bezwarunkową. Ty się mierzysz z moimi byłymi i na razie jakoś dajesz radę, to ja będę równie dzielny przy wieściach o twojej słoniowatej wadze — w głosie Pawła znowu było rozbawienie.

— Cha, cha! Bardzo śmieszne. Czasami lepiej się trochę połudzić.

— Maty, pamiętasz, że ja was kocham? Oboje!

— Właśnie sobie przypomniałam.

— To dobrze. Tak się właśnie zastanawiam, czy mi nie zabraknie rąk, by was objąć, jak wrócę — żartował sobie dalej.

— Paweł! — Oburzałam się, ale tylko na niby. Jego słowa były jak uspokajające tabletki. Nagle poczułam słodki spokój. Wszystko odpłynęło, wredne słowa Lilki, uśmieszki Mikołaja, kłopoty z listem i niewystawioną sztuką.

— Tak się cieszę, że istniejesz — kontynuował Paweł już poważniej. — Zawsze mi czegoś brakowało do szczęścia. Myślałem, że taki już jestem, wybrakowany egzemplarz ze skazą. I że trzeba się zadowolić wybrakowanymi uczuciami, bo do innych nie jestem zdolny. A teraz wiem, że jestem. I dobrze się z tym czuję.

— A jak ci naprawdę zabraknie rąk po powrocie? — marudziłam.

— To będę cię obejmował na raty. I na raty możemy zakreślać nasz krąg, jeśli nie jesteś gotowa do ślubu — dodał jeszcze, by wszystko było jasne. — Nic nie musimy, a wszystko możemy. Najpierw zrobimy oficjalne zaręczyny, by wszyscy przyzwyczaili się do myśli, że jesteśmy razem. Po Nowym Roku, gdy poczujemy, że to już ten moment, weźmiemy cichy ślub cywilny, by co niektórzy przestali mieć nadzieję, że nas rozdzielą. A gdy urodzisz, pomyślimy o kościelnym i zaprosimy na niego cały świat, by wszyscy się cieszyli, że tak nam razem dobrze. Co ty na to?

— Dobry plan.

— Dlaczego nie protestowałaś od razu?

— Trochę protestowałam, ale tak naprawdę dopiero parę dni temu poczułam, że potrzebuję więcej czasu.

— Lilka?

— To było, zanim mnie zaczepiła w sklepie. Odezwała się jakaś odrobina zdrowego rozsądku.

— Odrobina?

— Maleństwo. To nie chodzi o jakieś wielkie wątpliwości. Raczej o to, że nie chcę, byśmy ulegali presji okoliczności. Chcę się cieszyć kolejnymi etapami naszego życia. Mamy czas. Dużo czasu. Całe życie.

— Tak... zaczynam to rozumieć. Dawid mi wytłumaczył, że za bardzo naciskam. Oprócz chęci uporządkowania naszych spraw chyba gdzieś w środku bałem się, że mi nagle znikniecie.

— To ty mi nagle zniknąłeś.

— Tylko na chwilę.

Nasze głosy stawały się coraz bardziej minorowe. Już dwa tygodnie bez dotyku i przytulenia. Oboje byliśmy na narkotycznym głodzie. Ta rozmowa była jak za mała dawka, która tylko rozbudza pragnienia. A miało być tego jeszcze mniej.

— Być może będę teraz rzadziej dzwonił. Czeka mnie trochę pracy. Przemontowali więcej filmu, niż się spodziewałem. Muszę się skoncentrować na komponowaniu. Od tego zależy, jak szybko wrócę do Zawrocia.

Poczułam wyrzuty sumienia, że tak mocno dałam ostatnio Pawłowi do myślenia. Dobrze, że przynajmniej nie powiedziałam mu o tych paskudach, które ktoś podrzucał.

— W porządku, Kocie. Pracuj spokojnie. Ja jestem i będę. Wiesz, gdzie mnie szukać.

— Wiem.

XV. IDEALNA KANDYDATKA
NA PRZYJACIÓŁKĘ

1

Postanowiłam wybrać się do osady nad jeziorem, babko. Tylko lepsze poznanie znajomych Pawła mogło ukrócić takie sytuacje jak ta z Miedzianką czy Lilką. Koniec chowania głowy w piasek! I koniec intryg. Nie dam się Emili, Lilce, Mikołajowi i wszystkim tym, którym nie podobało się, że związałam się z Pawłem.

Ula była trochę zdziwiona moją niezapowiedzianą wizytą. Pech w dodatku sprawił, że akurat była u niej Lilka, która naburmuszyła się na mój widok.

— Telefon ci się zepsuł? — rzuciła tym swoim nieprzyjemnym, zaczepnym tonem.

— Nie przyjechałam do ciebie.

— Ale na mnie trafiłaś. A może nie mam ochoty na ciebie patrzeć?

— Spokój! — poprosiła stanowczo Ula. — Dzień jest dostatecznie ponury i bez waszej kłótni.

Miała rację, po bieli nie było już nawet śladu. Znowu zastąpiła ją rozwłóczona, wilgotna, lepka szarość. Już nie jesień, jeszcze nie zima. Przedzimie, które parę razy usiłowało zmienić się w zimę, ale nic z tego nie wyszło. W mieście nie zauważałam pór przejściowych. Tu pogoda była równie ważna jak na angielskiej wsi. Deszcz stukał w okna bardziej natarczywie, wiatr szarpał szalik mocniej, noc też była ciemniejsza.

Ula usiłowała chyba szarości przedzimia pokonać jaskrawymi barwami swoich obrazów. Przynajmniej w takich kolorach był obraz stojący na sztalugach. Dzban kwiatów w słońcu! Aż się robiło ciepło na jego widok. Na sztalugach obok był egipski pejzaż. Miałam wrażenie, że obrazy namalowała jedna osoba. Czyżby to Ula wykonywała to hotelowe zlecenie, które niedawno oblewali, a nie Mikołaj? Może dlatego „Loczek" był zamknięty? W każdym razie nie było śladu kataru.

Oderwałam wzrok od obrazów i przeniosłam na Ulę, która nalewała z żółtego imbryka złocistą herbatę. Ula była mała, a imbryk duży. Filiżanki też z tych większych. Aż się chciało Uli pomóc.

— Cieszę się, że przyjechałaś — powiedziała do mnie.

— Dzięki.

— Wtedy tak jakoś głupio wyszło — kontynuowała. — Mikołaj usłyszał, co chciał, i stało się. Źle zaczęliśmy.

Lilka przewracała oczyma przy każdym zdaniu Uli.

— Ty jak zwykle bierzesz na siebie wszystkie grzechy tego świata — burknęła w dodatku. — Matylda nie jest skrzywdzoną owieczką. To cwana gapa. Potrzebowała jelenia i znalazła go. Tyle że on zwiał do Ameryki. To dlatego Matylda tu dziś przyjechała. Wasze chęci czy niechęci wiszą jej i powiewają. Ale musi znaleźć sposób, by znowu ściągnąć Pawła do Polski. I myśli, że może jej w tym pomożecie.

Nie zamierzałam z nią polemizować.

— Bujaj się! — mruknęłam tylko i sięgnęłam jak gdyby nigdy nic po filiżankę. Imbirowa herbata była jeszcze za gorąca. Tylko powąchałam aromatyczny napój. — A gdzie Mikołaj? — zapytałam Ulę.

Ula chciała coś odpowiedzieć, ale Lilka była szybsza.

— Co, myślisz, że Mikołaj zmieni zdanie o tobie, gdy lepiej cię pozna? Uśmiechniesz się i wszyscy tu rzucą ci się w ramiona?

— Prosiłam cię, Lila... — zaoponowała Ula.

— Jesteś po jej stronie? — Lilka aż się zagotowała.

— Po żadnej. Nie znam dostatecznie dobrze Matyldy, by wiedzieć, co ona myśli i czym się kieruje. Ty też nie.

— Ale znam takich, co ją znają!

— Tylko czy na pewno dobrze? — W głosie Uli pojawiła się po raz pierwszy irytacja. — Jedno jest pewne, Matylda nie musi szukać sposobów na ściągnięcie tu Pawła. Mikołajowi ledwie udało się go zapakować do samolotu.

— To jeszcze o niczym nie świadczy — nie dawała za wygraną Lilka.

Ula postanowiła zmienić temat.

— Częstujcie się. — Podsunęła talerzyk z ciastkami wyglądającymi jak kupki błota. — Kira je dzisiaj przyniosła. Nie wyglądają zbyt dobrze, ale do smaku nie mam żadnych zastrzeżeń.

Lilka szurnęła krzesłem i ruszyła ku drzwiom.

— On nie wróci! — rzuciła już w progu. — Zawsze jest tak samo. Wycofuje się właśnie wtedy, gdy wydaje się, że już się go ma. Pstryk i symfonia zmysłów się kończy. Cisza. Jedna wielka, długa cisza. Powtórki nie będzie.

Zakręciła się na pięcie i zniknęła w przedpokoju. Chwilę później usłyszałyśmy trzask wyjściowych drzwi. Ula zerknęła na mnie niepewnie.

— Mam nadzieję, że się nie przejęłaś jej słowami — rzuciła. — To między nią a Pawłem... to dawna sprawa.

— To skąd te emocje?

— Taka już jest, emocjonalna... Myślę, że właśnie to kiedyś zniszczyło ich związek. Paweł potrzebuje stabilniejszej partnerki. — Chwilę wpatrywała się we mnie, jakby chciała odkryć, jak bardzo jestem stabilna. — Cieszę się, że jest teraz szczęśliwy — dodała.

— Nawet jeśli to ja go uszczęśliwiam? — nie mogłam sobie darować odrobiny złośliwości.

— Nawet! Wiedziałam, że jakiś czas temu Paweł się w kimś zakochał. I że to się nie ułożyło. Nie mówił kto to. Raz jeden, gdy nieźle popili z Mikołajem, rzucił, że nie powinien nawet spojrzeć na tę osobę jak na kobietę. Myśleliśmy, że to może jakaś małolata, jedna z jego uczennic. Uczył przecież gry na fortepianie. Potem nagle wyjechał. Równie nagle wrócił. Myśleliśmy, że to zamieszkanie z tobą to coś takiego jak kiedyś z babką Aleksandrą. Tobie się nie ułożyło, jemu też nie, więc sobie pomieszkacie jak brat z siostrą do czasu, gdy oboje ogarniecie się z emocjami. Tak to ujrzał Mikołaj i tak to wszystkim powtórzył. A że w kontekście była wasza babka, to się nikomu nie spodobało, bo to była wiedźma, która miała na Pawła zbyt duży wpływ. Paweł utknął przy tobie w Zawrociu, nie dzwonił, nie przyjeżdżał, tym bardziej wydawało się, że to jakaś powtórka z rozrywki. Kolejna pani na Zawrociu, jak z przekąsem powiedziała Emila.

— Więc tu bywa.

— Ostatnio trochę częściej — przyznała Ula. — Sabina i jej mąż robili projekt przebudowy jej domu w Rynku.

To wiele wyjaśniało.

— Dalej wydaję ci się zaborcza?

— Mniej. — Ula się rozluźniła. — Niełatwo pogodzić się z tym, że znowu jakaś kobieta zagarnia Pawła tylko dla siebie. Musimy się przyzwyczaić, że będziesz w jego życiu. Ja jestem na dobrej drodze. Ale nie zdziw się, jeśli u innych trochę to potrwa. Emili i Lilki nikt by nie słuchał, gdyby nie ten poprzedni, niszczący związek... — urwała, niepewna, ile o tym wiem.

— Tak, znam Annę. Byłam świadkiem, jak się ten związek kończył.

— O... — Ula uniosła swoje jasne brwi. Widać było, że układa sobie wszystko w głowie od nowa. — Więc to tak...

— Nie, nie tak. Nie mam z tym nic wspólnego. W każdym razie nie w tym sensie.

Ula przekręciła ze śmiechem głowę.

— Nie w tym sensie... — powtórzyła. — W tym czy innym, jestem ci niezmiernie wdzięczna. Anka była jak trucizna. Z tych wolno zabijających. Trujące, lepkie pnącze. Brr! Zachodziłam w głowę, jak on zdołał się od niej uwolnić.

— Może trzeba go było zapytać.

— Ty go chyba jeszcze nie znasz za dobrze. Zapytać! — Ula dostała głupawki. A potem, gdy już się uspokoiła, znowu patrzyła na mnie intensywnie, z głową trochę przekręconą, jakby ten dziwny kąt mógł jej pomóc w zrozumieniu, skąd się wzięłam, taka naiwna i bez pojęcia. — Wszystko przed tobą — dodała.

O co jej chodziło? — zastanawiałam się. Pewnie o dyskrecję Pawła. Widocznie nie opowiadał o swoich kobietach Uli i innym mieszkańcom osady nad jeziorem. Czyżby nie był z nimi aż tak zaprzyjaźniony, jak mi się wydawało?

2

Rozmowę przerwało nam wtargnięcie chudzielca w piżamie w paski pod grubym szlafrokiem. Miał na nogach śniegowce, a na głowie czapkę uszankę. Wyglądało na to, że wstał, włożył szlafrok i resztę, a potem postanowił się tak wybrać w gości. Patrzył teraz na mnie w kwadracie otwartych drzwi, przez które ciągnęło chłodem.

— Wchodź — rzuciła Ula.

— No nie wiem... — Chudzielec poczochrał się po włoskach, które mu wystawały z niedopiętej piżamy, spoglądając raz na mnie, raz na dzbanek z herbatą.

— To nie barek. Nie ma herbaty na wynos.

— Lilka powiedziała, że robisz piżama party — mruknął. — Złośliwa małpa.

— Wte lub wewte, bo wieje.

— Wewte. Za bardzo jesteście ubrane. Cholernie ubrany poranek! — dodał jeszcze i zniknął za drzwiami.

Chwilę siedziałyśmy w ciszy.

— Poranek? — zapytałam w końcu. Minęła czternasta.

— To Ignacy. Autor kryminałów. Mieszka na końcu osady, w największym domu pod samym lasem. Nocami pisze te swoje kryminały i potem mu się wszystko przestawia.

— Naprawdę chodziło o ubranie?

— Któż to wie — zaśmiała się Ula. — Jest trochę ekscentryczny.

— Trochę?

— Mamy tu większych dziwaków.

— Lilka jest z tych większych czy mniejszych?

— Dlaczego pytasz?

— Chciałabym wiedzieć, czego się spodziewać. Mam wrażenie, że chciała napuścić na mnie tego piżamowca. Co jeszcze może zrobić?

Ula niechętnie wróciła do tego tematu.

— Powścieka się i jej przejdzie. Po śmierci babki Aleksandry w Lilce zrodziła się nadzieja, że odbuduje relacje z Pawłem. Akurat została wdową. Zaczęło jej się wydawać, że los tak to ładnie ułożył i teraz będą żyli długo i szczęśliwie. Paweł powiedział nie, ale dalej był sam, dlatego co jakiś czas nadzieja w niej odżywała. Spróbuj ją zrozumieć, dowiedziała się o tobie wkrótce po imprezie. To nawet nie miesiąc temu.

— To ją usprawiedliwia?

— Nie. Może jedynie trochę tłumaczy. Dla ciebie istotne jest tylko to, że każdy tu w końcu wyrabia sobie własne zdanie. Jak wszędzie, są grupy i podgrupy. Ignacy zerknął na ciebie i wycofał się do swoich wypchanych węży, szkieletów i masek. Gdybyś miała pojęcie o tym, jak on potrafi się bezczelnie zachować, tobyś wiedziała, jak miło cię potraktował.

— I pomyśleć, że brałam was za bandę snobów. A to banda dziwaków.

Ula się zaśmiała.

— Nie wiadomo, co lepsze. — Podsunęła mi znowu ciasteczka. — Spróbuj w końcu. Są dziełem naprawdę dziwnej istoty. Kosmitka. Gdy ją poznasz, przekonasz się, że to prawda. — Ula sięgnęła sama po jedną z kupek błota i po chwili na jej twarzy ujrzałam błogi uśmiech. — Są naprawdę pyszne.

Spróbowałam. Miała rację. Pychota.

— Czemu te ciastka tak wyglądają?

— Na planecie, z której pochodzi Kira, wszystkie ciastka mają taki kształt. — Ula westchnęła teatralnie.

— To wiele wyjaśnia.

— Cieszę się, że nie przeraża cię kosmiczne pochodzenie Kiry. — Ula chyba po raz pierwszy spojrzała mi prosto w oczy.

W swoich miała chochlikowate iskierki. Coraz bardziej ją lubiłam, choć wiedziałam, że to na razie jednostronne uczucie. Nie dziwiłam się, że z wszystkich mieszkanek osiedla nad jeziorem to ona była najbliższa Pawłowi. Pogoda ducha i życzliwość, ozdobione w dodatku poczuciem humoru! Przy Uli można było odpocząć.

— Mam jeszcze pięć minut na kawkowanie i pogaduszki — uprzedziła. — Potem łapię za pędzel. Jestem kobieta pracująca — zażartowała. — To nie znaczy, że musisz iść. Ja będę malowała, ale mój język nie. Możesz sobie też po prostu tu pobyć. Tak tu jest. Ktoś wpada, chwila przy herbacie i kosmicznych ciastkach, a potem ja bytuję sobie przy sztalugach, a ten ktoś w dowolnym kącie pracowni. Można poleżeć sobie na leżance. Poczytać w fotelu. Przejrzeć stare gazety. Usiąść przy stole i pracować. Świetlica. Tak moją pracownię nazywa Brunon. Jest jeszcze bar u Sabiny i Damiana. Tam się też bytuje swobodnie między deskami kreślarskimi, tyle że przy kieliszku albo kuflu. Chwilowo nie dla ciebie.

— To będzie długa chwila.

— Pewnie tak. W tym temacie nie znajdziesz tu zrozumienia. Niemal sami bezdzietni. Z wyboru, z przypadku, z wyroku losu. I do tego dwoje, którzy porzucili własne dzieci. Tak czy owak, postanowiliśmy nie wpuszczać tu dzieciatych. Oczywiście ten zakaz obowiązuje tylko osiedlających się, a nie gości.

— Ktoś już tu gościł z dziećmi? — zaciekawiłam się.

— Jak dotąd... nie. Ewa się zapowiadała, ale jeszcze nie pokazała nam dzieciątka. Z brzuszkiem też tu zresztą nie bywała. Jeśli chodzi o ciężarne, to jesteś pierwsza. — W głosie Uli pojawiła się jakaś niewygoda.

— To jakiś problem?

— Nie... Choć ja jestem bezdzietna z wyroku losu.

— Przykro mi.

— Już się pogodziłam. Przez jakiś czas rozważaliśmy z Mikołajem adopcję, a potem stwierdziłam, że on sam jest jak dziecko i zaadoptowałam jego — znowu się zaśmiała, ale to już nie był tak chochlikowaty i beztroski śmiech jak przedtem.

Szkoda! — pomyślałam. — Naprawdę szkoda. Miałam przed sobą idealną kandydatkę na przyjaciółkę, a tu taka przeszkoda. Im większy będzie mój brzuch, tym częściej będzie się zatrzymywał na nim jej wzrok, a śmiech zmieniał tonację. Jeszcze się na dobre nie zaczęło, a już się popsuło.

Ula chyba zobaczyła coś z tych myśli w moim wzroku.

— Spokojnie, to już nie boli — zapewniła.

Ja czułam jednak, że to nieprawda, że gdzieś w środku zostało w niej trochę bólu. Panuje nad nim, ma go pod kontrolą, potrafi w razie czego znieczulić go czy stłumić. Ale on jest. Jest! Gotowy w każdej chwili rozrosnąć się i nią zawładnąć. Nie miałam tu czego szukać. Nie mogłam znaleźć nic więcej niż tylko zwykłą uprzejmość.

XVI. PODEJRZENIA

1

Za oknem wichura, babko. Wiatr zrywa ostatnie liście z drzew, łamie gałązki i miota nimi, gdzie popadnie. Chmury płyną nad samym dachem. Chwilami mam wrażenie, że się nawet o niego ocierają.

— Diabelska pogoda — powiedziała na powitanie Jóźwiakowa, odwijając z głowy i szyi gruby szal.

— Trzeba było zostać w domu.

— Gdyby tak człowiek zważał na to, co za oknem, to do wiosny by się nie ruszył. A pani tu sama. Jedno muszę przyznać, odwagę to pani ma. Niejedna już dawno by się spakowała. Świętej pamięci pani Milskiej też odwagi nie brakowało. Ja to bym chwili sama tu nie była.

To była jedna z nielicznych pochwał, którą usłyszałam z ust Jóźwiakowej. Inna sprawa, że im większy miałam brzuszek, tym mniej było złośliwości w jej głosie. Była matką kilkorga dzieci. Pewnie działała tu jakaś kobieca solidarność. A może po prostu zaczynała się do mnie przyzwyczajać?

Potem zjawił się też Jóźwiak, by posprawdzać, czy wszystko pozamykane w budynkach gospodarczych. Przyniósł też duże kawały drewna do kominka.

— Mam nadzieję, że dach w stajni nie odleci — zażartowałam.

— Nie. Stary, ale porządny — zapewnił. — Odlecieć to co najwyżej mogłaby drewutnia, ale wieje na szczęście z drugiej strony. No i sad ją chroni.

— A u pana w gospodarstwie?

— Stodoła trzeszczy jak przed startem — rzucił. To był jeden z tych rzadkich momentów, gdy Jóźwiak pozwalał sobie na żarty.

— To proszę jej pilnować.

— Tak, pójdę zaraz do siebie, ale to i tak wola boska. Ubezpieczona jest. Najwyżej pobuduję drugą. Gdyby coś się działo, proszę dzwonić. — Ruszył ku drzwiom. — A! — zatrzymał się w progu. — Tak na wszelki wypadek... Jakby wszystko zawiodło, to inaczej można dać znać. Włączaniem i wyłączaniem latarki. Seriami po pięć razy. Może nie od razu zobaczę, ale okna na Zawrocie są od strony sypialni i gościnnego, więc ktoś w końcu zauważy miganie.

— Będę pamiętać.

— Pięć mignięć, potem przerwa. Najlepiej tą latarką, która jest w szufladzie komody na korytarzu. Najmocniejsza.

— Tak. Wiem, gdzie leży.

Jóźwiak wyszedł, a ja pomyślałam, że tak się z nim porozumiewałaś w czasach, gdy było więcej awarii prądu i telefonów. Światło w ciemności. Takie swoiste SOS. Wiedziałaś, że zawsze ktoś nad tobą czuwa i w razie czego pomoc nadejdzie. Teraz ja mogłam być tego pewna.

2

Telefon Zygmunta. Dość zaskakujący. I niepokojący. Jakby mało było tego wiatru hulającego za oknem.

— Ona nie jest w ciąży! — rzucił triumfalnie zamiast powitania. — Nie jest! Mówię ci!

— Paula?

— Oczywiście że Paula. Nie jest! — powtórzył.

— Chwileczkę, przejdę do pokoju... — Wolałam schować się ze słuchawką w salonie, by sprzątająca w kuchni Jóźwiakowa nie słyszała, o czym rozmawiam. — Skąd ta pewność?

174

— Kupowała w markecie paczkę tych... no... podpasek — wyznał. — A potem, po zapłaceniu, schowała je do pudełka, takiego ozdobnego, które też kupiła.

— A ty skąd to wiesz?

— Skąd... — Zygmunt zawahał się. — Skąd ja to wiem... — Chyba zastanawiał się, czy skłamać, czy powiedzieć prawdę. — Stąd, że robiłem tam zakupy... — wybąkał.

— To daleko się po nie wybrałeś.

Zygmunt westchnął.

— Trochę daleko. Chciałem odwiedzić stare kąty.

— I tak od razu trafiłeś na Paulę w dziale kosmetycznym. Popatrz, co za zbieg okoliczności! — nie kryłam ironii.

— Wydaje mi się, że koncentrujesz się nie na tym, co potrzeba — burknął. — Słyszałaś, co powiedziałem?

— Słyszałam. Prawda jest taka, że nie powinieneś się interesować zakupami Pauli.

— Ale się interesuję.

— I to mnie martwi.

— A nie martwi cię to, że ona wszystkich oszukuje?

— Owszem, ale do jej oszustw już zdążyłam się przyzwyczaić, a do tego, że śledzisz byłą żonę, jeszcze nie.

— Nie mamy na razie rozwodu, więc jeszcze nie byłą.

— Śledzenie żony to też nic chwalebnego, zwłaszcza że zgodziłeś się na rozwód. Łażąc za nią, tylko przedłużasz swoją męczarnię.

— Wiem. Nie łażę cały czas. Po prostu chciałem zobaczyć, czy ona jest z tym swoim fagasem szczęśliwa. Nie jest. Mówię ci, nie jest! — W głosie Zygmunta znowu był triumf.

— I co z tego wynika dla ciebie?

— Nic... Masz rację, zupełnie nic. Mojej Pauli już nie ma.

— Nigdy jej nie było, Zygmunt. Była i jest inna Paula. Chcesz tę inną?

— Niby nie, a jednak żal mi się jej zrobiło, gdy chowała te podpaski. Jest zwykłą oszustką, a ja jej współczuję, bo pewnie znowu poroniła. Nie wiem, jak ona sobie z tym poradzi. Po prostu nie wiem.

Miłość! Zygmunt dalej Paulę kochał.

— To nie musi nic znaczyć — powiedziałam. — Może kupowała je dla koleżanek? Ja nawet teraz mam zapas różnych środków higienicznych, w razie gdyby ktoś ich potrzebował.

— Ale ich nie chowałaś do pudełka, gdy je kupowałaś.

— Jakkolwiek jest, to są intymne sprawy Pauli — przypomniałam. — Ani ty, ani ja nie powinniśmy się nimi zajmować. Ma przy sobie ukochanego mężczyznę, a jeszcze może wesprzeć się na rodzicach. Poradzi sobie.

Mówiłam pewnym, zdecydowanym głosem, ale w głębi duszy czułam się równie paskudnie jak Zygmunt. Było to dziwne. Powinnam odczuć przyjemny dreszczyk ciekawości, a może i przedsmak zwycięstwa, a miałam w sobie głupi, lepki smutek.

— Zostaw to — poradziłam mu. — I nie chodź za nią. Wyjedź gdzieś. Teneryfa! Tam jest zawsze słońce.

— Pomyślę — rzucił ponurym tonem Zygmunt. — Ptyś też gada cały czas o słońcu. Mówi, że musi wygrzać ostatnią miłosną porażkę. Gdybym tylko miał choć odrobinę nadziei jak mój kumpel, że taki wyjazd pomoże.

— Nawet jeśli nie, to się ładnie opalisz. Jak spotkasz Paulę, to zaprezentujesz jej piękną opaleniznę. — Była to złudna motywacja, ale nie znalazłam lepszej.

Zygmunt nie dał się na to nabrać.

— Żeby tam jeszcze rozciągali człowieka i powiększali — mruknął malkontencko. Jasiek był od niego wyższy.

— Czasami wystarczy powiększyć sobie duszę. Kobiety od razu to wyczuwają. Paweł jest trochę niższy od Jaśka, mniej umięśniony, a nigdy bym ich nie zamieniła. Bo Paweł ma potężną duszę. Naprawdę dobrze zbudowaną.

— Duszę? Dobrze zbudowaną? — Chyba rozbawiłam Zygmunta. — I akurat to cię w nim najbardziej rajcuje? Jesteś pewna?

— Ma też i inne zalety, ale nie ma to jak fajna dusza.

— A Jasiek nie ma fajnej duszy?

— Nie aż tak fajną jak ciało.

— Dyplomatyczna odpowiedź. Mimo to zdołałaś mnie pocieszyć. Zawsze ci się to udaje. Powinienem ci płacić kasę za poprawianie nastroju. Masz rację, nie ma co płakać nad tym, czego nie można zmienić. Słońce. I dusza! Może zrobię sobie słoneczne mięśnie. Pomyślę o tym.

— I o to chodzi!

3

Zygmunt się rozłączył, a ja przysunęłam się do kominka, w którym paliły się grube kłody umieszczone tam przez Jóźwiaka i kilka cienkich patyków wrzuconych przeze mnie dla ozdoby, teraz już zresztą mocno nadpalonych. W domu było ciepło, bezpiecznie, za godzinę miało być też czysto, a ja poczułam jakiś lęk. Życie wydało mi się nagle potwornie kruche. Niemal jak te spopielone drewienka, które wystarczyło dotknąć pogrzebaczem, by się rozsypały na tysiące drobin. Szczęście było tak samo kruche. I znikało, gdy nie można go było dzielić z bliskimi ludźmi. Gdzie podział się ten czas, kiedy przepełniała mnie pewność, że właśnie wszystko zmienia się na lepsze? Dlaczego czułam się jak dryfujący statek, i to taki, który stracił wszystkie żagle? Jedna nie do końca pewna wiadomość, a ja już byłam na mieliźnie. Przecież to nie był mój problem!

Tylko czy na pewno nie mój? Paula była moją siostrą, Jasiek ojcem mego dziecka. Wiązało mnie z nimi tysiące nitek — jasnych i ciemnych. I będzie wiązać, czy tego chcę czy nie. Już zawsze!

Zapomniałam o tym przy Pawle, babko. Chwilami zapominałam nawet, że to Jasiek jest ojcem Fasolki. A gdy sobie na chwilę przypominałam, byłam pewna, że z ulgą przyjmie to, że nie liczę na niego i nie zamierzam go zmuszać, by był pełnoetatowym tatą. Miał przecież już za chwilę oglądać na USG Fasolkę Bis. Urodziny, imieniny i co najwyżej gwiazdka — tyle miało go być w naszym życiu. Tatuś od prezentów trzy razy w roku. Najwyżej! A tu może nie być Fasolki Bis i Jasiek może zacząć interesować się moją. I wpychać się w życie moje i Pawła.

Ale było coś, czego chyba bałam się bardziej. Nienawiści Pauli. Tylko dziecko mogło to odmienić. Gdyby je miała, może z czasem by mi wybaczyła, że ja też mam swoje. A tak nie ma nadziei — nie wybaczy mi i w dodatku rozpadnie się na części jak pusta, zepsuta lalka.

Zwinęłam się od tych wszystkich gównianych myśli, usiłując powstrzymać łzy. Jak Zygmunt żałowałam Pauli, choć nawet nie powinnam się w jej stronę oglądać. To nie może być prawda! Na pewno jest jakieś inne wytłumaczenie dla tej sceny z kosmetycznego! Musi być!

4

Zaklinanie losu przerwała mi Jóźwiakowa. W rękach miała swoje szmatki i odkurzacz.

— Pomyślałam, że już się pani narozmawiała. No bo mnie czas trochę goni. Chyba nie przeszkadzam? — zaniepokoiła się, widząc moją minę i to obronne zwinięcie.

Wyprostowałam się.

— Nie. Proszę wejść.

— Hania zapowiedziała swoją wizytę! — Jóźwiakowa na myśl o córce rozświetliła się jak lampa. — Dlatego przyszłam tu dziś tak wcześnie, potem będę robiła u siebie. Dom duży, to i sprzątania dużo. Ze trzy dni pewnie mi zejdzie. No ale Hania zjeżdża do domu cztery razy w roku, to niech choć będzie jak w pudełku.

— Jest jakaś szczególna okazja, czy to zwykła wizyta?

— A gdzie tam okazja! Zawsze na Boże Narodzenie była, a teraz wymyślili, że na święta pojadą w jakieś tropiki. Weekend! Ciągnąć się ze Szczecina na weekend! — Marta powtarzała to słowo z urazą. Nie ulegało wątpliwości, że dla jej matczynego serca było to zdecydowanie za krótko. — No ale co zrobić, jak Hania mieszka Bóg wie gdzie! Mówiłam, że to za daleko, ale na upór nie ma rady. Studium tam zaczęła i już została na zawsze. Tak to jest, najpierw szkoła, a potem całe życie. Właśnie takie one są — wskazała na mój brzuszek. — Tyle dobrego, co w wózku leżą. Potem to człowiek już nie zna dnia i godziny. — Marta westchnęła tak, że aż podniosły się pyłki na stoliku obok fotela.

— Dlaczego Hania wybrała się do studium aż do Szczecina? To jakiś rzadki kierunek?

— Raczej rzadka potrzeba znalezienia się jak najdalej od tego miejsca — sarknęła Jóźwiakowa.

— Jak najdalej? — udawałam, że nie mam pojęcia, o co chodzi. Wiedziałam, że Hania miała konflikt z Emilą i była pierwszą dziewczyną Pawła.

— A! Inaczej wszystko mogło być. Ale los już taki jest, złośliwy. Pokazuje piękne widoki na przyszłość, ludzi, że to wszystko na wyciągnięcie ręki, a potem okazuje się, że nic z tego nie będzie. I to właśnie jest najgorsze. Bo jakby człowiek nie wiedział, że coś takiego w ogóle jest możliwe, toby sobie tym głowy nie zawracał. A tak to już do końca życia będzie myślał, co by było gdyby. Bo te widoki zwykle lepsze niż wszystko, co naprawdę przydarza się w życiu. — Jóźwiakowa już całkiem była ponura. Po poprzednim rozświetleniu nie było śladu.

— O ile mi wiadomo, Hania ułożyła sobie życie całkiem dobrze — zauważyłam. — Wyszła przecież za lekarza.

— Ale mogłaby lepiej, gdyby co niektórym się nie wydawało, że są z innej gliny niż reszta.

Kogo miała na myśli? Ciebie, babko? Emilę? Pawła? A może wszystkich?

— Zbałamucić i porzucić! — sarknęła Jóźwiakowa, jakby usłyszała moje pytania. — Kogo potem obchodzi, że serce komuś się złamało i że z tym złamanym sercem wypycha się kogoś w świat.

No tak, wyjaśniło się, dlaczego Marta nie lubiła Pawła. Obwiniała go o wyjazd córki. Trochę się temu dziwiłam, bo moja wiedza na ten temat była nieco inna. Sądziłam, że to ty, babko, ostatecznie rozdzieliłaś młodych. Może się jednak myliłam? Tylko o co chodziło z tym wypychaniem w świat?

— Rodzeństwo z piekła rodem — burknęła jeszcze Jóźwiakowa. — A jak kto ma diabła za skórą, to on już całe życie siedzi.

— Kogo i co dokładnie ma pani na myśli? — zapytałam chłodno.

— A! Co ja tam będę mówić! — Włączyła odkurzacz.

Po ile oni mieli wtedy lat? — zastanawiałam się. — Siedemnaście? Osiemnaście? Na pewno nie więcej.

XVII. ROZCZAROWANIA

1

Jestem w Warszawie, babko. Po rozmowie z Zygmuntem doszłam do wniosku, że nie powinnam dłużej odkładać spotkania z matką. Wiedziałam, że jeśli jego podejrzenia okażą się prawdą, to za tydzień czy dwa wszystko się wyda, a ja nie będę potrafiła dołożyć matce kolejnego zmartwienia. Bo że się nie ucieszy z tego, co miałam jej do powiedzenia, było oczywiste.

Przez telefon obiecała, że wpadnie do mnie po pracy. Po odłożeniu słuchawki poczułam panikę. Trzy godziny czekania na to wszystko, na co obie nie byłyśmy w najmniejszym nawet stopniu przygotowane.

Z tą rosnącą paniką w środku ruszyłam do okna i otworzyłam je na całą szerokość. W dole było zimowe miasto. W Zawrociu miałam za płotem Lilijkę i pola, tu była rzeka samochodów. Metalowe garbki płynęły szarpanym rytmem, czasami skręcając w którąś z ulicznych odnóg. Lubiłam kiedyś ten widok, a teraz wydał mi się absurdalny. Od razu też odczułam brak psów. W Zawrociu mogłabym zawołać Untę i ruszyć do lasu czy do miasteczka. Czym wypełnić czas tutaj? Wszyscy o tej porze pracowali. Na kino miałam trochę za mało czasu, a na zakupy nie miałam ochoty.

I wtedy przypomniałam sobie o Miłce. Praca! Ewa miała rację. Potrzebowałam jakiegoś sensownego zajęcia, które wypełni mi nie tylko takie puste godziny jak dzisiaj, ale i urozmaici życie w Zawrociu. I chodziło nie tylko o tych parę tygodni bez Pawła, ale też o czas, gdy wróci, ale będzie zajęty komponowaniem.

Miłka, niegdyś kumpela z sąsiedniego bloku, pracowała od paru lat w dużym wydawnictwie. Kiedyś byłyśmy całkiem niezłym tandemem. Biegałyśmy razem po wystawach i klubach, ale to się skończyło, gdy Miłka zakochała się i wyszła za mąż. Przestała mieć czas nie tylko dla mnie, ale i dla innych koleżanek. Postanowiłam jednak do niej zadzwonić. Kostek blokował przełożone przeze mnie sztuki, ale jego wpływy nie były nieograniczone. Warto było w takim razie rozejrzeć się za tłumaczeniem czegoś innego. I za nowym środowiskiem.

2

Miłka w niczym nie przypominała siebie dawnej. Rozwichrzone kiedyś włosy teraz były grzeczne i wyprostowane. Miała na sobie kilka warstw szarych i popielatych ubrań, które niepotrzebnie ukrywały jej zgrabną sylwetkę. Jeszcze tylko szary ogonek i miałabym przed sobą wielką szarą mysz. Jęknęłam na ten widok, ale jedynie w duchu. Za rzadko się widywałyśmy, by zaczynać spotkanie od komentowania jej nowego stylu.

— Mam tylko chwilę — zastrzegła zresztą Miłka, opadając na krzesło naprzeciwko mnie. Trochę się przy tym skrzywiła, jakby nie pamiętała, jak bardzo twarde i niewygodne są siedzenia w kafejce niedaleko wydawnictwa, którą sama wybrała. — Dosłownie parę minut.

— Przez telefon mówiłaś co innego — przypomniałam.

— Wiem. Zmiana planów.

— Nie widziałyśmy się chyba z rok. — Byłam naprawdę rozczarowana. — Ciągnęłam się tu samochodem z pół godziny.

Postanowiła nie usłyszeć tych zdań.

— Mówiłaś, że to coś pilnego — rzuciła tylko.

— Pilnie chciałam wiedzieć, co u ciebie.

— Dobrze.

— Dawniej byłaś nie tylko wielosłowna, ale i wielo-zdaniowa.

Podniosła brwi, jakby usiłowała zrozumieć, co chciałam przez to powiedzieć. Potem te brwi zbiegły się na moment, by wrócić po chwili na swoje miejsce.

— Sorki — rzuciła trochę mniej oficjalnie. — Spotkamy się kiedyś na dłużej. Kiepsko trafiłaś. Napięty grafik. Do tego niecierpiący zwłoki maszynopis.

— Wiesz, że powtarzasz te zdania za każdym razem, gdy dzwonię albo gdy się przypadkiem spotykamy? Nawet dokładnie w tej kolejności. Ciekawe, że to zawsze jest maszynopis.

Znowu patrzyłam na wzlatujące i opadające brwi.

— Nie... nie wiedziałam — mruknęła w końcu.

— Dobra — postanowiłam jej dłużej nie męczyć. — Nie masz czasu, to nie masz. Pogaduchy odłożymy na inny termin. Analizy też. Mam do ciebie sprawę. Pracujesz w wydawnictwie, które wydaje sporo zagranicznych powieści. Nie szukacie tłumaczy?

— A teatr? — zdziwiła się.

— Naprawdę dawno się nie widziałyśmy — westchnęłam. Trochę się w dodatku podniosłam, by zobaczyła brzuszek. — Zwolnienie lekarskie. Muszę znaleźć sobie coś, co będę mogła robić w Zawrociu.

— O... Nie wiedziałam, że nie pracujesz już w teatrze. Kto by się spodziewał... — Chyba sama nie wiedziała, jak skomentować mój stan. — Jakoś te wieści do mnie nie dotarły... — Zerknęła na moje dłonie. — Ślub też przegapiłam?

— Nie.

— I mieszkasz teraz w Zawrociu? — upewniła się.

— Owszem.

— A to się porobiło... — Zerknęła niespokojnie na zegarek. Ciekawość walczyła w niej ze strachem, że się spóźni. Strach jednak zwyciężył. — Tylko że... no cóż, opowiesz mi o tym następnym razem. — Sięgnęła po kurtkę, trochę zmieszana. Czyżby była umówiona z mężem? To on był największym straszydłem w jej życiu. I największym pośpiechem. — Przepraszam!

— W porządku.

— Rozejrzę się w wydawnictwie i dam ci znać. — Wyciągnęła jeszcze z torebki kartkę i nabazgrała kilka koślawych cyfr. — Dzwoń na ten numer. Najłatwiej mnie pod nim złapać — dodała tonem usprawiedliwienia.

Wiedziałam, że chodzi zupełnie o coś innego — to był numer telefonu w wydawnictwie, jedyny, do którego nie miał dostępu jej mąż. Rozliczał ją nie tylko z godzin pracy, ale i z rozmów telefonicznych. Usiłowałam kiedyś jej przetłumaczyć, że nie może na to pozwalać, ale zaowocowało to jedynie tym, że niemal przestała się ze mną kontaktować.

— Zaraz go sobie wpiszę do komórki — powiedziałam. — Biegnij. Ja dopiję sok.

Myślałam potem o tych jej wędrujących po twarzy brwiach, czarnych jak pióra kawki. Aż się chciało tych kawek dotknąć paluchami i przycisnąć, by tak nie fruwały. Dlaczego tak reagowała? Czyżbym była jedyną osobą, której nie chciało się udawać, że wierzy w jej gadki o czasie? Czy ona jeszcze pamięta normalne życie? Może za szybko kiedyś machnęłam na nią ręką? Przecież o to właśnie chodziło temu dupkowi, za którego wyszła. Zmusił ją do sprzedania mieszkania i kupienia takiego samego w odległej dzielnicy. Wyrwał ją z korzeniami. Z kolorowego ptaka zmienił w szarą mysz. Jaka szkoda!

3

Spotkanie z matką zaczęło się niestety podobnie.

— Nie mam dziś za wiele czasu — powiedziała, przytulając mnie sztywno w progu mojego mieszkania. — Trochę mnie zaskoczyłaś swoim telefonem.

To była zakamuflowana nagana. Kochana mamusia! Czyż nie uczyła mnie przez całe życie, że trzeba umawiać się z kilkudniowym wyprzedzeniem? A tu taki nagły telefon. Bez uprzedzenia. Doprawdy to nie wypada.

Wypadało tak postępować jedynie Pauli. Ona mogła dzwonić do rodziców o każdej porze dnia i nocy, i z każdego powodu. Postanowiłam to jednak przemilczeć, by nie zaczynać naszego spotkania od pretensji.

— Rozgość się — rzuciłam tylko.

Matka rozbierała się w milczeniu. Potem w takim samym milczeniu rozglądała się po mieszkaniu, z dystansem i odrobiną zdziwienia, jakby nic jej się nie zgadzało z tym, co zapamiętała z ostatniej wizyty.

— Wydaje mi się jakieś mniejsze niż kiedyś — podsumowała swoje obserwacje, gdy zjawiłam się z kawą. — Pewnie dlatego, że u Pauli bez mebli jest tak... — szukała chwilę słowa — przestrzennie...

Nie widziałyśmy się pewnie ze dwa miesiące, a ona zaczęła od krytyki mego mieszkania i od problemów Pauli. Zabolało, ale i nad tym zdaniem postanowiłam przejść do porządku dziennego.

— Myślałam, że już kupiła meble — rzuciłam.

— Wybrałyśmy.

— I co?

— Jeszcze się zastanawiają. A! — Matka nie chciała kontynuować tego tematu.

Jasiek! Czułam, że tak się to skończy. Zastanawiają się! Akurat! Paula usiłuje urobić swego ukochanego. I najwyraźniej kiepsko jej idzie.

Matka z braku sukcesów u Pauli postanowiła przynajmniej u mnie się trochę porządzić.

— Może powinnaś wywieźć do... — Zawrocie niestety nie przeszło jej przez gardło — do swego domu przynajmniej część książek.

— Tak, może i powinnam. Pomyślę o tym — powiedziałam, by trochę jej osłodzić to, co usłyszy za chwilę. — Na razie mam ważniejsze sprawy na głowie. — Zrobiłam pauzę, by jakoś ją przygotować na cios. Tylko czy można przygotować na coś takiego?

Matka chyba wyczuła niebezpieczeństwo, bo zajęła się mieszaniem kawy. Usiłowała nawet wypić łyk, choć była za gorąca.

— Nie jesteś ciekawa, jakie to sprawy?

— Jestem, oczywiście że jestem — rzuciła nieuważnie, odstawiając filiżankę. Dla odmiany zbliżyła twarz do talerzyka. — Wydawało mi się, że jest odrobinę wyszczerbiony. Ale nie, to tylko cień. — Okręciła jeszcze talerzyk, by się upewnić. — W końcu podniosła na mnie wzrok. — Więc cóż to takiego?

— Zaręczyny.

— Ale Paula najpierw musi uzyskać rozwód. No i to już chyba nie jest twoja sprawa... — Matka była trochę zdezorientowana i lekko zniesmaczona, że zajmuję się takimi rzeczami. Chyba podejrzewała, że zamierzam protestować.

— Nie mówiłam o zaręczynach Pauli.

— Nie? — zdziwiła się. — To o czyich?

— O własnych.

Nareszcie skupiła uwagę.

— Ale z kim na litość boską!? O czym ty w ogóle mówisz? Chyba nie chcesz wyjść za pierwszego lepszego tylko dlatego, że jesteś w ciąży?

— Nie. Zamierzam poślubić człowieka, którego kocham.

— Kochasz? To chyba jakaś pośpieszna miłość, zważywszy że jeszcze niedawno byłaś z Jaśkiem.

— Nie aż taka pośpieszna. Znam go od dawna. Ty zresztą też go znasz.

— Znam? — znowu się zdziwiła i to raczej nieprzyjemnie. — To któryś z twoich byłych... — zabrakło jej słowa.

— ...kochanków — podpowiedziałam jej. — Nie. To żaden z nich.

Ulżyło jej.

— To już nie mam pomysłu.

— Mówię o zaręczynach, mamo. I o ślubie.

— Słyszę! Powiesz wreszcie, kogo masz na myśli?

— Zamierzam wyjść za mąż za Pawła.

— Za Pawła?... — usiłowała sobie przypomnieć jakiegoś mego znajomego o tym imieniu. — Jakoś nikt mi nie przychodzi na myśl.

— Za daleko szukasz, mamo — ściszyłam głos.

— Za daleko...? — Cień przemknął jej przez twarz. — Chyba nie masz na myśli... — nie zdołała dokończyć.

— Mam.

— To twój brat.

— Cioteczny.

— Nie... tylko nie to! Nie... — Pobladła. — Czy wyście powariowały? Myślałam, że nie może mnie spotkać nic gorszego niż rozwód Pauli. Ale ty zawsze musisz ją przebić. Nie zgadzam się. Słyszysz? Nie zgadzam się! Nie!

— Nie pytam cię o zgodę. Tylko cię informuję.

Matka wstała, a potem opadła na fotel.

— To moja wina. Zostawiłam cię z tym wszystkim samą... Poczułaś się opuszczona, tak? Powinnam była...

— Mamo!

Nie słuchała.

— To się zmieni. Obiecuję ci. Tylko nie rób tego głupstwa. Proszę cię! Zajmę się tobą. Nie musisz pchać się w jakiś chory, bezsensowny układ.

— Ja go kocham. Z nikim nie było mi tak dobrze jak z nim.

Kręciła głową, jakby chciała odgonić te słowa.

— Tylko ci się wydaje. Potrzebowałaś ciepła, pewnie ci je okazał, ale to jeszcze nie miłość.

— Mam ponad trzydzieści lat. Potrafię rozpoznać to uczucie.

— Przecież to zupełnie nieodpowiedzialny człowiek. Pseudoartysta. Nieudany klon własnej babki. Co on ci może zapewnić? Każdy byłby lepszy niż on.

— Skąd wiesz, jaki jest? Przecież go nie znasz.

— Znam z opowieści.

— Z plotek, mamo!

— On się wdał w Irenę, a ona jest bez charakteru. Chcesz wyjść za człowieka bez charakteru? Jakby mało było tego fatalnego pokrewieństwa.

— A przed chwilą mówiłaś, że jest klonem babki Aleksandry. A jej akurat nie brakowało charakteru.

— Nie łap mnie za słowa. Dobrze wiesz, co miałam na myśli. On nie nadaje się na męża. Uwierz mi.

Nie chciało mi się już z nią walczyć.

— Mam inne zdanie, mamo — powiedziałam spokojnie. — To już postanowione. Gdy Paweł wróci ze Stanów, będziemy chcieli się z tobą spotkać. Mam nadzieję, że znajdziesz wtedy dla nas czas.

Matka znowu kręciła obronnie głową.

— To się nie dzieje naprawdę! Najpierw ciąża, a teraz coś takiego. Zresztą nic z tego. Ona mu na to nie pozwoli.

— Masz na myśli swoją siostrę?

— Owszem.

— Paweł nie będzie pytał jej o pozwolenie.

— Jesteś tego taka pewna?

— Jestem.

— Obyś się nie zawiodła. Zresztą, nie wiem, co w tej sytuacji byłoby lepsze. Doprawdy nie wiem. — Matka była załamana.

— Ja naprawdę jestem z nim szczęśliwa.

— Już raz byłaś ponoć tak samo szczęśliwa. Filip! Ile to trwało? Rok? Chyba nawet nie tyle.

— I co z tego? Nie oddałabym tego roku z Filipem za żadne skarby. Lepszy rok prawdziwego szczęścia niż całe życie... — teraz ja szukałam słowa — ...stabilizacji.

— Jesteś taka jak ojciec — stwierdziła nieopatrznie.

— Czyli jaka?

— Nieważne.

— Ważne! Co ci w nim nie odpowiadało? A może powinnam zadać inne pytanie, czy coś ci w nim w ogóle odpowiadało?

— Zostawmy to.

Matka też już była zmęczona walką.

— Sądzę, że powinnaś poczekać ze ślubem do czasu, aż urodzi się dziecko. A jeśli Paweł go nie zaakceptuje?

— To będzie jego krewny. Jak widzisz, są też i pozytywy tego, że Paweł jest moim ciotecznym bratem. Dziecko nie będzie mu obce.

Matka zagryzła wargi. Odebrałam jej ostatni argument.

— Będziecie sami. Całkiem sami. Wszyscy się od was odwrócą. Czy jesteście na to przygotowani?

— A jak sądzisz, mamo? Ćwiczę samotność od dość dawna. Nie wiem jak Paweł, ale ja nie będę miała z tym kłopotu.

Matka zrozumiała, że popełniła głupstwo.

— Przepraszam. Ale to wszystko mnie przerasta. Po prostu przerasta!

— To nic nowego — powiedziałam gorzko. — Moje problemy zawsze cię przerastały. Przyzwyczaiłam się do tego. Przepraszam cię, mamo, ale chciałabym teraz zostać sama — dodałam. — Muszę się położyć.

— Źle się czujesz?

— Nie. Jestem tylko zmęczona. Podróż i jeszcze ta rozmowa... W Zawrociu żyłam spokojniej.

— Tak... Czas kończyć wizytę. Powinnaś odpocząć. — Uraza mieszała się w jej głosie z troską. Zebrała swoje rzeczy. — Zadzwonię za parę dni.

— Za parę dni już mnie tu pewnie nie będzie. Ale w Zawrociu, jak wiesz, też mam telefon. Nawet dwa. Może w końcu zdecydujesz się tam zadzwonić.

Matka zajęła się naciąganiem czapki i rękawiczek. Trochę jej się przy tym trzęsły ręce ze zdenerwowania.

— Dbaj o siebie — powiedziała jeszcze tylko. Na uścisk nie zasłużyłam.

— Ty też.

Lekkie trzaśnięcie drzwiami i byłam sama. Jeśli łączyła nas dotąd jakaś ostatnia nitka pępowiny, to właśnie została przecięta.

Miałam wrażenie, że Fasolka się poruszyła. Może chciała zaznaczyć, że jednak nie jestem tak całkiem sama.

— Babcia była zszokowana, dlatego o ciebie nie zapytała — skłamałam jej, w razie gdyby była rozczarowana obojętnością swojej babki. — A widziałaś, jaką miała ładną czapkę? W całej Warszawie nikt nie ma ładniejszej czapki. Twoja babcia ma doskonały gust! — plotłam, choć z oczu sypały mi się łzy. — Tak sobie płaczę. Łzy dobrze przeczyszczają oczy. Czyszczą je, jak Ludwik czyści szkło. — Czułam jednak, że na takie teksty nikt się nie nabierze, nawet Fasolka.

XVIII. BORDO

1

Miałam przed sobą jeszcze jedno rodzinne spotkanie. Paula! Na samą myśl o tym robiło mi się niedobrze. Musiałam się jednak z nią zobaczyć.

Paula chyba spodziewała się Jaśka, bo otworzyła drzwi z radosnym impetem. Przez chwilę patrzyła na mnie zdziwionym, niedowierzającym wzrokiem.

— Rany! — wykrztusiła w końcu. — Masz tupet. Za to za grosz ambicji. Ja bym nie przyłaziła tam, gdzie cię nie chcą.

Klasyka. Tak to się zwykle odbywało. Cudowne powitanie w progu.

— Wpuścisz mnie, czy mam tak stać w przeciągu?

— Sama się wpuść. — Paula zakręciła się na pięcie i zniknęła w mroku domu.

Nie zatrzasnęła drzwi, więc ruszyłam za nią. Nie pierwszy raz resztą. Niby mnie tu nie chciała, ale też zawsze pozwalała wejść.

— Jeśli liczyłaś, że zastaniesz Jaśka, to się przeliczyłaś.

To usłyszałam już w salonie. A właściwie w tym, co po nim zostało. Ściany, karnisze i bordowe zasłony. Oprócz tego już tylko wersalka przyniesiona z pokoiku dla gości i przykryta bordową narzutą. Pustka i bordo. Więc taki kolor rządził teraz życiem Pauli. Dojrzała wiśnia.

— Co tak się gapisz? — burknęła i opadła na wersalkę. Skrzywiła się przy tym, jakby spodziewała się czegoś bardziej wygodnego.

— Ponoć już wybraliście meble.

— Mów, o co ci chodzi, bo nie mam czasu na głupie gadki. — Paula nie zamierzała bawić się w uprzejmości. Zajęła lewy róg wersalki, ja przysiadłam w prawym.

— Dobrze się czujesz? — spytałam.

Prychnęła.

— Nie twoja sprawa. Streszczaj się.

— Nie masz mdłości? Mogę udzielić ci kilku rad.

Zerwała się jak oparzona.

— Wynocha! Nie potrzebuję ani ciebie, ani twoich rad. No? Na co czekasz?

— Zygmunt widział cię w sklepie kosmetycznym. Chciał sobie na ciebie popatrzyć i akurat załapał się, gdy...

— Zamknij się! — Paula znowu była w rogu wersalki i wciskała w brzuch poduszkę, jakby to mogło coś zmienić.

— On nikomu więcej nie powie, ja też, ale to tylko kwestia czasu, gdy i Jasiek zorientuje się, jaka jest prawda.

— A jaka jest twoim zdaniem?

— Nie wiem. Albo poroniłaś, albo ci się wydawało, że byłaś w ciąży, a nie byłaś, albo wszystkich okłamałaś. Sądząc po twoich reakcjach, raczej to trzecie.

— Skąd wiesz, że Jasiek nie wie? — rzuciła prowokacyjnie.

— Stąd, że cię znam, siostrzyczko.

— Tylko co to cię obchodzi? Przyszłaś trochę potriumfować? To co, że nie jestem w ciąży? Za chwilę będę.

— A jeśli ta chwila się przedłuży?

— Chciałabyś!

Westchnęłam ciężko. Przez ostatnie miesiące włożyłam wiele wysiłku, by Paula chociaż trochę potrafiła mi ufać, ale jak widać, nie było żadnego efektu.

— Jeśli mu sama w porę nie powiesz, to możesz go stracić — powiedziałam najcieplej, jak potrafiłam. — Pewnie to wiesz, ale na wszelki wypadek przypomnę: Jasiek to nie Zygmunt. Uwierz mi. Może ci czegoś takiego nie wybaczyć.

— Nie udawaj, że byś się tym zmartwiła. Tylko czekasz, aż powinie mi się noga. Tak czy owak, ty na tym nie zyskasz. On cię nie chce! — niemal to krzyknęła.

— To ja go nie chcę. Zaręczyłam się z Pawłem. Planujemy ślub. Nic ci z mojej strony nie grozi.

— Ślub? Co ty chrzanisz?

— Matka ci nie powiedziała?

— Nie.

— Pewnie nie chciała cię denerwować.

Paula wbiła we mnie sępi wzrok.

— Paweł? Kto to do diabła jest?

— Nasz cioteczny brat.

Paula zastygła w zdziwionym stuporze.

— Chyba nie zamierzasz...

— Zamierzam.

— Matka tego nie strawi. Nie... to niemożliwe. Przecież wy...

— Możliwe.

Na twarzy Pauli pojawiło się obrzydzenie.

— Myślałam, że jesteś mocniejsza. Żeby tak...

— Kocham go.

Paula kręciła obronnie głową.

— Przecież on... Słyszałam...

— Nie waż się przy mnie mówić o nim źle.

— Zwariowałaś!

— Przyślę ci zaproszenie na ślub, jak będę znała datę.

— To chore! Nie sądzisz chyba, że wezmę w czymś takim udział?

— Bardziej chore niż zabieranie faceta siostrze? A może bardziej chore od udawania ciąży?

— To nie to samo, to...

— Powiedz mu! — przerwałam jej. — Lepiej zrób to jak najszybciej.

— O ślubie?

— O dziecku. A raczej o jego braku. Wytłumacz mu wszystko. Potem może być za późno.

— Dowie się we właściwym czasie. — Na jej twarzy była nadzieja i postanowienie. Wiedziałam, że zamierza powiedzieć mu zaraz po tym, gdy zobaczy na teście dwie kreseczki.

Podniosłam się, pełna złych przeczuć. Potęgowała je jeszcze ta pustka w domu Pauli. Ona i Jasiek mieszkali tu razem już ze dwa miesiące, a dom wyglądał jak opuszczony. Może w innych pomieszczeniach było lepiej, ale czułam, że nie. Słowa matki to zresztą potwierdzały. Jasiek się tu jeszcze nie zadomowił. O ile to było tylko to.

— Idę — powiedziałam.

— Idź. I się nie oglądaj. Bo ja też ci nie wybaczę tego ślubu. Myślisz, że ten cały Paweł cię kocha?! On chce tylko Zawrocia. Jedynie o to mu chodzi! Gdybyś nie miała tego domu, nawet by się za tobą nie obejrzał, tak jak nie oglądał się przez wszystkie te lata, gdy był pupilkiem tej starej jędzy, która nas nie chciała nawet widzieć. A on miał wszystko! Szkoły muzyczne, Paryż, zagraniczne studia, jej kasę i miłość. I co mu z tego przyszło? Nieudacznik, który nie potrafi żyć bez Zawrocia i fortepianu. Nie rozumiesz, że on tam chce wrócić za wszelką cenę? Powinien ożenić się z tym czarnym pudłem.

— Sama to wymyśliłaś?

— Karina zna go lepiej niż ty.

— Karina... Nasza kuzyneczka, która wyprzedaje rodowe srebra i meble. Niedługo zostanie jej już tylko harfa. Trochę to ryzykowne wierzyć osobie, która tak słabo radzi sobie w życiu. Może nie aż tak wnikliwe są jej sądy.

— Tak czy owak, zachowujesz się jak jakaś desperatka.

— To samo myślę o tobie. A wiesz, że fortepianu już nie ma? Spłonął. I jakoś z tego powodu Paweł nie rozpadł się na klawisze. A teraz jest w Los Angeles. Skończył muzykę do jednego filmu, a teraz tworzy do drugiego. Nieźle jak na nieudacznika, nieprawdaż? Szkoda, że jesteś do niego tak bardzo uprzedzona. Macie podobną wrażliwość na piękno. Moglibyście się polubić.

— Nigdy! Ty możesz się na jego gładkie słówka nabrać, a dla mnie on jest i będzie nikim. To zresztą bez znaczenia. Nie zamierzam się zadawać z tobą, więc i z nim nie będę musiała.

— Jasiek może mieć inne zdanie.

— Przekonam go do swojego. Potrafię to!

— Tak jak do mebli wybranych przez matkę?

Prychnęła wściekła.

— Za tydzień czy dwa wyślę ci fotkę. Może wtedy zrozumiesz, co mam na myśli. I pozbędziesz się złudzeń, że on może być w jakikolwiek sposób zainteresowany kontaktem z tobą. Chyba że z obowiązku. Ucieszy się, gdy mu powiem o Pawle. On jeden. Ulży mu, że może mieć cię z głowy.

Raniła na oślep, najmocniej, jak potrafiła. Tyle że nieskutecznie.

— On nie jest taki. Niestety. I na szczęście. I nigdy się taki nie stanie, choć teraz trochę ci ulega. Lepiej nie przegap tej chwili, gdy zechce być sobą, siostrzyczko. To będzie ważna chwila. Może najważniejsza w twoim życiu.

— Pieprzysz! — warknęła Paula. — Idę na górę, a ty idź do diabła.

Ruszyła ku schodom, ale jakby mniej wyprostowana i pewna, niż należało się spodziewać.

— Kocham cię! — krzyknęłam za nią.

Skuliła się od tego zdania, jakby oberwała kulą. Nie odwróciła się. Po chwili usłyszałam jeszcze trzaśnięcie drzwiami gdzieś na piętrze.

Zostałam sama w pustawym salonie. Wyciągnęłam z torby ptasie mleczko i położyłam je na wersalce. Tylko tyle mogłam dla niej zrobić.

2

Siedziałam potem w samochodzie, zastanawiając się, czy zadzwonić do Zygmunta. A może lepiej go odwiedzić? Tylko po co mu takie trefne wiadomości? Ale jeśli mu nie powiem, będzie miał pretensje. Nie mówiąc już o tym, że musiałam z kimś o Pauli pogadać. I o tym cholernym niepokoju, który poczułam w chwili, gdy wciskała w brzuch poduszkę. Gdybym mogła porozmawiać o tym z matką albo z Jaśkiem! Ale przecież nie mogłam. Paula by mi tego nie wybaczyła.

W końcu zdecydowałam się na telefon do Zygmunta.

— Jestem w Warszawie — rzuciłam.

— No... — zdziwił się i jednocześnie zaniepokoił. — Przyśpieszyłaś przyjazd... Paula?

— Paula. Miałeś rację. Nie jest w ciąży.

— Tak, to oczywiste... — Zygmunt był bardziej przygnębiony niż ucieszony. — A ty skąd wiesz? Widziałaś się z nią?

— Owszem. Wyszłam stamtąd przed chwilą.

— A ten jej Romeo też wie?

— Nie. I wątpię, by się dowiedział w najbliższym czasie.

— Idzie w zaparte?

— Zgadza się.

— To się dobrze nie skończy. Nie wiesz, który to wariant?

— Myślę, że wymyśliła sobie tę ciążę.

— To lepiej, niż gdyby poroniła...

Milczeliśmy długą chwilę. Nie chciało nam się snuć takich gównianych przypuszczeń.

— Jak bardzo on jest ślepy? — spytał w końcu Zygmunt.

— Nie mam pojęcia.

— To pewnie też nie wiesz, jak by zareagował?

— Nie.

— Zawsze myślałem, że ona jest mocna, jak ty. Dopiero gdy po drugim poronieniu wylądowała w szpitalu, dotarło do mnie, że nic o niej nie wiem. Gdybyś wtedy nie przyjechała do szpitala, to ona by tam leżała jak kukła pewnie jeszcze z miesiąc. Potem ja dołożyłem trochę troski i wyszła na prostą. Tyle że następnym razem to już nie zadziała. Zrobiła ci takie rzeczy... Mnie też. Na kogo będzie się darła?

Przypomniał mi się ten dawny krzyk Pauli. To twoja wina! Twoja! Wykrzyczała to, choć nie miałam nic wspólnego z poronieniem — jakby musiała przerzucić wszystko, co złe, na mnie. Zygmunt miał rację. Następnym razem tego nie zrobi. Zostanie z tym złem. A może wykrzyczy to Jaśkowi? Wątpliwe.

— Dlaczego my się w ogóle nad tym zastanawiamy? — pytał retorycznie Zygmunt.

— Bo ją kochamy. Mimo wszystko.

— Głupia miłość. Paula ma nas w nosie. Ciebie nienawidzi, a ja jestem jej obojętny. Sam już nie wiem, co gorsze. Nienawiść to przynajmniej jakaś emocja, i to silna. Jesteś centrum jej świata. Jasiek to tylko drugie centrum. A ja jestem nikim. Ani centrum, ani nawet peryferie.

— Tak źle na pewno nie jest. Ona tylko w tej chwili nie pamięta, że też byłeś jej centrum.

— Byłem. Dobrze powiedziane! Byłem! — Głos Zygmunta nasiąknął przeraźliwym smutkiem.

Zaczynałam żałować, że do niego zadzwoniłam. Nie powinnam z nim rozmawiać o Pauli. Tyle pracy nad zapominaniem o niej, a tu wszystko legło w gruzach. Cóż, stało się. To przez tę dojmującą bezradność, z którą nie chciałam zostać sama. I przez ten głupi lęk o Paulę. Za dobrze ją znałam, by nie wiedzieć, co oznaczały jej pokrzykiwania i trzaskanie drzwiami. Tak mało było w niej spokoju i pewności siebie. I ani jednego błysku szczęścia. I jeszcze ten pusty dom! Aż się robiło zimno na samo wspomnienie. Dlaczego tam nie było żadnych rzeczy Jaśka?

Zostawiłam to pytanie sobie.

— Przepraszam, Zygmunt — mruknęłam tylko. — Nie powinnam była cię w to wciągać.

— To ja cię w to wciągnąłem — przypomniał ponuro. — Pierdolnięta pokusa, by sobie choć trochę na Paulę popatrzeć. To popatrzyłem. Diabeł mnie zaprowadził do tego sklepu.

3

Żeby wyrównać poziom dobrego i złego, po kolacji postanowiłam wybrać się do pani Mieci. Krótka podróż windą nie tylko po ciepło, którego nie była w stanie okazać mi matka czy siostra, ale i z prezentami. W całkiem sporej torbie na kółkach miałam dżemy, galaretki, kiszone ogórki, suszone owoce, grzyby, miód. Marta Jóźwiak od wiosny do jesieni pakowała do słoików wszystko, co było jadalne w Zawrociu i w jej własnym warzywniku. Część słoików trafiała do mojej spiżarni. A że zapasów było już co najmniej na dwie zimy, postanowiłam się nimi podzielić z panią Miecią, której nie przelewało się na skromnej bibliotekarskiej emeryturze, dzielonej jeszcze z dzikimi kotami.

— Już wyjeżdżasz? — przestraszyła się pani Miecia, widząc mnie z bagażem. — Przecież dopiero dziś przyjechałaś. Widziałam, jak z tą torbą wchodziłaś do bloku... Pomyślałam, że jak taki duży bagaż, to posiedzisz parę dni w Warszawie i pozaglądasz do mnie. A ty jak po ogień... — w głosie pani Mieci było trochę smutku.

Nic dziwnego, była samotna. Gdy wyjechałam do Zawrocia, skończyły się moje wizyty u niej. Potem, zajęta Pawłem, nawet nie zadzwoniłam, by spytać, jak się czuje. A przecież pani Miecia traktowała mnie jak rodzinę. Kiedyś kochała się w moim ojcu i część tej miłości przeszła na mnie. Zawsze mogłam na nią liczyć. Pewnie czekała na mnie od samego rana.

— Spokojnie, pani Mieciu — powiedziałam, zdejmując kurtkę. — Nie przyjechałam wprawdzie na długo, ale dziś jeszcze nie wyjeżdżam.

— Nie? — pani Miecia znowu spojrzała na torbę.

— Nie mam w niej swoich rzeczy — zaśmiałam się, wyjmując słoik miodu lipowego. Jóźwiak hodował pszczoły. A lip w Zawrociu i okolicach nie brakowało.

— O... — zdziwiła się pani Miecia. — O... — powtórzyła przy grzybkach.

— O! — wyjęłam dżem.

Pani Miecia trochę się przeraziła.

— Nie trzeba było. Tylko się nadźwigałaś — powtarzała przy kolejnych słoikach. — Żeby ci to nie zaszkodziło.

— Torba ma kółka.

— No tak, prawda... Ale tyle? Jak ja to mogę przyjąć?

— Zwyczajnie. Mam zapchaną spiżarnię. Rozdaję, komu mogę — skłamałam, by pani Miecia pozbyła się skrupułów.

— Chyba że tak. No ale kto tyle tego narobił? Ty?

— Jóźwiakowa. Pamięta pani moją sąsiadkę?

— Tak. Chodziła po Zawrociu, jakby należało do niej. Czułam się przy niej trochę nieswojo.

— Cała Marta. Ale jak pani spróbuje tych wiśniowych konfitur, zobaczy pani, że ona ma też zalety.

— Nie ma człowieka bez wad. I bez zalet. To i ona musi jakieś mieć... — w głosie pani Mieci był jednak sceptycyzm.

Roześmiałam się. Pani Miecia była najłagodniejszą i najlepszą osobą, jaką znałam. Gdyby Jóźwiakowa coś zrobiła jej samej, wybaczyłaby jej od razu. Ten dystans i ukryta dezaprobata mogła oznaczać tylko jedno — Marta Jóźwiak pozwoliła sobie nieopatrznie na krytykowanie mnie przy pani Mieci. I straciła w jej oczach szacunek na zawsze!

Miałam jednak nadzieję, że to nie pozbawi pani Mieci apetytu.

— Spróbujemy tych konfitur? — zaproponowałam.

— To ja zrobię herbatę. — Pani Miecia zaczęła się krzątać. — A ty, Madziu, wyglądasz, jakbyś się wykąpała w księżycowym blasku — dodała, stawiając przede mną talerzyk na konfitury.

Zdumiała mnie ta metafora.

— Czyli?

— Nie wiesz? To powiedzonko twego ojca. Jan wziął je chyba z jakiejś książki dla dzieci. Ale nigdy nie udało mi się ustalić z której — pani Miecia trochę się zaczerwieniła. Mój ojciec ciągle jeszcze mieszkał w jej sercu. — Może zresztą sam to wymyślił? — zastanawiała się. — Czasami układał dla ciebie bajki.

— Co to powiedzonko tak naprawdę znaczy?

— Przeciwieństwo kąpieli w słonecznym blasku. — Pani Miecia usiadła na chwilę naprzeciwko mnie i poklepała mnie po dłoni, jakby chciała mnie pocieszyć.

— To chyba nic dobrego.

— Nie, nie... Blask to blask. W tej bajce były dwie dziewczynki i wróżka. I właśnie ta wróżka powiedziała dziewczynkom, że mogą wybrać, w którym blasku chcą się wykąpać. Każda wybrała inaczej. Mnie zawsze się wydawało, że ty należysz do tych dziewczynek, a potem kobiet, które wybierają słoneczną kąpiel, czyli to, co bardziej błyszczące, jasne, w ruchu. Jan też zawsze powtarzał, że się wykąpałaś w słonecznym blasku. A teraz nagle wydałaś mi się inna... — Pani Miecia dodała to już mniej pewnym tonem.

— Może rzeczywiście się zmieniłam.

— W tym też ci do twarzy. Chyba nawet bardziej. Bo gdy się tak nie emanuje blaskiem jak słońce, to się tak nie oślepia. I samemu więcej można zobaczyć. Jest się dzięki temu mądrzejszym i wrażliwszym.

— Ładna puenta. Nie pamiętam tej bajki.

— Na szczęście ja pamiętałam. Powtórzysz kiedyś swemu dziecku.

Poczułam, babko, że robi mi się mokro pod powiekami. Pani Miecia była jak medium, które przekazywało mi słowa ojca. Jestem tu, skarbie — usłyszałam gdzieś w środku — zawsze będę. I akceptuję wszystko, co robisz, mądrze czy głupio, dobrze czy źle. Kąp się, w czym chcesz. Najgorzej to stać na brzegu i nie móc się zdecydować. Albo myśleć, że jedno czy drugie jest gorsze. Albo że się wyklucza. Żyj, jak chcesz. I jak musisz...

XIX. TATUŚ MARNOTRAWNY

1

Cóż, Paula się myliła, Jasiek był mną i Fasolką bardziej zainteresowany, niż jej się wydawało. Zadzwonił do mnie zaraz po tym, gdy dowiedział się, że jestem w Warszawie. Tak przynajmniej wynikało z paru zdań, które nagrał na sekretarkę, gdy byłam u pani Mieci.

Rano zadzwonił kolejny raz. Nie odebrałam telefonu. Pozwoliłam, by znów włączyła się sekretarka i słuchałam rozczarowanego, napiętego głosu Jaśka:

— Halo? Matylda? Jesteś w domu? Odbierz, proszę! — Czekał chwilę na moją reakcję. — Halo? Chyba cię jednak nie ma... Chciałbym pogadać. I zobaczyć cię... was... — poprawił się po chwili. — Oddzwoń, gdy odbierzesz moją wiadomość.

Jasiek się rozłączył, a ja kontemplowałam sprzeczne uczucia, które się we mnie obudziły. Chyba więcej było niechęci. Tak czy owak, nie miałam zamiaru oddzwaniać. W przeciwieństwie do niego nie chciałam ani go widzieć, ani z nim rozmawiać.

Druga wiadomość, której pozwoliłam się nagrać, bo nie chciało mi się przerywać jedzenia, była od Miłki. Też z prośbą o oddzwonienie.

Wystukałam jej numer od razu po śniadaniu.

— Chyba będę dla ciebie coś miała — rzuciła na wstępie. — Dalej jesteś zainteresowana?

— Owszem. Co z tym chyba?

— Zachorował tłumacz. Z nim zresztą już od dawna były same kłopoty. Choroby, zwichnięte ręce, nagłe zapalenia oczu i sto innych strasznych losowych przypadków. Kłamczuch taki rasowy, leniuch i pijak, choć tłumaczył nie aż tak źle. — Miłka zrobiła się nagle wielozdaniowa jak kiedyś. To była miła odmiana. — Mam już po dziurki w nosie jego kręcenia i tego, że muszę stale przesuwać terminy. Gdybyś się zgodziła i gdyby to się udało... — urwała.

— Coś dużo tych gdyby. W czym problem? Wykrztuś to wreszcie!

— Kilka problemów... Chodzi o kryminał... To oczywiste, że wolałabyś pracować nad czymś ambitniejszym. Ale dopchanie się do takich książek trochę trwa. Sama rozumiesz...

— Rozumiem, a te inne gdyby?

— Musiałabyś naprawdę przysiąść, bo to pilna sprawa. I do tego potrzebowałabym ze trzech stron przetłumaczonych na próbę. Ja wiem, że ty potrafisz — usprawiedliwiała się — ale muszę coś pokazać swojej szefowej.

— Pilny kryminał... — zastanawiałam się. — Bardzo krwawy?

— Nie wiem. Wiem za to, że to może być praca na lata. Jeśli oczywiście tłumaczenie pierwszego tomu spodoba się w wydawnictwie. Baba natrzaskała z pięćdziesiąt książek. Będę redagowała tę serię. Spróbujesz?

— Tak.

— To wskakuj pod prysznic i przychodź. Pokażę ci od razu umowę. Nie są to kokosy, ale też nie nędza. Zobaczysz, czy ci to odpowiada.

— Ale mam jedną prośbę. Nie powiesz o tym nikomu — zaznaczyłam. Nie chciałam, by ta wiadomość jakimś sposobem dotarła do Kostka. — Pseudonim! Będę tłumaczyć pod pseudonimem.

— Jednak wstydzisz się kryminału... — Miłka była odrobinę rozczarowana.

— Nie. Mam inny powód. Opowiem ci, gdy się spotkamy.

— Okej, to zostanie między nami.

— Matylda Kamilowska! — Postanowiłam użyć twego panieńskiego nazwiska, babko. — Jeśli zaakceptują próbkę, to tak będę podpisywać tłumaczenia. Już teraz go używaj.

— Nazywaj się, jak chcesz, tylko uwolnij mnie od tego kłamcy i pijaka. Matylda Kamilowska, Matylda Kamilowska — ćwiczyła. — Nieźle brzmi. I krócej niż Matylda Malinowska-Just.

Chwilę później Miłka się pożegnała. Stanęłam z kubkiem kakao przy oknie, patrzyłam na grudniową Warszawę i zastanawiałam się, czy rzeczywiście mam ochotę na tłumaczenie kryminału. Gdybym miała zostać w Warszawie, to jeszcze. Tropienie mordercy, gdy się było samej w Zawrociu i gdy znajdowało się takie paskudztwa jak ociekający krwią nietoperz, wydawało się mało pociągające. O ileż fajniej byłoby tłumaczyć jakieś dobre opowiadania czy ciepłą, kobiecą powieść. Kryminał... Cóż, od czegoś trzeba było zacząć.

2

Miłka niestety nie była już tak rozmowna, gdy dotarłam do wydawnictwa.

— Mam tylko chwilę — zastrzegła.

Nie protestowałam. Pewnie ten jej jełop dzwonił w międzyczasie i już było po dawnej Miłce, która jedynie na moment objawiła się przez telefon. A może to kłopoty w pracy pozbawiały ją luzu i czasu? Postanowiłam się nie dopytywać.

I tak nie byłoby ku temu okazji, bo w drzwiach stanęła pulchna pięćdziesięciolatka, która usiłowała schować swoje kilogramy pod czarnym kardiganem. Bezskutecznie! Wyglądała jak wielka, opięta klucha, bo kardigan był o numer za mały.

— To jest właśnie Matylda... Kamilowska, nowa tłumaczka — przedstawiła mnie Miłka.

— Tak... domyślam się. — Klucha nie raczyła się ani przedstawić, ani podać ręki, ani nawet na mnie spojrzeć. — Cholernie szybko ją pani znalazła. Ekspres! — powiedziała za to złośliwie.

Miłka uśmiechnęła się, jakby nic takiego się nie wydarzyło. Rany! — pomyślałam. — W domu tyran, w pracy tyran. Można się pochlastać.

Klucha w końcu przeniosła swój wzrok na mnie.

— Potrzebuję próbki — powiedziała oschle. — Wtedy będę wiedziała, ile jest pani warta.

— Wzięłam ze sobą dramat w dwóch wersjach. Oryginał i moje tłumaczenie. — Podałam jej dwa maszynopisy.

— Tu jest Malinowska-Just.

— To też ja.

— Ach tak... — Spojrzała na mnie po raz pierwszy uważniej. Miałam nadzieję, że nie dlatego, iż moje nazwisko z czymś jej się kojarzyło.

Przez chwilę porównywała teksty.

— Widziałam to na scenie — rzuciła.

— Tak, dramat był wystawiony.

— Dobre dialogi — kontynuowała trochę cierpko. — A w tym cholernym kryminale niemal same dialogi. Ale to... — rzuciła dramaty na biurko Miłki — cyzelowała pani pewnie z pół roku. Potrafi pani tłumaczyć szybko?

— Mam sporo czasu.

— Nie jest to odpowiedź, którą bym chciała usłyszeć — sarknęła w swoim stylu. — Tak się jednak składa, że potrzebujemy tłumacza od zaraz. Cholernie pilna sprawa.

Sięgnęłam po kryminał.

— Ma być dokładnie czy ładnie?

— Oczywiście że ładnie.

— „Zmierzch zabarwił zaułek na trupi, sinawy kolor. Inspektor Smith pomyślał o tym z irytacją. Od pięciu minut wszędzie widział ten kolor" — tłumaczyłam. — „Iga Deviot, najładniejsza mieszkanka Torquay, która tyle razy przechodziła w pobliżu tego miejsca swoim lekkim, kocim krokiem, leżała teraz w kącie za kontenerem wypełnionym po brzegi śmieciami. I tylko biała sukienka wymykała się tej mrocznej kolorystyce. Inspektor Smith spojrzał na wielkie czerwone plamy, które nierównomiernie rozkładały się na sukience. Podobna plama była z jednej strony na betonie, jakby w tym miejscu kolor wyciekł z sukienki".

— Przygotowała sobie to pani! — Klucha skrzywiła się ironicznie. — Taki mały spisek, co?

— Ależ pani Zuzanno! Nigdy bym nie śmiała! — zapewniała Miłka.

Już by mnie tam nie było, gdyby nie Miłka.

— Proszę dać inną książkę — powiedziałam spokojnie. Miłka podziękowała mi wdzięcznym spojrzeniem.

Grubaska chwilę grzebała na półce z kryminałami. Podała mi w końcu grube tomisko.

— „To niemożliwe — powiedział Tom Noltah do stojącej obok Joanny Moll. — Przecież zawsze w tym miejscu była łódź. — Patrzył z oburzeniem na miejsce, gdzie się zwykle kołysała. — Robert już przecież sam nigdzie nie wypływa. Kto mógł ją zabrać?"

— Wystarczy — przerwała mi Klucha innym, bardziej uprzejmym tonem. — Całkiem nieźle, oprócz jednego powtórzenia. Zuzanna Banach — wyciągnęła do mnie rękę.

Miałam ochotę w odpowiedzi podnieść środkowy palec i wyjść, ale Miłka błagała mnie wzrokiem zza jej plecami.

Uścisnęłam więc pulchniutką dłoń. — Witam w zespole. Proszę załatwić te cholerne formalności — to już było do Miłki.

— Uf... — Miłka po jej wyjściu pacnęła na krzesło. — Przepraszam. Nie miałam pojęcia, że ten babsztyl się tu zjawi. Właścicielka! Ona na tym piętrze bywa raz na miesiąc. I właśnie dzisiaj...

— Cholerny — podkreśliłam ulubione słówko Kluchy — zbieg okoliczności.

— Cholerny. Ale to twoje tłumaczenie! Jestem pod wrażeniem. Jak ty tego dokonałaś?

— Łapałam wyrazy i lepiłam z nich, co mi ślina przyniosła na język.

— Mogłam się tego spodziewać — zaśmiała się Miłka. — Zawsze potrafiłaś być bezczelna.

— Ty też. Nie zapomniałaś o tym? Jesteś pewna, że przyjęłaś dobrą strategię przetrwania w tym miejscu?

— Co masz na myśli?

— Ona chyba lubi, gdy ktoś się trochę stawia.

— Tylko wtedy, gdy to jest w komplecie z przydatnością dla wydawnictwa.

— A ty nie jesteś dostatecznie przydatna?

Miłka na chwilę się zapadła.

— Chyba nie aż tak — rzuciła w końcu, po czym trochę się wyprostowała i zaczęła grzebać w papierach leżących na biurku. — Przeczytaj to — podała mi dokumenty. — Kazałam wpisać do umowy, że na okładce i wszystkich materiałach prasowych będzie twój pseudonim.

— Dzięki.

— To ja dziękuję. Jeśli wyrobisz się z terminem, to uratujesz moją pracę.

Nagle zaczęło mi coś świtać.

— O co chodzi z tym tłumaczem? Czemu nie zrezygnowałaś z niego wcześniej?

— To kuzyn mego męża — wybąkała w końcu. — Błażej prosił mnie, bym dała tamtemu jeszcze jedną szansę.

— Jak długo go kryłaś i za niego pracowałaś?

— Nie pytaj.

Podpisałam umowę, dałam jej swoje adresy i telefony.

— Będziesz teraz miała doskonały powód, by mnie odwiedzić w Zawrociu. Wyjazd służbowy!

— Może. — Jej oczy na chwilę się rozświetliły. — Byłoby fajnie.

— Pamiętaj, że zawsze możesz przyjechać.

— Tak... Będę pamiętała.

Przytuliła mnie na pożegnanie, a ja wiedziałam, że nie zjawi się w Zawrociu. Nie teraz! Może kiedyś, za rok czy dwa, gdy zdecyduje się zrobić następny podobny krok do tego, który zrobiła dzisiaj. I gdy wreszcie pozbędzie się swego tresera. O ile to w ogóle było możliwe.

3

Chwilę po tym, jak wróciłam do swego mieszkania, usłyszałam pukanie do drzwi. W wizjerze ze zdziwieniem zobaczyłam Jaśka. Był zdumiewająco uparty.

— Tatuś! — szepnęłam konspiracyjnie do Fasolki. — Wpuścimy go?

Jasiek zabębnił w drzwi jeszcze raz. Musiał wiedzieć, że jestem w domu. W końcu przekręciłam klucz i otworzyłam drzwi.

Jasiek przytulił mnie w progu mocniej, niżbym sobie życzyła.

— Musiałem się z tobą zobaczyć. Pani Miecia pozwoliła mi u siebie poczekać... Mogę wejść? — zapytał trochę niepewnie. — A może wolisz, bym cię gdzieś zabrał?

— Wchodź.

Przez chwilę studiowaliśmy zmiany, które w nas zaszły. Jasiek patrzył jak zaczarowany na mój brzuszek, ja na jego trochę zmęczoną i szczuplejszą niż kiedyś twarz. W jego oczach też czaiło się zmęczenie. Budowanie nowego życia najwyraźniej mu nie służyło. Pewnie miał dość perypetii z meblami, nacisków na kupno lepszego samochodu czy na wzięcie kredytu, by na to wszystko starczyło. O ile Paula nie namawiała go na sprzedanie mieszkania w Pułtusku.

Jasiek nie przyszedł jednak rozmawiać o swoim życiu.

— Wszystko u ciebie w porządku? — zapytał. — Jak się czujesz?

— Dobrze.

— A dziecko? Gdybyś szła na kolejne USG, to mogę ci towarzyszyć — zaproponował ku memu zaskoczeniu.

— Byłam tam z Pawłem — skłamałam.

— Z Pawłem? — Jasiek był nieprzyjemnie zdziwiony. — A co on ma do dziecka?

— Paula ci nie powiedziała? To mój obecny partner.

— Partner? Myślałem, że tylko mieszka w Zawrociu... — Zdziwienie przeszło w zdumienie. — Chyba źle Paulę zrozumiałem... Ale w tym stanie... to znaczy... — zaplątał się zupełnie.

— Czasami i w tym stanie zdarza się miłość.

— Miłość? — Był zszokowany. — Aż tak?

— Aż tak.

— Mimo wszystko on nie jest ojcem.

— A ty jesteś?

Jaśkowi na chwilę zabrakło słów.

— Zawaliłem sprawę, wiem, ale chcę to zmienić — zaczął się w końcu usprawiedliwiać.

— Ale ja już nie chcę zmiany. Tak jest dobrze.

— Tak? Co konkretnie masz na myśli?

— To, że jesteś daleko.

— To przez tego twojego Pawła? Nie życzy sobie naszych kontaktów?

— Paweł nie ma nic wspólnego z moją decyzją. Jest zresztą teraz w Stanach i ma inne sprawy na głowie.

— To o co chodzi?

— Raczej o kogo — spojrzałam mu prosto w oczy. — Masz tendencję do pojawiania się, znikania i pojawiania się znowu. Dziecko potrzebuje stabilizacji. Ty jej mu nie zapewnisz. Paula pokaprysi, a ty znowu zapomnisz o tym, że jesteś tatusiem. Nie chcę, by dziecko z tego powodu cierpiało.

— Chcesz mnie wykluczyć z jego życia?

— Nie, ale zmieniłam zdanie co do tego, jak często miałbyś je widywać i jaki miałbyś mieć udział w jego wychowaniu.

— To także moje dziecko. Mam chyba jakieś prawa do niego.

— Nie chciałeś go — przypomniałam. — Musiałam cię podstępem zaciągnąć do gabinetu USG, byś zobaczył, że ono naprawdę istnieje. Nie było cię przy mnie, gdy potrzebowałam choćby tylko przyjacielskiej rozmowy. Nawet do Dawida musiałam zadzwonić sama. To było naprawdę przykre i upokarzające. Zwłaszcza że nie chciałam wiele, tylko odrobiny akceptacji i wsparcia.

— Przepraszam.

— Już mnie to nie boli. Znalazł się ktoś, od kogo dostałam to wszystko w dostatecznej ilości. I kto otoczył mnie opieką.

— Mam cię błagać?

— Nie. Wystarczy, jeśli mnie teraz zostawisz w spokoju. Przecież całkiem niedawno właśnie tego chciałeś. Gdy urodzę, zaproszę cię do Zawrocia i we troje, razem z Pawłem, ustalimy, jak będą wyglądać twoje kontakty z dzieckiem. Dobrze by było, gdyby Paula też w tym uczestniczyła, choć to pewnie będzie niemożliwe.

Jasiek był zszokowany moim chłodem.

— Zasłużyłem sobie — powiedział jednak. — Dziękuję, że nie skreśliłaś mnie zupełnie.

— Nie mogłabym tego zrobić własnemu dziecku. Ale zapewniam cię, że jeśli zaczniesz je zawodzić, zrobię to bez skrupułów.

— Tak... domyślam się. To USG... wtedy... Ważna chwila.

— Widziałeś swoje drugie dziecko? — spytałam.

— Jeszcze nie. — Jasiek się zmieszał.

— Spokojnie. To już mnie nie boli. Chcę, byście byli szczęśliwi.

— Taa... — Jasiek zerwał się z fotela i przemaszerował do okna. Chwilę patrzył na zimowe miasto. — Chciałbym je już zobaczyć. Paula mówi, że to za wcześnie. Trudno się przywiązać do dwóch kreseczek na teście.

— Masz na to jeszcze czas.

— Pewnie tak. Pierwsze chwile jednego dziecka przegapiłem z głupoty i konformizmu, a drugiego z powodu perfekcjonizmu Pauli. Idealny moment! Czy coś takiego istnieje?

— Sam to niedługo ocenisz.

— Może. — Okrążył stolik, fotel i mnie przy okazji. Zastygł na chwilę nade mną, jakby z tej perspektywy chciał obejrzeć mój brzuszek. — Miałem nadzieję, że pozwolisz mi go dotknąć — rzucił niespodziewanie. W ogóle dziwnie się zachowywał.

— Paula wie o tej wizycie? — spytałam w odpowiedzi.

Pokręcił przecząco głową, a potem znowu ruszył ku oknu. Był jak tygrys w klatce. Napięty, niespokojny, rozczarowany. Czy gdyby wiedział, że w brzuchu Pauli nikogo nie ma, byłby spokojniejszy?

Znowu stanął nade mną.

— Przez bluzkę — poprosił. — Tylko żebym zapamiętał ten kształt i poczuł ciepło. — Zesztywniałam. — Proszę! Minuta.

— Minuta. A potem wyjdziesz i nie będziesz miał podobnych próśb aż do urodzenia dziecka.

— Dobrze. Jak chcesz.

Przyklęknął przy fotelu, obciągnął trykot, by był gładki, a potem położył ręce na brzuchu i przesuwał je, jakby naprawdę chciał dotknąć każdego jego kawałka i zapamiętać na zawsze kształt i ciepło. Poczułam poruszenie gdzieś w środku, jakby i Fasolka postanowiła podpłynąć do rąk ojca. Nie wiem, czy Jasiek to odczuł.

Oderwał w końcu dłonie od brzucha i podniósł się ociężale, jakby przybyło mu kilogramów. W milczeniu wkładał kurtkę.

— Dziękuję — rzucił już w progu. Chwilę potem zniknął.

Przez moment siedziałam jeszcze wbita w fotel, a potem zmusiłam się, by wstać, zamknąć drzwi na klucz i oddzielić się w ten sposób od Jaśka. Później znowu wbiło mnie w fotel, jakby i mnie przybyło kilogramów. Czemu to wszystko takie trudne?

Położyłam się w końcu na tapczanie i zastanawiałam, czego życzyłoby sobie dziecko. Miałam wrażenie, że Fasolka znowu się poruszyła. Jakby chciała mnie pocieszyć! Chyba że to było kopnięcie, jedyny protest, który mogła teraz wyrazić. Ale czy to nie było złudzenie? Przecież trochę jeszcze za wcześnie na to, bym czuła jej ruchy.

— Nie wiem, skarbie, czy tak jest dobrze — szepnęłam. — Ale może to, co jest teraz dobre dla mnie, jest też dobre dla ciebie. Nie chcę go teraz ani widzieć, ani słyszeć. Zawiódł nas. Przedtem wierzyłam, że w imię miłości jego życia. A teraz coraz bardziej widać, że to takie sobie, ułomne uczucie. Nawet do końca nie wiadomo, czy on potrafi trwale kochać. To dlatego, skarbie, wolę, by się w tej chwili nie plątał po naszym życiu. Jeśli potrafi, to pozwolę mu cię kochać, a jeśli nie, to nie pozwolę mu cię skrzywdzić.

4

Zadzwoniłam do Pawła, by trochę się pocieszyć.

— Czemu masz bemola w głosie? — zapytał.

Lubiłam, gdy tak żartował.

— Ktoś mnie tak nędznie nastroił.

— Trzeba go było pogonić.

— Pogoniłam, a bemol został.

— To poważna sytuacja. Jak mogę ci pomóc?

— Powiedz, że mam rację. Tylko nie pytaj w jakiej sprawie.

— Hmm... Tak w ciemno? To trochę trudne, zważywszy że sama masz wątpliwości. Myślę, że pomóc może tu tylko jedno stwierdzenie. Gdy okaże się, że nie masz racji, to po prostu zmienisz zdanie i będziesz ją miała. No co, lepiej?

— Lepiej. Zdecydowanie lepiej. — Odetchnęłam głęboko. — Kto by pomyślał, że to takie proste. A co u ciebie?

— Praca. Natchnienie czerpię z kłótni Julii z Broszką. Odkąd są małżeństwem, kłócą się nieustannie, w dodatku w rytmie zabijania z karabinu maszynowego. To doskonale współgra z filmem. Zabijam wrogów ósemkami i kakofoniami. Teraz jednak muszę przekomponować bardziej liryczną partię. Przydałoby się trochę spokoju. Usiłowałem więc podpowiedzieć Broszce, że może dobrze by im zrobiło jakieś chwilowe rozstanie, ale Broszka przypiął się do Julii i nie potrafi się odpiąć.

— Pilnuje swego.

— Tylko przed kim?

— Dobrze, dobrze. W Los Angeles nie brakuje rozrywek — rzuciłam tonem zazdrosnej żony.

— Owszem, nie brakuje.

— Ja ci nie żałuję i nie zakazuję.

Roześmiał się.

— I słusznie. Bo smakują tylko zakazane.

— Opowiesz mi o jakichś swoich aktualnych przyjemnościach?

— Trochę ich mało. Stukam w klawisze pianina i komputera, skrobię na kartce i tęsknię za tobą.

— Pytam o przyjemności.

— Najprzyjemniej jest, gdy pod prysznicem wyobrażam sobie, że jesteś tu ze mną i za chwilę przyjdziesz i cię namydlę — Paweł zniżył głos.

Poczułam przypływ pożądania. Paweł był mistrzem namydlania.

— Tylko tak mówisz — marudziłam jednak.

— Wiesz, że nie, Maty. Śpieszę się z pracą jak głupi, bo chciałbym już być z tobą. Choć bardziej w tobie — dodał, znowu tym zniżonym, melodyjnym głosem.

— Paweł!

— Gdyby nie to, że przemontowują sceny, już bym był w samolocie.

— Z kompletem białych pachnących mydełek.

— Widzę, że trochę się opierasz, brudasku. I tak wiem, że myślisz o tym samym. Powiedz, że tak.

— Tak.

Nie ma sensu dalej ci tego, babko, opisywać. Dialogi zakochanych. Byłam coraz grubsza, a marzyłam o seksie. Głos Pawła działał na mnie jak afrodyzjak. I jak środek na zapomnienie. Na długą chwilę wszystko poza nim przestało istnieć.

XX. BABSKI WYPAD

1

Czy można zaprzyjaźnić się po trzydziestce? Czy można zaprzyjaźnić się z aktorką? Czy można zaprzyjaźnić się, gdy widzi się potencjalną kandydatkę na przyjaciółkę raz na miesiąc albo rzadziej? Trudne. Wątpliwe. Raczej niemożliwe. Tak powinny brzmieć odpowiedzi. A jednak miałam wrażenie, że jeśli chodzi o Dominikę, odpowiedzi są całkiem inne. Wyjątek od reguły. Jak to miło, że raczył zdarzyć się w moim życiu, bo miałam deficyt przyjaźni. Wchodziłam w kolejne związki z mężczyznami, a przyjaźnie zaniedbywałam. Miłka była tego najlepszym przykładem.

Dominika była dużo bardziej uparta niż inne moje znajome. Postanowiła kiedyś zaprzyjaźnić się ze mną i trzymała się tego planu. Teraz też, gdy tylko usłyszała, że jestem w Warszawie, zaproponowała spotkanie.

— Babski wypad? Połazimy po mieście. A potem gdzieś sobie trochę przysiądziemy. Znam fajną knajpkę. Bardzo wygodne kanapy. I niezła muzyczka. Spodoba ci się.

Skąd wiedziała, że potrzebuję wyprawy w miasto? Bo potrzebowałam. Ruszyć ulicami, znaleźć coś nowego, zobaczyć, czym aktualnie żyją ludzie, jak zmienił się ten czy ów zaułek. Bo tym właśnie różniła się Warszawa od prowincji — zmianami. Miasto zawsze mogło zaskoczyć. W jednym miesiącu była gdzieś księgarnia, w następnym w tym samym miejscu był bank. W jednym klub jazzowy, w drugim pierogarnia. W jednym sklep obuwniczy, w następnym z torebkami.

Nie wszystkie ulice czy dzielnice były objęte tą zmiennością. Ja jednak najbardziej lubiłam właśnie takie. Dlatego poczułam dreszcz na myśl o tym, że zobaczę miejskie ścieżki Dominiki. Ciekawa byłam, czy choć trochę pokrywają się z moimi.

Godzinę później szłam już z nią Francuską. Dominika pociągnęła mnie w kierunku małego sklepu z rajstopami. Ona oglądała wszystkie wzorki na rajstopach, które były naciągnięte na plastikowe nogi, a ja zastanawiałam się nad uczuciem déjà vu. Z kim patrzyłam na te zadarte w górę nóżki? No tak, Kostek! Dominika nieświadomie prowadziła mnie śladami Kostka. Wystarczyło skręcić w następną uliczkę, potem w jeszcze jedną i już byśmy były w pobliżu jego wymuskanego mieszkania.

— Znam kogoś, kto chciał sobie te nóżki powiesić w korytarzu w charakterze wieszaków. Nóżka przy nóżce. Nawet pertraktował z tą panią zza lady, po ile mógłby sobie je kupić.

Dominika zachichotała.

— Pomysłowy facio. Ktoś z teatru? Znam go?

— Tak. Choć na szczęście niezbyt dobrze. W przeciwieństwie do mnie.

— Kostek! — Dominika nagle poskładała fakty do kupy. — Zdaje się, że gdzieś tutaj mieszka.

— Zgadza się.

— Mam nadzieję, że nie bywaliście w tej kawiarni, do której chcę cię zaprowadzić.

— Ja też mam taką nadzieję — powiedziałam, po czym obie prychnęłyśmy śmiechem.

2

To był na szczęście zupełnie mi nieznany, nowy lokal. Wnętrze pachniało przyjemnymi, korzennymi zapachami. Powitała nas równie przyjemna melodia, w której saksofonowe

jasne frazy splatały się z niespokojnymi dźwiękami fortepianu.

— Na pięterku będzie przytulniej — rzuciła Dominika
i ruszyła w kierunku schodów. Po chwili byłyśmy na antre-
soli, gdzie znajdowały się niewielkie kanapy w piaskowym
kolorze, przyrzucone jeszcze żółtymi poduszkami. Podłoga
i ściany były niebieskie, przez co obie poczułyśmy się jak
w śródziemnomorskiej kafejce.

Dominika opadła na jedną kanapę, a ja na drugą. Były
naprawdę wygodne. I tylko ciężkawy, niski stolik trochę
psuł to miejsce. Dominika usiłowała ułożyć swoje nogi tak,
by jakoś je zmieścić i jednocześnie siedzieć wygodnie, ale
nie bardzo jej się to udało.

— Za długie — rzuciła trochę sfrustrowana.

— Raczej stolik źle postawiony — zaoponowałam.

— No tak, można na to i tak spojrzeć. Szkoda, że nie
widujemy się częściej. Może w końcu udałoby mi się trochę
zmienić swoje myślenie.

— Zacznij od razu.

Dominika przez chwilę zastanawiała się, o co mi chodzi,
a potem jednym ruchem przesunęła stolik i wyciągnęła nogi.

— Kurczę! To takie proste. Czemu tego od razu nie zrobiłam? — zastanawiała się.

— Dobre pytanie.

— Syndrom dobrze wychowanej, grzecznej dziewczynki.
Tak twierdził mój pierwszy chłopak z niezadowoleniem, bo
mu nie pozwalałam trzymać łapy pod spódnicą. Mój mąż
przeciwnie, bardzo sobie ten syndrom ceni.

— Może dlatego, że jemu grzecznie pozwalasz na
wszystko.

— Zapewne. Tak czy owak, robi się nerwowy, ilekroć
wypadam z roli.

— Ja wolę cię wypadniętą.

— Ja siebie też — zaśmiała się. — Pewnie mnie tak do ciebie ciągnie, bo potrafisz nawyczyniać. Brakuje cię w teatrze. Nudy!

— Potrafiłam! Nie wiem, czy to nie przeszłość. — Obciągnęłam tunikę na brzuchu.

— E tam! Nie dasz się, jeśli nie dałaś się swojej mamuśce.

Spojrzałam na nią ze zdziwieniem. Nie rozmawiałyśmy nigdy o mojej matce.

— Znasz ją?

— Sześć lekcji gry na fortepianie. Dawno, dawno temu. Ale pamiętam je do dzisiaj, bo przy okazji było to także sześć lekcji, jak prosto siedzieć przy instrumencie, jak wejść i wyjść bez szurania, garbienia się i strachu w oczach, jak zwracać się do twojej matki i do koleżanki, która razem ze mną przychodziła na lekcje. Mogłabym jeszcze długo wymieniać, czego przyszło mi się uczyć, ale chyba domyślasz się ciągu dalszego.

— Owszem. Dlaczego to było tylko sześć lekcji?

— Oduczyłam się szurania i wszystkiego innego, ale talent nie chciał się objawić.

— To tak jak u mnie.

Znowu prychnęłyśmy śmiechem.

— Nie pojmuję tylko, jakim cudem przy takiej matce wyrosłaś wprawdzie na bardzo dobrze wychowaną, ale bardzo niegrzeczną dziewczynkę — zastanawiała się wciąż z tym śmiechem w głosie Dominika. — Co poszło nie tak?

— Przez pierwsze lata mego życia większy wpływ na moje wychowanie miał ojciec. Rozpuścił mnie jak dziadowski bicz. Matka i ojczym starali się potem to zmienić, ale nie dali rady. Zajęli się więc moją młodszą siostrą.

— Ja jestem jedynaczką, więc taki scenariusz nie miał szansy na realizację. Czasami się martwię, że Piotruś też jest jedynakiem. Na razie nie ma widoków na drugie dziecko.

Teatr, serial, kredyty. Niekiedy żałuję, że nie trafili mi się bliźniacy. — Przesiadła się na chwilę i nachyliła się nad moim brzuchem. — Puk, puk. Może jest was tam więcej? Halo?

— Nic z tego. Jeden pęczniejący stworek.

Dominika wróciła na swoją kanapę.

— Już wiesz, że to chłopczyk? — zapytała.

— Nie. Postawiłam na niespodziankę przy urodzeniu. Na razie to Fasolka. Albo Fasol.

— Wszystko ci jedno?

— Chyba tak.

— Chyba?

— Przyśniła mi się dwa razy dziewczynka. Biegłam za nią po wodzie. Takie płyciutkie, wiosenne rozlewisko wśród traw. Słyszałam jej śmiech. To były dwa niemal identyczne, trochę niewyraźne sny. W pierwszym była daleko, a ja martwiłam się, czy ją dogonię. W tym drugim niemal złapałam za jej jasne, rozwiane włoski. To było muśnięcie, ale i tak poczułam, że są jedwabiście miękkie.

— Myślisz, że przyśniło ci się twoje dziecko?

— Nie jestem pewna. Bo ta dziewczynka wyglądała jak Paula, gdy była mała. Miała nawet białą sukienkę, którą znam ze zdjęć.

— Wygląda na to, że czekasz na dziewczynkę. Może lepiej to sprawdzić, żebyś nie była potem rozczarowana?

— To będę. Przez chwilę. Czy to ważne, kiedy ta chwila się zdarzy?

— Pewnie nie. Ja lubię mieć wszystko pod kontrolą.

— A ja lubię mieć pod kontrolą jedynie najważniejsze rzeczy.

— Też bym tak chciała, ale nie potrafię... — Dominika podciągnęła obronnie swoje kończyny. — Niestety!

— Daj spokój! Każdy musi mieć własną życiową strategię, skrojoną na jego miarę. Twoja chyba jest nie najgorsza, jeśli masz rodzinę, pracę i jeszcze czas na pogaduszki ze mną. A u mnie prawie wszystko w rozsypce. Nie wiem, kiedy poskładam swoje życie do kupy.

— A wieść gminna głosi coś zupełnie innego. Tuba na przykład twierdzi, że jesteś z hollywoodzkim muzykiem i jeśli masz jakieś kłopoty, to najwyżej takie, czy urodzić tutaj, czy w Stanach.

— Ładna bajeczka. Widzę, że nie próżnujecie przy kawkach w bufecie.

— Ale jest w tej bajeczce chyba trochę prawdy?

— Tak. Do „jeśli" — rzuciłam z kwaśnym uśmiechem.

Dominika się roześmiała.

— Wiedziałam! Ruda twierdziła, że wszystko zmyśliłaś. Że niby taka podpucha, by przykryć nieciekawą prawdę. A tu jednak! Ależ ty potrafisz zaskoczyć.

— Samą siebie też. Lepiej powiedz, jak twoja rola w serialu? — wolałam zmienić temat. — Dlaczego ty właściwie siedzisz na tej wygodnej kanapie, a nie sterczysz przed kamerą? — zapytałam. — Jest środek dnia. Nie powinnaś być na planie?

— Sześć godzin pracy nie wystarczy?

— To o której dziś zaczęłaś?

— O piątej. A wstałam o czwartej trzydzieści.

— Masz formę!

— Raczej gruby makijaż.

— Nie słyszę entuzjazmu w twoim głosie. Coś nie tak z rolą?

— Moja rola... — Dominika westchnęła. — Na początku grałam dziewczynę z tajemnicą, teraz gram dziewczynę bez żadnych tajemnic.

— Czyli?

— Scenarzysta i reżyser robią wszystko, by mnie rozbierać w każdym odcinku. Gdyby nie to, że serial leci tuż po wiadomościach, to chyba w ogóle nie potrzebowałabym żadnego kostiumu. Dobrze, że mam długie włosy, to przynajmniej zasłaniają mi cycki w za dużych dekoltach.

— Taka rola czy co?

— Czy co. Producent jest pochrzaniony. Erotoman jeden!

— Wszystkich tak rozbiera? — dociekałam.

— Nie.

— Podobasz mu się?

— W jakiś pokrętny sposób, bo cały czas się czepia. Nie wiem, jak długo wytrzymam. I nie wiem, jak długo wytrzyma mój mąż. Najpierw cieszył się z kasy, a teraz się wkurza, gdy koledzy mu mówią, że oni na jego miejscu to by mnie pilnowali.

— Przecież to tylko rola.

— Niektórzy nie odróżniają fikcji od życia.

— No ale chyba twój mąż odróżnia jedno od drugiego?

— Owszem. Mimo wszystko trudno mu się pogodzić z tym, że w każdym odcinku jestem obściskiwana, całowana i klepana po tyłku.

— Pogadaj z producentem.

— Pogadałam. Powiedział, że jestem wymienialna! I dodał, żebym się zastanowiła, czy wolę pracę i pieniądze, czy nietykalność.

— Może blefował?

— Nie mam pojęcia. A sama wiesz... łatwo zrezygnować z takiej roli, a trudno z pieniędzy. Marzymy o spłaceniu obecnego mieszkania i kupieniu innego, w lepszym miejscu. Ze względu na małego. Lepsza szkoła, bliżej zajęcia pozalekcyjne, fajniejsi koledzy na podwórku. Jeszcze trochę i sama będziesz o tym myślała.

— Paweł ma mieszkanie w centrum.

— Twój muzyk?

— Owszem. — O dwóch innych mieszkaniach wolałam nie wspominać.

— Nie ma to, jak się zakochać w ustawionym facecie. Niektóre to potrafią.

— Powiedz to mojej matce.

— Ułoży się. Zawsze się jakoś układa.

3

W drodze powrotnej opowiedziałam Dominice historię z odwołanym przedstawieniem.

— Myślisz, że to Kostek?

— Jestem pewna. Ilona mówiła o wilczym bilecie.

— Parszywy gnojek.

— Owszem. Przy okazji demonstrowania mi, co potrafi, niszczy też szanse innych. Ilonie właśnie przeszła koło nosa fajna rola.

— Chyba źle mu życzyła, bo połamał sobie obie nogi.

— Jaka miła wiadomość! — rzuciłam sarkastycznie. — Obie! To rzeczywiście chyba zła karma. Kiedy to było?

— Już jakiś czas temu.

— To ktoś inny mu tak pięknie pożyczył.

— Pewnie tak. Jedna noga zrosła się w dodatku nie tak, jak trzeba. Czeka go operacja. Będę mu ją łamać. — Dominika nie żałowała szczegółów.

— Ból! — rozkoszowałam się. — On się cholernie boi bólu.

— Dziwne, że w tych okolicznościach znalazł czas i siły na takie jazdy jak ta z twoim dramatem — zastanawiała się Dominika.

— Przeciwnie. To wszystko wyjaśnia!

— Czyli co? — Dominika była coraz bardziej ciekawa.

— Co jest silniejsze od dyskomfortu, bólu, strachu?

— Czy ja wiem? Leki psychotropowe i znieczulające?

— Ciepło, ciepło...

— Powiesz mi?

— Obsesja!

— Dalej nie rozumiem.

— Miałam nadzieję, że ciąża zniechęci Kostka do zajmowania się moim życiem. Nie jestem już tamtą kobietą, w której się zakochał, tylko rozepchaną babą. I pewnie by tak się stało, gdyby nie ten wypadek. Potrzebował znieczulacza. Obsesja to dobry znieczulacz. Nawet bardzo dobry. Dlatego dalej bawi się w przesuwanie pionków na szachownicy mojego życia.

— I nic nie da się z tym zrobić?

— Uwierz mi, próbowałam. Staram się być od niego najdalej, jak mogę. Kostek jednak zawsze znajdzie jakieś źródło informacji.

— Ja trzymam język za zębami — zapewniła Dominika.

— Wiem. Dlatego z tobą rozmawiam. Plotkary skreśliłam z mego życia. — Nie była to cała prawda, bo Aga dalej w nim była.

— Gdybyś mi nie powiedziała, do czego jest zdolny, nigdy bym się tego sama nie domyśliła. Ma taki mylący wygląd — zastanawiała się Dominika. — Nawet bardzo mylący. Gdy się go widzi w eleganckich ciuchach, z zagadkowym uśmiechem i przenikliwym spojrzeniem, to się myśli, że to ktoś w rodzaju dżentelmena-czarodzieja, który za chwilę wyciągnie z kapelusza bukiet róż czy złotą bransoletę.

— Tak, łatwo się nabrać. Tym bardziej że on naprawdę lubi z kapelusza wyciągać to i owo. I lubi dobrą zabawę. Ja bym jednak inaczej go określiła. Magik.

— Tak, masz rację! Magik! Ale wszystkim się wydaje, że jest kimś więcej.

To była prawda. Kostek rozsiewał wokół siebie atmosferę ekscentryczności, wyrafinowania i luksusu. Sama się kiedyś na to nabrałam.

— Jak ty się właściwie wkręciłaś w tę znajomość? — Dominika nie kryła ciekawości.

— Spotkaliśmy się w pociągu Warszawa–Berlin. Od razu wyciągnął królika z kapelusza.

— Czyli?

— Zamienił się ze mną miejscem. Lubię siedzieć zgodnie z ruchem pociągu. Magik podniósł swój opakowany w drogie czernie tyłek i z miłym uśmiechem zaoferował zamianę. Potem z równie miłym uśmiechem zaproponował kawę. Nie, nie tę z Warsu. Podzielił się ze mną swoją mocną, bardzo dobrą kawą z termosu. Chciało mu się nawet pójść do wagonu restauracyjnego po plastikowy kubeczek. Nie, nie ja z niego piłam. Dostałam jego podróżny, metalowy kubek. Bynajmniej nie taki sobie zwykły, a grawerowany. W komplecie do kawy i kubka była jeszcze historyjka o jego pochodzeniu. Kto i skąd ten kubek przywiózł, kto potem podczas wojny go przechował i kto z niego pił. Zapewniam cię, że ta bajeczka robiła wrażenie. Kostek potrafi opowiadać. I potrafi uwodzić.

— Miłe początki toksycznego związku.

— Bardzo miłe. Przynajmniej tyle. Bywa gorzej, jak z Jakubem. Kiepskie początki i równie kiepski koniec.

— Tak, koniec znam... — Dominika zerknęła na mnie kontrolnie. — To chyba nie trwało długo?

— Nie.

— Tak czy owak... miałaś na niego dobry wpływ. To nie tylko moje zdanie. Sporo osób w teatrze tak uważa. Teraz Jakub wyżywa się na wszystkich jak jakiś sadysta. Ruda się koło niego kręciła, ale nic z tego dobrego nie wyszło ani dla niej, ani dla zespołu. Kwasów tylko więcej.

— Czyli nic nowego.

— Jest nowe. Wszyscy sarkają na Eryka Zawijasa. Dopiero teraz widać, ile robiłaś dla tego teatru.

— Pokątne szeptanki...

— Bardzo pokątne. Nikt głośno tego nie powie, bo dalej jesteś na cenzurowanym. W tym teatrze rządzi strach. Moje dni chyba też są policzone. Wiesz, że Zmiennik nie wybacza grania w serialach. Właściwie nie rozumiem, dlaczego wciąż pozwala mi występować.

— Zmiany, zmiany... — zacytowałam ulubioną frazę dyrektora. — Trochę ich było w ostatnim czasie. Nasycił się. Może nawet czuje przesyt, zważywszy na Zawijasa. Zamienił stryjek siekierkę na kijek. To musiało go trochę ostudzić. Miejmy nadzieję, że na długo. Potrzebujesz odskoczni od serialu.

— To prawda. Potrzebuję. Tyle że z Jakubem za wysoko i za daleko się nie odskoczy. Czuję się jak marionetka. On musi mieć kontrolę nad każdym sznureczkiem. Nie reżyser, a lalkarz, który się ma za demiurga! — ironizowała.

Zatrzymałyśmy się na przystanku, z którego Dominika miała tramwaj.

— On przeminie — powiedziałam z przekonaniem — a ty przetrwasz!

— I pomyśleć, że ci wierzę. — Dominika się wyprostowała. — Zjawisz się w teatrze? — zapytała jeszcze.

— Owszem. Muszę dostarczyć kolejne zwolnienie. Ale ominę cię jak zepsute powietrze!

— Tajemnica? — zaśmiała się Dominika.

— Tajemnica. Nie chcę, by ktoś doniósł Kostkowi, że się przyjaźnimy. On na pewno by to wykorzystał.

Dominika mimicznym gestem zapięła sobie usta.

— Ani mru-mru. Słabo cię znam. I raczej cię nie lubię.

— To zupełnie jak ja.

Dziewiątka zatrzymała się ze zgrzytem. Dominika uścisnęła mnie i wsiadła do tramwaju. Pomachała mi jeszcze zza szyby. Tramwaj ruszył, a ja poczułam, że nasze spotkanie było za krótkie. Warszawa! Nikt tu nie miał dostatecznie dużo czasu na przyjaźń. Na wszystko inne też zresztą nie. A ja nagle miałam tego czasu pod dostatkiem.

XXI. PRZY ZIELONYM STOLIKU

1

Kostek też miał akurat za dużo czasu — złamania wykluczały go ze zwykłego życia. Nudził się. Pewnie dlatego czekał na mnie przed teatrem. Otworzył drzwi czarnego samochodu i pomachał do mnie kulą.

Miałam zamiar ominąć go szerokim łukiem.

— Zostawisz kalekę bez wsparcia? — spytał z teatralną żałością.

— Zostawię — burknęłam.

Jego głos mnie jednak zatrzymał.

— Nie zostawisz — stwierdził z zadowoleniem Kostek. — Tak myślałem. Trzy godziny czekania. Wczoraj sterczałem tu jeszcze dłużej. Zwolnionko, co? Trzeba dostarczyć do sekretariatu. A przy okazji można zobaczyć próbę i posiedzieć w kawiarni podczas przerwy. Tęskni się za teatrem, nieprawdaż?

Kostek miał rację. Nie zamierzałam z nim jednak o tym rozmawiać.

— Mów, o co ci naprawdę chodzi?

Kostek dotknął kulą kierowcę, a ten posłusznie opuścił samochód.

— Wsiądź, bo zimno leci — rzucił do mnie.

Pomyślałam, że jak to zrobię, to szybciej dowiem się, dlaczego ten skunks zadał sobie tyle trudu. Obeszłam samochód i usiadłam obok niego na tylnym siedzeniu.

— Więc? — spytałam.

— Więc w końcu zjawiłaś się w Warszawie... Nie mogłem się ciebie doczekać — powiedział zakłamanym, ciepłym tonem.

Nagle przeszedł mnie zimny dreszcz. Kto właściwie powiedział Kostkowi, że przyjechałam? Oprócz rodziny, Miłki i Zygmunta tylko Dominika wiedziała, że tu jestem. Ale przecież miała się nie chwalić naszym spotkaniem.

— Skąd wiedziałeś, że jestem w Warszawie? — zapytałam Kostka wprost.

Uśmiechnął się.

— Skąd ja to wiedziałem...? — Przekrzywił głowę, jakby chciał z jeszcze jednej perspektywy zobaczyć moją twarz. — Jak sądzisz?

— Sądzę, że długo nie porozmawiamy. Tyle czekania na minutę rozmowy. — Sięgnęłam do klamki.

— Poczekaj... Sama widzisz, w jakim jestem stanie. — Podciągnął nogawkę dresu, by odsłonić gips. — Naprawdę potrzebuję pomocy.

— Gówno prawda, choć czegoś chcesz.

— Zawsze tego samego. Inspiracji! Jesteś moją inspiracją. Wróć do Warszawy. Choćby na parę tygodni. Bez ciebie mój serial nie ma sensu.

— Nie jestem postacią z twego serialu, Kostek.

— Przywiązałem się do myśli, że jesteś — uśmiechnął się parszywie.

— To się odwiąż.

— Próbowałem. Może gdyby nie ten wypadek... — zawiesił głos.

— Nie współczuję takim, co sami nie potrafią współczuć. Szkoda twojej fatygi.

— Wróć.

— Żebyś mnie mógł inwigilować i przesuwać jak pionka na szachownicy?

— Nie robiłbym tego, gdybyś czasami chciała się ze mną spotkać, jak teraz. A co do inwigilacji, to i tak wiem o tobie wszystko. Właśnie ci to udowadniam. Ledwie ci się zamarzyło tu przyjść, a ja już na ciebie czekam.

— Tylko po co? Dla tej chwili rozmowy, podczas której robi mi się niedobrze na twój widok? Powiesz jeszcze kilka takich gównianych zdań, to rzygnę i zabrudzę ci tę śliczną skórzaną tapicerkę. Pewnie słyszałeś, że kobietom w ciąży przychodzi to bardzo łatwo.

Kostek się trochę zaniepokoił, ale postanowił nie kontynuować tego tematu.

— Możesz nawet wrócić do pracy — rzucił za to. — Jeden mój telefon i Zawijas będzie ci jadł z ręki i służył jak piesek. Albo w ogóle zniknie bez śladu, gdybyś tak wolała.

— Żeby tak można było gdzieś zadzwonić, by po tobie nie został ślad...

— Czemu nie potrafisz się ugiąć? Trochę. Więcej nie wymagam. — W jego głosie były pierwsze oznaki irytacji.

— Akurat! Dałam ci palec, zachciało ci się ręki. Dam ci rękę, zechcesz i ramienia. Taki już jesteś. — Rozpięłam kurtkę, by wyeksponować brzuszek. — Pamiętaj, że teraz usiłujesz bawić się nie tylko moim życiem. Jest nas dwoje.

Przez twarz Kostka przeleciało coś w rodzaju obrzydzenia. Przeniósł wzrok na twarz i nie opuszczał go niżej.

— Gdybyś trochę spuściła z tonu, miałabyś wszystko. Pracę, wystawione dramaty, doskonałe recenzje, wyjazdy na zagraniczne festiwale i co byś chciała. Mam dobry teatr dla *Lata w Paryżu*. W Łodzi wszystko pada po paru przedstawieniach. A tu miałabyś Eldorado. I w ogóle zamiast być pionkiem, mogłabyś razem ze mną przesuwać innych tam i z powrotem. To naprawdę daje kopa! Lepszego niż wóda czy marycha. Jedno twoje słowo! I jedna decyzja!

Rozpięłam sweterek i wygładziłam trykot.

— Urosły mi cycki. Banie. — Wypięłam je do przodu. — Za cztery miesiące będę karmiła. Potem pewnie opadną do pępka. Rozstępy. Oglądałeś kiedyś rozstępy? Pomarszczona skóra na brzuchu po porodzie. Ależ mnie czeka! Kupy w pampersach. Nieprzespane noce. Ściąganie pokarmu. Jedno moje słowo i będziesz mógł się temu tygodniami i miesiącami przyglądać.

Kostek dalej trzymał się wzrokiem mojej twarzy.

— Przejściowa sprawa — rzucił cierpko. — Wiele kobiet rodzi i nic im się nie rozstępuje i nie opada.

— Chyba w filmach. A to życie, Kostek. Chcesz zawrócić kijem Wisłę.

— A może właśnie chcę oglądać coś prawdziwszego?

— I dlatego nawet nie możesz spojrzeć na mój brzuch?

— Mogę. — Kostek ostrożnie zerknął w dół.

Porwał mnie głupi śmiech.

— Strasznie puste musi być twoje życie, jeśli nie odpuszczasz. Żeby to chociaż była miłość. A ty sobie jedynie chcesz polepszyć widok na przyszpiloną muchę. Czemu to, do diabła, muszę być akurat ja? W tym mieście jest z milion dziewcząt i kobiet.

Kostek kręcił głową.

— Nic nie rozumiesz. To jak z księciem i różą. Jesteśmy na innej planecie. Ja i ty. Właśnie dlatego to tak smakuje. I boli. Oswoiłaś mnie.

— W tym problem — westchnęłam teatralnie — że nie wyrosłeś z krótkich majtasów i bajek.

— To nieistotne. — Kostek zrobił się nagle cyniczny. — Ważne jest tylko to, że nie opłaca ci się przede mną uciekać. Możesz rodzić, możesz bzykać się, z kim chcesz, ale jeśli nie zaczniesz tu częściej bywać i odmówisz spotkania, gdy o nie poproszę, odbiorę ci wszystko.

— Czyli co?

— Co zechcę.

— Nie jesteś bogiem.

— Trochę jestem. Przynajmniej w Łodzi — uśmiechnął się.

— Pomyślałeś o tym, że te połamane nogi to może zła karma?

— A za co ciebie los pokarał przypadkową ciążą?

— Idę. Ta rozmowa nie ma sensu.

— Chcę, byś wróciła do Warszawy — wycedził zimno Kostek. — I chcę cię widzieć w teatrze. Dość już tego lipnego zwolnienia lekarskiego. Jeśli tego nie zrobisz, pożałujesz tego nie tylko ty, ale i ten twój hollywoodzki książę. On też ma trochę do stracenia.

— Masz odrobinę za krótkie rączki, by sięgać na planetę, która należy do mnie i do niego. Ale gdyby jednak okazały się dłuższe, niż przypuszczam, to wiedz, że ci tego nie daruję.

— I co mi zrobisz?

— Zgadnij! — rzuciłam i wyszłam z samochodu. Klapnęłam w dodatku drzwiami najmocniej, jak potrafiłam. Wiedziałam, że to zdenerwuje Kostka bardziej niż wszystkie moje słowa. Nie znosił, gdy ktoś tak traktował jego ukochane autko. Wyjęłam jeszcze klucze z torebki i pomachałam nimi, by wiedział, co zamierzam zrobić. Potem przejechałam największym po czarnym lakierze, by do Kostka dotarło, że ja też mogę mu coś odebrać.

2

Chwilę później byłam już w teatrze, siedziałam na schodach i stukałam otwartą ręką w czoło. Co mnie podkusiło! Dlaczego nie obeszłam tego popaprańca szerokim łukiem, tylko wsiadłam do jego samochodu? Czy Kostek jest jeszcze przy zdrowych zmysłach? I kto mu do diabła powiedział, że jestem w Warszawie? Przecież nie Dominika!

I nagle przypomniałam sobie głuche telefony. Może Kostek w ten sposób sprawdzał, gdzie jestem? Nie podnosiłam słuchawki, to przejechał się pod mój blok, zobaczyć, czy w moim oknie się świeci. Potem wystarczyło poczekać pod teatrem.

Uf! Ulżyło mi, gdy to wszystko ułożyło się w sensowną całość. Nie zniosłabym kolejnego zawodu.

Zebrałam się w końcu do kupy, wstałam i poszłam do sekretariatu zostawić zwolnienie lekarskie. Potem zakradłam się do sali, gdzie była próba. Chciałam choć przez chwilę poczuć jego atmosferę.

Nie do końca się to udało. Mimo że stanęłam w mroku, Jakub szybko wyczuł moją obecność i odwrócił się ku drzwiom. Słowny pojedynek na scenie, przypominający karabinowe serie z dwóch stron, ucichł, a Jakub ruszył ku mnie swoim zdenerwowanym, mocnym krokiem. Potem spojrzał mi prosto w twarz, wrogo, nieprzejednanie, by wreszcie zamknąć mi drzwi przed nosem.

Chwilę tam jeszcze sterczałam, kontemplując tę wrogość. Już mu powinno przejść. Minęło sporo czasu od naszego rozstania. W dodatku to nie była jakaś wielka miłość, tylko parę spotkań, których treścią był jedynie seks. Dlaczego aż tak bardzo się wściekał? Czyżby przez głupie manipulacje Kostka?

Poszłam z tymi pytaniami do kawiarni. Po drodze minęłam swój dawny gabinet, gdzie teraz pracował Eryk Zawijas. Nie miałam ochoty widzieć swojego następcy. A zwłaszcza go wąchać. Eryk Zawijas był na bakier z kąpielą, za to uwielbiał tanie wody toaletowe. W dużych ilościach! A ja przez Fasolkę miałam teraz wyjątkowo czuły nos. Sama myśl o tym, że mogłabym usiąść naprzeciwko Eryka Zawijasa i znaleźć się w kręgu jego zapachów, przyprawiała mnie o mdłości.

W kawiarni było pusto. Zamówiłam imbirową herbatę i ruszyłam w kierunku ulubionego zielonego stolika. Tak go nazwałam, babko, choć te fotele miały obicia z szarozielonego, trochę wytartego pluszu. Przyjemnie było tam znowu usiąść i czekać na przerwę w próbie, by obejrzeć sobie aktualne kawiarniane konstelacje i układy.

Zanim to jednak nastąpiło, do kawiarni wkroczyła pani Janeczka.

— Zamierzałam do pani zajść — zapewniłam ją.

Pani Janeczka mnie wyściskała.

— Wiem, ale nie mogłam się doczekać. Portier mi doniósł, że jesteś. I że widziałaś się z Kostkiem. Wszyscy zastanawiali się, na kogo on czeka w tym swoim samochodzie, i teraz już wiadomo.

— Dokładna wieść gminna — mruknęłam.

— Zgadza się. — Pani Janeczka przyglądała mi się chwilę. Chyba wyczytała, jak bardzo zmęczyła mnie rozmowa z Kostkiem, bo postanowiła zmienić temat. — Z przyjemnością się tu przeszłam. Musiałam trochę rozprostować nogi — przeciągnęła się, jakby reszta ciała też potrzebowała rozprostowania. — Poprawiam kostium. Nie znoszę poprawek. Co innego szyć nowe, a co innego poprawiać. W tym teatrze coraz więcej zmian, a coraz mniej nowego — dodała w swoim stylu. — Nie wiem, jak to możliwe.

— Stęskniłam się za pani monologami.

— A nie tymi ze sceny?

— Jeśli na przedstawieniach jest jak na próbie, którą widziałam przed chwilą, to są to raczej serie z automatu, a nie dialogi.

— Owszem, i na próbie, i na scenie rozstrzeliwanie tekstu. Trafiłaś w sedno, kochanie. Tak dobrze posiedzieć chwilę z kimś, kto wie, że to wszystko może wyglądać inaczej.

— Tylko co po tej wiedzy, gdy nie ma się na nic wpływu?

Przerwałyśmy na chwilę konwersację i patrzyłyśmy na Aldonę Paziutek, która przyniosła pani Janeczce kawę. Coś jakby cień uśmiechu błąkał się na jej wargach, a to był naprawdę rzadki widok u zwykle skrzywionej i nieprzyjemnej bufetowej, która jedną miną potrafiła obsłużyć wiele sytuacji.

— Lubi cię — zadziwiła się pani Janeczka.

— Chyba rozmiękczyła ją Fasolka.

— Może i tak. To pierwszy brzuszek od paru lat. Coś bardziej ludzkiego wśród tych nieludzko ładnych dziewuch. Pomyśl, jak Aldona Paziutek może się czuć, gdy one zasiadają tu tabunami, takie wiotkie, zadbane, idealne.

— Ale jest też sporo starszych.

— I co z tego. Też wiotkie i zadbane, choć ich doskonałość jest cokolwiek sztuczna. Ale i tak wyglądają wszystkie, jakby miały pakt z diabłem. I tylko wówczas, gdy ja czy sprzątaczki na chwilę tu zajrzą, widać, że w tym teatrze są też zwykłe baby.

— Tylko czy takie zwykłe? — uśmiechnęłam się. Pani Janeczka zawsze wydawała mi się raczej niezwykła.

— A jak ty się czujesz z brzuszkiem? — zapytała.

— Zmiennie. Kobieta i mamuśka trochę ze sobą walczą.

— I dobrze. To znaczy że obie są aktywne. Tak właśnie powinno być.

W kawiarni zrobił się nagły szum. Przerwa w próbie. Pani Janeczka poderwała się ze swoją kawą.

— Będę u siebie — powiedziała. — Zajdź potem, to porozmawiamy o kapeluszach twojej babki. Muszę je w końcu zobaczyć. Obiecałaś mi to!

I już jej nie było. Nie lubiła tłumu. I nie przyjaźniła się z aktorami. Takie miała zasady. Złym aktorom szyła za ciasne kostiumy. Potem je niechętnie poprawiała. Im więcej kiepskich scen i monologów, tym więcej poprawek — pisałam ci już o tym, babko. — I także o tym, że nie było rady na panią Janeczkę. A właściwie była jedna: grać lepiej! Wtedy kostium też zaczynał lepiej leżeć. Myślę, babko, że byś ją polubiła, bo pani Janeczka zawsze wiedziała, co jest dobre, a co nie.

3

Samotne siedzenie i refleksje na temat pani Janeczki przerwała mi Sonia.

— Proszę, proszę... — usłyszałam jej tubalny głos. — Kto tu tak samotnie siedzi. — Klapnęła na fotel obok mnie, niemal podnosząc stolik swoimi nożyskami. Była najwyższą aktorką w teatrze. I najbardziej hałaśliwą. — Co za niespodzianka! Widzę, że dalej nie jesteś tu zbyt popularna — dodała ze zwykłą dla niej złośliwością. — Omijają cię jak zarazę.

— Zabaw się przy innym stoliku, Tuba. O... choćby tam — wskazałam ruchem głowy Eryka Zawijasa. — Twój, zapewne, ulubiony kierownik literacki — zakpiłam.

— Nudziarz! — Sonia nie miała dla nikogo litości. — Trzeba przyznać, że z tobą nigdy się nie nudziłam.

— Daruj sobie. Nie wyciśniesz ze mnie nic przydatnego dla Kostka — burknęłam, bo Sonia była główną donosicielką i dlatego nie bała się do mnie dosiąść.

— Już wycisnęłam — spojrzała na mój brzuszek. — Odkąd się biedaczysko połamał, jesteś jego jedyną pociechą. Każda wieść o tobie znieczula go jak zastrzyk.

— Sam już sobie na niego popatrzył. Jesteś do tyłu z informacjami. On tego nie lubi.

— Ale na scenkę z Jakubem się nie załapał. A niezła była. Jeszcze lepsze było to, jak Jakub się potem zapluwał wściekłością. Dobrze, że byłam akurat z tyłu, bo musiałabym zeskrobywać ślinę. I jeszcze ta informacyjka, że zamiast nas katować, nagle przerwał próbę, by popędzić do kawiarni. Może pożałował, że tak szybko zamknął ci drzwi przed nosem? — obejrzała się. — O... jak ponuro na ciebie patrzy. Chyba chce cię zabić wzrokiem, bazyliszek jeden. Widzisz, ile się tych wieści nazbierało?!

— I co ci przyszło z tej służby? Kostek cię jakoś nagrodził? — zapytałam.

— Owszem. Nie wyleciałam jak ty.

— Jestem na razie tylko na zwolnieniu — przypomniałam jej. — Kto wie, która z nas pierwsza stąd wyleci. Pracowałaś tu całkiem spokojnie do momentu, gdy dałaś się po raz pierwszy podpuścić temu skunksowi. Teraz on musi co jakiś czas udowodnić ci swoją przydatność, a to znaczy, że robi wokół ciebie ferment. I będzie robił dalej, aż Zmiennik cię znienawidzi i skorzysta z pierwszego momentu, gdy Kostek zajmie się kimś innym. To tylko kwestia czasu. Nikt nigdy nie zyskał na przymierzu z tym draniem. Przynajmniej ja nie znam nikogo takiego.

Tuba odpukała w niemalowane.

— Za późno na kazania — rzuciła.

— Może i tak. Zresztą, koniec donoszenia. Ja tu niemal nie bywam, a od Agi więcej się nie dowiesz.

— Aga! To była wisienka na torcie. Gratis od losu. Długo się pewnie takie coś nie powtórzy — westchnęła teatralnie. — Ale Kostek tak łatwo ze mnie nie zrezygnuje, bo mam dobrą pamięć. Potrafię z niej wycisnąć jakiś rarytasik z przeszłości. A teraźniejszość... cóż, nie mam monopolu na ciebie. Niestety! — skrzywiła się sarkastycznie. — Takie czasy. Lizodupy i donosiciele mnożą się jak komary po deszczu. Coraz bardziej krwiożercze egzemplarze. Jeszcze będziesz za mną tęskniła.

— Odczep się, Tuba. Nie mam ochoty wysłuchiwać tych głupot.

— Coś ci usiłuję powiedzieć — burknęła cicho. — No ale jak nie chcesz tego usłyszeć... — zawiesiła znacząco głos.

— Nie targuję się z donosicielami.

— Głupio robisz. — Sonia wstała. Otrzepała niewidoczne pyłki ze swego wielkiego szarego kardiganu, który mógłby zastąpić namiot. — Głupio! — powtórzyła. — Mam nadzieję, że nie będziesz tego żałowała.

Przeniosła się do sąsiedniego stolika, a ja zostałam sama z wystygłą już herbatą. Za dużo imbiru — pomyślałam, choć ta piekąca gorycz, którą poczułam, miała więcej źródeł. Tyle czasu tu pracowałam, a poza Sonią nie było do kogo nawet otworzyć gęby. Nikt nie podszedł. Kilka osób skinęło głową z daleka. A teraz już wszyscy, oprócz Dominiki, omijali mnie wzrokiem jak jakąś powietrzną narośl. Niechęć Zmiennika czyniła ze mnie persona non grata. A jeszcze do tego nienawiść Jakuba i wilczy bilet wystawiony przez klan Kostka!

Jakub dopił kawę i szurnął krzesłem, co wywołało lawinę podobnych szurnięć. Byli jak powiązani nićmi ze swoim treserem. Dominika miała rację, z prawdziwego teatru zrobił się teatrzyk marionetek. W kawiarni został dym i pustka przesycona atmosferą napięcia i strachu. Jedynie bufetowa, Aldona Paziutek, wydawała się taka jak zawsze. Kręciła się za barem z niewzruszenie nieprzyjemną i skrzywioną miną. Z tą miną podeszła do mnie i zapytała, czy mi nie dolać wrzątku. Skinęłam głową. Gorycz rozpłynęła się w wodzie, złagodniała. Przez okno wpadło trochę słońca. Zmieni się — pomyślałam o sytuacji w teatrze. — Musi się zmienić. Nie wiem, kiedy i z jakiego powodu, ale się zmieni. — Uśmiechnęłam się do tych myśli i do Aldony Paziutek, a ona wydała coś w rodzaju prychnięcia, z którym zniknęła chwilę potem na zapleczu. Czyżby się zaśmiała? Niemożliwe. A może jednak?

Zaszłam później zgodnie z obietnicą do pracowni pani Janeczki. Chciałam ją zaprosić do Zawrocia i — jako że była matką trójki dzieci i trochę zielarką — zapytać, czy zna jakieś sposoby na kolkę, która męczyła ostatnio Kamilka. Znała. Nawet kilka. Wszystkie skrzętnie zapisałam. Potem wysłuchałam jeszcze jej monologu na temat różowej sukni, którą szyła. I o kobietach, które wstydzą się tego koloru.

— To paradoksalne, że wstyd ma kolor właśnie różowy. Teraz zresztą rzadko kobiety wstydzą się jawnie. Rumieniec jest zakazany i przypudrowany. W tym teatrze zwłaszcza.

— Ale przecież szyje pani różową sukienkę. Ktoś więc zamierza ten kolor tu dopieścić.

Pokręciła głową.

— Szyję ją, bo mnie tak naszło. Obejrzyj sobie te wszystkie szatki — dodała ironicznie. — W więzieniu pewnie bardziej kolorowo. Wielki pan reżyser wyprał ten teatr nie tylko ze słów, ale i z kolorów.

Rzeczywiście, na stole i krzesłach leżały bure i czarne kostiumy. Różowa suknia była z zupełnie innej bajki.

— Piękna. Brakuje tylko kapelusza. Myślę, że w kufrach babki coś by się odpowiedniego znalazło.

— Też tak sądzę. Nie mogę się doczekać, kiedy do nich zajrzę.

— Proszę zatem przyjechać w grudniu do Zawrocia.

— Tak zrobię. — Pani Janeczka znowu mnie uścisnęła. — Muszę przecież sprawdzić, czy ty tam na prowincji masz się dobrze. Nawet nie wiesz, jak cię tu brakuje — westchnęła. — Tu jest twoje miejsce. W tym teatrze. A zajęła je miernota. Ale to się jeszcze zmieni! — dodała z mocą.

Pożegnałam się z nią kwadrans później. Przeszłam jeszcze korytarzami teatru, obejrzałam wszystkie gabloty, a potem ruszyłam ku wyjściu. Na parkingu na szczęście już nie było Kostka. Pewnie nie chciał ryzykować kolejnej rysy na swoim ukochanym aucie. Ominęłam słup, na którym był plakat reklamujący kolejną premierę, i ruszyłam przed siebie, kontemplując uczucie straty, które się we mnie rozrastało. Ale także ulgi. Taki dziwny dualizm. Tęskniłam za teatrem i jednocześnie cieszyłam się, że nie muszę tam teraz wracać. Bo pani Janeczka miała rację, coraz więcej było w nim miernot. To nie był już teatr z czasów, gdy scenografem był tu Michał, i gdy na scenie panowały emocje, a nie wściekłe, chlustające zdania.

Pani Janeczka powiedziała, że czeka na ten moment, gdy Jakub każe aktorom szczekać i się gryźć.

— Zrobią to — dodała. — To jest najgorsze. Pogryzą się. I będą myśleli, że to wielka sztuka, tak jak teraz myślą, że są wielcy, bo latają na golasa po scenie.

Pani Janeczka lubiła takie przesadne tyrady, ale wiedziałam, że trafiła w sedno. Jakub byłby wniebowzięty, gdyby się wszyscy w końcu zaczęli okładać i szarpać zębami. Krew. Ta prawdziwa! Tylko to by go uspokoiło. Krwawa, zwierzęca orgia na scenie. Lubił ból. Swój i cudzy. Przez chwilę myślał, że ja też to lubię. A teraz się tak banalnie wybrzuszałam, jak jakaś zwykła mieszczka, córka Dulskiej czy innej takiej.

Te przygnębiające refleksje zmieniły się w jeszcze gorsze myśli, gdy na rogu ulicy zobaczyłam sklep z ubraniami dla osób XXL. Nagle przypomniały mi się zagadkowe słowa Soni. Patrzyłam na wielką tunikę, taką w sam raz na olbrzymkę, jaką była, i zastanawiałam się, co naprawdę chciała mi powiedzieć? O co chodziło z tym brakiem monopolu? Na pewno nie o Dominikę. Więc o kogo? Może trzeba było jednak pociągnąć Sonię za język? Nie! To tylko głupia podpucha! Może nawet wygłosiła zdania, które jej podyktował Kostek? Rola. A właściwie rólka. Tuba świetnie to zagrała, trzeba jej to było przyznać. Lepiej niż gra na scenie! Wyćwiczyła parę niepewnych, półprzyjacielskich gestów. Naprawdę się postarała. Ale nic z tego. Nie będę o tym myśleć. Koniec gdybań. Bujajcie się popaprańcy i donosiciele. Dałam sobie popsuć pół dnia i wystarczy.

Skręciłam w główną ulicę i ruszyłam wzdłuż witryn sklepowych, starając się cieszyć każdą zmianą, którą zauważyłam. Zapaliły się lampy i szarawa, zimowa ulica nasyciła się cieplejszymi refleksami. Miasto! Nim też jak teatrem chciałam się nasycić.

XXII. PAN KŁÓDECZKA

1

Miałam w Warszawie jeszcze jedną rzecz do załatwienia przed wyjazdem do Zawrocia — Paweł chciał, bym w jego mieszkaniu odszukała kilka płyt, przegrała je i przesłała kopie do Stanów.

Nie widziałam przedtem jego mieszkania. Przez ten nasz wspólny miesiąc niemal nie ruszaliśmy się z domu, a właściwie ja się nie ruszałam, bo Paweł dwa razy jeździł do Warszawy. Za każdym razem jednak wracał do Zawrocia jeszcze tego samego dnia.

To była ładna, wysoka, gruntownie odrestaurowana kamienica w centrum miasta. Na dole perfumeria i mały sklepik z herbatami. Mieszkanie Pawła było z drugiej strony, z widokiem na zadrzewioną skarpę i Wisłę w oddali.

Wjechałam na górę i zapukałam do drzwi pracowni Gutka, sąsiada Pawła i jednocześnie przyjaciela, który miał klucze od mieszkania.

— Więc to ty... — powiedział, gdy mu się przedstawiłam. Drapał się chwilę po jasnych, dawno nieczesanych włosach, jakby nie był pewny, czy chce mnie wpuścić. — Wejdź — zdecydował w końcu.

— Ja tylko po klucze.

— Tylko po klucze... — Chwilę się nad tym zastanawiał. — Powiedziałbym raczej: aż po klucze! Jesteś pierwsza, która tu sobie ot tak przychodzi i ma zamiar wziąć klucze Pawła. Jak swoje!

Na stoliku stało napoczęte winko i to pewnie ono wpływało na Gutka tak refleksyjnie.

— Kiedyś musi być pierwszy raz — rzuciłam. — Poszukasz ich?

Gutek zdawał się nie słyszeć pytania.

— Matylda! Kobieta, która usidliła mego najlepszego przyjaciela. A tak dobrze było razem podrywać laski, które mają słabość do artystów. — Niby żartował, ale w jego głosie pobrzmiewały jakieś złośliwe tony.

Był wysoki, chudy, nieogolony, w rozchełstanej koszuli, poplamionej w dodatku tuszem. Fotograf. Choć także grafik. I starszy brat Julii, menedżerki Pawła. Od Julii wiało chłodem, a od Gutka zblazowaniem. Obronne pozy. Gdy się pracuje tyle lat w teatrze co ja, zna się je na pamięć.

Gutek co chwila zawieszał wzrok na moim brzuszku.

— To co z tymi kluczami? — zapytałam, by skupił się na czymś innym.

— Znajdą się wcześniej czy później. Poszukaj sobie jakiegoś krzesła, bo jak znam Pawła, to raczej później. — Gutek zajrzał do paru szuflad. — Gdzieś tu je zawsze wrzuca, ale gdzie?

Krzesła Gutka były założone jego ubraniami, książkami i wielkimi kawałami pociętych fotografii, z których chyba robił kolaże. Z trudem znalazłam jedno, na którym można było usiąść. Gutek dalej grzebał w szufladach.

— Długo się znacie? — zapytałam.

— Ze cztery lata. To Julia wygrzebała Pawła na bazarze złamanych serc. Chciała go pocieszyć, ale jakoś między nimi słabo iskrzyło. Potem capnęła go Anka. Za to między mną a Pawłem zaiskrzyło od pierwszego wejrzenia, choć może bardziej od pierwszego usłyszanego zdania. Dał mi potem cynk, że ktoś chce sprzedać ten kawałek strychu. I tak zostaliśmy sąsiadami. I przyjaciółmi... Prawie...

— Prawie? — zaciekawiłam się.

— Wiesz, jaki on jest.

— Jaki?

— Pan Kłódeczka. Tak go z Julią nazywamy. Ma w duszy zakamarki, do których nikt nie ma dostępu. Przynajmniej ja nie znam nikogo, kto mógłby stwierdzić, że zna go w stu procentach. A może właśnie poznałem? — Podniósł znacząco swoją wypłowiałą brew.

— Pan Kłódeczka... Ładna ksywka — powiedziałam. — A ty masz jakąś?

— Nie powiesz więc, czy dotarłaś do dna jego duszy... — Na chwilę przestał grzebać w szufladzie, jakby lepiej chciał się przyjrzeć moim reakcjom. — Kiedyś się dowiem, ale teraz zostanę z niezaspokojoną ciekawością. Choć skłaniam się ku temu, że jednak nie dotarłaś. A może myślę tak z zazdrości?

— Przyjaźń chyba nie polega na tym, by zdradzać wszystkie swoje sekrety.

— O miłości też tak myślisz? — Nie krył ironii. Wyglądało na to, że go drażnię.

— Chcesz mnie zniechęcić do Pawła? — spytałam wprost.

— Dość pośpieszna ta wasza znajomość. Nie warto trochę poczekać i poznać się lepiej? Po co od razu ślub? Gdyby było jego — znowu zaszczycił wzrokiem mój brzuszek — tobym zrozumiał, ale tak...?

Gutek miał być świadkiem Pawła.

— To Paweł chce ślubu — mruknęłam. — Nie powiedział ci?

— Może i coś mówił. Już jednak dostatecznie długo żyję na tym świecie, by wiedzieć, że mężczyźni zawsze chcą tego, czego tak naprawdę chcą kobiety, w których są zakochani.

— Myślę, że żyjesz dostatecznie długo, by wiedzieć, że zdarzają się też wyjątki od reguły. Zrobię też drugi wyjątek, nie powtórzę tej rozmowy Pawłowi. Myślę, że niepotrzebne mu teraz rozmyślania, czemu jego prawie przyjaciel zachowuje się jak palant wobec kobiety, którą on kocha. Jak potem będziesz stał obok niego podczas ślubu?

Gutek poczerwieniał.

— Chciałem tylko z tobą pogadać. To mój przyjaciel. Mam prawo się o niego martwić, gdy...

— Gdy?

— Nieważne... Tak czy owak, jesteś wiedźmą — mruknął. — Wszystkich moich kumpli porwały wiedźmy. Wydawało się, że Paweł się nie da, a tu proszę. Czary-mary, hokus-pokus, bęc!

Powiedział to takim tonem, że nagle zrobiło mi się go żal. Miałam przed sobą Piotrusia Pana w całej okazałości, sfrustrowanego i przerażonego tym, że z Nibylandii znika ostatni kumpel, z którym tak dobrze było się bawić. Ja też żyłam przez dziesięć lat w Nibylandii, doskonale więc go rozumiałam. Sama przecież z trudem dorosłam, gdy dowiedziałam się o ciąży. A teraz mimo miłości do Pawła z oporem dorastałam do myśli o małżeństwie. Tak dobrze i lekko było dotąd przelatywać z kwiatka na kwiatek, bez bólu i zaangażowania, bez przecinania zbyt silnych więzów, bez strachu. Po tej stronie, w realnym świecie, było inaczej. Wszystko miało swoją cenę, każda chwila szczęścia.

— Tak... bęc — powtórzyłam za nim. — To się nie odwróci, choć rozumiem twój żal za minionym.

— Akurat!

Wzruszyłam ramionami. Nie było sensu z nim dyskutować. Miał swoje wyobrażenia o kobietach i nie zamierzał ich zmieniać.

— Są! — Gutek wreszcie zlokalizował klucze. — Chodźmy.

Wolałabym poznawać mieszkanie Pawła sama, ale Gutek mógł mi powiedzieć, gdzie są płyty.

— Chodźmy — zgodziłam się.

Zeszliśmy piętro niżej. W mieszkaniu Pawła powitał nas półmrok korytarza, szybko rozświetlony przez rząd świateł, które włączył Gutek.

— Płyty z muzyką Pawła są w pracowni — rzucił.

Ja jednak dalej stałam w korytarzu, wciągając głęboko zapach tego pomieszczenia. Potem przytknęłam na chwilę nos do kurtki Pawła, która tam wisiała. Najintensywniej pachniał Pawłem kołnierz. Nic dziwnego, tu kurtka dotykała jego skóry.

Gutek patrzył na to podejrzliwie.

— Sprawdzasz, czy jakiejś nie przeleciał przed wyjazdem do Stanów? — spytał.

— Nie. Sycę się.

— Czym? Brudem na kołnierzu? — kpił.

— Nie zrozumiesz tego, zanim nie spotkasz swojej wiedźmy. Tej jednej, jedynej.

Splunął przez lewe ramię.

— Oby to nigdy nie nastąpiło.

2

Gutek wrócił do siebie, a ja zostałam w mieszkaniu Pawła. Czułam się jak intruz. I trochę jak podglądacz.

Cztery pokoje na szóstej kondygnacji, do tego spora kuchnia i loggia. W mieszkaniu było trochę skosów, ale tylko w kątach i wysoko. W ogóle sufity były wysoko. Do tego ładne, duże okna. Łazienka też ze sporym oknem obok umywalki. Można się było myć czy golić i jednocześnie patrzeć na Wisłę i drugi brzeg. Ten rozległy widok z okien to było wszystko, co łączyło mieszkanie Pawła z moim. Ja miałam klitkę, a on przestronne pokoje.

Biel, czerń i szary! Mogłam się spodziewać, że takie kolory będą dominować w jego mieszkaniu. Kolory fortepianu. A szary na dodatek — jak łącznik zbyt kontrastowych barw i jednocześnie ich wypadkowa.

Obrazy na ścianach dużego pokoju wymykały się z tej gamy barw jedynie dzięki passe-partout w kolorze nadmorskiego piasku. W środku były czarno-białe abstrakcje! Trochę jakby szkice — plątanina linii i plam, z których po chwili patrzenia wyłaniały się instrumenty muzyczne. Na dole obrazów wypatrzyłam zakręcone „G". Gutek? — zastanawiałam się. Było to możliwe, choć w jego mieszkaniu na ścianach wypatrzyłam tylko fotografie, i to raczej średniej wielkości, podczas gdy grafiki i kolaże wiszące w mieszkaniu Pawła miały duże rozmiary. Może Prawie Przyjaciel zdobył się dla Pawła na więcej?

Tak czy owak, to właśnie te obrazy były najlepszymi ozdobami w dużym pokoju. Oprócz nich stało tu już tylko trochę mebli — grafitowy drewniany stolik, szara skórzana kanapa, lampa, wieża, trochę płyt i kaset obok niej. I to już było wszystko, jakby Paweł nie był tu zbytnio zadomowiony. Albo jakby starał się jak najmniej zagracić przestrzeń.

Podobnie wyglądał gabinet, ale tu dominowała czerń — półki z książkami, fotel, długi blat z komputerem i sprzętem muzycznym, na którym Paweł pewnie ćwiczył albo komponował — wszystko było w tym kolorze.

Za gabinetem znalazłam jeszcze jeden pokój w podobnej tonacji, tyle że niemal pusty. Cztery duże szare pudła, kilka kupek książek, które się nie pomieściły w gabinecie, i nic więcej.

Na koniec zostawiłam sobie sypialnię. Była jasna i pustawa jak reszta pomieszczeń. Oprócz dużego łóżka, szafki z lampką oraz drzwi do garderoby był tam już tylko duży kolaż na ścianie, z muzycznymi motywami jak w dużym pokoju. Nuty, które składały się na seksownie wygiętą kobietę-skrzypce, taką trochę szkicowo potraktowaną. Podpis był identyczny jak na innych obrazach w mieszkaniu Pawła. Ten z sypialni był zresztą najlepszy. Mógł być ozdobą każdej galerii. Gutek miał dużo większy talent niż Mikołaj czy Ula. Tak przynajmniej sobie pomyślałam, patrząc na Panią Nutę. A potem jeszcze jedno przyszło mi na myśl — Miedzianka nie pasowała do mieszkania Pawła. Tu też nie było dla niej miejsca.

Patrzyłam potem na łóżko i na dwie wygniecione poduszki po obu stronach. Obie kołdry, które tam były, też wyglądały na używane. Widocznie nie tylko Paweł spał tu przed podróżą, ale i Mikołaj. Pewnie nie chciało im się rozkładać kanapy w gościnnym pokoju na tych parę godzin, które mieli na sen przed jazdą na lotnisko.

Usiadłam z tej strony, gdzie była szafka nocna. Sięgnęłam po poduszkę, mając nadzieję, że jest tam choć kwant zapachu Pawła. Byłam na głodzie. Kwant nie mógł mnie nasycić, ale mógł trochę złagodzić ten narkotyczny głód. Niewiele jednak udało mi się wywąchać, co pogłębiło uczucie utraty. Miałam ochotę położyć się i zagrzebać w pościel. I czekać tu, aż Paweł wróci. Tyle fajnych rzeczy mogłoby się wtedy zdarzyć. Nigdy nie byliśmy razem w teatrze, operze czy kinie. Nie miałam pojęcia, jakimi ulicami tu chodził. Nic właściwie o nim — warszawskim — nie wiedziałam. A on równie mało o mnie. Rozdzieleni! I to w takim momencie, gdy dopiero zaczynaliśmy się poznawać i rozumieć.

3

— I co? Zadowolona z inspekcji? — Gutek nie mógł sobie darować ironicznych zaczepek przy oddawaniu kluczy.

— Zadowolona.

— Czyścioszek, co? Żadnych brudnych skarpet czy majtasów po kątach. U mnie baby zaczynają od sprzątania. Myślą, że jak zrobią porządek, to znajdzie się tu dla nich miejsce. A potem są mocno zawiedzione.

No proszę, kolejny facet, który miał coś do kobiet.

— To się nazywa mizoginizm — rzuciłam. — Pewnie da się to leczyć.

Gutek uśmiechnął się krzywo.

— Psychologów w obecnych czasach nie potrzeba, bo każda baba stawia teraz diagnozę po kwadransie znajomości.

Trzeba mu było przyznać, że umiał dokopać.

— Ktoś mądry powiedział mi kiedyś, że spotykasz takich ludzi, na jakich zasługujesz — odcięłam mu się.

— Ciekawe w takim razie, czemu ty mnie dziś spotkałaś? — potrafił również trafiać w sedno.

— Też się nad tym zastanawiam. Jako że zasługuję na wszystko, co najlepsze, musisz mieć sporo zalet, których nie chcesz mi akurat w tej chwili pokazać. To zresztą oczywiste, że je masz, inaczej Paweł by się z tobą nie zadawał. — Teraz ja pozwoliłam sobie na ironiczny uśmieszek. — Nie jestem niecierpliwa — dodałam. — Dziś czy innym razem... objawią się. Już się na to cieszę!

Gutek zaciekawił się moją tyradą.

— No! Dobra jesteś w odwracaniu kota ogonem! — W jego głosie był udawany podziw. — Paweł mi mówił, że nieźle się z tobą gada. Tylko te nieprzyjemne piski na początku trochę mnie zmyliły. Już myślałem, że nie masz nawet grama poczucia humoru. A tu gram jest. Dobre i tyle — nie odmówił sobie wbicia małej szpili.

— Też byś piszczał, gdybyś od paru tygodni wszędzie słyszał tę samą śpiewkę. Myślałam, że przyjaciela Pawła, nawet jeśli jest tylko prawie przyjacielem, stać na inną melodię i inne słowa.

— A to sobie pogadaliśmy! Pogawędka przy szukaniu i oddawaniu kluczy. Niektórzy przez tydzień tyle sobie nie zdołaliby nawciskać.

— Lubisz to!

— To akurat prawda. Letnie pogaduszki śmiertelnie mnie nudzą. Chyba się nie obraziłaś?

— Nie. Pracowałam w teatrze. Za kulisami toczą się równie zjadliwe pojedynki jak na scenie. Mam wprawę. — Podałam mu klucze. — Schowaj.

Wrzucił je do pierwszej szuflady z brzegu.

— Teraz będzie przez chwilę na inną melodię — powiedział poważniej. — Doceniam, że nie zatrzymałaś Pawła w Zawrociu. Julka była pewna, że strzelisz focha i on nie poleci do Stanów.

— A ja doceniam, że te słowa przeszły ci przez gardło — powiedziałam i ruszyłam ku drzwiom.

XXIII. KOBIETA
W BEŻOWYM SZALU

1

Wróciłam do Zawrocia, babko. W mieście było szaroburo, a tu powitał mnie przyprószony bielą, czyściutki świat. Mimo to miałam mieszane odczucia — cieszyłam się, że jestem już w domu, a jednocześnie tęskniłam za Warszawą i teatrem. Było trochę tak, jakbym chwilowo sama nie wiedziała, gdzie jest moje miejsce do życia.

Psy nie miały żadnych wątpliwości i obskakiwały mnie uszczęśliwione. Na tysiąc sposobów — szczekaniem, tańcem ogonów, podskokami, kółkami graniastymi wokół mnie — opowiadały, jak bardzo im mnie brakowało przez tych kilka dni. Miały jedzenie, całe Zawrocie do biegania, Jóźwiaka, który z nimi rozmawiał i targał pieszczotliwie za łby, ale psie szczęście beze mnie było niepełne.

Zaraz po moim przywitaniu z psami usłyszałam stukanie kołatki. Za drzwiami stał Jóźwiak.

— Proszę wejść.

— Ja tylko na chwilę. Pani Irena tu wydzwaniała — oznajmił.

Zdziwiłam się. I to raczej nieprzyjemnie. Za dobrze znałam matkę Pawła, by nie obawiać się tego, co miała mi do powiedzenia.

— Czyściłem piec i kominek, a telefon nie przestawał dzwonić. To w końcu odebrałem — usprawiedliwiał się Jóźwiak.

— Dobrze pan zrobił. Czy zdradziła, w jakiej sprawie dzwoni?

— Nie. Ale chyba to coś ważnego, bo była niezadowolona, że pani nie ma. Nie wiedziałem, czy pani sobie życzy, bym podawał miejski numer, to powiedziałem jej tylko, że wróci pani za parę dni.

Cały Jóźwiak! Wyobrażałam sobie, jak ciotkę Irenę wkurzyło, że nie może wydobyć od niego żadnej informacji. Ciekawe, dlaczego nie zapytała o mój numer Pawła? Czyżby chciała ukryć przed nim te telefony?

— Dziękuję, że pan rozpalił w piecu — zmieniłam temat. — Przyjemnie wracać do ciepłego domu. Napije się pan czegoś? Przywiozłam z Warszawy kilka naprawdę dobrych herbat. Co powie pan na „Siedem zielonych skarbów"?

— Ładna nazwa, ale może innym razem. Muszę trochę popracować szuflą, zanim psy ubiją śnieg. Zdaje się, że zaczyna się prawdziwa zima.

— Pomogę panu. Dobrze mi zrobi trochę ruchu po tylu kilometrach jazdy.

— Nie, alejkę sam oczyszczę — powiedział Jóźwiak stanowczo. — To praca dla mężczyzny — dodał tonem usprawiedliwienia. — Ale może pani zamieść śnieg z ganku. Wyjmę miotłę.

Śnieg był lekki jak kaczy puch. Łatwo było go sprzątnąć z ganku. Zamiotłam więc jeszcze werandę i drogę do drewutni i psich boksów.

— Zapomniałem powiedzieć — Jóźwiak podszedł do mnie jeszcze na chwilę — że jest klient na tę ruinę przy stawach. Już drugi raz mnie pytał, czy pani by tego nie sprzedała. Powiedział, że dobrze zapłaci. Dom weselny chce tam postawić. To akurat odrolniona ziemia, spory podatek, to może warto rozważyć jego propozycję.

— Nie.

— Tak myślałem. Mówiłem mu, ale się uparł, żebym go z panią umówił.

— Mogę się z nim spotkać, ale zdania nie zmienię. Nie marzy mi się co tydzień wesele tak blisko Zawrocia. W lecie, gdy okna pootwierane, musielibyśmy tańczyć razem z weselnikami.

— To prawda.

— Proszę mu tego nie powtarzać. Wystarczy, gdy pan powie, że w najbliższych latach nie mam w planach sprzedaży ziemi.

Jóźwiak pokiwał głową.

— Tak powiem. To samo zresztą usłyszałby od pani Milskiej. Nie spotkała jej pani w dorosłym życiu, a jakby ona panią wychowała.

— Geny.

— Pewnie tak.

2

Chwilę później Jóźwiak ruszył w kierunku bramy, by wpuścić na posesję żonę.

— Z takim śniegiem to można się pobawić, pewnie! — rzuciła Marta już przy ganku, patrząc trochę krytycznie na miotłę w moim ręku. — Poprószyło tyle co nic. Co innego jak napada pół metra czy metr. A i dwa bywało. Z całego Zawrocia zostawało tylko wąskie przejście do bramy.

— Na razie to tylko mnie pani straszy zimą, która jakoś nie chce przyjść.

— Przyjdzie! To akurat pewne. Jeszcze będzie miała jej pani dość i zatęskni za miastem. — Jóźwiakowa była chyba rozczarowana tym, że tak szybko wróciłam z Warszawy.

Weszłyśmy do domu. Marta postawiła pudełko z ciastem i otworzyła pokrywkę.

252

— O... Każdy kawałek inny. Napiekłam jak na święta.

— Pewnie z myślą o Hani. Kiedy przyjeżdża?

— Już przyjechała. Dlatego ja tylko na godzinkę tu wpadłam.

— Niech pani wraca do siebie. Sama przetrę kurze.

— Na razie i tak pustki w domu. Hania poszła na kawę do koleżanki. Ponoć dawno się nie widziały. Aż tu nagle tamtej się przypomniało! — rzuciła niezadowolona. — Wiadomo, że taka kawa musi potrwać. To i inni się porozłazili.

— Mimo wszystko proszę wracać do domu — powiedziałam. — Naprawdę sobie poradzę.

Jóźwiakowa jednak nie słuchała.

— Nikogo nie było, a kurze po sufit. O!... — Pociągnęła palcem po blacie komody. — I skąd tyle tego? — Była naprawdę w paskudnym humorze. — Taki to już jest ten nasz świat, zakurzony! Tu człowiek przetrze, a kurz zaraz wyjdzie w innym miejscu. I żeby tylko kurz.

— Może odrobinę nalewki cytrynowej? — spytałam, bo czułam, że Marta potrzebuje jakiegoś wsparcia.

Chciała się chyba w pierwszej chwili oburzyć, bo ramiona ruszyły do góry, ale zaraz opadły w dół.

— No... może kapkę bym się napiła.

To była nalewka, którą Paweł zrobił według twego przepisu, babko. Bo na początku listopada zawsze robiło się tu cytrynowe nalewki! Postanowiliśmy kontynuować tę tradycję, chociaż na razie nie mogłam ich pić.

Wzięłam trochę większy kieliszek i nalałam po brzegi. Jóźwiakowa wypiła.

— Dobre — przyznała. — Choć świętej pamięci pani Milska robiła lepszą. Wszystko kiedyś było lepsze. Nawet kurzy było mniej. — Westchnęła przeciągle, a ja napełniłam jej kieliszek jeszcze raz.

Poszła do domu godzinę później, nie zdradziwszy, co ją tak mocno wytrąciło z równowagi. Jakieś problemy Hani? A może niepotrzebne spięcie między nią a córką?

— Chciałabym poznać Hanię — oznajmiłam, zanim wyszła. — Gdyby oczywiście miała czas i chęć tu wpaść. Proszę jej powiedzieć, że zapraszam.

Marta Jóźwiak bynajmniej się tym nie ucieszyła.

— Przekażę jej — mruknęła. — Ale ona w Zawrociu nie była z dziesięć lat. Albo i więcej. I krótka ta jej wizyta w domu. Jak po ogień.

— Mimo to zapraszam.

— Pewnie, zapraszać można... — Jóźwiakową chyba zirytował mój upór. — Nie ode mnie zależy, co z tego zaproszenia wyniknie. Czasami nie chce się wracać do miejsca, gdzie nie zaznało się niczego dobrego.

Zamknęła z impetem bramkę, jakby chciała też zamknąć tę kwestię. Przez chwilę patrzyłam, jak idzie odśnieżoną drogą. Białe, drobne płatki osiadały na jej kurtce i chustce, którą się okręciła. Za godzinę trzeba będzie znowu chwycić za szuflę — pomyślałam. — Jóźwiak niech trzyma się własnego domu.

3

Zaułek srebrnych kotów — taki był tytuł kryminału, który dostałam do tłumaczenia od Miłki. Przez chwilę zastanawiałam się, gdzie nad nim pracować, w salonie czy w gabinecie dziadka Maurycego. W salonie miałabym blisko ogień w kominku, a w gabinecie wszystkie słowniki, szerokie biurko i wygodny skórzany fotel. W końcu zdecydowałam się na gabinet. Z rana spacer i zakupy, potem parę godzin pracy, obiad, kolejny spacer, a potem znowu praca — postanowiłam ambitnie.

Gabinet Maurycego był najmniej używanym pomieszczeniem w tym domu. Zastanawialiśmy się z Pawłem, czy to właśnie nie tu powinno stać pianino. Ale Pawłowi jakoś trudno było wprowadzić się zarówno z instrumentem, jak i muzyką do sanktuarium Maurycego. Nie pozwalałaś przez lata nic tu zmieniać i to ciągle tkwiło gdzieś w twoim wnuku. Było to trochę dziwne, bo ze zbezczeszczeniem twojej sypialni nie mieliśmy problemów.

„Inspektor Smith przeniósł wzrok z betonu na białego kota, który siedział na popękanym murku i jak gdyby nigdy nic czyścił sobie futerko. To chyba kotka — pomyślał nie wiadomo dlaczego. Może przez to, że futerko lśniło dziwnym, srebrzystym blaskiem. Kotka — trzymał się tej wersji — przestała wylizywać łapę, przeciągnęła się i przeszła po murku. Jak Iga! — To była druga głupia myśl.

— I co pan o tym sądzi? — spytał posterunkowy, który znalazł ciało.

— Trzeba poszukać noża — mruknął. — Może nawet kilku noży. Jest podziurawiona jak sito.

Kotka maszerowała po murku w drugą stronę. Inspektor Smith poczuł pokusę, by do niej podejść i dotknąć srebrzystego futerka. A potem drugą pokusę, by sobie ją wziąć do domu. Nie wyglądała na dzikiego dachowca. Pewnie miała właściciela, ale inspektora to nie obchodziło. Z trudem oderwał od niej wzrok i wrócił do sztywnego już ciała. Obok pantofla zauważył ledwie nadpalonego papierosa. Założył rękawiczki i podniósł go. Pet był pobrudzony szminką przypominającą tę na ustach Igi. Jeśli to ona paliła tego papierosa, to znaczy, że znała sprawcę czy sprawców. Byłaby to pomocna informacja, gdyby nie to, że Iga Deviot znała całe miasto".

Oderwałam się od klawiatury i przez chwilę patrzyłam na śnieg wirujący za oknem. W powieści był początek lata, mnie jednak po pierwszych, dość strasznych akapitach zrobiło się zimno. Dwieście pięćdziesiąt stron z inspektorem Smithem, Igą i srebrną kotką! Czy nie zagubię się w ciemnym zaułku, w którym pochowane są zakrwawione noże?

4

Po godzinie przerwałam pracę, by zjeść i zobaczyć, jak ma się sprawa ze śniegiem. Na szczęście już tak nie sypało. Ale i tak pomyślałam, że muszę zrobić zakupy, dopóki droga jest przejezdna. Wprawdzie mogłam liczyć na Jóźwiaka, jednak nie chciałam się nim wyręczać częściej, niż to było konieczne.

Kwadrans później byłam w sklepie i pakowałam do wózka, co popadło: zapasy mleka, czekolad, jogurtów, kasz. Wielkie kupowanie, w razie gdyby pesymistyczne przewidywania Marty się sprawdziły i mój samochód utknął w garażu, za kopiastym śniegiem. Dopiero gdy wózek wypełnił się po brzegi, poczułam się spokojniejsza. Mogłam nie ruszać się teraz z Zawrocia przez miesiąc. Miałam przecież jeszcze w spiżarce te wszystkie dżemy, miody, soki i grzybki wyprodukowane przez Jóźwiakową. A w piwnicy owoce i warzywa.

W drodze powrotnej zobaczyłam, że przed furtą Jóźwiaków stoi, z papierosem w dłoni, młoda kobieta w jasnym futrze i szalu. To nie mogła być żadna ze znanych mi córek Jóźwiaka. Hania? Pewnie nie chciała palić w domu, kończyła więc papierosa pod jarzębiną, patrząc na białe pola po drugiej stronie drogi.

Zatrzymałam się i wysiadłam. Kobieta dalej zajmowała się papierosem, jakby nie widziała, że ku niej zmierzam.

— Dzień dobry. Hania? — zapytałam, usiłując zobaczyć ją lepiej w półmroku. Była jednak za bardzo otulona puszystym beżowym szalem, by dobrze się jej przyjrzeć.

— Zgadza się. Trudno tego nie odgadnąć w tej głuszy. Dwa domy na krzyż. Matylda, jak sądzę. — W jej głosie było trochę dystansu.

— Tak. Miło cię poznać.

Hania zaciągnęła się papierosem, jakby musiała dojrzeć do podobnej uprzejmości.

— Mnie ciebie też — powiedziała w końcu.

— Nie wiem, czy byłaś już w domu i czy pani Marta powtórzyła ci, że zapraszam cię do Zawrocia.

— Nie, nie zdążyła.

— Gdybyś miała czas...

— To raczej niemożliwe. — Głos Hani nasiąknął ponurymi tonami. — Kiedyś ktoś zatrzasnął przede mną bramę Zawrocia, a ja sobie obiecałam, że zapomnę, iż to miejsce w ogóle istnieje.

— O... aż tak?

— Aż tak.

— Kiedyś i dla mnie ta brama była zamknięta. Ja postanowiłam ją jednak otworzyć.

Hania rzuciła niedopałek w śnieg i przez chwilę patrzyła, jak się żarzy.

— To nie było nic trudnego — rzuciła. — Dostałaś klucze od tej starej jędzy. I pozwolenie. A ja nie!

— Dostałam klucze z liścikiem, że mogę z Zawrociem robić, co chcę. Więc także przyjmować, kogo chcę.

— Jesteś tego taka pewna? — Hania nie kryła ironii.

— Jestem. Choć oczywiście nie musisz korzystać z zaproszenia. Nie chciałabym, żeby wizyta w moim domu — podkreśliłam to — komukolwiek sprawiała przykrość.

— Pomyślę o tym! — Hania zakręciła się na pięcie i zniknęła w głębi posesji Jóźwiaków.

A ja jeszcze przez chwilę stałam, zastanawiając się nad tą dziwną rozmową. Dałaś jej popalić, babko. A może to

Emila zatrzasnęła przed nią bramę Zawrocia, a ty tylko nie zaprotestowałaś? Bo przecież nie dziadek Maurycy czy Paweł! Ktokolwiek to był, Hania dalej mu to pamiętała. Czas nic tu nie zmienił. Uraza została. A może to nie była uraza, a coś innego, dużo silniejszego?

5

W nocy zbudził mnie telefon od Pawła.

— Nie idzie mi — rzucił smętnie. — Potrzebuję twojego głosu. Poopowiadaj cokolwiek, może wysnuje się z tego jakaś melodia.

— Cokolwiek? — Ziewnęłam przeciągle. — W jakiej tonacji? Dur czy moll?

Zaśmiał się.

— W jakiejkolwiek, Fis-durko. Mów, co u ciebie.

— Co u mnie? — zastanawiałam się sennie. — Zima. Wielkie chmury leżą na dachu Zawrocia jak jakieś poduchy. Nie chce im się nawet trochę odpłynąć. A jak je choćby odrobinę ruszy wiatr, to od razu rozpruwają się i sypie śnieg. O... to u mnie. — Znowu ziewnęłam.

— Jakbym to widział. W zeszłym roku też tak było. I dwa lata temu. I trzy...

— A ja widzę to po raz pierwszy w życiu. W mieście są inne pogody.

— To prawda. Jeszcze inne pogody są tutaj, w Los Angeles. Od wczoraj wieje suchy wiatr z głębi lądu. Piasek fruwa w powietrzu. Sypie się między klawisze.

— Zmyślasz!

— Zmyślam. Ale tylko trochę, jak ty ze śniegowymi poduchami. Ilekroć stukam w któryś z klawiszy, coś zgrzyta.

— Przyznaj się, ile tego było, Kocie?

— Piasku?

— Wina!

— Trochę. Nie pomogło. Ty jesteś moim winem.

— Trochę? Akurat!

— Akurat! Chcę wiedzieć, jak naprawdę wyglądał twój dzień. Każda godzina.

Doprawdy Paweł był w romantycznym nastroju.

— Sporo się działo. Nie wiem, czy mamy tyle czasu.

— To wybierz coś specjalnie dla mnie z tego dnia.

— Widziałam dziś Hanię Jóźwiakównę — wypaliłam nieopatrznie. — Właśnie przyjechała.

— Liczyłem na coś bardziej intymnego... — Paweł był zaskoczony. — Hania... Teraz? — W jego głosie usłyszałam niewygodę. — Zwykle przyjeżdża na Boże Narodzenie.

— Zaprosiłam ją do siebie na jutro.

— O... — Paweł zdziwił się kolejny raz. Liryczny nastrój prysnął bezpowrotnie. — Przyjdzie?

— Nie jestem pewna.

— Nie była w Zawrociu od lat. Pewnie się nie zjawi.

— Czemu wydaje mi się, że wolałbyś, by tak właśnie się stało?

— Bo jesteś podejrzliwa? — zażartował Paweł.

— Więc nie masz nic przeciwko?

— Może i mam, ale przecież i tak cię nie powstrzymam — mruknął. Miał rację. Byłam coraz bardziej ciekawa Hani. — Zastanawiam się tylko — kontynuował Paweł już bez żartów — jak byś zareagowała, gdybym ci oświadczył, iż zamierzam iść na jednego z Jaśkiem.

Zaskoczył mnie.

— Z Jaśkiem...? — Chwilę się zastanawiałam. — Tak... to by mnie trochę zaniepokoiło. Tylko widzisz, tak się składa, że ja o Jaśku opowiedziałam ci całkiem sporo, a ty mi o Hani niewiele.

— Może jestem mniej wylewny?

— Może. Właśnie uświadomiłam sobie, że nie znam cię tak dobrze, jak mi się wydawało.

— To uświadomiłaś sobie to samo, co ja, Maty — nie odpuszczał Paweł.

— Pięknie! To zdaje się coś w rodzaju kłótni. Ciekawe, że akurat w kontekście Hani?

— Wydaję ostatnie pieniądze na telefony do ciebie, mając nadzieję, że usłyszę coś miłego albo jaką masz na sobie bieliznę, a ty zajmujesz się niegdysiejszymi śniegami.

— Mam ciepłe, grube majtasy. Zadowolony?

— Cóż, muszę się tym zadowolić. — Paweł ostatecznie zmarkotniał. — Zima.

— Zima.

Taki to był telefon. Byłam coraz bardziej zaintrygowana tym dziwnym tonem Pawła. Czemu tak reagował? — zastanawiałam się już po odłożeniu słuchawki. — I czemu ja reagowałam tak mocno na jego reakcje?

XXIV. HANIA I PAPUGA

1

Następnego dnia obudziłam się z wyrzutami sumienia i tęsknotą za Pawłem — bolesną, rozmiękłą, połączoną z przygnębieniem. Ściskałam swego starego, wyliniałego miśka i zastanawiałam się, co mnie wczoraj podkusiło. Paweł naprawdę nie próżnował w Los Angeles. Telefony do mnie to może były w tej chwili jedyne jego przyjemności. Wiedziałam, jakiej koncentracji wymaga napisanie tego, czego od niego żądano. Przyzwyczajony był do tworzenia w Zawrociu, a teraz robił to w obcym miejscu. To naprawdę musiało być dla niego trudne. A jednak znajdował czas, by do mnie dzwonić. A ja popisałam się fochem — pierwszym w naszym krótkim wspólnym życiu. No pięknie! Kto wie, kiedy Paweł teraz zadzwoni po takiej durnej rozmowie.

— Masz za krótkie łapki — rzuciłam z pretensją do Joachima. — Żaden z ciebie pożytek.

Unta poderwała się z posłania, bo myślała, że to jej czynię takie zarzuty.

— Ty masz dłuższe, ale niedomyte — burknęłam, gdy wepchała swoje włochate łapska na pościel. — Zmykaj!

Zwlokłam się z łóżka tylko po to, by ją wypuścić na dwór. Chwilę stałam w drzwiach domu, patrząc na cichy świat, jeszcze śpiący pod bieluśkim śniegiem, pachnący wilgocią i dymem z komina.

Wróciłam potem do sypialni, zagrzebałam się w pościel i myślałam o serii kiepskich snów, które mnie prześladowały przez całą noc. To były jakieś perony z uciekającymi pociągami. Na żaden nie udawało mi się zdążyć. Budziłam się, zasypiałam i znowu byłam w męczącej podróży donikąd. W końcu, już nad samym ranem, przyśniło mi się, że nigdzie się nie wybieram, ale przeciwnie, czekam na Pawła. To była dworcowa poczekalnia, ale też trochę dom. Wiedziałam, że Paweł za chwilę się zjawi, więc próbowałam znaleźć w szufladzie ładną bieliznę. Ale były tam tylko same barchanowe rzeczy. Coś nagle skrzypnęło. Obejrzałem się i zobaczyłam matkę Pawła, skrzywioną nieprzyjemnie.

— Nie zasługujesz na niego — powiedziała, a ja zastanawiałam się, dlaczego jest w futrze Hani. I dlaczego to futro błyszczy, jakby było zrobione z sierści srebrnych kotów. Coś w dodatku zaczęło się wysuwać z rękawa i spadło na ziemię. Pochyliłam się i zobaczyłam zakrwawiony nóż, ten, którego szukał inspektor Smith.

Brr! — wzdrygnęłam się teraz na wspomnienie tego koszmaru. Ciotka Irena pewnie nie miałaby nic przeciwko temu, by mnie trochę postraszyć. Dlaczego jednak do tego snu trafiło futro Hani? I czy na pewno dobrze zrobiłam, zgadzając się na tłumaczenie kryminału?

Cóż, za późno było na takie rozważania. Umowa podpisana, Miłka czekała na przetłumaczoną powieść. Trzeba było się przestać użalać nad sobą, wziąć prysznic, zjeść śniadanie i brać się do roboty.

2

Hania jednak postanowiła mnie odwiedzić, babko! Czekała za bramą trochę zdenerwowana. Otworzyłam furtkę, odsunęłam się, a ona nabrała powietrza, jakby miała przed sobą skażoną strefę. I z tym naprawdę sporym zapasem w płucach przekroczyła granicę Zawrocia.

262

Szłyśmy potem w milczeniu ośnieżoną lipową aleją w asyście psów, które nie bardzo wiedziały, jak reagować, bo nie znały Hani, a jednocześnie czuły dużo przyjaznych i bliskich zapachów. Hania niczego im nie ułatwiła. Nie usłyszały od niej ani jednego dobrego słowa. Złego też zresztą nie. Bo Hania dalej trzymała w płucach to swoje powietrze zza bramy. Tuż przy ganku obejrzała się ku niej, jakby chciała zobaczyć wejście do Zawrocia z tej właśnie perspektywy. Z twojej, babko, to oczywiste! Choć może chodziło też o perspektywę tych wszystkich, którzy mogli się tu spokojnie przechadzać przez te długie lata, gdy dla Hani ta posesja była niedostępna.

Myślałam, że jakoś to skomentuje, ale nie usłyszałam ani słowa. W takim samym milczeniu przekroczyłyśmy próg domu. W korytarzu Hania poczuła się chyba jak w pułapce, bo przecież musiała w końcu odetchnąć trującym zawrociańskim powietrzem. Zobaczyłam parę panicznych gestów. Usiłowała ściągnąć szal z głowy, ale tylko go bardziej zaplątała. Zamiast rozpiąć futro, szarpnęła lisi kołnierz, jakby ją poduszał.

— Pomogę ci — powiedziałam i mój głos przywrócił jej równowagę. Odtrąciła moją rękę i sama zaczęła się rozbierać.

— Déjà vu — rzuciła, gdy futro znalazło się w końcu na wieszaku. — Właściwie tylko ten dywanik jest inny. W tym, który pamiętam, więcej było żółci i szarego. — Stanęła na dywaniku, jakby to miało ją chronić przed przeszłością. — Ty go zmieniłaś?

— Nie, dostałam w spadku.

— Ach tak... — Hania znowu poczuła się niepewnie. Ruchome piaski! Każdy krok groził wciągnięciem w głąb.

Otworzyłam salon.

— To ty sobie pooglądaj stare i nowe, a ja nastawię wodę. Czego się napijesz?

— Niech będzie herbata.

Hania weszła do salonu, a ja ruszyłam do kuchni. Zastanawiałam się potem, w której filiżance podać jej herbatę. Miałam nadzieję, że nie trafię na taką, która wiąże się z przykrymi wspomnieniami. Po namyśle wybrałam białą w złote kropki. I jaśminową herbatę. Trochę jasności w mrocznym spotkaniu z przeszłością. I trochę lata w zimie.

3

Gdy weszłam z tacą do salonu, Hania znajdowała się przy kominku i patrzyła na stojące tam zdjęcie Pawła. Na mój widok oderwała wzrok od fotografii i sięgnęła po pierwszy z brzegu bibelot.

Nie przypominała pozostałych córek Jóźwiaków — nie miała w sobie nic z niepewnej Renée, gapowatej Jadźki czy cichej Joli. Hania już na pierwszy rzut oka była inna. Wypracowana sylwetka, bez choćby jednego zbędnego grama, dobrze skrojona wełniana sukienka, ładny pasek, markowe buty. Ale nie to przykuwało uwagę. Hania miała piękne, duże oczy, które odziedziczyła po ojcu. Zobaczyłam je już wcześniej, ale doceniłam w pełni dopiero wtedy, gdy usiadła naprzeciwko i popatrzyła nimi na mnie — uważnie, ale jednocześnie zaczepnie. To pewnie w tych oczach przed laty zakochał się Paweł. Choć reszta też była interesująca — jasne, długie włosy i pełne, ładnie wykrojone usta. Renée również była ładna, ale Hania miała w sobie to coś, co przyciągało i nie zostawiało obojętnym. Poczułam ukłucie zazdrości, bo miałam przed sobą pierwszą miłość Pawła. I może jego pierwszą kobietę. Dotąd myślałam, że to była ładna dziewuszka, o której już dawno zapomniał. Ale Hania nie należała do kobiet, o których się zapomina.

Zastanawiało mnie także to, jak inna była od Lilki. Przede wszystkim dużo dorodniejsza. Lilka sztukowała się wysokimi obcasami, Hania nie musiała tego robić. Ubrania też miała stonowane. Wystarczyły różne odcienie beżu, trochę pudrowego różu, do tego już tylko biel. Tak, Hania była pastelowa, a Lilka otoczyła się intensywnymi kolorami jak zbroją, która ukrywała chyba trochę za szczupłe ciało. Tak czy owak, były z innej bajki. Także i w środku. W Hani była jakaś elegancka powolność czy rozleniwienie, a Lilka, ilekroć ją widziałam, była w pędzie i napięciu.

Hania usiadła w fotelu i przez chwilę patrzyła na filiżankę, którą jej podsunęłam.

— Większość rzeczy pamiętam, a jej nie — powiedziała. — Też odziedziczona?

— Zgadza się.

Omiotła wzrokiem salon.

— Ponad dziesięć lat, a zmieniły się co najwyżej drobiazgi — mruknęła.

Niejako w kontrze do tego zdania zapatrzyła się w puste miejsce po fortepianie. Potem przeniosła wzrok na twój portret i chwilę trwała w ponurym milczeniu. Jej broda poszybowała w górę, jakby chciała pokazać ci, babko, że już nie robisz na niej wrażenia. Ale robiłaś! To było dla mnie oczywiste. Pojedynek na miny. Tyle że ty miałaś jedynie tę, którą utrwalił malarz, a ona miała do dyspozycji wszystkie. A i tak zdawało się, że nie znalazła takiej, która mogłaby cię przebić.

W końcu Hania otrząsnęła się z tego posępnego zapatrzenia i przeniosła wzrok na mnie. Chwilę chyba porównywała mnie z portretem.

— Tak, wiem, że jestem podobna do babki — uprzedziłam ją.

— Do tej z portretu tak. Ja mam ją w oczach inną, starszą... i brzydszą — dodała, nie mogąc powstrzymać się od złośliwości.

Tak to już było, babko. Wszystkie wizyty zaczynały się od oglądania twego portretu i od podobnych uwag. Jakby moi goście najpierw musieli się przywitać z tobą lub od ciebie odciąć.

Hania próbowała zrobić to drugie, ale nie szło jej to zbyt dobrze.

— Ja bym tu wszystko zmieniła — kontynuowała ponuro. — Fortepianu już nie ma. I dobrze. Teraz czas na nią.

— Mnie ten portret nie przeszkadza. Postanowiłam zaakceptować ten dom ze wszystkim, co tu jest.

— Także to, co tu było? — W głosie Hani była nieprzyjemna zaczepka.

— O czym my właściwie mówimy?

— Na pewno nie o rzeczach, choć one były tego świadkami. — Hania zerwała się z fotela i zaczęła krążyć po salonie. Stanęła potem na skraju dywanu, pod którym kryła się nadpalona podłoga, i wpatrywała się w pustkę po fortepianie. — Zastanawiałam się zawsze, jak zareaguję, gdy go w końcu zobaczę. A pierwsze, co usłyszałam po przyjeździe do domu, było to, że go już nie ma. Poczułam się strasznie, jakby mi ktoś odebrał możliwość konfrontacji z nim.

— Grasz?

— Nie. No... może jakieś krótkie frazy... Ale mogłabym przelecieć po nim palcami, poczuć go, zrozumieć, czemu mi tak kiedyś zależało na graniu.

— Nie wiesz?

— Nie. Dotykałam różnych instrumentów, ale nie wywoływały we mnie niczego podobnego jak ten fortepian. Jakby był zaklęty. Choć może to mnie ktoś zaklął. A teraz wszystko

266

strawił ogień. Szkoda, że nie wpadłam wiele lat temu na to, że można to zrobić. A to takie proste.

— Nie aż tak. Paweł poparzył się przy gaszeniu.

Hania była zaskoczona tą informacją.

— Paweł? Nie wiedziałam, że tu wtedy był. — Potrząsnęła parę razy głową, jakby nic jej się nie zgadzało. — Zaraz... Ona nie zrobiłaby tego Pawłowi... Chyba żeby... Ach tak... — Prawda widocznie do niej w końcu dotarła. — Więc to ojciec miał na myśli... — Wcisnęło ją w fotel przy kominku.

— To była świeczka — powiedziałam nie wiadomo dlaczego. — Zostawiliśmy świeczkę.

Hania oderwała wzrok od swoich zaciśniętych dłoni i spojrzała mi prosto w oczy.

— Oficjalna wersja, co? Nic się w tym domu nie zmienia. Wiem, że to Emila podpaliła fortepian. I wiem dlaczego. Ja bym na twoim miejscu tego nie ukrywała. To zaledwie przedsmak tego, co cię może czekać.

— Nie złapaliśmy nikogo za rękę.

Hania przegięła swoją głowę, jakby chciała lepiej się przyjrzeć temu, jak nieumiejętnie kłamię.

— Znam to z przeszłości — powiedziała. — Nie wyjdziesz dobrze na udawaniu, że nie widzisz, nie wiesz, nie rozumiesz.

— Ale ja naprawdę nie wiem.

— To się lepiej dowiedz. Pewnie słyszałaś, że babka wtrącała się do związków Pawła. Ale tak naprawdę wszystkie związki Pawła rozpadły się przez Emilę. Wszystkie! Ona nie pozwoli wam być razem.

— Już pozwoliła.

— Tylko ci się tak wydaje — rzuciła Hania z pewnością w głosie. — Gdy człowiek myśli, że to już kres jej możliwości, zawsze okazuje się, że może więcej. Wiesz, jak zaczęło się u mnie? Przytrzasnęła mi palce u rąk. — Pokazała swoje dłonie. — Klapą od fortepianu. Mało ich nie zmiażdżyła. Starczyłoby na finał, ale to był początek. Miała wtedy szesnaście lat.

Jakby mało było tych ponurych zdań Hani, zadzwonił telefon. Poszłam odebrać, ale w słuchawce była tylko cisza. Nie zdążyłam dojść do drzwi salonu, gdy znowu usłyszałam terkot. Wróciłam do aparatu, ale i tym razem nikt się nie odezwał.

Hania stanęła w drzwiach salonu.

— Zabawa w głuchy telefon? Wygląda na to, że mam rację — rzuciła ze znaczącym uśmieszkiem.

Nie zdążyłam odpowiedzieć, bo tym razem usłyszałam jazgot psów przy bramie. Wyjrzałam przez okno w kuchni, ale nikogo już tam nie było. Za to psy dalej szczekały jak oszalałe. Solmi skakał do góry, usiłując dosięgnąć czegoś łapami. Ogarnęły mnie złe przeczucia.

— Lepiej sprawdzę, co je tak poruszyło. Poczekasz?

Hania oderwała się od futryny.

— Pójdę z tobą.

4

Martwa papuga, babko. Ani pachnąca, ani wypreparowana, za to z poderżniętym gardłem i skapującą krwią. Tym razem ktoś nie zadał sobie trudu przyklejania jej, tylko obwiązał jej nóżki sznurem i przywiązał do klamki.

— Widzę, że nie jesteś zbytnio zaskoczona — zauważyła Hania.

— Ty też. Ojciec powiedział ci o żabie i nietoperzu?

Potrząsnęła przecząco głową.

— Krew... — rzuciła, przeciągając sylaby. — Emila lubi krew.

— Masz na jej punkcie obsesję.

— Może ją tylko dobrze znam.

— Może. — Nie chciałam z Hanią dyskutować o Emili.

— Zbladłaś. — Nagle się o mnie zatroskała. — Wracaj do domu. Pójdę powiedzieć ojcu, że trzeba zdjąć to paskudztwo.

— Tak, niech to zabierze — przytaknęłam, nie tylko dlatego, że widok zabitej papugi przyprawiał mnie o mdłości.

Szpital! Chciałam zadzwonić do szpitala, by się dowiedzieć, czy Emila ma dyżur. A właściwie do dwóch szpitali, bo mogła akurat mieć dyżur w Lilowie. Paweł wspominał, że miała tu jeszcze pół etatu. Jeśli okaże się, że nie ma jej w pracy, pojadę do domu w Rynku. A gdy tam nikt mi nie otworzy, zadzwonię do Ewy, by się dowiedzieć, jaki jest adres Emili w mieście. Znajdę ją i spojrzę jej w oczy. To jedyny sposób, by dowiedzieć się, czy to ona wydzwania i mnie prześladuje.

Najpierw wykręciłam numer szpitala w Lilowie. Jakaś zakatarzona dziewczyna poprosiła, bym poczekała, a potem oświadczyła, że doktor Starska nie ma dziś dyżuru.

W szpitalu wojewódzkim ustalanie tego potrwało dłużej.

— Powinna być na kardiochirurgii — powiedział jakiś młody człowiek. — Proszę jednak zadzwonić bezpośrednio na oddział. — Podał mi numer.

Zadzwoniłam. Musiałam usłyszeć głos Emili w słuchawce!

— Zaraz sprawdzę, czy pani doktor może podejść do telefonu — sarknęła oddziałowa. — Mamy tu dzisiaj urwanie głowy. Ani chwili przerwy.

Jeszcze trzy minuty czekania.

— Emila Starska — usłyszałam w końcu. — Słucham?

Bez słowa odłożyłam słuchawkę, ale jeszcze chwilę siedziałam na pufie w korytarzu i kontemplowałam ulgę, która się we mnie rozlewała. Emila była w szpitalu! Czterdzieści minut drogi od Lilowa. Nie mogła dzwonić do bramy i wieszać na klamce zabitego ptaka. I nie mogła bawić się w głuchy telefon, bo nie miała na to czasu. To był kolejny makabryczny żart, a nie znak od niej. Tylko kto tak sobie ze mnie okrutnie żartował?

5

Zaraz potem usłyszałam kołatkę. Na ganku stał Jóźwiak. Niepewnie kręcił czapką.

— To nie Renia — powiedział. — Ona szykowała obiad z matką. Byłem cały czas w kuchni, z Mikołajkiem. Nie ruszała się z domu ani na...

— Oczywiście — przerwałam mu. — Wierzę panu.

Jóźwiakowi ulżyło. Przestał kręcić czapką.

— Chyba trzeba by z tym już na policję — zastanawiał się. — No ale nie jestem pewien... — Czyżby i on bał się, że Emila może mieć coś wspólnego z tymi makabrami i z tego powodu wolał nie mieszać w to policji? Rodzinne sprawy rozstrzygało się za bramą Zawrocia. — A co pan Paweł o tym sądzi? — zapytał jeszcze.

— Nie powiedziałam mu. Nie chcę, by się tym martwił. Jest tysiące mil stąd. Nie może mi pomóc, więc tylko się niepotrzebnie zdenerwuje.

— Pewnie tak. Choć może dałby jakąś podpowiedź, kto to może robić.

— Pomyślę o tym.

Jóźwiakowi chyba nie spodobała się moja odpowiedź, ale jej nie skomentował.

— To co zrobić z ptakiem? — zapytał. — Schować z tamtymi?

— Owszem... Chociaż nie! Najpierw zrobię zdjęcie. Może warto też sfotografować ślady przy bramie.

— To dobry pomysł. Ale lepiej będzie, jak ja to zrobię.

— Tak... — przyznałam. — Zostawię to panu. Zaraz poszukam aparatu. Proszę wejść.

Chwilę mi to zajęło, bo aparat był na górze. W końcu wręczyłam go Jóźwiakowi. Ten jednak nie odchodził.

— Widzę, że chce mi pan coś jeszcze powiedzieć.

— W Hani jest trochę żalu o przeszłość — wydusił z siebie w końcu. — Czasem taki żal podpowie nie to, co trzeba.

— Będę o tym pamiętać, gdy przyjdzie dokończyć rozmowę.

Jóźwiakowi ulżyło, że nie mam do Hani pretensji, ale chyba zaniepokoiła go perspektywa naszego kolejnego spotkania.

— Córka jutro wyjeżdża — powiedział.

— To następnym razem — rzuciłam uspokajająco, choć mnie samą ta dziwna rozmowa raczej nie uspokoiła. Czego obawiał się Jóźwiak? Bo czegoś na pewno. Marta też się zdenerwowała, gdy zapraszałam Hanię. Dotąd myślałam, że chodziło im o samopoczucie córki. A jeśli nie? Paweł też zareagował osobliwie. Czego mogłabym dowiedzieć się od Hani, gdyby nie ta historia z papugą?

XXV. SŁODKI BUMERANG

1

Jóźwiak zgarnął zakrwawiony śnieg i usunął wszystkie ślady. Krew jednak wróciła na kartach tłumaczonego kryminału. Los Igi Deviot w zaułku srebrnych kotów podzieliła kolejna kobieta, ubrana, pomalowana i ułożona jak Iga. Inspektor Smith oglądał każdy zakrwawiony strzępek, a ja razem z nim. Aż się robiło niedobrze.

Pracę przerwał terkot telefonu. Miłka!

— Jak ci idzie? — zapytała.

— Jak krew z nosa — burknęłam.

— Ale tłumaczysz?

— Raczej nurzam się w czerwieni!

— Najważniejsze, że posuwasz się do przodu. Bo posuwasz się? — Miłka potrzebowała konkretnej odpowiedzi.

— Z tym przodem to bym nie przesadzała. Skaczę ruchem konika szachowego.

— To znaczy? — Miłka była zaniepokojona nie na żarty.

— Na razie wybieram fragmenty o kotach.

— Zwariowałaś!? Przecież ja coś będę za chwilę musiała pokazać szefowej.

— A co, nie lubi futrzaków?

Miłka chwilę milczała. Może liczyła w myślach do dziesięciu.

— Podpuszczasz mnie — stwierdziła w końcu. — A jeśli nie, to cię zamorduję.

— Koniecznie w zaułku srebrnych kotów.

Miłka wybuchnęła w końcu śmiechem.

— Dobra. Jak uznasz, że masz coś do pokazania, to mi to wyślij.

— Wyślę. I od razu rachunek od psychiatry. Nie uprzedziłaś mnie, że będzie tyle trupów.

— Twarda jesteś. Dasz radę! — Miłka zaklinała los.

— Może wpadniesz do Zawrocia, by mnie trochę w tym wesprzeć? Weekend przed nami.

— Nie mogę. No i ten śnieg na drogach. Może jak przestanie padać. Za tydzień czy dwa...

Gadanie. Wiedziałam, że jej mężuś nie pozwoli na taką podróż. Wredny, sadystyczny małżeński klawisz!

— Rezerwuję ci miejsce przy kominku — powiedziałam jednak. — Bezterminowo.

— To miłe. Muszę kończyć. Pamiętaj, że czekam na przesyłkę.

— Jak tylko dobrnę do końca sekcji zwłok!

Miłka się rozłączyła, a ja, zamiast wrócić do tłumaczenia, zaczęłam jak inspektor Smith zastanawiać się nad krwistymi śladami, które powstały przy wieszaniu papugi. Widziałam je tylko przez sekundę i wzięłam za bezład skapujących kropli. Inspektor Smith równie kiepsko znosił widok krwi, ale nie odwracał wzroku. I pewnie dzięki temu dostrzegł namalowanego krwią tulipana. A właściwie dwa tulipany.

Klucz wiolinowy! Czy mi się tylko wydaje, czy rzeczywiście krople krwi utworzyły coś w rodzaju klucza wiolinowego? A może mam już paranoję?

Trzeba to sprawdzić! Jóźwiak zrobił przecież zdjęcia. Wywołam je w powiększeniu, a potem jakoś się przemogę i obejrzę wszystko dokładnie.

Już bym pędziła do zakładu fotograficznego, gdyby nie to, że Jóźwiak dotąd nie odniósł aparatu. Mogłabym go sama odebrać, ale nie chciałam zawracać mu głowy akurat teraz, gdy w domu była Hania i reszta rodziny.

Jutro się tym zajmę — postanowiłam, patrząc na pierwsze płatki śniegu za szybą.

2

Byłam akurat w powieściowej piwnicy pełnej szczurów i pojedynczych kobiecych butów, gdy usłyszałam dzwonek.

Hania! Myślałam, że już nie wróci do Zawrocia, a ona znowu stała za bramą i, wchodząc, jak poprzednim razem nabrała powietrza w płuca. Dalej już było jednak inaczej, bo mimo że ruszyłyśmy alejką w asyście psów, to ledwie widziałyśmy drogę przed sobą, tak gęsty sypał teraz śnieg. Hania więc zaraz za bramą wypuściła powietrze i skupiała się na tym, by trafiać w moje ślady i brnąć do przodu.

Otrzepywałyśmy się później na ganku i w domu. Już w korytarzu Hania wyjęła z torby aparat fotograficzny.

— Ojciec chciał ci to odnieść sam, ale postanowiłam go wyręczyć. — Głos Hani był bardziej zaczepny niż podczas poprzedniej wizyty. Czyżby miała jakieś spięcie z Jóźwiakiem?

Nie to mnie jednak zelektryzowało. Patrzyłam jak zahipnotyzowana na wisiorek, który zakołysał się, gdy Hania zdejmowała swoje futro. To był identyczny sopelek jak ten, który znalazł blacharz. Aż mi się od tego odkrycia zrobiło gorąco. Może ten widok zdenerwował też jej ojca?

— Wejdź do salonu, zaraz tam przyjdę — rzuciłam.

Hania poszła, a ja sięgnęłam do puzderka na komodzie, gdzie leżał kolczyk. Był identyczny jak wisiorek. Jeśli miałam cień wątpliwości, to właśnie się rozwiał. Przysiadłam na pufie, bo potrzebowałam jeszcze chwili namysłu. Wszyscy, łącznie z Hanią, utrzymywali, że nie było jej w Zawrociu od lat. Paweł również tak twierdził. Nie mógł mnie oszukać. Bo po co by to robił? Musiało być inne wytłumaczenie.

Schowałam kolczyk do kieszeni i weszłam do salonu. Hania siedziała już przy kominku, upozowana jak dama i jednocześnie modelka. Dopiero teraz zobaczyłam, jaki ma staranny makijaż. I jakie długie paznokcie, pociągnięte perłowym lakierem, który współgrał z kolorem sopelka. I jakie dobre tło dla niego stanowił cienki kremowy golf.

Postanowiłam na razie nie zajmować się wisiorkiem, a pobawić się w dobrą gospodynię.

— Cieszę się, że po tej nieprzyjemnej historii z papugą nie zraziłaś się i postanowiłaś tu jeszcze wrócić.

— Moja rodzina się nie cieszy. — Hania nie podjęła mego tonu. Przeciwnie, pozwoliła sobie na odrobinę ironii. — Nasze pogaduszki wydają im się nie na miejscu. Bo czemu ja jestem zapraszana w gości, a reszta nie?

— Renée tu bywała, przedtem... — Nie wiedziałam, czy Hania wiedziała coś o jej knowaniach z Emilą, wolałam więc nie kończyć tego zdania. — Jola również tu kawkowała, gdy pomagała Pawłowi w październiku. Twego ojca czasami usiłuję namówić na herbatę. Bez powodzenia. Trochę lepiej idzie mi z twoją matką.

— Herbatka po pracy... Najpierw machanie szczotą, a potem porcelana.

Dziwne były te wszystkie insynuacje Hani.

— Taki układ został mi w spadku — przypomniałam. — Sądzisz, że niesprawiedliwy?

— Tego nie powiedziałam.

— A co powiedziałaś?

— To, że zapraszając mnie na salony, ten układ naruszasz. Moi starzy czują się z tego powodu nieswojo. Reszta rodziny zresztą też.

— Ale ty nie — stwierdziłam.

— Ja nie. — Hania poprawiła się w fotelu, jakby swoją wyprostowaną sylwetką chciała jeszcze wzmocnić sens tego krótkiego zdania.

— To dlaczego w ogóle o tym rozmawiamy?

— Żeby wszystko było jasne.

— Czyli co?

— Chyba wiesz, że nie jesteś zbyt popularna w mojej rodzinie. Jeśli oczywiście nie liczyć ojca. On cię zaakceptował z całym dobrodziejstwem inwentarza. — Znowu w jej głosie była ironia. — Biedny tata. Co chwila go zaskakujesz. Pewnie cię zresztą nie obchodzą jego myśli i uczucia.

— Przeciwnie. Bardzo go szanuję i nie jest mi obojętne, co myśli i czuje.

— No! Doceniłaś mego tatuśka! Z mamuśką pewnie gorzej.

— Trochę gorzej. Jej myśli aż tak bardzo mnie nie obchodzą, choć potrafię docenić to, że wyśledzi każdy nawet najdrobniejszy pył, nie mówiąc już o jej ciastach, konfiturach czy kiszonych ogórkach. Ale chyba nie przyszłaś sprawdzać, jak mi się układa z twoją familią? — też już nie byłam taka uprzejma jak przedtem.

— Nie.

— Wiem, że cała wasza rodzina liczyła na to, że Zawrocie odziedziczy Emila i zrobi tu ośrodek hipoterapii. Wszyscy mieliby pracę przy koniach i gościach. Albo i nie. Bo to były tylko plany. Nie wiadomo, czy Emila kiedykolwiek by je zrealizowała. Tak czy owak, ty chyba nie podzielałaś entuzjazmu dla tych pomysłów?

— I dla żadnego innego też nie. Zadowoliłoby mnie jedynie to, gdyby ktoś to kupił i zaorał. Latami wyobrażałam sobie, że jadę w odwiedziny do domu, skręcam w naszą ulicę i widzę, że coś się zmieniło, za moim domem są już tylko pola, taka przyjemna pustka z lasem na horyzoncie.

Aż ciarki przeszły mnie od lodu, który był w głosie Hani.

— Wiesz, że wasz dom jest na zawrociańskiej ziemi? Gdyby ktoś kupił Zawrocie, mógłby zacząć od rozbiórki twojego domu.

Twarz Hani pociemniała.

— Nie sądzisz, że moi rodzice zapracowali na ten skrawek ziemi?

— Owszem. Chciałam ci tylko uświadomić, jak się przyjmuje takie zdania jak twoje. Kocham Zawrocie. Nie chcę, by zniknęło. I przykro mi, że ktoś temu miejscu może źle życzyć. Zaprosiłam cię tu, bo sądziłam, że w ten sposób odczarujemy przeszłość. Ale to niemożliwe, prawda? Bo nie tylko o przeszłość chodzi. Uważasz, że nic się nie zmieniło, choć w przeciwieństwie do babki przyjęłam cię życzliwie.

Hania przez chwilę wpatrywała się gniewnie w ogień.

— Życzliwie?... Rany, ale jesteś zakłamana! — rzuciła w końcu. — Zaprosiłaś mnie tu jedynie po to, żeby się dowiedzieć, co Paweł we mnie widział. Dlatego nie Jola czy Renia tu teraz siedzi, a ja. Gdyby nie Paweł, to nawet byś nie pomyślała, by mnie tu ugaszczać. Zżerała cię ciekawość. Podobnie zresztą jak mnie — przyznała. — Też chciałam wiedzieć, co Paweł w tobie widzi.

— Tego dowiedziałaś się przedtem. Co robisz tu teraz?

— Co? — Potarła ramiona, jakby mimo ciepła płynącego z kominka zrobiło jej się nagle zimno. — Może przyszłam dlatego, że jesteś w ciąży...

— Doprawdy? Od pierwszego zdania usiłujesz mnie wkurzyć. Ile tych szpil było? To niezdrowe w moim stanie. Chcesz zaszkodzić mojemu dziecku?

Hania się wyprostowała.

— Nie. Przyszłam cię ostrzec. A potem od zdania do zdania... — urwała, jakby się wahała, czy mówić dalej. — To wszystko nie jest takie proste, jak myślisz. Emila nie poprzestanie na wieszaniu zdechłych ptaków. Nie wiem, co wymyśli, ale zatruje ci życie, zmieni je w piekło, odbierze ci Pawła. Jak mnie, Ance i wszystkim innym. Daj sobie z nim spokój. Dla własnego dobra. I dla dobra dziecka.

— Dlaczego mam ci wierzyć?

— Ponieważ znam ją jak zły szeląg! Zresztą, nie będę cię przekonywać. To twój problem, czy mi uwierzysz, czy nie.

— Ale w co mam uwierzyć? To takie enigmatyczne, co mówisz. Poza tym Paweł się zmienił. Może kiedyś pozwalał Emili na wtrącanie się do swoich związków, ale to już przeszłość.

— Akurat! Świeczka! — przypomniała. — Zawsze to samo. Żeby nie wiem co zrobiła, to on jej nie zdradzi i weźmie to na siebie. Są ze sobą związani jak słońce i księżyc, jak morze i brzeg, jak dupa i gówno — dodała wulgarnie.

— Załóżmy, że masz rację. Wytłumacz mi, dlaczego Emila to robi?

— O to musisz zapytać Pawła.

— Nie wiesz, czy nie chcesz powiedzieć?

Milczała spięta.

— Zapytaj Pawła — powtórzyła w końcu.

— Jasne... Nie ma to jak mnożenie tajemnic i niejasności. Kochałaś go kiedyś, a teraz przychodzisz i mówisz mi, że muszę go zostawić. Nie obchodzą cię jego uczucia? Nie chcesz wiedzieć, czy jest ze mną szczęśliwy? A może nie możesz tego znieść i postanowiłaś to zniszczyć?

Piękne oczy Hani pociemniały. Potem powoli zaczęła ściągać golf. Zebrała włosy i odsłoniła szyję. Przekręciła jeszcze głowę, bym mogła lepiej zobaczyć grubą szramę.

— Jak widzisz, w tym szczęśliwym związku niejedno może się zdarzyć — mruknęła.

— Dlaczego nie poszłaś z tym na policję?

— Bo miałam osiemnaście lat, a byt mojej rodziny zależał od twojej babki. Ona zresztą poczuwała się do winy i opłaciła mi naukę w studium, a potem także studia wieczorowe. Na dzienne się niestety nie dostałam. Miała tylko jeden warunek, bym studiowała daleko, jak najdalej od Zawrocia. Dlatego wylądowałam w Szczecinie.

— Ale wakacje spędzałaś tutaj.

— Tylko wtedy, gdy Emila była w Paryżu albo równie daleko. Ona nigdy nie zapłaciła za swoje czyny, więc czuje się bezkarna.

Szrama na szyi Hani zrobiła na mnie większe wrażenie, niżbym sobie tego życzyła. Minęło tyle lat, a dalej była widoczna. A do tego jeszcze ostrzeżenia Anny i ten spalony fortepian! Ale jednocześnie zastanawiałam się nad prawdziwymi motywami Hani. Miała coś takiego w oczach, jakiś cień, chłód, zbytnią uważność, skupioną na śledzeniu moich reakcji, że nie wierzyłam jej.

— Tak... paskudna blizna... — przyznałam. — Byłaś młoda, przestraszyłaś się. Ja mam ponad trzydzieści lat, nie jestem od nikogo zależna i nie zamierzam bać się Emili. Nie będę też miała problemów z pójściem na policję, gdy wykręci jakiś poważniejszy numer.

To się nie spodobało Hani.

— Żebyś tylko nie musiała potem jak ja przez całe życie nosić golfów — odparowała, wkładając golf.

— Przerastam Emilę o pół głowy. I zaliczyłam kurs samoobrony. Niełatwo mnie zastraszyć. No i mam trzy wielkie psy. — Poklepałam po łbie Untę, która leżała przy mojej nodze. — Nic mi nie grozi. Więc już o tym nie mówmy. Szkoda czasu na takie tematy.

To też nie spodobało się Hani.

— Usiłowałam powiedzieć ci coś ważnego.

— I powiedziałaś. — Podłożyłam spokojnie kawałek drewna do kominka i dołożyłam kilka szyszek. — Czujesz ten zapach? — Specjalnie wciągnęłam powietrze najgłębiej, jak potrafiłam. — Cudowny.

Hania z trudem tłumiła irytację. Miałam nadzieję, że w końcu wybuchnie i odsłoni prawdziwą twarz.

— Paweł uwielbia tę woń — dodałam. — A właśnie... Nie chcesz wiedzieć, co u niego, jak się ma, co robi?

Przerzuciła włosy na lewe ramię, jakby ten temat wymagał wspanialszej oprawy. Prawy profil, który został teraz lepiej oświetlony przez ogień z kominka, był ładniejszy od lewego.

— Wiem od rodziców, co robi.

— Ale ja mogę opowiedzieć więcej. — Kolejne szyszki wylądowały w ogniu.

Hania nie wytrzymała.

— O tym, jak się ładnie kochacie? — W jej głosie była drwina. — Umiem to sobie sama wyobrazić. Wiem, co Paweł potrafi. Skąd? Bo w każde te pieprzone wakacje i każde święta nie potrafiłam mu się oprzeć. Z kimkolwiek był, to i tak nie omieszkał mnie przelecieć w zbożu albo pod gruszą. Jeśli ci się wydaje, że go będziesz miała tylko dla siebie, to się mylisz. Taki już jest, słodki bumerang.

— Miałam na myśli inne rzeczy — powiedziałam spokojnie. — Chciałam ci puścić jego muzykę i opowiedzieć o planach zawodowych, ale widzę, że cię to nie interesuje.

Oczy Hani znowu pociemniały. Była wściekła, że osiągnęła tak nikły rezultat.

— Myślisz, że jesteś ponad, co? Niejedna tak myślała!

— Nic nie wiesz o moich myślach. Ale jedną ci zdradzę. Otóż sądzę, że jesteś równie zaborcza jak Emila. I zastanawiam się nad twoją moralnością. Masz męża, dzieci, a dajesz się przelatywać w zbożu?

— Ciekawe, że tylko moją moralnością się zajmujesz. Motylek mnie nie przelatywał.

Wyciągnęłam z kieszeni kolczyk.

— To zdaje się było nie tylko zboże. Twój, jak sądzę...

Hania zmieszała się na chwilę, a potem odetchnęła głębiej i sięgnęła po kolczyk.

— Owszem.

— Blacharz znalazł go pod oknem pokoju Pawła, za różami. Trochę to zastanawiające, zważywszy że nie byłaś w Zawrociu od tylu lat.

— Nie twoja sprawa.

— Dziwne, że nie masz oporu opowiadać o bzykanku w zbożu, a informacja o wizycie tutaj nie przechodzi ci przez gardło. Czyżby dlatego, że wykradłaś klucze ojcu i weszłaś tu sama?

— Zapominasz o psach. Czy aby na pewno by mnie wpuściły?

— To w takim razie byłaś w Zawrociu z Renée. Ona ma wprawę w zakradaniu się do cudzych domów.

— Zostaw ją w spokoju. Nie byłam tu ani sama, ani z nią. Myśl sobie o tym kolczyku, co chcesz. Jakie to ma zresztą znaczenie? Przecież wierzysz w miłość Pawła. Po co zatem to śledztwo? — cedziła. — A może jednak nie jesteś go tak pewna, jak byś sobie życzyła?

Chciała chyba tą tyradą odsunąć moje myśli od Renée. Czyżby to ona podebrała Hani kolczyki, by olśnić nimi Pawła? To było możliwe. Hania niby nie lubiła swojej rodziny, ale gdy przyszło co do czego, gotowa była bronić dobrego imienia najmłodszej siostry. Nie była zatem tak zadufana i cyniczna, jak mi się wydawało. Nie zmieniało to jednak faktu, że usiłowała mną manipulować.

— To sobie pokonwersowałyśmy przy kominku. Powtórzę Pawłowi tę rozmowę. Tak ładnie mi o tobie opowiadał.

Pierwsza miłość! Zapomniał dodać resztę. Ale ja też mam swoje grzeszki i tajemnice, to się właśnie wyrównało — dodałam, by ją dobić.

Hania zerwała się z fotela i ruszyła do drzwi.

— Polataj na miotle! — rzuciłam, ale już tylko do siebie. A potem ruszyłam za nią, by obronić ją przed Solmim.

I rzeczywiście było tak, jak przypuszczałam. Hania stała bez ruchu na ostatnim stopniu ganku, a Solmi sterczał naprzeciwko niej najeżony i groźnie powarkujący, jakby miał za chwilę rzucić się jej do gardła.

No i proszę, znowu wyszłaby stąd z raną! — pomyślało mi się. Ale i to zatrzymałam dla siebie.

— Noga, Reks! — krzyknęłam, a potem złapałam go na wszelki wypadek za obrożę i pociągnęłam w kierunku sieni. Hania nie czekała, aż go zamknę. Ruszyła przez śnieg ku bramie z takim impetem, że aż się za nią kurzyło. Unta i Remi niby trzymały się ganku, ale oglądały się też na Hanię. Szczeknęły parę razy niespokojnie.

— Tak, wiem, jesteście rozdarte. Ta jędza pachnie Jóźwiakami. Ale to wróg. Chce mi obrzydzić Pawła, by móc dalej bzykać się z nim w zbożu. Słodki bumerang! Ja mu dam zboże! Wredny kłamczuch!

XXVI. ZAZDROŚĆ

1

Hania wyjechała, a dzień później dla odmiany zjawił się Jasiek, jakbym tej zimy musiała w kółko robić przegląd nie tylko byłych Pawła, ale i moich.

To była niezapowiedziana wizyta. Jasiek wyglądał za bramą jak bałwan, bo śnieg sypał nieprzerwanie wielkimi, miękkimi płatami. Nie było widać samochodu, pewnie zostawił go przy odśnieżonej ulicy, a sam brnął do Zawrocia na piechotę.

— Ledwie tu doszedłem — rzucił zamiast powitania.

Miałam mu ochotę odburknąć, że przed podróżą warto posłuchać pogodynki, ale wyglądał zbyt żałośnie, by mu jeszcze dokopywać. Przegarnęłam łopatą śnieg i udało mi się otworzyć furtkę. Ruszyliśmy w kierunku domu w asyście psów, które szły przy mnie blisko, by w razie czego obronić mnie przed wielkim i białym stworem.

— Co cię sprowadza? — spytałam chłodno.

— Martwiłem się o ciebie. Gdy usłyszałem prognozę...

— Dziwne... Jakoś przedtem się mną nie przejmowałeś.

Jasiek potknął się o śnieżny puch, by nie odpowiadać na tę kwestię.

— Ależ tu pięknie — rzucił w dodatku. — W Warszawie trudno o taką biel. Zaraz wszystko się albo topi, albo brudzi.

Nie miałam zamiaru wysłuchiwać takich zdań.

— Mogłeś mnie uprzedzić przez telefon — rzuciłam.

— Wiem, co bym usłyszał. Musiałem zobaczyć, jak tu sobie radzisz.

— Powiedziałeś Pauli, że się tu wybierasz?

Jasiek pokręcił przecząco głową.

— Pokłóciliście się?

Tym razem potknął się o przysypany śniegiem stopień prowadzący na ganek.

— Piękny ten śnieg, ale jak nie przestanie padać, to nas zasypie.

— Nas? Chyba mnie — zaoponowałam. Nie miałam zamiaru gościć Jaśka dłużej niż godzinę czy dwie. W ogóle nie podobało mi się, że się tu zjawił. Gdyby nie Fasolka, zostałby za bramą. Tylko ze względu na nią wpuściłam go do Zawrocia.

Tatuś do ciebie przyjechał, skarbie — pomyślałam, by jakoś to wszystko przewartościować.

2

Było gorzej, niż myślałam. To już nie były kłótnie o meble, nowy samochód czy kredyt, a całkowity rozpad związku.

— Nie wiem, co sobie wyobrażałem. Była tamtą śliczną dziewczyną z barku na uczelni, ale chyba myślałem, że w środku jest podobna do ciebie. — Jasiek miał ponurą minę.

— Nie chcę tego słuchać.

Puścił to mimo uszu.

— Popełniłem największy błąd w swoim życiu. Bo to, co w środku, jest ważniejsze. W każdym razie gdy myśli się o związku na lata, albo nawet na całe życie...

— Nie chcę tego słuchać — powtórzyłam.

— Zaślepienie. Czuję się teraz tak, jakbym odzyskał wzrok. Ona usiłuje jeszcze mydlić mi oczy, ale to już nie działa. Jak ta historyjka o ciąży. Przestałem wierzyć w to dziecko, gdy kolejny raz odmówiła pójścia na USG. Nie ma go. Pewnie nigdy nie było.

— To wasze sprawy.

Jasiek oderwał wzrok od podłogi w salonie, gdzie siedzieliśmy, i spojrzał na mnie uważniej.

— Widzę, że moje podejrzenia cię nie dziwią — stwierdził. Usiłował wyczytać coś z mojej twarzy.

— Szkoda natomiast — westchnęłam teatralnie — że nie widzisz, czy raczej nie słyszysz, że nie chcę o tym rozmawiać.

— Widzę i słyszę... owszem... — Jasiek dalej nie odrywał ode mnie wzroku. — No tak... Ty też myślisz, że to dziecko to fikcja. A tylko ono mnie jeszcze przy niej trzyma. A właściwie trzymało.

— Nie mów tak.

— Ale to prawda. Musiałem ci to wszystko powiedzieć. — Złapał moją dłoń. — Może nie jest jeszcze za późno.

— Jest. — Cofnęłam rękę.

— Będziesz matką mego dziecka! Moglibyśmy być rodziną.

— Będziemy... w jakimś sensie. Dziecko zwiąże nas na zawsze.

— Może jednak powinniśmy dać sobie szansę. — Jasiek usiłował zajrzeć mi w oczy.

— Nie! — odpowiedziałam stanowczo, a potem kręciłam jeszcze głową, by nie było nawet cienia wątpliwości.

Jaśkowi to jednak nie wystarczyło.

— Ale dlaczego? Przemyślałaś to dobrze?

— Wiesz dlaczego! Mówiłam ci o Pawle.

— Mówiłaś, owszem. Tylko jakoś go nie widać. Był i się zmył.

— Wróci! Ale nawet gdyby się tak nie stało, to i tak nic już między tobą a mną nie jest możliwe. Zbyt dobrze pamiętam ten moment, gdy cię zobaczyłam na progu twojego mieszkania w Pułtusku w rozchełstanym szlafroku, a za tobą sandałki Pauli. — Nie żałowałam sobie szczegółów. — Jeśli coś we mnie było, jakieś uczucie do ciebie, to wtedy się skończyło. Nieodwracalnie. Wybaczyłam wam obojgu, ale nie sposób o tym zapomnieć. Tak łatwo mnie zdradziłeś. Paula włożyła trochę krótszą sukienkę, pokokietowała cię i już byłeś jej.

— Myślałem, że to ta jedna, jedyna...

— Może myliłeś się wtedy, a może mylisz się teraz.

— Nie rozumiem?

— Spróbuj Paulę poznać naprawdę. Daj jej szansę. Ona cię kocha.

— Okłamuje mnie. Codziennie. Patrzy w oczy i kłamie. A to tylko czubek góry lodowej.

— Chcesz, bym ja wybaczyła ci twoje kłamstwa i w dodatku zdradę, a sam nie chcesz dać takiej szansy Pauli?

Milczał. Trafiłam w sedno. Zerwał się i pomaszerował do okna. Potem do drzwi. Wreszcie usiadł przy kominku i parę razy dziobnął pogrzebaczem ostatnią dopalającą się szczapę.

— Popiół. Wypaliło się.

— Właśnie. Teraz już rozumiesz.

— Tak. Choć w tobie tliło się niewiele. — Nie krył pretensji. — Paweł! Wtedy, w Zawrociu, czułem, że coś jest nie tak. Niby chciałaś, ale jakby nie do końca. A Paula mnie chciała. Każdym kawałkiem swojej skóry.

— I dalej cię chce. Może za szybko ją skreślasz.

Dziobnął znowu popiół.

— Nie. Sądzę, że już czas. Straciłem przez nią ciebie. A mam jeszcze do stracenia dziecko. Nie pozwolę na to. To część mnie. Za późno to zrozumiałem, ale zrozumiałem. Paula mi tego nie odbierze.

Popiół. Miał rację. Tam już został tylko popiół.

— Myślałam, że ją kochasz. Ty jeden. Że będziesz ją potrafił kochać taką, jaką jest naprawdę. Że przy tobie poczuje się w końcu bezpieczna i zacznie być sobą. Bo nie jest. Ciągle jeszcze nie jest. Jeśli myślisz, że ją znasz, to się mylisz. Jest inna, ale nie jest całkiem bez wartości. Jestem tego pewna.

Jaśka chyba zaskoczyła moja przemowa.

— Być może — mruknął. — Ale to już nie ma znaczenia. Nie mogę być z kimś, kto nie będzie potrafił zaakceptować mego dziecka. A ona nigdy tego nie zrobi.

— Może potrzebujecie terapii — próbowałam jeszcze.

— Raczej cudu.

— Najpierw się upewnij. I przygotuj jakoś Paulę... Ona jest bardziej krucha, niż myślisz.

— Każdy dzień nas do tego przygotowuje — Jasiek był sarkastyczny. — Nie wiesz jak bardzo... Ja też nie jestem z kamienia. Ale to trzeba będzie przeciąć. Dla dobra wszystkich. Matka nauczyła mnie wybierać. Wiem, że nie masz o mnie w tej chwili najlepszego zdania, ale właśnie przypomniałem sobie, że są w życiu rzeczy mało ważne, ważne i te najważniejsze. Jeśli z kimś nie dzieli się tych najważniejszych, nie sposób z nim być na dłużej. Z tobą bym dzielił, ale to już niemożliwe. Z Paulą nigdy nie było to możliwe, tylko oboje o tym nie wiedzieliśmy. Zaślepiła nas namiętność. Ale to nie miłość. Tej będę musiał poszukać gdzie indziej.

To znowu był ten sam Jasiek, którego znałam wcześniej i którego tak bardzo lubiłam. Zagubił się gdzieś na kilka miesięcy i dopiero teraz odnalazł. Patrzyłam w ostatni pełgający po gałęzi płomyk i myślałam o Fasolce. O tym, że może nas w tej chwili słyszy. I że może po raz pierwszy spokojnie bujać się w środku. Tatuś o niej myśli. I czeka na nią. Już nie jest dla niego zawalidrogą, problemem, niechcianym burchlem. Tatuś! Z prawdziwego zdarzenia.

Uśmiechnęłam się do Jaśka po raz pierwszy tego dnia.

— Nie wiem, co będzie potem, ale dziś potrzebuję twojej pomocy — powiedziałam. — Ja zrobię obiad, a ty bierz się za łopatę, bo faktycznie mnie tu zasypie. Po kolacji pojedziesz.

Jasiek nie protestował.

— Chciałbym go znowu dotknąć — poprosił tylko, patrząc na brzuszek.

— Potem. Jak zasłużysz.

— Okej! To gdzie ta łopata?

3

Paweł zadzwonił już po odjeździe Jaśka, w nocy. Głos miał jak z głębi studni, nasiąknięty czarnym.

— Co u ciebie słychać?.. Jacyś goście?... Zdarzenia?... — dopytywał się rwanymi zdaniami.

Dziwne były te jego pytania. Czyżby jeszcze miał pretensje o spotkanie z Hanią?

— Co u mnie? Nic istotnego — powiedziałam.

— A nieistotnego?

— Była tu Hania. Wspominała o zabawach w zbożu.

— Tak... — Głos Pawła zrobił się jeszcze bardziej ponury. — Tego się właśnie obawiałem...

— Słodkich wspominek?

— Że zechce nas skłócić.

— Za cienka w szyi — sparafrazowałam znane powiedzonko. — I monotematyczna. Wszyscy chcą tego samego. Nudy. Ale ty możesz o zbożu zapomnieć. Raz na zawsze, Kocie. Ani jednego kłoska!

Paweł się jednak nie roześmiał i nie podjął tematu.

— A co potem? — zapytał.

— Wyjechała.

— I nic więcej?

— Śnieg zasypał ślady.

— Nie o nią pytam.

— Potem odwiedził mnie Jasiek — przyznałam.

— To nieistotne?

— Zupełnie.

— I tak nieistotnie siedział w Zawrociu pół dnia?

— A ty skąd wiesz, że pół? Przecież nie od Jóźwiaka.

— Znajomy mi doniósł.

— No proszę! A zdawałoby się, że jesteś na drugim końcu świata.

— Malutki ten świat, bo wiem nawet, ile godzin spędził ten nieistotny gość. Osiem!

— Dokładny donos.

— Wyjaśnisz mi to, Maty?

— Dałam Jaśkowi robotę. Odśnieżał. Napadało tyle, że dostanie się do bramy i drewutni graniczyło z cudem.

— To musiała być klęska żywiołowa, jeśli biedził się ze śniegiem tyle godzin. — Paweł nie dawał za wygraną.

— Gdybym wiedziała, że będziesz taki dociekliwy, to spisałabym na kartce wszystko, co się zdarzyło tego dnia. Co powiedział, o której zaczął ruszać łopatą i o której zaczął grzebać w archiwum Maurycego. Wiesz, że Jasiek jest historykiem, a tam jest kilka pamiętników z dziewiętnastego wieku.

— Mam nadzieję, że to była jednorazowa wizyta.

— Mówisz poważnie?

— Owszem. Jestem wściekle zazdrosny.

— Ale o co? O machanie łopatą?

— Łopatą to on już się zamachnął. Powstała z tego duuuża góra.

Porwał mnie głupi śmiech.

— Ponosi cię wyobraźnia, kochanie. Zupełnie nie wiem dlaczego.

— Wiesiek mi go opisał. Bo Wiesiek jest policjantem. Zatrzymali Jaśka zaraz za miasteczkiem i wylegitymowali. Samiec alfa.

— Przesada.

— Wiesiek mówił, że musiał zadzierać głowę, a nie jest znowuż taki mały. Obiecaj mi, że już się z Jaśkiem nie spotkasz.

— W ogóle?

— Do mego przyjazdu.

— Już mu powiedziałam, by nie zjawiał się w Zawrociu bez zapowiedzi i zaproszenia.

Paweł chwilę milczał.

— Mogłaś to powiedzieć parę kwestii wcześniej.

— Nie byłoby tak zabawnie.

— Zakochałem się w sadystce.

— Sam sobie to zrobiłeś, Kocie. Trochę więcej zaufania i problem z głowy.

— Ufam ci. Ale myśl, że on tam jest... I to zaraz po Hani...

— Nie ma go i nie będzie — przerwałam mu. — Gdy urodzę, to spotkamy się we troje i omówimy nasze sprawy. Mam nadzieję, że się zaprzyjaźnicie.

— Z dupkiem, który ci zrobił dziecko i cię zostawił? Będzie trochę trudno.

— Postarasz się ze względu na Fasolkę.

— A on zamierza się starać?

— Zamierza. Właśnie to przyjechał mi powiedzieć — kłamałam. Nie miałam wyjścia. Paweł nie mógł dowiedzieć się o deklaracjach Jaśka. — I na tym kończymy ten temat — dodałam kapryśnie. — Szukałam przed twoim telefonem w garderobie babki czegoś na twój powrót. Mam na sobie sukienkę z głębokim dekoltem i bez pleców. Zimno mi.

— Bez pleców? — zaciekawił się Paweł.

— Taką jedwabną, szarą.

— Nigdy jej nie widziałem. Głębokie to wcięcie z przodu?

— Bardzo głębokie. A z tyłu jeszcze głębsze. Perły babki Aleksandry zsunęły mi się z szyi i muskają mnie gdzieś w okolicy pośladków. Nawet nie wiedziałam, że są takie długie.

— To jesteś szaro-biała.

— I trochę żółta, bo znalazłam w garderobie babki jedwabny szal.

— Tak... wiem który. Też słabo grzeje. Długo nie porozmawiamy.

— Chyba że otulisz mnie słowami.

— A ta sukienka... długa?

— Do kolana. Ale ma rozcięcie z tyłu. To najseksowniejsza rzecz w szafie babki Aleksandry. O ile nie zostawiła jej w garderobie jakaś inna kobieta, na przykład zeszłej zimy. — Teraz ja udawałam zazdrosną.

— Chyba nie sądzisz, że pozwoliłbym komuś zaglądać do garderoby babki? A poza tym znałbym ten ciuszek.

— Ale nie zaprzeczasz, że bywały tu jakieś kobiety w seksownych ubraniach... Nie mówiąc już o tych, które kusiły cię w zbożu i pod gruszą...

Paweł postanowił nie usłyszeć ostatniej kwestii.

— To raczej Wiktoria przez przekorę włożyła parę niespodzianek do przysyłanych niegdyś z Francji paczek. By podrażnić babkę! Wiesz, jaka jest Wiktoria.

— Być może. Ale tak się jakoś gęsto tłumaczysz...

— Żałuję, że nie mogę cię w niej zobaczyć. — Paweł zmienił strategię. Jego ściszony głos podziałał na mnie jak afrodyzjak. — Lubię szary.

— Wiem. Czarny, biały i szary. Oglądałam twoje mieszkanie. Też kiedyś byłam jak z czarno-białego filmu.

— Ja poznałem cię już kolorową. — Mówił o twoim pogrzebie, babko, na którym miałam na sobie sukienkę w kwiatki. — Cudowny widok, wyjątkowy... — Paweł znowu znacząco modulował głos.

— Przytul mnie — poprosiłam.

— Przytulam. Mocno. Najmocniej, jak to możliwe.

XXVII. PSY

1

Nie ma już Remiego i Solmiego, babko. Dziś w nocy ktoś je otruł. Unta ocalała tylko dlatego, że była ze mną w domu.

Gdy już przestałam płakać, zadzwoniłam najpierw do Jóźwiaka, a potem na miejscowy posterunek. Policjanci zjawili się kwadrans później. Obejrzeli leżące przy bramie psy, sfotografowali je, potem także ślady po drugiej stronie, ale nie obiecywali zbyt wiele.

— Odludzie. Pewnie nikt niczego nie widział. Popytamy, ale czy to coś da? — mundurowy w to wątpił. — Ludzie wolą nie wtrącać się w cudze sprawy.

— Były takie przypadki w okolicy? — zapytałam.

— Ostatnio nie. Zwykle trują, żeby coś ukraść. Sprawdziła pani, czy nic nie zginęło?

— Pan Jóźwiak obszedł posesję, ale nie zauważył ani śladów po tej stronie płotu, ani tego, by czegoś brakowało.

— To może miała pani ostatnio jakieś problemy z sąsiadami albo rodziną?

— Nie takie, by ktoś chciał w odwecie truć psy — mruknęłam. Wolałam na razie nie wspominać o Emili i fortepianie. — Ale miałam dziwne zdarzenia.

— To znaczy?

— Najpierw ktoś przykleił do klamki wielką żabę. Wzięłam to za żart. Potem były jeszcze dwa przypadki. Nietoperz i papuga. To już było mniej zabawne. Podcięte główki, krew na śniegu.

292

— No! To jak ostrzeżenie. Nie przyszło pani do głowy, że trzeba z tym na policję?

— Myślałam, że ktoś się znudzi tymi makabrycznymi żartami.

— Ma pani mocne nerwy.

— Sądziłam, że trzy psy dostatecznie mnie tu chronią. — Po raz pierwszy załamał mi się głos.

— I już po ochronie... — Policjant ponuro spojrzał na sztywne ciała Remiego i Solmiego. — Szkoda zwierzaków. Może gdyby pani zgłosiła tamto... — urwał na widok moich łez.

Chwilę trwało, zanim się opanowałam. Policjant czekał cierpliwie.

— A co się stało z tą żabą, nietoperzem i papugą? — spytał w końcu.

— Pan Jóźwiak je gdzieś przechowuje.

— Zajdę do niego.

— Zrobiliśmy też zdjęcie papugi i odcisku podeszwy przy ostatnim zdarzeniu. Mam je w aparacie fotograficznym.

— To już coś. Porównamy ślady. Zobaczymy, czy to ta sama osoba. Zauważyła pani coś jeszcze? Ktoś się kręcił przy bramie?

— Nie. Ani razu nie widziałam nikogo obcego, choć papuga została przyczepiona do klamki w środku dnia. Ten ktoś potrafi rozpływać się w powietrzu.

— Dalej nie mamy motywu. Myślała pani, dlaczego ten ktoś to robi?

— Jak już mówiłam wcześniej, najpierw sądziłam, że to takie prześmiewcze żarty. Potem, że ktoś chce mnie przestraszyć. A teraz już sama nie wiem, co o tym wszystkim sądzić.

— I nikt konkretny nie przychodzi pani na myśl?

— Nie. — O Lilce czy Kostku też na razie nie chciałam mówić.

— To nie mamy żadnego wyraźnego tropu.

— Może warto sprawdzić, czym otruto psy i gdzie takie coś można kupić?

— Nikt nie zleci sekcji zwłok psów w takich okolicznościach. Gdyby coś zginęło, pożar, rany, zagrożenie życia... No a tak? — Rozłożył bezradnie ręce.

— Rozumiem. Tu ma pan mój numer na komórkę — podałam wizytówkę. — Proszę mi dać znać, gdyby pojawił się jakiś ślad w tej sprawie.

Mundurowy wziął wizytówkę, ale widać było, że nie spodziewał się jej użyć.

— Zobaczymy, co da się zrobić — rzucił zwyczajową formułkę. — Współczuję pani. Szkoda psów — dodał już innym tonem. — Wyjaśnienia sprawy nie obiecuję, ale za to postaramy się częściej bywać w tej okolicy.

2

Mundurowi poszli, a ja zastanawiałam się, co dalej. Paweł po drugiej stronie oceanu pewnie kładł się spać, nie przeczuwając, że już nie ma jego psiej gamy. Najpierw fortepian, a teraz Remi i Solmi. Było o czym myśleć, zwłaszcza po opowieściach, które zafundowała mi Hania. Czy na pewno byłam tu bezpieczna?

Jóźwiak chyba też się nad tym zastanawiał.

— Rozmawiałem z Martą i ustaliliśmy, że do czasu zakupienia kolejnego psa i wyjaśnienia sprawy będę spał w Zawrociu. Oczywiście jeśli pani sobie tego życzy.

— Sama nie wiem... I tak dużo pan dla mnie robi.

— To nic takiego. Parę nocy mnie nie zbawi. A potem zobaczymy.

— Nie sądzę, by tu się coś szybko wyjaśniło. A nowy pies... Co będzie, jak i jego zechcą otruć?

— Taki psi los. Unta będzie w domu, a do obejścia trzeba jakiegoś wilka, owczarka albo setera.

— Poprzedniego psa znalazł Paweł.

— Jakoś sobie poradzimy bez niego. Ale będzie pani musiała ze mną po psa pojechać. A teraz trzeba pochować Remiego i Reksa. Już przygotowałem z synami dół. Łatwo nie było, ziemia zamarznięta na kamień, ale udało nam się jeden wykopać na psim cmentarzyku. Razem biegały, razem wyzionęły ducha, to pomyślałem, że można je też razem pochować.

— Tak. To dobry pomysł.

— Tylko niech pani o tym pochówku nikomu nie mówi, bo to nielegalne. Grzywna za to może być.

— Nikomu nie zdradzę.

— Pani Milska zawsze prosiła, bym zbił kawałek psiej trumienki. To zrobiłem dwa pudła z sosnowego drewna, jak to było w zwyczaju. I dodałem po garści siana... — Głos Jóźwiaka się trochę załamał. On też przeżywał śmierć psów, zwłaszcza Remiego. Może nawet przejął się tym bardziej ode mnie, bo przecież obiecał ci, babko, że będzie dbał o niego. — Jak śnieg stopnieje, poszukam dwóch kamieni, by wykuć ich imiona.

— Dziękuję. Mam tylko jedną prośbę. Paweł i ja mówiliśmy na Reksa Solmi. Chciałabym, żeby na kamieniu było Reks, a po myślniku to drugie imię.

— Żaden problem. Tak zrobię. A teraz trzeba je zakopać.

— To chodźmy.

3

Dzień później o śmierci psów dowiedział się Paweł. Milczał chwilę zszokowany.

— Wszystkie?

— Dwa. Unta była w domu. Wezwałam policję. No ale to tylko zwierzęta. Nie będą urządzać wielkiego śledztwa.

— Musisz natychmiast kupić nowego psa. — Paweł był bardzo zaniepokojony. — I niech Jóźwiak przychodzi na noc do Zawrocia.

— Tak, tak właśnie robi. Kocie... — zawahałam się — Nigdy nie chciałeś mi wyjaśnić tej sprawy z fortepianem. Myślę, że to właściwy moment.

— To nie jest rozmowa na telefon — zaoponował.

— A jeśli te sprawy się wiążą?

— To niemożliwe!

Czułam jednak, że Paweł nie jest tego aż tak bardzo pewny.

— Gdybym powiedziała policji o pożarze, to inaczej by się zajęli sprawą psów.

— Wspominałem ci o znajomym policjancie. Zadzwonię do niego i poproszę, by tego nie zlekceważyli.

— Dobrze, niech tak będzie. — Po raz pierwszy byłam rozczarowana postawą Pawła. Ktoś był ważniejszy ode mnie. Niestety! Nie było to miłe. — Muszę kończyć.

— Matylda... — urwał. — Przepraszam...

— Za to, że masz przede mną tajemnice?

— Za to, że mnie w tej chwili nie ma w Zawrociu.

— To przepraszasz za niewłaściwą sprawę.

— Gdybym mógł...

Ale nie możesz — powiedziałam, lecz tylko w myślach.

— Słabo cię słyszę — rzuciłam. — Halo? Halo?

Odłożyłam słuchawkę, udając, że coś nam przerwało. Bałam się, że za chwilę wykrzyczę mu coś paskudnego, a później będę tego żałowała.

4

Leżałam potem na łóżku w sypialni i gapiłam się w sufit, gdzie były cienie od lampy. Unta była ze mną na górze, na swoim posłaniu w rogu pokoju. Nie poprawiło mi to humoru, bo ilekroć na nią zerknęłam, napotykałam jej beznadziejnie smutny wzrok. Psia żałoba. Widziała przecież, że jej przyjaciele leżą w śniegu nieruchomo i nie reagują na jej zaczepki. Potem ją zamknęłam, bojąc się, że gdzieś jeszcze leży zatrute jedzenie. Szukaliśmy go później — ja, Jóźwiak, jego dwaj synowie, którzy jeszcze nie pojechali do Belgii, gdzie od roku pracowali. Nawet Jóźwiakowa kręciła się przy płocie. Nic nie znaleźliśmy. Strach jednak pozostał i później, gdy musiałam Untę wypuścić na trochę z domu, kazałam jej się trzymać cały czas blisko mojej nogi.

Na suficie nie znalazłam niestety odpowiedzi na pytanie, kto mógł to zrobić. Hania była już w Szczecinie. Nie sądziłam zresztą, że byłaby do czegoś takiego zdolna. Jątrzyć, insynuować, straszyć — to owszem. Po co jednak miałaby zabijać psy?

Emila? Po opowieściach Hani to podejrzenie wydawało się najbardziej prawdopodobne. Tyle że ja nie chciałam w to uwierzyć. Przede wszystkim z powodu Pawła. Przecież Emila nie mogła być aż tak podła. A on nie mógł się aż tak bardzo mylić!

Renée? Jóźwiak zapewniał, że pojechała do Warszawy tym samym pociągiem co Hania. I ona przecież kochała Remiego. Sama kiedyś widziałam, jak się z nim bawiła.

Anny nigdy nie brałam pod uwagę. Kiedyś była zdolna do wszystkiego. Teraz tylko do odrobiny niechęci.

Ktoś znad jeziora? Lilka? Jakiś posłaniec Kostka? Byliby tacy podli?

A może ktoś całkiem mi nieznany, jakiś wariat, któremu odbiło i może jeszcze odbić? Ukryty wróg, lubiący krew na śniegu i martwe zwierzęta?

Aż mi się niedobrze zrobiło od tych wszystkich pytań. Przekręciłam się na bok, bo czułam jakiś dyskomfort w brzuchu, jakby i Fasolkę to wszystko brzydziło.

— Będziemy miały nowego pieska — powiedziałam do niej, by zamydlić jej fasolowe oczy. — Jakiego byś chciała?

Unta pisnęła, dając do zrozumienia, że jeśli chodzi o jej zdanie, to chce tamte, stracone, i w ogóle nie wyobraża sobie innych, choćby były najpiękniejsze i najmądrzejsze na świecie.

XXVIII. BRUNON

1

Znalezienie odpowiedniego psa okazało się nie takie proste, jak sądziłam. Jóźwiak wydzwaniał od samego rana, potem ja, ale bez rezultatu. Były tylko albo bardzo drogie psy, albo niewytresowane szczeniaki.

— Mam jeszcze jeden adres, ale bez telefonu. Trzeba by się tam przejechać. Chyba żeby się pani jednak zdecydowała na któregoś z tych droższych psów.

— Jutro o tym pomyślę — postanowiłam, zmęczona wydzwanianiem i zastanawianiem się, czy w ogóle stać mnie na nowego psa. Zaliczkę za tłumaczenie powieści miałam dostać dopiero za miesiąc. Było wprawdzie to konto, na które Paweł przez cały poprzedni rok wpłacał pieniądze za mieszkanie w Zawrociu, ale myślałam, że te pieniądze będą na podatki i nową podłogę w salonie.

Jóźwiak poszedł, obiecując wrócić na noc, a ja zostałam z wątpliwościami, czy dobrze robię, wykorzystując go w ten sposób. Może powinnam radzić sobie sama? Ciągle przecież miałam Untę. Nie byłam całkiem bezbronna. Nie mówiąc już o tym, że miałam w kieszeni gaz pieprzowy, który dał mi wczoraj Jóźwiak.

I czy nie ponosiła mnie wyobraźnia? Przecież nikt dotąd nie usiłował wkroczyć na posesję. Straszenie! Ktoś chciał mnie jedynie postraszyć! Nie pomogły żaba, nietoperz i papuga, zaatakował więc psy. Chce się mnie stąd pozbyć?

Czy może raczej chce, bym wróciła do Warszawy? W sumie na jedno wychodziło.

— Jesteś tu gdzieś, babko? — zapytałam głośno.

Unta szczeknęła, jakby też zadawała sobie to pytanie. Potem wsłuchiwałyśmy się obie w przygnębiającą ciszę.

— Mam nadzieję, że jesteś. Ciągle jeszcze... Potrzebuję cię — dodałam, nasłuchując, czy nie odezwie się gdzieś delikatne stukanie brzozowej laski. — Daj jakiś znak. Proszę!

Nigdy dotąd nie bałam się w Zawrociu, nawet na początku, gdy po raz pierwszy otworzyłam drzwi domu. Zawsze byłam pewna, że chronisz to miejsce. To było dla mnie tak oczywiste, że żadne stuki, trzaski czy tym podobne odgłosy nigdy mnie tu nie niepokoiły. Sądziłam, że ani mnie, ani temu domowi nic złego nie może się przydarzyć.

Dopiero spłonięcie fortepianu naruszyło tę pewność. Przecież tak niewiele brakowało, by ten mały pożar zmienił się w wielką pożogę, która strawiłaby wszystko — dom, pamiątki, zdjęcia, listy, całe twoje życie. Zostałaby kupka popiołu.

Tak... to był ten moment, babko! Tyle że obecność Pawła odsunęła te obawy. Był jak fakir, który zaklinał wszystkie kiepskie myśli tak, że zmieniały się w swoje przeciwieństwo. A teraz niepokój wrócił.

2

Nie doczekałam się znaku od ciebie, babko, ale od Pawła owszem. Dzwonek do drzwi! A właściwie kilka dzwonków. Najpierw długi, a potem parę krótkich i niecierpliwych. Za bramą Zawrocia stał Brunon, oparty o nią tak, jakby czekając na mnie ćwiczył swoje potężne ciało, ubrane w khaki. Za nim stała jego terenówka. Pan ekolog prosto z akcji. Tak przynajmniej wyglądał.

— Cześć, wiem o psach. Wpadłem ci pomóc — powiedział po prostu.

Przez chwilę nie wiedziałam, jak zareagować.

— Oczywiście, jeśli tego chcesz... — dorzucił Brunon. — Kiepsko zaczęliśmy znajomość. Pomyślałem, że jest okazja to odkręcić.

Patrzył na mnie z troską i życzliwością. Po dystansie z imprezy nie było ani śladu.

— Wejdź — zdecydowałam, szerzej otwierając furtę.

Chwilę jeszcze spędziliśmy przy bramie, bo Unta najwyraźniej czuła do Brunona miętę i witała się z nim długo, czule i hałaśliwie. Potem go jeszcze zaczepiała po drodze. A on ją. Pełne porozumienie!

W domu również go adorowała. Brunon siedział rozparty w fotelu, a ona trzymała swoją głowę na jego udzie. Aż się chciało to sfotografować. Wyglądało to tak, jakby to on był jej właścicielem, nie ja.

Brunon chwilę później wrzucił do kominka kawał drewna, też jak właściciel.

— Wybacz — mruknął, widząc pytanie w moich oczach. — Zobaczyłem, że przygasa... Za czasów Pawła też podkładałem. I tak z rozpędu...

Trzecie niedokończone zdanie. Nie szło nam najlepiej, babko. Może dlatego, że Brunon emanował przytłaczającą, bezczelną pewnością siebie. Aż miałam mu ochotę powiedzieć, żeby się tak nie rozpędzał i nie rządził w moim własnym domu. I by się tak nie rozwalał w fotelu naprzeciwko mnie. Jego długie nożyska, zakończone wielkimi buciorami, zabierały naprawdę sporo miejsca przy kominku. W ogóle był wielki i pełen niezagospodarowanej energii.

— Twoja babka też tak się zapatrzyła na moje stopy, gdy mnie pierwszy raz widziała.

— Mam nadzieję, że nie wrzuciłeś wtedy do kominka polana?

Brunon zaczął się śmiać. Aż go zgięło.

— Zrobiłem coś gorszego — przyznał potem. — Przestawiłem kosz z drewnem, bo mi się nie mieściły nogi.

— Ciekawa jestem, jak babka na to zareagowała.

— Nie domyślasz się?

— Nie mam pojęcia. Nie znałam jej.

— A tak... Paweł mi o tym wspominał... — Brunon spojrzał na mnie łaskawiej, jakby ten fakt poprawiał u niego moje akcje. — Problem w tym, że reagujecie podobnie. Ona też nic nie powiedziała. Nie musiała. Wystarczyło jej spojrzenie.

Pomyślałam, że to mogło być ciekawe spotkanie. Dwa takie charaktery jak ty, babko, i Brunon.

— Nie mów, że się tym spojrzeniem przejąłeś. Nie wyglądasz na faceta, którego obchodzi czyjekolwiek zdanie oprócz własnego.

Brunon się zaśmiał.

— Coś w tym jest. Toteż się nie przejąłem. I to był mój błąd. Nigdy później mnie tu nie zaprosiła. Wolałbym, żeby z tobą tak nie było. — Lekko podniósł swoje gęste brwi i patrzył prosto w moje oczy.

— Paweł może tu przyjmować, kogo zechce.

— Wiesz, że nie to miałem na myśli. I wiesz, że on nie będzie tu zapraszał nikogo, kogo ty nie zaakceptujesz.

— To nie jedyne miejsce, gdzie Paweł może spotykać się z ludźmi. Jak widzisz, nie trzymam go tu siłą.

— Spokojnie! O nic nie przyszedłem cię oskarżać. Doszło do mojej pustej mózgownicy, że po prostu wolał być przez ten miesiąc z tobą.

— Nie musisz się tłumaczyć.

— Nie muszę. Ale lubię, gdy sprawy są jasne. A na razie są ciemne, co?

— Raczej szarawe, choć bliżej bieli.

Brunon uniósł brwi jeszcze wyżej, jakby to mogło mu pomóc wyczytać więcej z mojej twarzy.

— Naprawdę bliżej bieli?

Podniosłam brwi jak on.

— Naprawdę.

Roześmiał się. Także i dlatego, że Unta też robiła miny, jakby chciała sprawdzić, w co się bawimy.

— Jak już się zrobiło tak jasno, to może czegoś się napijesz? Kawa? Herbata? Sok malinowy? — proponowałam. — Masz na coś ochotę?

Brunon się wyprostował, a Unta za nim.

— Uf! Już myślałem, że nie spytasz. Kawa! Dużo kawy! W wielkim brązowym kubku — zażądał bezczelnie. — Pokażę ci w którym. I pokażę, jak się parzyło tu kawę zeszłej zimy, gdy urzędował tu sam Paweł. Kawa zimowa! Jedyna w swoim rodzaju.

Zerwał się i czekał na mnie w drzwiach. Już miałam zamiar kolejny raz podnieść do góry brwi, ale przeważyła ciekawość. Kawa zimowa! Chciałam wiedzieć, jak się ją robi i jak ona smakuje.

3

— Kto ci powiedział o psach? — zapytałam, gdy już znowu siedzieliśmy przy kominku, z pachnącą kawą w kubkach. Ja miałam jej zresztą w swoim tylko odrobinę, bo była za mocna dla Fasolki. Czarny, słodki ulepek z kardamonem i miodem gryczanym.

— Tu wieści szybko się rozchodzą — mruknął wymijająco, mieszając starannie w swoim półlitrowym kubku.

— A czy przypadkiem ta wieść nie dotarła do ciebie zza oceanu?

— Musisz być taka dociekliwa? — skrzywił się.

— Słabo was wszystkich znam i usiłuję zrozumieć wasze motywacje.

— Wasze? — Brunon obejrzał się, jakby szukał towarzystwa. — Jestem tu sam.

— Wasze, czyli znajomych Pawła.

— Nie wiem, co wyczyniają inni i, szczerze mówiąc, mało mnie to obchodzi. Ja bym na twoim miejscu nie myślał o nas jak o nierozerwalnej grupie. Łączy nas osada nad jeziorem, ale też sporo dzieli.

— Przyjęłam do wiadomości.

— Świetnie. — Brunon rozciągnął się i ściągnął na fotelu, a potem postanowił wyłożyć, z czym przyszedł. — Jeśli chcesz, mogę ci pomóc znaleźć nowego psa. Nie wiem, czy wiesz, że pośredniczyłem w zakupie Reksa. Mój kumpel twierdził, że to dobrze wyszkolony pies, ale okazało się, że nie do końca, skoro zjadł podrzucone żarcie. Mój błąd, nie sprawdziłem tego.

Więc tak to się odbyło! Paweł i Jóźwiak nie wprowadzali mnie w szczegóły.

— Oczywiście, potrzebuję nowego psa, tylko nie wiem, jak sobie z nim poradzę. Reksa wziął w karby Paweł.

— Kumpel cię podszkoli. Jóźwiaka w razie czego też.

Trzeba mu było przyznać, że był konkretny. Nie bawił się w uprzejmości, ale działał.

— Chyba nie mam wyjścia.

— Masz. Możesz wyjechać na razie do Warszawy i zostawić to wszystko Jóźwiakowi.

— To wykluczone.

— Tak przypuszczałem. To potrzebujesz pewnego psa od zaraz. Unta to za mało. Tu masz parę psich kandydatur — podał mi plik kartek, trochę pogniecionych, bo wyciągnął je z kieszeni.

— Jakieś sugestie?

— Wziąłbym owczarka. Najłatwiej się uczą. Tu masz Bzyla, a tu Bora. Ja bym raczej optował za Bzylem, bo ma za sobą lepsze szkolenie.

— I lepsze imię — powiedziałam.

— Lepsze? — zdziwił się Brunon. — Nie wydaje mi się.

— Bzyl! Bliższe muzyki.

— A... to masz na myśli. Czyli że masz takiego samego bzyla jak Paweł — zażartował.

— Nie, ale chciałabym, żeby mu się podobało imię psa. Na Reksa mówiliśmy Solmi — głos mi się załamał.

Brunon dał mi chwilę na ogarnięcie emocji.

— To z powodu psa czy wyjazdu Pawła? — spytał, znowu podnosząc brwi.

— Pewnie z obu powodów — chlipnęłam.

— A wieść gminna głosi, że jesteś bez serca.

— Pomagasz kobietom bez serca?

— Tylko jeśli to są kobiety moich kumpli czy przyjaciół.

— Kumplowi się nie odmawia?

— Zazwyczaj. — Wstał, by się przejść po salonie. Nosiło go. A może nawet roznosiło. Był pełen energii, którą wykorzystał na chwilę niedźwiedzich pieszczot z Untą. Omal się nie pogryźli. — To co zdecydowałaś? — spytał, gdy znowu opadł na fotel.

— Bzyl.

— Słusznie.

— Nie wiem tylko, czy mnie na niego stać.

— Dostaniesz zniżkę, bo Reks nawalił.

— Przyda się.

— Będziesz miała przystojnego kawalera — rzucił do Unty. — Tylko żebyś się w nim nie zakochała. Za młody dla ciebie. I wyszłyby z tego brodate kundelki.

Unta szczeknęła oburzona. Ja też poczułam się odrobinę nieswojo, bo Brunon omiótł wzrokiem mój brzuszek, jakby zastanawiał się, czy mojej Fasolce też przypadkiem nie grozi broda.

— Dolać ci kawy? — zaproponowałam, by przerwać to patrzenie. — A może jeszcze trochę sernika?

Brunon zerknął na zegarek.

— Możesz zrobić kawy do termosu, a sernik na drogę — zdecydował. — Zadzwonię do kumpla, że jedziemy.

— Już? — zdziwiłam się.

— Owszem. Jakieś czterdzieści minut drogi. Tam też trochę zejdzie, więc przydałyby się też jakieś kanapki. Chyba że wolisz, byśmy zajechali potem do przydrożnej knajpy.

Chwilę jeszcze milczałam, wbita w fotel, a potem skinęłam głową.

— Zrobię. Z polędwicą czy z serem? — spytałam, przyjmując jego styl komunikacji.

— Z serem — odpowiedział, po raz pierwszy bez tych podniesionych brwi, które podczas naszej rozmowy wciąż fruwały mu po czole. — A ja zadzwonię do Jóźwiaka, by sprawdzić, czy może z nami pojechać.

XXIX. CZARODZIEJSKI GWIZDEK

1

Z Bzylem poczułam się pewniej, choć nie wszystko przebiegło tak, jak się spodziewał Brunon. Okazało się bowiem, że pies słucha jego i Jóźwiaka, a mnie nie ma zamiaru, mimo że powtarzałam komendy, które znał.

— Pracował z samymi facetami — stwierdził w końcu Brunon. — Jesteś za mało stanowcza.

Nagle poczułam, że spływają mi po policzkach łzy.

— Chcę Remiego! I chcę Solmiego! Chcę, żeby wróciły! — wyłkałam. Kłopoty z Bzylem podsyciły tęsknotę za tamtymi, utraconymi psami. Poczuć ich zapach, mieć je przy sobie, widzieć, jak biegną przez sad czy łąkę, wzbijając tumany śniegu!

— Baby! — Brunon mimo krytycznego tonu objął mnie swoim długim ramieniem. — Już dobrze... Ani się obejrzysz, jak polubisz tego psiego głupka. To jest twoja pani! — krzyknął w kierunku Bzyla. — Zrozum to wreszcie, tępoto! Masz jej słuchać!

Bzyl szczeknął, jakby wszystko doskonale rozumiał i zamierzał tak właśnie postępować. Ale po tylu próbach było jasne, że ani mu się śni tak robić.

— Jak nie dasz rady, pojedziemy po innego psa.

Pokręciłam przecząco głową. Wiedziałam, że to nie jest problem Bzyla, a mój.

— Dobrze, że przynajmniej Jóźwiaka się słucha. Będę się starała dalej ćwiczyć komendy. Może za parę dni się do mnie przekona. — Ścisnęłam kartkę z instrukcją.

— Niech i tak będzie. Trochę jestem rozczarowany tym skubańcem.

— Jak na tę cenę — chlipnęłam znowu — jest świetny. I do tego wyjątkowo ładny.

To była prawda. Bzyl był szary, z białymi skarpetkami. Do tego biała strzałka na głowie. To były zresztą tylko dodatkowe ozdóbki. Bzyl miał ładny pysk i dużo wdzięku w ruchach. Podobał mi się od pierwszego wejrzenia. A ja jemu nie. Zakochał się w Brunonie i to na jego głos i gesty reagował. I wokół niego tańczył jak psia baletnica. Jóźwiaka słuchał, bo musiał, a Brunona, bo chciał.

Powiedziałam to Brunonowi.

— Tak już mam z psami. Pewnie wyczuwają, że w poprzednim wcieleniu byłem jednym z nich. Mam za sobą co najmniej sześć psich żywotów.

— Akurat sześć? Skąd to wiesz?

— Od szamana z Syberii.

— Wymyśliłeś to.

— Zgadza się. Baby się zwykle na to nabierają. Nie mówiąc już o tym, że je to z niewiadomych powodów kręci. Chciałem sprawdzić, jak to będzie z tobą.

— Mnie psie żywoty nie kręcą. Gdyby tak sześć kocich żywotów... — zawiesiłam znacząco głos.

— Mogłem się tego spodziewać.

— Bzyl za to na pewno jest zakręcony.

— Pewne to jest tylko jedno — Brunon spoważniał — że Unta nie pozwoli cię skrzywdzić, gdyby temu elegancikowi w białych skarpetkach coś odwaliło.

To była prawda. Unta szybko pokazała Bzylowi, kto tu rządzi. Parę groźnych warknięć, jedno przejechanie się po białej strzałce kłami i sprawa była załatwiona.

— Muszę lecieć, ale wpadnę za dwa dni, by zobaczyć, jak się sprawy mają. Może się nie pogryziecie — dodał, by ostatecznie rozładować atmosferę.

Prychnęłam wilgotnym śmiechem, który omal nie skończył się chlipnięciem. Brunon przewrócił oczami.

— Spokojnie, możesz iść — zapewniłam go. — Dam sobie radę.

— Na pewno?

— Na pewno. Dzięki.

— Nie powiem nikomu o tych płaczach, żebyś nie straciła reputacji jędzy — rzucił już zza bramy.

Chwilę później odjechał, żegnany tęsknymi spojrzeniami psów.

2

Godzinę później, gdy akurat męczyłam się nad opisem zawalonego papierami biurka inspektora Smitha, znowu usłyszałam dzwonek. Za bramą stał nieznany mi, postawny policjant. Był mniej więcej w moim wieku. Wiesiek! Kumpel Pawła! — pomyślałam, bo Unta szczeknęła przyjacielsko.

Policjant patrzył jednak nie na nią, tylko na Bzyla. Nieufnie. Nie dziwiłam mu się zresztą. Bzyl wydał z siebie parę krótkich, ale groźnych warknięć, które nie pozostawiały złudzeń. Stał przy mojej nodze napięty, gotowy skoczyć, gdy tylko obcy zrobi krok za bramę.

— Nazywam się Wiesław Makowski. Chciałbym z panią porozmawiać w sprawie otrutych psów — usłyszałam zza bramy.

— Tak, oczywiście. Tylko może lepiej zamknę tego ananasa. Nowy pies. Jeszcze nie wiem, na co go stać.

— Sądząc po tych warknięciach, na wiele.

Złapałam Bzyla za obrożę, bo nie byłam pewna, czy pójdzie za mną dobrowolnie. Powinnam się cieszyć, że robi takie wrażenie. Ale Remi też robił podobne, a już leżał na psim cmentarzu w sosnowym pudełku.

Wróciłam potem z Untą do Wieśka.

— Zapraszam na kawę.

— Jestem właściwie na służbie.

— To będzie służbowa kawa z dodatkiem sernika, który upiekła Marta Jóźwiak. Ja na pana miejscu bym nie odmawiała.

— Tak... Wiem coś o tych sernikach. Paweł mnie kiedyś jednym z nich poczęstował. Niebo w gębie. — Trochę się zawstydził z powodu tego powiedzonka.

— Zgadza się. Niebo w gębie. Idziemy go zaznać.

— To tak na krótko. A przy okazji powiem, z czym przyszedłem.

Unta obskoczyła go w radosnym powitaniu, gdy w końcu przekroczył bramę Zawrocia.

— To jest przyjazny pies! — Policjant wytargał Untę za uszy. — Tyle że to nie jest cała prawda o niej. Sam spisywałem protokół, gdy powaliła na ziemię gościa, który zaczął przy pani Aleksandrze machać rękoma i wykrzykiwać. Unta uznała go za agresora i zrobiła swoje. Na szczęście go nie pogryzła, sprawę więc umorzono. Taki to słodki pieseczek. — Znowu zajął się jej uszami.

— Nie znałam tej historii.

— Mówię, bo wiem, że pani też, jak pani Milska, chodzi z Untą po mieście.

— W miasteczku trzymam ją na smyczy.

— Kaganiec też by się przydał.

— Będę o tym pamiętać.

Doszliśmy do domu. Niepocieszona Unta została na ganku, a my weszliśmy do środka. Wiesiek zdjął kurtkę. Wskazałam mu drzwi do salonu.

— Wolałbym kuchnię. Jakoś bardziej swojsko. No i nie ma czasu na bieganie z tacą.

— Niech będzie kuchnia.

Nastawiłam wodę, a potem usiadłam naprzeciwko niego.

— Ma pan pytania czy jakąś wiadomość?

— I jedno, i drugie. Zacznę od pytania. Czy miała pani gościa tego dnia, gdy ktoś otruł psy?

— Nie. Poprzedniego. Ale to przecież pan wie.

Wiesiek zaczerwienił się po czubki swoich odstających uszu.

— Tak. Jan Malinowski. Kłopot ze światłami z tyłu. A zimą światła to ważna sprawa.

— Bardzo ważna — przytaknęłam z uśmiechem.

— A następnego dnia nikt tu nie gościł? — Wiesiek wolał wrócić do zasadniczego tematu.

— Nie.

— Dziwne. Na stacji benzynowej ktoś wtedy pytał, jak dojechać do Zawrocia.

— Bardzo dziwne, bo nie dojechał. Choć z drugiej strony wszędzie jest tyle śniegu... O której stacji pan mówi?

— O tej przy szosie, którą jedzie się do Warszawy, pięć kilometrów od Lilowa. Rejestracja była warszawska. Duży samochód. Dziewczyna sprzątająca w barze nie umiała powiedzieć, jaka marka. Zauważyła tylko, że to była wypasiona fura. Czarna. Może jedynie trochę za brudna jak na jej gust. Mówi to pani coś?

— Czarny samochód? — usiłowałam wygrzebać z pamięci, kto ze znanych mi ludzi jeździ czymś takim. Oprócz Kostka nikt mi nie przychodził do głowy. — Nie, nie wiem, do kogo mógłby należeć.

— Szkoda. No ale czułem, że to nie będzie takie łatwe. Zwłaszcza że ten kierowca to taki bardziej byczek, a nie artysta. Od razu pomyślałem, że to nie może być pani znajomy.

Woda się zagotowała. Zrobiłam kawę i podałam talerzyki do ciasta, zastanawiając się jednocześnie nad tymi dziwnymi informacjami.

— I co? — policjant miał jeszcze nadzieję, że sobie coś przypomniałam.

— Nie znam nikogo, kto by tak wyglądał.

— To może ktoś tam, w Warszawie, ma do pani jakieś pretensje?

— Zawsze tacy się znajdą, ale żeby ktoś wysłał do mnie jakiegoś byczka, by mi truł psy? Nie, to chyba niemożliwe...

— Chyba? — podchwycił policjant.

— Nie chcę rzucać pochopnie oskarżeń. Pomyślę o tym. Gdyby mi się coś przypomniało, dam panu znać.

Wiesiek był rozczarowany moimi słowami. Nie zamierzałam mu jednak na razie mówić o Kostku. Jego kierowca nie wyglądał zresztą jak byczek. Nie mówiąc już o tym, że samochody Kostka należały do tych zwykle wypolerowanych. Nie miałam na razie podstaw, by go oskarżać. I wolałam, by informacja o Kostku nie trafiła teraz do Pawła. Chciałam mu sama o nim opowiedzieć, gdy wróci ze Stanów.

— Tak czy owak, powiem chłopakom, by mieli oczy i uszy otwarte na warszawskie rejestracje. Obiecałem to Pawłowi.

— Otwarte oczy i uszy?

— No tak... Ale oczywiście w sprawie psów. Tylko! — tłumaczył się Wiesiek. — Jedynie to obiecałem. Zapewniam!

— A właśnie, skąd wy się tak dobrze znacie?

— Ze szkoły. Siedziałem za nim w podstawówce. Ładnie i wyraźnie pisał. No i nie krył się z tym, co miał w zeszytach czy na kartkach podczas klasówek. W zamian za to miał obstawę na przerwach. Wie pani, taki zamyślony i w tamtych czasach także cherlawy paniczyk zza wysokiej bramy, za którą przechadzały się pawie i biegały rasowe psy, co niektórych trochę denerwował. To pomagałem im uspokoić nerwy. Długa, owocna współpraca! — Uśmiechnął się do swoich wspomnień.

— Nie całkiem legalna.

— To prawda. Początki były nieprawomyślne. Ale teraz już wszystko odbywa się zgodnie z literą prawa. No... może poza tym sernikiem. — Przyciął łyżeczką spory kawał ciasta.

— Nikomu nie powiem.

— Mam nadzieję. — Wiesiek zagarnął łyżeczką kolejną porcję słodkości, a potem się nią delektował.

Ja zastanawiałam się nad jego historyjką.

— Ciekawa jestem, co dokładnie ta dziewczyna ze stacji powiedziała temu byczkowi. Wytłumaczyła mu tylko, jak dojechać do Zawrocia? Rozmawiali o czymś jeszcze?

Wiesiek wbił łyżeczkę w ciasto, ale nie odkroił kolejnego słodkiego kawałka.

— Właściwie ona z nim nie rozmawiała, tylko słyszała, jak pytał o to faceta, który mu sprzedał papierosy. Jakaś kobieta powiedziała do byczka, że mu wytłumaczy i pokaże, jak jechać. Ten gość poszedł za nią na zewnątrz. W sumie nie wiadomo, czy ta kobieta dobrze wskazała mu drogę.

— A na pewno chodziło o Zawrocie? Niedaleko stąd jest przecież Zakrocin. I to właśnie parę kilometrów za tą stacją. Może ta dziewczyna źle usłyszała nazwę? Pytał pan tego od papierosów?

Wiesiek stracił na chwilę apetyt.

— A o tym nie pomyślałem. Naprawdę nie spodziewała się pani żadnego gościa z Warszawy?

— Naprawdę! Ani w starym samochodzie, ani w wypasionej bryce. — Nie mogłam sobie odmówić odrobiny ironii. — Jak pan już wie, był tu przed śmiercią psów Jasiek, a dziś odwiedził mnie Brunon. Ale jego terenówkę znacie i on by nie pytał o Zawrocie, bo doskonale wiedział, jak tu dojechać.

Wiesiek ukroił w końcu kawał ciasta, ale go nie zjadł.

— Zakrocin... — westchnął, jakbym mu ostatecznie zepsuła apetyt i zgrabną teorię, do której się przywiązał. — Będę musiał wrócić na stację i przycisnąć tych dwoje.

3

Wiesiek chwilę później się pożegnał, ale to nie był koniec kontaktów z pomagierami Pawła. Seria niecierpliwych dzwonków tuż przed zmierzchem i znowu otwierałam furtkę, za którą stał Brunon.

— Wchodź — rzuciłam tym razem już bez ceregieli.

— Nie, ja tylko na sekundę. Nie będę mógł przyjechać za dwa dni. Nagły wyjazd.

— W porządku. I tak poświęciłeś mi dużo czasu. Planowałam, że przygotuję obiad, by ci jakoś podziękować...

— Mam swoje rozliczenia z Pawłem — przerwał mi.

— Tak czy owak, jestem ci wdzięczna. Może jednak wejdziesz?

— Nie mam czasu. To dla ciebie. — Podał mi gwizdek. — Wypróbuj.

— Wierzę, że dobrze gwiżdże.

— Grzałem po niego nie po to, byś sobie na niego popatrzyła. No już!

Gwizdnęłam! Sekundę później usłyszałam jazgot Bzyla, który usiłował rozwalić boks.

— Gdyby nie zamknięcie, już by tu był. Przywołasz go tym dźwiękiem choćby z piekła. Tu masz spisanych dziesięć komend. Jak gwizdniesz i krzykniesz: Bierz go, to Bzyl zeżre intruza. Dlatego musisz myśleć, jakiej użyć komendy. Dobrze je sobie przestudiuj.

— Dlaczego od razu nie dostaliśmy tego gwizdka?

— Bo ta banda oszustów lubi, gdy się do nich potem wy-dzwania i prosi o pomoc. Myślałem, że mnie nie ocyganią i dlatego dałem się wyrolować. Nie sprawdziłem dobrze psa na miejscu.

— Czym ich przekonałeś?

— Czy to ważne?

— No nie wiem, jeśli pieniędzmi...

— Nie zaprzątaj sobie tym głowy. Teraz jest jak trzeba. Chce czy nie chce, ten szary szczekacz będzie cię słuchał. Choć radzę ci, byś nie nadużywała gwizdka, bo może się zdarzyć, że nie będziesz go miała przy sobie, gdy będzie ci potrzebny posłuszny pies. Rozumiesz?

— Tak.

— To jadę. Trzymaj się.

Zakręcił się na pięcie i ruszył do samochodu. Rany! — pomyślało mi się tylko. Są tacy faceci na świecie? Z sześ-cioma zmyślonymi psimi żywotami i magicznym gwizd-kiem? Którzy nie chcą nawet podziękowań? I którzy znikają, gdy zrobią swoje, by gdzie indziej ratować dziewice i nie dziewice w potrzebie? I do tego przy okazji ratują świat! Paweł ma takiego przyjaciela! Choć może kumpla. To zresz-tą nieistotne, kim on dla Pawła był, tylko że w ogóle był. Po pochrzanionych byłych kobietach, po równie pochrzanio-nej siostrzyczce nagle taka miła odmiana! Aż mi się jaśniej zrobiło w duszy.

4

Powinnam to wszystko opowiedzieć Pawłowi, a jednak z tym zwlekałam. Nie odbierałam też telefonów. Jutro z nim poroz-mawiam — mówiłam do Fasolki, gdy kolejny raz z korytarza słychać było terkot. — Teraz muszę pracować.

I pracowałam. Inspektor Smith właśnie myślał o swojej byłej żonie. Ambiwalentne to były myśli, jak moje. Nigdy nie przestał jej kochać. Ale też chyba nigdy nie przestał jej nienawidzić. Nic nie było możliwe już od wielu lat, a właściwie od chwili, gdy zobaczył ją z tamtym. Padał deszcz. Wszystko było rozmazane. I takie już pozostało.

„— Musimy porozmawiać o Johnie — usłyszał teraz w słuchawce. Głos miała spokojny jak zwykle.

— Co z nim? — zapytał.

— Wyrósł z kurtki — oznajmiła. Ostatnio miała dla niego tylko takie informacje.

Miał ochotę jej powiedzieć, że jeśli chodzi o niego, to wyrósł nie tylko z niej, ale i z syna, którego nie widział od miesiąca, bo ona mnożyła przeszkody.

— Jak przyjedzie do mnie, zawiozę go do sklepu.

— Znam się na tym lepiej — ciągnęła tym swoim niezmiennie spokojnym głosem.

— Nie wątpię. Pewnie już wybrałaś. Daj Johnowi adres sklepu i opisz kurtkę.

Czekał, co teraz wymyśli.

— Już ją kupiłam — oznajmiła. — Przyślij pieniądze, a ja zawiozę do ciebie Johna, byś mógł ją obejrzeć.

Kłamała równie spokojnie. Gdyby tak zrobił, nie zobaczyłby syna przez kolejny miesiąc.

— Zrobimy odwrotnie — powiedział. — Przywieziesz go, a ja dam mu dla ciebie pieniądze”.

Inspektor Smith usłyszał w słuchawce ciszę. Za to ja usłyszałam kolejny telefon. I kolejny raz go nie odebrałam.

XXX. POGODZENIE

1

Wizyta Ewy, babko. Niespodziewana. Jak zwykle zresztą, choć tym razem Ewa miała usprawiedliwienie.

— Nie odbierałaś telefonów, więc zjawiłam się bez zapowiedzi — powiedziała zza bramy.

Bzyl warknął ostrzegawczo.

— Cieszę się, że przyjechałaś, ale muszę najpierw zamknąć tego elegancika.

— Tak... Dziś się dowiedziałam... — oczy Ewy się zaszkliły. — Leć.

Zamknęłam Bzyla, a potem wróciłam do dreptczącej przy bramie Ewy. Była nie tylko zasmucona z powodu psów, ale i wyglądała na zmęczoną.

— A gdzie Kamilek?

— Sprzedałam go mamie. Muszę chwilę odpocząć od tej syreny.

— Sposoby pani Janeczki nie pomogły?

— Częściowo.

Weszłyśmy do domu.

— A co u ciebie? — zapytała Ewa już w salonie, wpatrując się we mnie dziwnie uważnie.

Zrozumiałam, że nie zjawiła się przypadkiem. Mogłam się tego spodziewać! Poczułam psychiczną niewygodę.

— Czego się napijesz? — rzuciłam.

— Zrób mi bawarkę. A do bawarki poproszę odpowiedź na moje pytanie.

Poszła za mną do kuchni i nie spuszczała mnie z oka.

— Paweł cię do mnie wysłał — mruknęłam.

— Owszem, choć sama też już zamierzałam się tu wybrać. Gdybym wiedziała wcześniej o psach... — kręciła z niedowierzaniem głową. — Dlaczego nie zadzwoniłaś? Wiesz, że możesz na nas liczyć. I w każdej chwili możesz do nas przyjechać i pomieszkać. Masz tu nie tylko Jóźwiaka, ale i rodzinę.

— Będę o tym pamiętać.

— A o Pawle pamiętasz?

— Pamiętam — burknęłam.

— Na pewno? Ten wariat gotowy jest natychmiast wsiąść w samolot. A jak do niego wsiądzie, to diabli wezmą wszystko, co ostatnio razem z Julią wypracowali. Tam nie ma sentymentów. Nikt mu nie da urlopu na miłość. Myślałam, że będziesz go wspierać, a ty robisz to, co Anka.

— Chyba przesadzasz.

— Ale tylko trochę, zważywszy na to, jak on cię kocha. Po co mu mówiłaś o psach? Potrzebna mu była ta wiadomość? Co on ma z nią zrobić? Jest tysiące mil stąd.

Mogłam się spodziewać, że weźmie stronę ukochanego przyszywanego braciszka.

— To do czego on ma mi być potrzebny, jeśli nie mogę mu powiedzieć nawet o takiej sprawie?

Ewa straciła trochę impet.

— Przepraszam, zapędziłam się... Ale jak on ma spokojnie pracować nad muzyką, jeśli martwi się o ciebie? Chyba że nie chcesz, by on tam był i pracował. W takim jednak razie powinnaś mu to powiedzieć wprost, a nie wyłączać telefon.

Opadłam na kuchenne krzesło.

— A ty zawsze kierujesz się racjonalnymi pobudkami?

— Nie zawsze, ale jak mi odbija, to mama sprowadza mnie na ziemię. Ty tu jesteś sama, więc pomyślałam, że może ja zabawię się w kilogram ołowiu.

— Marna fucha.

— Marna. Może kiedyś się odwdzięczysz podobną rozmową.

Czajnik zagwizdał. Ewa sięgnęła po kubki. Dla siebie wybrała złoto-czerwony, dla mnie błękitny. Ja wsypałam herbatę i zalałam. Ewa poszukała w lodówce mleka. Ja wyjęłam dzbanuszek. Ewa napełniła go mlekiem. Potem równie zgodnie ruszyłyśmy do salonu.

— Zastanawiam się, co wiesz — wróciłam do rozmowy, gdy już siedziałyśmy przy kominku.

— Wiem, że była tu Hania. Nie powinnaś wierzyć we wszystko, co mówiła.

— To słowa Pawła czy twoje?

— A czy to nie wszystko jedno? On ma wobec niej poczucie winy, a ona to wykorzystuje.

— Niepokojący jest ten czas teraźniejszy, zważywszy na to, iż opowiadała mi o słodkich chwilach w zbożu i pod gruszą. I to całkiem niedawnych. „Słodki bumerang", to jej słowa. Będzie go tak dalej wykorzystywać?

— Wykorzystywała — poprawiła się Ewa ze śmiechem. — To czas przeszły.

— Czyli nie zaprzeczasz?

— Mogło się coś takiego zdarzyć. Ona zawsze uaktywniała się, gdy Pawłowi sypał się jakiś związek. Raczej to ją nazwałabym bumerangiem. Paweł nie jest święty, ale chyba nie miałaś takich złudzeń?

— Niby nie. Co innego jednak mglista wiedza, a co innego takie szczegóły.

— No tak... — Ewa przerzuciła swoje włosy teatralnym gestem Hani sprzed paru dni. Podniosła brodę. — Ten jej śliczny prawy profil! — Przerzuciła włosy na drugą stronę. — I zupełnie zwykły lewy... Wiesz, co mi kiedyś powiedział o niej Paweł? Że tak samo różna jest w środku. I że on zawsze wolał tę zwykłość. Tyle że ona nie chciała być zwykła i nie chciała mieć zwykłego życia. I to już od małego. Dlatego ćwiczyła gamy i podpatrywała babkę Aleksandrę. A potem wyszła za mąż za gruby portfel i trochę się w tym życiu nudzi. Ale to nie twój problem. Zapewniam cię.

— Długa mowa obrończa. Paweł ma dobrą adwokatkę.

— Sam by się obronił, gdyby tu był albo gdybyś mu dała szansę na wyjaśnienia przez telefon.

— Tyle że na Hani to ja już sama się poznałam.

— To dlaczego nie odbierasz jego telefonów?

— Mamy poważniejsze problemy, których zresztą Paweł nie chce dostrzec. Postanowiłam to więc odłożyć do czasu, gdy wróci.

— I słusznie.

— Ale trudno mi udawać, że wszystko jest w porządku, gdy nie jest. Dlatego nie potrafiłam podnieść słuchawki, choć wiem, że to kiepskie rozwiązanie.

Ewa spoważniała.

— Powiesz mi, o co chodzi?

— Nie wiem, czy on by sobie tego życzył.

— Ja też nie wiem. O niczym więcej mi nie wspomniał.

— Przyrzeknij, że to, co powiem teraz, zostanie między nami.

— Przyrzekam.

— Hania przyszła nie tylko opowiadać mi o zbożu i gruszy. To wyrzuciła z siebie już pod koniec, gdy nie udało jej się mnie nastraszyć.

— Nastraszyć? Czym?

— Pokazała mi szramę na szyi i ostrzegła przed Emilą. Wiesz coś o tej ranie?

— Nie.

— Ale wiesz, że ktoś dostał się do domu i spalił miesiąc temu fortepian?

— O... Paweł powiedział tylko, że nie ma już fortepianu i żebym nie pytała, jak to się stało. Z innych źródeł dowiedziałam się, że pożar zaczął się od świeczki.

— Paweł wie, kto to był, ale mi nie powiedział. A jeśli ten ktoś zechce spalić dom? Mam powody do niepokoju, zważywszy że otruto mi psy.

Ewa milczała zszokowana.

— To trochę zmienia postać rzeczy — przyznała w końcu.

— Właśnie. Tak mnie niby kocha, a jest ktoś ważniejszy ode mnie. To tę osobę chroni, nie mnie. Taka jest prawda.

Ewa kręciła głową.

— Nie wierzę. Nigdy nie był tak szczęśliwy jak teraz, z tobą.

— Tyle że to szczęście ma swój cień. A może i kilka cieni. I to nie są moje wymysły. Fortepianu już nie ma. Psów też. Po drodze były jeszcze te wszystkie szkaradztwa. Co będzie następne?

— Nie wiesz, czy te sprawy się ze sobą łączą.

— Ale mogą się łączyć. Powiedz mi, czy Emila byłaby zdolna do otrucia Remiego czy Unty?

— Fortepian... to możliwe, ale psy? — zastanawiała się Ewa. — Te akurat lubiła, zwłaszcza Remiego, bo się tak nie łasił jak Unta. Zawsze mówiła, że to pies z charakterem, który w dodatku wie, gdzie jego miejsce. Unta pchała się na pokoje i to ją trochę drażniło. Emila nie znosi domowych piesków.

— Ale czy byłaby zdolna? — zapytałam powtórnie.

— Tak... Tak sądzę. Gdyby bardzo się wkurzyła. Bywa nieobliczalna. Ale czym niby miałabyś ją teraz aż tak bardzo wkurzyć?

— Nie wiem. Ale ta szrama na szyi Hani zrobiła na mnie wrażenie. To nie była taka sobie ranka.

— Ale czy to akurat Emila ją zraniła? Może Hania tak powiedziała, by namącić? To taka sama mąciwoda jak jej matka, tylko dużo ładniejsza i pewniejsza siebie. Uwielbia innym psuć dobry humor. No i jest zazdrosna o Pawła. Nie mówiąc już o tym, że ma kompleks Zawrocia i samo to, że je masz, zrobiło z ciebie jej wroga.

— Tak czy owak, grzęznę w domysłach i niejasnościach. Bo jeśli nie Emila tak się okrutnie zabawia, to kto?

— A ten twój prześladowca, Kostek?

— To tak bardzo nie w jego stylu... — kręciłam głową. — On w dodatku nie psuje tego, czego nie może naprawić czy odwrócić, a psów nie da się ożywić. Za to po scenach, które urządziła mi Lilka, zastanawiam się, czy akurat jej nie powinnam brać pod uwagę w obu sprawach. Paweł powinien mi powiedzieć. Przynajmniej wiedziałabym, przed kim mam się bronić.

— Gdyby myślał, że coś ci naprawdę grozi, to by tak tego nie zostawił. Jestem pewna.

— I nie zostawił. Przysłał Brunona, by mi załatwił psa. Podesłał też swego kumpla policjanta. A jednocześnie nie powiedział tego, co najważniejsze. Kiepsko się z tym czuję.

— Jedno jest pewne, jeśli dalej będziesz unikać jego telefonów, to on wsiądzie w samolot i pracę diabli wezmą. Może komuś właśnie o to chodzi, by zniszczyć to, co jest między wami, a także jego karierę i wszystko, co dobre. Pomyśl o tym! Ktoś wie, gdzie uderzyć, by bolało. Chcesz tańczyć, jak zagra?

— Nie chcę. Ale chciałabym, żeby Paweł był ze mną szczery.

— Jak wyciągniesz z niego wszystkie tajemnice, to co cię będzie w nim kręciło? Ja tam wolę niektórych rzeczy o Romku nie wiedzieć. — Zaśmiała się. — Tylko nie myśl, że cię nie rozumiem albo lekceważę sytuację. Właściwie to przyjechałam po ciebie. Co ty na to? Romek mógłby cię w końcu poznać. Mama i Wąsik też się za tobą stęsknili.

— Dziękuję, ale w tej chwili nie mogę z tobą pojechać. Mam pracę. Tłumaczę kryminał.

— Uuu... To chyba nie najlepszy gatunek, zważywszy na okoliczności.

— Ano nie — westchnęłam ciężko. — Ale podpisałam umowę.

— Szkoda. Mama już obmyśliła menu. Może choć na jeden dzień?

— Chcesz dopilnować mojego telefonu do Pawła?

Ewa się zmieszała.

— Wybacz, ale tak bardzo bym chciała, żeby Paweł był szczęśliwy. On na to zasługuje. Nie daj sobie wmówić, że nie. Na pewno po powrocie zdołacie wszystko sobie wyjaśnić.

— Dobrze już, dobrze! Co najmniej sto zdań wstecz podjęłam decyzję, że z nim dzisiaj porozmawiam.

Ewa odetchnęła z ulgą, ale widziałam, że dalej coś ją gniecie.

— Jeśli jeszcze coś mogłabym ci...

— Nie. I bez twojej rady zamierzam z nim rozmawiać o kroju i kolorze bielizny, pogodzie i imieniu nowego psa. Zadowolona?

— Owszem. Teraz mi głupio... Myślałam że... a ty...

— I słusznie myślałaś. Straciłam z oczu to, co najważniejsze. Sama nie wiem, jak to się stało.

— Zmasowany atak wrednych wiedźm.

— Może. Ktokolwiek to jest, nie rozdzieli mnie z Pawłem — powiedziałam, a Ewa w odpowiedzi mnie uściskała.

2

Po odjeździe Ewy poszłam na długi spacer, żeby sobie to wszystko jeszcze raz przemyśleć. Przy okazji zobaczyłam zupełnie inne oblicze zimy — błyszczący, pachnący świeżością świat. Słońce wyparło tę męczącą, wszechobecną dotąd wilgoć. Biel również była dziś inna, jakby podbita alabastrem i złotem. Dzięki słońcu i we mnie wszystko się prostowało i nasycało jasnym. Oddychałam głęboko, by jak najwięcej tego roziskrzonego złota wpadło mi do środka...

To Unta zmieniła kierunek spaceru. Stanęła na ścieżce prowadzącej ku ruinie nad stawami. Ścieżka to było zresztą za dużo powiedziane — ktoś się przeszedł na ośnieżony wzgórek tam i z powrotem. Nigdy tam nie byłam, bo ruina w inne pory roku była otoczona zielskiem i malowniczo obrośnięta bluszczem, więc trudno było się przedrzeć ku resztkom domostwa, po którym został komin i trochę ścian. Pobliskie stawy też były niedostępnymi, zarośniętymi przez pałki grzęzawiskami. Pozwoliłaś zdziczeć temu miejscu, babko, by ptaki, żaby i nornice miały tu swoje królestwo. Jedynie z przodu był spory pas trawy koszonej przez Jóźwiaka, by zaznaczyć, że ta dzikość nie jest dziełem zaniedbania, a przyzwolenia. Teraz wszystko było zasypane śniegiem i to miejsce wyglądało jak zwykły pagórek z paroma nierównościami i jednym ceglanym kikutem.

Unta szczeknęła jeszcze raz, a ja się skusiłam i ruszyłam za nią po dużych, głębokich śladach. Szło się ciężej, niż przypuszczałam, ale Unta parła do przodu, więc i ja nie rezygnowałam. Dobiegła na sam szczyt, a potem wróciła po mnie i mobilizowała mnie kolejnymi szczeknięciami.

Dobrnęłam w końcu do komina i spojrzałam z tej perspektywy najpierw na miasteczko, a potem na Zawrocie.

Jedno i drugie widoczne było jak na dłoni. To było naprawdę dobre miejsce widokowe, z którego fajnie patrzyło się na otaczający świat — przynajmniej teraz, gdy wszystko przykrywał skrzący śnieg.

Potem wyobraziłam sobie stojący tu kiedyś dom i pomyślałam, że z okien na górce jeszcze lepiej by się patrzyło na okolicę. To mnie zresztą odrobinę zasmuciło, bo przypomniałam sobie o kruchości i przemijalności wszystkiego. Dlaczego z domu z fajnym widokiem została tylko ośnieżona ruina?

Unta przerwała moje rozmyślania kolejnymi szczeknięciami i ostentacyjnym wąchaniem śniegu.

— Wiem, suniu, ktoś tu łaził, palił papierosa i w dodatku obsikał komin. Zachciało mu się. To nie przestępstwo.

Szczeknięcia Unty zdawały się potwierdzać moje ustalenia, ale wnioski chyba miała inne.

Potem przypomniał mi się facet, który pytał Jóźwiaka, czy nie sprzedałabym ruinki. Trzeba było przyznać, że miał oko. Ten kawałek świata wart był każdych pieniędzy. Gdybym nie miała Zawrocia, to właśnie tu chciałabym postawić dom. Tylko czy to nie było jakieś nawiedzone czy naznaczone pechem miejsce? Kto tu mieszkał? Dlaczego został tylko komin?

Uśmiechnęłam się do tych pytań. O ile przyjemniej było zajmować się miejscami, z którymi nic mnie dotąd nie wiązało, i cudzymi, obojętnymi historiami niż własnymi problemami. Może Jóźwiakowa coś wie? Albo Paweł! Jak skończę tłumaczyć powieść, zajmę się szukaniem odpowiedzi. Może pobawimy się w detektywów, gdy Paweł wróci?

Patrzyłam teraz na Zawrocie, usiłując wyobrazić sobie, co może czuć ktoś obcy, gdy je widzi z zewnątrz. Uznanie dla harmonijnej bryły domu i piękna lipowej alejki, czy raczej dyskomfort, że to wszystko należy do kogoś innego —

dom, zabudowania, sad, brzezinka? Czy taki widok może wzbudzić zazdrość i nienawiść?!

Unta znowu szczeknęła i ruszyła w dół, a ja oderwałam się od smętków. Było za pięknie na takie byle jakie myśli.

3

Wieczorem zadzwoniłam do Pawła.

— Jesteś! — rzucił z ulgą. — Jakiś problem z telefonem?

— Słuchawka zarosła pretensjami.

Roześmiał się z ulgą.

— Uf! Cieszę się, że wydarłaś to zielsko.

— Wydarłam. Miałam pomagierów. Brunon, Ewa i Wiesiek, czyli twoje oko i ucho.

To ostatnie Paweł wolał pominąć.

— Masz już nowego psa?

— Mam.

— Jakieś szczegóły?

— Bzyl. Ładnie się nazywa, ale ma mnie w nosie. Woli facetów.

— Nie wie, co dobre.

— Najwyraźniej. Nie działają na niego nawet moje nowe czerwone rękawiczki i szalik.

— Czerwone? — zaciekawił się Paweł. — Chyba cię jeszcze nie widziałem w czerwonym.

— Ani w makowej koszulce. Taka trochę skąpa. Myślę, że by ci się spodobała.

Paweł jednak nie dał się tym razem złapać na moje opowiastki.

— Doceniam twoje starania, by mnie dopieścić, Bemolku, ale dziś chciałbym wiedzieć, co naprawdę masz na sobie i jak się czujesz.

— Jesteś tego pewny?

— Jestem.

— Szkoda. Lubię te nasze telefoniczne fantazje.

— Ja też, ale niepokoi mnie twój głos. Trochę przygaszony. Dlaczego tak brzmisz?

— Wyjaśnienie, że tęsknię za tobą, wystarczy?

— Wystarczyłoby, gdyby to była prawda. A mam wrażenie, że to coś innego.

— Zima. Czuję się zasypana. W mieście zanim się budziłam, zaspy już znikały. Niewidzialne rączki odśnieżały wszystko. Tu nic samo się nie dzieje — kłamałam.

— Nie jesteś skazana na Zawrocie. Wracaj do Warszawy. Możesz zamieszkać u mnie.

— Zniesiesz myśl, że łażę po twoim wychuchanym mieszkanku?

— Zniosę. W moich myślach już się tam przechadzasz. Niepotrzebne nam dwa mieszkania w Warszawie. Przeniesiemy twoje rzeczy do mnie i wynajmiemy twoje podniebne gniazdko.

— Nie lubisz mieć dużo klamotów. Wiesz, ile miejsca potrzebuje kobieta?

— Wiem. Dlatego tam jest tak pusto. Oszczędzałem miejsce dla ciebie.

— Akurat dla mnie? — droczyłam się.

— Tak. To mieszkanie urządzałem tuż po pogrzebie babki. Przedtem było tam tylko kilka rzeczy po poprzednim właścicielu. Rzadko tam bywałem, więc mi to wystarczało.

— A po pogrzebie okazało się, że Zawrocie już do was nie należy i trzeba gdzieś zamieszkać.

— To też. Ale miałem jeszcze jedną motywację. Chciałem mieć nie tylko własne miejsce do życia, ale i takie, gdzie mógłbym cię zaprosić.

— A ja sądzę, że zaprosiłeś tam jedynie muzykę. Nawet w sypialni jest tylko wielka Pani Nuta.

— Mylisz się, kochanie. Gdybyś dobrze przyjrzała się tej Nutce, tobyś zobaczyła, ile ma z ciebie.

— Miłe są te twoje zmyślenia, ale Gutek nie ma aż takiej wyobraźni.

— Toteż nie z wyobraźni ją tworzył. Zapomniałaś o zdjęciach z pogrzebu.

— Nie mam tak wydatnych bioder.

— Trochę go poniosło. Tak już jest z artystami. Tak czy owak, zasypiając tam, miałem ciebie pod powiekami. Uwierz mi.

— Wierzę.

— Tylko dlaczego powiedziałaś to tak minorowo?

— Wydaje ci się.

— Oboje wiemy, że nie. Porozmawiajmy szczerze.

— Jak wrócisz.

— Teraz — upierał się Paweł.

— Okej. Źle się czuję z tym, że ukrywasz przede mną prawdę. Przecież wiesz.

— Tak... wiem. Na razie nie mogę z tym nic zrobić.

— To jesteśmy w tym samym punkcie, w którym zakończyliśmy rozmowę poprzednim razem — mruknęłam.

— Nie. Sprawdziłem, czy te dwie sprawy się łączą. Nie wiem, kto otruł psy. Ale jedno mogę ci powiedzieć, to nie ta sama osoba, która spaliła fortepian.

— Jak mogłeś to sprawdzić, będąc na drugiej półkuli?

— Mogłem. Uwierz mi, Maty. To ktoś inny. Wiem, że masz prawo być na mnie wściekła z powodu tej całej tajemnicy, ale trzeba szukać kogoś innego.

— Pewnie tak.

— Powiedz, że mi wierzysz!

— Wierzę, że ty wierzysz w to, co mówisz.

— Trochę mało... Nie chodzi mi o to, by kogoś chronić, ale o to, że trzeba spojrzeć na tę sprawę inaczej!

— Nie skupiam się na jednej osobie. Oboje mamy trochę wrogów. I tyle samo osób za bardzo nas kochających. O ile to nie jakiś nieznany popapraniec.

— No właśnie! Może jednak powinnaś wyjechać?

— Nie zostawię Zawrocia. I nie pozwolę się zastraszyć.

— Wiem, że nie brakuje ci odwagi. Ale najważniejszy jest teraz wasz spokój, twój i Fasolki. I wasze bezpieczeństwo. W twoim stanie...

— Gdy zrobi się zbyt trudno, wyjadę. Obiecuję!

— Tylko to chciałem wiedzieć. W moim mieszkaniu, w garderobie, w pierwszej z brzegu szufladzie jest niebieski szlafrok, dwie koszulki i kapcie. Czekają tam na ciebie — Paweł się trochę odprężył.

— Widzę, że bardziej kręci cię niebieski niż czerwony. Mogłam się tego spodziewać.

— Rozgryzłaś mnie, kochanie — przyznał miękko.

Teraz jednak ja nie podjęłam gry.

— A ty opowiesz mi, ja ci idzie pisanie?

— Błękitnie.

— Paweł!

— No dobrze... trochę mi nie szło, ale od dziś naprawdę będzie błękitnie, bo zadzwoniłaś. Jesteś moim natchnieniem. Kłóć się ze mną, krzycz, ale nie wyłączaj telefonu.

— Dobrze. Możesz dzwonić o każdej porze dnia i nocy.

— Nie będę ścigał cię nocnymi telefonami, ale sama myśl, że mógłbym to zrobić i w każdej chwili cię usłyszeć, naprawdę dobrze mi robi.

— Nie myślałam, że tak łatwo można cię zadowolić.

— Matylda!

I tak dalej, babko. Reszta nie dla ciebie. Gorąca czerwona linia. Choć może lepiej byłoby powiedzieć: gorąca niebieska linia?

XXXI. PERFORMANCE
NA ŚNIEGU

1

Przez ten natłok zdarzeń zapomniałam dotąd odebrać zdjęcia, które oddałam do wywołania zaraz po wizycie Hani. Zamiast starszego pana, który przyjmował wtedy zlecenie, zobaczyłam dwudziestoparoletniego rudzielca, który trochę się spłoszył, gdy mu powiedziałam, po co przyszłam.

— Zastępuję chwilowo ojca — rzucił. — On ma tu swój specyficzny porządek... — Zaczął grzebać w przepastnej szufladzie.

— To będą duże zdjęcia.

— Dziękuję... to już jakaś podpowiedź... — Ale i tak chwilę trwało, zanim odnalazł fotografie. — Są! Papuga. Tak tu przynajmniej jest napisane. Proszę jeszcze sprawdzić.

Wyciągnęłam jednak nie papugę, a czerwone kropki na śniegu, bynajmniej nie przypadkowe. Aż mi się niedobrze zrobiło na ten widok, bo to był jednak klucz wiolinowy. Trzymałam w ręku zdjęcie i wpatrywałam się w nie jak zaczarowana. Syn fotografa też się przyglądał.

— Komuś trochę nie wyszedł ten zakrętas. To jakiś performance? — spytał zaciekawiony.

— Coś w tym stylu.

— Człowiek się stara, ale nie tak łatwo zrozumieć tę nowoczesną sztukę.

Zerknęłam na niego, by sprawdzić, czy nie żartuje. Nie wyglądało na to. Widocznie wieść o zabitych zwierzętach jeszcze do niego nie dotarła.

— W Zawrociu dotąd panowała klasyka — dodał. — Może przyda się zmiana. Jakby co, to po drugiej stronie ulicy jest pan Rysio, który naprawdę dobrze umie oprawić zdjęcie.

— Dziękuję. Muszę się najpierw zastanowić, które wybrać — powiedziałam.

— To jest zagadkowe. Coś chyba jak klucz wiolinowy. — Naprawdę się starał. Chciał mi chyba zaimponować. — Byłem w dzieciństwie na koncercie w Zawrociu. Grały dzieci uczone przez panią Aleksandrę. Słuchaczami też zresztą były dzieciaki. Czułem się tam wtedy jak w zaklętym dworze. Potem byłem tam jeszcze ze dwa razy z ojcem, który fotografował rodzinne uroczystości. To jego zdjęcia są w albumach. Te takie trochę pozowane, bo pani babka mawiała, że do fotografii trzeba się przygotować.

— Tak. Wiem, które to zdjęcia. A pan też fotografuje?

— Nie. Właściwie to ciągle się zastanawiam, co będę robił. Za granicą byłem. Tu i tam... Teraz trzeba się rozejrzeć, co dalej. Gdyby potrzebowała pani elektryka, hydraulika, speca od kładzenia kafelków, to właściwy adres.

— Złota rączka?

— Właśnie. Mam za sobą trzy lata dziennikarstwa, ale za granicą nie bardzo się to przydało. Może kiedyś dokończę studia i założę tu gazetę. Mógłbym wtedy w rubryce: „Dawno temu w Lilowie i okolicach" opisać ten dziecięcy koncert w Zawrociu. Ojciec ma gdzieś z niego zdjęcia.

— Dobry pomysł. Życzę powodzenia.

— Nie dziękuję, by nie zapeszyć. — Wygrzebał wizytówkę. — To moje namiary, w razie gdyby coś iskrzyło czy przeciekało — dodał z psotnym uśmiechem.

— Będę pamiętać.

Wsunęłam do dużej białej koperty zdjęcia i wizytówkę, a rudzielec podał mi jeszcze reklamówkę.

— Żeby nie zamokły!

2

Kwadrans później stałam na środku salonu i patrzyłam na rozłożone na dywanie fotografie. Także i na krateczkę odciśniętą na śniegu przez but. Dlaczego nikt się po to nie zgłosił? Wiesiek też nie zainteresował się tymi zdjęciami. Dalej zajmuje się śledzeniem moich gości?

Westchnęłam, żałując, że los nie przysłał mi skrupulatnego inspektora Smitha. Nie musiałabym zadawać takich głupich pytań, bo on zająłby się wszystkim.

Kolejny raz moje spojrzenie padło na klucz wiolinowy i od razu przypomniałam sobie, że boli mnie głowa. Co ten kropkowaty zakrętas znaczył? Że mam zostawić Pawła oraz Zawrocie i wynieść się do Warszawy? Nie spełniłam tego, więc zabito mi psy?

Za dużo podejrzanych — stwierdziłam, masując skronie. Marzyłam przy tym o silnej tabletce na ból głowy, albo nawet dwóch. Ale cóż, to było nie dla mnie, przecież nie mogłam truć Fasolki.

Poszłam do drzwi na werandę, przytknęłam czoło do szyby. Trochę pomogło. A może ukoiła mnie biel za szybą? Taka już nie do końca biała, z czarnymi kreseczkami krzaków i trawek. Tak dobrze byłoby oglądać ten biało-czarny świat z Pawłem. I tak dobrze byłoby tego cichego świata z Pawłem słuchać. Nie mówiąc już o tym, że gdyby Paweł tu był, nikt by nie śmiał niczego wieszać i malować na śniegu.

— Dobrze, że chociaż ty ze mną jesteś — szepnęłam do Fasolki.

To jednak nie ukoiło tęsknoty za Pawłem, którą podsycił wczorajszy telefon. Przeciwnie, przypomniało mi się, jak oboje staliśmy przy tej szybie, zapatrzeni w jesień. A właściwie to ja byłam w nią zapatrzona, bo Paweł zajmował się czym innym. Przesuwał dłonie po moim brzuszku. Potem pochylił się nad nim i przyłożył ucho.

— Słyszysz, jak ona się pluska? — zapytałam ze śmiechem.

— Chwilami. Mały akwen. Za bardzo to się ta rybka nie może w nim rozpędzić. To raczej pluskanie z boku na bok.

— Zmyślasz.

Wyprostował się i uśmiechnął zagadkowo.

— Tylko czy na pewno? Podskórna muzyka... Zagrałbym ci, jak ona brzmi, ale nie mamy już fortepianu. — Uśmiech na chwilę zniknął.

— A pianino?

Pokręcił przecząco głową.

— To co zrobimy? — zastanawiałam się.

— Nic. Ty będziesz czuła jej poruszenia, a ja będę ją słyszał. Nie wydaje ci się to sprawiedliwe?

— Nie, bo ja nie czuję, jak ta mała flądra przewraca się z boku na bok. Tylko to sobie wyobrażam.

— To już niedługo.

Położyłam teraz dłonie na brzuchu i przesuwałam, jak to robił wtedy Paweł.

— No i co tak się kryjesz w sitowiu? — mruknęłam. — Czuję się trochę samotna. — Fasolka jednak ani myślała się ujawniać. — Na razie taki z ciebie pożytek, że brzydnę i tyję. Śpisz?

Oderwałam się od okna i wróciłam do zdjęć. Czy ten policjant, z którym rozmawiałam zaraz po śmierci psów, w ogóle uwzględnił to w swoim raporcie? A może tylko udawał, że coś notuje?

3

Kontemplację czerwonych kropek przerwał telefon od Uli.

— Właśnie się dowiedziałam od Brunona o śmierci psów. Głupio, że od niego — usprawiedliwiała się Ula. — Przecież Mikołaj obiecał Pawłowi, że weźmiemy cię pod swoje skrzydła. To przez zlecenie. Maluję dzień i noc. Mikołaj też

cały czas przy sztalugach. I przez to wszystko straciliśmy
cię z oczu. Tak czy owak, współczuję.

— Dziękuję.

— Wiem, że masz nowego psa. Mam nadzieję, że czujesz
się teraz w Zawrociu bezpiecznie. Gdyby tak nie było, to
zapraszam do nas. Na górce jest gościnny pokój z łazienką.
Akurat pusty. My będziemy sobie malowali, a ty możesz
robić, co chcesz.

— To bardzo miła propozycja, ale nie mogę z niej skorzystać. Nie wiem, kto otruł psy i jaki cel mu przyświecał, więc
wolę być w Zawrociu, by temu komuś nie ułatwiać życia.

— Tak myślałam. Mimo to propozycja jest aktualna do
świąt. Potem mamy gości.

— Będę miała to na uwadze.

— Pamiętaj też, że w każdej chwili możesz wpaść na plotki i kawę czy herbatę...

— Ja też zapraszam. Wiem, że niełatwo wam się wyrwać,
ale może zdarzy się taki dzień. W końcu mieszkamy blisko.

— To jesteśmy umówieni u nas lub u ciebie. Do zobaczenia.

Po odłożeniu słuchawki uznałam malkontencko, że to
był kurtuazyjny telefon bez znaczenia. Brunon zareagował,
a Ula i Mikołaj udawali, że obchodzi ich mój problem. Nie
obchodził. Złożyli pochopnie Pawłowi jakieś obietnice, ale
to były tylko słowa, nic więcej. Teraz też były to tylko zdaw-
kowe zdania — zaproszenie, z którego nie sposób skorzystać,
nawet gdyby się chciało czy musiało. Gdyby Ula zadzwoniła
po wyjeździe Pawła, to co innego. Ale nie zadzwoniła. I nie
zrobiła tego po mojej wizycie u niej. Rewizyty też nie było.
Wniosek mógł być tylko jeden — ani Ula, ani Mikołaj nie byli
zainteresowani zaprzyjaźnieniem się ze mną. Co najwyżej
obawiali się, co pomyśli Paweł, gdy się dowie, jak kiepsko to
wszystko się ułożyło. Ula właśnie usiłowała sobie załatwić

alibi. Dzwoniliśmy. Proponowaliśmy. Byliśmy umówieni. Czekaliśmy...

4

Wizyta Wieśka, sprowokowana moim telefonem, babko. Chciałam się dowiedzieć, co ustalił na stacji benzynowej. Zamierzałam mu też pokazać zdjęcia.

Były jeszcze inne powody telefonu do Wieśka. Pomyślałam, że nie zaszkodzi, gdy przed bramą Zawrocia postoi trochę policyjny samochód. Nie mówiąc już o tym, że obecność postawnego, umięśnionego stróża prawa, który miał w dodatku pistolet przy boku, zwiększała moje poczucie bezpieczeństwa. Przynajmniej na kwadrans...

Tym razem miałam tylko kawę i ciasteczka ze sklepu. Wiesiek zerknął z rozczarowaniem na talerzyk i przeszedł do konkretów:

— Ten, co sprzedawał papierosy, nie pamiętał, o co go pytano. A dziewczyna po namyśle powiedziała, że ona już sama nie wie, co słyszała, może Zakrocin, może Zawrocie. Chyba miała pani rację. To pewnie był fałszywy trop. — Wiesiek ponuro zapatrzył się w kawowe oczko.

— A są jakieś inne tropy?

— Nie. Nikt nic nie słyszał, nikt nic nie widział. Jak to u nas. Nawet jak coś widzieli, to nie powiedzą, bo nie chcą, by ktoś ich potem ciągał po komisariatach. Taki naród nieużyty.

— A co z żabą, nietoperzem i papugą?

— Z żabą, nietoperzem i papugą? — zdziwił się Wiesiek. — O czym pani mówi? — Chyba zaniepokoił się, że mam nie po kolei w głowie.

— Chciałabym wiedzieć, czy szukano tylko sprawców otrucia psów, czy może też zajęto się resztą?

— Resztą?

— Żabą, nietoperzem i papugą! — powtórzyłam.

Wiesiek dalej wybałuszał oczy.

— Jakoś nadal nie łapię.

— Czytał pan raport?

— Oczywiście.

— Wspominałam jednemu z policjantów, którzy tu byli przed panem, że zanim otruto psy, ktoś przyklejał i przywiązywał do bramy martwe zwierzęta.

Wiesiek jednocześnie poczuł ulgę i się wkurzył.

— A to gnojek! Pominął to w raporcie. Uf!

— To dlatego nikt się do mnie nie zgłosił po zdjęcia papugi i śladów. Proszę za mną, panie władzo.

Po chwili Wiesiek patrzył już na rozłożone fotografie.

— Coś mi to przypomina — mruknął, patrząc na ślady krwi. — Paweł, jak się nudził na lekcjach, to rysował takie pokręcone esy-floresy.

— Klucze wiolinowe!

— No właśnie. Co z tego wynika? — zastanawiał się.

— Na pewno to, że tego wszystkiego nie zrobił ktoś przypadkowy.

— Tak, na to wygląda... — Wiesiek drapał się po łepetynie, jakby to miało mu pomóc w myśleniu. — Może jeszcze oznaczać, że ten ktoś ma coś do Pawła albo do pani w związku z Pawłem.

— Być może. Choć przedtem brałam to wszystko raczej za chęć nastraszenia mnie albo wykurzenia z Zawrocia. Dopiero te kropki dały mi do myślenia.

— Ktoś ma nieźle zakropkowane w głowie — mruknął Wiesiek. Więc wcale nie był taki tępy, na jakiego w pierwszej chwili wyglądał. Ucieszyłam się z tego odkrycia. — Niech mi to pani jeszcze raz dokładnie opowie. Ja na pewno tego nie zlekceważę. — Na potwierdzenie swoich słów wyciągnął notes. — To od czego tak naprawdę się zaczęło?

XXXII. NOWY TROP

1

Mimo posiadania magicznego gwizdka nadal słabo panowałam nad Bzylem. Postanowiłam go więc przekonać do siebie jedzeniem. Przez żołądek do psiego serca!

Po smakołyki dla niego i Unty wybrałam się nie do najbliższego marketu, a do sklepu zoologicznego, który był w sąsiednim Jezielsku. Chciałam zobaczyć tę miejscowość, ale przede wszystkim porozmawiać ze sprzedawcami. Papuga! Któryś mógł wiedzieć, kto w okolicy miał taką papugę i kto już nie przychodzi po karmę. Wiesiek miał zacząć przepytywanie w Lilowie, ja zaś pomyślałam, że nie zaszkodzi rozejrzeć się dalej. Całkiem jak inspektor Smith, który wybrał się na peryferia, gdzie mieszkała przyjaciółka Igi Deviot. I tylko pora się nie zgadzała. Inspektor patrzył na kwitnący ogródek, a ja trzymałam się kurczowo śliskiej drogi i patrzyłam na ciężki, zabrudzony śnieg na poboczach.

To była moja pierwsza wyprawa do Jezielska. Nie było dużo większe od Lilowa, ale ludzie byli tu chyba bardziej przedsiębiorczy, bo pierwsze, co rzucało się w oczy po wjeździe do tego miasteczka, to był natłok szyldów. Sklepiki, kawiarenki, pizzerie, banki, biura podróży. Było tu nawet czynne kino, gdy w Lilowie zostało po nim jedynie wspomnienie i pusta, rzadko używana sala kinowa w Domu Kultury.

Spodziewałam się, że miejscowy sklep zoologiczny będzie jakąś namiastką, a okazało się, że jest tu całkiem sporo zwierząt. Chomiki, świnki morskie, szczury, rybki, ptaki, węże, kraby, fretki, żółwie, tarantule i kto wie co jeszcze. Przez chwilę oglądałam ryby, zastanawiając się, czy wielkie akwarium nie wypełniłoby pustki po fortepianie.

Podszedł do mnie szpakowaty, starszy mężczyzna, powłóczący odrobinę jedną nogą.

— Pani babka też zawsze najpierw szła do tego kąta z akwariami. Adam Borzęcki — przedstawił się. — Pani Matylda, nieprawdaż?

— Zgadza się.

— Widziałem panią na pogrzebie, ale ta czapka przykrywa włosy... Gdy jednak pani tak stanęła jak ona... przy rybkach... to jakbym ją widział ze trzydzieści lat temu.

— Tak, wiem, że jestem do niej trochę podobna. W upodobaniach najwyraźniej też.

— Namawiałem panią Aleksandrę na akwarium, ale burczała, że nie będzie więzić żadnych zwierząt w małych szklanych pułapkach. Szanowała zwierzęta. I kochała swoje psy. Nie wiem, jak zniosłaby śmierć Remiego... — Pokręcił z dezaprobatą głową.

— Widzę, że wieści szybko się rozchodzą.

— Ano tak. Zwłaszcza te złe. Dobrze, że Uncie nic się nie stało.

— Tak. Przynajmniej ona mi została. Choć tamtych psów, które zabito, brak mi każdego dnia. Były wyjątkowe.

— To prawda. Pani Aleksandra byle czym się nie zadowalała. Remi był nie tylko mądry, ale i wyjątkowo ładny.

— No właśnie. Mam już nowego psa, ale nie idzie mi z nim tak dobrze jak z Remim. Chciałabym go czymś do siebie przekonać.

— To znaczy, że potrzebuje pani wyjątkowych smakołyków. Zaraz coś dla pani znajdę.

Poczłapał do półki z psią karmą, a ja dalej patrzyłam na welony, gupiki i kardynały...

Znałam te wszystkie ryby, bo Paula kiedyś uparła się, by mieć jakieś zwierzątko. Matka wtedy nie wyobrażała sobie w domu psa, kota czy chomika, w końcu stanęło na akwarium. Kazik kupił je Pauli na dwunaste urodziny. Chodzenie potem po sklepach zoologicznych i wyszukiwanie jak najładniejszych rybek stało się na pewien czas wspólną pasją Pauli i jej ojca. Nie byłam oczywiście do tego dopuszczona. To była ich pasja, ich akwarium i ich rybki. Miałam wówczas osiemnaście lat, więc mało mnie to już obchodziło, ale gdzieś w mojej głowie został obraz tych dwojga przy olbrzymim akwarium. I pisk Pauli, gdy nowy skalar czy neon ruszał na jego podbój.

— Mamuś, chodź! Zobacz, co kupiliśmy!

I mamuś podchodziła do akwarium i podziwiała nową rybkę. Mnie nikt nigdy nie zawołał. Paula co najwyżej czasami rozglądała się, by zobaczyć, gdzie jestem i czy dostatecznie jej zazdroszczę.

Zwykle było przy niej któreś z rodziców. Nie wiem, jak to się stało, że kiedyś zostałyśmy na chwilę same.

Paula zaczęła skakać koło akwarium.

— Nigdy nie będziesz miała rybek — powtarzała. — Wszystkie rybki w tym domu są moje.

— Trochę brudnej wody i półzdechłe glonojady — burknęłam. — Kto by to chciał mieć. Chyba że jakaś gówniara.

Potem była histeria Pauli, uspokajanie jej przez oboje kochanych rodziców i kara dla mnie. Nikt nie zadał sobie trudu, by zbadać, co naprawdę jej zrobiłam. Z góry założono, że to musiało być coś okropnego.

I właściwie było — tyle że wtedy tego nie rozumiałam, bo nie wiedziałam, że tamta dwunastoletnia Paula kocha mnie głupią, zazdrosną miłością, która domaga się uwagi za wszelką cenę. Słowa mają moc sztyletów. Moje zabiły wszystkie rybki. Paula je ugotowała. Może niechcący, może chcący. Bo wartość miało w jej życiu tylko to, czego ja też pożądałam.

Ciekawe, jak to będzie teraz z Jaśkiem? Czy nie podzieli losu złotych rybek i gupików? Nie! Jest ojcem mojego dziecka. Już choćby to czyni go najcudowniejszym mieczykiem w akwarium jej życia.

Pan Adam wrócił, szeleszcząc torebkami.

— Wybrałem małe opakowania, bo może najpierw lepiej wypróbować, co temu psu pasuje. I jak już pani będzie wiedziała, co on naprawdę lubi, to właśnie to warto mu dawać rzadko, tylko w formie nagrody. A to ulubione ciasteczka Unty.

— Pamięta pan przysmaki wszystkich zwierząt w okolicy?

— Tylko tych, których właściciele tu zaglądają. Markety odebrały mi sporo klientów. Cieszę się, że pani tu w końcu trafiła.

— To prawda, trochę mi zeszło. Ciekawa jestem, jakich zwierząt jest w okolicy najwięcej, oprócz oczywiście psów, kotów i rybek.

— Akwariów teraz już jest mniej niż kiedyś. Ostatnio był spory ruch na większe zwierzęta. Najwięcej sprzedawałem królików i tchórzofretek. Co sezon to inna moda.

— A ptaki?

— Też ostatnio niemodne. Ale jest w okolicy trochę kanarków i papug. Zwykle kupują je starsi ludzie. Śmieję się, że muszą z kimś pogadać.

Postanowiłam przejść do sedna.

— Kupił ktoś ostatnio u pana papugę?

Adam Borzęcki spojrzał na mnie uważniej.

— Jóźwiak już mnie o to pytał.

— O... Nie pomyślałam o tym. Czy powiedział, dlaczego pyta?

Sprzedawca skinął głową.

— Zdradzi mi pan, co mu pan odpowiedział?

— Tylko tyle, że w ciągu ostatniego miesiąca sprzedałem dwie pary papug. Obie kobietom.

— Zna je pan?

— Jedną znam, często tu zachodzi. Druga była u mnie po raz pierwszy. Tak czy owak, wolę nie opowiadać o swoich klientkach. Nie wiadomo, czy one by sobie tego życzyły.

— Rozumiem. Może zechce mi pan powiedzieć, czy ta znajoma klientka dalej przychodzi po karmę?

— Tak. To akurat mogę potwierdzić. A tej drugiej już tu nie widziałem.

— A może pan wie, kto w okolicy ma wypreparowane zwierzęta? Jest jakiś sklep albo fachowiec?

— Nie mam pojęcia. Ja, jak pani widzi, zajmuję się żywymi.

2

Zamiast wracać do Zawrocia, postanowiłam pojechać do Ewy. Kwadrans później byłam na miejscu. Kamilek spał, a reszty nie było w domu. Trochę mnie to rozczarowało.

— Ciekawe, kiedy uda mi się poznać Romka. Jakoś się tak mijamy — zauważyłam.

— On się mija w tej chwili ze wszystkimi, nawet ze mną. Chce zrobić specjalizację. Gdy nie pracuje, siedzi w książkach. Zostają jakieś kwadransiki, które poświęca małemu. A dla mnie co najwyżej chwilki. No ale tak się umówiliśmy. Potem on będzie się zajmował Kamilkiem, a ja specjalizacją.

— Nie znoszę wyrzeczeń — mruknęłam.

— Ja też. I mam ochotę wyrzec się znoszeń.

— A przed nami same wyrzeczenia i znoszenia.

— Nie same — zaoponowała ze śmiechem Ewa. W ogóle była w lepszej formie niż ostatnio.

— Niech zgadnę, kolka się odkolkowała?

— Tak jakby. Trzeci sposób pani Janeczki zadziałał. I oby tak dalej! — Ewa odpukała w niemalowane. — A co u ciebie?

— Klucz wiolinowy — westchnęłam teatralnie.

— W głowie? — zachichotała.

— Na śniegu. Choć właściwie na zdjęciu tego śniegu.

— Fotografujesz dla Pawła?

Potrząsnęłam przecząco głową.

— Dla panów policjantów! Dowód w sprawie.

Dobry humor Ewy prysnął jak mydlana bańka.

— Gdzie był ten klucz? — spytała. — Przy psach?

— Nie. Przed bramą, na której wisiała papuga. Ktoś wtedy krwią namalował coś podobnego do klucza wiolinowego. Nie od razu to zauważyłam.

— Jesteś pewna?

— Owszem. Nie muszę ci mówić, że jestem tym wszystkim zmęczona. Wiesiek, to znaczy policjant, wypytuje mnie o motywy i podejrzenia, a ja nie wiem, czy mu je zdradzać, czy lepiej je zachować na razie dla siebie. Mam mu powiedzieć, że podejrzewam siostrę Pawła i do tego wszystkie jego byłe? O Kostku też jakoś głupio opowiadać Wieśkowi, który może roztrąbi to po miasteczku i Los Angeles. Z drugiej strony tyle się zdarzyło, że coś trzeba robić. Szkoda, że nie zastałam cioci Zosi. Chciałam z nią porozmawiać. Może by mi coś doradziła.

— Ja to za mało?

— Co dwie głowy, to nie jedna.

— Mama by ci powiedziała, byś trzymała język za zębami i pozwoliła pracować policji. I byś się do nas natychmiast przeniosła.

— Trzymać język za zębami? Jesteś pewna?

— Tak. Zwłaszcza o Emili. Jeśli czujesz się naprawdę zagrożona mimo zakupu Bzyla, to może powinnaś pomyśleć o agencji detektywistycznej. Rozmawialiśmy o tym w domu.

Romek ma znajomego, który ma znajomego, który... i tak dalej...

— O tym nie pomyślałam.

— Romek ma tam zadzwonić, by się dowiedzieć, ile to kosztuje.

— No proszę. A taki przecież zajęty.

— Lubi Pawła. Wiesz, jak to jest z facetami. Solidarność penisów. — Zachichotała.

— W Warszawie to tak nie działa. Konkurencja. Jeden drugiemu by go obciął. Odkrywam tu zupełnie odmienne obyczaje... Najpierw czułam się osaczona krytyką, a teraz nagle dostaję pomoc.

— Prowincja ma nie tylko wady, ale i zalety.

— Ale przez to czuję się tak bardzo przesiąknięta miastem. Jestem miejska zołza. Trochę empatii, ale więcej podejrzliwości i oceniania.

— E tam. Ułoży się. Tu też nie brakuje zołz, choć może na czym innym to polega niż w mieście. Zołza prowincjonalna jest też plotkarą. Jedna z nich omiata ci kurze i aż ją rozrywa, by całemu światu powiedzieć, co o tobie myśli. Gdyby nie była od ciebie zależna, tobyś zobaczyła, co potrafi.

— I tak wiem.

— Nie sądzę — zaśmiała się po swojemu Ewa.

— A wracając do tego pochrzanionego klucza... Znasz wszystkich oprócz Kostka. A właściwie wszystkie. Twoim zdaniem którejś mogłoby tak odwalić, żeby kręciło ją rysowanie czegoś takiego?

Ewa spochmurniała.

— Co to da, jeśli powiem, że tak? Dopóki nie masz dowodu, to nic nie znaczy.

— A czy jest jeszcze jakaś osoba, którą powinnam wziąć po uwagę? Może ktoś z osady nad jeziorem chcieć zaszkodzić mnie lub Pawłowi?

— Paweł raczej jest tam lubiany. Ten żart z żabą, to owszem, miałabym paru kandydatów. Nietoperza też można by od biedy zaliczyć do żartu, choć makabrycznego. Ale nie ta krew na śniegu i trucie psów. Aż tak bardzo pokręceni to chyba nie są.

— Ale trochę są?

— Trochę.

— To wiem tyle, ile wiedziałam wcześniej.

Ewie było głupio.

— Przecież rozumiesz, jak trudno rzucić oskarżenie na osoby bliskie ludziom, którzy są dla nas ważni.

— Tak... rozumiem. Chciałabyś, żeby to był ktoś z moich wrogów. Kochany przyszywany braciszek! Jestem trochę zazdrosna.

— Nic na to nie mogę poradzić. Kocham Pawła.

— Tajemnice! Ale chyba możesz mi powiedzieć, kiedy zmarł mąż Lilki?

— Owszem, w październiku ubiegłego roku.

— No proszę, jak mu się w porę zmarło... — nie kryłam ironii. Paweł był akurat po rozstaniu z Anną, wolny. — A z jakiego powodu zmarł?

— Zatruł się grzybami.

— Żartujesz?!

— Nie. Pojechał na Mazury do znajomego. Ryby, grzyby i te rzeczy. Ten drugi ledwie przeżył. A mąż Lilki pofrunął do nieba. Nie rozpaczała zresztą z tego powodu, bo się już bardziej nienawidzili, niż kochali. I zdradzali się oboje. — Ewa chyba postanowiła trochę usprawiedliwić Pawła. — Takie to było małżeństwo. On był zresztą od niej dużo starszy. Redaktor naczelny i ponętna stażystka. Tak to się zaczęło. Tyle że on nie potrafił zrezygnować z kolejnych stażystek. Dlatego Lilka się odgryzała, romansując ze stażystami. Nie tylko zresztą... I tak sobie udowadniali przez lata, kto jest górą.

— I skończył przez grzybka?

— Dokładnie.

— Brr! Od dziś żadnych grzybków.

— Lilka była wtedy ponoć w Berlinie.

— Ponoć.

Zaśmiałyśmy się, choć właściwie historia była odrobinę straszna. Lilka była naprawdę czarną wdową.

3

Jechałam potem do Zawrocia tą zakręconą, szaloną drogą, a po głowie plątało mi się pytanie, czy grzyby są śmiertelnie trujące także dla psów. I czy moje psy wyczułyby w podanym jedzeniu zapach muchomora czy szatana.

Potem odsunęłam te absurdalne myśli i skupiłam się na analizie tego, czego dowiedziałam się od sprzedawcy. Kobieta! W dodatku obca. Zatem to nie mogła być Emila, bo tę by poznał. To akurat było dla mnie oczywiste. Nie mogła być też drugą, znajomą kobietą, bo to była jakaś stała klientka. Emila nie miała żadnych zwierząt. Ona zresztą nie kupowałaby papug w Jezielsku, tylko w mieście, w którym pracowała, dostatecznie odległym od Lilowa.

Była jeszcze jedna ważna informacja. Adam Borzęcki sprzedał dwie pary papug. Być może ta obca kobieta miała drugą papugę, tylko kupowała dla niej jedzenie gdzie indziej. Czy sprzedawca opisałby tę kobietę, gdyby go o nią spytał Wiesiek?

Postanowiłam zadzwonić do niego, by podrzucić mu ten nowy trop.

— Podjadę za pół godziny do pani. Zdąży pani wrócić?

— Tak. Jadę prosto do domu.

Przyjechał godzinę później.

— Służba! — usprawiedliwiał się.

— Rozumiem.

— Niech mi pani to jeszcze raz opowie. Od początku. Wszystko, co pani pamięta, począwszy od tego momentu, gdy zobaczyła pani żabę. Czasami pominie się jakiś szczegół.

Zaczęłam od mgły i zmierzchu. Wiesiek sprawdzał notatki.

— To znaczy, że żaba i nietoperz były spreparowane, a papuga nie? — upewniał się potem.

— Zgadza się. I ptak nie był przyklejony do klamki, lecz przywiązany.

— Dziwne, że ten ktoś tak nagle zmienił reguły gry.

— Tak... też o tym myślałam. Śmierć psów wskazuje, że ta nowa gra komuś się spodobała. Choć myślę, że bardziej niepokojąca może być eskalacja okrucieństwa. Bo co będzie następne?

— Przychodzi pani na myśl jakaś kobieta?

Pokręciłam przecząco głową. Wiesiek patrzył na mnie uważnie, jakby czuł, że to nieprawda i mam na myśli niejedną wiedźmę.

— Nie pomogę pani, jeśli pani nie pomoże mnie.

— Nie mogę bez choćby cienia dowodu rzucać na kogoś oskarżenia.

— Czasami pomocne są motywy. Może chociaż to mogłaby pani powiedzieć. Zastanawiała się pani nad motywami?

— Zazdrość. Nienawiść. Zemsta. Obsesja. Czy to panu ułatwi pracę?

Podrapał się po łepetynie.

— Tyle to sam wiedziałem.

— Może warto zapytać właściciela sklepu zoologicznego, jak ta kobieta wyglądała.

— Tak, będę musiał to zrobić. Nie pomyślałem, że ktoś mógł kupić tę papugę w Jezielsku. Wyleciało mi z głowy, że tam jest sklep zoologiczny. Moja żona jest uczulona na wszystko, co się rusza, łącznie ze mną. — Zaśmiał się. — Przepraszam, głupi żart — zmieszał się chwilę później.

— Mam poczucie humoru, panie władzo. Ależ się pan spina. Ciekawe dlaczego?

— No... znalazłoby się trochę powodów. Warszawa, teatr, Zawrocie, wnuczka pani Aleksandry, do tego piękna kobieta...

— Niech pan będzie sobą, a ja też będę sobą.

— To jadę wziąć za dupę Borzęckiego. Tak dobrze?

— Bardzo dobrze. Niech go pan weźmie za dupę, tylko delikatnie, bo mi potem nie sprzeda ciasteczek dla Bzyla. I proszę zabrać zdjęcie papugi.

— Zabiorę. I będę delikatny, ma to pani jak w banku — rozluźnił się. — Uf! Dobrze, że jest choć taki trop. Bo rozpytywanie jak dotąd niewiele dało. Nikt tu nic do pani nie ma, a przynajmniej nie tyle, żeby zabijać psy. No ale jednak ktoś coś ma. Same się nie otruły. Papuga też sobie sama nie ucięła łba. — Chwilę zastanawiał się nad swoimi słowami i aż się wzdrygnął. — A jeśli się mylimy i robi to ktoś szalony? Muszę sprawdzić także miejscowych wariatów. — Wiesiek się zerwał. — To jadę. Nie ma na co czekać, bo i innej roboty huk!

XXXIII. PSIE I PTASIE SPRAWY

1

Śnieg, babko, choć nie taki jak przedtem. Trochę prószenia, potem przerwa. I znowu prószenie, i przerwa. Wiele nie napadało, ale i tak spędziłam poranek z łopatą i miotłą. Jóźwiak chciał sam odśnieżyć, ale tym razem uparłam się, że ja się tym zajmę. Ruch! Potrzebowałam ruchu, bo wypieki Jóźwiakowej zrobiły swoje. Trzeba jej zakazać ich przynoszenia! — postanowiłam. Ale od razu przed oczami pojawił mi się jej sernik. — Trzeba jej zakazać przynoszenia tak dużo — skorygowałam postanowienie. — Po kawałeczku i co parę dni! Niech to będą porcyjki jak z cukierni. Małe kwadraciki!

I żeby na nie zasłużyć, machałam miotłą z zapałem. Unta obszczekiwała kolejne białe tumany, które wznieciałam, a Bzyl biegał własnymi ścieżkami po posesji, jakby chciał ją dobrze poznać. Unta czasami ruszała za nim, ale wracała sprawdzić, jak się mam. Bzyl wolał straszyć ptaki i wąchać świat. Trzeba przyznać, że zima mu nie przeszkadzała w znikaniu nie wiadomo gdzie. Zawrocie mu się podobało. I tylko ja nie bardzo. A jeszcze mniej moje rozkazy. Owszem, zjadał ze smakiem pychotki, które mu przywiozłam z Jezielska, ale to nie wpłynęło na jego zachowanie. Słuchał się gwizdka, ale nie mnie, taka prawda. Miałam więc gwizdek cały czas przy sobie.

Drzewa w sadzie wyglądały tak ładnie w nowych, śniegowych ubrankach, że po odłożeniu łopaty postanowiłam jeszcze trochę pooglądać ten pobielony świat i wybrałam się z Untą przez środek sadu na grób Remiego i Reksa. Trochę to była karkołomna wyprawa, bo grzęzłam w śniegu. Ale jakoś dobrnęłyśmy do przykrytego śniegiem kopczyka. Unta chyba wiedziała, że to tu leżą jej przyjaciele, bo skamlała żałośnie przy mojej nodze.

— Też za nimi tęsknię — powiedziałam, przytulając ją.

To była prawda. Przyśniły mi się w nocy. Szczekały w tym śnie na kogoś. Tyle że ani ja, ani Unta nie słyszałyśmy tego szczekania, tylko widziałyśmy, jak im się gotuje w gardłach. Ujadały ciszą — tak pomyślałam po przebudzeniu. Na kogo? Kto czaił się w mroku snu, a może i jawy?

Bzyl na chwilę zaciekawił się tym naszym staniem w białej pustce, ale zaraz ruszył swoimi ścieżkami.

— Młody jest. Nie wie, co to śmierć.

Unta szczeknęła, jakby zgadzała się ze mną w zupełności. Ona to już wiedziała. Choć może bardziej wiedziała, jak boli znikanie, zarówno to bezpowrotne, jak i to zakończone powrotem.

— Paweł do nas wróci, suniu — upewniłam ją. — Kupi ci największą kość, jaką znajdzie. Będziesz sobie ją obgryzała przy choince. Raz ci pozwolę. Mnie też coś kupi. Ciekawe co? O tobie też nie zapomni — powiedziałam do Fasolki. — Dostaniesz jakąś muzykę. To pewne. Żeby ci się tylko przez to za bardzo nie wyciągnęły uszy.

Unta chyba myślała, że to do niej mówię, bo podsunęła mi łeb. Wytargałam ją za uszy i brodę. Potem wracałyśmy po swoich śladach. A ja zastanawiałam się, czy też rozmawiałaś z psami, babko. Sądząc po ilości słów, które rozumiała Unta, musiało tak być.

2

Ruszyłam potem razem z inspektorem Smithem w pościg za tajemniczą starą kobietą, która miała włosy podobne do kotki z zaułka, gdzie mordowano kobiety. Staruszka umiała zresztą znikać w mrokach miasta całkiem jak kot. Inspektor Smith z akapitu na akapit był tym coraz bardziej zdenerwowany. I coraz gorsze miejsca oglądał. Wszystkie śmierdziały szczurzymi odchodami, brudem i pleśnią. Świat w rozpadzie. Stara kobieta ze srebrnymi włosami wodziła inspektora za nos. Żadne miejsce nie było dla niej zbyt straszne czy cuchnące. Mnie też przy okazji przez nie przeciągnęła. Ale po prosektorium, gdzie musiałam obejrzeć z inspektorem Smithem każde przecięte nożem ścięgno, te miejsca wydawały mi się całkiem znośne.

A jak potem przyjemnie było odrywać wzrok od tekstu i rozglądać się po gabinecie Maurycego, gdzie wszystko lśniło, wypolerowane przez Martę Jóźwiak. Równie przyjemnie piło się herbatę z delikatnej porcelanowej filiżanki, która mogłaby zdobić najlepszy salon. I do tego przy nodze rasowy, posłuszny pies, a nie kobieta-kotka przeciskająca się przez dziurę w płocie. Tak... gdyby nie śmierć psów, byłoby nawet zabawnie tak przechodzić ze strasznego świata fikcji do ciepłej, sytej i ładnej rzeczywistości. Taki ożywczy dreszczyk strasznego, które człowieka nie może dosięgnąć! A tak brud z zaułka zdawał się przenikać do realnego świata, choć pozostawał jeszcze za granicami Zawrocia.

Po trzech godzinach tłumaczenia zrobiłam przerwę. Unta powitała to z ulgą. Nudziło jej się w domu, a ja po śmierci psów już nie puszczałam jej na zewnątrz samej. Za bardzo się o nią bałam.

— Co powiesz na jakiś smakołyk? Zasłużyłaś. Taki dobry, wierny, mądry pies. — Dałam jej ulubione ciasteczko.

Unta pobiegła potem do drzwi wyjściowych.

— Dobrze, pójdziemy pochodzić.

Ubrałam się, złapałam torebkę z suszonymi paskami gęsiego mięsa, które tak smakowało Bzylowi, i ruszyłyśmy na dwór. Unta pobiegła za potrzebą, a ja zostawiłam torebkę na parapecie okienka, które wychodziło na ganek, i cofnęłam się po szal. To był błąd. Gdy wróciłam, po torebce nie było już śladu. A właściwie był ślad, dwa brązowe paseczki leżące na śniegu. Unta szczekała na nie i pokazywała drogę Bzyla. Pozbierałam paseczki, jeden dałam Uncie. A potem gwizdnęłam.

Bzyl zjawił się chwilę później.

— I co mam z tobą zrobić, złodzieju? Jak ci ktoś wrzuci jedzenie zza bramy, to też się tak poczęstujesz?

Bzyl nic sobie nie robił z mego gadania. Czekał na polecenie. Szczeknął nawet, by mnie pośpieszyć. Pewnie nie zdążył wszystkiego pożreć i rwał się do reszty.

— Noga — powiedziałam i ruszyliśmy ku drewutni. Bzyl się nudził, ale szedł za mną. — Siad! — Czekał posłusznie, aż zapakuję do koszyka drewno. — Noga — znowu szliśmy we troje. Zostawiłam drewno na ganku i przespacerowałam się do drewutni jeszcze raz.

— Pewnie masz wyrzuty sumienia, dlatego jesteś chwilowo posłuszny — powiedziałam na koniec tych podwórkowych przechadzek. — Wiesz, że możesz stracić tu życie, jeśli będziesz się tak nieodpowiedzialnie zachowywał jak przedtem? Nawet nie mam cię czym nagrodzić. Chodź tu! — Bzyl niechętnie się zbliżył i pozwolił poklepać po łbie.

Unta zaraz go odepchnęła i podsunęła swój łeb.

— Wracamy do domu — to było do Unty. — Pilnuj nas! — rzuciłam jeszcze do Bzyla, ale wiedziałam, że poleci zbierać ze śniegu swoje psie delicje. Cóż, był tani. Nie stać mnie było na lepszego psa. Miałam nadzieję, że jednak nie jest aż taki głupi, jak mi się czasem wydawało.

3

Nie wróciłam jednak do tłumaczenia, bo zadzwonił telefon. Marta powiedziała, że Jóźwiakowi coś strzyknęło w plecach i że przez parę dni pewnie będzie leżał.

— Jola robi mu zastrzyki. No ale Stasiek o psy się martwi. Na przykład czy pani sobie z Bzylem poradzi.

— Będę musiała.

— Po karmę miał się wybrać. I po mięso dla psów.

— Tym niech się nie kłopocze. Muszę tylko wiedzieć, gdzie odebrać mięso.

— W tym mięsnym w Rynku, co jest naprzeciwko księgarni.

Dotąd to Jóźwiak karmił psy. Ja tylko je rozpieszczałam.

— Pojadę tam. Wiem, który to sklep.

— Trzeba powiedzieć, że pani z Zawrocia i że Stasiek przysyła. Oni pewnie panią zresztą znają. Sama bym to mięso odebrała, ale bez samochodu nie przydźwigam go taki kawał drogi. A jak na złość nie ma żadnego chłopaka.

— Na szczęście ja jestem zmotoryzowana i droga jest przejezdna.

— To poradzi sobie pani?

— Tak. Proszę przekazać panu Jóźwiakowi, że życzę mu zdrowia.

— Przekażę, pewnie. Żeby się tak nie forsował na dwa domy, toby go tak nie pokręciły korzonki czy co on tam jeszcze ma. Co zrobić, jak robota nie do przerobienia. A jeszcze struł się tymi psami, jakby sam zjadł jakąś truciznę. Zmartwienie też potrafi pokręcić człowieka. A tu w dodatku przyśniła mu się świętej pamięci pani Milska. Stała tak z tą swoją brzozową laską i czekała na Remiego. Nic dziwnego, że Stasiek obudził się zlany potem. I wylazł taki spocony spod kołdry. Okno jeszcze otworzył, bo duszno mu się od tego całego snu zrobiło. Wpuszczał zimno i mamrotał, że nie dopilnował. W koło Macieju. I że obiecał. Aż zła byłam na pani babkę, że tak się po snach cudzych plącze i laską stuka. Bo co Stasiek winny?

— Oczywiście, że nie ma tu żadnej jego winy. Tyle że bardzo Remiego lubił. Niełatwo pogodzić się ze śmiercią takiego psa. Sama co ranek ze ściśniętym sercem przypominam sobie, że go już nie ma.

— Ano tak... — Marta westchnęła przeciągle. — Ten Bzyl to do niczego. Co najwyżej do oglądania. Choć Stasiek mówi, że może go uchodzi. No ale nie teraz. Chwilowo, to nawet na drugi bok trudno mu się przewrócić.

4

Odebrałam mięso, a potem podjechałam do supermarketu po karmę. W sklepie od razu ruszyłam do zakątka, gdzie były produkty dla zwierząt. Okazało się, że to dość ruchliwe miejsce. Najpierw minął mnie wtulony w kołnierz kurtki nastolatek, a potem ku swemu zdziwieniu zobaczyłam Lilkę. Chyba w pierwszej chwili chciała się cofnąć za regał, ale sekundę później wydęła pogardliwie wargi i poprawiła czarny szal, pięknie udrapowany wokół jej długiej szyi. W ogóle była dziś cała na czarno. I w tej czerni niestety było jej do twarzy.

— No proszę! Myślałam, że cię zasypało w tym twoim domeczku wśród pól — rzuciła z drwiną w głosie.

— Straszysz tu etatowo?

— To samo pomyślałam o tobie.

— Czy znad jeziora nie jest przypadkiem bliżej do sklepów w Jezielsku? — zastanawiałam się.

— To zdaje się nie twój problem.

Miała rację. Wolno jej było robić zakupy, gdzie chciała. Tyle że jej koszyk był niemal pusty, a ona nie tak pewna jak zwykle. Mój wzrok padł na karmę dla ptaków, którą miała w koszyku. Trzy opakowania. Poczułam, że robi mi się gorąco na ten widok.

— Twoja papuga musi się czuć samotna — wypaliłam na chybił-trafił. — Jej towarzyszka marnie skończyła.

Lilka pociemniała na twarzy.

— Nie wiem, o czym mówisz. To dla Ignacego.

— Jada takie rzeczy? Hm... To by tłumaczyło jego dziwne zachowanie.

— Dla jego ptaków. Nie udawaj, że jesteś głupsza, niż na to wyglądasz.

— A innym swoim sąsiadom niczego nie kupujesz? — kpiłam dalej. — Tylko Ignacemu? Coraz bardziej jestem go ciekawa.

— A on ciebie coraz mniej. Wiesz, co mi powiedział po tym, gdy cię zobaczył u Uli? „Szału nie ma".

— A po co mi jego szał? — postanowiłam ją sprowokować. — Wystarczy, że Paweł oszalał.

— Przejściowa sprawa. — Wydęła pogardliwie swoje ponętne usta. — Gdyby zresztą naprawdę oszalał, toby tu był. Wiem, jak on się zachowuje, gdy jest zakochany. Jakby był w ciągu. Narkotyk. Czaisz?

— Czaję.

— Odwyk. Ten wyjazd jest jak odwyk. Zawsze to samo. Tylko ty jeszcze o tym nie wiesz. Jedynie trasa się zmienia. U mnie to był Wiedeń. Po Ance wybrał się bodajże do Paryża.

— Jeśli jesteś tego taka pewna, to po co te gadki, głuche telefony i cała reszta?

— Nie wiem, o czym mówisz. Paranoja! Tak to się chyba nazywa. Nic dziwnego, że Paweł zwiał. Po co mu szurnięta brzuchata paranoiczka. Inna na twoim miejscu już dawno by pojęła, że nie masz tu czego szukać. Nikt cię tu nie chce. Ale cóż, do ciebie to nie dociera. Ktoś mi mówił, że jesteś gruboskórna. Ale żeby jak hipopotamica? Na szczęście to nie mój problem! — wyrzuciła to z siebie z prędkością karabinu maszynowego. Potem ruszyła do przodu tak ostro, że uderzyła mnie w bok brzucha swoim koszykiem. Dobrze, że byłam w puchatej kurtce, która trochę zamortyzowała pchnięcie. Ale i tak je odczułam.

— Nie wyjadę z Zawrocia. Szkoda twojej fatygi! — krzyknęłam.

Lilka się już nie odwróciła.

— Wszystko w porządku? — spytała sprzedawczyni, która widziała całe zajście.

— Tak. Nic mi nie jest.

— Myszy ją zjedzą — powiedziała jeszcze kobieta. — Żeby koszykiem w brzuszek... Pierwszy raz coś takiego widzę! Sumienia nie ma czy co?

5

Sprzedawczyni poszła, a ja bezwiednie podeszłam do półki, gdzie był pokarm dla ptaków. Sięgnęłam po opakowanie identyczne jak to, które miała Lilka. W opisie produktu nie było nic o papugach, a na obrazku ziarno dziobały sikorki i wróble. Co właściwie jedzą papugi? Trzeba to sprawdzić w domu.

Wrzuciłam do wózka jedno opakowanie. A potem dodałam jeszcze kilka, bo mi się przypomniały ptaki za oknem. A jeśli Lilka mówiła o takich właśnie ptakach? Może Ignacy dokarmia towarzystwo z pobliskiego lasu, a ja rzeczywiście mam już paranoję i oskarżam, kogo popadnie?!

A jednak moja wyobraźnia trzymała się Lilki. Tyle że trudno było sobie wyobrazić, by straszyła mnie osobiście. Nie rozstawała się ze swymi szpilami. Dziś też miała na nogach czarne buty z długimi cholewkami i dziesięciocentymetrowymi obcasami. Nie dla niej takie eskapady.

Ale musiała coś wiedzieć na temat papugi, bo inaczej czemu by się tak denerwowała? I ten jej wściekły monolog! Już drugi raz wspominała o kimś, kto mnie dobrze znał. I kto ją nastawił do mnie bardzo źle, o ile ona tego w ogóle potrzebowała. Tak czy owak, było to bardzo niepokojące. Kostek? Czy to możliwe, że Lilka miała z nim coś wspólnego? — zastanawiałam się. Bo któż inny mógłby mówić o mnie takie rzeczy? Jakub? Bo chyba nie Tuba? I czym właściwie zajmuje się Lilka w swojej gazecie? Raczej nie teatrem, bobym ją znała.

Myślałam także o Ignacym. Już drugi raz pojawiał się w kontekście Lilki. Niewątpliwie byli bliskimi znajomymi. Czy autorowi kryminałów chciałoby się biegać po polach i śniegach, by wieszać zakrwawione papugi, nietoperze i wypreparowane żaby? Zaraz... Co Ula mówiła o nim tuż po jego wyjściu? Wycofał się do swoich wypchanych węży, szkieletów i masek... Tak to jakoś brzmiało. Wypchane węże! Czy miał i inne podobne okazy?

Aż rozpięłam kurtkę i ściągnęłam czapkę, tak mnie rozgrzały te pytania. Jak mogłam wtedy nie zwrócić na to uwagi? Inspektor Smith na pewno by tego nie przegapił. Ale Ignacy? Co by nim kierowało? Nie mówiąc już o tym, że Ignacemu nie chciałoby się wstać przed południem. Była chyba jedenasta, gdy psy rozszczekały się z powodu papugi. Ignacy pewnie przewracał się wtedy na drugi bok w swojej piżamie. I papuga nie była wypreparowana. Ale przecież mógł mieć nie tylko martwe, lecz także żywe zwierzęta...

Jedno było pewne — wolałam takie podejrzenia niż te, które chciała obudzić we mnie Hania. Byle nie Emila! Bo jak powiem o tym Pawłowi? I co potem z tym wszystkim zrobimy?

Lilka! Może też Ignacy! Bo któżby inny! Tak... to wszystko zaczyna się układać w sensowną całość. To na pewno Lilka dzwoniła i plotła o liściu, gdy była tu Aga. I pewnie ona kupiła te dwie papugi, o których mówił sprzedawca w sklepie zoologicznym. I tylko śmierć psów do tego nie pasowała. Na razie jednak wolałam o tym nie myśleć.

W domu wykręciłam numer Wieśka.

— Wie pan może już coś o tej kobiecie, która kupowała papugi?

— Nie. Borzęcki jest w szpitalu, więc na razie zostawiłem go w spokoju. Wyszedł przed sklep podsypać piasku i skręcił kostkę, już wcześniej zresztą nadwyrężoną. Ślisko! Wypadek za wypadkiem. Co zrobić. Do domu też nie będę mu się pchał. Nadzieja w tym, że może będzie pracował z gipsem. Ale trzeba czekać.

Trzeba czekać — powiedział inspektorowi Smithowi patolog. — Jeszcze nie ma wyników z laboratorium.

Inspektor wkurzył się dużo bardziej niż ja. Od tych wyników mogło zależeć życie kolejnej kobiety. Albo i kilku kobiet. U mnie w grę mogło wchodzić życie Bzyla.

XXXIV. PACYNKA

1

Wiesiek zamierzał czekać, ja nie. Ignacy! Muszę wiedzieć, czy ma papugę albo jakieś inne ptaki.

Najpierw chciałam zadzwonić do Uli, by ją o to zapytać, ale potem zrezygnowałam z tego pomysłu, bo mi się przypomniały słowa Brunona. Może warto poznać Ignacego osobiście? Gdy znajdzie się ze mną sam na sam, pewnie nie będzie popisywać się jak wtedy u Uli. Czasami ludzie nakręcają się nawzajem i grają, a ja potrzebowałam prawdy. Jeśli jej nie wydobędę od niego, to może przynajmniej uda się coś wypatrzyć w jego domu.

Kwadrans później byłam już w osadzie. Ignacy otworzył dopiero po trzecim dzwonku. Powitał mnie nagi. Jedynie na głowie miał tę uszankę, w której go widziałam za pierwszym razem. Chyba myślał, że mnie to zniechęci do wizyty. A może postanowił zaprezentować się w pełnej krasie?

— Można? — zapytałam niewzruszona.

Chwilę patrzył na mnie z góry, zdziwiony i rozdrażniony moim uporem. W końcu jednak postanowił mnie wpuścić.

— Można — burknął i odwrócił się gołym tyłkiem. Całkiem nawet zgrabnym, choć chudym i przeraźliwie białym. To ciało nie widziało ani kwantu słońca w minione lato.

Gdy znaleźliśmy się w pokoju, sięgnął po szlafrok leżący na zabytkowym krześle. Szlafrok był trochę ekscentryczny — czerwony, jedwabny, z japońskimi motywami na plecach. Kłóciło się to z tym barchanowym stylem sprzed kilkunastu dni. Widocznie Ignacy lubił różne przebieranki, w zależności od sytuacji.

— Pisałem — rzucił z pretensją.

— Piszesz nago?

— Właśnie. Żeby mi nic nie uciskało myśli. Wlazłaś w środek zdania jak jakiś myślnik. — Patrzył, jakie wrażenie robią na mnie te słowa.

— Może tylko przecinek — rzuciłam. — Poczekam, aż dokończysz.

— Widać, że się nie znasz na tworzeniu. To radzę się poznać. Bo jak zaczniesz tak przerywać Pawłowi, to cię skreśli jak parę innych przerywaczek przed tobą.

Postanowiłam nie zastanawiać się, dlaczego pozwala sobie na takie zdania. Rozejrzałam się po wielkim pomieszczeniu, w którym byliśmy. Zajmowało pewnie z pół dołu. Gabinet Ignacego! Ignacy miał chyba równie wielkie ego, bo na środku stało duże biurko ze skórzanym fotelem na kółkach. Wokół była pustka, a w niej jeszcze tylko dwa takie krzesła jak to, na którym leżał przedtem jego szlafrok. Wszystkie stały zresztą luzem, jakby bez planu i przeznaczenia, bo nie towarzyszył im żaden stolik, co jeszcze pogłębiało wrażenie pustki. Jedynie ściany były niemal w całości zasłonięte przez różnej wysokości półki, wypełnione książkami i tysiącem różnych przedmiotów. Pierwsze, co mi się rzuciło w oczy, to cztery maski. Jedna była przerażająca. Aż się wzdrygnęłam.

— Przerwałaś mi, żeby sobie popatrzeć? — burknął Ignacy.

Wróciłam spojrzeniem do niego. Trzeba było przejść do konkretów, bo nie wyglądało na to, że zabawię u niego dłużej.

— A jak się mają twoje ptaki?

Ignacy wybałuszył oczy.

— A myślisz, że ile ja ich mam? — Szczelniej przykrył się szlafrokiem.

— Pytam o te fruwające.

— O fruwające... — Przekręcił głowę, by lepiej mi się przyjrzeć. — Cóż, nikt mnie nie uprzedził, że masz żółte papiery. To by się nawet zgadzało. Paweł ma takie upodobania. Im żółciej w głowie baby, tym bardziej go ona kręci.

— Lilka kupowała karmę dla twoich ptaków.

— Konsekwentna jesteś...

— Tak mi powiedziała w sklepie.

Ignacy podniósł do góry swe wypłowiałe brwi.

— A... to co innego. Wpuszczała cię w żółte! Nic mi nie fruwa. Nawet mój własny ptak to taki bardziej nielot — rzucił sarkastycznie.

Wkurzył mnie tymi swymi gadkami, ale postanowiłam przejść nad tym do porządku dziennego.

— Więc kupowała karmę dla swoich ptaków?

— U niej też nic nie lata. Może co najwyżej jakiś pająk przeciąga kończyny. Zdechłoby jej. Przecież siedzi prawie cały czas w Warszawie.

— To chyba ma sobowtóra, bo ja co chwilę na nią wpadam.

— Przyciąga was do siebie — uśmiechnął się złośliwie. — Metafizyka taka zasrana. No ale to oczywiste. Za to zupełnie nieoczywiste jest to, co cię oprócz ptaszka przyciągnęło do mnie.

— Też się zastanawiam.

Ruszyłam wzdłuż półek. Zatrzymałam się przy płodzie w słoiku.

— Prawdziwy? — zapytałam.

— W tym domu prawdziwy jestem tylko ja. Rekwizyt. Grał w filmie, do którego napisałem scenariusz.

— To też? — Podniosłam do góry kurzą nóżkę. Była jak żywa.

— Też. I tamta świńska głowa. I te ludzkie uszy. Jakiś problem?

— Lubisz makabreski.

— Nie ja. To dekoracje uczucia, które przeminęło. Prezenty. Ode mnie.

— Chyba nie łapię.

— A co tu łapać. Kobieta odeszła, a ślady jej pierdolca zostały. Czy raczej ślady mego pierdolca na jej temat.

— I tak po prostu zwróciła ci to wszystko?

— Po prostu? Nie, raczej po krzywu. W dodatku wszystko spryskała tymi pierdolonymi perfumami, których używała. Żebym pamiętał na wieki! A jeśli nie na wieki, to przynajmniej do momentu, gdy ten zapach nie wywietrzeje. Trwały jest! Trzeba mu to przyznać.

Pociągnęłam nosem. Chanel 5. Mogłam się tego spodziewać.

— Nie zginęło ci coś ostatnio? — spytałam.

— Skąd wiesz? Ktoś zakosił żabę i nietoperza. Gacka mi nie było żal, bo kiepsko się prezentował. Koszmarek taki. Ale do żaby byłem przywiązany. Lubiłem wyobrażać sobie, że to Cyna.

— Cyna?

— Moja pierdolnięta ukochana.

— Twoja Cyna skończyła na klamce od mojej bramy. Ktoś ją do niej przykleił.

— No! — zdziwił się Ignacy. — Daleko skoczyła. Ale chyba tam dalej nie siedzi? Mogłabyś mi ją zwrócić?

— A ty mógłbyś mi objaśnić, kto ją mógł umieścić na mojej klamce?

— Gdybym wiedział, tobym mu łapy powyrywał. Przy samej dupie.

— To chyba nogi.

— To i to.

— Więc to nie ty?

— A wyglądam na takiego, co lata z klejem po mrozie?

— Deszczowo tak bardziej wtedy było.

— No właśnie. Nienawidzę, jak leje. Kończy się złota polska jesień i przestaję wychodzić. Pierdolę te wszystkie byle jakie pory roku.

— Żaba sama na moją klamkę nie wskoczyła. Ani nietoperz. Masz jakiś pomysł?

Ściągnął uszankę i podrapał się po skołtunionych włosach. Nic nie wydrapał.

— Bywa tu ktoś? — pytałam dalej.

— Ktosi nie brakuje. Chciałbym się jednak dowiedzieć, co z Cyną?

— Nie wiem. Mój sąsiad ją zdjął i trzyma.

— Trzyma? Pokażesz mi gdzie?

— Mogę, owszem. Ale czy nie czas już na rozstanie.

— A co ty, moja matka jesteś? Pieprzenie takie. Słyszałaś coś o inspiracji?

— Zdarzyło się.

— To nie muszę ci więcej tłumaczyć.

— Ani tego, że jak Chanel 5 wietrzeje, to kupujesz nowe perfumy. Ile to już miesięcy? A może lat?

— Widzę, że łapiesz te klimaty. A nie wyglądasz na to. — To, babko, nie był akurat komplement.

— Ty też złap tę prostą prawdę, że powiem, gdzie jest twoja Cyna, jeśli przypomnisz sobie, kto się tu plątał, gdy zniknęły ci te rekwizyty.

— Wszyscy. Akurat wtedy przyćpałem. A tutaj wszyscy chodzą do wszystkich, komuna taka pierdolona. Klucze rozmnożyły się jak króliki. Budzisz się, chcesz zwalić konia, a tu ktosiek jakiś wchodzi do twojej sypialni i pyta, czy masz gdzieś kawę, bo jemu się skończyła, a ma ochotę. O ile to nie jest ktoś, kto ci na przykład odnosi pożyczoną tydzień temu flaszkę. Albo taki, co by się z tobą akurat miał ochotę napić. Takie tu bywają poranki, południa i wieczory. Że o nocach nie wspomnę. Łazidupy takie. Nudno im w głuszy. Żartów się któremuś z ktosiów pierdolonych zachciało. Nie podeszłaś im, to fakt. Ale czemu zajumali mi Cynę, to nie wiem. Zdechły szczur załatwiłby sprawę równie dobrze.

— Jeśli tak dobrze ci się pisze, jak gada, to pogratulować — mruknęłam.

Chwilę się nad tym zastanawiał, a potem wybuchnął śmiechem.

— Kurwa, niestety nie! — wykrztusił w końcu. — Gadało mi się zawsze lepiej. — Popatrzył na mnie, jakbym mu jakąś prawdę objawiła życiową. — Ty niegłupia jesteś, wiesz! — dodał. — I wiesz, co ci jeszcze powiem? Wisi mi, co reszta ma do ciebie. Mnie pasujesz.

Nie wiedziałam, czy się z tego powodu cieszyć, czy raczej martwić. Koleś był jedyny w swoim rodzaju. Ale bawiły mnie jego teksty. A może znudził mi się ten mieszczański byt, który ostatnio z powodu Fasolki prowadziłam? Ignacy miał coś z aktora. Grał akurat popaprańca i patrzył, czy mi się jego kreacja podoba. Teatr! Brakowało mi na prowincji teatru.

— A wiesz, co ja ci powiem? — rzuciłam jego tonem. — Też mi pasujesz. Dobra, dość tych udawanych uprzejmości. Wciągnij coś na siebie. Jedźmy poszukać żaby. Może ci się jeszcze coś po drodze przypomni.

2

To nie była udana wyprawa. Ignacy stracił humor na widok Unty, która czekała na mnie rozciągnięta na tylnym siedzeniu samochodu. Przestał się do mnie odzywać, za to patrzył zachłannie przez boczną szybę, jakby trochę zdziwiony, co też to porobiło się ze światem, gdy on tkwił w zupełnie innym, fikcyjnym.

W dodatku Jóźwiak nie dał nam żaby. Wyszedł do nas na chwilę, owinięty ciepłym szlafrokiem, zgięty.

— Jest w spichlerzu — powiedział. — Przywalona rzeczami. Nie dam rady tam teraz iść, a wy sami jej nie znajdziecie. — Zrobił boleściwą minę.

Czułam, że to kłamstwo, ale Jóźwiak spojrzał na mnie tak, że postanowiłam nie dochodzić prawdy.

Ignacy był niepocieszony. Zaprosiłam go więc na jednego, mając nadzieję, że może przy kominku, po wódeczce coś jednak z niego wyciągnę. Gdy wróciłam z nalewką i kieliszkiem, Ignacy trzymał w ręku jakiegoś podejrzanego papierosa. Nalewki zresztą też nie odmówił.

— Paweł mnie zapraszał, ale nigdy tu nie dotarłem — mruknął, a potem wychylił kieliszek. — Takie same starocie jak u mnie. Tyle tylko, że ja kupiłem, a ty odziedziczyłaś. W sumie wychodzi na to samo, mieszkamy w muzealnych izbach. — Dla odmiany się zaciągnął. — Ten fotel chyba pamięta wojnę. Pewnie tylko obicie nowe. My też jesteśmy nowi. Choć ty przypominasz tę starą z portretu.

— Przeszkadza ci to?

— A żebyś wiedziała.

— Czyżby dlatego, że ty nie jesteś podobny do tych portretów, które kupiłeś w sklepie z antykami?

Wybuchnął śmiechem.

— To sobie pogadaliśmy. Swój zawsze znajdzie swego. Mamy jeszcze jedną wspólną rzecz oprócz poczucia humoru, staroci w domu i umiejętności wzbudzania niechęci.

— Jaką?

— Równie przestrzennie mieszkamy. Ty masz Zawrocie, ja największy dom nad jeziorem. Siedem tarasów i werand. Z przodu nie widać, że aż tyle. Każdego dnia tygodnia mogę rozstawiać w lecie leżak na innym tarasie. I do tego prawie cały brzeg od mojego domu aż do mokradła, które ciągnie się do hotelu, należy do mnie. Gdybym chciał, to mógłbym sprzedać ten teren komuś paskudnemu, kto by im zatruł tę ich milusią sielankę.

— Wredne masz myśli.

— Zgadza się. Muszę czasami mieć wredne myśli, bo jak bym stworzył mordercę?

— Inna sprawa, że lubisz je mieć.

— Lepiej mieć takie myśli niż czyny. — Ignacy jeszcze raz ogarnął wzrokiem salon. — To mogłaby być ciekawa sceneria kryminału.

Poczułam mróz w środku.

— Taki banalny dworek?

— Aha!

Zaciągnął się, pokontemplował wszystkie kąty. Znowu się zaciągnął. Postanowiłam zmienić temat, zanim odpłynie na dobre.

— Jesteś chyba blisko z Lilką? — zapytałam.

— Jak pyton z kobrą.

— Ale się z nią zadawałeś?

— Czy ja się zadawałem z Lilką? — chwilę wgapiał się w wydychany przez siebie dym. — Zadawałem się. Raz czy dwa. Tu się wszyscy ze wszystkimi zadają.

— Dość to dwuznaczne.

— Raczej jednoznaczne. Uli tylko nie przeleciałem. A z facetów Cześka. A! I Kiry. Ale na jej planecie seks nie istnieje. Zadowalają się inaczej.

Byłam ciekawa jak, ale skupiłam się na Lilce.

— Kiedy to było?

— Pieprzone przesłuchanie. — Dolał sobie naleweczki i wychylił. — Czemu ja z tobą gadam? — Patrzył na mnie i zastanawiał się nad tym. — Czemuś! — stwierdził. —

Zwykle nie wiadomo, dlaczego jednej babie człowiek pozwala grzebać we własnym życiu, a innej nie. Pewnie masz fajnie śmierdzące feromony. A może podobne do kogoś? I szlus. Pytasz, a ja gadam jak po głupim Jasiu.

— Raczej po głupiej Maryśce czy czymś podobnym.

Spodobało mu się to. Mało nie skonał ze śmiechu.

— Rozbawiłaś mnie. Tu już rzadko kto mnie bawi. Tylko wyśmiało mi się pytanko. Przypomnisz?

— Kiedy zadawałeś się z Lilką?

— Trudne. Za milion baksów. Książkę pisałem ostatnio. To było gdzieś przy trzecim morderstwie. Chyba... Pamiętam, że patrzyłem na jej szyję, bo mi pasowała do opisu.

Zaczęłam wątpić, czy dowiem się czegoś istotnego, bo zaraz po tym wyznaniu Ignacy oparł się czołem o poręcz fotela i odpłynął Bóg wie gdzie.

— Z Emilą też się zadawałeś? — zapytałam, gdy się ocknął.

— Czy się zadawałem z Emilą? — popatrzył na mnie jak na wariatkę. — A o kim ja ci opowiadam przez cały czas? I czemu przerwałem swoje zdanie, by jechać z takim długim myślnikiem jak ty po Cynę? I dlaczego mówiłem o podobnym zapachu, siostrzyczko?

I nagle doszło do mnie, czemu on tu siedzi i o czym on mówi. I także to, dlaczego Jóźwiak nie oddał mu żaby. Musiał zdawać sobie sprawę z tego, że należała przedtem do Emili.

— Dlaczego Cyna? — zapytałam.

— Nie wiesz? — Zrobił się nagle smutny i zły. — Pacynka! Pozwala włożyć palce i poruszać w tą i w tamtą, ale już niczego więcej. To jak ją nazwać? I została z tego Cyna. Nieużyta lalka. Ani razu nie zaliczyłem strzału. — Ignacy był coraz bardziej ujarany. Zachichotał. A potem zapatrzył się na mnie. — Znamy się? — zapytał.

— Tego bym nie powiedziała. Raczej się poznajemy.

Ubawiły go moje słowa.

— Ale masz gadane. Okrąglutkie zdanka. Do poprawek byś mi się przydała. Co drugie zdanie pozwoliłbym ci zaokrąglić. Co ty na to?

— A ja tobie w tłumaczonym tekście co drugie zdanie pozwoliłabym zakwadratować.

— Chytra jesteś. Od razu dil — znowu zachichotał. — Ale z kwadratami to nie do mnie. Co najwyżej mogę ci wprowadzić trochę trójkącików. Kapewu? Ostre lubię. Kanty i kąty. Kątami pieprzyć do zdechu. Aż krew tryska. Takie zdanka lubię. Co w mięso wchodzą.

Tym razem nie zachichotał, tylko zapatrzył się we mnie ponuro.

— Ona cię nie lubi. Cynka! Nie powinienem się z tobą zadawać. — Wyciągnął ku mnie rękę. Poruszył palcami. — Myślisz, że można się tym zadowolić?

— Ty mi powiedz?

— Można. Jak nie ma innej opcji. Opcja dupcja...

Wcisnęło go w fotel. Rechotał, aż Unta się napięła.

— Spokojnie. Leżeć.

— Leżeć?

— To do psa.

Bynajmniej go to nie uspokoiło. Znowu zaliczył porcję śmichów i chichów w różnych tonacjach. W końcu przycichł. Postanowiłam mu zadać jeszcze jedno pytanie.

— Myślisz, że to Emila mogła ci zajumać Cynę?

— Zajumała mi duszę. Po co jej żaba? Ona jak bierze, to już wszystko. — Ignacy utkwił oczy w kominku. — Ogniste węże — szepnął. Wyciągnął ręce, jakby chciał ich dotknąć. I chyba nawet dotykał, bo poruszał dłońmi, jakby przepływały między nimi. — Ciekawe, czy wpuściłaby tam węże? — dodał i odleciał na dobre.

3

Gdy odwiozłam Ignacego, przed jego domem pojawiła się Sabina. Musiała nas wypatrzyć przez okno i zanim Ignacy wygramolił się z samochodu, ona była już na ganku. Ignacy ją ominął i bez słowa ruszył do domu, a potem na górę.

— Co mu zrobiłaś? — burknęła Sabina. — Był ostatnio czysty. A ty zjawiasz się i z powrotem przywozisz zombie.

Poczułam do niej niechęć i jednocześnie trochę wyrzutów sumienia.

— Cyna mu się przypomniała — powiedziałam. — Czy raczej Emila.

Sabina zareagowała nerwowo.

— Bzdury! — burknęła. — Wymyślił to sobie. Starczyło mu tego na dwie książki. *Pacynka* i *Lalkarz*. Bardzo krwawe kryminały. Fakt, przywiązał się przy okazji do tej fikcji, ale to jeszcze nie powód, by się tak upalić.

Miałam inne zdanie na ten temat, ale nie zamierzałam dyskutować z Sabiną, która też nie była „czysta", tyle że to była wódeczka, a nie marycha.

Stałam na środku gościnnego pokoju połączonego z kuchnią i zastanawiałam się, co robić.

— Jak rozumiem, zajmiesz się domem i Ignacym? — rzuciłam.

— Zajmę. Najlepiej jak potrafię — Sabina uśmiechnęła się ironicznie, choć trochę się jej ten uśmiech pijacko rozlał. — Ciekawe, że tak tu buszujesz swobodnie, rozpychając się swoim brzuchem.

— Jeszcze ciekawsze, dlaczego cię to tak irytuje.

— Zapraszał cię tu ktoś?

— Sama się zaprosiłam.

— No właśnie. Masz odpowiedź. Ula chce się z tobą męczyć, to się trzymaj jej chałupy. Resztę zostaw w spokoju.

— Emila płaci ci za projekt czy za cieciowanie tutaj?

Sabina prychnęła. Pewnie by mnie popchnęła w kierunku wyjścia, gdyby nie to, że w drzwiach stanął jej mąż.

— Jesteś... — rzucił z ulgą na jej widok. Był mocno napity. — Nie lubię, gdy znikasz, skarbie. — Doszedł chybotliwie do czerwonego fotela i opadł na niego. Potem sięgnął po leżące na stoliku obok wieczne pióro.

— Wiesz, że Ignacy nie znosi, gdy się dotyka jego rzeczy. I gdy się siedzi w jego fotelu. Kanapę masz. No wstawaj!

Ale Czesiek nie był w stanie sam się podnieść. Sabina zajęła się mężem, ale podnoszenie jakoś jej nie szło. Patrzyłam na to i zastanawiałam się, czy Ignacy wróci na dół i czy zostawić tu tych pijaków samych. Ula! Powiem jej o Ignacym i o reszcie towarzystwa.

4

Ula się nie przejęła ani Ignacym, ani Sabiną i Cześkiem.

— Ignacemu zaraz przejdzie i wywali ich z domu. Sabina zawsze jest gotowa zająć się Ignacym, a Czesiek nawet jak wypije flaszkę, nie przestaje jej pilnować. Dadzą sobie radę. Ale że Ignacy cię wpuścił? On, gdy pisze, ma zwykle zamknięte na trzy spusty. A ostatnio pisał. W mękach! — Ula się zaśmiała. — Tylko nie rozumiem, po co ty do niego poszłaś? — spojrzała na mnie już poważniej.

— Na pewno nie po to, by obejrzeć jego piżamy — zażartowałam.

Zimny błysk w oczach Uli pojawił się i zniknął.

— No tak, ciekawość to prosta droga do piekła — mruknęła.

— Chciałam zobaczyć jego ptaki — przyznałam, nie chcąc tracić jedynej życzliwej tu osoby. — Lilka mówiła, że Ignacy je hoduje.

— Nikt tu nic nie hoduje. Nie ma tu ani jednego zwierzaka. Ani kota, ani psa, ani rybki. Nic. Tak kiedyś postanowiliśmy i wszyscy się tego trzymają.

— To wygląda na to, że Lilka lubi wcinać pszenicę i tym podobne rzeczy — mruknęłam.

— Dlaczego ty właściwie szukasz tych ptaków? Lilka, Ignacy! To brzmi jak jakaś obsesja — w głosie Uli był dystans.

— Owszem. Od momentu, gdy papuga skończyła na klamce od Zawrocia.

Ula spojrzała z niedowierzaniem.

— Papuga? Ale przecież mówiło się o otrutych psach. To co to w końcu było?

— I to, i to. I jeszcze tamto...

Ula odłożyła w końcu pędzel, który dotąd nie przeszkadzał jej w rozmowie.

— To musisz czuć się okropnie — powiedziała.

— Oglądanie klucza wiolinowego namalowanego krwią ptaka też nie należało do przyjemności.

Milczała przez chwilę zszokowana.

— Nie wiem, co powiedzieć — wykrztusiła wreszcie. — W każdym razie w osadzie nie było i nie ma żadnych hodowlanych ptaków. Gdyby chodziło o kawkę czy wróbla, to co innego. No bo nie mamy ptaków, ale z doskoku karmimy te z lasu — przyznała Ula. — Brunon! Uważa nas za bandę obojętnych snobów i czasami wygłasza ekologiczne mowy. Więc ten i ów czasami zakupi karmę i robi wycieczki na ósmy taras Ignacego.

— Ale on ma siedem tarasów. Tak przynajmniej twierdził.

— Ten jest nie przy domu, a obok garażu, zasłonięty daszkiem.

Ignacy albo nie pamiętał o swoim ósmym tarasie, albo sobie ze mną pogrywał.

— I tak się trochę dziwię. W domu Ignacego widać, że jest pedantem, a tu ptasie ekskrementy na jego posesji.

— Nie korzysta z garażu. Za to korzysta z podwózek, a my uznaliśmy, że to jest jedyne miejsce, które nadaje się, by go obsrywały ptaki, bo jest na samym skraju osady. Dalej już las i sitowie. Tak czy owak, ugiął się. Ale żeby Lilka też się ugięła i dokarmiała ptaki? To coś nowego. Nie słyszałam o tym. A tu wszyscy o wszystkim wiedzą.

— Czy Ignacy skarżył się, że ktoś mu ukradł żabę i nietoperza?

— Mówił coś o tym. Myślałam, że zmyśla albo opowiada kawałek swojej powieści.

— Tym razem to była prawda. Ta żaba i nietoperz też trafiły na moją klamkę.

Ula kolejny raz zaniemówiła.

— O... To nas podejrzewasz...

— Sama nie wiem, co o tym wszystkim myśleć. Na początku sądziłam, że ktoś się bawi, ale podcięcie głowy papudze i zabicie psów już takie zabawne nie było.

— Paweł wie o tej żabie i reszcie?

— Tylko o psach.

— Słusznie.

— Masz jakiś pomysł? — spytałam.

— Nie — odpowiedziała ponuro. — Nie sądzę, że to ktoś z osady. — Ula wolała patrzeć na obraz niż na mnie. — Ktoś obcy mógł się zakraść do domu Ignacego. Mieszka na skraju osady. Z jednej strony ma drzewa, z drugiej szuwary. — Ula dalej mówiła do obrazu. — No i on ma co chwilę inną sprzątaczkę. Może któraś nie była uczciwa?

— To możliwe — przyznałam. — Podsunę tę myśl policjantowi.

Ula się zaniepokoiła.

— Chyba nie chcesz na nas nasyłać policji?

— Nasyłać? Nie wiem, co Wiesiek zrobi z tą wiedzą. To znajomy Pawła. Nie sądzę, by był nachalny czy zanadto wścibski. Wybacz, ale nie mogę przed nim ukrywać takich faktów. Mamy mało tropów. Każdy ślad może być pomocny.

— Pewnie tak. Gdyby nie te psy, to doradzałabym ci zapomnieć o całej sprawie, a tak, sama nie wiem... — Urwała. Było coś dziwnego w jej głosie, jakby ostrzeżenie. Czyżby obawiała się, że prawda nie przyniesie mi niczego dobrego? A może bała się, że to im wszystkim prawda zaszkodzi?

XXXV. CZARNE PAZNOKCIE

1

Następnego dnia pomyślałam, że powinnam wybrać się w jeszcze jedno miejsce. Bo może papuga, która skończyła na mojej klamce, wcale nie została kupiona ostatnio. Trop prowadził do osady, ale przecież jej mieszkańcy mieli różne powiązania z okolicą. Ich przyjaźń z Pawłem była najlepszym tego dowodem. Ewa też bywała w osadzie. Takich ludzi musiało być więcej. Weterynarz! Kto jak nie on najlepiej zna zwierzęta w miasteczku i okolicznych wsiach?!

Jacek Radkowski zdziwił się, że przyszłam sama.

— A gdzie pacjent?

— Na śmietniku z ukręconą głową — odrzekłam, myśląc jednocześnie, że weterynarz ma całkiem ładne oczy i równie brzydkie usta, po moich słowach w dodatku nieprzyjemnie skrzywione.

— To jakiś żart? — spytał podejrzliwie.

— Nie.

— Już pani podziękowałem. Kwiaty chyba dotarły? A na pogaduszki nie mam czasu — burknął. Był przy tym dziwnie spięty. Przypomniały mi się słowa Marty Jóźwiak.

— Spokojnie. Nie lecę na pana — wypaliłam.

— To jest pani pierwsza taka od tygodnia. Żebym chociaż był przystojny. Baby!

— Radzi pan sobie doskonale. Umie pan zniechęcić każdym zdaniem.

— One są głuche na moje nieuprzejmości.

— Ja nie. Mam doskonały słuch.

Rozluźnił się w końcu.

— Mogłem się tego spodziewać. Przepraszam. — Zerknął na zegarek. — Mam kwadrans do następnego królika. Napije się pani czegoś?

— Może być herbata — rzuciłam, idąc za nim na zaplecze. — A do herbaty opowieść o papugach. Ktoś je hoduje w okolicy?

— Pewnie tak. Za krótko tu jestem, by to wiedzieć. Do mnie trafiła tylko jedna papuga. Straciła towarzyszkę życia i przestała ponoć jeść.

Poczułam dreszcz.

— Kto ją przyniósł?

Jacek Radkowski znowu spochmurniał.

— To jednak jakiś podstęp. Koleżanka panią przysłała?

— Zatem to była kobieta... Młoda?

— Chce pani wiedzieć, co o niej sądzę?

— Nie, szukam odpowiedzi, kto ukręcił łeb papudze, która zawisła na klamce mojej bramy — wyrzuciłam ze złością.

— I ja mam w to wierzyć? Napuściła panią, tak? Myśli, że jest taka cudowna? Że imponują mi jej szpile, sztuczne rzęsy czy gumowe cycki?

To mogła być Lilka.

— Nie lubi pan brunetek? — zapytałam.

— Więc jednak! Sama nie odważyła się przyjść drugi raz?

— Nie wiem. Po prostu chcę wiedzieć, jak wyglądała ta osoba. Nie zmyślam o tej powieszonej papudze. Widzę, że nie doszła do pana wieść o śmierci Remiego i Reksa.

— Śmierci...? — zdumiał się. — Byłem ostatnio w Milanówku... Jak to się stało?

— Ktoś je otruł.

— Coś takiego! — Był naprawdę oburzony. — Nie rozumiem tylko, co ma piernik do wiatraka?

— Papuga to jedyny trop. Pytał pan, co stało się z tą drugą papugą?

— Ponoć niespodziewanie zdechła.

— To co pan sądzi o tej kobiecie?

— Nerwowa jędza. Pytała, czy nie wziąłbym ptaka. Myślałem, że to głupi pretekst...

— A jak była ubrana?

— Nic z papugi, kawka taka czarna.

— I co pan jej odpowiedział?

— Że nie prowadzę przechowalni. Teraz tego żałuję. Pewnie ptak już wykitował.

— Może nie.

— Baby są zdolne do wszystkiego. Ta miała czarne nawet paznokcie, jak do trumny — Jacek Radkowski miał w głosic odrazę. — Nie powierzyłbym jej nawet skorpiona.

2

Powtórzyłam to potem Wieśkowi w kawiarni „U Basi", pewna, że za chwilę rozwiążemy sprawę.

— Czarne paznokcie i papuga... — zastanawiał się chwilę. — Wiem! Justyna Tomciak! Na to przynajmniej wygląda.

— Brunetka?

— W tym miesiącu akurat tak. W poprzednim była ruda. Próbuje. Wszystkie panny, rozwódki i wdowy próbują. Ostatnio wieść głosi, że Radkowski woli czarne, to się wszystkie przemalowały. A druga wieść głosi, że lubi takie wampirowate. Ktoś chyba sobie z bab zażartował. I latają teraz po mieście jak jakieś czarownice z filmu.

— A ta papuga?

— Może kupiła w zoologicznym, co by wyjaśniało opowieść Borzęckiego. Moda teraz w Lilowie nie tylko na czarne kolory, ale i na wszelkie możliwe zwierzaki. Bo z czym do weterynarza jak nie z ptakiem, kotem czy psem? Sklep zoologiczny ma teraz pewnie dodatkowe obroty.

Zrobiło mi się głupio. Jak łatwo można dać się zwieść pozorom. Dobrze, że nie zdradziłam się dotąd z podejrzeniami co do Lilki. Dalej je miałam, ale żadnych dowodów. Zastanawiałam się tylko, jak mogłam sądzić, iż ona jest taka głupia, by biegać z papugą po weterynarzach? I że kupiłaby papugę w okolicy. Fasola chyba naprawdę podkrada mi szare komórki.

Opowiedziałam za to Wieśkowi o tym, co odkryłam w osadzie. Podrapał się po włosach.

— Jezioracy! Nie ma tam ani kawałka płotu, niby wszystko otwarte na świat, ale jak oni nie zechcą nic powiedzieć, to się niczego nie dowiemy. Ani kiedy, ani kto, ani dlaczego. A już na pewno nie powiedzą tego mnie.

— Jest pan pewny?

— W stu procentach. Co nie znaczy, że tam nie zawitam z kolegami. No bo jeśli to ktoś stamtąd, to lepiej, żeby wiedział, że mamy osadę na oku. Ale żeby z każdym porozmawiać, to zejdzie. Bo oni są cały czas w rozjazdach. Wiem, bo mieliśmy kiedyś doniesienie, że szerzą zgorszenie.

— A szerzyli?

— Jak ktoś chce na własnej werandzie na golasa siedzieć, w dodatku mając widok na własny kawałek lasu, to może zgorszyć albo sroki na drzewie, albo podglądającego. Umorzyliśmy postępowanie.

Wiesiek jednak miał taką minę, jakby żałował, że nie mógł tych z osady zapuszkować choć na dwadzieścia cztery godziny. Tyle że nie o goliznę chodziło.

— Oni trzymają się razem. Jak jakaś sekta czy co... — mruknął. — I człowiek nigdy nie wie, kiedy mówią prawdę, a kiedy zmyślają. I czy sobie przypadkiem nie żartują. Że niby policja nie będzie ich pouczać, jak żyć.

— A pouczaliście?

— Nawet nie. Każdy tam z góry nastroszony jak jeż. Niedotykalscy! Już widzę te ich miny! — Wiesiek się skrzywił. — No ale co robić, jak trop prowadzi właśnie tam?

3

Wiesiek ruszył do swoich obowiązków, a ja piłam jaśminową herbatę i patrzyłam na zimowy Lilów. Zastanawiałam się, babko, czy kiedykolwiek siedziałaś akurat przy tym stoliku i patrzyłaś przez szybę. Wątpiłam w to. Na pewno bywałaś w kawiarniach warszawskich czy nadmorskich, ale tu raczej rzadko. Albo i wcale. Bo ciasto miałaś lepsze w domu. Herbaty zresztą też. I ładniejsze filiżanki. I wygodniejsze krzesła. Może tylko brakowało ci takiego widoku, jaki ja miałam w tej chwili. Rynek, kamieniczki wokół i leniwie prószący śnieg. Taka magiczna chwila, jak w szklanej kuli. Ktoś nią poruszył i wszystko zaczęło wirować. A potem równie szybko się uspokoiło. I tylko delikatna powłoka białego puchu zdradzała, że jeszcze przed chwilą padał śnieg.

Patrzyłam też na okna domu naprzeciwko, pozbawione firan, zasłon i rolet. Tylko na samej górze za oknami były białe rolety. Widocznie Emila zostawiła górę dla siebie. Reszta była wypatroszona. Martwy dom z jednym zamieszkanym piętrem. Choć może tylko gotowym do zamieszkania, bo mimo środka dnia wszystkie rolety były zaciągnięte.

Przytuliłam ręce do ciepłej filiżanki, bo mi się zrobiło zimno na myśl, że to Emila mogła zabrać żabę i nietoperza. W końcu należały do niej. Dostała je od Ignacego, a potem mu je zwróciła. O ile nie kłamał. To było możliwe, bo dziwnie daleko było od Emili do jego Cyny. Trudno mi było ją sobie wyobrazić w roli demonicznej kochanki. To mogła być tylko wymyślona opowiastka, jak twierdziła Sabina. Albo nawet fragment jego powieści, który zacytował, bo chciał wydać mi się jeszcze bardziej świrnięty, niż był.

Przyjęłabym tę wersję, gdyby nie reakcja Jóźwiaka. A jeszcze to dziwne zachowanie Sabiny. Dlaczego ona tak bardzo zdenerwowała się, słysząc moje słowa? Może ten związek był tajemnicą? Ale ponoć wszyscy tam nad jeziorem wszystko o sobie wiedzą. Więc może raczej Sabina nie dopuszczała do myśli tego, że Emilę mogło coś z Ignacym łączyć? Zazdrość!

Gdybanie. Nic o nich nie wiedziałam. I sama już nie byłam pewna, czy chcę wiedzieć więcej. Bagienko! Małe, grząskie, wilgotne. Przynajmniej jeśli chodzi o tę część osady. Czy Paweł też się w nim taplał? Bo Emila na pewno.

A potem przypomniało mi się, że to niecała prawda o osadzie. Stołówka dla myszołowów! Opowiedziała mi o niej oczywiście Ula.

— Brunon dba nie tylko o małe ptaki, ale i o te wielkie. Za swoim domem ma ogrodzone pniaki, do których drutem przywiązuje kości z mięsem dla fruwających drapieżników. A że często jest w podróży, to prosi innych o dokarmianie tych olbrzymów.

— Nie mów mi, że Ignacy robił to kiedykolwiek.

— On nie. Ale Czesiek czasami coś zaniesie.

— Czyli jednak w pewnym sensie macie ptaki.

— Zgadza się, w pewnym sensie — zaśmiała się. — W pewnym sensie ty też je masz. Byłam w Zawrociu na wiosnę. Ptasi raj! Oczywiście gdy jest ciepło. Teraz pewnie mają się gorzej.

To była prawda. Pod specjalnie zrobionym daszkiem za drewutnią była zimowa ptasia stołówka. Jóźwiak sypał tam ziarno, a ja warzywa, gotowane i surowe. Jóźwiak wieszał tam też słoninę dla sikorek. Tak było w Zawrociu zawsze. Wiem, babko, że ty też w tym miejscu karmiłaś ptaki, gdy mróz mocniej ściskał i wszystko było zasypane. Trochę smuciło mnie teraz to, że nigdy tego nie widziałam. Mogłam to sobie tylko wyobrazić. Stara kobieta i ptaki! Jak byłaś ubrana? Jaką miałaś minę? Lubiłaś ptaki, czy może zajmowałaś się ich dokarmianiem jedynie z obowiązku? I jak to jest, gdy przychodzi siedemdziesiąta któraś zima? Czy to kiedyś się nudzi, czy nigdy? A pierwszy śnieg? Czy na starość jeszcze potrafi cieszyć?

XXXVI. MANEKIN

1

Niezapowiedziani, ale bardzo mili goście, babko.

— Pani Janeczka, Dominika! — zdumiałam się, gdy następnego dnia po rannym spacerze zobaczyłam je przed bramą. Stały obok samochodu Dominiki. Chyba trochę już na mnie czekały. — Co za cudowna niespodzianka!

— Widzisz, mówiłam, że się ucieszy. — Pani Janeczka była zadowolona z siebie. — Taka jedna okutana w chusty powiedziała nam, że jesteś na spacerze z psem. I że zaraz będziesz. No i jesteś! — śmiała się, ściskając mnie serdecznie. — Obiecałaś mi kapelusze. Pamiętasz?

— Oczywiście, że pamiętam.

— A mnie nic nie obiecałaś, ale byłam tak ciekawa miejsca, w którym dasz radę obejść się bez teatru, że musiałam tu przyjechać. — Dominika ściskała mnie jeszcze serdeczniej i mocniej niż pani Janeczka.

Poszłam zamknąć Bzyla, a potem ruszyłyśmy w asyście Unty do domu.

— Ale jak ty znalazłaś czas? — spytałam Dominikę, gdy rozsiadłyśmy się już w salonie. — Serial, mąż, dziecko i jeszcze teatr! Chyba nie masz dwóch żyć?

— Nie — zachichotała. — Jedno. Tak się złożyło, że akurat odszedł jeden z reżyserów. Pokłócił się z producentem. Zrobił się bałagan i przestoje na planie. Pierwszy przestój wykorzystałam więc na krótki rodzinny wypad do mojej ciotecznej babci, o której ci kiedyś opowiadałam, drugi na podratowanie mego małżeństwa, a trzeci na babską wyprawę do ciebie.

— I mężuś tak po prostu zgodził się puścić cię bez dziecka?

— Powiedziałam, że mu to wynagrodzę. — Dominika prychnęła śmiechem.

— Musisz mi powiedzieć, jak to się robi.

— Powiem, czemu nie...

— Ja też mam parę dobrych przepisów na mężczyznę. — Pani Janeczka puściła do mnie oko. — Oni są zwykle standardowi, to i przepisy są uniwersalne.

— Nie wiem, czy Paweł jest aż tak standardowy — zastanawiałam się.

Teraz obie prychnęły śmiechem.

— Ach ty zakochana kobieto! — Pani Janeczka mnie znowu przytuliła. — Łudź się jak najdłużej. Tego ci życzę. Choćby i pięć lat. A tu masz ode mnie talizman na szczęście. — Wyjęła wąskie pudełko, w którym była ozdobna lupa. — Będziesz nią mogła zobaczyć każdy okruch tego szczęścia.

— To on? — Dominika sięgnęła po fotografie Pawła stojące na kominku. Wystawiłam tam najlepsze zdjęcia z naszego przedmiodowego miesiąca. — Zdaje się, że był kiedyś w teatrze. Taki bardziej Hamlet. Nic z halabardnika. — Znowu zachichotała. — Czy ty na pewno wiesz, co robisz? Ja tam wolę tych z tyłu sceny, bo się na nich gapi mniej ślicznych Ofelii.

— E tam! Mnie życie przekonało, że ci z tyłu lubią sobie poprawiać ego może i częściej niż ci z przodu. — Pani Janeczka też sięgnęła po fotografię Pawła. — Poza tym mężczyzna nie mydło, nie zmydli się. Mojego raz jeden zauroczyła taka śliczna i o dziesięć lat młodsza. Miłe to nie było, ale pomyślałam: wola boska. Spakowałam mu rzeczy jak na

wyjazd, by dzieci się nie domyśliły, i wysłałam, by pomiesz-
kał z ukochaną. Po miesiącu było już po miłości. Wrócił jak
z urlopu. Czasami trzeba mężczyźnie go dać. Tak mówiła
moja babcia.

— A gdyby nie wrócił?

— To przynajmniej byśmy się rozstali w dobrej atmosfe-
rze, co też jest nie do przecenienia, gdy ma się trójkę dzieci.

— A zazdrość?

— Tanie uczucie. Dużo jest takich tanich uczuć. Ja mu
wtedy współczułam. Bo wiedziałam, jakie to wszystko dla
niego trudne i skomplikowane. Zakochał się. Z jednej strony
całe to jego człowieczeństwo, przywiązanie do mnie i dzieci,
zasady, a z drugiej — bezrozumnie działająca chemia, która
odurza i popycha do tej jednej, jedynej samiczki, która tę
chemię obudziła. Natura tak to wymyśliła i już. Mogłam się
kłócić, histeryzować, rozwodzić, a przeczekałam i teraz jest
nawet lepiej niż kiedyś.

— Nie zmydlił się?

— Nie. Nawet bym powiedziała, że wrócił ubogacony, bo
go ta jego śliczna nauczyła paru miłych rzeczy, które wykorzystałam. I to nie były, jak pewnie pomyślałyście, nowe
pozycje seksualne, tylko nowe potrawy. Bo ona nie umiała
gotować, więc on się wziął do tego i już mu tak zostało.
To był bardzo owocny urlop małżeński. Owszem, płakałam
w poduszkę, ale potem brałam drugą, suchą i usiłowałam
zasnąć. Mówię wam, bo to się zdarzy. Nie w takiej, to innej formie. Nie ma idealnych mężczyzn i nie ma idealnych
związków. I wtedy trzeba wybrać to, co jest naprawdę ważne.
I patrzeć dalej sercem na człowieka, z którym dzieli się życie.
Sercem. Nie własnymi kompleksami, nie urażoną ambicją,
nie strachem przed samotnością, nie tym, co powie koleżanka czy siostra. Sercem! Wy akurat je macie, więc o tym mówię. Do bezsercowych i głupich nie wygłaszam takich tyrad.

Obie z Dominiką byłyśmy trochę zszokowane. Pani Janeczka rzadko mówiła o swoim prywatnym życiu.

— Weźmiemy to sobie do swoich... serc — Dominika postanowiła wrócić do lżejszego tonu. — Obiecuję, że nie zabiję swego męża od razu patelnią, gdyby mu się coś przydarzyło. Ale urlopiku to chyba ode mnie nie dostanie.

— A ja swemu urlop właśnie dałam — westchnęłam.

— O... — zdziwiła się Dominika. — Nigdy bym nie pomyślała, że możesz być taka... — szukała słowa — ...wyrozumiała.

— Bo to nie kobieta.

Odetchnęły.

— Muzyka! Dużo ponętniejsza dla Pawła niż niejedna długonoga blondynka. Pozwoliłam mu na razie wybrać tę drugą. Jak pani Janeczka kiedyś, niemal spakowałam mu walizkę, wypchnęłam za drzwi i wypłakuję się w poduszkę. Miał wrócić po trzech tygodniach, ale chyba wszystko się przedłuży. Jest w Stanach. Musi dokończyć muzykę i nagrania. Gdyby to przerwał, to już nie ma czego tam szukać.

Pani Janeczka mnie uściskała.

— To masz okazję do współczucia. Bo jemu na pewno jest trudniej niż tobie.

— Tak... chyba tak.

2

Godzinę później byłyśmy już na strychu. Dominika i pani Janeczka od razu ruszyły w kierunku okrągłych pudeł po kapelusze, a ja zainteresowałam się dużą skrzynią, obok której stał koń na biegunach. Zabawki! — pomyślałam. — W tej skrzyni pewnie są zabawki.

Nie zdążyłam jednak tego sprawdzić, bo Dominika w pierwszym pudle, po które sięgnęła, znalazła nie kapelusz, a srebrzystosiwą perukę.

— Co powiecie na taki kapelusik?! — zamachała nią triumfalnie. — Tego się nie spodziewałam po tak szacownym strychu. Odważna długość. — Przeczesała palcami długie włosy, które na pewno były za ramiona.

— To prawda, zaskakująca długość, jak na ten kolor — przyznała pani Janeczka. Pociągnęła nosem. — I trochę za ładnie pachnie. Jakby była całkiem nowa. — Spojrzała pytająco na mnie.

— Nic nie wiem — powiedziałam, pokonując nieprzyjemny szczękościsk. Czyżbyś, babko, potrzebowała w ostatnich latach peruki? Rak? Nikt o nim nie wspominał. Ani o chemioterapii.

Dominika wyciągnęła z pudełka dwie saszetki z ziołami.

— Ktoś o nią zadbał.

Pani Janeczka powąchała saszetki.

— Zapach nie zdążył zwietrzeć — ucieszyła się. — Mam nadzieję, że w następnych pudłach są kapelusze i że też będą tak ładnie pachnieć. — Otworzyła najbliższe pudło i zobaczyła czarny kapelusz z woalką. — Mina jej trochę zrzedła.

Dominika jeszcze raz sięgnęła do pudła po peruce i znowu podniosła triumfalnie dłoń.

— Nie wiem jak peruka, ale ta opaska to na pewno nówka. Moja młodsza siostra kupiła sobie taką dwa lata temu. Modowy i imprezowy hicior. Proszę, jaka giętka. — Dominika przez chwilę formowała opaskę, jak chciała. — Doskonała do zrobienia koka i nie tylko. To zdaje się wersja sylwestrowa. No ale chyba twoja babka nie przebrała się w swoją ostatnią sylwestrową noc za srebrzystowłosą zołzę? — Dominika zachichotała.

— Raczej nie — znowu musiałam pokonywać szczękościsk.

Pani Janeczka chyba to dostrzegła, bo zabrała Dominice perukę i wrzuciła do pudła.

— Kapelusze! — przypomniała. — Szukamy kapeluszy! Letnich! — dodała. — Przejrzyj tamte pudła. — Popchnęła Dominikę w kierunku zakurzonej sterty.

Przez chwilę obie zgodnie wzbijały kurz, który osiadał też na srebrnych kosmykach peruki, wymykających się z niedomkniętego pudła. Powinnam je wsunąć i domknąć pudło, ale stałam i patrzyłam na nie jak zaczarowana.

Po paru nieudanych próbach pani Janeczka dokopała się wreszcie do kapelusza, który spełnił jej oczekiwania.

— Widzicie to! Cudo! Gdyby jeszcze kilka podobnych, to Anita może robić sztukę.

— Anita? — zdziwiłam się. — Jest jakaś nowa aktorka?

— Nie ma. — Pani Janeczka odkryła jeszcze jeden letni kapelusz.

— Myślałam, że potrzebuje pani tych kapeluszy do sztuki planowanej w teatrze.

— Owszem, tyle że nie w naszym. Pomagam grupie młodych ludzi — przyznała się pani Janeczka. — Mają pomysł, zapał i ani centa. Wymyślili musical. Początek dwudziestego wieku miesza się tam z początkiem dwudziestego pierwszego.

— W samych kapeluszach nie mogą wystąpić — zaśmiała się Dominika. — Chyba że akcja dzieje się na plaży nudystów.

— Niestety nie.

— To przydałyby się też kiecki. Nie masz tu kufra sprzed wojny?

— Nie mam pojęcia. Trzeba szukać. Może w tamtym zakamarku? — zastanawiałam się. — Tak czy owak, dla mnie za dużo kurzu. Idę zająć się podwieczorkiem, a wy grzebcie, ile chcecie.

Pani Janeczka i Dominika ruszyły w kierunku dwóch wielkich skrzyń, a ja w drugą stronę. Nie doszłam jednak do drzwi, bo Dominika znowu krzyknęła, choć w zupełnie innej tonacji.

— Kurczę! Manekin z gwoździem w głowie. Zobaczcie! Rany! Była tu jakaś wiedźma!

Miała rację. Manekin miał zaplątany wokół szyi czarny krawat i gwóźdź między oczami. Poczułam gulę w gardle. Nie miałam wątpliwości, że to był krawat Pawła.

To nie było pierwsze takie znalezisko w Zawrociu. Pisałam ci o tym, babko. Okropne rysunki, laleczki ze szpilkami. Wszystko skierowane przeciwko Pawłowi. Patrzyłam teraz jak zaczarowana na manekina, bo Paweł wspominał czasami, że go boli głowa. Żartował, że akurat tego dnia mocniej słyszy dźwięki. Co za hałaśliwy dzień — śmiał się, ale chwilę później wciskał palec między brwi, jakby chciał powstrzymać ból. Czasami twierdził, że to z niedospania, że w nocy łapał jakąś frazę. Ja przypisywałam to nadwrażliwości.

Pani Janeczka i Dominika też patrzyły na manekina zszokowane.

— No nie! Obrzydlistwo! — pierwsza otrząsnęła się pani Janeczka. Odsunęła Dominikę i jednym szarpnięciem wyciągnęła gwóźdź. — Kogokolwiek symbolizuje ten manekin, to już go ta szpila nie dosięgnie. Za to niech dosięgnie tę osobę, która to zrobiła! — Pani Janeczka postanowiła odwrócić złe czary. — Wrzucimy ten gwóźdź do pudła z tym ponurym, czarnym kapeluszem, to jego miejsce. Niech sobie ta czarna moc w żałobie siedzi.

Przytuliła mnie jeszcze, bo dalej stałam jak słup, niezdolna zrobić żadnego gestu czy kroku.

— Tym już się nie przejmuj! Odczarowane! — Pani Janeczka wygładziła jeszcze miejsce po gwoździu, a potem zabrała się do rozwiązywania krawata. — A to powinnaś uprać i wyprasować gorącym żelazkiem, żeby po tej pętli nie został ślad. No już! Zabieraj go na dół. I jak najszybciej wrzuć go do wody, żeby nam to dłużej nie psuło humoru. Woda potrafi oczyścić wszystko.

Wzięłam krawat i ruszyłam na dół. Pani Janeczka miała rację. Trzeba go było odczarować.

3

Wróciły ze strychu dopiero pół godziny później, obładowane kapeluszami, szalami i sukniami. Zrzuciły to na kupkę w korytarzu i zasiadły do podwieczorku. Nie wracałyśmy już do manekina. Pani Janeczka opowiadała o aktorach, dla których miały być te wszystkie stroje. I o piwnicy, gdzie prowadzili próby. O tym, że nikt im nie chciał dać nawet paru groszy na przedstawienie, żadna instytucja, do której się zgłosili.

— I tak żebrzą, choć każde ma talent. I tylko nie wszystkim dopisuje szczęście. Tobie dopisało — poklepała Dominikę. — Ale nie zaszkodzi wspomóc tę mniej fartowną gromadkę, by przetrwali do momentu, gdy i im los zechce coś dać.

Cieszyłam się, że mogę im pomóc choć w taki sposób. Wierzyłam pani Janeczce, że warto to zrobić. Ona miała oko do utalentowanych ludzi.

— Jak będą potrzebowali pomocy przy robieniu programu, to mogą do mnie zadzwonić. I mogę im podsunąć parę nazwisk z branży.

— Powiem im. To wszystko pewnie ruszy pełną parą dopiero po Nowym Roku. Myślę, że wtedy każda rada będzie na wagę złota.

Przeniosłyśmy się z jadalni do salonu.

— Najnowsza plotka mówi, że Zmiennik już nie może patrzeć na Eryka Zawijasa. To już nie tylko niezadowolenie, jak przedtem, a coś więcej — powiedziała pani Janeczka, gdy Dominika wyszła do łazienki. — Pomyślałam, że może chciałabyś wiedzieć. Zawijas kręci i zawija jak może, ale to się wysypie lada dzień.

— Czułam, że tak będzie.

— Kto wie, może jeszcze wrócisz do teatru.

— To raczej wątpliwe. Zmiennik nie lubi cofać swoich decyzji. Może szukać jeszcze kogoś innego. Zmiany, zmiany... — zacytowałam dyrektora.

— Mam przeczucie, że te miesiące bez ciebie w pełni go zadowolą w tej kwestii — rzuciła sarkastycznie pani Janeczka.

— Może. Tylko nie wiem, czy ja będę chciała wrócić. Albo czy będę mogła.

— Tak... — pani Janeczka spojrzała na fotografię Pawła. — Masz tu dom i mężczyznę. Rozglądam się po Zawrociu i zastanawiam się, czy to miejsce dla ciebie. I nie wiem. Raz mi się wydaje, że doskonale tu pasujesz, a za chwilę, że to pułapka dla takiej osoby jak ty. Jesteś stworzona do kontaktów z ludźmi, do bycia w wirze zdarzeń, do działania. Może to wina zimy, ale to miejsce wydaje się takie osobne, samotne, puste. Jak jakieś przebrzmiałe dekoracje na opuszczonej scenie. Wybacz, że tak mówię. Wiem, że schowałaś się tu przed takimi ludźmi jak Eryk Zawijas czy Jakub Nowacki. To twój azyl. Ale spędzić tu życie? — Kręciła głową.

— Może tylko kawałek życia.

To nie zadowoliło pani Janeczki.

— Wydajesz się smutna.

— Brakuje mi Pawła.

— Tylko o to chodzi? Na pewno? Nie daj się wtłoczyć w cudze życie — powiedziała poważnie.

— Już się dałam — mruknęłam, dotykając brzuszka.

— Do porodu masz jeszcze parę miesięcy. Nie chcesz jechać z nami do Warszawy? Kino, teatr, księgarnie, pogaduszki w kawiarni! — kusiła.

— Nie.

— Jesteś pewna? Poczekamy, gdybyś potrzebowała czasu na spakowanie rzeczy. — Pani Janeczka znowu patrzyła na mnie tak, jakby usłyszała wszystkie moje myśli, zwłaszcza te najbardziej czarne i buntownicze.

— Nie — powtórzyłam. — Muszę tu zostać.

— Musisz?

— I także chcę.

— Chyba że tak... — mruknęła. Nie była jednak przekonana, że mówię prawdę.

4

— Zachowajcie tę wizytę dla siebie — poprosiłam już przy bramie.

— Nie chcesz, by w teatrze dowiedzieli się, jak pięknie mieszkasz i jak ci dobrze na zwolnieniu? — zaśmiała się Dominika. — Tuba, Maja, Jakub! Ja na twoim miejscu nie szczędziłabym im tych informacji.

— Nie chcę wam zaszkodzić. Ci od kapeluszy też niech nie mówią, skąd je mają. Wiecie, jaki jest Kostek — przypomniałam.

— Ja się go nie boję — powiedziała bojowo pani Janeczka.

— Wiem. Ale to nie tylko o to chodzi. Nie chcę, by miał o mnie nowe wiadomości. Każda informacja o mnie karmi jego obsesję. A już i tak jest nieźle podkarmiona. Nie chcę, by się nakręcał.

— Kurczę! — Dominika z przykrością przypomniała sobie nie tylko o Kostku, ale i manekinie. — Ty i Paweł macie jakieś wyjątkowe szczęście do popaprańców.

— Bo takich ludzi przyciągają ci, którzy się wyróżniają — zawyrokowała pani Janeczka.

— No tak, ja się nie wyróżniam. — Dominika straciła humor. — Producent ostatnio mi oświadczył, że życzyłby sobie, bym była trochę mniej szara poza planem.

— Wyróżniasz się, tylko w subtelniejszy sposób — powiedziałam.

— Akurat!

— I nie waż się w to wątpić.

— Właśnie! — poparła mnie pani Janeczka. — A nad zewnętrznym wizerunkiem możemy popracować. Znam fajny butik, gdzie nie zdzierają. I koniecznie musisz zainwestować w inne buty. Masz wyjątkowo zgrabne nogi.

— I wyjątkowo ładne uszy.

— I wyjątkowo zaraźliwy śmiech...

— Dobrze już, dobrze! — Dominika podciągnęła spódniczkę i wyeksponowała swoje naprawdę śliczne nogi. — Od jutra koniec z szarościami.

— Od jutra?! — oburzyła się pani Janeczka i wyciągnęła z torby żółty szal. — Od teraz! — Owinęła paroma ruchami szyję Dominiki. — I już jest lepiej. Szary i żółty doskonale ze sobą współgrają — zawyrokowała. A potem jeszcze wyciągnęła z pudła kapelusz i założyła go sobie na głowę.

Zapachniało lawendą, gdy ściskałam Dominikę, a suszonymi kwiatami, gdy znalazłam się w ciepłych i mocnych objęciach pani Janeczki.

— Czekamy na ciebie w mieście — szepnęła przy tym cicho, jakby chciała smutki i wątpliwości zostawić poza świadomością Dominiki.

XXXVII. OSKARŻENIE

1

Telefon od ciotki Ireny. W pierwszej chwili myślałam zresztą, że to matka w końcu się przełamała i postanowiła do mnie zadzwonić. Ich głosy były podobne. Matka jednak nigdy nie zaczęłaby rozmowy tak obcesowo, jak to zrobiła Irena.

— Matylda?

— Tak.

— Myślę, że czas sobie wyjaśnić parę rzeczy — rzuciła bez powitania.

— Witaj, ciociu. To miło, że dzwonisz — powiedziałam ciepło. Wiedziałam jednak, że tymi słowami tylko ją zdenerwuję. Nigdy mnie nie lubiła. Żadne uprzejmości nie zdołały tego zmienić, tym bardziej nie liczyłam na to teraz, gdy Paweł powiedział jej o naszym związku. Najpierw sprzątnęłam jej sprzed nosa Zawrocie, a potem ukochanego syna. Byłam pewna, że chce mi oznajmić, co sądzi o naszych planach. Ciotka pominęła je jednak milczeniem i zaczęła zupełnie inny temat.

— To ty usiłujesz zepsuć Pawłowi karierę? — jej głos był wrogi i napastliwy.

— Zepsuć? — zdziwiłam się. — Przecież Paweł jest w Stanach i właśnie ogarnia swoje zawodowe sprawy.

— Raczej ratuje, co się da!

— Ratuje, co się da? — Aż przysiadłam na pufie w korytarzu. — Co masz na myśli?

— Telefon do jego producenta z informacją, że ma spalone ręce i niczego nie stworzy, a nawet gdyby, to tego sam

391

nie zagra, jak było w kontrakcie. Nic dziwnego, że się prze-
straszyli. Przecież ten drugi film jest o pianiście. Ręce Pawła
potrzebne są przy zbliżeniach na klawiaturę.

Przez chwilę nie mogłam nic z siebie wydusić. Ciotkę ta
cisza zaniepokoiła.

— Halo? Nie odkładaj słuchawki! Halo?!

— Nie odkładam.

— Myślisz, że takie coś mogłoby się nie wydać? Dzwoniła kobieta. Nie raczyła się przedstawić, ale to oczywiste,
że to ty. Mówiła doskonale po angielsku. A ty znasz języki. Zamiast spokojnie pisać muzykę, Paweł musi teraz latać
po Stanach i udowadniać, że z tymi rękoma to nieprawda.

A więc to ukrywał przede mną! Ale dlaczego? Nie chciał
mnie martwić? Bo przecież nie mógł mnie podejrzewać
o taką podłość. Może zatem podejrzewał Emilę i dlatego
nie chciał nic mówić? Tylko że Emili nie mogło zależeć
na psuciu mu kariery, bo na pewno chciała, by Paweł jak
najczęściej bywał w Stanach, daleko ode mnie i Zawrocia.
To wszystko nie miało sensu. Siedziałam wbita w puf i nie
wiedziałam, co odpowiedzieć Irenie.

— To nie ja — wykrztusiłam tylko.

— Jemu możesz mydlić oczy, ale mnie nie zwiedziesz.
Postanowiłaś go mieć na stałe w Zawrociu. Narobiłaś sobie
kłopotów i chcesz, by on się tym zajął.

— To nie ja — powtórzyłam.

— Nikomu innemu kariera Pawła nie stoi na drodze do
własnych planów.

Gdyby to mówił ktoś inny, już dawno bym odłożyła słuchawkę. Ale to była matka Pawła. Kochał ją. Nie mogłam
mu tego zrobić.

— Widocznie nie wzięłaś pod uwagę wszystkich osób,
które go otaczają — rzuciłam najłagodniej, jak w tej chwili
potrafiłam.

— To tylko słowa. Ja wiem swoje. Czuję to!

— Dlaczego miałabym robić to w taki sposób? Zastanawiałaś się nad tym, ciociu? Przecież jednym słowem mogłam go zatrzymać w Polsce. Dobrze o tym wiesz. Jedno moje „nie" i Paweł by został w Zawrociu. Zapewniam cię!

Po drugiej stronie zaległa na chwilę cisza.

— Dlatego, że zatrzymanie go na trochę nie oznaczałoby, że już nigdy do Stanów nie wyjedzie — powiedziała, ale już nie tak pewnie jak przedtem. — A rozwiązanie kontraktów już tak.

— Może to dla ciebie nie jest oczywiste, ale mam w sobie geny Kamilowskich. Talent Pawła jest jedną z tych rzeczy, za które go kocham. Nigdy bym nie zrobiła niczego, by mu zaszkodzić w rozwijaniu się i realizowaniu. Przeciwnie, zamierzam go w tym wspierać, jak tylko będę mogła najlepiej. Dlatego on jest teraz w Kalifornii, a ja tutaj, sama.

— Jeśli go kochasz, to daj mu spokój. Gdy ugrzęźnie przy tobie w Zawrociu, to po nim. Tu jest jego szansa, w Stanach. Co go czeka w Polsce?

— O tym już Paweł musi sam zdecydować.

— Związałaś go narzeczeńską przysięgą.

— Związaliśmy się nawzajem, ciociu.

— Akurat! I do tego te święta! Przecież on musi tworzyć, a nie tracić czas na lotniskach i w samolotach. Nie rozumiesz tego?

— Lepiej przerwijmy tę rozmowę, bo już i tak moim zdaniem usłyszałam od ciebie za dużo przykrych słów. Tylko ze względu na Pawła bawiłam się w wyjaśnienia. Jeśli tak ci zależy na jego karierze, to myślę, że powinnaś się zastanowić, kto naprawdę chciał mu zaszkodzić.

— Urywanie niewygodnych tematów masz po matce. Ona też tak zawsze odwracała kota ogonem. I co jej z tego przyszło?

— Zostawmy w spokoju nieobecnych. A co do urywania tematów, to lepiej o pewnych sprawach nie rozmawiać przez telefon.

— Wygodna wymówka! — ciotka Irena miała irytację w głosie. Tyle rzeczy chciała mi powiedzieć, a ja zamykałam jej usta.

— Muszę już kończyć. Ktoś dzwoni do drzwi.

— Jeszcze jedna tania wymówka. Mogłaś postarać się o lepszą.

Postanowiłam nie dać się sprowokować.

— Mam nadzieję, że następnym razem podejmiemy fajniejsze tematy, ciociu.

— Pewnie! Najlepiej o pogodzie, jak to jest w zwyczaju Krystyny.

Piiip! I w słuchawce miałam już tylko ciszę. Taki to był telefon, bez powitania i pożegnania. W dodatku na granicy wybuchu ciotki. Udało się go powstrzymać, ale to kosztowało mnie tak dużo, że teraz poczułam, jak kapią mi łzy. Jak ona mogła? I jak on mógł? Dlaczego do diabła nie powiedział mi prawdy!? Co go podkusiło, by ukrywać przede mną takie rzeczy? I to tak długo! Czego jeszcze nie wiem? Czy ja go w ogóle znam? Zaręczyłam się z facetem, który traktuje mnie jak idiotkę i który jest jedną wielką niewiadomą. Pan Kłódeczka! Gutek miał rację. Zakochałam się zamkniętej na wiolinowy klucz, żelaznej kłódzie. Wredny, zamknięty na trzy spusty wiolinowy zakrętas!

2

Jakby tego było mało, w Zawrociu objawił się nietypowy lokator, a właściwie lokatorka! Przynajmniej tak głosiły plotki. Dowiedziałam się o tym dziesięć minut później od

Marty, która przyszła trochę przetrzeć kurze. Zdziwiła mnie najpierw tym, że zamiast iść do jadalni, od której lubiła zaczynać sprzątanie, trzymała się mnie jak jakiś cień. A ja akurat nie miałam ochoty na jej towarzystwo. Ani na żadne inne. Głowa pękała mi od słów ciotki Ireny. Chciałam pójść na górę, przytulić Joachima i jakoś się z tym wszystkim uporać.

— Lepiej niech mnie pani dzisiaj nie zostawia samej — Jóźwiakowa postanowiła w końcu wyznać, dlaczego tak się za mną snuje.

— Jakiś problem?

Marta nie zdążyła odpowiedzieć, bo coś stuknęło w głębi domu, a ona tak się wzdrygnęła ze strachu, że aż jej wypadła z ręki pasta do mebli.

— To Unta — powiedziałam.

— O Boże, ale się przelękłam... — Jóźwiakowa z trudem uspokoiła oddech. — Unta... Może i tak. No ale różnie teraz gadają o Zawrociu.

— To znaczy?

— W sklepie słyszałam... — Marta ściszyła głos i nachyliła się ku mnie. — Ktoś widział świętej pamięci panią Milską, jak się przechadzała nerwowym krokiem przy bramie. Że o psy się gniewa i winnych szuka.

Tego mi jeszcze brakowało, opowieści o duchach. A myślałam, że nie może mnie spotkać więcej niż wyjazd Pawła, otrucie psów i ten ostatni telefon. A tu proszę, ktoś snuł następną intrygę. Choć może tylko rozwijał poprzednią. Tak czy owak, można było zwariować!

Postanowiłam jednak się nie dać i dowiedzieć się od Marty czegoś więcej.

— Ktoś to pani powiedział, czy usłyszała pani te bajdy przypadkiem?

— Taka jedna zaczepiła mnie pytaniem, czy się nie boję.

— Mówiła może, skąd te wieści?

— Nie pytałam. Rzuciłam tylko, że głupoty gada i że to grzech takie plotki roznosić. No bo jak to się przyklei do Zawrocia, to i do nas, Jóźwiaków. Straszy czy nie straszy, nie będzie mi tu pierwsza z brzegu sklepowa opowiadać takich rzeczy!

Zaśmiałam się w myślach. Jóźwiakowa dla dobrej opinii była skłonna znosić ducha, byleby ten snuł się tam, gdzie go inni nie widzą.

— Pani Marto, nikt tu nie straszy. Przecież pierwsza bym o tym wiedziała.

— Niby dlaczego miałaby pani wiedzieć? Taki ktoś jak pani Milska to nie będzie się plątał cały czas. I nie będzie objawiał się każdemu, tylko winnym.

— To dlaczego pani się tak trzęsie? Jest pani winna?

— A! Z panią to się czasami rozmawia, jakby pani po chińsku mówiła. Objawia się czy nie, to tu widocznie jest! Ścieram kurze, a ona może patrzy.

— Ale przecież sprząta pani doskonale.

— Co tam pani wie o doskonałości! Zawsze można lepiej. — Schyliła się po pastę. — Zapracować się przyjdzie.

Omal nie prychnęłam śmiechem, choć właściwie sytuacja była poważna. Jeśli Marta mogła uwierzyć w takie plotki, to znaczyło, że także większość mieszkańców miasteczka. Za chwilę będę mieszkała w strasznym dworze. I wszyscy będą mnie omijali szerokim łukiem.

3

Wysłałam Martę do domu, a sama, zamiast iść na górę i tam się nad sobą roztkliwiać, złapałam kurtkę, zawołałam Untę i ruszyłam na dwór.

— Trzeba to wychodzić — powiedziałam nie tylko do niej i Fasolki, ale i do Bzyla, który niespodziewanie do nas dołączył. Czyżby liczył na kolejną paczkę smakołyków?

Ruszyliśmy skrajem sadu ku brzezince utopionej w wielu odcieniach róży, bo to właśnie z tamtej strony zachodziło słońce. Pejzaż jak z japońskich rycin. Postanowiłam dojść do brzezinki, choćbym miała pełzać po zaspach. Taki nagły, głupi upór. Wbrew wszystkiemu!

Dobrnęliśmy już do pierwszych drzew, gdy Bzyl poleciał w kierunku paru wron dreptzących po śniegu i spłoszył nie tylko je, ale i całe stado. W różu nad brzezinką nagle zaczęło się ptasie wesele, niepokojące, rozkrakane, jak jakaś czarna puenta tego nieprzyjemnego dnia.

Opadłam na śnieg, a potem położyłam się na plecach, by z tej pozycji oglądać kołujące w górze kreseczki. We mnie też tak trochę kołowało. Może to Fasolka kręciła się w rytm wroniej orkiestry? Zatkałam uszy, w razie gdyby to była dla niej zbyt niepokojąca muzyka. A potem także zasłoniłam oczy, bo po co jej tyle czarnego na niebie?

Długo tak nie poleżałam. Unta przestała ganiać za ptakami i zaniepokojona wróciła do mnie. Trąciła mnie nosem raz i drugi. Otworzyłam jedno oko. Szczeknęła.

— Spokojnie, nic mi nie jest. Tak tylko sobie leżę. — Zrobiłam parę ruchów ramionami i nogami, by jej to udowodnić. A potem jeszcze rzuciłam w nią śniegiem. Zatoczyła wokół mnie kółko, by uniknąć kolejnej białej kuli. Bzyl też dołączył się do zabawy. A potem wszyscy odpoczywaliśmy, wsłuchując się w ciszę, która zapadła po odlocie wron.

— Przegoniliśmy te kraczące straszydła, które chciały nam zepsuć spacer. Bez was by się to nie udało. — Poprzytulałam Untę, a potem pogłaskałam Bzyla, który mi na to łaskawie pozwolił. To były pierwsze nici porozumienia, które się między nami zadzierzgnęły, co mnie napawało radością.

Później pomachałam jeszcze trochę rękoma i nogami, by zrobić ładnego, wyrazistego orła.

— Proszę, na co nas stać! Cóż nam mogą zrobić jakieś zwykłe krakuny. Choćby zakrakały się na śmierć, i tak nic z tego.

4

Jeszcze nie zdążyłam się otrzepać ze śniegu po powrocie do domu, gdy rozdzwonił się telefon. Paweł! Ciotka widocznie po odłożeniu słuchawki przestraszyła się konsekwencji i przyznała mu się do naszej rozmowy. A może było odwrotnie? Może się na mnie poskarżyła?

— Jesteś... — Paweł był zdenerwowany. — Dzwonię już trzeci raz. Wszystko w porządku, Maty? Wiem o telefonie matki.

— Spokojnie, byłam tylko na spacerze z psami. Nie ignoruję twoich telefonów.

— Całe szczęście. Już myślałem...

— Dlaczego nie powiedziałeś mi prawdy? — przerwałam mu.

— Powiedziałem... w ogólnym zarysie...

— Paweł!

— Przepraszam, kochanie... Nie powinienem był... Przepraszam...

— Tak lepiej. Domyślasz się, kto wykonał ten parszywy telefon do producenta?

— Mam swoje podejrzenia... To w tej chwili bez znaczenia. Sytuacja opanowana.

— Bez znaczenia? Twoja matka myśli, że to ja!

— Już nie. Co ją zresztą dobiło. Nie wiem, jak tego dokonałaś, ale naprawdę dotarło do niej, jak bardzo się myli.

— Co nie znaczy, że dalej nie będzie próbowała nas rozdzielić.

— Syzyfowa praca.

— Syzyfowa — przyznałam.

— Więc już dobrze?

— Prawie. Nie mogę zrozumieć, dlaczego akurat to postanowiłeś zachować dla siebie? Tylko nie zbywaj mnie żarcikami.

— Dlaczego?... — zastanawiał się. — To się tak jakoś dzieje siłą przyzwyczajenia. W tej rodzinie lepiej było nie obnosić się z problemami. Znasz to z własnego życia. Anka też potrafiła wykorzystać każdą moją słabość. A jeszcze te nasze kiepskie nastroje przed moim wyjazdem! Byłaś taka przybita... Nie powiedziałem ci od razu, a potem, przez telefon... sama wiesz...

— Wiem — mruknęłam, bo przypomniało mi się, że i ja nie wszystko mu mówiłam.

Nawet sporo było tych tajemniczek: żaba, nietoperz, papuga z kluczem wiolinowym na śniegu, albumy Emili, spotkanie z Jaśkiem w Warszawie, problemy z Kostkiem. A teraz jeszcze i duch... Wszystko, co nieprzyjemne, zostało wykluczone z rozmów. Oprócz psów, jedynie Lilka, Hania i Miedzianka na chwilę zagościły w naszych telefonach, ale były jak ziarnka pieprzu, które dodają smaku miłosnym przepychankom.

— Jesteś tam? — Pawła zaniepokoiło moje milczenie.

— Jestem. Porozmawiamy o wszystkim po powrocie — zdecydowałam.

I tak zresztą nie byłam teraz w stanie zastanawiać się razem z Pawłem, kto był sprawcą telefonu, a potem rozstrzygać, czy ta osoba ma związek z tym, co się działo wokół mnie. I chyba nawet nie chciałam. Choćby z przekory! Bo przecież komuś zależało, byśmy prowadzili takie właśnie rozmowy, nieprzyjemne i przygnębiające, zamiast się po prostu sobą cieszyć.

— Po powrocie! — powtórzył Paweł, jakby to była jakaś mantra. — To już na szczęście niedługo — dodał. — Jeszcze chwila i zaczniemy odliczać dni.

— Zrobimy sobie wtedy godzinę szczerości — rzuciłam już lżejszym tonem. — Albo dwie godziny, bo zdaje się, że godzinka może nie wystarczyć...

— Nie ma tego aż tak dużo — Paweł podchwycił mój żartobliwy ton.

— Dobra, dobra. Jak muzyka? — postanowiłam zmienić temat.

— Jako tako.

— Zbywacz!

— Uf! Jak ja w tobie lubię to, że tak szybko wracasz do równowagi. Mówiłem ci już o tym?

— A ja w tobie to, że potrafisz wynaleźć we mnie tyle rzeczy do lubienia. Mówiłam ci już o tym?

Zaśmiał się.

— Tę zaczepność też lubię.

— Podlizuch.

— Fakt, podlizuję się, bo mam nadzieję na jakieś guziczki czy haftki do rozpinania, zanim mi opowiesz, jak idzie Wieśkowi.

— Nic z tego, Kocie. Żadnych haftek. Po telefonicznej konwersacji z przyszłą teściową prysły zmysły. To nie wraca tak szybko jak równowaga.

— Szkoda. Tak bym coś porozpinał!

— Ja też. Zapewniam cię. Jakąś białą czy czarną koszulę. Guziczek po guziczku... wolno... po kolei...

— Po kolei? — Paweł podchwycił temat. — Gdzie początek?

— U góry oczywiście. Najpierw guzik kołnierza, potem ten na piersi...

— I mówisz, że prysły ci zmysły? — zaśmiał się znowu.

— No... może nie tak całkiem...

Kłamałam. Tak naprawdę zmysły prysły przy czarnej koszuli. Wcale nie przez ciotkę Irenę, a przez Kostka! On też miał w swojej szafie sporo ubrań w tym kolorze. Niestety! Jeszcze kontynuowałam przekomarzanki z Pawłem, ale gdzieś w środku czułam rozpełzające się zimno, jakbym rozpinała koszulę tamtego drania i jakbym to jego tors miała zobaczyć. Usiłowałam zresztą wypchnąć z głowy te byle jakie myśli, bo Paweł nie zasługiwał na mieszanie go z kimś innym.

Z myślami poszło jako tako, ale z tym lodowatym strachem, że to Kostek stoi za telefonem do producenta, gorzej. Siedziałam potem przy komiku, ale lód nie chciał się stopić. Bo co, jeśli Kostek nie tylko bawił się w otaczanie mnie donosicielami i odbieraniem mi pracy? Może zachciało mu się czegoś więcej? Może ciotka Irena miała rację i to ja — pośrednio — byłam winna temu, że Paweł miał kłopoty? Jakiż to problem znaleźć kobietę znającą angielski i namówić ją na wykonanie takiego telefonu? Wystarczyłaby pierwsza z brzegu aktorka, która dobrze posługiwała się tym językiem. Tylko skąd Kostek by wiedział o kontraktach Pawła już parę tygodni temu? I skąd wziąłby nazwisko i numer telefonu producenta?

XXXVIII. MIKSTURA

1

Kolejne spotkanie z Wieśkiem w kawiarence „U Basi". Zgodnie z jego przewidywaniami w osadzie nad jeziorem nie dowiedział się niczego istotnego. Ustalił jedynie nazwiska trzech kobiet, które w ostatnich tygodniach sprzątały u Ignacego.

— Rotacja jak w hotelu, bo żadna ponoć nie spełnia wymagań pana pisarza. — Wiesiek mówił z przekąsem. — I nie chodziło o pyłki bynajmniej, tylko o to, że przestawiały mu rzeczy. Ani jedna nie potrafiła zetrzeć kurzu tak, by wszystko wróciło na swoje miejsce. Ostatnia jest jakby lepsza, ale nie wiadomo, czy nie podzieli losu poprzedniczek, bo się spóźniła w tym tygodniu do pracy. Tak to jest, gdy za dużo czasu spędza się w fikcji.

— Rozmawiał pan z tymi kobietami?

— Owszem. — Na dowód tego wyciągnął swój notes. — Dwie pamiętają żabę i nietoperza. Ta ostatnia niczego takiego nie widziała. Żadna ich nie wzięła i nie wie, kto wziął. I wszystkie twierdzą, że czasami dom pana pisarza jest zamknięty na cztery spusty, a czasami jak jakaś poczekalnia dworcowa.

— A o papugę pan pytał?

— Wszystkie się zarzekały, że nic nie wiedzą. Jedna jakby bardziej się zarzekała, ale może dlatego, że to taka zabiedzona i przestraszona kobiecina. No i brak związku z panią. Owszem, wiedzą, kim pani jest, ale to wszystko. Żadnych motywów. Bo co jakieś czterdziestoletnie baby mogłyby mieć do pani?

— Kolejny trop donikąd.

— Niestety. Ale pokręciliśmy się po tych domkach i domiszczach. Niech wiedzą, że to nie zabawa. Rozmawiałem ze wszystkimi, którzy akurat tam byli. No a było niewielu. Ci malarze z pierwszego domu, architekci, pan pisarz i kosmitka. Na tę ostatnią to sobie jedynie popatrzyliśmy, bo na jej planecie nie rozmawia się z obcymi.

— Reszta pewnie w Warszawie.

— Zgadza się. Może zresztą i dobrze, że ich nie było, bo będzie pretekst, by tam co jakiś czas zaglądać. I tylko wkurza mnie to, że śledztwo się nie posuwa. Sprawdzę jeszcze Justynę Tomciak, ale wątpię, żeby to coś dało.

— Są jeszcze plotki o duchu w Zawrociu — powiedziałam. — Może to się jakoś łączy z poprzednimi zdarzeniami.

Wiesiek pokręcił głową z niedowierzaniem.

— Duch? Tego jeszcze nie było! Ja pierniczę! Co za jakaś wredna menda się do pani przyczepiła! Aż wierzyć się nie chce. Jedno się jeszcze nie kończy, a drugie już się zaczyna. Mam wrażenie, że czegoś nie widzimy, ale czego? — Czekał, że może coś powiem.

— Też się nad tym zastanawiam — rzuciłam tylko.

Wiesiek zamknął notes.

— No nic, muszę lecieć. Robota nie poczeka. Niech pani mi da znać, gdyby coś się pani przypomniało czy skojarzyło — powiedział jeszcze.

Wiesiek wyszedł, a ja pomyślałam, że formułki policjantów z kraju nad Wisłą niewiele różnią się od tych znad Tamizy. Inspektor Smith wygłaszał je równie często i pewnie z taką samą niewiarą w głosie jak Wiesiek. Bo obaj doskonale zdawali sobie sprawę z tego, że mają przed sobą osoby, które wiedzą więcej, ale nie chcą się tą wiedzą podzielić.

2

Pani Basia trochę podejrzliwie patrzyła na moje spotkania z policjantem.

— O proszę! — sięgnęła po ledwie napoczętą herbatę Wieśka. — Tylko umoczył usta. Ciekawe, gdzie mu tak śpieszno?

— Zapewne do łapania przestępców.

— To już wiadomo, kto winny?

— Zależy w jakiej sprawie.

Pani Basia w końcu zrozumiała, że nic nie wiem.

— No tak, FBI to nie jest. Jeszcze z miesiąc będą szukać. O ile w ogóle znajdą sprawcę. To już szybciej dosięgnie go sprawiedliwość z zaświatów. — Pani Basia na chwilę wzniosła oczy do góry. A potem utkwiła je we mnie, czekając, co powiem.

— To chyba jeszcze dłużej trzeba na nią czekać — mruknęłam, zastanawiając się, czy przypadkiem nie słyszała o duchu.

— Dłużej? Pani Milska zawsze była taka bardziej niecierpliwa — zauważyła pani Basia.

A jednak! A wydawało się, że należy do osób twardo stąpających po ziemi.

— No tak... — bąknęłam, mając nadzieję, że po tak zdawkowej odpowiedzi właścicielka kawiarni odpłynie. Niestety dalej kołysała tuż nad moim ramieniem niedopitą herbatę Wieśka.

— Ludzie to teraz panią podziwiają — powiedziała w dodatku.

— Tak? — dalej udawałam głupią. — A za co?

— Za odwagę. No bo mieszka pani sama w nawiedzonym dworze! Inni to boją się nawet przejść obok bramy Zawrocia. Ponoć właśnie tam pani babka teraz się najczęściej ukazuje.

— Teraz?

404

— Nic pani nie wie? — Pani Basia chłonęła każdą moją minę.

— Mnie nie raczyła się niestety objawić. A szkoda. Mam do niej parę pytań. Tylko czasami stuka gdzieś w głębi domu laską. Ale rzadko.

Pani Basia słuchała z zapartym tchem, a potem nagle na jej twarzy pojawiła się podejrzliwość.

— Żartuje sobie pani ze mnie?

— Trochę. Choć kto wie, może moja babka rzeczywiście raz na jakiś czas robi sobie spacer po Zawrociu. W końcu trudno się odzwyczaić od takiego miejsca.

— I naprawdę się pani nie boi?

— Przeciwnie, czuję się z nią bezpieczniej. Ma na wszystko oko, zwłaszcza gdy patrzy z wysoka.

Pani Basia była zafascynowana tym, co usłyszała.

— Jak to na wszystko można różnie spojrzeć! Fakt, jeśli tak się o tym pomyśli, to czego się bać. Przecież pani babka panią wybrała. I zależy jej, by pani tu była, inaczej Zawrocie zmarnieje. Więc czemu miałaby panią straszyć?

— Właśnie.

— Ale tego, co psy otruł, straszyć może. Inna sprawa, czy jej się zechce. Bo ona byle czym to się za życia nie zajmowała. Kto wie, może tylko się pojawiła na chwilę, by ludzie w miasteczku przypomnieli sobie, że nie ma z nią żartów — zastanawiała się pani Basia.

Ledwie stłumiłam chichot. Pani Basia była przekonana o twojej obecności w Zawrociu równie mocno jak Jóźwiakowa. Co najwyżej rozważała twoje motywacje.

— Ciekawe, kto ją widział? — zapytałam.

— Tego nie wiem. W swoim futrze była, z soboli czy czegoś tam. Takim srebrnym. I z laską. Nagle wyłoniła się z powietrza, jakby się rozpruło! Tak to już jest. Myślimy, że tylko my tu jesteśmy, a któż to wie, ile różnych istot się tu plącze. I tylko człowiek nie jest w stanie tego zobaczyć, jeśli ci z drugiej strony sobie tego nie życzą. Moja babcia nauczyła mnie w dzieciństwie wierszyka:

Cztery rzęsy nietoperza

Jedna igła jeża

Pięć odwłoków muchy

Koci wąs suchy

Zamieszać

Zagotować

Oczy posmarować

— Ładny. Tylko nie rozumiem, co on ma wspólnego z duchami?

— A ma! Bo to przepis na to, jak przejrzeć na oczy. No wie pani... by je zobaczyć. I nie tylko je. By w ogóle widzieć wszystko.

— Nawet nie bardzo skomplikowany.

— Tylko skąd wziąć cztery rzęsy nietoperza? — westchnęła pani Basia. — Czy one w ogóle mają rzęsy?

— No tak... z tym mógłby być problem.

— Z drugiej strony może i lepiej, że człowiek nie widzi. Pamiętam pewien upiorny film. Oglądałam go tylko kątem oka, takie okropne były te duchy, które straszyły jednego z nastolatków. Brr! — wstrząsnęła się całym swoim pulchnym ciałem. — Za dużo horrorów! Tak przynajmniej mówi mój mąż. Ale człowiek potrzebuje trochę odmiany. Bez tego jak przetrwać w takim nudnym miasteczku jak nasze? Nic się tu nie dzieje. Zupełnie nic.

Byłam innego zdania niż pani Basia, ale przytaknęłam, bo potrzebowała tego. Chyba nie znajdowała zrozumienia ani u męża, ani u koleżanek i dlatego we mnie, kobiecie z nawiedzonego dworu, szukała sprzymierzeńca.

— Ale powie mi pani, jeśli ją kiedyś zobaczy? — zapytała jeszcze.

— Powiem.

Pani Basia odeszła za ladę, a ja miałam ochotę walnąć się w głowę. Dobrze wiesz dlaczego, babko! Pewnie czasami patrzysz z góry na moje durne poczynania. I na to, że sobie wszystko, co twoje, po kolei przymierzam i przywłaszczam. Futro też przymierzyłam. A potem pomyślałam, że nie zaszkodzi je przewietrzyć. I przewietrzyłam, tyle że na sobie. Okutana do kompletu w twój biały, kaszmirowy szal. I w takim stroju brnęłam ścieżkami wydeptanymi przy płocie przez Bzyla. Chciałam go dogonić i powiedzieć mu, co sądzę o jego wilczych obyczajach. I sprawdzić, czy gdzieś nie ma dziury w płocie czy jakiejś gałęzi, która mogłaby mu umożliwić ucieczkę.

Kto mnie wtedy widział? Na pewno ktoś strachliwy i z kiepskim wzrokiem. Wczesny zmierzch też mógł mieć znaczenie. I w ten oto sposób zrobiłam sobie kolejną aferę w Zawrociu! Jakby dotychczasowych było mało. Trzeba będzie poinformować o tym Wieśka, zanim zacznie zamykać w areszcie plotkarzy.

3

Oprócz spotkania z policjantem, miałam jeszcze jeden powód do przesiadywania w tej kawiarence. Już drugi dzień tkwiłam przy oknie, mając nadzieję, że Emila zawita do miasteczka, by sprawdzić, jak postępują prace remontowe. W reklamówce miałam Cynę. Jóźwiak dał mi ją niechętnie.

— Wiem, do kogo należała — oświadczyłam. — I wiem, że pan na własną rękę usiłował ustalić, kto podrzucił papugę. Byłam w sklepie zoologicznym.

Jóźwiak się zmieszał.

— Do niczego sensownego nie doszedłem.

— Tak przypuszczałam. To wszystko nie jest takie proste.

— Gdyby pani przypadkiem myślała, że to może jednak Renia z polecenia pani Emili podrzuciła żabę...

— Nie myślę tak, już to panu mówiłam. Przecież po tej żabie były jeszcze inne rzeczy. Pan by do tego nie dopuścił, gdyby to robiła pana córka.

— Dziękuję. Co pani zamierza z tą żabą zrobić? Da ją pani Wieśkowi czy temu człowiekowi, który tu był ostatnio?

— Zamierzam ją oddać właścicielce.

Jóźwiak pokiwał głową.

— Może tak trzeba zrobić. Ale chyba pani nie myśli, że to ona?

— Nie.

Jóźwiakowi kolejny raz ulżyło, ale dalej mu było głupio.

— Przepraszam... Powinienem pani powiedzieć. To Marta rozpoznała żabę. Przedtem czasami sprzątała w domu w Rynku. I tylko nie wiem, jak moja żona znalazła to pudło, w którym te wszystkie paskudy były. Jakby miała jakiś radar... — usprawiedliwiał się. — Nie chciałem pani denerwować. No i żaba to jeszcze nie dowód. Dalej nie wiadomo, kto ją przykleił. Bo jak się za rękę nie złapało... — Jóźwiak chyba usiłował mnie przestrzec przed oskarżaniem Emili.

— Da mi ją pan?

— Tak, oczywiście. Chodźmy.

Wzięłam tylko Cynę, bo reszta była upaćkana krwią i czerwonym atramentem. Czułam teraz zapach żaby, mimo że reklamówka leżała na sąsiednim krześle. Chanel 5 dalej miało się dobrze. Aż się Wiesiek zainteresował tym zapachem. Spichlerz, wilgoć, a potem mróz nie zaszkodziły Cynie. Musiałam ją tylko z jednej strony przetrzeć.

— Prezent — zagadnęła mnie pani Basia, też wyczuwając woń perfum.

— Tak... prezent — powiedziałam. — Wyjątkowo pachnący — dodałam z uśmiechem, choć właściwie byłam spięta.

Czy dobrze robiłam? Wątpiłam, by taka konfrontacja podobała się Pawłowi. Czy Emila nie wykorzysta tego przeciwko mnie? Ale chciałam w końcu spojrzeć jej w oczy. Zobaczyć, co w nich teraz ma. Rozmowa z ciotką Ireną przesądziła sprawę — nie mogłam w nieskończoność tkwić w domysłach i zwodzić Wieśka.

4

Dopiero godzinę później, gdy piłam kolejną herbatę, ujrzałam, że Emila zajeżdża przed dom. Od razu, siedząc jeszcze w swojej terenówce, wdała się w rozmowę z majstrem. Potulnie kiwał głową po każdym jej zdaniu. Widać było, kto tu rządzi.

— Pani Basiu, dokończę herbatę za chwilę. Mam z kimś do pogadania.

Właścicielka kawiarni traktowała mnie już jak stałą bywalczynię, nie miała więc nic przeciwko temu.

— Sprawy rodzinne, co? No, ale wystygnie pani.

— Nie szkodzi.

Złapałam kurtkę i po chwili byłam już przy Emili, która właśnie wysiadała z samochodu. Była w dżinsach i białej męskiej koszuli. W dodatku ścięła włosy, przez co wyglądała jak chłopczyca. Jedynie miękki błękitny szal, którym się otuliła, trochę łagodził to wrażenie. Po tych wszystkich szpilkowatych, wypracowanych modelkach byłaby to miła odmiana, gdyby nie nieprzyjemny grymas, który rozlał się na jej twarzy na mój widok.

— Twoja? — pokazałam jej Cynę.

Emila uśmiechnęła się ironicznie.

— Już nie.

— Chcesz ją czy nie?

— Nie.

— Ktoś przykleił ją do bramy Zawrocia.

— Zabawił się — nie kryła ironii. — Żaba dla żaby.

— Potem zabawił się z nietoperzem i papugą. Namalował też krwią klucz wiolinowy.

Uśmieszek Emili trochę się zwarzył.

— To cię nastraszył. Niestety, wcale mi cię nie żal.

— A Remiego też ci nie żal? Otruli psy!

Chyba nie wiedziała o tym, bo cień przemknął przez jej twarz. Musiała tu naprawdę rzadko bywać.

— Nie mam czasu na takie smętki. Twoje psy, twoje zmartwienia. Streszczaj się — burknęła, sięgając do samochodu po kurtkę. Wolała się cieplej ubrać, niż zaprosić mnie do domu.

— Ktoś chce, bym myślała, że to ty. Może ten ktoś działa i w drugą stronę i chce, byś ty też myślała, że robię to i tamto.

— A nie robisz? — skrzywiła się parszywie. — Zabrałaś Zawrocie, a ostatnio jeszcze zawłaszczyłaś mego brata. To mało? Przychodzisz teraz jęczeć, że ktoś ci robi kuku? I dobrze. Cieszę się z tego! Nawet nie wiesz jak bardzo.

— Tak bardzo, by zadzwonić do producenta i powiedzieć, że Paweł ma spalone ręce?

Uśmiech zniknął z twarzy Emili.

— Tak bardzo, że nie mam już ochoty z tobą gadać.

— A może to nie ty? Ktoś jednak to robi. Pozwolisz, by niszczył karierę Pawła?

— Zgadnij.

— Myślałam, że sobie zastrzegasz takie prawo! — rzuciłam, by ją sprowokować.

— Gówniane masz myśli.

— A ty czyny. Bo akurat fortepian to na pewno twoja sprawka. Nie wiem, dlaczego ci tak odwaliło, ale postanowiłam ci wybaczyć, bo Paweł cię kocha.

— Mam to gdzieś! — wydęła pogardliwie wargi. — I nie wtrącaj się w moje sprawy z Pawłem. Nic ci do tego. Przeminiesz, jak ten instrumencik. Niejednej wydawało się, że rozgości się w życiu Pawła na dłużej. Która ty już jesteś? Z dziesiąta?

— Nie wiem. Jeśli liczyłaś na to, że obejrzę album, to się przeliczyłaś.

Jej oczy zwęziły się z tajonego gniewu.

— Głupio robisz, ale nie ja będę potem gryzła pazury z wściekłości jak choćby Lilka.

— Właściwie dlaczego nie chcesz, by z którąś był szczęśliwy? — zapytałam. — Dlaczego tak uparcie wszystkie tępisz? Nie rozumiem tego!

— Bo on nie potrzebuje żadnej. — Emila już znowu była opanowana.

— Mówisz to poważnie?

— Owszem. Bardzo poważnie. Pieprzenie się to jeszcze nie szczęście. Nic nie wiesz o szczęściu. I nic nie wiesz o Pawle. O naszym życiu. O Zawrociu! — mówiła z dziwnym, zimnym spokojem, który w ogóle był do niej niepodobny. — Nic. Jesteś jak jabłko, które trzyma się jesienią gałęzi. Nawet nie warto nią potrząsać. Spadniesz i zgnijesz.

— Chciałabyś! A jeśli się tak nie stanie? To co? Potrząśniesz gałęzią? Może już potrząsasz?

— Nie muszę — powiedziała z przekonaniem, a potem odwróciła się na pięcie i tyle ją widziałam.

Piłam potem gorzką, wystygłą herbatę, ignorując zaciekawione spojrzenia pani Basi i myśląc o tym, że Emila była dziś jakaś inna niż kiedyś, mniej gniewna, za to bardziej ironiczna i pewniejsza siebie. To było bardzo niepokojące. Zatęskniłam za miksturą, o której mówiła pani Basia, z kocim wąsem i czterema rzęsami nietoperza. Może gdybym ją wypiła, przejrzałabym na oczy i zobaczyłabym nie tylko ciebie, babko, ale i zrozumiałabym wszystkie tajemnice, które mnie otaczały.

XXXIX. PIERNIKI

1

Następnego dnia, z samego rana, zadzwonił Wiesiek. Był z siebie bardzo zadowolony.

— Miałem rację, to Justyna Tomciak kupiła dwie papugi w sklepie zoologicznym. Jedna jej zdechła, a druga wygląda tak, jakby za chwilę miała zrobić to samo — powiedział. — Baba nie ma ręki do ptaków. Tak to już jest, gdy kupuje się zwierzęta nie w tym celu, co potrzeba.

— Mówiła, kiedy wykończyła tę pierwszą papugę i co z nią zrobiła?

— Twierdzi, że papuga zdechła na początku grudnia. Powiedziała, że dzień był podobny do dnia i ona nie wie, kiedy to się dokładnie stało. Wyrzuciła ją po prostu ze śmieciami. Mieszka w kamienicy, a to znaczy, że śmietnik dostępny jest dla paru rodzin. I jeszcze ponoć czasami swoje śmieci podrzucają mieszkańcy sąsiadującego z kamienicą domu. Tak się dziwnie składa, że w tym domu mieszka jedna ze sprzątaczek pana pisarza.

— Zbieg okoliczności?

— Może. Ta kobiecina na pewno nie ma nic wspólnego z psami czy papugą. Ale za jej synalka nie dałbym nawet pięciu groszy. Na razie jednak nie pytałem o niego. Nie chcę ptaszka spłoszyć. Tylko jaki on mógłby mieć motyw?

— Nie mam pojęcia.

— No właśnie. Brakuje motywu. Muszę popytać tych z osady, czy widzieli tam jakiegoś nastolatka. Może był z matką w domu pana pisarza. Tak czy owak, czuję, że jestem blisko. Może da się tę sprawę zamknąć przed świętami?

— Oby! Paweł by się ucieszył.

— No właśnie. Dobrze, że nic grubszego nie dzieje się w terenie, to mogę się zajmować akurat tym. Trochę oficjalnie, trochę nieoficjalnie... — zawiesił znacząco głos.

— Dziękuję.

— Jeszcze nie ma za co, ale dorwę sprawcę. Teraz już jestem tego niemal pewny.

— A z tym duchem to fałszywy alarm. — Opowiedziałam Wieśkowi historię z futrem.

— Ja bym jednak tego nie lekceważył. Coś szybko się ta plotka rozeszła. Jak jakaś zaraza. Jakby komuś na tym zależało. Ale komu? — zastanawiał się ponuro. — I dlaczego?

Jak zwykle nie miałam dla niego odpowiedzi.

2

Inspektor Smith też myślał, że jest blisko, a okazało się, że jest blisko jedynie kolejnego trupa, i to już mocno napoczętego przez szczury w piwnicy obok zaułka srebrnych kotów. Inspektor patrzył na wykręcony tułów mężczyzny i na wciśnięte w jego dłoń skrawki materiału. Znał zresztą doskonale przynajmniej jeden z nich — ten, który było widać najlepiej, z sukienki Igi Deviot. Korciło go, by wyszarpnąć ten strzępek i wsunąć sobie do kieszeni. Miałby jakąś pamiątkę po Idze, coś, co może dotykało jej skóry.

Z trudem zwalczył tę pokusę.

— Zabierzcie to — powiedział. Skrawki zniknęły w plastikowej torebce.

Inspektor skupił się na półotwartych ustach mężczyzny, z jednej strony trochę nadgryzionych przez szczury. Czy te usta dotykały ust Igi? Czy znały ich smak?

Inspektor znał ten smak doskonale. Maliny! Używała błyszczyka pachnącego jak maliny. Ale nie te kupowane teraz w którymś z wielkich sklepów, niemal bez zapachu. Usta Igi Deviot pachniały prawdziwymi malinami, tymi sprzed lat, jak choćby te z ogrodu jego ciotecznej babki, która miała dom na wsi, przyklejony do wzgórza chroniącego rośliny przed wiatrem. I to wszystko było w pocałunkach Igi — maliny, słoneczny dom, morze, do którego trzeba było biec ścieżką wśród pagórków i parowów, podglądane dziewczyny z dzikiej plaży. Może w domu Igi był gdzieś jeszcze ten błyszczyk?

I na tym chwilowo skończyłam pracę nad powieścią, bo przypomniały mi się pieszczoty i namiętne pocałunki Pawła. Ruszyłam na górę wyciągnąć z półki jego czarny sweter, ten, w którym chodził przed wyjazdem. Każdy miał swoje miłosne fetysze — inspektor Smith malinowy błyszczyk, a ja kawałek czarnej wełny. Od zawsze zastępował mi Pawła. To właśnie ten sweter miał na sobie, gdy po raz pierwszy odwiedził mnie w Warszawie. Deszczowy styczeń! Paweł przyszedł zmoczony, bo mu się nie chciało otworzyć parasola. Sweter też trochę nasiąknął wilgocią pogłębiającą wszystkie zapachy, którymi Paweł był otoczony. Pamiętałam w dodatku, jak przy pożegnalnym przytuleniu pod tym właśnie swetrem rozdzwoniło się serce Pawła. Moje zresztą też. Dwa dzwony Zygmunta, walczące o to, który się bardziej rozkołysze i mocniej zabije. I tylko ich właściciele udawali, że nic takiego się nie stało i dalej mówili jakieś „cześć" i „do zobaczenia".

Trzymałam teraz sweter w objęciach, ale to mi nie wystarczyło. Posnułam się więc do sypialni, by sobie z nim poleżeć. Unta z niepokojem kręciła się przy łóżku. Może myślała, że coś mnie boli? Pewnie obserwowała takie scenki, gdy ty tu jeszcze byłaś.

Pogłaskałam ją.

— Spokojnie. Nie umrę, jak twoja poprzednia pani. Od tego się nie umiera, choć też boli. Niestety! Cholerna, głupia tęsknota.

Ale to nie była tylko tęsknota. Wszystkie wredne czy niepokojące słowa Hani, Anny czy Lilki puściłam mimo uszu, a rozmowa z Emilą nie chciała przebrzmieć. Ona miała jakiś plan. Byłam tego pewna. A przecież miała się wyprowadzić z miasteczka i dać nam spokój. Paweł był przekonany, że tak właśnie będzie. Ale nie będzie.

Unta wpakowała łapy na łóżko, jakby też chciała się owinąć swetrem Pawła.

— Wiesz, że tu ci nie wolno?

Unta w odpowiedzi jeszcze trochę podjechała na brzuchu i w końcu udało jej się wetknąć nos w rękaw. Zapiszczała.

Miałam ochotę piszczeć razem z nią.

— Emila coś knuje — powiedziałam jednak. — Znasz ją lepiej ode mnie, mogłabyś coś mi podpowiedzieć.

Unta szczeknęła parę razy, na dowód, że potrafi to i owo powiedzieć, ale to nie jej wina, że ja nic z tego nie rozumiem.

— To sobie porozmawiałyśmy. Wiem, że się starasz. Co byś powiedziała na to, że to może jednak przez Emilę tak tu leżymy i tęsknimy? Zna języki, bywała w Stanach u ojca i na pewno wiedziała, z kim Paweł podpisał umowy. To jasne jak słońce. Tak samo jasne jest to, suniu, że jeśli to ona, to twój pan będzie ją krył do końca świata. Jestem na niego wściekła.

Unta znowu wsunęła nos w rękaw, jakby nie chciała niczego wiedzieć. Ja też miałam ochotę to zrobić. Wsunąć głowę w sweter, owinąć się zapachem Pawła i zapomnieć o wszystkich głupich myślach i pytaniach. Także i o tym, dlaczego im bardziej byłam na Pawła zła, to tym bardziej za nim tęskniłam.

— Nic z tego nie rozumiem. Kompletnie. Nawet inspektor Smith by nie rozwikłał takiej psychologicznej zagadki.

3

Wielkie pieczenie, babko. Jóźwiakowa wyrwała mnie z leżenia i gdybania. Powiedziała, że już czas najwyższy na pierniki, a nawet już po czasie, trzeba więc zakasywać rękawy. Potem zdradziła mi twój przepis. Ten łatwiejszy!

— Za pierniki witrażowe to się pani nie ma co brać. — Marta miała kiepskie zdanie o moich zdolnościach kulinarnych. — To już pan Paweł szybciej by sobie z nimi poradził. Dla pani za trudne. — Chwilę przerzucała kartki w pięknie oprawionym notatniku. — O! Jest! — postukała w kartkę. — A tam — wskazała na szufladę na samym dole — są foremki i blaszki. Tak tu było zawsze. Świąteczne przygotowania zaczynały się wcześniej niż w innych domach, by potem nie robić wszystkiego naraz — Marta westchnęła, jakby nagle zatęskniła za tamtymi czasami.

— Babka sama je piekła?

— To było wspólne pieczenie. Emila nazywała to zresztą pierniczeniem. Zbierała się cała rodzina. Każdy piernik był inny, mimo że było ich ze sto. Wszyscy je ozdabiali. A teraz to sama nie wiem, czy składników nie trzeba dzielić na pół. Bo kto ma je zdobić i kto miałby je potem jeść? No ale trochę trzeba upiec. Bo jakie to byłyby święta bez pierników? A i na choinkę trzeba mieć choć parę. Pani Milska wieszała na drzewku te, które najlepiej się udały. Zawody były, kto wygra. Zwycięski piernik wisiał na samej górze z przodu.

Chłonęłam każde słowo Jóźwiakowej i czułam, jak mi rośnie wielka gula w gardle. Tak wyglądały święta Pawła. Moje też mogłyby tak wyglądać, gdybyś choć raz mnie tu zaprosiła.

Przepchałam jakoś tę gulę.

— I kto wygrywał najczęściej?

— No jak to kto? Pani babka. Gra to się co najwyżej toczyła o drugie miejsce.

— I kto je zajmował?

— To już różnie. Emilka i Paweł to się czasami prześcigali w żartach. Ona na przykład robiła pierniki w kształcie wątroby czy nerek. To już jak na studiach była. A on jakieś cytryny robił, mandoliny i diabli wiedzą co jeszcze. — Marta pomyliła chyba cytryny z cytrami.

— A kto decydował o wygranej?

— Głupie pytanie. Oczywiście, że pani Milska. Jak o wszystkim! Czasami to się nawet wydawało, że o pogodzie decydowała. Mówiła na przykład, że życzyłaby sobie odwilży i odwilż przychodziła. Można było szykować już wcześniej płaszcz i gumowce. A teraz to już sam człowiek czasami nie wie, co robić. Kiedyś to było się kogo poradzić, a dziś trzeba samemu coś wymyślać — westchnęła ciężko. Widać było, że ma jakiś problem.

— Pan Jóźwiak jest mądrym człowiekiem. Jego powinna pani pytać.

— To nie takie sprawy — burknęła. — Babskie! Pani Milska pewnie by wiedziała, jak uchodzić Mikołajka. Taki dziki jak ten pani Bzyl. Do psów to Stasiek ma rękę, a do dzieci nigdy nie miał. A Mikołajek to chyba diabła ma za skórą. Wszystkie talerze mi wytłukł, jak była Hania. Bo on nie tylko ucieka Bóg wie gdzie, ale i na każdą szafkę musi w domu wleźć. Runęła cała półka, runęły talerze, runął i Mikołajek. Talerze w kawałkach, półka to samo, a ten diabluk tylko się otrzepał i zwiał. A to jeszcze moja ślubna porcelana była. Teraz na fajansie będziemy jeść.

— Może warto odkryć, co on lubi. Żeby mu zabawę jakąś zorganizować.

— Psocić lubi. I latać jak głupi. Trzeba by go sznurem przywiązać, by go w tej niby zabawie przytrzymać. No ale skąd pani ma to wiedzieć, jak dziecko dopiero w drodze i żadnych doświadczeń. A pani Milska wychowała jedno z piekła rodem.

— Czyli?

— A! Co ja tam będę takie rzeczy mówić. Pierniki czekają. Musi pani sprawdzić, czy wszystkie składniki są w szafkach. I posypki dokupić, zanim zacznie pani piec. W tym małym sklepiku obok księgarni znajdzie pani wszystko, co trzeba.

4

Dla siebie zrobiłam takie całkiem zwykłe pierniki — domki, serduszka i gwiazdki, bo matka właśnie takie piekła na święta. Trochę je tylko polukrowałam i dodałam perełki oraz cukrowe śnieżynki. Biel. W moim rodzinnym domu w święta królowała biel. I ja bezwiednie to powtórzyłam.

A potem spojrzałam na to krytycznie i za chwilę do bieli dołączyła kolorowa posypka, mak i barwione wiórki kokosowe. Koniec z bielą! U mnie będzie kolorowo!

Dla Fasolki był miś, laleczki w rozłożystych sukieneczkach, łódka, słonik z podniesioną wysoko trąbą na szczęście, piesek, a nawet dwa samochodziki, gdyby Fasolka okazała się przypadkiem Fasolem.

Dla Pawła były piernikowe nuty, by mógł sobie z nich ułożyć świąteczną melodię. Do tego parę instrumentów muzycznych i jeden trochę toporny klucz wiolinowy.

Były jeszcze pierniki na choinkę — wielki guzik dla ojca, teatralna maska dla Filipa. Dla ciebie, babko, zrobiłam piernikową różę. Długo zastanawiałam się, co mogłabym zawiesić dziadkowi Maurycemu i w końcu zdecydowałam się na fajkę. I jeszcze dwa znaki zapytania — moi nieznani dziadkowie, którym też należał się prezent na choince.

Część pierników pomógł mi ozdobić Brunon — te dla Fasolki.

— To ja może lepiej machnę ci ten samochód — rzucił, gdy podsunęłam mu laleczkę.

Zjawił się dwadzieścia minut wcześniej, gdy właśnie wyjmowałam ostatnią porcję upieczonych ciastek. Znał psy, więc tylko nacisnęłam przycisk. Po drodze jeszcze trochę pomęczył Bzyla, a potem wszedł z rozmachem do domu, ośnieżony, jakby wytarzał się razem z Bzylem w zaspach. Jeszcze taniec Unty, podskoki i niedźwiedzie pieszczoty. A na koniec, z rozpędu, Brunon uścisnął także i mnie.

— Pić! — rzucił, kierując się w stronę kuchni. — I jeść. Nie zdążyłem w Olsztynie. Tam jeszcze większe kopieluchy.

— Czyli?

— Zaspy. Nie znasz tego słowa?

— Nie. Fajne!

Brunon umył ręce w zlewie, a potem otworzył lodówkę i wyciągnął żółty ser.

— Mogę?

— Jasne. Czuj się jak u siebie w domu — rzuciłam, z rozmysłem pozwalając sobie na odrobinę kpiny.

Spojrzał tak jakoś nie wprost.

— Jak w domu? U mnie w domu było głodno i chłodno. A ta dziupla nad jeziorem... Ściany i dach to jeszcze nie dom. Nie mam domu — stwierdził z przekonaniem, przenosząc wzrok na pierniki. — I pewnie nie będę miał.

Nie wiedziałam, co na to powiedzieć. Brunon być może należał do tego typu ludzi, którzy są maksymalistami. Namiastki ich nie zadowalały.

— Mam zupę — mruknęłam, by przerwać milczenie. — Może wolisz coś ciepłego?

Zatrzymał nóż tuż nad serem.

— Wolę.

Po chwili jadł zupę, a ja odgrzewałam drugie.

— Ochrona! — powiedział przy gulaszu. — I ze dwie kamery! Psy to za mało.

— Jak wróci Paweł, to o tym pomyślimy.

— Ja bym na twoim miejscu nie czekał.

Brunon na dokładkę też nie czekał, tylko sam sobie ją wziął. Ledwie stłumiłam głupi śmiech.

— Niech zgadnę, masz znajomego, który zajmuje się takimi rzeczami.

— Mam. Mam różnych znajomych. Ten akurat jest trochę lepszym kumplem, niż ten od Bzyla.

— Nie mam kasy — przyznałam niechętnie. — Najpierw zakup Reksa, potem tego elegancika. Nie mówiąc już o tym, że utrzymuję mieszkanie w Warszawie i Zawrociu.

— No tak... O tym nie pomyślałem. Dobra. Z kamerami można poczekać, ale jeśli chodzi o firmę ochroniarską, to radziłbym przejechanie się tam już teraz.

— Tam?

— Mają swoją siedzibę po drugiej stronie Lilowa. Obok straży zresztą. Jak ci powieszą na płocie informację, że Zawrocie jest pod ochroną, to niejeden się zastanowi.

— Nie pomyślałam o takim rozwiązaniu. Może to dobry pomysł...

— To ubieraj się! — Brunon zerwał się z krzesła.

— A herbata? — wskazałam głową na parujący kubek, a potem na swoje wypieki. — Zdobiłeś kiedyś pierniki?

— Szczerze mówiąc nie.

— To masz okazję to zrobić. — Wręczyłam mu perełki. — A w międzyczasie przestygnie ci picie.

Nie doczekaliśmy tej chwili. Po samochodziku był jeszcze słonik, a potem Brunon zarządził wyjście.

— Potem wypiję herbatę — postanowił. — Jak załatwimy sprawę.

Nie wypił. Wracaliśmy już do Zawrocia, gdy zadzwonił telefon. Jedno „cześć", później tylko mruknięcia Brunona potwierdzające, że pilnie słucha. I coraz bardziej pochmurna twarz. Nie dowiedziałam się, kto i po co dzwonił. Brunon w milczeniu podwiózł mnie do domu.

— Chciałem dopilnować tych cwaniaków z ochrony, ale muszę jechać.

— Poradzę sobie.

— Wiem. Z ludźmi radzisz sobie lepiej niż z psami. — Rozbawiło go to. — Choć może z facetami?

Zostawił mnie z tym trochę prowokacyjnym pytaniem przed bramą Zawrocia. I także z drugim — moim własnym — czy zjawił się sam z siebie, czy może znowu Paweł prosił go, by do mnie zajrzał.

XL. BOGNA

1

Pięć godzin w *Zaułku srebrnych kotów*, a potem jazda nad jezioro. Inspektor Smith miał swoje śledztwo, a ja swoje. W reklamówce miałam pachnący corpus delicti. W końcu Ignacy swoimi narkotycznymi zwierzeniami zasłużył na odzyskanie Cyny. Miałam nadzieję, że żaba rozwiąże mu język kolejny raz.

Było cicho, słonecznie, postanowiłam więc najpierw obejrzeć trochę lepiej osadę i brzeg jeziora. Domy były pod lasem, trochę odsunięte od wody. Między jeziorem a posesjami biegła droga. Za nią zaczynało się sitowie, pocięte ścieżkami i szerszymi, ośnieżonymi drogami. Ruszyłam najszerszą i trochę udeptaną. Po chwili doszłam nad jezioro, gdzie była przykryta śniegiem mała plaża i pomost skuty lodem. Po drugiej stronie było widać hotel. Pewnie można tam było w tej chwili dojść po lodzie. Ale na śniegu przykrywającym lodową taflę widać było tylko kilka ptaków i ślady ich nóżek.

Może w lecie były tu jakieś boczne dróżki wzdłuż jeziora, ale teraz wszystko było zasypane śniegiem. Wracałam tą samą ścieżką, którą przyszłam, potrącając rękawiczką trzciny, by posłuchać ich cichych trzasków i szelestów. Do tego skrzypienie śniegu pod stopami. Taka cicha, zimowa, nadjeziorna muzyka.

Świat w dźwiękach, świat w scenkach. I w intrygach! — rzucił kiedyś Paweł, by mi uświadomić, że nie tylko jego myślenie, ale i moje ukształtowała zawodowa pasja. Teraz jednak starałam się odczuwać świat jego zmysłami. Czy on też czasami otwierał się na moje postrzeganie świata?

Po chwili pas trzcin się skończył i znalazłam się znowu w osadzie. Nie poszłam jednak do Ignacego, a najpierw skręciłam w kierunku małego domku Brunona. On wpadał do mnie bez zapowiedzi, więc i ja postanowiłam tak zrobić. Chciałam mu dać trochę pierników, bo przecież przez to pośpieszne pożegnanie nie zdążył ich wziąć. Zapukałam, ale nikt nie odpowiedział. Nie było też świeżych śladów na schodach i ganku. Brunon ratował świat.

U Lilki również było zamknięte na głucho, a wcześniejsze ślady przyprószył śnieg. Pewnie była w Warszawie, w końcu to tam pracowała. Może zresztą trzymała się z daleka od osady, bo krążył tu Wiesiek?

Ruszyłam potem do Ignacego, ale tu także powitała mnie głucha cisza. Ślady były świeżutkie, więc albo wybył gdzieś na chwilę, albo pisał i nie zamierzał otworzyć. Zapukałam znowu, ale rezultat był taki sam. Trzecie pukanie też nie rozmiękczyło Ignacego. Wyglądało na to, że kolejny raz tylko przewiozłam Cynę tam i z powrotem.

2

Często tak bywa, że jak jedne drzwi zatrzaskują się przed nami albo nie chcą się otworzyć, to nagle otwierają się inne. Tak było teraz, babko. Zastanawiałam się właśnie, co dalej, gdy na ganek swego drewnianego domku wyszła Bogna, przykryta kożuszkiem i owinięta żółtą chustą. Z papierosem w ręku. I półuśmieszkiem. Nie widziałam jej w osadzie od czasu imprezy. Wtedy zdawała się nie zwracać na mnie uwagi. A tu proszę, chciało jej się ubrać i wyjść na mróz.

— Cześć — rzuciła.

— Cześć.

— Tak sobie paliłam w oknie i patrzyłam, jak odwiedzasz kolejne domki jak jakaś komiwojażerka z kremami po stówie. — Zaciągnęła się. — Czekałam, że i do mego zapukasz, ale wygląda na to, że dla mnie nic nie masz. Choć może powinnam powiedzieć... do mnie! — Półuśmieszek zmienił się w uśmiech. — Tak czy owak, czuję się pominięta.

Pomyślałam, że nie zaszkodzi pogadać z Bogną, jeśli sama mnie zaczepia.

— Mogę coś dla ciebie mieć. Pierniki! Miały być dla Brunona, ale go nie ma.

— Pierniczki w spadku po kimś... — Bogna kontemplowała kółka, które udało jej się przed chwilą zrobić. — W sumie czemu nie! Wejdziesz na herbatę?

Weszłam. I zaczęłam się dziwić już od progu. U Bogny było jak u jakiejś wiedźmy, która suszy zioła i robi tajemne eliksiry. Był nawet wieniec z czosnku na inne wiedźmy. Kominek był surowy, z cegły. Do tego drewniane ławy wyłożone poduchami, stół, na którym panowały owoce, i trzy fotele przy kominku. Efekt psuł jedynie zapach papierosów, który wżarł się w poduchy i zasłony. Woń ziół nie zdołała go zniwelować.

Podałam Bognie pierniki.

— Klapnij gdzieś sobie — powiedziała, idąc za niski ceglany murek, gdzie była kuchnia. Wybrałam fotel z niebieską poduchą, na oko wygodniejszy od dwóch pozostałych. Każdy był zresztą inny. Bogna chyba czasami zaglądała na targ staroci, a potem dawała znaleziony mebel do renowacji. Krzesła przy stole też były taką zdumiewającą składanką.

— Ulubione miejsce Pawła — rzuciła zza murku. — Wpadał tu na papierosa. Jest tu silne lobby antynikotynowe.

Byliśmy w mniejszości. No a teraz zdaje się, że nikotynowcy stracili kolejnego członka klubu. Przeszedł na wrogie pozycje. Przez ciebie?

— Ja mu nie zakazywałam.

— Paweł też tak twierdził. Ale nikt z nikotynowców mu nie wierzy. Sam by nie dał rady. Ciągnął lepiej ode mnie. No ale jak się chce zostać tatuśkiem... — Bogna żartowała. Widać było, że lubiła Pawła. I chyba nie oceniała mnie z góry jak co niektórzy z osady.

— To rzeczywiście mogła być główna motywacja — przyznałam. — Choć i tak Paweł czasami sięga po papierosa.

Bogna przyniosła filiżanki, dzbanek z herbatą i talerzyk z piernikami.

— Innych ciastek nie ma. Bo ja oprócz tych cholernych papierosów mam jeszcze nałóg ciasteczkowy. — Wyeksponowała swój tłuszczyk na brzuchu. — Przyniosłaś narkotyk ćpunce.

— Pierwszy i ostatni raz.

— Trzymam za słowo. No ale nic tak nie zbliża jak wspólne picie, palenie i używanie. — Sięgnęła po piernik. — Całkiem dobry. Długo to one tu nie poleżą.

I nie poleżały. Pięć minut później dziewięć pierniczków było już w żołądku Bogny. Patrzyła na ostatni.

— Nie jesz? — upewniła się.

— Nie, bierz.

Dziesiąty pierniczek dołączył więc do reszty. A Bogna patrzyła na mnie coraz bardziej życzliwie.

— Nie wiem, co inni do ciebie mają, ale ja nie jestem w tym chórku.

— Z powodu pierniczków?

— Nie. — Bogna przez chwilę bawiła się jeszcze wybieraniem okruszków z talerzyka, a potem spojrzała mi prosto w oczy. — Przegadałam z Pawłem niejeden kwadrans przy papierosie. Nie ostatnio... w ubiegłe lato. Dopiero po tym, jak zabraliście się z tej pamiętnej imprezy u Mikołaja, zrozumiałam, że on opowiadał mi o tobie już półtora roku temu. Bez szczegółów, ale jednak. Zrobiłaś z niego faceta.

— Wybacz, ale nie mam takiego porównania jak ty. Nie wiem, jaki Paweł był wcześniej.

— Nie chcesz sobie przypisać zasług?

— Dla mnie był dostatecznie męski od początku.

Bogna się roześmiała.

— On też nie daje powiedzieć na ciebie ani jednego złego słowa. I tak powinno być. Opozycję to wkurza, a ja się cieszę, że Paweł jest szczęśliwy. Tak cholernie o to trudno! — Na chwilę spochmurniała. — A! Nieważne. Zastanawiam się natomiast, po co stukałaś do Lilki i Ignacego. Zdawałoby się, że to ostatnie miejsca, które powinnaś odwiedzić.

Wyjęłam Cynę.

— Gadżety Ignacego... — zdziwiła się. — Jak to żabsko wskoczyło do twojej reklamówki?

— Chyba dawno tu nie byłaś?

— Od imprezy — przyznała.

Opowiedziałam jej historię żaby i reszty.

— To masz zagwozdkę. — Bogna sięgnęła do paczki po papierosa, a potem spojrzała na mój brzuszek i zrezygnowała z palenia. — Ignacy może coś wiedzieć, ale on ci nie powie prawdy. Emili nie zdradzi, bo ona jest jego obsesją. A Lilka jest teraz bez przydziału, jak łatwa melodia, którą może zanucić każdy. Ignacy uwielbia łatwe melodie. Nie będzie sobie psuł nucenia. Tyle mogę ci powiedzieć. Nie to, że nie chcę więcej, tylko za rzadko tu bywam, by śledzić te ich towarzyskie gry i przepychanki.

— Emila nie jest tu chyba częstym gościem?

— Nie. Ale różnie się to układało, jak widzisz — pstryknęła Cynę w nos.

Ogólniki. Czułam, że nie warto pytać o szczegóły. Bogna i tak powiedziała sporo. Postanowiłam zmienić temat.

— Pomaga? — zapytałam, patrząc na gruby, podwójny wieniec z czosnku.

Bogna znowu się zaśmiała. Miała zaraźliwy śmiech, który wstrząsał całym jej dużym i odrobinę za pulchnym ciałem.

— Mam nadzieję, że tak. Nie wiem, czy się orientujesz, że jestem psychologiem. Niejedno wredne życzenie powędrowało w moją stronę.

— Od pacjentów?

— Nie. Od mężów pacjentek. Czasami udaje mi się zamienić worek treningowy w kobietę, która nagle odzyskuje podmiotowość. Wiesz, jak ci panowie cierpią? Odbieram im cały ich pochrzaniony świat, w którym są chojrakami i rządzą. Niejedna kurwa leci w moją stronę, że o suce czy głupiej krowie nie wspomnę. I niejedno życzenie, żeby mnie pokręciło albo żebym złamała sobie kark czy obie nogi.

— Aż tak?

— Niestety! Czasami mam ochotę zająć się depresjami czy na przykład seksoholizmem.

— Znam taką jedną, która natychmiast powinna trafić do twego gabinetu.

— Seksoholiczka?

— Niestety, worek treningowy. Ale ona chyba nigdy nie zdecyduje się na bunt.

— Albo dopiero wtedy, gdy będzie już tak poraniona, że terapia potrwa wieki, a jej bokser tak się przyzwyczai do walenia w bezwolny worek, że nie będzie chciał z niego zrezygnować. Zwykle takie mam klientki. Dobrze, że choć duża jestem, to żaden z pięściami się nie pcha. A te zioła, czosnek, ogień na kominku, strzelające szyszki, to jak wieloskładnikowy lek. Siedzę przy ogniu i wrzucam w myślach wszystkie kiepskie emocje, słowa i sytuacje. Przeciągnę dłonią po czosnku i mam wrażenie, że złe życzenia odpadają ode mnie jak pył i fruną do ognia. I już po nich.

— A zioła?

— Sycę się ich zapachem. Parzę, piję i wymywam to, co tam jeszcze przypadkiem zostało. Taka moja własna nadjeziorna magia. Bez tego nie mogłabym słuchać tych wszystkich narzekań i smętków. Niektóre kobiety są tak beznadziejnie głupie, zakochane czy słabe, że szok. Jak kolejny raz pacjentka postanawia dać szansę burakowi, który ją pobił już ze trzydzieści razy, to sama mam ochotę palnąć ją w łeb.

— Bezradność!

— Zgadza się. Najgorzej jest zresztą z tymi, których mąż nie bije, a tylko rani słowami. No bo jak przywali pięścią, to jest ślad, a słowo tnie w środku, pod skórą, głęboko. One tego najpierw nie widzą, a potem są tak pocięte, że już nawet nie czują bólu.

Bogna zacisnęła swoje duże dłonie, aż zbielały.

— Coś świeżego?

Tylko paroma krótkimi potaknięciami dała znać, że tak, a potem sięgnęła po szyszki, sypnęła sporo i patrzyła, jak ogarnia je ogień.

— Kobiety też bywają okrutne — rzuciła cicho. — Nie daj się tym wiedźmom.

— Mam czosnek w spiżarce. Zrobię sobie taki wianuszek.

— Przede wszystkim nie daj się sprowokować. Żeby nie wiem co. Czosnek i spokój. Wiedźmy szukają słabości. Każdy je ma. I każda słabość może być naszą siłą. I odwrotnie. — Znowu spojrzała mi prosto w oczy.

— Dzięki, pomyślę o tym.

Bogna skinęła głową, a potem kolejny raz sięgnęła po papierosa.

— Cholerny nałóg. Łapki same wędrują po szluga.

— To pal. A ja idę stukać do kolejnego domeczku.

— Ullala!

— Zgadza się. Może wybierzesz się tam ze mną?

— Już się napatrzyłam, jak maluje piramidy. Wkurza mnie, że ktoś tak utalentowany musi pracować jak w malarskiej manufakturze. Mikołaj potem zgarnie kasę i ją przehula. Faceci! Większość to zwykłe pijawki, które karmią się naszą krwią. Ale żeby ssać taką kruchą istotę jak Ula?

— Nie wiem, co powiedzieć.

— Na pewno? — Bogna podniosła znacząco brwi. — Naprawdę się na nim jeszcze nie poznałaś?

— Może trochę.

Bogna uśmiechnęła się krzywo.

— Dobra. Możemy się na razie bawić w Wersal, choć mnie owijanie w bawełnę ździebko nudzi. Ale rozumiem cię. Zależy ci na Pawle, to nie chcesz zepsuć i tak nie najlepszych układów.

— Rzekłaś! Dzięki za herbatę. Gdybyś kiedyś chciała wpaść do Zawrocia, to daj znać. Zapraszam. Zapiszę ci numer.

— Mam. Ty też jesteś tu mile widziana.

— Z ciasteczkami?

— Ani się waż. Widzisz, jak wyglądam. Jakby mi się te wszystkie pieguski, biszkopciki i markizy od razu przyklejały do brzucha i ud. Koniec przyjemności. Jeden ciasteczkowy ciąg w zupełności wystarczy.

Bogna okręciła się jeszcze chustą i odprowadziła mnie na ganek.

Co ona mówiła o opozycji? Kto w niej wiedzie prym? Nie chciałam Bogny o to wypytywać. I tak dowiedziałam się od niej sporo. Inspektor Smith miał lepiej — mógł pytać do woli! Ja mogłam liczyć jedynie na to, że ktoś zechce zdradzić coś przypadkiem albo z rozmysłu, jak Bogna.

3

U Uli jak zwykle było otwarte, ale powitała mnie mniej serdecznie niż ostatnim razem. Czułam, że jest obrażona za nasłanie Wieśka.

Na chwilę z góry zszedł Mikołaj, w grubym szlafroku poplamionym farbami. Czyżby taki tu był styl, szlafrokowy? A może to był styl zimowego tworzenia?

Mikołaj nic sobie zresztą nie robił z tego, że się zjawiłam. Nawet mu się nie chciało lepiej zawiązać szlafroka, by przykryć swoją szeroką klatę.

— Już myślałam, że tu nie mieszkasz — zażartowałam, by odmienić atmosferę. — Jakoś nie mogłam cię zastać.

Mikołaj nie był jednak tak skłonny do żarcików, jak wówczas, gdy był ze mną sam na sam.

— Ula maluje na dole, a ja na górze — wyjaśnił z podobnym dystansem w głosie, jaki miała jego Niby-Żona. — Ona maluje w dzień, a ja lubię w nocy. Ona gada i macha pędzlem, a ja muszę się skupić. Albo jedno, albo drugie, więc jak pracuję, to mnie nie ma. Kapewu?

— Kapewu. A teraz jesteś czy cię nie ma?

— Dobre pytanie! — uśmiechnął się trochę krzywo. — Nie ma mnie. Zszedłem po żarcie.

— Masz na stole kanapki i kawę w termosie — powiedziała Ula.

Mikołaj pocałował ją w czoło, wziął swoją wyprawkę i ruszył na górę.

— Wybacz, jesteśmy zawaleni robotą. A jeszcze nam trochę czasu zabrała ostatnio policja — Ula nie kryła pretensji.

— Wiem. Wiesiek mówił, że tu był. To rutynowe działania.

— Rany, sama gadasz, jakbyś przed chwilą wyskoczyła z munduru!

Nie powiedziałam Uli, że tak właśnie jest. W końcu parę godzin towarzyszyłam krok w krok inspektorowi Smithowi. Wolałam jednak nie opowiadać o tłumaczeniu kryminału, bo nie było pewne, gdzie ta opowieść zawędruje.

Wyjęłam Cynę, mając nadzieję, że jej widok trochę zmiękczy Ulę.

— Nie potrzebujesz modelki?

— O...

— Dowód w sprawie — mruknęłam trochę prowokacyjnie.

— I tak z nim latasz?

— Chciałam to żabsko oddać Ignacemu, ale nie otwiera. Praca tu, nad jeziorem, widzę wrze nie tylko u was.

— Koniec roku. Terminy.

— To może sobie pójdę, by ci nie przeszkadzać?

Ula na chwilę przerwała malowanie.

— Siedź — powiedziała. — Ja już niedługo będę mogła spać i malować. Moja ręka jest samodzielnym bytem.

Porwał ją głupi śmiech, do którego chętnie dołączyłam.

— Lilki też nie zastałam — rzuciłam, gdy już się uspokoiła.

— Lilki? — zdziwiła się. — W życiu bym nie pomyślała, że możesz jej szukać.

— Nawet śladów po niej nie ma — trzymałam się tego tematu, mając nadzieję, że Ula coś o niej powie. — Zasypane.

— Wpada i wypada. Połazi nad jeziorem, połazi po domkach i wraca do Warszawy — mówiła Ula, pracowicie wygładzając łeb Sfinksa. — Czasami nawet nie rozpala u siebie, tylko szuka ciepła gdzie indziej.

— Nie wiem, czy chciałoby mi się tak jeździć na trochę.

— Też nie wiem, co ją tak tu gna.

To było zaskakujące zdanie, powiedziane jakby mimochodem. Ula zajęła się potem malowaniem dużej żółtej plany. Piasek. Na jej płótnie było mnóstwo przybrudzonego cieniami piasku.

Ja po tym zdaniu też poczułam się trochę przybrudzona, bo nie przypuszczałam, że Lilka bywa tu tak często. Na chwilę wrócił niepokój, że może mieć to coś wspólnego z Kostkiem. Ten skunks z pomocą donosów Lilki mógłby bawić się moim życiem, jak tylko by chciał. A przy okazji też życiem Pawła. Taka intryga jak z telefonem do producenta to był dla niego pikuś. I tylko jedno nie pasowało mi do tej strasznej układanki — zachowanie Lilki wobec mnie. Czy nie próbowałaby się ze mną raczej zaprzyjaźnić, gdyby chciała wyciągać informacje dla Kostka? Nie mówiąc już o tym, że miała własne powody do knucia przeciwko mnie. Zazdrość to potężny motyw. Nie trzeba innego.

Odetchnęłam trochę i pomyślałam, że jeśli Ula zrobiła się już taka rozmowna, to trzeba drążyć dalej, jak to robił inspektor Smith.

— Hania Jóźwiakówna odwiedziła mnie w Zawrociu. Tu też zdaje się była.

— Owszem. — Ula przerzuciła wyimaginowane włosy gestem Hani. Chyba jej nie lubiła. — Musiała gdzieś przecież pokazać swoje nowe futro. Myślałam, że się w nim zaparzy, tak długo się w nim tu przechadzała. Biedne lisy. Na szczęście Lilka ją zagarnęła na przechadzkę. Futro z futrem zawsze się dogada.

Aż zrobiło mi się gorąco od tej informacji, jakbym sama miała na sobie pelisę z puszystych skór. No proszę, metoda inspektora zaczynała przynosić rezultaty. Trzeba było tylko wiedzieć, jakie zadać pytania.

A może trzeba było mieć naprzeciwko kogoś, kto zechce na nie odpowiedzieć?

XLI. ŚNIEŻYCA

1

Śnieg. Dużo śniegu. Pada bez przerwy dużymi ciężkimi płatkami. Zygmunt, który postanowił mnie wesprzeć, przyjeżdżając do Zawrocia, co jakiś czas podchodził do okna i patrzył na to ze zdumieniem i grozą. Zjawił się przed południem, gdy świat był szarawy i lekko nadtopiony, a teraz utknął w bieli.

— W Warszawie pada chyba inny śnieg — stwierdził.

— Czyli jaki?

— Dokładnie nie wiem. Ale inny. Takiego nie widziałem nigdy w życiu.

Śnieg warszawski i śnieg zawrociański. Ten drugi wydawał się Zygmuntowi dziwny i chyba groźny.

— Zasypie nas. Mojego samochodu już prawie nie widać.

Zygmunt zostawił go zaraz za bramą, by łatwiej było wyjechać. Teraz miał wątpliwości, czy przez najbliższe dni, a nawet tygodnie będzie to w ogóle możliwe.

— Tu chodzą jakieś pługi śnieżne?

— Owszem. Choć nie tak często, jak by można było sobie tego życzyć. To nie jest priorytetowa droga. Kiedyś była, bo mieszkał przy niej najlepszy lekarz w powiecie.

— Moim zdaniem powinnaś wrócić ze mną do Warszawy.

Zrobiłam się czujna.

— Twoim?

Zygmunt się zmieszał.

— No... może nie tylko moim — przyznał.

Wiedziałam! To matka stała za tą niespodziewaną wizytą Zygmunta.

— Myślałam, że nie zadajesz się ze swoją byłą teściową.

Zygmunt znowu przespacerował się do okna, jakby to mogło go uratować od odpowiedzi.

— Pada jak padało — rzucił.

— No więc? Kto do kogo zadzwonił?

Opadł na fotel naprzeciwko.

— Twoja matka do mnie. Spytała, jak się mam. A potem, czy nie wiem, jak ty się masz. I tak od słowa do słowa, bo ja spytałem z kolei, jak się ma Paula...

— Taka miła i wyczerpująca wymiana informacji — kpiłam.

— Ani miła, ani wyczerpująca. Ona chyba niewiele wie o obecnym życiu Pauli. Ja niewiele umiałem jej powiedzieć o twoim. Sam już nie wiem, kto był bardziej sfrustrowany.

— Tylko mi nie mów, że moja matka dała temu wyraz.

— Może i nie do końca, ale sam telefon można by wpisać do księgi osobliwości. Musi być źle, jeśli zdecydowała się do mnie zadzwonić. I nie chodziło jej bynajmniej tylko o ciebie. Ona chyba chciała się zorientować, czy ja... no wiesz...

Teraz ja postanowiłam zobaczyć, co za oknem. Zygmunt jednak przylazł za mną i przez chwilę oboje patrzyliśmy na te wielkie płaty śniegu.

— Nie powinna do ciebie dzwonić — mruknęłam.

— Ona chyba wierzy... że...

— Nie powinna — przerwałam mu. — Dostałeś pozew rozwodowy.

Zygmunt był rozczarowany moją reakcją.

— A jeśli to Paula była ciekawa, co u mnie?

— Sądzisz, że naprawdę potrzebowałaby matki, by się tego dowiedzieć?

Zygmunt spochmurniał.

— Tak czy owak, warto mieć po swojej stronie teściową.

— I sądzisz, że ona jest po twojej stronie?

— Na pewno nie po stronie tego barowego amanta.

— Kiedyś to może i miałoby znaczenie. Paula już dawno przestała się liczyć ze zdaniem rodziców.

Zygmunt był coraz bardziej ponury.

— Musisz mi odbierać ostatnią nadzieję?

— Muszę. Matka niepotrzebnie ją obudziła. Nie powinna tego robić.

— Nie musiała niczego budzić. Nie umiem się jej wyzbyć — przyznał Zygmunt. — Taka jest prawda.

Wróciliśmy do kominka. Zygmunt opadł na fotel i popatrzył na mnie z bólem. I pomyśleć, że kiedyś się nie znosiliśmy. Gdyby dalej był z Paulą, taki dzień jak ten pewnie by się nie zdarzył. Wątpiłam, by Zygmunt zdawał sobie z tego sprawę. Był zbyt zajęty swoim złamanym sercem.

2

Po kawce i jabłeczniku, który przyniosła Jóźwiakowa, by zobaczyć, kto do mnie przyjechał, Zygmunt trochę się ożywił, choć splin nie zniknął.

— Myślałem, że szybciej mi to wszystko przejdzie — powiedział. — Przedtem już nawet jakby przeszło, a teraz znowu czuję się koszmarnie.

— Teraz? — dociekałam.

— Tu, przy tym kominku.

— Przykro mi.

— To nie twoja wina. Równie gówniano czuję się w innych domach. Dom! Rozumiesz? Miałem dom. Był i się zmył.

— Będziesz miał inny.

Zygmunt pokręcił głową.

— Też tak na początku mówiłem. Ale jak usiłuję sobie ten inny dom wyobrazić, to od razu wchodzi do niego Paula. Obmyślałem różne przeszkody, zasuwy, podwójne drzwi, alarmy, ale nic z tego. Nawet jak wymyśliłem drewnianą chałupę, to i tak natychmiast się tam zjawiła. I jak zwykle zapytała, co bym zjadł jutro na obiad.

Roześmiałam się.

— To może wyobraź sobie dom razem z gosposią.

— Próbowałem. Nawet z taką szczupłotką w samym tylko fartuszku.

— I co?

— I nic. Nie smakowało mi.

Zygmunt powiedział to tak ponuro, jakby już nigdy w życiu nie miał zażyć kulinarnej przyjemności. Jedno trzeba było Pauli przyznać: umiała przywiązać do siebie mężczyznę. Zawsze lubiła z matką siedzieć w kuchni i wymyślać nowe potrawy. Najpierw dogadzała swemu tatusiowi, potem mężusiowi. Teraz zapewne rozpieszczała Jaśka.

Zygmunt też o tym myślał.

— Nie mogę pogodzić się z tym, że ona mu robi obiady. Jak w piątek pomyślę sobie, że on może akurat je łososia smażonego z czosnkiem i cytryną, to od razu wpadam w depresję. Ptyś stara się mi dogodzić, wymyśla ryby na sto sposobów, ale to na nic.

Cieszyłam się, że Zygmunt ma takiego dobrego kumpla.

— To znowu z nim mieszkasz? — zapytałam, by odciągnąć jego myśli od Pauli. — A co z tą dziewczyną, do której Ptyś się przedtem przeniósł? Mieszkacie we troje?

— Nic trwałego na tym bożym świecie. Okazało się, że ona jest na ciągłej diecie odchudzającej. I chciała, żeby Ptyś też się odchudzał. Złapała go na nocnym podjadaniu i skończyła się miłość. Powiedziała, że nie będzie się zadawała z facetem bez charakteru. Krzyczała, że zaczyna się od zdradzania z lodówką, a kończy na jakiejś zdzirze.

Zygmunt mówił to śmiertelnie poważnym tonem, a mnie porwał głupi śmiech. I dobrze, bo na taki rozległy niż, śniegowy i rodzinny, śmiech to najlepsze lekarstwo.

— Mocno się nie dobrali — wykrztusiłam w końcu.

— Zgadza się. Ja z Paulą wydawaliśmy się dobrani. Sama musisz przyznać, że mało brakowało. I co? Zjawił się jakiś dupek i finito! Najgorsze jest to, że robiła ze mnie głupka. Jak sobie przypomnę te tygodnie abstynencji, te... — Zygmunt zgrzytnął zębami. — A ona w tym czasie pieprzyła się jak... — urwał. — Sorry. Poniosło mnie.

Pomyślałam, że przed Zygmuntem jeszcze długa droga do zapomnienia.

— Co powiesz na spacer? — zaproponowałam, by go odciągnąć od przykrych myśli.

— Spacer? — zdziwił się Zygmunt.

— Przebiera się nogami i macha rękoma. Nic trudnego.

— To wiem. Ale teraz? — obejrzał się z obrzydzeniem na okno. — Zgubimy się w tym śniegu. Zasypie nas. Nie ma tu jakiejś innej rozrywki?

— Pomyślmy. Seks i picie wykluczone. Przed kominkiem już się nasiedzieliśmy. Narzekanie też już było. Na drutach nie umiesz. To zostały jeszcze tylko plotki.

Zygmunt nareszcie się odprężył.

— Rany! A myślałem, że to ja mam przechlapane. Plotki... Kogo by tu oplotkować? Mówiłem ci, że widziałem Maję Kim, jak wsiada do samochodu twego wrednego pracodawcy?

— To plotka stara jak piramidy egipskie.

— A czy wiesz, że twój były, Kostek, ma trzynastoletnie dziecko?

— Dziecko?! — Poczułam podniecające mrowienie. — Trzynastoletnie? — upewniałam się z rozkoszą. — A ty skąd to wiesz?

— Nieważne. Ja ci tego nie powiedziałem.

— Zatem tajemnica służbowa.

— Nie moja. Oczko mi niechcący padło na sąsiednie biurko. Gracjan Madej! Syn Konstantego Madeja. Nie sposób coś takiego przegapić.

— No popatrz, popatrz, ty to masz wzrok, sokoli. Gracjan...

— Pomyślisz, że...

— Nie pomyślę! Plotkuj.

— Widzę, że to gorący temat.

— Bardzo. Wiesz, co ten gnojek potrafi. A ode mnie nie chce się odczepić. Jedna mała tajemnica i będę go miała wreszcie z głowy.

— Ale wiesz nie ode mnie! — zastrzegł.

— Nie od ciebie.

— I nie straci na tym nic ten mały!

— Nic.

— Dobra. Powiem ci, co wiem. Bo i ucho nadstawiłem. Machnął dzieciaka gosposi swojej mamusi. Miał wtedy z osiemnaście lat. To była jakaś dziewczyna ze wsi. Mało urodziwa, mało inteligentna, za to z dużymi cyckami i zadkiem.

— Złośliwe plotki!

— Bardzo złośliwe. Spryt ta dziołcha też ma, więc ciągnie od Kostka sporo pieniędzy. Wszystko odbywa się przez prawnika, by się nie wydało.

— Ale właśnie się wydało.

— Pamiętaj, co mi obiecałaś. Mały nic nie wie.

— Spokojnie. Wiesz, że nie skrzywdziłabym dziecka. Nie zamierzam puszczać tej plotki dalej. Przeciwnie. Zależy mi na tym, by nikt się nie dowiedział. Więc zapomnij o tym, co twoje oczko zobaczyło i uszko usłyszało.

— Jak sobie życzysz. Nikomu dotąd nie mówiłem. Gdyby nie nazwisko Kostka, tobym się tym nie zainteresował. Wyjątkowo działał mi na nerwy. Zepsuł mi tamte święta, na które go zaprosiłaś. Miałem go ochotę złapać za klapy i... Wybacz, ale to nie był facet dla ciebie. Chyba najgorszy z tych, których miałaś.

— Szkoda, że mi tego nie powiedziałeś wtedy — westchnęłam. — Zgadzam się z tobą w zupełności. Uf! To była naprawdę ekscytująca plotka. Nawet nie wiesz, jak mi to ułatwi życie. To przez Kostka mam problemy w pracy. I to on zablokował mi wystawienie dramatu, który właśnie przetłumaczyłam. Nie mówiąc już o tym, że Maja Kim kiedyś cię szantażowała właśnie z podpuszczenia Kostka — przypomniałam. — Oboje mamy z nim na pieńku. Pochrzaniony manipulant. Skunks. Teraz mam go w garści.

3

To było naprawdę przyjemne popołudnie, babko. Po słowach Zygmunta nagle poczułam się tak, jakby mi spadł ciężar z ramion. Skończyło się! Kostek już nie odważy się knuć. Nie będzie miał wyjścia! Koniec z układaniem mi życia według pochrzanionego scenariusza. Koniec z wtrącaniem się w sprawy bliskich mi ludzi. Raz na zawsze zniknie z horyzontu zdarzeń.

Niemal się unosiłam nad fotelem, tak się poczułam lekko. Chwila, a bym poleciała w górę jak balon.

No cóż, los bywa złośliwy. Telefon! Biegłam do niego z nadzieją, że to Paweł. Choć przecież powinnam wiedzieć, że to nie jego pora.

— Dzień dobry — usłyszałam napięty, matowy głos matki. Ze zdumienia zabrakło mi słów, bo to był bodajże drugi jej telefon tutaj. — Halo?

— Jestem. Zaskoczył mnie twój telefon. I zaniepokoił.

— Tak... wiem. Jak się masz?

— Dobrze. Coś się stało, że tu dzwonisz?

— Właściwie tak, choć bardziej może to obejść Zygmunta. Ma wyłączoną komórkę, pomyślałam więc...

No jasne, Paula! Tylko jej kłopoty mogły moją matkę zmusić do zadzwonienia do miejsca, o którym postanowiła zapomnieć. Ja nie miałam takiej mocy sprawczej, nawet gdy byłam w opałach. Pomyślałam o tym z zazdrością.

— Więc...? — spytałam, bo nie miałam zamiaru ułatwiać jej sytuacji.

— Gdyby był gdzieś w pobliżu...

— To wszystko? Jedyne, co masz mi do zakomunikowania, to prośba, bym oddała słuchawkę Zygmuntowi?

— Tak się złożyło. Obiecuję ci, że zadzwonię za parę dni tylko do ciebie. Wiesz, że to dla mnie trudne, ale zrobię to.

— Jasne! — miałam ochotę rzucić słuchawką i tylko resztką woli powstrzymałam się przed tym. — Proszę bardzo, daję ci Zygmunta.

Mój szwagier już od minuty sterczał przy mnie i patrzył na słuchawkę jak zahipnotyzowany.

— Jestem!

A potem już tylko słuchał, blednąc coraz bardziej i powtarzając co najwyżej kolejne „tak". W końcu odłożył słuchawkę ruchem lunatyka. Chwilę później opadł na fotel przy kominku.

— Wydało się — powiedział. — Wszyscy już wiedzą, że ona nie jest w ciąży.

Poczułam ambiwalentne uczucia, mściwą satysfakcję i jednocześnie współczucie. A potem jeszcze przygnębienie.

Sądząc po minach, Zygmunt chyba miał podobną wewnętrzną jazdę. I u niego też skończyło się na przygnębieniu. Siedzieliśmy potem oboje klapnięci jak przekłute balony.

— To problem Jaśka — powiedziałam w końcu.

— Wyprowadził się.

Zgrzytnęłam zębami. Matka nie powinna tak od razu dzwonić i mówić o tym Zygmuntowi. Przecież to mogły być chwilowe kwasy między Paulą a Jaśkiem.

— Już się rozstawali — przypomniałam mu. — Nie wiesz, czy to na trochę, czy na zawsze.

Zygmunt siedział blady jak bałwan, którego zrobiłam rano.

— To się już wcześniej psuło — powiedział. — Zwlekał z wzięciem kredytu na meble i nowy samochód. Nie chciał sprzedać mieszkania w Pułtusku. Nawet nad wynajęciem go się zastanawiał.

— To są ich sprawy.

— Znam ją. Ona bez ładnych mebli nie umie żyć. I bez tych wszystkich dupereli, które na meblach stoją. Bibelociki, ozdóbki, serwetki. Dlatego jej to wszystko zabrałem. Nawet kiczowatego porcelanowego dalmatyńczyka. Wiedziałem, że będzie chciała mieć to wszystko z powrotem. Że będzie latać po sklepach i skupywać. A on nie ma tyle kasy co ja.

— Przecież wiesz, że nie dlatego się pokłócili.

— Kropla, która przelała naczynie.

Kręciłam głową, ale Zygmunt nie zwracał na to uwagi.

— Muszę jechać, a droga nieprzejezdna. Może pójdę pieszo na przystanek, a po samochód przyjadę za parę dni?

Zachowywał się jak wariat. Zakochany wariat! Wiedziałam, że go nie powstrzymam. Mogłam mu tylko dać czas na ochłonięcie.

— Jest inny sposób. Mogę zadzwonić do Jóźwiaka. On ma traktor z pługiem. Odgarnie śnieg. Ale to trochę potrwa.

— Dzwoń! Na co czekasz?!

— Nie jestem pewna, czy nadajesz się do prowadzenia samochodu. Wyglądasz, jakbyś miał zaraz zemdleć.

Zygmunt schował twarz w ręce.

— Ja też nie jestem pewny, czy dam radę prowadzić — przyznał. — Twoja matka powiedziała, że to rozstanie jest szansą dla mnie. Że powinienem z niej skorzystać — mówił zza palców.

— I skorzystasz... we właściwym czasie — powiedziałam to wbrew sobie, ale Zygmunt potrzebował takich słów.

Pokiwał głową. Siedzieliśmy potem w ciszy.

— Napiłbym się czegoś — rzucił w końcu, podnosząc głowę.

Poszłam do kredensu po wódkę i kieliszek.

— Też bym się napiła, no ale co zrobić... — mruknęłam.

Zygmuntowi nie przeszkadzał brak towarzystwa. Nalał sobie po brzegi. A potem jeszcze raz. I jeszcze raz.

On pił, a ja myślałam o Pauli. I aż mi się wszystko w środku ściskało — sama już nie wiedziałam, czy ze współczucia, czy ze złości. Mówiłam jej! Nie posłuchała. Może wtedy, gdy byłam w Warszawie, istniała jeszcze jakaś szansa na to, że Jasiek, usłyszawszy prawdę, zdołałby jej wybaczyć. Teraz nawet jeśli wróci do Pauli, nie będzie jej ufał.

To był jeden myślowy ciąg. Był jeszcze drugi — jakiś głos w mojej głowie szeptał, że dobrze jej tak, że ma to, na co zasłużyła. I że Jasiek też na to wszystko zasłużył.

I trzeci głos, fasolowy i radosny, że tatuś będzie ją bardziej kochał, jak już nie jest z tą wredną wiedźmą.

Nie chciałam tych myśli — z żadnego ciągu. Spojrzałam tęsknie na wódkę, która by je wszystkie przegoniła. Niestety, nie mogłam sięgnąć po zapominajkę. Zygmunta też nie mogłam zostawić i wyjść w środek wirującego śniegu, który na pewno przysłoniłby gówniane zdarzenia i zasypałby gówniane myśli. Dlaczego to wszystko tak się miele bez dobrych zakończeń? Jakbyśmy wszyscy znaleźli się w jakimś zaklętym kręgu, w którym nieustannie musimy się ranić. Paweł wyjechał na antypody, ale i on zdawał się należeć do zaklętego kręgu. Jemu również sprawy nie chciały się wyprostować i dokończyć.

Zygmunt nalał sobie jeszcze raz po brzegi.

— Dobrze, że zaczyna się weekend — rzucił ponuro. — Zdążę wytrzeźwieć.

4

Nie zdążył, bo to nie była jedyna flaszka, którą wypił. Na szczęście udało mi się namówić Ptysia, by po niego przyjechał.

— O ja pierniczę! — rzucił na widok Zygmunta. — Twojej matce to bym chętnie zakleił gębę plastrem. To już trzeci raz go tak załatwia. Cholerny szkodnik! O... Sorki. Nie chciałem cię dotknąć. Mamuśki się nie wybiera. Teściowej zresztą też.

Zygmunt rzucił się ku niemu z pijacką rozlewnością.

— Ptyś! Co ty tu robisz, chłopie? Zasypało. Wszystko zasypało. Saniami przyjechałeś? Ptyś?

— Tak, ze świętym Mikołajem. Ale już odleciał i trzeba odkopać twój samochód. Masz łopatę? — To już było do mnie.

Zygmunt też próbował nam pomagać, ale tylko wpadł w śnieg po uszy, co go zresztą rozbawiło do łez. Usiłował się potem z tego śniegu wygrzebać, ale jakoś mu nie szło. Ptyś wznosił tylko oczy do góry.

— A już szło ku dobremu. Ogarnął się. Raz nawet na laski ze mną poszedł. Może byś przy okazji wytłumaczyła swojej matce, że on też ma uczucia i wrażliwość i że może warto mieć to na uwadze?

— Zrobię to, choć wątpię, by posłuchała. Dla Pauli poświęci wszystko. I wszystkich.

— No ale chyba nie ciebie? — Ptyś na chwilę przestał machać łopatą, jakby się chciał lepiej przyjrzeć mojej twarzy.

— Bez wyjątków — powiedziałam.

— To oboje macie przesrane — mruknął i wrócił do odśnieżania.

To był naprawdę dobry kumpel, babko. I rozsądny. Jakoś to będzie — pocieszałam się. Zygmunt poradził sobie z rozstaniem, to poradzi sobie też z tą złudną nadzieją.

XLII. ODCZYNIANIE UROKÓW

1

Po wyjeździe Zygmunta zadzwoniłam do Wieśka, by mu powiedzieć, kto u mnie był. Nie chciałam, by legitymował mojego kolejnego gościa.

— Tak, wiem... Marta Jóźwiak jest jak naziemna stacja nadawcza. Szwagier! Rodzina o panią dba. To dobrze. Jóźwiakowa nawet myślała, że pani się z nim zabierze do Warszawy.

— Płonne nadzieje. A jak śledztwo?

— Utknęło w zaspie! — Wiesiek kolejny raz pokazał, że ma poczucie humoru. — Przepytuję na okoliczność plotki o duchu. Nawet już chyba wiem, gdzie to się wylęgło. Na razie nie chcę mówić o szczegółach, ale to ciekawy trop.

— A trutka? Myślał pan o tym? Nie wiemy wprawdzie, czym struto psy, ale może warto popytać, czy ktoś nie szukał w tamtym czasie czegoś na szczury czy myszy.

— A o tym nie pomyślałem. Pani by się nadawała na śledczą.

— Staram się, jak mogę.

— Taa... — Wiesiek dobrze wiedział, że nie aż tak bardzo, jak mówiłam. — Zajmę się tym. I jeszcze raz pojadę nad jezioro.

— Słusznie, panie władzo.

— Tak sobie jeszcze myślałem, że równie dziwne rzeczy to się kiedyś przydarzały Pawłowi. No a teraz przeskoczyły na panią.

— Dziwne rzeczy? — zaniepokoiłam się.

— Jak z tym duchem chociażby czy nietoperzem. Siedzieliśmy wczoraj z kumplami przy piwie i jednemu się przypomniało, jak Paweł znalazł kiedyś w szkolnym plecaku dżdżownice. Sięgnął po zeszyt na pierwszej lekcji, a zamiast niego namacał robaczki. Działo się, bo rzucił plecak i dżdżownice wybrały się na spacer pod ławkami. U dyrektora wylądował, bo nauczycielka myślała, że chciał straszyć nimi dziewczyny. Wzywanie rodziców i te sprawy. Nie pierwszy i nie ostatni raz zresztą. Nigdy się nie dowiedziałem, kto mu to robił. Opowiadał coś o tym?

— Nie.

— Tak myślałem. Kumple są zresztą do dziś przekonani, że to on sam je włożył i tylko dla hecy udawał niewiniątko... — Zawiesił głos, mając chyba nadzieję, że jednak coś wiem.

— Może warto go przy okazji o to zapytać — powiedziałam.

— No tak... — Wiesiek był rozczarowany, że nic ze mnie nie wycisnął. — Proszę dzwonić, gdyby coś się jeszcze pani skojarzyło jak z tą trutką.

— Oczywiście.

Odłożyłam słuchawkę i zaczęłam się zastanawiać nad opowieścią Wieśka. Zwłaszcza nad tym zdaniem, że teraz na mnie przeskoczyły dziwne historie, które kiedyś zdarzały się Pawłowi. Miałam wrażenie, że Wiesiek wie dużo więcej, niż mówi.

Jeszcze nad jednym się zastanawiałam — dlaczego Paweł ostatnio nie dzwoni i nie odbiera telefonów. Otoczył mnie opieką swoich kumpli, ale sam jakoś słabo interesował się mną i śledztwem. Nie mówiąc już o tym, że święta były za pasem i już czas było na informację o terminie przylotu. Chce mi zrobić niespodziankę? — zastanawiałam się. —

To byłoby w jego stylu. Bo chyba nie milczy z powodu jakichś kłopotów, o których nie raczył mi powiedzieć?

Z tym pytaniem poszłam do spiżarni i popatrzyłam na pudło pełne czosnku. Potem przesypałam część do miski, zaniosłam do kuchni i zaczęłam pleść taki wieniec, jaki miała Bogna. No bo wszystkie żaby, nietoperze i papugi były pozdejmowane, miałam Bzyla, na płocie obok bramy wisiała informacja, że posesja jest strzeżona przez taką to a taką firmę ochroniarską, drogą co jakiś czas przejeżdżał Wiesiek, ale to niestety nie chroniło przed tą wiedźmą, która urządziła tu sobie czarną magię i może dzięki niej dalej miała wpływ na życie Pawła, a przy okazji i na moje. Kto wie, ile jeszcze szpil tu się kryło. Może wbiła je Emila, w co łatwo było uwierzyć po takiej historyjce jak ta opowiedziana przez Wieśka. Ale kandydatek na wiedźmę było więcej. Renée sama chyba nie byłaby zdolna do czegoś takiego, ale Emila w przeszłości potrafiła ją namówić do wielu podłych rzeczy. Brałam też pod uwagę Hanię, która mogła odbyć potajemną wycieczkę do Zawrocia i zgubić wówczas kolczyk. Choć to Lilka, czarna wdowa od grzybka, najlepiej pasowała do roli wiedźmy. Ktokolwiek to był, trzeba go było zneutralizować.

Tak się rozpędziłam, że zrobiłam dwa wieńce. Jeden do kuchni, a drugi na strych. Nie wiem, babko, co byś na to powiedziała. Byłaś do bólu racjonalna. Któż resztą mógł się mierzyć z twoją mocą? Sądzę, że nie potrzebowałaś niczego poza własną wolą.

Ja jednak poczułam, że muszę coś zrobić, jak Bogna. Poszłam na strych i zawiesiłam czosnek na szyi manekina.

— Twoja zła moc, wiedźmo, nie ma teraz do Pawła dostępu — powiedziałam, by dopełnić odwracania czaru.

Kiepska była ze mnie czarownica, ale miałam nadzieję, że to wystarczy. Przesunęłam jeszcze swoje dzieło w ciemny kąt, żeby Marta Jóźwiak nie wyzionęła ducha ze strachu, gdyby przypadkiem tu czegoś szukała.

2

Doprawdy, czarowanie jest takie przyjemne, babko! Naprawdę poczułam się po tym lepiej. I żeby dopełnić szczęścia, ruszyłam na poszukiwanie choinkowych dekoracji. Do Wigilii zostało jedenaście dni! Pierniki już były, trzeba było obejrzeć bombki, sprawdzić, czy lampki świecą i czy czegoś nie trzeba dokupić. Bo miało być pięknie! Żadne braki czy niedoróbki nie były przewidziane na moje pierwsze święta w Zawrociu! I na moje pierwsze święta z Pawłem.

Bombkowy kącik był obok okna. Tak powiedziała Marta Jóźwiak. I rzeczywiście, w starej komodzie były pudła z bombkami i ozdobami. Na komodzie zresztą też. I obok komody. I z drugiej strony. Wiele pudeł, pudełek, pudełeczek...

Opadły mi ręce. Nie dziwiłam się, że w tamtym roku Paweł zaprosił do Zawrocia dzieciaki z kółka muzycznego, by mu ubrały choinkę. Było co wieszać!

Paweł stroił zresztą tamtą choinkę z myślą o mnie. Pewnie do ostatniej chwili miał nadzieję, że przyjadę. To mogły być nasze pierwsze wspólne święta. Ja jednak jeszcze wtedy uciekałam od tej miłości i nawet mi się wydawało, że dobrze mi idzie. Teraz czułam żal z powodu tych oddzielnych świąt. Ale tylko chwilami. Bo gdybym spędziła je z Pawłem, nie byłoby Fasolki. A ja już nie potrafiłam się jej wyrzec. I gdybym tu wtedy była, Paweł by nie wyjechał do Stanów i jego kariera nie miałaby szansy się zacząć. Dalej byłby panem od muzyki w domu kultury. A teraz był kompozytorem. Tego też nie mogłam się wyrzec. Chciałam, by robił to, do czego był naprawdę stworzony. Nawet jeśli miałoby mnie tak skręcać z tęsknoty jak teraz, gdy otworzyłam pudełeczko leżące na górze stosu. Lampki na choinkę w kształcie dzwoneczków! Dwa takie same zestawy. Nic dziwnego, musiały starczyć na wielkie drzewka. Od razu poczułam, że chcę je mieć na choince. Od góry do dołu! I chciałam widzieć, jak Paweł je wiesza. Dla mnie, dla Fasolki, dla siebie! Dla nas!

O... i ozdobiłam dzwoneczki łzami. Pewnie to były fasolowe łzy, bo ja sama nie byłam aż tak bardzo skłonna do płaczu.

— Tylko mi się tu nie maż — rzuciłam w kierunku brzuszka. — Lepiej powiedz, co ja mam z tymi pudłami zrobić? Tona bombek. Przecież nie sposób tego wszystkiego wpakować na choinkę.

Postanowiłam pozaglądać do środka pudeł i odłożyć na bok te, których zawartość najbardziej mi się spodoba. Po chwili okazało się, że musiałabym odłożyć wszystkie — szklane sopelki ze złotymi gwiazdkami, kolejne dwa kartony lampek, tym razem w kształcie gwiazdek, wielkie szklane bomby, w których pewnie przeglądał się cały świąteczny świat, długie łańcuchy ze sztucznych pereł i śniegowych gwiazdek, błękitne bombki z aniołkami, białe ze srebrzystymi reniferami i sankami, ręcznie malowane z domami zagubionymi w śniegu...

Poddałam się przy złotych gwiazdkach, które miały przedłużone ramiona, jakby wychodziły z nich złote promyki. Szklane cudeńka. Ani jeden komplet nie znalazł się tu przypadkiem. Czyż nie tak, babko? Dobierałaś ozdoby bardzo starannie. A że miałyśmy podobny gust, to znaczyło, że zawartość wszystkich pudełek spodoba się także i mnie. Selekcję trzeba było zatem odłożyć do czasu przyjazdu Pawła. Niech powiesi bombki, z którymi wiążą się jego najlepsze wspomnienia.

Schodziłam z góry z postanowieniem, że jak już Paweł wybierze te najbliższe jego sercu świąteczne gadżety, pozostałymi podzielimy się z rodziną. Wszystkie srebrne i białe ozdoby mogłabym oddać matce. Tylko czy ona zechce wziąć coś z Zawrocia? Wątpiłam w to. Może kiedyś, z czasem...

Telefon od Pawła! Aż spojrzałam na zegarek, by się upewnić, czy mi nie stanął. W Los Angeles było przed siódmą. Paweł powinien jeszcze spać. Okazało się jednak, że od paru dni zrywa się codziennie na nagrania.

— Studio jest niestety daleko. Jak się zdarzą jakieś korki, to czasami i dwie godziny drogi — przyznał. — Gdyby nie to, że mam tu pianino, już dawno zmienilibyśmy miejsce zamieszkania. Dlatego się nie odzywałem, bo jak wracam stamtąd, to ty już śpisz. Nie chciałem cię budzić w środku nocy — usprawiedliwiał się, jakby słyszał te wszystkie pytania, które sobie wcześniej zadawałam.

— Jak się domyślam, dziś postanowiłeś wstać wcześniej i zadzwonić przed wyjazdem. Straszne poświęcenie — rzuciłam zaczepnie.

— A żebyś wiedziała. — Paweł ziewnął, by mi to udowodnić. — Chciałem cię usłyszeć choć na chwilę. Za parę minut będę słyszał już tylko szum silnika. Drogi tu są gładkie, więc to monotonne dźwięki.

— Przyznaj się, że dosypiasz po drodze.

— Znasz mnie już lepiej niż ja sam siebie. Broszka prowadzi, Julia ma w uszach słuchawki, bo doucza się angielskiego. Siedzi sztywno, by się nie wygnieść, bo ma poumawiane spotkania i chce wyglądać jak profesjonalistka. Jest w swoim żywiole. Codziennie poznaje kogoś nowego z muzycznej i filmowej branży.

— A ty śpisz z tyłu.

— Jakbyś z nami jeździła.

— To w związku z nowym filmem?

— Nie. Dokrętki do poprzedniego. Wracamy, a ja siadam do pisania muzyki do tego drugiego.

— Dużo tego wszystkiego. Czy ty w ogóle odpoczywasz? — zaniepokoiłam się.

— Mało, ale jestem w formie. Każda przepracowana godzina przybliża mnie do ciebie. Mam potężną motywację. Wiem... już chciałabyś wiedzieć, kiedy przylecę... Proszę cię o jeszcze trochę cierpliwości... Jedno jest pewne, jak tylko skończę to, czego chcą, wsiadam w samolot. Może nie sam? Niewiele zostało czasu, ale popracuję nad rodzicami. Pamiętasz o naszych planach? Nawet jak nie dojadą na święta, to może chociaż przylecieliby na Nowy Rok albo tuż po. Chciałbym normalnych zaręczyn. Paula pewnie się nie zgodzi, ale może twoja matka zdecydowałaby się przyjechać do Zawrocia choć na parę godzin! Marzę o tym, by było normalnie, rodzinnie...

— Wiem. Ja też. Spróbuję. Nie myśl o tym na razie.

— Ale to właśnie dodaje mi energii! Planowanie naszego życia.

— A te bóle głowy, które cię przedtem męczyły, przeszły?

— Dziwne, że akurat o to pytasz. Bo rzeczywiście przeszły. Chyba klimat Kalifornii dobrze mi robi. A może bardziej myśli o tobie? — Paweł zmienił ton głosu. — Cały czas mam wrażenie, że jesteś tuż obok. Żeby tylko było można dotknąć...

I tyle tego dobrego. Ktoś go zawołał, chyba Broszka. Widocznie już na Pawła czekali. Nie było czasu na słodkie pogaduszki.

— Wybacz, muszę kończyć...

— Wiem. Dobre i tyle. Słodkich snów w drodze do studia.

— Dzięki. Odezwę się.

Paweł ruszył do samochodu, a ja do okna, jakbym mogła przez szybę zobaczyć, jak odjeżdża z Broszką i Julią z zalanego słońcem podjazdu. Za szybą była jednak tylko ciężka, nasączona wilgocią biel. Zmierzchało. Tylko ptak wystartował z gałęzi. Przez chwilę patrzyłam, jak ta gałąź się kołysze. To była sikorka. Czy w Kalifornii są sikorki? Na pewno nie było śniegu. Trochę mi się z tego powodu zrobiło smutno. Dwa światy, kompletnie do siebie nieprzystające. Nawet czas był inny, tu i tam.

<h1 style="text-align:center">4</h1>

Powlokłam się do gabinetu Maurycego, by zabrać się do tłumaczenia. Praca! Przynajmniej w ten sposób mogłam być bliżej Pawła. Oboje byliśmy zapracowani. Miłka znowu dzwoniła, by się dowiedzieć, ile mi jeszcze zostało.

Zanim jednak usiadłam przy biurku, ruszyłam do łazienki po krawat Pawła, ten ściągnięty z manekina. Poszłam z nim do garderoby, gdzie stała deska do prasowania. Nalałam do żelazka dużo wody, włączyłam je na najwyższą temperaturę, a potem przez białą szmatkę prasowałam kawałek po kawałku, w kłębach pary, jak przystało na dobre czarowanie.

— To, wiedźmo, na wypadek, gdybyś zachowała jakąś cząstkę mocy. Wyparuje wszystko! Wszyściutko!

Machałam żelazkiem chyba z kwadrans. Dopiero terkot telefonu odciągnął mnie od deski.

Dzwoniła niewątpliwie dobra wróżka, Lucyna Malinowska! Była nie tylko wrażliwym i dobrym człowiekiem, ale też łącznikiem między mną a moim zmarłym ojcem. Kochała swego przybranego brata od chwili, gdy go zobaczyła w domu dziecka, i po latach przelała tę miłość na mnie. Wystarczyło parę dni podczas zjazdu Malinowskich, a stałam się jej ulubienicą. Ostatnio trochę zaniedbałam kontakt z Lucyną, ale ona o mnie nie zapomniała. Telefon z zaproszeniem na święta! A jakże!

— W Wigilię i pozostałe dni Bożego Narodzenia zawsze jest u mnie spory ruch — zaznaczyła. — Co chwila wpada ktoś z tych Malinowskich, którzy mieszkają w Trójmieście i pobliżu, dużo ludzi przy stole wigilijnym, ale gościnny pokoik zarezerwowałam w tym roku dla ciebie. Jak będziesz chciała odpocząć od tego rodzinnego wiru, to w każdej chwili będziesz mogła się tam schronić.

— To miłe ciociu, że o mnie pomyślałaś, ale obecnie to dla mnie za daleka podróż — powiedziałam. — I chcę spędzić święta z człowiekiem, którego kocham.

— O... — zdziwiła się. — To jednak dogadałaś się z Jaśkiem? — Widocznie ostatnio nie rozmawiała przez telefon z Dawidem i nie wiedziała o zmianach w moim życiu.

— Mówię o Pawle, ciociu. Pamiętasz go zapewne ze zjazdu Malinowskich. Zrobił nam koncert fortepianowy.

— A tak... pamiętam. Bardzo miły, czarujący młody człowiek. I pamiętam, jak na ciebie patrzył. Aż się dziwiłam, bo przecież to cioteczny brat.

— No tak... wiem...

— Czasami układa się nietypowo — rozgrzeszyła mnie Lucyna. — Żebyście tylko się kochali i szanowali. To najważniejsze.

— Tak właśnie jest.

— To pewnie zamierzasz spędzić święta w Zawrociu?

— Tak.

— Samo szczęście! Dom, kominek, choinka, ukochany. To już nie wiem, czemu śnił mi się twój ojciec. Jakiś taki smutny, z grzechotką w ręku. Aż mi się serce ścisnęło po przebudzeniu. I cały ranek zastanawiałam się, co mi chciał powiedzieć.

— Pewnie to, że za nami tęskni. Za tobą, ciociu, i za mną — uspokajałam ją. — A może i za Fasolką, stąd ta grzechotka.

— A ty, dziecko, na pewno nie potrzebujesz czego? — Lucyna nie dała się tak łatwo zbyć. — Mów! Zdrowa jesteś?

— Tak.

— To może masz kłopot i przydałaby ci się jakaś rada?

— Nie. Naprawdę nie musisz się o mnie martwić.

— Bo gdyby coś, to dzwoń. Pamiętaj, że należysz do rodziny Malinowskich. Jak ja bym nie mogła ci pomóc, to ktoś inny mnie zastąpi. Dużo nas, to się jakieś rozwiązanie znajdzie.

— Będę o tym pamiętać, ciociu. Pozdrów ode mnie wszystkich, którzy będą przy wigilijnym stole i z którymi będziesz miała kontakt telefoniczny.

— Pozdrowię. A ciebie mocno, mocno przytulam do serca. Cudownych świąt ci życzę. Magicznych, pięknych.

— Dziękuję, ciociu. Ja też życzę samych dobrych, pięknych chwil. I też cię mocno ściskam.

Po odłożeniu słuchawki poczułam tęsknotę za ojcem. Miałam w głowie mgliste kadry z jakiejś Wigilii. Niebotyczna choinka, widziana najpierw z podłogi, a potem już z zupełnie innej pozycji. Ojciec widocznie podniósł mnie do góry, bym mogła zdjąć długiego słodkiego sopla. Pamiętałam, że był w czerwonym pożłotku. W pamięci została też wisząca obok bombka w kształcie złotego bucika. I łańcuch zrobiony z białej i żółtej bibuły. I tylko twarzy ojca nie mogłam sobie przypomnieć.

Poszłam na górę, do sypialni i sięgnęłam po Joachima.

— Dlaczego mnie się nie przyśnisz, tato? — szepnęłam do pluszowego ucha, jakby w ten sposób mój szept mógł dotrzeć do nieba. — Choć raz w roku! Tak bardzo za tobą tęsknię. Czy to grzechotka dla Fasolki? Tylko dlaczego byłeś taki smutny? Przecież naprawdę jestem szczęśliwa i będę miała cudowne święta. Jóźwiak przyniesie wielką choinkę, na którą mam tony bombek. Nie musisz się smucić. I nie omijaj moich snów. Proszę cię, tato!

XLIII. RODZINNE PRZEPYCHANKI

1

Nie spodziewałam się, że moja matka spełni swoją niedawną obietnicę. Zawrocie to było ostatnie miejsce, do którego miała ochotę dzwonić. A jednak! Aż mi się ciepło zrobiło koło serca, gdy usłyszałam jej głos w słuchawce.

— Poprzednim razem nie było czasu, by zapytać, jak się masz... — rzuciła niezbyt pewnie.

— To prawda. Cieszę się, że znowu cię słyszę.

— Ja też. Wszystko u ciebie dobrze?

— Jako tako — odrzekłam, zastanawiając się, czy opowiedzieć jej o otruciu psów i przygotowaniach do świąt.

— No tak... zima... — matka chyba jednak nie była gotowa na moje zwierzenia o życiu w Zawrociu i postanowiła przejść do bezpieczniejszego tematu. — Na prowincji też tyle śniegu?

— Też — nie mogłam sobie odmówić odrobiny ironii.

— Myślałam, że wrócisz z Zygmuntem do Warszawy. Bo on chyba wrócił, prawda?

— Prawda. — Więc o to jej chodziło. Chciała tylko wiedzieć, gdzie jest Zygmunt i dlaczego nie dzwoni. — Szkoda, mamo, że nie widzisz, jak ładnie Zawrocie wygląda w bieli. Chciałabym tu z tobą kiedyś pospacerować — kontynuowałam swoje.

— Trochę ryzykowna była ta jego podróż — matka postanowiła nie usłyszeć, co mówię. — Śnieżyca za śnieżycą.

— Ma dobry samochód.

— Tak... Paula pomagała mu go wybrać...

I proszę, już byłyśmy przy temacie, który najbardziej ją interesował. Nie było sensu walczyć o jej uwagę dla mnie i Zawrocia. Tym bardziej że akurat teraz rzeczywiście miała się czym martwić.

— Jak ona sobie radzi? — zapytałam.

— Jest u nas — przyznała matka. — Ma zwolnienie lekarskie.

To pewnie Kazik je załatwił, bo przecież na leczenie złamanego serca nie dają wolnych dni.

— Może to chwilowe rozstanie?

— Nie sądzę. Zresztą ty powinnaś wiedzieć to lepiej — matka miała w głosie odrobinę pretensji.

— Ja? — zdziwiłam się i jednocześnie zaniepokoiłam.

— Przecież masz kontakt z Jaśkiem.

— Sporadyczny.

— Więc jednak!

— Jest ojcem mego dziecka. To chyba normalne, że interesuje się moim samopoczuciem. Rozmawiałam z nim zresztą wieki temu! — skłamałam.

Matka chwilę milczała.

— Jeśli wieki temu, to może... — urwała. Wiedziałam, o co jej chodzi. Chciała, bym zadzwoniła do Jaśka i zapytała, co on planuje. Nie zamierzałam jej jednak tego ułatwiać.

— Tak, mamo?

— Paula cały czas płacze — wydusiła. — Już sama nie wiem, co robić. Gdybym przynajmniej wiedziała, że to już naprawdę koniec... Czy mogłabyś...?

— To nie jest dobry pomysł. Jasiek powie mi to czy tamto, ale skąd będziemy miały pewność, że potem nie zmieni zdania? Wiesz, mamo, że w tych sprawach nigdy nic nie da się przewidzieć. Paula potem może mieć do mnie pretensje. A już tych, które ma, wystarczy.

— Tak... Masz rację... Przepraszam, że usiłowałam cię w to wciągnąć. Ale ja już naprawdę nie wiem, co robić. Zygmunt też nie jest pomocny. Trochę mnie to dziwi. Jest w końcu dalej jej mężem.

— Tylko dlatego, że rozwodzenie się trochę trwa — przypomniałam.

— No tak... tak... — Była naprawdę sfrustrowana i zmęczona.

— Może psycholog?

— Na razie dostała leki od psychiatry. Powiedział, że Paula musi się najpierw wyciszyć. Ale nie widzę poprawy.

— Do tego trzeba trochę czasu. Przykro mi, że nie mogę dla Pauli nic zrobić.

— Na to wygląda... Ale Zygmunt by mógł. Dlaczego on nie dzwoni?

— Pewnie boi się odtrącenia. Nie chcesz tego zauważyć, ale on jest jedną wielką raną.

W słuchawce na moment zaległa cisza.

— Nie pomyślałam o tym — usłyszałam w końcu. — To oboje krwawią.

Zabrzmiało to bardzo patetycznie. Pewnie bym zachichotała, gdyby nie to, że matka ledwie się trzymała. Paula musiała być naprawdę w kiepskim stanie.

— Wiem, mamo, że to nie najlepszy moment, ale marzymy z Pawłem, że przyjedziesz do nas niedługo. Planujemy coś w rodzaju oficjalnych zaręczyn. Może w święta albo tuż po.

— Teraz? — matka była zszokowana. — Nie sądzisz, że to trochę bezduszne?

— Planowaliśmy to, mamo, zanim jeszcze Paula rozstała się z Jaśkiem. Przedtem wprawdzie myśleliśmy, że najpierw cię odwiedzimy, byś mogła lepiej poznać Pawła. Ale jego podróż się trochę przedłuża...

— Wiesz, że nie o to chodzi! Wątpię, by Paula odzyskała formę przez najbliższe tygodnie. A chyba nie sądzisz, że ją ze sobą zabiorę do Zawrocia? Przecież to właśnie tam wszystko się zaczęło między nią a Jaśkiem. U mnie w domu też nie sposób...

— Może zatem obiad w mieszkaniu Pawła w Warszawie?

— To już szybciej. Choć doprawdy trudno w tej chwili coś planować.

No pewnie, Pauli się kończył świat, więc i matce. Przy końcu świata zaręczyny i tym podobne rzeczy nie były przewidziane.

2

Zygmuntowi też kończył się świat. Tak przynajmniej wynikało z jego słów i posępnego głosu w słuchawce. I on także nie mógł sobie wyobrazić świątecznej czy poświątecznej wizyty w Zawrociu.

— Żeby to jeszcze była inna okazja. Zaduszki albo co... Wybacz, Matylda. Kiepsko się ułożyło. Jeszcze ze dwa tygodnie temu inaczej bym ci odpowiedział. A teraz zwyczajnie nie dam rady. Przykro mi, ze względu na ciebie. Może moglibyście to odłożyć?

— Może. Widzę, że w tobie wszystko wróciło jak bumerang.

— A żebyś wiedziała. Twoja matka nie wie najważniejszego. Zadzwoniłem do Pauli. Nie odebrała.

— Przykro mi.

— Koniec! Nie będę więcej dzwonił — zarzekał się. — Niech leży i zdycha z rozpaczy za tym swoim kochasiem. Proszę bardzo.

— Może i lepiej, że nie odebrała — zauważyłam.

— Lepiej? — Zygmunt był śmiertelnie oburzony.

— Co byś jej powiedział?

Chwilę się zastanawiał.

— Że wiem, jak się czuje.

— I Paula po tym trzasnęłaby słuchawką.

— Ale przynajmniej by wiedziała, że spotkało ją teraz dokładnie to samo, na co mnie skazała. Los szybko ją pouczył.

— Chcesz ją dobić?

— Chcę, by powiedziała: przepraszam. Bo nigdy tego nie zrobiła! Nigdy! — Zygmunt był bardzo wojowniczy.

— I musi ci to powiedzieć akurat teraz?

— Od czegoś trzeba zacząć.

— Na wszystko jest za wcześnie, Zygmunt.

— Twoja matka ma inne zdanie.

— Słuchaj tylko własnego serca.

— Mam w nim wielką dziurę.

— A Paula w swoim.

— Przez tego kolesia jesteśmy dwoma dziurawcami.

Nie zamierzałam prostować, że nie tylko przez Jaśka.

— Posklejaˊsię — powiedziałam. — Kiedyś.

— Chciałbym w to wierzyć.

— Czas to najlepszy klej — pocieszałam go dalej.

— A jeśli to im się posklejaˊ? — przestraszył się nagle Zygmunt.

— Myśl o sobie. Najważniejsze, żeby to się stało w tobie. Wiesz, ile fajnych dziewczyn jest na świecie? Jeszcze miesiąc czy dwa i zaczniesz je dostrzegać.

O dziwo nabrał się na te gadki.

— Chciałbym.

— A gdyby cię znowu skusił telefon, to powiedz Pauli tylko tyle, że jej współczujesz. I że ciągle jest dla ciebie ważna.

Zygmunt milczał długą chwilę.

— Sam już nie wiem... — mruknął w końcu.

— To się dowiedz!

3

Brr! — wstrząsnęłam się po odłożeniu słuchawki. Dlaczego ja muszę żyć cudzymi problemami? Własnych też mi przecież nie brakuje. I nikt się nimi nie przejmuje. Dlaczego Paweł tak się upiera z tymi oficjalnymi zaręczynami? Ja o tym zapomniałam i było dobrze. Po co kopać się z koniem? Nikt nie chce naszego związku i każdy pretekst jest dobry, by nie przyłożyć do niego ręki. Bez problemów Pauli też znalazłyby się niebotyczne przeszkody. Byłam tego pewna.

A potem jeszcze przypadkiem zerknęłam w lustro na korytarzu i aż mnie przygięło. Spacer do lasu! Natychmiast! Może zgubię trochę brzucha przed przyjazdem Pawła? Gdy wyjeżdżał, miałam mały brzuszek, podskórną kapustkę, a teraz zrobiło się dyniowato. Czy Paweł zdaje sobie sprawę, co zastanie po powrocie? Doprawdy, niedobrze mi się robiło od takich myśli. Zagwizdałam na Untę, założyłam puchową kurtkę, ciepłą czapę i ruszyłyśmy na dwór.

To było brnięcie, a nie spacer. Droga do lasu była przejezdna, ale za Zawrociem leżała na niej warstwa śniegu, który pod kołami zmienił się w śliską breję. Przebierałyśmy z Untą kończynami, ale posuwałyśmy się w żółwim tempie, zwłaszcza ja. Skręcić nigdzie nie było można, bo rozlewiska Lilijki i pola były w zaspach. Parłam więc do przodu, chcąc przynajmniej dojść do pierwszych drzew.

Byłam w połowie drogi, gdy nadjechał patrol. Wiesiek wychylił się z samochodu.

— Podwieźć?

— Nie, panie władzo. Ruch. Potrzebuję ruchu.

— To nie przeszkadzam.

Kwadrans później udało mi się w końcu dotrzeć do lasu. Wyglądał jak w bajce. Drzewa aż się uginały od bieli. Jakby miały pozakładane ciepłe, puszyste czapki. Stałam i stałam, nie mogąc się na to napatrzeć. Aż Unta zaczęła protestować.

— Co? W łapy zimno? No pewnie! Zapomniałaś butów.

Unta zatańczyła na drodze, jakby chciała pokazać, że bez nich też jakoś sobie daje radę.

— No dobra, wracamy. Pół kilograma dzięki tej okropnej śniegowej papce chyba już straciłam.

I ruszyłyśmy z powrotem w tempie stu zimowych żółwi na godzinę. Unta ciągnęła przodem, a ja za nią, układając jednocześnie w głowie listę świątecznych zakupów. I drugą listę, prezentów! Byłam pewna, że Paweł kupi mi coś szczególnego w Los Angeles, a ja nie pomyślałam o upominku dla niego, gdy byłam w Warszawie. Może w Jezielsku uda się coś fajnego kupić? Psom też należały się nowe piłeczki pod choinkę. Choć Bzyl powinien dostać tylko wielką rózgę. Na pewno na prezent, i to wielki, zasłużył Stanisław Jóźwiak. A na mniejszy Marta. Do tego jakieś drobiazgi dla Ewy, Kamilka i reszty rodzinki. Dla matki, Pauli i Zygmunta też należało coś kupić, gdyby nastąpił jakiś bożonarodzeniowy cud. I trzeba znaleźć ładne kartki świąteczne...

4

A potem było jak w kinie. Znowu usłyszałam terkot policyjnego samochodu i po chwili kolejny raz z okna wychylił się Wiesiek.

— Mamy go! — rzucił triumfalnie. — Mamy gnojka. Mówiłem, że to tylko kwestia czasu.

Przez szybę zobaczyłam tylko skuloną postać z tyłu, z głową schowaną w ramię. Nie było widać twarzy.

Za to zobaczyłam papugę, którą Wiesiek zwycięskim gestem wyciągnął z reklamówki. Martwa główka kiwała się w dole. Zrobiło mi się na ten widok niedobrze. Odwróciłam się.

— Kurczę! Przepraszam! Nie pomyślałem — usprawiedliwiał się Wiesiek. — Już ją chowam. O! Już jest zawinięta.

— Dziękuję — wybąkałam.

— Kretyn ze mnie! — kajał się jeszcze Wiesiek. — No ale tak się ucieszyłem, że to już koniec... Taki fart! Złapany niemal na gorącym uczynku. Skręciliśmy w tę główną drogę przez las, a on właśnie szedł. Śnieg go zgubił, bo nie było gdzie czmychnąć. Zaspy po kolana i widać ślady jak na dłoni. No i dogoniliśmy ptaszka. — Wieśka rozpierała duma.

— To rzeczywiście fart. Gratuluję.

— Najważniejsze, że mamy dowodzik. To ułatwia sprawę. Wieziemy go teraz na komisariat. Bądźmy w kontakcie, bo może trzeba będzie coś wyjaśnić czy skonfrontować. — Wiesiek z lubością powtarzał wyrazy godne inspektora Smitha. — Do Jóźwiaka też zajedziemy, żeby był pod telefonem. Bo to pójdzie jak z płatka.

— Czekam zatem na wiadomość od pana.

Samochód popędził, rozbryzgując grudki śniegu i pogłębiając koleiny. Ruszyłam za nim, próbując uwierzyć, że to koniec. Mają go! Wszystko się wyjaśni przed przyjazdem Pawła. Nie będziemy musieli bać się o Bzyla, szukać winnych i zajmować się jakimiś brudami. To nie Emila. I nikt z jezioraków. Mają go!

XLIV. POLOWANIE
NA BORSUKA

1

Czekałam potem niecierpliwie na telefon od Wieśka z komisariatu, a doczekałam się zupełnie innego telefonu, z teatru! Kostek niestety znowu dał o sobie znać, choć nie bezpośrednio.

— Dzwonię w imieniu dyrektora — powiedziała sekretarka Zmiennika. Miała cierpki, służbowy głos.

— Tak, słucham?

— Przyszedł donos na panią. Że wcale pani nie czuje się źle, a zwolnienie jest podrobione.

— I co w związku z tym?

— Pan dyrektor chce się upewnić, że to nieprawda.

— Czyżby chciał mnie zbadać? — zakpiłam. — Zapraszam.

Sekretarkę chyba zatkało po takiej bezczelności.

— Ależ pani Matyldo, dlaczego od razu tak nieprzyjemnie... Przecież to zwykła formalność. Musimy się upewnić.

— To proszę obejrzeć zwolnienie, pieczątkę i podpis lekarza. To znany ginekolog. Sugeruje pani, że dopuścił się oszustwa?

— Ależ nie... Tylko czasami... To znaczy...

— Słucham?

— Zatem są podstawy do zwolnienia?

— Zdaniem lekarza tak. Wie pani, jak kocham teatr i pracę. Trudno było się tego wyrzec — nie mogłam sobie odmówić pompatycznego tonu — ale cóż, dziecko jest ważniejsze. Pan Zawijas na pewno radzi sobie doskonale — dodałam, by ją dobić.

— A te problemy na czym polegają? — drążyła.

— Pani wybaczy, ale to poufna sprawa. Nie widzę powodu, bym miała o tym opowiadać komukolwiek przez telefon.

— Rozumie pani, że taka odpowiedź nie zadowoli pana dyrektora?

— O ile się orientuję, nie ma obowiązku opisywania swoich dolegliwości szefowi.

— Nie... chyba nie... — przyznała.

— Czy to już wszystko?

— Więc nie może pani pracować? — upewniała się jeszcze swoim zimnym głosikiem.

Pod spodem czaiła się jednak niechęć i frustracja. To drugie mnie zdziwiło. Była niezamężna i nie miała dzieci. Jej całym życiem było służenie Zmiennikowi. Miała swego pana i była mu wierna. To wyjaśniało niechęć do mnie, ale nie frustrację. Czyżby Zmiennik chciał, żebym wróciła do teatru? Nic z tego! Jeszcze półtora miesiąca temu wszystko dałabym za to, by móc dalej pracować. Teraz miałam to gdzieś. Zawrocie! I Paweł! Leniwe poranne spacery, a potem włóczenie się po *Zaułku srebrnych kotów* z inspektorem Smithem. Nic mnie stąd nie ruszy, ani śmierć psów, ani żaden donos!

— To chyba oczywiste, że nie mogę pracować — powiedziałam spokojnie, choć miałam ochotę posłać ją w diabły. Nigdy jej nie lubiłam za tę bezmyślną służalczość.

— Ale gdybyśmy poprosili o dodatkowe konsultacje medyczne, nie miałaby pani nic przeciwko temu? — znowu miała cierpki, zimny głos.

— Oczywiście że bym miała. Proszę się skontaktować z doktorem Pliszką. Dodam już tylko, że pani sugestie są obraźliwe. W ogóle nie rozumiem, po co pani do mnie tak naprawdę dzwoni. Miejsce donosów jest w koszu. To wszystko, co mam do powiedzenia. Żegnam.

Nie czekałam, babko, na jej odpowiedź czy protesty. Niech się buja! Zmiennik też, cokolwiek ma na myśli.

Inna sprawa, że mogłam sobie pozwolić na takie zachowanie. Teraz, gdy miałam Kostka w kieszeni, nie musiałam się nikogo i niczego obawiać. Jeden telefon i wszystko się odwróci. Byłam tego pewna! Jeśli tego jeszcze nie zrobiłam, to tylko dlatego, że marzyłam, by mieć Kostka naprzeciwko siebie, gdy będę mu mówiła, że znam jego tajemnicę. Chciałam widzieć jego twarz, oczy, miny. Należała mi się chwila słodkiej satysfakcji po tym wszystkim, co mi robił.

2

Inspektor Smith był jeszcze daleko od ujęcia sprawcy. Wiesiek miał lepsze rezultaty, choć nie tak dobre, jak mu się przez chwilę wydawało. Przyjechał do mnie cokolwiek rozczarowany.

— Na razie go wypuściliśmy — powiedział ponuro.

— Go?

— Darka Borsuka. To syn jednej ze sprzątaczek pana pisarza.

— Zapewne tej mieszkającej blisko Justyny Tomciak.

— Zgadza się.

— Jaką przedstawił wersję wydarzeń?

— Problematyczną.

— To znaczy?

— Dalej nie ma sprawcy otrucia psów. Wszystko wyznał jak na spowiedzi, a do tego się nie przyznaje.

— Wierzy mu pan?

— Sam już nie wiem.

— A może mi pan zdradzić, do czego się przyznał?

— To on przykleił żabę, nietoperza, potem powiesił papugę i namalował czerwonym atramentem ten klucz wiolinowy. Ślad, który sfotografował Jóźwiak, zdaje się to potwierdzać. Darek Borsuk ma kamasze z taką krateczką. To są zresztą jego jedyne zimowe buty. Na adidasach też nie ma takiej jodełki, jaka jest na śladach zabezpieczonych po otruciu psów.

— Zdradził, dlaczego to robił?

— Ze strachu i dla pieniędzy.

— Ależ pan kapie z tymi informacjami, panie władzo.

— No dobra. Powiem pani jak na spowiedzi. Jakiś czas temu jego matka nie miała pieniędzy, w domu była tylko kartoflanka i Darek Borsuk postanowił się poczęstować w tym największym markecie, który jest z boku Rynku, batonem mars. Był po prostu głodny. I może by się na tym jednym batonie skończyło, gdyby nie to, że jakaś młoda kobieta zauważyła, jak go sobie podbiera. Zaczepiła go, gdy tego marsa po jednym gryzie wsunął do kieszeni. Powiedziała, że wszystko widziała, ale nie powie właścicielowi, jeśli on zrobi jej przysługę. I dodała, że mu za to zapłaci.

Wiesiek popatrzył na mnie przenikliwie, jakby się spodziewał, że mu zdradzę nazwisko kobiety.

— Co było dalej? — zapytałam.

— Umówili się za dwie godziny w tym samym sklepie. Wręczyła mu telefon na kartę. I potem puszczała mu sygnały, a on się zjawiał po żabę, nietoperza i pieniądze. Z papugą było inaczej. Nie odzywała się, a jemu zależało na kasie, więc gdy zobaczył ptaka na śmietniku, sam do niej zadzwonił z propozycją. Zgodziła się i kazała mu wymalować ten klucz wiolinowy.

— Darek Borsuk ma ten telefon?

— Ma. Tyle że przy ostatnim spotkaniu ta spryciulka wzięła go od niego na chwilę, wyjęła kartę i dała nową. I powiedziała, że to był ostatni raz.

— Ale w takim razie co on robił z tą drugą papugą w lesie? I skąd ją wziął?

— Z tego samego śmietnika co pierwszą.

— Justyna Tomciak?

— Zgadza się. Wykończyła drugiego ptaka. Darek Borsuk zobaczył papugę wśród odpadków i postanowił zrobić z nią to samo, co z poprzednią. Zamierzał potem poszukać tej kobiety i zażądać od niej kasy. Bardzo tej kasy potrzebował. I nie na batony czy jedzenie, ale na korepetycje z angielskiego. Zimował już w jednej klasie i znowu mu to groziło. Anglistka się na niego uwzięła, bo wszystkie dzieci chodziły na korepetycje, a jego nie było stać. Matka sprzątaczka, a ojciec poszedł w siną dal. Powiedział, że tylko przez ten angielski zgodził się na to całe przyklejanie. Jego zdaniem to były żarty, a ta kobieta dobrze mu płaciła.

— I chodził potem na te korepetycje?

— Tak. Sprawdziliśmy to. Był na ośmiu lekcjach. Anglistka powiedziała, że jest zdolny, tylko zaniedbany.

Czułam, że Wiesiek współczuje Darkowi Borsukowi.

— Dość szczegółowo opowiedział o wszystkim — zauważyłam.

— Właśnie. Nawet pokazał buteleczkę czerwonego atramentu, którym szprycował nietoperza i którym wykonał ten klucz na śniegu. A gdy dochodziliśmy do psów, nic. Nie wie, nie ma z tym nic wspólnego, w życiu by czegoś takiego nie zrobił. Co innego martwa papuga, a co innego żywe stworzenie.

— Dziwne.

— Najgorsze jest to, że ja mu wierzę. Trochę go obserwowaliśmy przez te ostatnie dni. Mówiłem pani, że mam go na oku. Osobiście widziałem, jak karmił bezdomnego kundla własną kanapką. Pół kanapki zjadł, a pół oddał psu. A pani wie, że im się nie przelewa. Niejeden raz głodny

chodził i chciało mu się nie tylko marsa, ale i kawałka kieł-
basy. A jednak dzielił się z takim parszywym pchlarzem. —
Wiesiek znowu spochmurniał.

— To faktycznie daje do myślenia. A tę kobietę opisał?

— Tak. Średniego wzrostu, ciemne, dłuższe włosy,
szczupła. Nikt stąd. Laska, tak powiedział. Ładnie pachniała i miała długie paznokcie.

Poczułam ulgę. To nie była Emila! Całe szczęście. Lilka!
Byłam tego pewna. Choć Sabina też pasowała do tego opisu.

— A w tym sklepie, w którym się spotykali, nie ma kamer?

— Atrapy.

— Szkoda.

— Ano szkoda. I szkoda tego głupka.

— Co z nim będzie?

— No właśnie się zastanawiamy. Bo tak naprawdę w ra-
porcie jest zawiadomienie o otruciu psów. Resztę wtedy
Rysiek pominął. Mamy sprawcę w nieistniejącej sprawie.
Wszystko zależy od pani. I oczywiście od tego, czy ten gnojek
mówi prawdę i czy uda się złapać tę osobę, która otruła psy.
To mogła być ta kobieta, która dawała pieniądze Darkowi.
Tylko że musiałaby włożyć męskie buciory. Mógł to być też
zupełnie ktoś inny.

— W jakim sensie wszystko zależy ode mnie?

— Jeśli pani teraz złoży doniesienie o tych przykleja-
nych i wieszanych zwierzętach, to Darek pewnie trafi do
poprawczaka.

— Myślę, że mamy jeszcze na to czas. Przede wszystkim
chciałabym, żeby to tę kobietę spotkała kara.

Wiesiek odetchnął.

— Też tak sądzę. Będę przepytywał jeszcze tego głupka.
To mu się nie upiecze. Karę to on poniesie, ale ja też bym
z tym poczekał. Trzeba tę sprawę wyjaśnić do końca.

— Jestem za.

— A pani się nie domyśla, co to mogłaby być za kobieta?

— Potrzebujemy dowodów, a nie domysłów — mruknęłam. — Eleganckich, szczupłych i pachnących nie brakuje na świecie.

— Ale już takich, co by do pani mogły coś mieć, chyba nie jest tak dużo.

— Tak czy owak, nie mamy pewności, że ona miała coś wspólnego z psami. Nie zamknie jej pan za to, że przekazała jakiemuś dzieciakowi żabę, nietoperza czy trochę kasy.

— To akurat prawda. Trzeba zacząć szukać kogoś, kto kupił trutkę. I to nie tylko tu, ale i w sąsiednich miasteczkach. I jeszcze popytać o tego ducha. Do kogoś to wszystko prowadzi.

— Szkoda, że to jeszcze nie koniec — mruknęłam rozczarowana.

— No niestety. Za szybko ogłosiłem zwycięstwo. Tak czy owak, znajdę sprawcę!

— Mam taką nadzieję.

3

Usiadłam potem do tłumaczenia, ale pracę przerwał mi Jóźwiak, który przyszedł wstawić się za chłopakiem.

— Borsukowa odchodzi od zmysłów — powiedział. — Błaga, żeby zechciała ją pani wysłuchać.

— Ale ja już powiedziałam Wieśkowi, że na razie nie będę składała doniesienia w sprawie tych zwierzaków na klamkach. Jednak ciągle jeszcze nie wiemy, kto otruł psy.

— Borsukowa zaklina się, że to nie jej syn.

— Może i tak. Ale ten chłopak przecież nie może całkiem uniknąć kary. Straszył mnie tygodniami.

— Karę to można wymyślić. I nawet trzeba.

— Tak tu się załatwia sprawy?

— W miasteczku to może i nie. Ale tu, w Zawrociu, tak właśnie bywało.

— Zawrociańska jurysdykcja. Uf! Chciałabym, by był tu w tej chwili Paweł.

— Nie musi pani przecież decydować od razu. Posłucha pani Borsukowej, potem tego gagatka i podejmie pani decyzję.

Spojrzałam Jóźwiakowi prosto w oczy.

— A czy nie chodzi przypadkiem o to, kto się za tym kryje? Bo przecież ten dzieciak sam tego nie wymyślił.

Jóźwiak wbił spojrzenie w podłogę.

— Ciągle boi się pan, że to Emila — powiedziałam wprost. — Tyle że jest trochę więcej kandydatek na tę wredotę, która namówiła Darka Borsuka do straszenia mnie. Jestem pewna, że to ktoś inny. I chyba nawet wiem kto.

Jóźwiak uniósł trochę głowę.

— Dałby Bóg — powiedział tylko.

— Dałby! A na razie proszę uspokoić Borsukową. I powiedzieć jej, że jeśli syn coś jeszcze wie, to powinien powiedzieć Wieśkowi. To od postawy Darka wszystko teraz będzie zależało. Jeżeli będzie współpracował z policją, to zastosuję zawrociańską jurysdykcję. Tylko nie w tej chwili. Sprawa jeszcze nie jest zamknięta.

Jóźwiak pokiwał głową.

— Dobre i to. To naprawdę biedna kobieta. Los jej nie oszczędzał. Dziękuję.

— Nie ma za co. Wiem, że jest pan dobrym i mądrym człowiekiem, jeśli więc pan mówi, że warto im pomóc, to oczywiście pomogę.

Jóźwiak wyszedł, a ja usiłowałam sobie przypomnieć kolor kurtki chłopaka, który wyskoczył zza sklepowej półki, gdy spotkałam Lilkę. Czy tylko mi się zdawało, że był identyczny jak kolor kurtki, którą miał na sobie Darek Borsuk w policyjnym samochodzie?

XLV. TRUDNE DECYZJE

1

Telefon od Julii, babko. Jeszcze przed świtem. Chyba zapomniała o różnicy czasu. Za to nie zapomniała, że mnie nie lubi, bo w jej głosie był dystans i niewygoda.

— Obiecaj mi, że nie powiesz Pawłowi o tej rozmowie — rzuciła zaraz po powitaniu.

— Nie mogę tego zrobić.

— Musisz! Inaczej nic ci nie powiem.

— Nic nie muszę.

— Jasne! — Jej głos stał się lodowaty. — Co cię obchodzi kariera Pawła. Chcesz go mieć dla siebie. Tylko to się liczy. Jesteś taka sama jak wszystkie.

— Bujaj się! — mruknęłam i odłożyłam słuchawkę. Mogłam zaciskać zęby przy telefonie od matki Pawła, ale nie zamierzałam słuchać inwektyw jego menedżerki.

Zadzwoniła chwilę później i zaczęła już zupełnie innym, pokornym głosem.

— Przepraszam... To przez to, że tu się wszystko sypie, a Paweł chce wracać, bo ci to obiecał.

— Co się sypie?

— Już było wszystko nagrane, a producenci znowu się kłócą. Każdy chce czego innego. Wycinają i z powrotem wkładają sceny. Paweł zrobił swoje i teraz znowu okazało się, że to jeszcze nie koniec.

— Chcę to usłyszeć od Pawła.

— On ma już dość.

— Może ma rację.

— Racja! Gdyby miał tu nazwisko, to mógłby mieć jakieś racje! Nie dociera to do ciebie? Na razie musi być dyspozycyjny. I albo będzie, albo the end! Gdyby nie ty, nie byłoby problemu.

Według Julii byłam jak kłoda, która rozpościerała się w poprzek hollywoodzkiej świetlistej kariery Pawła. Czy to była prawda?

— Powiedz, by do mnie zadzwonił.

— Jeśli go ściągniesz do Polski, to ja umywam ręce.

Nie zamierzałam wdawać się z nią w dyskusje.

— Jak długo to wszystko może twoim zdaniem potrwać?

— Nie wiem. Nie siedzę w głowie producentów. To zależy od nich. Tak już jest w tym biznesie. Tylko jedno mogę ci powiedzieć: tak długo, jak będzie trzeba. Nie mówiąc już o tym, że wyjazd nie pomoże też z wyprostowaniem tego fermenciku z drugim filmem... — urwała zmieszana.

— Fermenciku? — zaniepokoiłam się.

— Tak mi się powiedziało. Przejęzyczyłam się... — Julia chyba naprawdę się przestraszyła. I kłamała. Coś było nie tak.

— Nie pomogę ci, jeśli będziesz ukrywać przede mną prawdę.

— Za dużo by tłumaczyć. Nie znasz amerykańskich realiów.

— To chętnie poznam.

— Paweł ci kiedyś o tym opowie przy kominku i winie. Ja już muszę kończyć. Zastanów się nad tym, co powiedziałam.

— Poczekaj!

Ale nie poczekała. Usłyszałam pośpieszne „cześć" i po chwili już tylko ciszę w słuchawce.

2

Chciałam od razu zadzwonić do Pawła, ale usłyszałam, jak do domu wchodzi Jóźwiak. Rzadko to robił bez pukania. Wyjrzałam do sieni. Stał już w drzwiach piwnicy.

— Nie śpi pani... Przepraszam, że tak się skradam, ale mróz na dworze coraz większy, to pomyślałem, że dołożę. Już minus piętnaście, a ma być jeszcze zimniej. Dawno nie było takiego grudnia.

— Specjalnie na mój debiut w Zawrociu.

— Na to wygląda.

— Uspokoił pan Borsukową?

— Tak. Choć ona, dopóki się to wszystko nie wyjaśni, to pewnie nie prześpi spokojnie ani jednej nocy. Ale to już nie od pani zależy.

— Niestety.

— Chciałem jeszcze uprzedzić, że do odśnieżania to z zięciem przyjdę. Najpierw przejedziemy traktorem i pługiem, żeby mogła pani samochodem wyjeżdżać. A potem on dokończy resztę.

— Dziękuję. Mam trochę zakupów do zrobienia.

Chciałam się wycofać, ale Jóźwiak gniótł czapkę, co jak zwykle znaczyło, że ma jeszcze coś do powiedzenia.

— Ten klient od domu weselnego znowu mnie nagabywał. Pamięta go pani?

— Pamiętam.

— Nasłuchał się chyba plotek na mieście i mu się wydawało, że teraz, jak ktoś otruł pani psy i w dodatku jak się tu plącze ten wymyślony duch, to pani zechce może stąd wyjechać, a przedtem sprzedać ziemię.

— Tak powiedział?

— Mniej więcej. Mówiłem mu, że pani nie z tych, co się byle czego mogą przestraszyć, a on na to, że nigdy nie wiadomo, co się jeszcze może zdarzyć.

— Trochę to niepokojące.

— Też tak sobie pomyślałem.

— Zna pan jego nazwisko?

— Tak. Choć nie wiem, gdzie mieszka. Za to mam jego telefon i wiem, gdzie jest dom jego kuzyna.

— To proszę to przekazać Wieśkowi.

— Tak zrobię. Sam już to postanowiłem, ale pomyślałem, że już dość tych tajemnic i lepiej, by pani o tym wiedziała.

— Dziękuję. Wszyscy usiłują mnie oszczędzać, Paweł, pan, ale ja wolę znać prawdę. Wtedy można działać.

— Tak, ma pani rację.

I ruszył do piwnicy, by dołożyć do pieca. A mnie od samej tylko jego obecności zrobiło się cieplej.

3

Paweł zadzwonił chwilę później, zmęczony i sfrustrowany.

— Julia właśnie przyznała się do telefonu do ciebie. Najpierw matka, a teraz ta... Przepraszam, Maty. Za matkę nie mogę ręczyć, ale jeśli chodzi o Julię, to się więcej nie powtórzy. Powiedziałem jej, że jeśli zrobi coś takiego jeszcze raz, to koniec naszej współpracy.

— Dzięki.

— I już jej powiedziałem, żeby zabukowała bilet.

— To na pewno dobry pomysł?

— To zależy, jak na to spojrzeć — westchnął Paweł.

— Julia mówiła...

— To nieistotne.

— Chcę wiedzieć, jak naprawdę wygląda sytuacja z tym pierwszym filmem. I czy rzeczywiście możesz się teraz wyrwać z Los Angeles?

Paweł westchnął.

— To trochę skomplikowane.

— Jak bardzo? — naciskałam.

— Zrobiło się znowu nerwowo... Tarcia i zmiany. Może znowu trzeba będzie przemontować część muzyki albo coś dograć.

Było więc tak, jak mówiła Julia. Może nawet gorzej.

— To znaczy, że jesteś jeszcze potrzebny w Los Angeles.

— Na to wygląda — przyznał Paweł.

— To poczekaj z biletem.

— Święta tuż-tuż...

— Wiem. Ale jeśli tylko ten film ma szansę na dokończenie, to powinieneś przy tym być. To będzie także twój film! Najwyżej wsiądziesz w samolot w ostatniej chwili.

— Potem będzie problem z biletami. Trzeba się zdecydować teraz.

— Powiedz mi najpierw, jaka jest szansa, by przed świętami uporać się z tym fermentem przy drugim filmie.

— Z fermentem? — spytał Paweł ostrożnie.

Postanowiłam zagrać nie fair.

— Mogłeś mi to powiedzieć — rzuciłam.

Nie dał się nabrać.

— Ale nie bardzo wiem, kochanie, co masz na myśli. Muszę im tylko dać parę minut muzyki.

— A ja nie wiem, dlaczego traktujesz mnie jak porcelanową filiżankę, która może się w każdej chwili stłuc. Aż taka krucha to ja nie jestem.

— Może nie o to chodzi — mruknął.

— To o co?

— A jeśli wolę, byś myślała, że jestem genialny i cały świat ściele mi się do stóp?

— Nie jestem babką Aleksandrą. Nie musisz mi imponować.

— Wiem, ale może bym chciał. Pozwól mi uporać się samemu z moimi problemami.

— A nie naszymi?

— Wolę mieć wspólne przyjemności.

— A ja wolałabym dzielić z tobą wszystko.

— Już o tym rozmawialiśmy. Obiecuję, że gdy będę miał problem, z którym sobie nie dam rady sam, to o nim usłyszysz.

— Wkurza mnie twoje myślenie. Czuję się tak, jakbym odbijała się od ściany. Brr! Powiedziałabym ci, co naprawdę o tym sądzę, ale jesteś tysiące mil ode mnie, więc sobie daruję. Ale jak wrócisz...

— To przykleję się do ciebie i żadne słowa nie będą potrzebne.

— Tak myślisz?

— Jestem tego pewny.

— To sobie pożartowaliśmy, Kocie, a teraz już pomówmy poważnie. Jeśli jest tak, jak myślę, i nie da się przed świętami przerobić tych ważnych i nieważnych spraw, o których nie chcesz mi powiedzieć, to wiedz, że wolę, byś dokończył wszystko, niż wracał do Polski na chwilę, a potem znowu mi zniknął nie wiadomo na jak długo — powiedziałam, by wszystko było jasne.

— Wiesz, co to oznacza... — w głosie Pawła pojawił się ciemny splin.

— Wiem, osobne święta.

— Nie tak miało być.

— Nie tak.

— Może jeszcze coś wymyślę.

— Nie chcę, byś się na tym skupiał. Wolę, byś całą energię spożytkował na tworzenie. Bo o to chodzi, prawda? Chcą nie paru minut, a więcej. Bo parę minut to ty już dawno masz. Nie mówiąc już o tym, że te fortepianowe pasaże, o których mówiłeś przedtem, możesz wziąć choćby z tej kasety, którą ci wysłałam.

— Detektyw Matylda na tropie — mruknął.

— Nie sądzisz, że należy mi się prawda?

Jeszcze chwilę się wahał.

— No dobrze, powiem ci, o co chodzi... Zaraz po naszej ostatniej rozmowie dowiedziałem się, że ktoś znowu zadzwonił do producenta tego drugiego filmu. Powiedział, że nie dotrzymuję żadnych terminów i że jak teraz wyjadę, to mogę już nie wrócić do Stanów, bo mam inne zobowiązania zawodowe w Polsce. Dużo zobowiązań!

— O... — na chwilę odebrało mi mowę.

— Właśnie. O! Dlatego Julia tak spanikowała. Najpierw myśleli, co z tym fantem zrobić, a potem zadzwonili i zażądali nie tylko tych fortepianowych partii, na które byliśmy teraz umówieni, ale głównych motywów muzycznych filmu. Część mam, ale nie tyle, ile chcą. Jutro wybieram się tam na rozmowę, bo przez telefon nie dało się z nimi dogadać. Upierają się przy swoim.

— I mimo to kazałeś Julii bukować bilety? Rany, Paweł!

— Chciałem cię zobaczyć choć na chwilę. Przytulić cię, dotknąć... Przecież nie muszę się im spowiadać z każdego dnia.

— Chwila by nas nie nasyciła. Dobrze o tym wiesz. Nie dałbyś rady wyjechać po paru dniach.

— To akurat prawda — przyznał Paweł. — Byłoby trudno...

— A pomyślałeś o tym, jak ja bym się czuła, gdybyś zaraz po cudownych świętach powiedział mi, że musisz wracać do Stanów?

— Ale to Boże Narodzenie! Mieliśmy tyle planów...

— Które nam odebrał ten ktoś od telefonu.

— Zamierzałem temu komuś udowodnić, że nie ma wpływu na moje życie! — rzucił ponuro Paweł.

— Nie pozwolę ci zmarnować życiowej szansy. Nic z tego. Popieram Julię.

— Kto by pomyślał, że kiedyś będziecie takie zgodne. Naprawdę jesteś sobie w stanie wyobrazić osobne święta?

— W tej chwili?... Nie... — usiłowałam powstrzymać łzy. — Ale to tylko kalendarz. Stać nas na własny. I na własne święta. Nie będzie łatwo, ale damy radę.

Paweł się jeszcze z tym zmagał.

— Tak... Masz całkowitą rację... Powinienem zostać. Choć ostatnio i tak nie szło mi komponowanie.

— Bo byłeś zapracowany i w rozkroku. Odpocznij, wycisz się i pisz. Daj im tę cholerną muzykę jak najszybciej.

— Dobrze, będę się śpieszył. Jak ci panowie, co biegają na setkę. Muzyczny sprint. Nawet nie wiesz, jak bardzo marzę o mecie.

— Chyba wiem...

Odetchnął głęboko, jakby mu kamień spadł z serca.

— A teraz powiedz, co masz na sobie, bo nie wiem, z czego mam cię rozebrać.

— Mam tylko szlafrok. Ten cieniutki, szafirowy.

— Ach, ten krótki... — Paweł od razu zmienił ton. — Zsuwa się. I rozsuwa. Jeden wąski pasek...

— Który mi się gdzieś zapodział.

— Bez paska... To wszystko poodkrywane...

— Wszystko.

4

Zwariowałam? Jak mogłam to wszystko mówić? Tak będzie wyglądało nasze życie? Czekanie, samotne święta, przegapione rocznice, bo Paweł musi jechać Bóg wie gdzie i po co?

A jednak byłam pewna, że zrobiłam to, co powinnam. Że tylko w ten sposób oboje wyplączemy się z sieci zastawionych przez tych, którzy mają co do Pawła i do mnie własne plany. I czułam, że byś mnie pochwaliła, babko. Gdyby Paweł wrócił teraz, to już byłoby po wszystkim. Julia miała rację. Ktoś zadał sobie sporo trudu, by stworzyć sytuację, z której nie było dobrego wyjścia. Nawet nie usiłowałam w tej chwili zgadnąć, kto to był. Bałam się odpowiedzi.

Cóż, szykowały mi się kameralne święta. Tylko ja, Fasolka i dwa psy. A, i jeszcze inspektor Smith i inni bohaterowie *Zaułku srebrnych kotów*. Trochę mało.

Poszłam do gabinetu i patrzyłam na pootwierane albumy, w których wczoraj wieczorem szukałam zdjęć z kolejnych świąt, by zobaczyć, jak wyglądała choinka i stół. Już wiedziałam, babko, który z twoich serwisów przemyć, by był gotowy na Wigilię. I które szklanki przyszykować do kompotu z owocami. Zdjęcia potrafiły zdradzić naprawdę dużo. Choćby to, że w Zawrociu w święta dominował złoty kolor. To właśnie taki pasek obiegał talerze, kieliszki i dzióbki dzbanuszków. I takie bombki dobierałaś do stroików. I tylko choinka była wielokolorowa i w każdym roku trochę inna, jakby zależało to od chwilowego nastroju czy kaprysu.

Pozamykałam albumy i ruszyłam z nimi do półki, gdzie przedtem stały. Były już niepotrzebne. To dla Pawła usiłowałam odwzorować dawne święta. Bez niego nie miało to sensu.

Tylko czy w ogóle powinnam silić się na takie powtórki? Może Paweł wcale nie chce, by było jak kiedyś, po twojemu, ale by było po naszemu, więc i po mojemu? Za rok wybiorę własny serwis i własne kolory. Niebieski! Na moim stole będzie dominował niebieski.

Teraz jednak te postanowienia nie miały żadnego znaczenia, bo przede mną były jeszcze te najbliższe święta, na które nie miałam żadnego pomysłu. I nie wyobrażałam sobie żadnego koloru.

— Pomyślę o tym jutro — postanowiłam jak Scarlett O'Hara. — Albo i pojutrze. — I po tej decyzji wsunęłam na półkę ostatni album, a potem poszłam na górę, by kolejny raz przytulić się do czarnego swetra.

XLVI. WIDOK Z TARASU

1

Wiesiek pokazał mi Darka Borsuka. To był ten sam chłopak, którego widziałam w sklepie. Nie było żadnych wątpliwości. Ta sama kurtka, ten sam kaptur, to samo skulenie chudych ramion. Nie powiedziałam jednak o tym Wieśkowi. Ani o tym, kogo zobaczyłam zaraz po tym, jak Darek Borsuk zniknął za półką.

Staliśmy przed szkołą. Wiesiek zawołał Darka.

— Rany, musi pan mnie zgarniać akurat tu? — Jego piegowata twarz pokryła się ceglanym rumieńcem.

— Nie muszę, ale chcę. Wolę tu niż w twoim domu. Nie chcę, by ci matka na serce zeszła. Kiepsko reaguje na mundur.

— Może dlatego, że stary nosił taki sam. I ilekroć w nim wracał z pracy, to pierwsze co robił, to walił matkę w gębę. Tak na zachętę — rzucił zaczepnie Darek. Mimo przestrachu, starał się zachować styl. — Też mam kiepskie wspomnienia.

— Ty mnie nie próbuj zmiękczać. Pani Matylda chce cię poznać. To ją straszyłeś przez parę ostatnich tygodni.

Darek stracił rezon. Opuścił głowę i milczał.

— Nie sądzisz, że coś by należało powiedzieć?

— Przepraszam panią. Bardzo panią przepraszam...

— Masz za co. — Wiesiek, jak każdy dobry policjant, postanowił pouczyć sprawcę. — Pani Matylda będzie miała dziecko. A co by było, gdyby przez ciebie coś mu się stało?

Głowa Darka opadła jeszcze niżej.

— Ja nie wiedziałem... Przepraszam... Gdybym wiedział, tobym tego nie robił...

— A psy? — zapytałam. — Wiesz może, kto przyczynił się do ich śmierci?

— Nie. To nie ja. Ja psów bym nie otruł.

— Wierzę ci. A czy sądzisz, że mogła to zrobić ta kobieta, która ci płaciła?

— Nie wiem. — Darek kręcił się, jakby go oblazły pchły. — Nigdy nie rozmawialiśmy o psach.

— Pytam, co o tym sądzisz.

— Sam nie wiem... Tej pani to raczej trudno byłoby znaleźć się pod bramą Zawrocia niepostrzeżenie. Musiałaby podjechać samochodem. Bo ona zawsze na takich wysokich obcasach była. Z dziesięć centymetrów. Daleko to w takich butach by nie zaszła.

Wiesiek patrzył na mnie tak, jakby chciał zgadnąć, jakie ta ostatnia wiadomość robi na mnie wrażenie.

— Powiedziała, dlaczego każe ci to robić?

Darek znowu spuścił głowę.

— No mów! — rozkazał Wiesiek.

— Nie, bo to obraźliwe. Wtedy myślałem, że może ma powody, aby tak mówić, że pani jej coś zrobiła, a teraz... — urwał. — Przepraszam... Bardzo przepraszam... — powtarzał znowu.

— Dobrze, że chociaż stać cię na refleksję. — Wiesiek kontynuował pouczanie. — Pani Matylda nie jest osobą, która może komuś szkodzić. Zapamiętaj to sobie raz na zawsze!

Darek kiwnął głową.

— Ma pani do niego jeszcze jakieś pytania?

— Na razie nie.

— Dobrze, możesz iść do domu. A gdyby coś ci się przypomniało albo gdybyś zobaczył tę kobietę, to masz natychmiast do mnie dzwonić! Zrozumiano?

— Zrozumiano.

— To leć.

Darek poleciał, a Wiesiek znowu popatrzył na mnie tak, jakby miał rentgen w oczach.

— Zna pani kogoś, kto łazi na takich obcasach? — zapytał.

— Niejedną.

— No tak. To żaden trop. Baby teraz sztukują się na potęgę. Pół miasteczka na obcasach.

Postanowiłam zmienić temat na bezpieczniejszy.

— Jóźwiak rozmawiał z panem o tym człowieku, który chciał ode mnie kupić ziemię?

— Tak. Sprawdzę go. Ale gdyby...

— ...coś mi się przypomniało czy skojarzyło, to oczywiście natychmiast do pana zadzwonię.

2

Piętnaście minut później byłam już w osadzie. Lilka! Chciałam jej powiedzieć, że wiem o Darku Borsuku i jej udziale w prześladowaniu mnie. I chciałam zobaczyć, jak zareaguje, gdy wymienię imię Kostka i zapytam, czy to ona wydzwaniała do Ameryki. Czas już było rozplątać tę zagadkę. Nie pomógł czosnek, nie pomogły wizyty Wieśka, może prawda coś zmieni!

Niestety, domek Lilki dalej był zamknięty na głucho, a śnieg na ganku nienaruszony. Lilki nie było w osadzie od dawna. Nie było też Brunona i Bogny. W ogóle zima wywiała niemal wszystkich.

Uli też nie było. Za to otworzył mi Mikołaj, z kieliszkiem czerwonego wina w ręku.

— No proszę, kogo tu niesie! Czyżby wyciągnął cię z domu niepokój?

— Dlaczego tak myślisz?

— Nie udawaj! Wszystko wymyka ci się z rąk. — Uśmiechnął się cynicznie. — W sumie można było się tego spodziewać.

— Czyli czego? — dociekałam.

Zaśmiał się. W ogóle był w dobrym humorze. Rozluźniony tak samo, jak podczas wizyty u mnie. A właściwie bardziej, bo butelka wina była już mocno naruszona.

— Ależ to wszystko zmienne. Wczoraj wielka miłość, a dziś klapa.

— U ciebie? Ula się wyprowadziła? — zapytałam złośliwie.

— Dobrze wiesz, o czym mówię. A jeśli chodzi o nas, to najwyżej ja mogę się wyprowadzić z naszego życia. Ona nigdy tego nie zrobi. Kapewu?

— Kapewu. To gdzie jest teraz?

— Robi dla nas zakupy.

— Nie pomagasz?

— Po to ją mam — zaśmiał się. — A co? Chciałaś się jej poskarżyć? Wszystkie baby przylatują tu wyżalać się na facetów, wredny los i inne takie. A Ula jest jak gąbka. Wchłonie wszystko. A potem równie łatwo z siebie to wyciska i zapomina. Jak poczekasz, to się doczekasz.

Czyżby doszła tu już wieść o oddzielnych świętach? Ale skąd? Może Paweł zadzwonił do nich z prośbą, by pomogli mi przetrwać ten czas?

— Jesteś dziś wyjątkowo dla mnie nieprzyjemny. Zasłużyłam sobie czymś na to? — zapytałam.

— Nie. Tylko nie muszę się już starać. Od początku nie miałem na to ochoty, ale czego nie robi się dla kumpla. — Zapił to zdanie łyczkiem wina. — Przeminęłaś z wiatrem. Miałem taką nadzieję.

— Mówisz o tym, że Paweł nie wraca na Boże Narodzenie? — upewniłam się.

— Dokładnie. Jak omija się taką datę, to znaczy, że już żadna inna nie będzie ważna. Koniec sielanki.

— I tak cię to cieszy? Właściwie dlaczego?

— Jeszcze na to nie wpadłaś? A to takie proste. Przyczółek! Paweł jest moim przyczółkiem w Ameryce. I nie tylko moim. Inni też mają ochotę na więcej. Kochane pieniążki!

— Chcesz namalować akt Penelope Cruz?

— Zaczynasz łapać — zaśmiał się. — Trochę się co niektórzy zdenerwowali, gdy Paweł w październiku wylądował w Zawrociu. A potem jeszcze okazało się, że nie bardzo mu się chce wracać tam, gdzie dolary, okazje i słońce.

— Ale ktoś mu w tym pomógł.

— Na szczęście!

— Ciekawa jestem kto?

— Ja też — Mikołaj uśmiechnął się krzywo. — Ktokolwiek to jest, zostałaś na lodzie.

— Taki jesteś pewny?

— Znam Pawła. Gdyby mu na tobie zależało, to już by tu był. — Mikołaj poczochrał się po odsłoniętej piersi. Jak zwykle nie chciało mu się lepiej zawiązać szlafroka.

— Straszny z ciebie dupek — rzuciłam. — Już przedtem miałam takie podejrzenia, a teraz wiem to na pewno.

— A ty jesteś zwykłą cwaniarą. Jak widzisz, mamy o sobie równie dobre zdanie.

— Pozdrów Ulę, gdy już wróci... obładowana — podkreśliłam ostatnie słowo.

— Nie omieszkam.

Brnęłam potem w kierunku domu Ignacego, czując, że puchnie mi głowa od tych wszystkich impertynencji i cynicznych zdań Mikołaja. Mieli naprawdę dobry plan. Gdyby Paweł zamieszkał w Stanach na stałe, pewnie by kupił tam dom i zapraszał przyjaciół. Może nawet paru by tam ściągnął? Tak! To prawdopodobne. Powoli odtworzyliby swoją osadę, tylko w innym miejscu i może w ograniczonym składzie. Przyczółek! Był najzdolniejszy, więc miał szansę na wszystko. A oni by potem przyssali się do niego jak pijawki. Czy dla tego planu ktoś z osady był zdolny zabić psy i wydzwaniać do producenta? Na pewno zdolni byli mnie straszyć. Chcieli, bym wydzwaniała do Pawła z pretensjami. Nie udało się mnie negatywnie nakręcić, to znowu ktoś złapał za telefon.

3

Ignacy tym razem mi otworzył, choć zdziwił się, że to akurat ja stoję za drzwiami. Na szczęście był ubrany i nie musiałam oglądać ani jego klejnocików czy gołych pośladków, ani klaty jak u Mikołaja.

— Pani na Zawrociu... — rzucił. — No proszę! A ja myślałem, że znowu dobija się do mnie Wiesiek Jakiśtam. Najpierw byłem zły, że go nasłałaś. Ale na szczęście trzymał się kuchni i moja plantacja pozostała niezagrożona. — Ignacy pewnie miał w doniczkach konopie. — A potem okazało się, że ten wiejski głupek idealnie pasuje do mojej powieści. Zjawił się jak na zamówienie.

Odetchnęłam. Przynajmniej Ignacy nie miał do mnie w tej chwili pretensji.

— Chodź do kominkowego. Tam się teraz przeniosłem z pracą. Ta cholerna zima dobiera mi się do mojego chudego tyłka. — Ignacy jak zwykle miał słowotok. Nie przerywałam mu. Po spotkaniu z Mikołajem to była naprawdę miła odmiana.

Kominkowy też mi się podobał. Był bardziej kameralny niż gabinet. I przytulniejszy. Naprawdę dobrze się tam poczułam.

A potem wbiło mnie w parkiet. Na drewnianej głowie stojącej niedaleko wielkiego okna zobaczyłam perukę, która kolorem do złudzenia przypominała włosy Miedzianki. Zgadzały się nie tylko odcień i lekko pofalowana faktura, ale i długość.

— To też Cyny? — zapytałam.

— Aha!

— I tak tu ją zostawiła?

— Jak wszystko. Całą siebie, którą dla mnie stworzyła. Jedni muszą się napić, by choć na chwilę otworzyć się na drugiego, inni przyćpać, a jeszcze inni się przebierają.

Literatura! — pomyślałam. Peruka była jednak jak najbardziej prawdziwa. I w dodatku pachniała Chanel 5 tak intensywnie, że robiło się niedobrze.

— Wiesz, że Mikołaj namalował twoją Cynę w tej peruce?

Ignacy popatrzył na mnie z politowaniem.

— Słabo znasz swoją kochaną rodzinkę. Ona w życiu nie dałaby się namalować Mikołajowi. Uli zresztą też nie. Michał Anioł... to jeszcze.

— To kto jest na obrazie, który przydźwigał do mnie Mikołaj?

— Do ciebie? — zdziwił się Ignacy. — Mówił, że chce złowić klientkę. Właśnie zacząłem się dopytywać, kiedy mi go zwróci.

— To kto naprawdę jest na tym obrazie?

— Pacynka.

— Nie rozumiem.

— A co tu rozumieć. Ktoś użyczył trochę swego ciała. Ciało, co chciało, robiło za ciało, które nie chciało. Bywa. Zastępniki! — Ignacy był dziś trochę melancholijny i bardziej refleksyjny niż poprzednim razem.

Zatem to podrabiana Emila czekała na Pawła, oparta o bieliźniarkę i pudło z albumami, które zrobiła dla kochanego braciszka. O ile Ignacy się nie łudził. Może jednak Emila dała się namalować Mikołajowi? Tak czy owak, los sobie ze mną nieźle pogrywał. I wszyscy, którzy mnie otaczali, też sobie pogrywali. Nawet Ewa! Musiała niejedno wiedzieć o obsesji Ignacego.

Wyjęłam z reklamówki żabę. Posadziłam ją przed Ignacym.

— Proszę! Obraz przywiozę następnym razem.

Ignacy, zamiast się ucieszyć, jakoś tak skurczył się w fotelu.

— Myślałam, że ją chcesz? — rzuciłam.

— I chcę. I nie chcę. I chcę. I nie chcę... — powtarzał. Doprawdy, w dziwnym był nastroju. Niż taki jakiś rozległy.

— Zabrać?

— Nie. Tylko tak się składa, że na nią nie zasłużyłem. A ona i tak wróciła. I to ty ją przyniosłaś. A powinnaś wyrzucić ją na śmietnik. Uczestniczyłem w zabijaniu miłości. Ja pierniczę!

Były to dość patetyczne zdania, ale bynajmniej mnie nie ubawiły. Wyglądało na to, że Ignacego ruszyło sumienie.

— Powiesz mi, co jest grane?

— A co tu mówić. Okłamałem cię. Wiedziałem, że to Lilka zwinęła żabę. Powiedziała, że taka jest jej cena. Myślałem, że chce zagrać na nosie Cynki. Że niby proszę, ile to wszystko było warte.

— Dlaczego nie powiedziałeś prawdy poprzednio?

— Bo banalna jest. I żałosna. No ale zachciało mi się baby i już. Jak się tak stuka przez cały czas w klawiaturę, to co najwyżej można wystukać jakąś kurwę, która pasuje do policjanta.

— Czasem można się oderwać od klawiatury.

— Może za dwa lata. Długi. Myślisz, że siedem tarasów spadło mi z nieba? Liczyłem, liczyłem i się przeliczyłem. Jestem niewolnikiem banku. Masz przed sobą frajera, który uwierzył, że kredyt to najlepsza droga do krainy szczęśliwości. Gdybym kupił tylko ten dom, to może bym i do tej krainy już trafił. Ale zachciało mi się i reszty. Niby że nikt nie będzie mi zasłaniał mojej ulubionej linii brzegowej. — Szarpnął zasłonki z jednej strony wielkiego narożnego okna, potem z drugiej. — Chciałem sobie patrzeć w dal.

— I patrzysz.

— Cholernie kosztowny widok.

Podeszłam do szyby i patrzyłam na jezioro oraz linię trzcin. Grupka kaczek siedziała na lodzie. Jakiś ptak kołysał się wysoko, w przestworzach. Można się było w tym widoku zakochać.

— Siedem tarasów mi nie imponuje — powiedziałam. — A ten widok owszem. Może i cholernie kosztowny, ale wyjątkowy.

— To jest was dwie.

— Dwie?

— Tylko ty i Kira doceniacie ten widok. Reszta uważa, że przepłaciłem. I tylko tyłki tu lubią opalać.

— Paweł też?

— Paweł... — Ignacy wzniósł oczy do nieba. — Wiesz, że on ma rozwinięte inne zmysły. — Mówi, że kupiłem sobie najładniej grające trzciny w okolicy. Kira przychodzi popatrzeć, jak marszczy się woda, a ten posłuchać szuwarów. Mówi, że na moich tarasach dobrze mu się słucha. Jak w filharmonii.

— Zmyślasz.

— Ja? To raczej on. Lilkę tym kiedyś czarował.

To akurat nie była miła informacja.

— A Emila? Taras z leżakiem czy widok?

— Ani jedno, ani drugie. Zaciągnięte zasłony. Szczelnie. Pacynki wolą występować w mroku. Trochę punktowego światła na scenę. — Ignacy zamachał dłonią, jakby miał na palcach laleczkę.

— Literatura. Umiesz czasami przestać?

— Rzadko. Nie udawaj, że nie lubisz takich tekstów.

— Lubię. Ale też jestem ciekawa, co byś mi powiedział, gdybyś zrezygnował z tych ozdobnych akapitów.

— To pierwsza taka ciekawa jesteś — burknął. — Co ci dała prawda o handelku z Lilką?

— Coś mi dała. Choćby pojęcie o tym, jak bardzo tu bywacie samotni. Znam to. Jak zły szeląg.

— Cholernie dziwne wnioski. — Ignacy zamyślił się melancholijnie.

— To jeszcze raz o Emili. Taras z leżakiem czy widok?

— Widok na taras. Ale tylko wtedy, gdy był na nim Paweł. — Ignacy był coraz bardziej ponury. — Oni są jak słońce i księżyc. Jedno wschodzi, a drugie zachodzi. Ale też jedno bez drugiego nie istnieje. Sądzę, że wkrótce będą już oboje wschodzić i zachodzić w zupełnie innej części świata niż ty, na skraju pustyni. Chciałaś, to wiesz.

Nagle wysypały mi się z głowy wszystkie pytania. Chciałam, to wiem! Jakby mi Ignacy przetarł oczy miksturą pani Basi. Wiem! Wiem, czemu Mikołaj tak się cieszył. Wiem, dlaczego Paweł nie chciał mi powiedzieć o powodach tej przyśpieszonej podróży do Stanów. Wiem, komu to wszystko zawdzięczamy. Wiem, kto przerwał nasz miłosny rytm i nas rozdzielił. I kto wykonał ten telefon, który zniszczył wszystkie świąteczne plany. Doprawdy, sporo można było wypatrzyć z tarasu Ignacego. Więcej, niżbym może chciała.

Otworzyłam jeszcze szeroko drzwi na taras, by usłyszeć trzciny. Ale one milczały, skute mrozem.

Za to odezwał się jeszcze Ignacy.

— Nie wygrasz z nią. Ona ma dobry plan. I wszyscy mu sekundują.

— Nie mam zamiaru z nią grać.

— Nie? — zdziwił się.

— Nie. Pozwolę Pawłowi wschodzić i zachodzić, gdzie zechce.

— To się tylko tak mówi.

— Nic na siłę. Nigdy. Życie mnie nauczyło, że nie warto.

— A co zrobić z tą cholerną tęsknotą?

— Tęsknić.

Ignacy kręcił głową.

— Ja jestem dziwny, ale ty jesteś dziwniejsza. I wiesz co? Ty możesz mieć rację. Tłamszę ją, zapijam, puszczam z marysinym dymem, wciskam w zdania. Gówno. Nic nie pomaga. Franca taka rozmiękła. Myślałem, żeby to wszystko nawet sprzedać w cholerę czy kiłę, ale kto zechce kupić kredyt?

— To by nic nie dało. Nie sprzedasz swojej pamięci i wyobraźni. Ja bym tego widoku nie oddała za żadne skarby!

— To wracam do roboty. Trzeba zarobić na ratę. Miałem pożyczyć od Lilki, ale mam ją w dupie. I tę całą zakłamaną resztę.

Ignacy wrócił do pisania, a ja wyszłam przed jego dom i przez chwilę patrzyłam na ptaki, które przylatywały i odlatywały z ósmego tarasu Ignacego. Nie było Brunona i reszty mieszkańców osady, więc pewnie Ignacy karmił to skrzydlate towarzystwo. Naciągał swoją uszankę, owijał się kocem i lazł przez śnieg i mróz sypnąć ziarno.

4

Wiedziałam, że zadzwoni. To była tylko kwestia czasu. Naprawdę miała to nieźle zaplanowane.

— Może chcesz przekazać swemu ukochanemu jakiś prezent? — zapytała bez zbędnego powitania. — Masz szansę, lecę do Stanów! — dodała nie bez satysfakcji.

Dobrze, że byłam na to przygotowana. Gdyby nie Ignacy, ta rozmowa mogłaby mieć inny przebieg, bliższy temu, jakiego by sobie życzyła Emila.

— Dziękuję, że o tym pomyślałaś — powiedziałam niemal słodko. — Dam jednak Pawłowi prezent po powrocie.

— Mam nadzieję, że to nic, co się psuje, bo długo będziesz jeszcze na niego czekała.

— Jestem cierpliwa.

Emila już nie była taka pewna siebie, jak na początku. Chciała mnie sprowokować, ale jej się nie udało. Wkurzyło ją to.

— Jak widzisz, nie tylko mu nie popsułam kariery, ale przeciwnie, teraz ją powspieram.

— To miłe z twojej strony. Przyda mu się teraz siostrzane wsparcie.

— Ładnie się trzymasz, ale boli, co? Dowiedzieć się w taki sposób! Uprzedzałam cię, że mamy z Pawłem swoje tajemnice. I swoje sprawy. Mówiłam ci też, że takich jak ty było na pęczki. Nawet Zawrocie ci nie pomoże. To już zresztą żaden azyl. Co chwila czegoś tam ubywa, nieprawdaż?

— Prawdaż. Kto ma to wiedzieć lepiej niż ty.

— Tylko niech ci się nie wydaje, że to ja biegałam wokół Zawrocia z żabami i innym badziewiem. Skończyłam z Zawrociem już dawno. Nie ma tam już nic, co by mnie interesowało.

— A nie zapomniałaś manekina?

Emila pominęła tę kwestię.

— Święta w Nowym Jorku! Wielka choinka. Cała rodzina w komplecie. Prezenty! Zamówiłam dla Pawła spinki w kształcie nut. Zwykle tępię te jego muzyczne fisie, ale tym razem postanowiłam być dla niego naprawdę dobra.

— Cóż, życzę ci szczęśliwych świąt.

— Będą szczęśliwe. Całkiem odwrotnie niż twoje.

— Dzięki za dobre słowa, cioteczna siostrzyczko. Naprawdę bardzo to wszystko brzmi rodzinnie i świątecznie. — Postanowiłam ją dobić. — Cieszę się, że Paweł tak fajnie spędzi Boże Narodzenie.

I dobiłam!

— On do ciebie nie wróci! — krzyknęła w słuchawkę. — Słyszysz?! Zrobię wszystko, by tu nie wrócił! Nigdy!

— Będzie, co ma być. Uściskaj go ode mnie.

Brzdęk i już tylko miałam w słuchawce ciszę. W sobie też. Nawet nie chciało mi się o tym myśleć. Szyszki. Wrzucę sobie trochę szyszek do ognia. I wpuszczę do domu Bzyla, żeby gdzieś nie zamarzł pod płotem. Dam jemu i Uncie nowe zabawki. Miały być pod choinkę, ale nie będzie przecież choinki. Czemu więc nie mielibyśmy pobawić się nimi dzisiaj? Może Bzyl w końcu mnie polubi? Pierwszy spacer mamy już przecież za sobą. Będzie dobrze. Z Bzylem i wszystkim innym. Nie dam się. Ani wiedźmom, ani dupkom. Paweł też się nie da! — dodałam w myślach, choć już nie tak pewnie jak przedtem.

XLVII. DZIEŃ BAŁWANA

1

Telefon od Ewy, z samego rana.

— Emila zadzwoniła do mnie wczoraj wieczorem z życzeniami. Z lotniska... — urwała niepewnie. — Myślałam, że Paweł wraca na święta do Zawrocia.

— Nie.

— Chyba się nie pokłóciliście?

— Nie.

— To już sama nie wiem, co o tym sądzić.

— Wróci trochę później. Praca.

Ewa chwilę milczała zszokowana.

— Wszystko dobrze? — dopytywała się jeszcze. — Może chcesz, żebym przyjechała?

— Mam robotę. Wiesz, że tłumaczę książkę. Termin! — powiedziałam chłodno.

Ewa kolejny raz się zaniepokoiła.

— Gniewasz się na mnie? — zapytała wprost.

— A mam za co? — spytałam trochę kpiąco.

— Więc jednak!

— To, że Mikołaj czy Lilka robili ze mnie idiotkę, to rozumiem. Ale ty? Przecież dobrze wiedziałaś, kim jest Miedzianka i do kogo należała żaba i nietoperz.

— Nie wiedziałam. W każdym razie nie wtedy, gdy zobaczyłam nietoperza. Dowiedziałam się dużo później. Zadzwoniłam do osady i od słowa do słowa...

493

— Tylko dlaczego te słowa zostawiłaś sobie?

— Bo bałam się, że to cię skłóci z Pawłem. Przecież tego właśnie wszyscy chcieli, żebym ci powiedziała, do kogo te paskudy należały. Nie rozumiesz?

— Rozumiem. Za to w ogóle nie rozumiem, jak mogłaś myśleć, że pokłócę się o to z Pawłem?

— A wasze ciche dni po śmierci psów? Nie pamiętasz?

— Pamiętam...

— Sama widzisz. Myślałam, że Paweł szybko wróci i to wszystko przestanie mieć znaczenie.

— Nie powiedział mi, że Emila leci do Stanów.

— A czy jesteś pewna, że on o tym wie?

— Nie.

— To poczekaj na jego telefon.

— Czekam.

— Przepraszam... — kajała się jeszcze Ewa. — Tak bardzo nie chciałam zaszkodzić Pawłowi...

— Wiem. Ukochany braciszek, a potem długo, długo nic.

— Fakt. Ale ty też jesteś dla mnie ważna. Chciałabym, żebyś to wiedziała. W końcu przydałaby mi się też siostra. Wybaczysz mi?

— Już ci wybaczyłam.

— Uf! — Ewie naprawdę ulżyło. — Naprawdę nie chcesz, żebym przyjechała?

— Nic się nie dzieje — skłamałam.

— To może ty wpadniesz do mnie? — próbowała jeszcze.

— Naprawdę pracuję. Wydawnictwo czeka.

— Ale gdyby coś...

— To zadzwonię.

— Dobrze. Nie będę cię już męczyć. Ale pamiętasz, że Paweł cię kocha?

— Tak.

— To dobrej pracy.

Posnułam się do gabinetu, ale tylko przerzuciłam parę kartek. Tu też było zimnawo, jak w gabinecie Ignacego, mimo że Jóźwiak palił na okrągło. A i ja czasami dokładałam do pieca. Arktyczny wyż nie chciał odpuścić. Na zewnątrz na pewno było z minus piętnaście. Choć może bardziej chodziło o ten chłód w środku, który mi został po wczorajszej rozmowie z Emilą.

— Myśli mi zamarzają — rzuciłam do Unty, która snuła się za mną.

Powlokłam się potem na górę, do sypialni — z książką i notatnikiem. Pomyślałam, że trochę potłumaczę w łóżku, przykryta ciepłą kołdrą, a potem sobie przepiszę.

Skończyło się jednak na marzeniach. Tajałam w wyobrażonych ramionach Pawła jak sopel lodu. A potem jeszcze w kalifornijskim słońcu, na werandzie jego domku. Bo zmusiłam kiedyś Pawła, by opowiedział mi, jak mieszka.

— Amerykański standard — śmiał się.

— Chcę to sobie wyobrazić. Ty masz lepiej, znasz każdy kąt Zawrocia.

— No dobrze. Dwie sypialnie, coś w rodzaju gabinetu, gdzie stoi pianino, pokój z aneksem kuchennym, weranda i parę drzewek. Szału nie ma.

— Jest basen?

— Nie.

— Widok na co?

— Na inne takie same domy. A właściwie domki. Jedyny plus to pobliskie wzgórze. Chodzę tam patrzeć, czy nie widać gdzieś Zawrocia.

— I co?

— Czasami widzę dym z komina.

— Mało.

— Mało, Bemolku, ale bez tego dymu nie dałbym rady. Pal w kominku jak najczęściej.

— Będę robiła dużo dymu.

— Będę go wypatrywał.

— A pościel masz w jakim kolorze?

— Białym.

— Jak lubisz. Czarne na białym.

— Czarne? — zdziwił się.

— Włosy. Twoje.

— Fajnie byłoby znaleźć w pościeli twój jasny włos. Może mi jakiś podeślesz?

— Zaraz coś sobie wyrwę.

Wybuchnęliśmy śmiechem. Rozmowy z początku jego podróży były pełne tęsknoty, ale i żartów. Gdzie to się podziało? Czemu tak spoważnieliśmy?

2

Godzinę później, gdy robiłam dla Pawła dym, odezwał się telefon. Miałam nadzieję, że to Paweł dzwoni, by powiedzieć, jak siwa strużka dobrze się kłębi po drugiej stronie oceanu. Usłyszałam jednak w słuchawce głos ciotki Ireny. Zaczęła naprawdę miło.

— Jestem ci wdzięczna, że nie zamierzasz ściągać Pawła na święta do Zawrocia. Szczerze mówiąc, to zdecydowało, że inaczej zaczęłam o tobie myśleć. On już prawie wsiadał do samolotu. Nikt, ani Julia, ani ja, ani ojciec nie potrafił mu przemówić do rozsądku.

— To nasza wspólna decyzja.

— Twoja. Nie mam co do tego wątpliwości. Przecież by ruszył w tę bezsensowną podróż, gdybyś chciała inaczej.

Nie podobało mi się to, że robiła z Pawła człowieka bez charakteru.

— Tak się składa, że chciałam inaczej. I on chciał inaczej. Ale postanowiliśmy, że tym razem jego praca jest ważniejsza.

496

— Tak czy owak, dobrze się stało. A pomyślałaś, co będzie potem? — W głosie ciotki było już niestety znane mi z przeszłości napięcie. Obok deklarowanej wdzięczności widocznie targało nią kilka innych, mniej chwalebnych emocji. — Jeśli wróci po Nowym Roku do Polski, to zrujnuje sobie karierę.

Czyżby jedynie po to dzwoniła, by wygłosić to ostatnie zdanie? Nie mogła przekonać Pawła, dlatego postanowiła przekonać mnie.

— Myślę, że to do Pawła należy decydowanie o swoim życiu. To on musi wiedzieć, co jest dla niego najważniejsze.

— Oni nie zawsze myślą rozumem — wymknęło się Irenie.

— Masz na myśli serce, ciociu? — nie kryłam ironii.

— Po raz pierwszy zaczęło mu coś wychodzić. Tyle lat na to czekał. Wasze małżeństwo wszystko przekreśli.

— Czemu miałoby przekreślić?

— Bo będzie chciał z tobą być.

— Nie rozumiem, co do tego ma małżeństwo. Teraz też chce być.

— Co innego jakaś tam dziewczyna, a co innego żona.

— Jako żona będę z nim mogła podróżować i, jeśli zajdzie taka potrzeba, mieszkać w Stanach. To uprości nam życie.

— A dziecko? Będziesz plątać się po kontynentach z małym dzieckiem? Myślisz, że on będzie mógł w takich warunkach komponować? To artysta! Potrzebuje spokoju. Nie rozumiesz tego?

— Jest też dojrzałym mężczyzną. Potrzebuje rodziny. Nie rozumiesz tego? — odpłaciłam jej podobnie afektowanym tonem.

— Prawdziwej! A nie takiej! — Irena była nieugięta.

— To on będzie decydował o tym, z kim i kiedy stworzy rodzinę.

— Ale ty możesz zdecydować, że nie z tobą! Gdybyś go kochała, to pozwoliłabyś mu odejść.

— Jest wolnym człowiekiem. Może odejść. Jeśli tylko tego zechce — upierałam się.

— Nie zechce, bo czuje się zobowiązany. Uległ chwili oczarowania, a teraz nie potrafi się z tego wyplątać. Taki jest! Uczciwy. Nie rozumiesz?

— Jeśli to zobaczę w jego oczach, możesz być pewna, że pomogę mu się wyplątać. Ale muszę zobaczyć. I usłyszeć.

— Takie dziewczyny jak ty nie widzą i nie słyszą takich rzeczy.

To był cios poniżej pasa.

— Może nie znasz mnie aż tak dobrze, jak ci się wydaje.

— Gdybyś była inna, nie wpychałabyś mężczyźnie, ponoć ukochanemu, cudzego dziecka. Tak nie robi kochająca kobieta.

— A gdybyś ty była kochającą matką, nie obrażałabyś narzeczonej syna.

— Bronię go tylko przed popełnieniem najgorszego głupstwa w życiu.

— Ma prawo do własnych głupstw. Bo tak się składa, że już dawno wyrósł z krótkich spodenek. Dobrze byłoby, gdybyś raczyła to zauważyć.

— Dla matki dziecko zawsze zostaje dzieckiem. Kiedyś mnie zrozumiesz.

— Mam nadzieję, że nigdy nie będę taką matką jak ty. Współczuję Pawłowi. Nie może doczekać się szacunku od własnej rodziny. To musi być dla niego trudne.

— Jesteś taka jak Krystyna, zimna i kalkulująca. Nie rozumiesz, co to prawdziwe uczucie między matką i synem, prawdziwa więź. Mogłam się tego spodziewać. Serce matki czuje, co dla jej syna jest dobre, a co nie. Ta wasza chora miłość nie jest dla niego dobra. Ani powrót do Zawrocia. Ani wychowywanie jakiegoś... — ciotka z trudem powstrzymała się przed obelgą. — Myślisz, że nie wiem, ilu w twoim życiu było mężczyzn? Zmieniasz ich jak rękawiczki. Jego też tak zmienisz, gdy tylko trochę się wygrzebiesz z tej biedy, w którą sama się wpędziłaś. Wykorzystujesz jego uczucie i jego dobroć. Ale ja na to nie pozwolę. Nie pozwolę! Słyszysz?!

— Tak, słyszę — odrzekłam już zupełnie spokojnie. — Słuch mam dobry. Rób, co uważasz za słuszne. Ja też będę robiła to, co będę uważała za słuszne. Czas pokaże, kto ma rację. A teraz chyba powinnyśmy skończyć tę rozmowę. Wesołych świąt, ciociu.

3

Po odłożeniu słuchawki poczułam się tak, jakby ktoś rzucił we mnie wielkim kawałem błota. Nic z tego, ciociu — pomyślałam jednak twardo, rozprostowując się przy tym. — Chciałabyś usłyszeć ode mnie coś paskudnego, by móc powtórzyć to Pawłowi. I chciałabyś, żebym do niego wydzwaniała, by opowiadać mu o twoich insynuacjach i obelgach. Emila też chciała mnie sprowokować za wszelką cenę. Nie uda się wam nas skłócić. Mogłyście sobie pogrywać z Anną czy z innymi kobietami Pawła, ale u mnie nic nie uzyskacie.

Ubrałam się i wyszłam z domu. Unta szczeknęła, gdy zobaczyła, że zamiast iść aleją do bramy albo ścieżką do drewutni, włażę w śnieg i brnę w kierunku dawnej stajni i stodoły, zapadając się po kolana. Musiałam tam dojść, babko, by odszukać tam chwilę, gdy zrozumiałam, że mam obok siebie mężczyznę, który nie tylko mnie kocha, ale i wie, czego chce, z planami i wizją.

Stanęłam teraz naprzeciwko stodoły i popatrzyłam na nią tak, jak Paweł patrzył na nią w październiku. Zagarnął wtedy liście sprzed olbrzymich drzwi, poklepał ceglany mur i rzucił z błyskiem w oku:

— Idealne miejsce na studio nagrań, nie sądzisz? — Przytulił mnie na chwilę, a potem pociągnął w kierunku stajni. — A tu można by zrobić ze trzy gościnne pokoje. Zniosłabyś, gdyby po Zawrociu plątali się czasami jacyś muzycy?

— To zależy, czy to byłby kwartet, kwintet czy cała orkiestra.

— Ale nie jesteś całkiem na nie?

— Jestem całkiem na tak.

Paweł zagarnął mnie znowu w ramiona.

— Wiedziałem!

— Na pewno nie będzie z tego zadowolona Jóźwiakowa, ale tym to chyba się nie przejmujesz.

Paweł się roześmiał.

— Tylko twoje zdanie się liczy, Maty. Muzyczna stodoła. Letnie nagrywanie. Choć z czasem może i zimowe, jak będziemy mieli na ocieplenie budynku.

— Żeby tylko muzyczna sieczka czy siano tu nie powstawało.

Paweł odpukał w niemalowane, a potem sypnął we mnie liśćmi. Poganialiśmy się wokół stajni i stodoły.

— Lubię skrzypce — powiedziałam prowokacyjnie, gdy Paweł mnie w końcu złapał.

— Dobrze, przywiozę ci tu kiedyś skrzypaczkę.

— A nie skrzypka?

— Nie będę ryzykował.

— Altówkę też lubię.

— To już od razu przyznaj się i do basetli. I pomyśleć, że myślałem, iż najbardziej jesteś przywiązana do fortepianu.

— Najbardziej przywiązana jestem do pewnego pana, który umie napisać muzykę na te wszystkie instrumenty. Bardzo mi ten pan imponuje.

Kolejna porcja uścisków pod drzwiami stodoły. Ależ nam się tam dobrze całowało i planowało — w październikowym słońcu, z lipowymi liśćmi pod nogami, które tworzyły żółty dywan, z babim latem, które fruwało, zaczepiając nas srebrnymi nitkami.

Teraz stałam po kolana w śniegu i patrzyłam na długie sople, które zwisały z dachu jak zamrożone marzenia. Usiłowałam sobie wyobrazić te przyszłe koncerty, ale słyszałam tylko stuk gałęzi o ścianę stodoły.

— I tak nie zwątpię w Pawła — burknęłam w kierunku sopli. — Możecie sobie wisieć.

4

Brnęłam potem z powrotem, zastanawiając się, co zrobić ze świętami. Na razie nawet zwykła myśl o choince wywoływała psychiczny dyskomfort. Nie dam rady! Święta bez Pawła zdawały się niemożliwe. Goście? Jakoś nie byłam na nich gotowa. Zresztą wszyscy mieli już pewnie własne plany. Mogłabym zaprosić jedynie panią Miecię, bo była równie samotna jak ja w tej chwili. No i Zygmunta, ale on na pewno by odmówił. Nie dałby rady świętować w Zawrociu. O ile w ogóle da radę świętować gdziekolwiek.

A ja? Dlaczego to nagle stało się takie trudne? Przecież przez tyle lat olewałam święta i było dobrze. W Wigilię wpadałam na trochę do matki, a potem wracałam do siebie i zagłębiałam się w jakąś lekturę czy jechałam w podróż z kolejnym facetem. Nudny kawałek czasu wypełniany przyjemnościami.

Może jednak skorzystać z zaproszenia Lucyny? Nie... to też było dziwnie niemożliwe, choć zwykle czułam się u niej jak w domu.

Po prostu zapomnę o świętach — postanowiłam. — Podciągnę tłumaczenie. Czas już się w końcu dowiedzieć, kto zabił Igę Deviot. Miłka by się ucieszyła. Tak! Praca. Nie ma co się nad sobą roztkliwiać i szukać zastępników. Przecież nikt i nic nie zastąpi mi świąt z Pawłem.

Po drodze zaszłam do drewutni po więcej patyków i szyszek. Trzeba się przenieść z tłumaczeniem do salonu — to było drugie postanowienie. Dość już tych gabinetowych chłodów. Zamiast choinki stolik, na nim *Zaułek srebrnych kotów*.

Poczułam się z tymi planami trochę bezpieczniej. Po powrocie do domu od razu zaczęłam je wcielać w życie. Przesunęłam najwygodniejszy stolik bliżej ognia i przeniosłam z gabinetu Maurycego jego skórzane krzesło.

Pół godziny później zjawiła się Jóźwiakowa i patrzyła się na tę zmianę z oburzonym zdziwieniem.

— Ale to jest kawowy stolik! — wyburczała.

— I piję przy nim kawę. — Pokazałam pustą już filiżankę, stojącą wśród papierów.

— Ale w takim bałaganie?

— Nie wolno mi?

— Wolno... Pewnie! Wszystko wolno. Tylko dziwnie jakoś. Nie na swoim miejscu. Aż nie wiem, od czego zacząć ścierać kurze.

— Ode mnie. Od wczoraj przykurzyło mnie, jakbym siedziała tu ze sto lat.

Marta Jóźwiak straciła nagle buntowniczy ton.

— Stało się coś? — zapytała już ostrożnie.

— Właściwie nie.

— Właściwie?

— Nie musi pani dziś sprzątać.

— No ale wszystkie szuflady trzeba poprzecierać. Już czas najwyższy. Święta za pasem!

— Nie ma pośpiechu. W tym roku nie będzie tu świąt.

— Wyjeżdża pani? — zapytała z nadzieją Jóźwiakowa.

— Nie. Po prostu nie będzie tu świąt.

Marta pacnęła na fotel.

— No ale jak to tak? Święta to nie jest coś, co można odwołać.

— Ale świętowanie można.

Jóźwiakowej dalej nie mogło się to pomieścić w głowie.

— Ja jednak sprzątnę te półki i szuflady — zdecydowała w końcu. — W razie gdyby jednak się pani odwidziało.

5

Nocny telefon od Pawła. Bemolowaty.

— Nie udało mi się przekonać tych od drugiego filmu, że lepszą muzykę napiszę w domu i że mogę z nią wrócić w lutym. Nic z tego.

— Przecież już się umówiliśmy na oddzielne święta, Kocie.

— Musiałem spróbować.

— Tylko ich jeszcze bardziej zaniepokoiłeś.

— Bardziej nie było można — mruknął. — Jak spędzisz święta?

— Jeszcze nie wiem — skłamałam. — Mam kilka zaproszeń. Od Lucyny Malinowskiej, od cioci Zosi i Ewy. Mogę też pojechać do matki albo zaprosić parę osób do Zawrocia. Nie martw się tym.

— Staram się... Ale to wszystko tak źle się ułożyło... A tu jeszcze... Bo widzisz... — plątał się.

— Cieszę się, że nie będziesz na święta sam.

— O... Już wiesz...

— Emila dzwoniła do mnie z tą nowiną przed wylotem.

— No tak... — Paweł chyba nie był pewny, jak na to zareaguję. — A ja dopiero dziś dowiedziałem się, że ona jest
w Stanach. Postanowiła mi zrobić niespodziankę — dodał
sarkastycznie. — Jeszcze jej zresztą nie widziałem, bo jest
w Nowym Jorku.

— To dobrze, że będziesz miał przy sobie rodzinę na
święta.

— Naprawdę tak myślisz? Bałem się, że...

— Niepotrzebnie — przerwałam mu. — Lecisz do Nowego Jorku?

— Nie. Matka usiłowała mnie do tego namówić, okazało się nawet, że mają dla mnie bilet, ale powiedziałem im,
że nie mam czasu na podróże. Zamierzają przylecieć tutaj.
Powtarzałem, że muszę pracować... Uparli się jednak. Trzy
dni! Przynajmniej na tyle zamówili hotel.

— To miłe z ich strony... Święta w podróży. Nie każdy by
się zdecydował.

— Nawet ojciec chce przylecieć, choć nie znosi samo-
lotów.

— To będziecie w komplecie. Jestem go ciekawa. Nie
znam go nawet z opowieści.

— Poznasz. Przyjdzie taki dzień.

— Julia z mężem też spędza święta w Los Angeles?

— Tak.

— To będzie wesoła gromadka.

— No tak... na to się zanosi. — Głos Pawła był już nie
minorowy, a pogrzebowy. — Tyle że ja nie bardzo mam czas
na świętowanie i tęsknię za innym Bożym Narodzeniem.
Wiesz, że nikt mi ciebie nie zastąpi. Ciągle jeszcze mam
pokusę, by wsiąść w samolot.

— Masz zostać, dobrze się bawić w święta, wypocząć,
a potem dokończyć pracę.

— Nie chcesz mnie w Zawrociu? — pytał nasiąkniętym czernią głosem.

— Chcę. Jak niczego na świecie. Twego zapachu, przytulenia, seksu. I wspólnego ubierania choinki. Chcę. Ale masz zostać.

— Obiecałem ci, że uklęknę przed tobą w święta, przy świadkach.

— I się nie wywiniesz. Co najwyżej to będą inne święta.

— Nie wywinę się? — Paweł podchwycił mój żartobliwy ton.

— Nie. Nawet o tym nie myśl!

— Boże Narodzenie z tobą w Zawrociu... — głos Pawła znowu pikował w dół. — Nie chce mi się wierzyć, że to niemożliwe.

— Możliwe, ale musimy wybrać. Nie rozdwoisz się. W przeciwieństwie do mnie.

Myślałam, że go to rozbawi, ale nic z tego.

— Nie idzie mi tworzenie bez ciebie — powiedział. — To się i tak nie uda. Potrzebuję cię. Jak powietrza!

— Gdyby nie Fasolka, już bym z tobą była. Porwałabym samolot, przedarła się przez granicę Meksyku, Kanady, wykupiła najdroższą wycieczkę świata.

— Wiem.

— Masz stworzyć to, co chcą. I to ma być zapierające dech w piersiach. Taki chcę prezent na święta. Nic innego mnie nie zadowoli.

— No... kobieto! Tania to ty nie jesteś!

— Nie jesteśmy! Fasolce też należy się trochę pięknych nut. W końcu była bardzo, ale to bardzo grzeczna, gdy dotykałeś jej mamusię.

— Tak... To prawda, wyjątkowo grzeczna. Chyba nie mam wyjścia. Każda nuta będzie wasza.

— A każda moja wolna chwila w święta będzie należała do ciebie. Każda. A jak wrócisz, to sobie urządzimy własne zimowe święta. Wymyślimy jakąś fajną nazwę i zwyczaje. Dzień Bałwana albo coś równie ekscytującego.

— Kocham cię.

— Ja ciebie też.

Na razie to ja czułam się jak bałwan. Miałam nawet brzuch jak on. I śniegowy rozumek, który spowodował, że postanowiłam oddać Pawła we władanie tych jędz, które będą przez całe święta sączyć mu do ucha, jak głupio robi, chcąc się ze mną związać na stałe. Cała kochana rodzinka, a do tego Julia z Broszką. I wszyscy chcieliby utopić mnie w łyżce wody. Emila w dodatku naopowiada mu głupot, choćby to, że wyglądam jak beczka, że jestem znienawidzona w miasteczku, że mi przyklejają do klamek świństwa, trują psy i opowiadają o duchach w Zawrociu. Miałam tylko nadzieję, że szybko znudzi się jej takie gadanie, albo że Paweł od razu ją zgasi i zajmą się prawdziwym świętowaniem. Trzy dni to niewiele, ale można pozwiedzać Los Angeles, zrobić wycieczkę nad ocean, posiedzieć wieczorem na tarasie i napić się wina. Choinki pewnie nie będzie, ale ciotka Irena zrobi jakieś tradycyjne potrawy i będzie przynajmniej namiastka wigilijnej kolacji. Poradzą sobie. Paweł też da sobie radę z rodziną. Czasy, gdy pozwalał im sobą sterować, dawno minęły. A jeśli nie minęły, to lepiej, gdy dowiem się tego teraz, a nie wówczas, gdy zwiążemy się na dobre. Potrzebuję dojrzałego mężczyzny. Koniec z męskimi podróbkami. Już się nimi nacieszyłam.

XLVIII. CIASTA

1

Rozmowa z matką Darka, babko. Zobaczyłam ją zziębniętą za bramą, gdy wybierałam się na poranny spacer.

— Pani do mnie? — zapytałam.

— Dzień dobry. Borsukowa jestem. Porozmawiać chciałam.

— To dlaczego pani nie nacisnęła dzwonka?

— Obudzić nie chciałam. Pomyślałam, że poczekam, aż jakiś ruch się zrobi.

Zamknęłam Bzyla i wróciłam do Borsukowej.

— Idziemy, musi się pani ogrzać.

— Ale ja nie chcę przeszkadzać.

— Wiem, jednak wejdźmy.

Borsukowa chyba nigdy nie była w Zawrociu, bo rozglądała się z taką trochę skrywaną ciekawością.

— Chodźmy do kominka.

— Ale po co, do kuchni wystarczy.

— Tam najcieplej.

— Chyba że tak.

Siedziała potem na brzeżku fotela, chuda, niepewna, z pierwszymi siwymi włosami błyskającymi w trochę przekrzywionym koczku.

— Słucham, o czym chciała pani porozmawiać?

— O syna mi chodzi. Będę u pani sprzątała, gotowała, co pani zechce. Ja pracowita jestem. I w ogrodzie umiem. Do końca życia mogę pani pomagać, byleby pani tylko uratowała mi Dariuszka od poprawczaka.

— Rozumiem panią. Ale to nie pani ma coś do odpracowania, tylko on.

— Z nim to gorzej może być. Nawet nie to, że leniwy, ale taki charakterny. Co to nie on! Nakazów nie lubi. Szarpie się jak taki źrebak, co go chcą uchodzić, a on się nie daje. Może żeby ojca miał... A ja mam za słabą rękę. Co on temu winny?

— Temu może i nie, ale narozrabiał i musi ponieść jakąś karę.

— Błagam panią. Niech go pani nie oddaje w ręce policji. Błagam!

— Ale przecież pan Jóźwiak już chyba mówił pani, że ja nie zamierzam składać doniesienia. Chyba żeby okazało się, że otruł psy. To już byłaby inna historia. Ale jeśli mówi prawdę, to nie grozi mu poprawczak.

— On by nie zabił psów. Chciał nawet wziąć do domu takiego kundla, co lata bez przydziału, ale przecież mnie nie stać na psa. Ledwie nas wyżywię.

— Tak, pan Jóźwiak mówił, że pani się nie przelewa.

— Ale ja mogę odpracować tę jego winę. Kiedy tylko pani zechce! Może na święta trzeba posprzątać?

— Nie.

Borsukowa zwinęła się, jakbym jej zabrała nadzieję.

— To już nie wiem, co zrobić.

— Na razie nic. Proszę spokojnie przygotować święta dla siebie i syna. Ja wierzę, że on nie miał nic wspólnego z otruciem psów. To się na pewno lada dzień wyjaśni. A wtedy przyjdzie pani do mnie z synem. I ja już z nim ustalę, jak on ma odpracować to, co mi zrobił.

— A jak nie zechce przyjść?

— To ja przyjdę do pani. Pan Jóźwiak pomoże mi wymyślić taką karę, z której byłby pożytek, a pani syn zechciałby się jej poddać. Bo bez tego się nie obędzie. Musi udowodnić, że zasługuje na to, by mu wybaczyć.

— Tak... ja to rozumiem.

— Proszę się tym nie martwić. Pani nie ma wpływu na syna, ja też nie, ale widziałam, że pan Wiesław ma. Mundur robi swoje. Wszyscy razem damy radę.

— Może...

— On ma już swoje lata. Musi nauczyć się odpowiadać za swoje czyny. Mnie zresztą już przeprosił. To dobry chłopak. Jestem tego pewna.

— Dziękuję. To chyba pani pierwsza tak o nim myśli. A ja to wiem. On ma dobre serce, tylko biednemu to dokuczają, dlatego zrobił się taki rogaty.

— To mu trochę przytrzemy rogów.

Borsukowa trochę się rozprostowała.

— Pan Jóźwiak mówił, że pani go nie skrzywdzi.

— Będzie dobrze.

— Tylko żeby Darkowi nie przypisali cudzych win! — zlękła się znowu Borsukowa. — Biednemu to zawsze wiatr w oczy.

— Pan Wiesław na to nie pozwoli. Ja też. Naprawdę, proszę się nie martwić.

Borsukowa omiotła wzrokiem salon.

— Czysto tu. Ale może coś jednak mogłabym dla pani zrobić?

— Nie. Proszę pilnować syna. I proszę mu powiedzieć, żeby pomyślał, jak może wynagrodzić mi to, co zrobił. Niech on się sam nad tym zastanowi. Po świętach wrócimy do tego tematu. To wszystko, co może pani dla mnie zrobić.

Borsukowa zerknęła jeszcze na twój portret, a potem spojrzała znowu na mnie, ale tym psim wzrokiem, o którym mówił Wiesiek. Aż poczułam ucisk w gardle. I przy okazji zrobiło mi się też żal Darka. Jak Lilka mogła wykorzystać takiego biednego dzieciaka? Nie miała sumienia?

2

Kolejny telefon od mojej matki. Ucieszyłoby mnie to, gdyby nie jej napięty głos. Aż przysiadłam na pufie. To nie mogło być nic dobrego.

— Witaj! — zaczęła, siląc się na spokój. — Nie dzwonisz, więc ja zdecydowałam się na telefon.

— Słucham.

— Jak twoje świąteczne plany? Paweł wraca ze Stanów na Boże Narodzenie?

— Nie. Musi tam zostać.

Myślałam, że matka będzie dopytywać się o te zmiany albo triumfować, ale nawet się na ten temat nie zająknęła.

— To może chciałabyś spędzić święta u mnie? — zapytała. — Kazik to zaproponował — dodała ku memu zdziwieniu.

— Dziękuję za zaproszenie. Zastanowię się.

— Przy okazji mogłabyś przywieźć Pauli miśka — wybąkała.

— Mówisz o Joachimie?

— No tak, o tym starym miśku. — Chyba specjalnie pomniejszała wartość Joachima.

— Ale on jest mój.

— Kochanie... — matka starała się mówić najmilej, jak potrafiła — to tylko podniszczony pluszak.

— Pamiętasz, że dostałam go od taty?

— Może i tak... Ale to było naprawdę dawno temu. A potem Paula się do niego przywiązała. I teraz cały czas powtarza, że go potrzebuje.

— Ja też go potrzebuję.

— Na pewno? Paula jest teraz taka samotna i zrozpaczona.

— Ja też jestem w tej chwili samotna. Joachim ze mną śpi.

— Dostaniesz innego pluszaka pod choinkę.

— A nie możesz tego innego dać Pauli? — upierałam się.

— Dałam. — Matka z trudem usiłowała zachować spokój. — Żółtego, z zabawnym krawacikiem... Źle to przyjęła... — Jej głos jednak się załamał. — Proszę cię. Daj jej tego cholernego miśka. Na trochę. Potem ci go oddam. Obiecuję!

— Zastanowię się. Nad świętami też. Zadzwonię, gdy coś postanowię.

3

Telefon od Pauli, w środku nocy! Aż poczułam dreszcze, gdy usłyszałam jej głos w słuchawce. Nie bawiła się w uprzejmości.

— Masz mi go oddać! — krzyczała. — Słyszysz!?

— Słyszę. Tylko nie do końca rozumiem, kogo mam ci oddać i dlaczego.

— Dobrze wiesz kogo. Miśka! Jasiek jest twój, więc Joachim należy do mnie.

Paula zabrała mi kiedyś miśka bez pytania. Parę miesięcy temu zgodziła się go oddać, wybierając Jaśka. Pisałam ci o tej chwili, babko. Taki dziwny, siostrzany targ.

— Jasiek nie jest mój — powiedziałam teraz, tłumiąc ziewanie.

— Jest! Odszedł przez ciebie. Jest! — Jak zwykle to ja byłam winna. To jedno nie zmieniało się w myśleniu Pauli.

— Tylko w twojej chorej głowie — burknęłam. — Nie mam z Jaśkiem nic wspólnego.

— Masz. Wielkie, wstrętne brzuszysko!

— Z tobą to brzuszysko też ma coś wspólnego — przypomniałam. — To twoja siostrzenica lub siostrzeniec. Czy to znaczy, że jesteś moja?

— Masz mi go zwrócić!

— Jaśka? Nie mogę.

— Joachima. Natychmiast!

— Mam ci go wysłać pocztą?

— Chociażby. Jest mój! Zabrałaś go podstępem, więc ci się nie należy.

— Zwariowałaś.

— Umówiłyśmy się, a ty wszystko popsułaś. Zawsze ci mało. Chcesz mieć wszystko i wszystkich.

— Nie mówisz przypadkiem o sobie?

— Nawet jeśli, to ty mnie tego nauczyłaś. Na kim miałam się wzorować jak nie na swojej starszej siostrze? Masz mi go zwrócić!

— Pamiętasz, że dostałam tego miśka od ojca? To jedyna pamiątka.

— Zabrałam ci go, bo mnie nie kochałaś. Za karę! Ten misiek kochał mnie za ciebie. — Głos Pauli nasiąknął wilgocią.

— Teraz już cię kocham.

— Gówno prawda. Tylko tak mówisz. Gdybyś mnie kochała, tobyś mi go nie zabierała. Nie zabiera się siostrze zabawki.

— Mogłabym powiedzieć to samo, tylko nie o zabawkę chodzi.

— Ja cię kochałam — upierała się Paula. — Dobrze o tym wiesz.

Byłam już zmęczona krzykami Pauli.

— Dostaniesz go — powiedziałam. — Matka zaprosiła mnie na święta. Zapakuję go w złoty papier i położę pod choinkę. Będzie twój na zawsze. Będzie cię kochał za mnie. Zadowolona?

— Zadowolona.

— A co ja dostanę od ciebie?

— Coś.

— Chcę te drewniane klocki, z których można wybudować pałac z sześcioma wieżami.

— Nie wiem, o czym mówisz.

— Wiesz. Widziałam je parę miesięcy temu w tym pokoju, który przeznaczyłaś dla dziecka. Leżały w kącie.

— Reszta z kompletu — kłamała Paula. — Te zresztą też pogubiły się podczas wyprowadzki Zygmunta.

— To ich poszukasz. To chyba nie będzie trudne w pustym domu. Chcę je mieć.

— Po co ci stare klocki? — krzyczała. — Chcesz mi zrobić na złość?

— Nie. Chcę je mieć dla dziecka, bym potem mogła mu powiedzieć, że ciocia mu je dała, gdy było jeszcze w brzuchu. Że tak się ucieszyła z jego istnienia, iż postanowiła mu od razu podarować swoje ulubione klocki.

— O co ci chodzi?

— O różne rzeczy. O to, by było sprawiedliwie. Ciebie będzie kochał misiek, a mnie parę drewienek. Drewniana miłość. Co zrobić, taki już widocznie nasz los. Masz mi je oddać i już! — Teraz ja krzyknęłam do słuchawki.

— Dobra. Nie wrzeszcz! Poszukam ich.

— Wszystkie wieże i wszystkie mostki. Przeliczę.

— Za jednego starego miśka? Nie za dużo chcesz?

— Masz wybór. Sama zdecyduj, czy ci się to opłaci. W złotym papierze. Albo w takim z Mikołajami. Nie zapomnij o wstążce — żądałam. Specjalnie! Bo nie chciałam, żeby to Jasiek był częścią naszego targu.

— Napiszę: „Dla brzucha".

— Byle napis był ładny. Ja na swojej paczce napiszę: Dla kochanej siostrzyczki. I nie zapomnę o brokacie. Wolisz gwiazdki czy księżyce z brokatu?

— Wolę, byś nie była taka złośliwa. — Paula się rozłączyła, a ja jeszcze przez chwilę kontemplowałam ciemny, lepki ból, który obudziła.

Musiałam, babko, oddać jej Joachima. Nie dlatego, że się awanturowała przez telefon, ale dlatego, że go potrzebowała.

Ja też potrzebowałam Joachima, ale ona bardziej. Zawalił jej się cały świat. Miała tylko jego. Z niewiadomych powodów stał się przed laty czymś w rodzaju talizmanu. Zamieniła go w lecie na Jaśka, a teraz chciała mieć miśka z powrotem. Nie potrafiłam jej odmówić, choć wszystko się we mnie buntowało. Przecież to był pluszowy przyjaciel mego ojca, jedyny z nim łącznik. Chciałam go pokazać kiedyś Fasolce. I chciałam się tym pluszakiem opiekować. Odkąd Pawła nie było w Zawrociu, to Joachim leżał na jego poduszce.

A jednak wiedziałam, że zapakuję go w złoty papier, jak to obiecałam Pauli. I dodam jeszcze ubranko, które Jóźwiakowa zrobiła dla niego na moją prośbę — niebieski kubraczek z mięciutkiej włóczki. I szlafmycę w tym samym kolorze. Myślałam jeszcze o wełnianych skarpetkach, ale Marcie zabrakło włóczki.

Powlokłam się do sypialni, gdzie był Joachim.

— Może mi cię kiedyś odda — szepnęłam, przytulając go mocno. — Taki z ciebie wędrujący misiek. Pierwsza być może przytulała cię ta babcia, której nie znam i o której nic nie wiem. To ona pewnie cię kupiła w sklepie. Może w Gdańsku. Albo w Sopocie. Gdzie indziej toczyła się wojna, a tam w sklepie z zabawkami spokojnie siedziały sobie mięciutkie miśki i śliczne lale. W jakim języku moja babcia poprosiła o ciebie? Pamiętasz to? Po niemiecku? Po kaszubsku? Po polsku? — Przycisnęłam Joachima jeszcze mocniej, jakby Paula już za chwilę miała mi go wyrwać. — Muszę! — szepnęłam znowu do pluszowego ucha. — Ona nie poradzi sobie bez ciebie. Ja to wiem.

4

W ten sposób został rozstrzygnięty dylemat, gdzie mam spędzić święta. Warszawa! Będzie jak zawsze. Pojadę do matki na Wigilię, wkurzę się i wrócę do swego małego mieszkania.

Świąteczna prowizorka. Czułam jednak, że Paula potrzebuje nie tylko miśka, ale i mnie, choć nawet przed sobą udaje, że jest inaczej.

Zadzwoniłam do Jóźwiaków, by ich poinformować o moich planach, a potem pojechałam do Ewy i cioci Zosi, które usiłowały mnie od wczoraj ściągnąć do siebie.

— Jesteś wreszcie — ciocia Zosia zagarnęła mnie w swoje miękkie ramiona. — Jak ja dawno cię nie widziałam! Pokaż się — obejrzała mnie z ciekawością. — Cudnie wyglądasz! Nic nie przytyłaś, a tylko wyskoczył brzuszek — pochwaliła mnie. — No i ciebie ratuje wzrost. Ewa w szóstym miesiącu wyglądała jak antałek.

— Mamo! — zaprotestowała Ewa ze śmiechem i także mnie przytuliła.

— Szkoda, że nie będziesz u nas na święta — powiedziała ciocia Zosia, gdy tylko się dowiedziała, że wyjeżdżam do Warszawy. Już zaczęliśmy szykować dla ciebie gościnny pokój. Romek nawet poodkurzał.

Mąż Ewy wyjrzał zza drzwi kuchni.

— Główna ssawka — przedstawił się. — Romek.

Ewa była mała, Romek wielki. Mógł trzymać jej głowę pod pachą.

— W końcu udało mi się ciebie zobaczyć — ucieszyłam się.

— A mnie ciebie. Zdaje się, że zeszłaś z obrazu — rzucił wesoło. Ewa trzepnęła go w bok.

Mnie jednak podobała się jego bezpośredniość.

— Zeszłam. I nawet straszę przy bramie. Nie wiem, czy do Kapisk doszła wieść, że w Zawrociu straszy biała dama.

— To chyba czarna. Na portrecie miałaś czarne ubranko. — Romek zaliczył kolejnego kuksańca.

— Straszę w białym futrze.

Naszymi żartami zainteresowała się ciocia Zosia.

— A wiesz, ja coś takiego słyszałam. I rzuciłam tej durnej babie w przedszkolu parę prostujących zdań. Trzeba to tępić. — Ciocia Zosia była raczej zmartwiona. — To niedobra plotka. Możesz się o nią potem potykać latami.

Trochę mi się popsuł humor.

— Niestety to już się mocno rozsiało.

— Zalazłaś komuś za skórę? — dociekała Zosia.

— Nie. — Emilę wolałam pominąć.

— Na pewno? Gdyby taka plotka urodziła się zaraz po pogrzebie twojej babki, tobym to mogła zrozumieć, ale teraz? Półtora roku później? Ktoś musi coś do ciebie mieć.

— Szczerze mówiąc, sama jestem sobie winna. — Opowiedziałam im o wietrzeniu futra. Romek omal się nie skręcił ze śmiechu. Nawet Wąsik, mąż cioci, zajrzał do saloniku.

— To musisz się w tym futrze przejść po miasteczku — zawyrokował, ściskając mnie na powitanie. — Nie ma innego wyjścia. Trzeba wejść do każdego sklepu i urzędu. Poczta, szpital, niedzielna msza. Niech się trochę poboją.

Wszyscy przyklasnęli Wąsikowi. Może i był niepozorny, ale sprytny.

— Dość tych narad w sprawie białej damy. Zajmijmy się makowcami — zarządziła ciocia Zosia, obejmując mnie i pociągając do kuchni.

— Dobrze dajesz sobie radę, jak na te wasze święta przez ocean — pochwaliła mnie, gdy makowce były już w piekarniku. — I tak trzymaj. Jeszcze niejedno Boże Narodzenie przed wami. Pawłowi właśnie taka dziewczyna potrzebna. A nie jak te wszystkie poprzednie bluszcze.

— Tylko czy Matyldzie potrzebny taki pędziwiatr amerykański? — Wąsik mnie polubił i postanowił spojrzeć na wszystko z mojej perspektywy.

— E tam — broniła Pawła Zosia — popędził zarobić na życie. A z takim pędziwiatrem Matylda przynajmniej nie będzie się nudzić.

— Czy to znaczy, że jak ja nie pędzę Bóg wie gdzie, to się ze mną nudzisz? — Wąsik zrobił smutną minę.

— Ja się z tobą nie nudzę, nawet jak śpisz na kanapie przed telewizorem.

I takie to były rozmowy, przetykane żartami i śmiechami. A przy okazji powstawały ciasta. Po makowcach Zosia wzięła się do robienia rolady.

— Szkoda, że nie możesz zostać z nami — westchnęła znowu. — Im więcej ludzi w domu na święta, tym weselej.

5

Potem przeglądaliśmy albumy. Wąsik znalazł zdjęcie, na którym siedziałam na ich weselnym torcie.

— Pamiętny moment — powiedział. — Wszyscy musieli obejść się smakiem.

— Przepraszam.

— Oj tam! Wesele bez jakiejś hecy wartej zapamiętania to żadne wesele.

— Wyglądasz na tym zdjęciu jak wielka lalka — powiedziała Ewa. Coś w tym było. Siedziałam na torcie sztywno, miałam wyciągnięte nogi w ładnych pantofelkach. Do tego wstążka w rozpuszczonych włosach i jasna sukienka. — Każdego roku, gdy przy okazji rocznicy ślubu oglądaliśmy to zdjęcie, zazdrościłam ci tej sukienki. I tej stanowczej miny. Kiedyś nawet zażyczyłam sobie takiej kiecki, ale okazało się, że w tym kroju wyglądam jak grzybek.

— To całkiem możliwe — mruknął Romek i znowu oberwał. — Mamo, mamo, krasnoludek mnie bije — krzyczał i jednocześnie ściskał Ewę tak, że cudem przeżyła.

Wyglądało na to, że trudny czas początków rodzicielstwa mają za sobą i chemia wróciła. Perfumy Pawła nie były już tak bardzo potrzebne.

Aż się trochę duszno robiło od tej sielanki. Nie byłam przyzwyczajona do takich nastrojów. W domu matki atmosfera przed Wigilią była zawsze napięta. Matka nie znosiła świąt, ale je przygotowywała, z trochę cierpiętniczą miną. Kazika uwierała nie tylko ta mina, ale i to, że wszystko zaczynało się toczyć w niespokojnym, świątecznym rytmie. A on miał inny rytm, swój własny, który zwykle narzucał pozostałym domownikom, i nie znosił, gdy ten rytm przestawał obowiązywać.

Kamilek rozkrzyczał się żałośnie w swoim pokoiku i trochę popsuł nastrój. Poszłam z Ewą do niego.

— Masz sucho, brzuch pełny, to o co jeszcze chodzi? — rzuciła do niego bynajmniej nie słodkim tonem.

Uspokoił się i czekał, co jeszcze powie.

— Towarzystwa się chce, co? Wdałeś się w babcię, której zawsze mało ludzi w domu. Namawia mnie już na konkurencję dla ciebie.

Mały zagugał, jakby nie przerażała go taka perspektywa.

— Masz chęć, to go bierz — rzuciła Ewa do mnie.

Miałam! Kamilek chwilę się zastanawiał, czy mu ta zamiana odpowiada, ale w końcu zagugał i do mnie.

— Ładnie ci z dzieckiem — zachichotała Ewa. — Lepiej niż mnie, bo jak będzie tak żarł, to mnie zaraz przerośnie. Potarła ramiona. — Ciężki jest. Jak urodzisz, dostaniesz ode mnie poduszkę, którą podkłada się do karmienia.

— Ciekawe, czy Paweł będzie umiał zajmować się dzieckiem?

Ewa zaliczyła kolejną porcję chichotu.

— Mną się zajmował. Opowiadałam ci. Myślę, że będzie fantastycznym tatą. Tylko nieregularnym.

— To znaczy?

— Przecież wiesz.

— Ameryka i muzyka.

— Jak zacznie coś skrobać i stukać w klawisze, to nie będziesz go chyba wołała do każdej kupki?

— Nie mam takiego zamiaru.

— To będzie okej. A wiesz, że rozmawiałam kiedyś z Pawłem o tym torcie? — Ewa postanowiła zmienić temat. — To było już po pogrzebie babki Aleksandry. Powiedział, że ty się w ogóle nie zmieniłaś. Dalej rozsiadasz się na torcie.

— Pewnie miał na myśli mój dość niekonwencjonalny strój na pogrzebie. Dodał coś jeszcze?

— To, że parę razy w różnych odstępach życia śniłaś mu się na tym torcie. On w tych snach zawsze pragnął, byś go dostrzegła i zrobiła mu trochę miejsca.

— Naprawdę? Mnie nigdy o tym nie mówił.

— W tych snach, ilekroć już się odważał zrobić krok, ktoś go powstrzymywał. Nie umiał powiedzieć, kto to był. Ktoś z tyłu. Czuł tylko rękę na karku.

— A czy ci powiedział, że w realu nie był wtedy taki nieśmiały i okładał mnie balonem?

— Nie — śmiała się Ewa. — Ale wiesz, ja myślę, że on zakochał się w tobie na tamtym weselu. Nigdy nie zapomniał dziewczynki z tortu. Umiałaś postawić na swoim, nie bałaś się babki! Myślę, że mu to cholernie zaimponowało.

— Ja go chyba wtedy nie lubiłam. Pupilek dziadków. Chciałam im wszystkim pokazać, kto tu jest najlepszy.

— I pokazałaś! — Ewa zaliczyła kolejną porcję śmiechu.

— Byłam rozpuszczona jak dziadowski bicz. Kochany tatusiek! Rozpieścił mnie, by mi starczyło odwagi i tupetu do końca życia — rzuciłam i się rozpłakałam. Żałośnie. A za mną Kamilek. Ewa była tak tym zaskoczona, że nie wiedziała, kogo ratować.

XLIX. WIGILIA

1

Nie chce mi się, babko, opisywać kolacji wigilijnej u matki. Było jak zawsze — elegancko, nastrojowo, biało-srebrzyście, smacznie — tylko dużo bardziej nerwowo i smutniej niż kiedykolwiek przedtem. Każdy miał własne powody do przygnębienia. Ja tęskniłam za Pawłem i świętami w Zawrociu, Paula umierała z tęsknoty za Jaśkiem, matka tęskniła za czasem, gdy miała nasze emocje i tęsknoty pod kontrolą i gdy miała przynajmniej jedną śliczną i grzeczną córeczkę. Za czym tęsknił Kazik, nie wiem, ale był bardziej ponury niż zwykle. Tyle że mniej zaczepny. Dawniej złość wylewał na innych, teraz wszystko w sobie dusił. Jedliśmy kolację w milczeniu, jakby zebrali się jacyś głusi i niemi. Szukałam zdania, które mogłoby coś zmienić, ale nic mi nie przychodziło do głowy. Bałam się zresztą, że gdy coś powiem, Paula trzaśnie talerzami i skończy się Wigilia. Inni chyba też się tego obawiali. Więc tylko jedliśmy. Czasami szczęknął jakiś widelec czy salaterka.

Paula w końcu nie wytrzymała tej przedłużającej się ciszy.

— Zepsułaś choinkę swoimi tandetnymi bombkami — rzuciła oskarżycielsko.

Wszyscy popatrzyliśmy na wysrebrzoną choinkę, na której tu i ówdzie błyskały inne barwy. Bo zamiast wziąć białe lub srebrne ozdoby, jak planowałam wcześniej, zabrałam z Zawrocia dwa pudełka najbardziej kolorowych bombek, jakie udało mi się wyszperać na strychu.

— Trochę zepsułam — przyznałam. — Tak mi się jakoś zachciało kolorków.

— Rany! Brzuch ledwie widać, a ty już zdrabniasz. Kolorki! — Paula pogardliwie wydęła wargi. — Gdy sobie pomyślę, że ciąża tak ogłupia, to się cieszę, że mnie to teraz nie grozi. Brr! — wstrząsnęła się teatralnie.

Znowu było tak, jakbyśmy miały jedno szczęście. Ja dryfowałam ku łagodnej kobiecości, a ona ku tej goryczy i ciemnemu, depresyjnemu smutkowi, które czułam po śmierci Świra. Matka patrzyła na to w przerażonym milczeniu.

— Wyglądasz jak po nieudanej operacji plastycznej — kontynuowała. — Niby wiedziałam, że w ciąży człowiek się zmienia, ale żeby tak zbrzydnąć?

Prowokowała mnie. Chciała, żebym rzuciła coś paskudnego, by móc kolejny raz wykrzyczeć, że to wszystko moja wina.

— Będę chyba potrzebował mięty albo czego — rzucił Kazik, mając nadzieję, że ukochana córka da mi spokój i zerwie się, jak to kiedyś bywało. Albo że zerwie się żona. Nic takiego jednak nie nastąpiło. Obie udawały, że nie słyszą.

Kazik przez chwilę jeszcze obracał łyżką, jakby w ten sposób chciał odwrócić losy kolacji wigilijnej i w dodatku zneutralizować tę niespodziewaną zmowę przeciwko niemu. Nic nie wyobracał, więc sam podniósł się z krzesła i ruszył do kuchni nastawić wodę.

2

Po kolacji oglądaliśmy prezenty.

Paczka z Joachimem była już zresztą dawno naruszona. Paula zajrzała do niej, gdy tylko weszłam i położyłam ją pod choinkę. Uspokoiła się, gdy dotknęła pluszowej łapki. Teraz wyciągnęła całego miśka i patrzyła ze zdziwionym oburzeniem zarówno na jego kolor, jak i na zrobione przez Jóźwiakową na moją prośbę ubranko.

— Uprałaś go! — burknęła takim tonem, jakbym popełniła ciężkie przestępstwo.

— Uprałam. Dawno temu. Nie wiedziałam, że będziesz go chciała z powrotem.

Paula wściekłym gestem zdarła z Joachima kubraczek i szlafmycę i rzuciła je pod choinkę. Właściwie wiedziałam, że tak zrobi. I wiedziałam, że potem, gdy już nikt nie będzie na nią patrzył, pozbiera wełniane szmatki i zaniesie do swego pokoju.

Misiek miał na sobie jeszcze jeden prezent dla Pauli. Pod sweterkiem był przywiązany skórzany portfelik, w kolorze szarawego pudru. Paula chwilę na to patrzyła zdziwiona, a potem zaczęła go odwiązywać. Nie rzuciła go jednak na podłogę pod choinką, a na pobliskie krzesło, bo miała do kolorowych portfeli słabość, a ten był naprawę ładny i mięciutki, z eleganckim zapięciem. Paula umiała docenić takie rzeczy. „Dziękuję" oczywiście nie przeszło jej przez gardło.

Ja też sprawdziłam, czy Paula wywiązała się z obietnicy. W wielkim pudle naprawdę były klocki. Na oko wszystkie, choć pewności nie było. Paula dodała do nich ptasie mleczko, pewnie na przypomnienie, że z czekoladowych kawałków też można budować wieże.

Matka nie odważyła się kupić mi miśka. Dostałam mięciutkiego, bieluśkiego pieska z długimi uszami. Na szyi miał złotą obróżkę. Paula łypnęła na to zazdrosnym okiem, ale zadowoliła się potem ładnym puzderkiem, w którym była pozytywka. To był prezent, który miał Pauli wynagrodzić pustkę po podobnej zabawce, zabranej przez Zygmunta.

Wpisałam się w ten klimat, bo do pudełeczka, w którym była jedwabna chustka dla matki, włożyłam też starą, srebrna broszę od ciebie. Najbardziej kunsztowna, jaką znalazłam w twojej garderobie. Matka, gdy już ją odkryła, zapatrzyła się na nią jak na odbezpieczony granat, który ma zaraz wybuchnąć. Czyżby pamiętała tę ozdobę? A może domyśliła się, że należała do ciebie, bo był na niej motyw róży?

Z Kazikiem zawsze wymienialiśmy się kosmetykami. On dawał mi dezodorant, a ja jemu wodę kwiatową. Trochę tak, jakby jedno drugiemu trochę śmierdziało i w ten sposób usiłowało poprawić zapachy. Kiedyś Kazik nawet coś takiego powiedział. Tym razem tylko krótko na mnie spojrzał i skinął głową. Było to wyjątkowo uprzejme, jak na niego. Chyba doceniał, że mimo to, co stało się w przeszłości, przyjechałam i przywiozłam Pauli Joachima. Siedziała z nim teraz na kanapie, ściskając go niedbale kolanami, jakby go chciała zgnieść. Aż mi się zrobiło miśka żal. Nigdy nie miał u niej zbyt dobrze. I tylko jedno było pozytywne — Paula była trochę spokojniejsza. Nawet się do mnie na sekundę uśmiechnęła, gdy podsunęłam jej pudełko z ptasim mleczkiem.

3

Jedna lepsza godzina, a potem nastrój Pauli zaczął się pogarszać. Co jakiś czas zaglądała do swojej komórki i potrząsała nią tak, jakby chciała wytrząsnąć jakąś wiadomość czy dźwięk. Nic jednak nie wytrząsnęła, co frustrowało ją z minuty na minutę coraz bardziej. I tak się jakoś działo, że ta frustracja przechodziła na resztę.

Usiłowałam się od tego jakoś odciąć, przeglądając album, w którym były zdjęcia z poprzednich świąt, ale szybko go odłożyłam, bo nie mogłam znieść tych wszystkich fotografii, na których ja byłam z jednej strony choinki, a matka z Paulą w objęciach z drugiej. Czasami to Kazik przytulał swoją kochaną córcię. I ani jednej fotografii, na której to ja byłabym blisko matki czy Pauli. Jakbym była adoptowana czy na chwilę wypożyczona z domu dziecka. I tak rok po roku. Choinka była równie srebrna, Paula równie różowa i szczęśliwa, a ja równie samotna.

Sięgnęłam więc po klocki, z myślą, że coś ułożę.

Pauli się to nie spodobało. Chyba zaczynała żałować, że mi je dała.

— Co, chcesz sprawdzić, czy są wszystkie?

— Poukładasz ze mną?

Wydęła swoje śliczne usta.

— Rany! Wydaje ci się, że masz dwanaście lat? Trzeba było wtedy je ze mną układać! — To już wrzasnęła. — Dlaczego nigdy nie układałaś ze mną tych parszywych klocków?! — Kopnęła pudło. — Dlaczego nigdy mnie nie kochałaś? No powiedz?!

Stała przede mną ze skrzywioną, niemal dziecięcą twarzą. Wyciągnęłam do niej ramiona, ale ona mnie odtrąciła i ruszyła do swego pokoju, zabierając po drodze Joachima.

Zostaliśmy w przeraźliwej, bolesnej ciszy. Spojrzałam przelotnie na Kazika, ale on miał wzrok wbity w podłogę. Matka zresztą też. Chyba tylko z tego powodu nie zaczęłam do nich krzyczeć jak Paula przed chwilą, by mi powiedzieli, dlaczego nigdy nie pozwolili mi jej kochać. Matka, jakby słyszała ten mój wewnętrzny krzyk, jęknęła, opadła na fotel i zakryła ręką oczy. Kazik chwilę później ruszył do swego pokoju i tylko usłyszeliśmy kolejny trzask drzwi w głębi zagraconego domu.

Matka oderwała dłonie od twarzy dopiero po paru minutach. Była już opanowana, tylko może bledsza niż zwykle. Rozstanie i depresja Pauli musiały ją wiele kosztować.

— Wszystko dobrze? — spytała.

— Może być — skłamałam.

Chwilę milczała, patrząc na jedną z twoich bombek, babko.

— Zajrzysz do niej? — poprosiła cicho.

— Ja? Nie słyszałaś, co krzyczała?

— Tak. A jednak dobrze na nią podziałał twój przyjazd. Przestała płakać. I wreszcie po trzech dniach zaczęła się odzywać. Przedtem tylko leżała. Nie mówiąc już o tym, że dziś po raz pierwszy coś skubnęła przy Wigilii. Myślałam, że zagłodzi się na śmierć.

— Cieszę się, że jej trochę pomogłam, ale raczej nie wytrzymam kolejnej takiej porcji krzyków.

— Ale ty przecież wiesz, że ona krzyczy tak naprawdę nie na ciebie, a na Jaśka i na nas. Bo to on i my ją zawiedliśmy. My!

— Być może. Ale zwyczajnie mnie to zmęczyło. Pojadę do siebie.

— Myślałam, że przenocujesz tutaj — matka była bardzo zawiedziona.

— Nie dam rady, mamo. Podróż, Wigilia, naprawdę potrzebuję wypoczynku. Gdyby nie Fasolka, tobym została. Ale muszę myśleć przede wszystkim o niej — przypomniałam.

— Tak, masz rację... Nie pomyślałam o tym. Dobrze! — Wstała. — Nic tam u siebie nie masz, to zapakuję ci trochę jedzenia na śniadanie.

— Będę wdzięczna.

— Pomożesz mi?

— Oczywiście.

4

Matka pakowała do słoika sałatkę, gdy w drzwiach stanęła Paula.

— Jedziesz! — stwierdziła oskarżycielsko. — Mogłam się tego spodziewać!

— Matylda jest zmęczona. Ma za sobą długi dzień — usprawiedliwiała mnie matka.

Paula nie zamierzała jej słuchać.

— Jasne! — Wydęła wargi w złym uśmieszku. — Myślisz, że nie wiem, dlaczego nie chcesz zostać?

— Nietrudno zgadnąć, u siebie lepiej wypocznę.

— Akurat! — Paula podniosła głos. — Tu też możesz odpocząć. Jedziesz się z nim zobaczyć. Jestem tego pewna!

— Z kim? — udawałam głupią, choć dobrze wiedziałam, że ma na myśli Jaśka.

— Jeśli będziesz się z nim spotykać, będę cię nienawidzić do końca życia.

— A teraz przypadkiem mnie nie nienawidzisz?

— Nie aż tak bardzo. Trochę.

Zachowywała się tak, jakby cofnęła się nagle w rozwoju. Nawet miny należały do tamtej starej, dziecięcej kolekcji. Nie mówiąc już o tonie głosu. Matka wolała nie odrywać oczu od sałatki.

— Paula, nie zachowuj się jak jakiś głupi, rozkapryszony bachor! — rzuciłam stanowczo. — Bo taka właśnie jesteś dziś przez cały czas. Wiem, że cię boli, ale nie masz paru lat, a dwadzieścia sześć! Przypominam, gdyby ci się całkiem zapomniało. Już przecież bywałaś śmiertelnie zakochana. Także w facetach, którzy byli ze mną związani. Przeszło tamto, przejdzie i to.

— To co innego! — Paula znowu podniosła głos. — Nie rozumiesz?

— Rozumiem! — Też sobie pozwoliłam na gniewny ton. — Ale co mogę zrobić? Przecież odsunęłam się od Jaśka, jak chciałaś. Nie komunikowałam się z nim, też jak chciałaś. I ciągle jestem daleko. Więcej! Kocham Pawła. Nie będę z Jaśkiem. Nigdy! Co nie znaczy, że się z nim nie będę czasami widywała. Wiesz, że to nieuniknione. Nic nie poradzę na to, że jest ojcem Fasolki.

— Kłamiesz! Gdzie ten niby twój Paweł jest? Myślisz, że dam się nabrać na twoje kłamliwe bajdy? Wymyśliłaś jakąś fikcję, by trochę podnieść swoją wartość w naszych oczach! Ale co to za facet, dla którego wszystko jest ważniejsze niż ty?

— Lepiej zajmij się myśleniem o tym, dlaczego twój cudowny związek się rozpadł. Jesteś pewna, że pasujecie do siebie? Naprawdę chciałabyś mieszkać w bibliotece? Bo Jasiek kocha przede wszystkim książki. Jesteś gotowa na tyle półek w domu? I na to, że on będzie grzebał się w jakichś starych papierach? Przecież masz uczulenie na kurz. On nie kupi ci kolejnego cacka, tylko wyda kasę w księgarni czy antykwariacie. I wystarczą mu stare meble, a będzie zbierał na podróż na Syberię, bo może tam są jakieś dokumenty potrzebne mu do książki. Pojedziesz z nim do Irkucka czy do jakiejś innej cholery? Zniesiesz, jeśli w Londynie zniknie ci w bibliotece, zamiast zwiedzać z tobą butiki? On nawet w Zawrociu grzebał w starych pamiętnikach.

— Praca to nie całe życie. O czym ty w ogóle mówisz!? Nie znam tego człowieka!

— I właśnie dlatego, że go nie poznałaś, ten człowiek siedzi teraz wśród swoich książek w Pułtusku.

— Nie wiem, jak on może mi to robić! Poświęciłam dla niego małżeństwo.

— A on dla ciebie grant. Miał zbierać materiały za granicą. Nie pojechał. Tego też nie wiesz?

— Nie pojechał, bo wolał być ze mną. Jak się kocha, to się poświęca różne rzeczy!

— Paweł też wolał być ze mną, ale pojechał, bo ja nie chciałam, by poświęcił dla mnie swoją karierę!

— Gdybyś go kochała, nie potrafiłabyś się z nim rozstać. Ty nawet nie wiesz, co to jest miłość! — To znowu był krzyk.

— Dobrze. Nie wiem. Niech ci będzie — powiedziałam, bo uznałam, że Paula już wystarczająco dużo ode mnie usłyszała. — Odpuśćmy. Nie chcę się z tobą kłócić. Są święta. Gdybyś chciała normalnie pogadać, tobym została. Ale nie marzy mi się słuchanie twoich krzyków i oskarżeń przez cały wieczór. Też mam swoje problemy. Ty tęsknisz za Jaśkiem, ja za Pawłem. Za bardzo jesteśmy rozwalone na rodzinne przepychanki. Ja przynajmniej więcej już dziś nie zniosę.

— Jesteś zwykłym dezerterem!

— Może i tak... Marzy mi się chwila spokoju. Przed nami jeszcze dwa dni świąt. Nabędziemy się.

Matka słuchała tego wszystkiego w milczeniu, pakując jednocześnie do plastikowych pudełek pierogi i ciasto dla mnie. Potem jeszcze zajęła się nalewaniem barszczyku do słoika.

— W każdej chwili możesz tu wrócić — powiedziała, gdy Paula gniewnym krokiem wymaszerowała z kuchni. — Czekamy na ciebie jutro z obiadem.

— Będziemy w kontakcie — rzuciłam tylko, nie wiedząc, czy naprawdę dam radę jeszcze tu przyjechać. Paula miała rację, dezerterowałam. Bardziej ze względu na Fasolkę niż siebie. Tak czy owak, była to zwykła, tchórzliwa ucieczka.

Już na dworze, gdy zapakowałyśmy do samochodu pudło z klockami i torbę z jedzeniem, matka jeszcze chwilę mnie przytrzymała. Sądziłam, że chce mnie przytulić.

— Czy ty coś wiesz? — zapytała konspiracyjnie, jakby Paula mogła słyszeć przez ściany domu. — Bo sama już nie wiem, co mam jej mówić... Czy że się ułoży, czy że nie warto nawet o nim pamiętać.

— Nie wiem, mamo — odpowiedziałam, by jej nie odbierać ostatniej nadziei w wigilijny dzień.

— Gdybyś się mogła czegoś dowiedzieć... — dodała niepewnie.

— Rozmawiałyśmy o tym.

— Tak, ale cokolwiek...

— Nie sądzę, że będę miała okazję.

— Ale gdyby jednak... Przecież tobie już... Bo może oni...

— Spróbuję. — Wiedziałam, że matka chce, bym wstawiła się za Paulą.

— Dziękuję. — Matka wreszcie mnie uścisnęła. — Dobrego odpoczynku — dodała, gdy już byłam w samochodzie.

L. DRAPACZKA, DRWAL
I DZIURAWY PIERNIK

1

Pół godziny później byłam już w swoim ciasnym mieszkanku i kręciłam się na tapczanie, jakbym gdzieś mogła znaleźć Pawła. Przed tym słodkim miesiącem z Pawłem byłam raczej łóżkową samotniczką. Seks owszem, ale żeby mi ktoś zalegał na tapczanie dłużej niż trzeba, to nie. We wspólnych śniadaniach też nie widziałam niczego romantycznego. Jedyny wyjątek to był ten rok, który spędziłam kiedyś z Filipem. Ale on był moją drugą połową, spaliśmy spleceni jak jeden byt. Potem już się to nie powtórzyło. Może dlatego, że dalej był przy mnie Filip?

A teraz znowu mogłam i chciałam przy kimś spać, choć to nie było takie sklejenie jak z Filipem. Wystarczyło mi, że czułam zapach Pawła albo jego dłoń na biodrze czy udzie.

Zwinęłam się teraz z tęsknoty. Przytulić się do Pawła. Poczuć jego sprężyste ciało. Przesypać jego gęste czarne włosy. Musnąć policzkiem jego zarost.

— Drapiesz — narzekałam, gdy przestawał się golić. Miewał takie dni.

— Bo jestem drapaczką. — Paweł nic sobie z tego nie robił.

W trzydniowym zaroście było mu zresztą do twarzy. Był bardzo seksowną drapaczką. Może nawet lepiej wyglądał zarośnięty? Dziki kot, czarna pantera. Już ci o tym pisałam, babko, że miał coś takiego w gestach i spojrzeniu. A ja, choć pokochałam Untę i Remiego, tak naprawdę wolałam koty — jak inspektor Smith. Byłam teraz szczęśliwą kociarą, której trafił się wyjątkowy okaz.

Przed jego przyjazdem z Ameryki jakoś tego nie widziałam. W ogóle wydawał mi się dość eteryczny, jakby był złożony głównie z muzyki. A to był leniwy drapieżca, udający słodkiego kotka, łasego na pieszczoty. Przyczajał się, przeciągał, a gdy się ożywiał, robił się zaczepny i jak prawdziwy futrzak brał, co mu się podobało. Fascynowała mnie ta jego zmienność.

Rozchyliłam teraz w myślach poły jego koszuli i przypomniałam sobie swoje zdziwienie, gdy zrobiłam to po raz pierwszy. Paweł nosił czarne koszule i trykoty, w dodatku wszystkie były jakby odrobinę większe, o pół numeru, co sprawiało, że wydawał się szczuplejszy niż w rzeczywistości był. Miał ładną, proporcjonalną sylwetkę, na którą miło się patrzyło, ale nie spodziewałam się pod koszulą wysportowanego ciała. Zawsze zresztą bardziej zakochiwałam się w duchu niż ciele. Może jedynie Jasiek wyłamywał się z serii przeciętnych ciał.

A wtedy zobaczyłam opalone ciacho. Zwyczajnie się zdziwiłam.

Moja mina zaniepokoiła Pawła.

— Coś nie tak?

— Mięśnie. Skąd je masz?

Roześmiał się.

— Trochę ćwiczyłem w Nowym Jorku. A potem codziennie godzina basenu w Los Angeles. Wszystko z myślą o takiej chwili.

— I dużo było tego pokazywania torsiku w tej twojej Ameryce?

— Oszczędzałem swoją pierś dla ciebie.

Pacnęłam go poduszką, on bronił się łokciami, bo miał wtedy jeszcze na rękach ochronne bandaże. Czas tuż po spaleniu fortepianu. Przed wybuchem pożaru kochaliśmy się w nikłym świetle świeczki, a ja w dodatku miałam zamknięte oczy, by nie widzieć, że to ciotecznego brata mam nad sobą. I to on mnie wówczas rozbierał, a nie ja jego.

Dopiero gdy Paweł wrócił ze szpitala, mogłam go sobie obejrzeć lepiej. A przy okazji tej jego nieporadnej obrony zobaczyłam, że ma nawet bicepsy.

— A to co? — dotknęłam jednego.

— Pływanie i tenis z Julią i Broszką.

— Pianiście wolno ganiać za piłką?

— Na pewno wolno kompozytorowi.

Przesunęłam ręce na jego brzuch. Może nie był to kaloryfer, ale też było nieźle.

— Dalej nie popatrzysz? — zachęcał ze śmiechem, ale i niepewnością w głosie. — Chciałbym to już mieć za sobą. Trochę się boję, co powiesz.

— Czyżbyś ćwiczył tylko górne partie ciała? — zapytałam, przesuwając dłonie niżej, ale nie rozpięłam spodni. Paweł czekał w napięciu na moje słowa. — Biceps? — zapytałam i oboje prychnęliśmy śmiechem.

2

Z marzeń wyrwał mnie telefon od Jaśka. Aż podskoczyłam na dźwięk dzwonka.

— Chciałbym do ciebie na chwilę wpaść — poprosił.

Zgodziłam się, mając jednocześnie nadzieję, że Paula nie przyjechała za mną i nie czai się gdzieś pod blokiem, by potwierdzić swoje domysły.

Jasiek też miał chyba ostatnio problemy z goleniem, bo wyglądał jak drwal, któremu miesiąc temu skończyły się wszystkie żyletki. Nigdy nie widziałam go w tak kiepskiej formie. Prezentował się lepiej nawet wtedy, gdy umierała mu matka.

Wyciągnął ku mnie dwa różnej wielkości pakunki.

— Dla ciebie i dziecka.

— Ja nie mam nic w zamian.

— Nie szkodzi.

Jasiek zapatrzył się na ozdobione lametą i bombkami jodłowe gałązki, które przywiozłam z Zawrocia i wstawiłam do dzbana, a ja zaczęłam rozpakowywać prezenty.

W małym pudełeczku były złote kolczyki.

— Należały do mamy. Ona nie miała za dużo biżuterii. Nie było nas stać na takie rzeczy. Te dostała od kogoś w młodości. Przedtem myślałem, że to może był prezent od mojego ojca, ale zaprzeczył, chyba więc od twojego. Tak czy owak, chciałem ci je dać. Mama na pewno by sobie tego życzyła.

Poczułam wzruszenie.

— Dziękuję.

W większym pakunku był misiek, trochę podobny do Joachima.

— Czy to znaczy, że czekasz na chłopca? — zapytałam.

— Nie myślałem o tym. Misiek może być i dla chłopaka, i dla dziewczynki.

— Śliczny. — Przytuliłam go i poczułam, że i mnie się przyda. Joachima mi nie zastąpi, ale trochę złagodzi jego brak. Fasolka nie musi wiedzieć, że jej miśka najpierw wykorzystywała matka.

Jasiek patrzył na to w markotnym milczeniu, zapadnięty w fotel. Tknął mnie nagły domysł.

— Skąd właściwie wiedziałeś, że jestem w Warszawie?

— Paula wypisuje do mnie okropne esemesy. I w sumie ma rację. Cały dzień myślałem o tobie i dziecku. I o tym, że chciałbym was zobaczyć. No ale sądziłem, że jesteś w Zawrociu. Więc w sumie pchnęła mnie do tej wizyty.

— To naprawdę koniec?

— Naprawdę.

— Żadnej nadziei?

— Żadnej. Nie dam rady być z oszustką. Poza tym nie potrafię żyć z kimś, kto nienawidzi matki mojego dziecka.

— To nie nienawiść.

— A co?

— Zazdrość. I strach.

— Może, ale i tak to jest chore. Tłumaczyłem jej to, ale ona nie przyjmuje tego do wiadomości.

— Proponowałeś jej terapię?

Jasiek zatopił twarz w rękach.

— Rozmawialiśmy o tym — przyznał ponuro. — Paula powiedziała, że robię z niej wariatkę, że gdybym ją kochał, byłbym po jej stronie. Zapytałem, co z moim dzieckiem, jeśli my będziemy po jednej stronie, a ono po drugiej. Nie chcesz słyszeć, co wykrzyczała w odpowiedzi, zapewniam cię. Czuję się po tych jej krzykach jak worek na śmieci, wypełniony kawałami potłuczonego szkła. Długo będę się po tym zbierał do kupy.

— Przykro mi.

— Wiedziałem, że tak to się skończy, już wtedy, gdy byłem u ciebie w Zawrociu. Usiłowałaś mnie przekonać, że powinienem okazać jej więcej uczucia, że ona mnie kocha, że zasługuje na drugą szansę mimo swoich kłamstw i manipulacji. Tak zrobiłem, dałem jej szansę. Nie skorzystała z tego.

— Przepraszam.

— Nie, nie przepraszaj. Przynajmniej upewniłem się, że my naprawdę nie powinniśmy być ze sobą. Niszczymy się nawzajem. Może gdyby nie dziecko, byłaby jakaś szansa na normalność. Choć i tego nie jestem pewny, bo co to za normalność, jeśli jedna strona ma w głowie obraz wymarzonego domku i bez względu na wszystko usiłuje go zrealizować? Nie stać mnie na jej wymarzony domek i nigdy stać nie będzie. A teść i teściowa nie będą urządzać mi życia. Jak widzisz, problemów było więcej. Nie chce mi się opowiadać o wszystkich. Jedno jest pewne, nie musisz czuć się ani winna, ani odpowiedzialna za mój czy jej stan. Pokaleczyliśmy się z własnych powodów. Wiem, że Paula poświęciła dla mnie swoje małżeństwo, ale co mogę na to poradzić? Ja przecież też sporo poświęciłem. Twój szacunek na pewno. A jeszcze omal nie poświęciłem dziecka. Ona wykrzykuje, że to nie to samo, bo i tak byś ze mną nie była. A czy ona by dalej była z Zygmuntem? Może gdybym się nie napatoczył, zdradziłaby go z kimś innym? Nie można rozwalić czegoś, co jest nie do ruszenia.

— Trochę się o nią boję — przyznałam.

— Wiem, że ją kochasz i chciałabyś, żeby była szczęśliwa, ale to już nie ze mną — dodał gorzko. — Nic już nie mogę dla niej zrobić.

— Zdaję sobie z tego sprawę. Powiedziałam ci tylko, co czuję.

— Ja też się o nią boję. Łatwiej byłoby się ogarnąć, gdyby nie ten lęk i wyrzuty sumienia. Nie znoszę bezradności. Gdy umierała matka, nie chciałem się poddać, choć ona mówiła, że chce odpocząć, pobyć ze mną chwilę bez omawiania kolejnych strategii przetrwania. Teraz znowu jestem bezradny. Gdybym sądził, że jest jakaś szansa, tobym się nie poddał. Nie ma szansy. Ta miłość musi umrzeć.

— Więc przyznajesz, że ją jednak kochasz.

— Tak. Choć tylko jakąś jej cząstkę. I za tą cząstką nie przestaję tęsknić. Ktoś inny może by się tym skrawkiem zadowolił, ale ja nie potrafię. Ona zresztą chce wszystkiego, nawet mojej duszy, jak jakaś diablica.

— A nie jest tak, że boisz się małżeństwa?

— Nie. Z tobą nie bałbym się ożenić.

— Taki jesteś pewny? A może tylko tak mówisz, bo wiesz, że to niemożliwe?

— Nie. Gdybyś tylko chciała...

— A co z tą tęsknotą za inną?

— Przeszłaby.

— Ta cząstkowa miłość też?

— Gdzieś by sobie mieszkała w zakamarku serca. Ty przecież wiesz, jak bardzo pojemne jest ludzkie serce. Wyrzuciłaś ze swojego Filipa?

— Nie.

— No właśnie. Znalazłaś tam nawet trochę miejsca dla Pauli, choć ona na to nie zasłużyła. Takie te nasze serducha są rozciągliwe.

— Gdy patrzę na tę twoją kiepską brodę, to moje się kurczy — zmieniłam ton na żartobliwy. — Dziadowski wygląd.

— To samo powtarza moje lusterko. Ale codzienne golenie ostatnio było poza moimi możliwościami.

Poszłam do łazienki i znalazłam nieużywaną maszynkę. Wróciłam do pokoju i zamachałam nią przed nosem Jaśka.

— Fasolkę straszysz. No już! Do roboty!

Jasiek poszedł się ogolić, a ja zastanawiałam się, co dalej. Trzeba było wysłać Jaśka do domu, choć trudno to było zrobić w wigilijny wieczór. Misja ratowania związku była jednak skończona. Ratować samopoczucia Jaśka nie mogłam, bo trzeba by potem kłamać Pawłowi.

— Tak lepiej? — Jasiek stał w drzwiach pokoju starannie ogolony. Brakowało tylko białej koszuli i można by zaczynać świętowanie.

— Lepiej. A właściwie bardzo dobrze. Za przystojny jesteś, bym dalej mogła cię gościć. — Znowu postawiłam na żartobliwy ton.

— Baby! Co za podstępne stworzenia! Tak źle, a tak niedobrze.

Klepnęłam się po brzuszku.

— Może mówisz do dwóch bab. Lepiej uważaj.

— Naprawdę nie chcesz, bym został?

— Jestem trochę zmęczona. A ty masz do Pułtuska godzinę jazdy.

— Masz rację... — przyznał niechętnie. — Trzeba się zbierać.

— Dam ci trochę ciasta, żeby ci osłodzić święta.

Jasiek zaczął się ubierać, a ja dzieliłam wypieki matki. Sięgnęłam też po filiżankę z rozebraną tancereczką.

— Kiedyś obiecywałam ci ją dać. Co powiesz na taki prezent?

Jasiek zerknął na filiżankę.

— Tak... pamiętam ją. Gdyby Paula nie zjawiła się tamtego pamiętnego dnia, kiedy sobie z tego cudeńka beztrosko piłem, wszystko potoczyłoby się inaczej.

— Ale się zjawiła.

— Niestety. — Jasiek chyba tego żałował.

— Pakować?

— Sam nie wiem. Frywolna rodowa porcelana... — zastanawiał się malkontencko. — Twoja babka nie przewróci się w grobie, jeśli to do mnie trafi?

— Nie. Myślę, że docenia twój urok. I tę bogatą pulę genów, którą dysponujesz i którą mnie niechcący obdarzyłeś.

— Czyżby?

— Na pewno. Patrzy teraz z niebiańskiego dystansu. Ziemskie ograniczenia mentalne już jej nie dotyczą.

— To biorę. Jak już uporam się z kiepskimi wspomnieniami, miło będzie podczas picia herbaty patrzeć na takie ładne cycki. Zwłaszcza że teraz mogę sobie tylko pomarzyć.

Pacnęłam go ścierką, a potem zapakowałam filiżankę i talerzyk. Jasiek wziął reklamówkę, a później mocno mnie przytulił, zatrzymując na sekundę rękę na moim brzuszku.

— Za wami też tęsknię, wiesz o tym? — zapytał, całując mnie jeszcze w czoło.

— Tak. My za tobą też.

— Troszeczkę. — Jasiek znowu miał smutek w głosie.

— Troszeczkę.

Jeszcze jedno przytulenie i ruszył w kierunku drzwi.

3

Po wyjściu Jaśka postanowiłam zadzwonić z życzeniami do Zygmunta i przy okazji zorientować się, czy u niego nie znajdę pomocy dla Pauli.

— To ty! — ucieszył się. — Myślałem, że jesteś w Zawrociu. Zastanawiałem się, dlaczego nie podnosisz słuchawki.

— Zdecydowałam się na przyjazd do Warszawy niedawno. Matka nalegała. A jak twoje święta?

— Chujowe. — Zygmunt nie przebiera w słowach. — Czuję się jak na pół zjedzony, stary piernik.

— Z rodzicami?

— Kochana rodzinka wcinająca karpie i kluseczki z makiem, choinka aż po sufit. Co ci zresztą będę mówił. Wiesz, jak jest.

— Nie dzwoniłam przedtem, bo myślałam, że skorzystasz z zaproszenia teściowej i spotkamy się przy wigilijnym stole — rzuciłam ostrożnie.

— Wyrosłem z takich gównianych okazji. Gdyby mnie zaprosiła Paula, to może bym się skusił. Choć i to nie jest pewne. Pieprzę Boże Narodzenie i pozostałe święta. Bomb-ki, malowane jajeczka i inne dziadostwa. — Zygmunt był naprawdę zbuntowany. Pewnie sobie coś chlapnął.

— Też mam nieudane święta. Paweł miał wrócić ze Sta-nów, ale musiał zostać. U matki atmosfera była taka, że sie-kierę można było zawiesić, więc wróciłam do swego cias-nego mieszkanka. A tu tylko dwie świerkowe gałązki i nic więcej.

— To też masz chujowo.

— Można to tak ująć.

— Gdybym nie zaliczył trzech głębszych, tobym do ciebie przyjechał z pudełkiem bombek czy świecidełek. Mam ich pod dostatkiem. Bo choinkowe ozdoby też Pauli zabrałem. Wszystkie! Nie zostawiłem ani jednego kompletu. Z tego akurat nie jestem dumny. Mogłem jej podarować chociaż jasnoróżowe bombki z brokatowymi aniołkami, które naj-bardziej lubiła.

— Oddasz je kiedyś.

— Nie wiem, czy będzie okazja.

— Dzwoniłeś do niej?

— Wysłałem jej tylko esemesa.

— Odpowiedziała?

— Że życzy mi tego samego. I do tego już tylko „P". Nawet jej się podpisać nie chciało.

— Jest w kiepskiej formie.

— Pewnie tak. Choć to najmilszy esemes od czasu, gdy mnie zostawiła. Jeszcze miesiąc temu cieszyłbym się jak głupi, a teraz mi to wisi świąteczną bombką.

U Zygmunta zatem też nie było szansy na uzyskanie pomocy dla Pauli. Nie miałam sumienia prosić go o jeszcze jeden esemes czy telefon do niej.

— Życzę ci mimo wszystko jak najwięcej dobrych chwil. Przekaż ode mnie życzenia rodzicom.

— To kiepski pomysł. Mają uczulenie nie tylko na Paulę, ale i przyległości. Nie powiedziałem im, że się zaprzyjaźniliśmy. Za wcześnie na takie rewelacje.

— Może i tak.

— Jak jutro się nie nawalę, to zadzwonię. Albo pojutrze. Może zaliczymy jakiś świąteczny spacer? Choć za bardzo nie przywiązuj się do tego planu, bo mogę nie dać rady.

— Będzie, co będzie. Nie dawaj się.

— Ty też.

Zygmunt się rozłączył, a ja ściskałam potem jeszcze słuchawkę, walcząc z pokusą zadzwonienia do Pawła. Już dziś z nim rozmawiałam — złożyliśmy sobie życzenia jeszcze przed moim wyjazdem z Zawrocia. Siedem godzin temu! Ocean czasu. I ocean tęsknoty. Można się było w nim utopić.

W końcu jakoś oparłam się pokusie i odłożyłam słuchawkę. Niech się cieszy świętami z rodziną. Mój telefon mógłby przypomnieć im o mnie i odnowić jakieś kwasy. Chciałam, by przynajmniej Paweł był szczęśliwy.

LI. PAŁAC Z KLOCKÓW

1

Rano powitało mnie słońce. Z niechęcią przypomniałam sobie, gdzie i dlaczego jestem. Moja warszawska podniebna dziupla, w której schowałam się, by jakoś przeżyć samotne święta! Zerknęłam na zegarek. Była ósma. Paweł pewnie właśnie zasypiał w Los Angeles. Zobaczyłam w myślach jego czarne, sypkie włosy na poduszce i natychmiast wymazałam ten widok, bojąc się, że ugrzęznę w tęsknocie.

Wstałam, otuliłam się kołdrą, ruszyłam do okna, a potem otworzyłam je, by sobie popatrzeć na miasto. Ale była to też chwila dla Świra. Spojrzałam w górę.

— Jesteś tam gdzieś? Widzisz mnie? — rzuciłam prosto w błękit, by Filip wiedział, że mimo miłości do Pawła nie zapomniałam o nim.

Po śniadaniu wybrałam się na cmentarz z dwoma świątecznymi stroikami, zrobionymi jeszcze w Zawrociu — dla Filipa i dla ojca. Też taki dostałaś, babko. I dziadek Maurycy. Jóźwiak przyniósł gałązki, a Marta pokazała, jak to się robi.

— No bo własną ręką ozdobiony to ważniejszy niż kupny — powiedziała. — Świętej pamięci pani Milska tak twierdziła. I sama robiła takie właśnie wianki. Na jedne święta ze świerka, a na drugie z borowiny. Że niby przy okazji wplatania złotych wstążek można wpleść też wspomnienia. — Jóźwiakowa chlipnęła nad gałązką i małymi złotymi bombeczkami. — Człowiek to tylko dzięki niej wie co i jak.

Jak narobię takich ozdób i położę na swoich grobach, to wszystkie sąsiadki zazdroszczą i naśladują. Ale i tak takie eleganckie im nie wychodzą jak moje. Bo tu plastiku żadnego nie ma. Świętej pamięci pani Milska to się brzydziła sztucznym. To ja też przyzwyczaiłam się do prawdziwego.

Matka Filipa nie miała takich obiekcji — na jego grobie zastałam sztuczny stroik. Nie pierwszy raz na mogile Świra ścierały się różne stylistyki. Kiedyś mnie to wkurzało, teraz patrzyłam na to ze spokojem. Wieniec mamuśki był bliżej garbatego anioła, mój z drugiej strony, a na środku zapaliłam świeczkę.

— Jestem szczęśliwa, kochanie — szepnęłam swojemu Arlekinowi, lepiąc mu ze śniegu Colombinę. Taki świąteczny żarcik, który tylko on mógł docenić. — Żeby ci nie było smutno, w razie gdyby Olga zagubiła się gdzieś w niebie. Ale pewnie jest przy tobie. Taką przynajmniej mam nadzieję.

U ojca nic nie leżało. Biała górka. Właściwie dobrze, że był śnieg, bo nie było widać, że ostatnio zaniedbałam groby.

Jemu też szepnęłam, że jestem szczęśliwa. Choć właściwie na to nie wyglądało, bo przy obu grobach zakończyłam te zdania łzami.

— Nauczyłeś mnie kochać — szepnęłam jeszcze ojcu i zaczęłam lepić dla niego małego bałwana. — Tak bardzo mi ciebie brakuje.

To była prawda. Kiedyś więcej czasu spędzałam przy grobie Filipa. Teraz bardziej tęskniłam za ojcem. Wiedziałam, że on by się cieszył z Fasolki, Pawła i Zawrocia. Może i miałby jakieś wątpliwości, ale i tak by mnie wspierał. I wiedziałam, że dla niego byłabym najważniejsza na świecie.

Potem wracałam tą samą cmentarną alejką, którą w ubiegłym roku w listopadzie szłam z Pawłem. Szeleszczące i zimne Święto Zmarłych! Pawłowi chciało się przyjechać z Zawrocia, przyjść na cmentarz i czekać na mnie dwie godziny tylko po to, by opowiedzieć, że interesowałaś się także i tymi grobami, babko. I by oddać mi list, który po moich narodzinach napisałaś do moich rodziców, przyjmując mnie tym samym do rodziny. Matka ten list odesłała i nigdy mi o nim nie powiedziała. Gdyby nie Paweł, może dotąd bym o nim nie wiedziała. To dzięki takim gestom Pawła moje letnie zauroczenie zmieniło się w miłość. Uważność! Bardzo rzadka cecha w czasach, gdy większość chce tylko wziąć, a nie dawać. Sama należałam kiedyś do tych, którzy rozpychają się łokciami w drodze do najlepszych kąsków. Zawrocie mnie zmieniło bezpowrotnie. Już wiem, że te kąski nie zawsze są z przodu. Nie ma się po co tak głupio pchać.

2

W drodze powrotnej postanowiłam odwiedzić jeszcze jedną ważną dla mnie osobę, tym razem żywą. Świąteczna wizyta u pani Mieci! Niezbyt długa, bo okazało się, że pani Miecia jest chora.

— Lepiej nie wchodź, bo się zarazisz — powiedziała w drzwiach, jak zwykle skłonna bardziej myśleć o innych niż o sobie. — I mam nieposprzątane. Takie to święta.

— Wejdę na chwilę.

Pani Miecia podreptała więc w głąb mieszkania. Miała na sobie podniszczony szlafrok, ciepłe papucie. Wyciągnęłam ją swoim dzwonkiem z łóżka.

— Proszę wracać pod kołdrę.

— Nie, posiedzę z tobą chwilę, tylko nogi czymś przykryję.

Pani Miecia opadła na fotel, otuliła się kocem, a ja rozejrzałam się po jej mieszkaniu. Nie było choinki ani żadnych innych świątecznych gadżetów, za to na regale zalegał kurz.

— Długo pani choruje? — zapytałam, bo pani Miecia wyglądała naprawdę mizernie.

— No... już tak z tydzień.

— A wygląda pani raczej na dwa tygodnie choroby. Ktoś tu zachodził do pani?

— Przed świętami to każdy ma swoje sprawy.

Ruszyłam w kierunku lodówki. Z wnętrza ziało pustką. Trzy jajka, mleko i nic więcej. Wyglądało na to, że pani Miecia nie miała siły wybrać się przed świętami po zakupy.

— Idzie pani do łóżka! — zarządziłam. — A ja na chwilę skoczę na górę. Musi pani zjeść coś ciepłego.

— Ale wirusy! A jak ci zaszkodzą?

— No dobrze, podgrzeję pierogi i barszczyk u siebie, a potem przyniosę tutaj.

— Tylko czy na pewno... — martwiła się jeszcze pani Miecia.

— Zostawię potem tacę i zniknę.

— Chyba że tak... — zgodziła się w końcu.

Dziesięć minut później byłam już z powrotem.

— Niech pani zje, a ja idę do Zielińskiej, powiedzieć jej, że pani jest chora.

— No ale tak w święta...?

— Potrzebuje pani pomocy.

— To już jak uważasz, Madziu.

Musiałam poprosić sąsiadkę o pomoc nie tylko ze względu na Fasolkę i wirusy, ale i zamknięte sklepy.

— O Boże... nie pomyślałam o pani Mieci — zafrasowała się Zielińska. — Sama pani wie, jak to przed świętami. Ale żeby już tydzień była chora i nic nie powiedziała? Przecież bym jej zrobiła choć jakieś zakupy.

— Wygląda na bardzo słabą. Zajęłabym się nią, ale wpadłam do Warszawy na chwilę, właściwie spędzam święta u matki. Żadnych zapasów w lodówce. Po świętach mogę wybrać się do supermarketu, ale potem chciałabym wrócić do Zawrocia. Nie mówiąc o tym, że wolałabym nie mieć do czynienia z zarazkami.

— A pewnie! Nie ma co w ciąży po chorych latać. Z zakupami też sobie poradzę.

— To proszę wziąć pieniądze — podałam jej sto złotych.

Zielińska chwilę się wahała, ale w końcu schowała je do kieszeni.

— Przyda się. Mieci się nie przelewa. A jak taka słaba, to i rosołu trzeba, i owoców jakichś.

— I proszę się zorientować, czy ona ma leki.

— Tak zrobię. Dlaczego ona nie powiedziała, że jest chora? — Zielińska kręciła z dezaprobatą głową. — Sama zawsze pomoże, a poprosić o nic nie umie. Całe szczęście, że pani do niej zaszła. Pójdę tam zaraz i zorientuję się, co i jak. Może być pani pewna.

— Dziękuję.

— Nie ma za co. Jakby co, to zmobilizuję jeszcze ze dwie sąsiadki. Nie damy jej zginąć.

Zjechałam potem jeszcze na dół po naczynia. Powiedziałam o Zielińskiej i kazałam przyrzec pani Mieci, że zadzwoni do mnie, gdyby się jej pogorszyło albo gdyby czegoś potrzebowała.

3

Po powrocie do mieszkania wysypałam z pudła klocki. Chciałam zobaczyć, czy Paula zapakowała wszystkie, jak obiecała. To było trudne zadanie, bo nigdy dotąd ich nie liczyłam i nie układałam, a jedynie widziałam te wszystkie wieże, dachy i mostki, które budowała Paula — najpierw z pomocą ojca i kochanej mamusi, a potem już sama. Lubiła zresztą wznosić te swoje zamki i pałace w takim miejscu, bym ich przypadkiem nie przegapiła. Najczęściej stały na środku stołu w jadalni, a my siedzieliśmy wokół i jedliśmy śniadanie czy obiad. Takie rodzinne biesiadowanie z widokiem na fortecę, która należała do Pauli. Ja nie miałam prawa dotknąć nawet jednego klocka. Ale oczywiście dotykałam. Chwila nieuwagi i zamkowa wieża waliła się na stół czy podłogę, a Paula leciała na skargę.

Byłam naprawdę kiepską siostrą. Kazik przed laty wyznaczył mi taką rolę, a ja nie potrafiłam się z niej wyrwać. Podobnie jak Paula nie potrafiła wyrwać się z roli krzywdzonej skarżypyty, której należy się wszystko i jeszcze więcej. Kazik zresztą zawsze dbał, byśmy przypadkiem nie wypadły z tych ról. A teraz, gdy pragnął odmiany, chyba było za późno. Ja próbowałam coś zmienić, Paula nie chciała albo nie potrafiła.

Stawiałam teraz kolejne klocki z myślą o niej. Wieża północna, wieża południowa, wieża zachodnia, wieża wschodnia. Tak nauczył Paulę Kazik. Zawsze zaczynali od północnej. Na szczycie miała czarny klocek jako symbol nocy i zła. Inne wieże miały weselsze kolory. Najbardziej lubiłam południową, z żółciutkim trójkącikiem na górze. Zawsze była najwyższa, bo przedłużona żółtym walcem.

Tyle że walca nie było w pudle. I zielonego, długiego mostka, który czasami robił za zwieńczenie głównej bramy. Mogłam się tego spodziewać. Cała Paula! Ciekawe, jak by zareagowała, gdybym oddała jej Joachima bez jednej łapki.

Przygnębiło mnie to odkrycie, jakbym miała dziesięć lat i dostała wybrakowaną zabawkę. Obie dziecinniejemy przez ten nasz wieczny konflikt — pomyślałam i sięgnęłam do napoczętego pudełka z ptasim mleczkiem. Wiedziałam, że to była rekompensata za te dwa podkradzione klocki. Podwyższyłam więc południową wieżę trzema ptasimi mleczkami. Niestety, nie była taka piękna jak z żółtym walcem.

Niby nie miało to znaczenia, a czułam żal. Sama już nie wiedziałam do kogo. Całe życie bez idealnej wieży. I teraz, gdy miałam mieć w końcu te swoje idealne święta w Zawrociu, ktoś mi je odebrał. Czy naprawdę była to Emila? A może to jednak Lilka z paroma innymi mieszkańcami osady, chcącymi przenieść się do lepszego świata? Gdybym miała prawdziwą siostrę, tobyśmy razem budowały zamek przeciwko wszystkiemu co złe. Mogłabym się jej zwierzyć, a ona mnie. Zostałabym w domu matki i przytulałabym Paulę tak długo, aż przestałaby się wkurzać i płakać. Może nawet spałybyśmy w jednym łóżku jak wówczas, gdy była w Zawrociu? Ale jak przytulać taką złodziejkę klocków i facetów jak ona? Srokę taką, której nigdy dość tego, co do mnie należało?

Wyciągnęłam dwa klocki z fundamentu południowej wieży i pozwoliłam jej runąć.

— Mam jej darować te dwa klocki? — zapytałam Fasolkę. — To prezent dla ciebie, więc powinnaś mieć prawo głosu. Żółty walec i zielony mostek, największy w całym zestawie. Jak myślisz?

Fasolka miała to chyba gdzieś. Głupie stare klocki obchodziły ją tyle co zeszłoroczne śniegi. Jednego i drugiego przecież nie widziała.

— Nie bądź taka hop do przodu — rzuciłam jeszcze. — Chcesz czy nie chcesz, masz matkę, której zawaliła się w życiu niejedna wieża. Jesteś na taką matkę gotowa?

Wsłuchiwałam się w swój brzuch, by usłyszeć odpowiedź. Czy ten delikatny ruch, jak muśnięcie ćmy, to było poruszenie Fasolki?

— Nie bój się — powiedziałam jeszcze. — Przez to, że tyle tych wież było, umiem doskonale budować nowe. Będzie zabawnie, z walcem i mostkiem czy bez nich. Tego możesz być pewna.

4

Wrzuciłam klocki do pudła i wróciłam do krainy dorosłości, w której ma się różne obowiązki. *Zaułek srebrnych kotów* niestety przyjechał ze mną do Warszawy. Inspektor Smith akurat usiłował przeżuć kawałek mięsa, ale słabo mu to szło po tym, jak dosięgnął go niespodziewany cios deską w domu Igi Deviot. Dom był oplombowany, w zasadzie nic podobnego nie powinno się zdarzyć. A jednak! Zębom na szczęście nic się nie stało, ale przy każdym poruszeniu ustami bolała go rozcięta głęboko warga. Frustracja. Niby coś się wyjaśniło, ale nie do końca. Inspektor Smith wiedział, kto zabił dwie kobiety i napoczętego przez szczury mężczyznę, ale morderca Igi Deviot wciąż był nieuchwytny. Nie mówiąc już o tym, że nigdzie nie było malinowego błyszczyka. Bywa! Ja też wiedziałam, kto namówił Darka Borsuka na ozdabianie klamki Zawrocia makabrami. Reszta ciągle była jedynie domysłem lub tajemnicą. Doskonale więc rozumiałam parszywy nastrój inspektora. I tylko usta miałam całe i z przyjemnością mogłam pchać sobie do nich słodkie porcje doskonałego makowca.

Nie dowiedziałam się niestety, czy inspektorowi udało się przeżuć obiad, bo zadzwoniła matka. Nie ucieszyłam się z tego telefonu. Przeciwnie, poczułam nieprzyjemny ucisk gdzieś w środku.

— Przyjdziesz? — poprosiła. — Byłoby miło spędzić razem chociaż kawałek pierwszego dnia świąt.

— Trochę ślisko — opierałam się.

— Kazik może po ciebie pojechać.

Jakoś nie wyobrażałam sobie podróży z ojczymem. Nawet piętnaście minut sam na sam z Kazikiem wydawało mi się nie do przeżycia. Nie potrafiłam mu wybaczyć tego, że rozdzielił mnie przed laty z Paulą. To przez jego obsesję stałyśmy się obcymi osobami. W końcu się pokajał, ale nie zmieniło to mojej niechęci do niego. A jeszcze tyle innych rzeczy miałam mu do wybaczenia. Bił mnie w dzieciństwie. Upokarzał. Zrobił wszystko, by w domu nie było żadnych pamiątek po moim ojcu. Omijałam go jak słup na drodze.

— Sama nie wiem... — zastanawiałam się teraz.

— Paula znowu nic nie je. Może przy tobie uda się ją namówić chociaż na rosół?

Rosół! Przydałby się pani Mieci na przeziębienie.

— No dobrze — poddałam się. — Sama przyjadę.

— Dziękuję. Paula naprawdę się przy tobie ożywia. Dobre i trzy lepsze dni.

Chciało mi się śmiać i płakać jednocześnie. Musiało być jeszcze gorzej niż wczoraj, jeśli matka brała kłótnie Pauli ze mną za ożywienie.

LII. KRZYKI

1

Pół godziny później byłam już w domu matki. Najpierw zostałam przesłuchana — w przedpokoju, za zamkniętymi drzwiami. Matka wypytywała mnie ściszonym głosem.

— Rozmawiałaś może z Jaśkiem?

Skinęłam głową.

— Nie wróci do Pauli?

Tym razem pokręciłam głową przecząco.

— Na pewno?

— Skąd mogę to wiedzieć?

— Oczywiście, skarbie, nie denerwuj się. To przez tę bezradność... Leży, gada coś do miśka, potem płacze, wali nim o poduszkę albo...

— Domyślam się — przerwałam jej. Nie chciałam więcej słuchać o tym, co Paula robi Joachimowi.

— Przepraszam, nie pomyślałam. To tylko misiek. Ona go potem przytula i...

— Chodźmy — przerwałam jej znowu.

— Poczekaj! — Matka znowu ściszyła głos. — Czy może miałaś kontakt z... no wiesz...

— Miałam. — Wiedziałam, że pyta o Zygmunta. — Wymienili się esemesami. Tyle mi powiedział.

— Czy on...

— To zależy od Pauli, mamo. Tylko od niej. I od czasu.

— Ale mógłby... Przecież... — Zamilkła na chwilę. — Choć może masz rację. Czas... Chyba tylko on może coś zmienić.

— Teraz ty mi odpowiedz na jedno pytanie. To Paula chciała, żebym przyjechała?

Matka skinęła potwierdzająco głową.

— Wiesz dlaczego?

— Nie. — Miałam wrażenie, że kłamie.

— Nie chodzi przypadkiem o to, że jak jestem tu, to nie mogę być z Jaśkiem?

— Może. Ja wiem, że ty byś jej tego nie zrobiła. Prawda?

Matka raczej zaklinała rzeczywistość, niż mi wierzyła. Taka to była wiara. I taka to była miłość. Ochłap. Myślała tylko o Pauli. Aż mi się na chwilę zrobiło niedobrze. Poczułam w dodatku pokusę, by powiedzieć i uczynić coś takiego, co by ją ścięło z nóg.

— Prawda — powiedziałam jednak. I żeby się pocieszyć, wyobraziłam sobie, jak opróżniam jej zasobną, dwuskrzydłową lodówkę. Pani Mieci przyda się warzywna sałatka i pieczeń z indyka. Nie mówiąc o rosole. Przynajmniej ona skorzysta na mojej wyprawie do rodzinnego domu, a raczej do atrapy rodzinnego domu.

2

To był najgorszy świąteczny obiad, jaki pamiętałam w tym domu, babko. Paula zasiadła z nami do stołu, ale jadła rosół z taką miną, jakby dostała jakieś ciągnące się gluty, a nie makaron. Wszystko jej rosło w buzi. Z jednej strony było mi jej naprawdę żal, z drugiej wiedziałam, że robi teatr na mój użytek. Choć może też grała na emocjach rodziców. Jakiekolwiek miała intencje, to była świąteczna stypa. Aż w końcu wszystkim jedzenie zaczęło rosnąć jak Pauli, jakbyśmy byli jednym wielogębnym organizmem.

Paula wreszcie szurnęła talerzem i zniknęła w swoim pokoju.

— Cierpi — rzuciła tonem usprawiedliwienia matka.

— Przesoliłaś — sarknął w odpowiedzi Kazik.

Miał rację, rosół był przesolony.

Tym razem szurnęła talerzem matka. Po raz pierwszy w życiu, choć Kazik tysiące razy odzywał się w podobny sposób, by ją sprowadzić do parteru.

— Co ja takiego powiedziałem? — zdziwił się teraz.

— Jajco — burknęłam i poszłam śladem matki.

Siedziała w swoim przeładowanym meblami salonie, na pufie przy choince i ściskała twoją broszę, jakby ją chciała zgnieść.

— Przez nią nie umiałam was wychować. Przez nią! — powtórzyła. — Ciebie nie potrafiłam przytulić, bo ona mnie nie przytulała. A Paulę potem dla odmiany zapieściłam na śmierć, bo chciałam, by miała to wszystko, czego ja nie dostałam. Tak to jest, gdy własna matka traktuje cię jak przedłużenie klawisza.

— Przecież dziadek Maurycy był inny. Na pewno cię przytulał.

— Cóż z tego, gdy potem pozwolił wypędzić mnie z Zawrocia? Jedynie ona się dla niego liczyła! My byłyśmy tylko dodatkiem.

— Co innego o nim słyszałam. Przecież odwiedzał nas w Warszawie. Pamiętam to, mgliście, ale jednak.

Matka potarła czoło.

— Może, ale mnie utkwiło w pamięci tylko to, że zostałam wyrzucona z własnego domu.

— Byliście później przecież na weselu Zosi. Zanosiło się na zgodę. Co się potem stało?

— Zginął twój ojciec. Po jego śmierci już nie byłam w stanie ani pojechać do Zawrocia, ani wybaczyć matce. Jakby to ona go zabiła.

— Wiesz, że to nieprawda — zaoponowałam. Matka nie potrafiła winić za wypadek Kazika jadącego z kompanami w aucie, które spowodowało kolizję, przerzuciła więc winę na ciebie, babko. — Może czas już przypomnieć sobie te wszystkie dobre chwile, które ci się zdarzyły w Zawrociu. Bo przecież musiały tam być i takie. To miejsce stoi przed tobą otworem. Możesz przyjechać, kiedy tylko zechcesz.

Potrząsnęła przecząco głową.

— Nie potrafię — wyszeptała.

— To mój dom, mamo. Ty nie chcesz tam przyjechać, Paula też długo tego nie zrobi. A może już nigdy. Przez to teraz ja czuję się wykluczona, jakby znowu dzielił nas płot i brama. Nie pozwól na to.

Znowu potrząsnęła głową.

— Ona poznała go właśnie tam!

— Ona?

— Paula. Mówię o Jaśku. Ten dom przynosi samo zło.

— To nieprawda. Paula poznała Jaśka w Warszawie, u mnie w mieszkaniu. Wcześniej znali się zresztą z widzenia. A mnie ten dom przyniósł wszystko, co najlepsze. Jestem tam szczęśliwa. Nie możesz do końca życia odrzucać swojej przeszłości. Bez solidnych korzeni dryfuje się przez życie jak puch dmuchawca. Też tak miałam. A teraz po raz pierwszy mam korzenie. Odzyskałam je. I naprawdę dobrze się z tym czuję. Byle jaki wiatr mnie nie porwie ze sobą i nie poniesie Bóg wie gdzie.

Matka już się nie odezwała. Nie wiem, czy któryś z argumentów do niej trafił. Nawet jeśli, to nie dała tego po sobie poznać.

— Zajrzysz do niej? — zapytała jak wczoraj.

— Tylko po co, mamo?

— Spróbuj — poprosiła znowu. — Przecież ją kochasz. Wiem, że tak jest. Mimo wszystko ją kochasz. Ona wykrzykuje różne rzeczy, ale wciąż jesteś dla niej ważna. Jeśli ty jej teraz nie pomożesz, to już nie wiem, kto mógłby to zrobić.

— Nie jestem cudotwórcą, mamo.

— Wiem. Chodzi tylko o to, żeby ona zobaczyła coś poza Jaśkiem. Cokolwiek.

— Dobrze. Tylko nie wchodź, żeby nie wiem co. I daj mi stopery, bo zacznie od wrzasków.

Matka przyniosła mi wosk, a ja ulepiłam sobie małe kulki i przykleiłam do uszu tak, że trochę słyszałam, ale w każdej chwili mogłam je dopchnąć i wytłumić krzyki. Woskowa zbroja. Aż się chciało z tego pośmiać. Mnie jednak nie było do śmiechu. Przygotowywałam się do wizyty u Pauli jak do wyprawy do jaskini smoka.

3

Paula zaczęła się drzeć, gdy tylko zobaczyła mnie w drzwiach. Rzuciła we mnie pluszowym wałkiem. „Wynoś się", to było najlepsze, co usłyszałam. Zostałam oszukańczą czarownicą, zawrociańską suką, złodziejką facetów, wredną małpą, która udaje niewiniątko, koszmarem, który jej zniszczył dzieciństwo, wreszcie zwykłą świnią, która nie ma honoru i pcha się tam, gdzie jej nie chcą...

Wosk zniósł wszystko.

— Nie ma żółtego walca i zielonego mostka. Sprawdziłam! — wtrąciłam, gdy nabierała powietrza do kolejnej serii obelg. — Umówiłyśmy się. Mam oberwać łapkę Joachimowi? A może dasz mi jego ucho?

Wiedziałam, że to ją spacyfikuje. Przyciągnęła Joachima, jakby naprawdę obawiała się, że zaraz coś mu urwę.

— Jesteś jeszcze gorsza, niż myślałam! — rzuciła, ale już bez tego okropnego krzyku.

— Dorastam do roli.

— O co ci chodzi?

— To ty mi powiedz, dlatego tak wrzeszczysz.

— Dobrze wiesz dlaczego! Spotkałaś się z nim. Wiem to! Jesteś kłamliwą suką.

— Masz na myśli Jaśka?

— Mam ci pokazać esemesa? Napisał mi o tym.

— A czy dodał, że to dzięki tobie wiedział, gdzie mnie szukać?

— Nie udawaj, że nie umówiliście się wcześniej.

— No właśnie nie. Myślał, że jestem w Zawrociu. A tu taka niespodzianka. Nie szukał informacji, a sama do niego przyszła. To postanowił z niej skorzystać.

Wiem, babko, to nie były miłe słowa, może nawet zabójcze, ale jak inaczej miałam dotrzeć do Pauli?

— Kłamiesz!

— Spędził u mnie dwadzieścia minut. Pozwoliłam mu przyjechać, bo chciałam się dowiedzieć, co myśli i czuje. Ale nie do mnie. Do ciebie, Paula.

— Kłamiesz! — rzuciła znowu, choć już bez pewności w głosie.

— Przecież tak naprawdę chciałaś, bym się z nim spotkała. Bo wolisz wiedzieć, na czym stoisz. Zabija cię niepewność.

— Pleciesz!

— Oderwij te łapy od twarzy i porozmawiaj ze mną normalnie. Zadaj mi pytania. Odpowiem.

— Oddałaś mi Joachima. Wszystko jasne!

— Nie. Nic nie jest jasne. Oddałam ci Joachima, ale nie za Jaśka. Za klocki. Jasiek się nie liczy. Wypadł z gry. Przynajmniej dla mnie.

— Nie dałam ci też jednego trójkąta, czerwonego — przyznała się.

— Tak myślałam. Masz mi je wszystkie oddać, jeśli chcesz mieć Joachima w całości.

— Nigdy byś mu nic nie zrobiła.

— Zaczynasz przeglądać na oczy. Nigdy też świadomie nie chciałam cię skrzywdzić. Choć wyrządziłam ci wiele zła półświadomie albo nieświadomie, z zazdrości, z wściekłości, że matka kocha cię bardziej, z zemsty, z głupoty. Byłam okropną siostrą.

— Jesteś. Nawet jak nie chcesz być. Bo on woli ciebie.

— On sam nie wie, czego chce od życia. Co chwila zmieniają mu się chcenia. Naprawdę zamierzasz z kimś takim spędzić życie? Można się pobzykać, ale dom, małżeństwo to chyba trochę za dużo.

— Chrzanisz!

To była prawda. Chrzaniłam. Ale tylko tak mogłam jej pomóc.

— Ciągle jeszcze jesteś żoną Zygmunta — przypomniałam. — Może kiedyś będziecie razem.

— Nudziarz!

— Zmienił się przez ostatnie miesiące. Mnie nie nudzi. Przeciwnie, uważam, że jest zabawny.

— A ty niby skąd to wiesz?

— Trochę go wspierałam w najgorszych chwilach.

— Zna dwie pozycje seksualne!

— To go nauczysz więcej.

— Nienawidzę go! Gdyby mi nie zabrał wszystkich mebli, Jasiek dalej byłby ze mną. To ta cholerna pustka nas rozdzieliła.

— Jeśli dwoje ludzi nie potrafi takiej pustki zapełnić, to może nie powinni być razem.

— Pieprzysz jak jakaś stara ciotka. Nigdy z nikim nie było mi tak dobrze w łóżku jak z Jaśkiem. Chcę to mieć z powrotem.

— Tylko tyle? To przejdzie ci szybciej, niż myślisz.

— Chcę to mieć z powrotem! — powtórzyła. — Rozumiesz?!

— Rozumiem, tylko nie wrzeszcz. A jeśli chodzi o TO — podkreśliłam ostatnie słowo — za wcześnie wyszłaś za mąż. Z Zygmuntem się nie dotarliście. Gdyby nie małżeństwo, wiedziałabyś, że to coś może ci dać niejeden facet.

— Gówno wiesz! Próbowałam. Jasiek wcale nie był pierwszy, ale tylko z nim było mi dobrze.

— Tego kwiatu jest pół światu. Ja bym się na twoim miejscu otrzepała i rozejrzała wokół.

— Pewnie! O to ci właśnie chodzi. By Jasiek był wolny!

— Jesteś jak stara, zdarta płyta. Możesz mi powiedzieć, po co mi Jasiek, jak mam Pawła?

— Paweł to UFO. Nie wierzę w tego twojego Pawła!

— A powinnaś, bo to będzie twój szwagier.

— Na święty nigdy.

— Czy wiesz, jak twoje rozstanie z Jaśkiem skomplikuje mi życie? Pomyśl trochę. Sądziliśmy z Pawłem, że będziemy mieć Fasolkę tylko dla siebie. Że Jasiek będzie zajmował się innym dzieckiem, twoim.

— To jakieś bzdury!

— Nie powtarzaj jak papuga głupich tekstów, tylko się trochę zastanów nad tym, co mówię. Kocham Pawła! Nie chcę, by mi ktoś w tej miłości przeszkadzał. Też byś nie chciała.

Paula przetrawiała moje słowa w posępnym milczeniu. Niestety wynik nie był taki, jak się spodziewałam.

— Chcesz pomniejszyć moją miłość — powiedziała. — Myślisz, że jak ty go nie chcesz, to ja mniej będę cierpiała?

— Nie. Mam tylko nadzieję, że nie będziesz cierpiała z powodu swoich własnych wymysłów na temat mój i Jaśka.

— I tak prawda jest taka, że gdyby nie ty i twój bachor, to on by ze mną został nawet w tym pustym domu.

— Gdyby nie ja, to w ogóle byś go nie poznała, bobyś nie przyjechała do Zawrocia i nie zabawiła się w złodziejkę. Miej pretensję do siebie.

— Wszystko przez ciebie — podsumowała ponuro.

Miałam ochotę ją palnąć.

— Zrobisz z tym, co zechcesz. Jedno jest pewne, Jaśkowi marzy się dojrzała kobieta, z którą można pogadać, a nie jedynie się awanturować. Awanturami, kaprysami i manipulacjami nic nie wskórasz. Już chyba nawet Zygmunt stał się na to odporny. Ja bym poszła do psychologa. Masz problemy, Paula.

— Chcesz zrobić ze mnie wariatkę? To mu powiedziałaś?

— Komu? Bo nie wiem, czy masz na myśli Jaśka, czy Zygmunta.

— Obu!

— Niczego im nie mówiłam, ale oni to wiedzą. Obaj cię na swój sposób kochają i obaj są już zmęczeni. Tylko ty, Paula, możesz coś z tym wszystkim zrobić. Mnie kiedyś pomogło Zawrocie. Potem jeszcze przez rok usiłowałam uporządkować ten wewnętrzny bałagan, w którym tkwiłam. To był bolesny proces, ale było warto. Weź ze mnie przykład. Przecież jestem twoją starszą siostrą.

— Przyrodnią!

— Przyrodnią — przyznałam, usiłując ją przy tym przytulić. Paula mnie jednak odtrąciła. — Będę trzymała za ciebie kciuki — dodałam więc tylko.

Ruszyłam do drzwi.

— Znowu dezerterujesz! — burknęła.

— Stres nie służy dziecku. Nic na to nie poradzę. Ale cieszę się, że porozmawiałyśmy.

Paula już się nie odezwała.

4

Wróciłam do swojego mieszkania obładowana zapasami. Matka widziała, że już mnie nie namówi na powrót do domu, pakowała więc jedzenie na zapas, łącznie z przesolonym rosołkiem.

Bałam się potem dzwonić do Pawła, by zupełnie się nie rozkleić. W końcu to on zadzwonił do mnie.

— Jak twoje święta? — zapytał.

— Rodzinna klasyka — nie chciałam mu psuć humoru opowieściami z krainy depresji i krzyków. I nie chciałam sobie tego przypominać.

— Jakieś szczegóły?

— Karp był trochę przesmażony. Humory też. A u ciebie?

— Karpia imitował kawałek rekina.

Roześmiałam się, ale czułam, że Paweł też dziś zaliczył coś paskudnego, bo miał dziwny, napięty głos.

— A jak nastroje? — zapytałam.

— Było całkiem miło. Choć bez śniegu to żadne święta. Śpiewaliśmy kolędy przy basenie znajomego Polaka.

— To też ma swój urok. Najważniejsze, że było z kim pośpiewać.

— Z tym bym nie przesadzał. Tylko część rodziny jest muzykalna. Ojciec fałszuje tak, że wszystkie ptaki w pobliżu wyzdychały. Ten znajomy też nie lepszy.

— Ale chyba nie dlatego jesteś przygnębiony? — zapytałam w końcu wprost. — Praca?

— Nie. To nie to — rzucił. — Pisało mi się dobrze... do momentu telefonu od Dawida.

— Dawida? — zaniepokoiłam się nie na żarty. — Coś się stało?

— Ty mi powiedz.

— Ja? Ale ja nic nie wiem.

— Na pewno? Dawid powiedział, że związek Pauli i Jaśka to już historia. Dlaczego mi nie powiedziałaś?

— Żebyś się nie martwił tym, że mam przed sobą święta z siostrą w depresji. Potrzebna ci była taka wiadomość akurat teraz? Sam zresztą niejedno potrafisz przede mną ukryć — przypomniałam mu.

— I to wszystko?

— Depresja Pauli i ponure nastroje przy przesolonym rosole i zwęglonym karpiu to mało?

— Dawid dodał, że Jasiek chciałby cię odzyskać — mruknął ponuro Paweł.

— Tak powiedział? — Byłam naprawdę zszokowana. — Nie można odzyskać czegoś, czego się nie posiadało.

— Chyba im obu, ojcu i synowi, wydaje się jednak, że jest coś do odzyskania. Dawid nadmienił jeszcze, że Jasiek jest gotowy zadbać o ciebie, gdyby coś się zmieniło w moich planach czy uczuciach.

— A zmieniło się coś w twoich planach i uczuciach?

— Nie.

— To dlaczego o tym rozmawiamy?

— Bo nie wiem, czy w twoich się nie zmieniło.

— Przecież wiesz, że nie.

Paweł jednak nie zamierzał odpuścić.

— Widziałaś się teraz z Jaśkiem?

— Owszem — przyznałam. — Wczoraj wpadł do mnie na chwilę.

— Więc jednak! — w głosie Pawła była frustracja.

— Przyniósł prezent dla Fasolki.

— Ale sobie znalazł pretekst.

— Ja też chciałam go widzieć.

— Zamierzasz mnie dobić?

— Należy ci się za te zazdrosne pomruki. A nie przyszło ci do głowy, że spotkałam się z nim ze względu na Paulę? To moja siostra. Wredna, ale ją kocham. Wiesz, jak to jest z tą rodzinną miłością.

— Coś jakby. Tylko nie sądzę, byś akurat ty była zdolna namówić go do powrotu do Pauli.

— Tak czy owak, próbowałam. Paula jest w bardzo kiepskim stanie. Szukałam dla niej pomocy.

— I nie znalazłaś — stwierdził z przekonaniem.

— Nie znalazłam.

— Za to on miał okazję podlizywać się do ciebie.

— Brr! Kto by przypuszczał, że taki z ciebie zazdrośnik. — Wiedziałam, że to wynik wrednych działań Mikołaja, Lilki i kto wie kogo jeszcze. Telefon od Dawida tylko to podsycił. — Miałeś odpoczywać i tworzyć, a nie zajmować się bzdurami.

— Wiem. I naprawdę dobrze mi szło, do tego cholernego telefonu. I oczywiście do rodzinnego najazdu. Jutro z rana wyjeżdżają.

— I masz się wtedy wziąć do roboty! — powiedziałam kapryśnie.

— To właśnie oznajmiłem Emili. Chciała tu trochę zostać, ale nie mam czasu na pokazywanie jej Los Angeles. Śpieszy mi się.

— Mam nadzieję, że do mnie, a nie do pojedynku z wyimaginowanym rywalem.

— Taki całkiem wyimaginowany to on nie jest. I znalazł sobie mocnego sprzymierzeńca. Dawid nie tylko wypytywał mnie, czy nie zmieniłem planów, ale też opowiadał o wątpliwych urokach małżeństwa i wychowywania dziecka. O tym, jak trudno dostosowywać się do kobiety. O pętli, która może dławić wenę i tak dalej.

— To miałeś świąteczny chórek złożony z czworga doskonałych chórzystów.

— Z pięciorga, bo oprócz rodziców, Emili i Dawida to samo chciała śpiewać Julia.

— Może mają trochę racji. Nie chcą, byś ugrzązł przy mnie w Zawrociu.

— Nic mnie ich racje nie obchodzą. Dałem im pół godziny na śpiewy, a potem powiedziałem, że albo się zamkną, albo niech się wynoszą.

— Posłuchali?

— Nie mieli wyjścia. Całe jedzonko było w moim saloniku. Rekin i inne takie. Najpierw pozwoliłem im to wszystko przygotować, a potem się postawiłem. — Paweł już sobie żartował.

— Sprytnie. A co z tym ugrzęźnięciem? — przypomniałam. — Naprawdę się tego nie boisz?

— Wszystko, co ostatnio stworzyłem, powstało dzięki tobie, Maty. Z miłości, z zazdrości, z tęsknoty, z nasycenia, z codzienności z tobą, z niedziel. To nie przypadek, że wcześniej dostałem te dwa kontrakty. Miałem co pokazać producentom. A miałem co pokazać, bo w zimie pisałem dla ciebie muzykę. Między innymi tę, którą ci podarowałem.

— Cały urok kobiety...

— Tak to się nazywało oficjalnie. A nieoficjalnie: Matylda. Wydobywasz ze mnie to, co najlepsze.

— Poza tymi momentami, gdy robisz się obrzydliwie zazdrosny.

— Tyle że teraz mam naprawdę powód. — W głosie Pawła znowu zagościł malkontencki ton. — Wiem, że ciebie Jasiek mi nie odbierze. Ale Fasolkę spróbuje. Myślałem, że będzie miał dziecko z Paulą, a Fasolka będzie należała tylko do nas. Że Jasiek co najwyżej będzie świątecznym ojcem, który raz na jakiś czas przywiezie zabawkę. Teraz to już nierealne.

— Martwi nas to samo.

— Naprawdę?

— Naprawdę. Też mi to popsuło święta. Przedtem już prawie nie pamiętałam, że to nie nasze wspólne dziecko. Ale to ty śpiewałeś Fasolce kołysanki. I to ty będziesz przy porodzie, jeśli oczywiście zechcesz. Choć nie wykluczę Jaśka z życia dziecka. Ale to przy tobie będzie robiło pierwsze kroczki. I ty będziesz czytał mu bajki. Jakoś to sobie poukładamy.

— Przepraszam... Jesteś taka wyrozumiała. Nie powiedziałaś ani jednego złego słowa na te oddzielne święta, a ja wygaduję takie rzeczy. Przecież nie masz na to wszystko wpływu.

— Oboje mierzymy się z rzeczywistością. To, że nie powiedziałam ani jednego słowa o oddzielnych świętach, nie znaczy, że nie pomyślałam. I że nie byłam zła i zazdrosna, gdy Emila oświadczyła mi przez telefon, że leci do Stanów. Ale udało mi się to przewartościować i potem cieszyłam się, że nie będziesz w święta sam.

— Powinienem cieszyć się z tego samego — rzucił Paweł, ale bez przekonania.

— Wystarczy, byś sobie za wiele nie wyobrażał — wymruczałam, żałując jednocześnie, że nie zabrałam z Zawrocia czarnego swetra. Jak przeżyję kolejny wieczór bez Pawła? Nie miałam pojęcia.

LIII. ŚLISKIE SPRAWY

1

Zapomniałam w tym całym rozgardiaszu o świątecznym esemesie do Miłki. Postanowiłam wobec tego złożyć jej przynajmniej życzenia noworoczne i oddać tę część tłumaczenia, która była gotowa.

— Jest w szpitalu — powiedziała sekretarka, gdy jej wytłumaczyłam, kim jestem i dlaczego potrzebuję natychmiastowego kontaktu z „panią redaktor". — Nie pani jedna usiłuje się dziś z nią skontaktować.

— Co się stało?

— Upadła przy sprzątaniu i zraniła się w głowę. Wstrząs mózgu i te rzeczy.

— Te rzeczy?

— Nie wiem dokładnie. Już parę dni tam jest.

Ale ja wiedziałam. Ten zimny drań znowu ją pobił. I znowu przed świętami, jakby szukał wiarygodnego wytłumaczenia dla swojej podłości. Ale do szpitala Miłka trafiła pierwszy raz. Zwykle kończyło się na szyciu na pogotowiu.

Iść czy nie iść? — zastanawiałam się. Iść! — zdecydowałam i zaczęłam wyciągać od sekretarki informacje, w którym szpitalu Miłka leży.

W końcu mi się to udało.

— Tylko niech pani nie mówi, że to ja powiedziałam — prosiła. — Bo ona to nie lubi mieszać spraw prywatnych i osobistych. No ale jak ją pani zna od dawna...

— Może być pani spokojna. Nie powiem. Ja w ogóle do pani nie dzwoniłam. Nie było tej rozmowy.

— Tak będzie najlepiej.

— Dziękuję.

Myślę, że sekretarka domyślała się, iż Miłka nie upadła ot tak sobie, ale po pięści czy kopie męża, i dlatego zdradziła mi adres szpitala. Pewnie chciała, by ktoś życzliwy ją tam odwiedził.

2

— Ależ ze mnie niezdara — tłumaczyła się Miłka, gdy ją odnalazłam na urazówce. — Nie powinnam wchodzić na drabinę.

Miłka miała nie tylko wstrząs mózgu, ale też rozciętą wargę, zwichniętą rękę, szew na czole, siniaki pod oczami i na rękach. Pewnie to nie było wszystko, ale tyle widziałam, bo reszta była pod kołdrą.

— Tak... podczas spadania wpaść jeszcze na pięść męża! To już naprawdę trzeba być wyjątkową niezdarą — zakpiłam cicho, choć miałam ochotę przytulić Miłkę i nie puszczać.

— O czym ty mówisz? — zaoponowała, nerwowo zerkając na wielką blondynę, która miała nogę w gipsie.

Usiadłam na stołku i popatrzyłam Miłce w oczy.

— Ja wiem — ściszyłam jeszcze głos, by sąsiadka tego nie usłyszała. — Nie zaprzeczaj. Już mi się nie chce udawać, że wierzę w te bzdury, które opowiadasz.

Miłka zamierzała odwrócić głowę, ale tylko jęknęła, bo kark też chyba był nieźle obity.

— To przez tabletki — szepnęła. — Zasłużyłam.

— Czyli?

— Wmawiałam mu, że odstawiłam... a dalej je łykałam.

— Antykoncepcyjne?

Miłka skinęła głową.

— Oszukiwałam go... Od pół roku usiłuje zrobić dziecko... Trzymałam tabletki w pracy.

Trochę rwane były te jej wyjaśnienia, ale wynikało z nich, że tym razem to nie zupa była za słona, a Miłka faktycznie narozrabiała.

— Miał prawo się wściec, ale nie miał prawa cię skatować — rzuciłam.

Miłka jednak zdawała się tego nie słyszeć.

— Już nawet zaczął kupować samochodziki...

— W ogóle mnie to nie wzrusza, nie mówiąc już o tym, że to mogłaby być dziewczynka.

— Piłkę też kupił — ciągnęła.

— Jasne! Szkoda, że nie zamówił od razu boiska! — Znowu kpiłam, by Miłka przejrzała na oczy. — Dlaczego go okłamywałaś?

— Dlaczego...? — Miłka spłoszyła się na chwilę. — Mam tyle pracy... Sama widziałaś...

— A przypadkiem nie robiłaś tego z powodu obawy, że twój ukochany mąż będzie się znęcał także nad dzieckiem?

— Nie znasz go... on... — chciała kłamać jak zwykle, ale głos jej się całkiem załamał i zaczęła płakać. — On nie rozumie, że jest za impulsywny na dziecko. Mówiłam mu... a on... Nie mogę zrobić tego jakiejś kruszynce. Nie potrafię...

Przytuliłam ją najdelikatniej, jak mogłam, by czegoś nie urazić. Miłka łkała, bezradnie, cichutko, jakby sama zmieniła się w skrzywdzonego niemowlaka.

— Powiedział, że się ze mną rozwiedzie. Że nie będzie żył z taką kłamliwą kurwą — wyła żałośnie.

— Chciałabym, żeby to była prawda. Niestety obawiam się, że to były jedynie czcze pogróżki. Gdzie on znajdzie drugą taką głupią?

— Myślisz? — Miłka zakręciła kranik. Kto by pomyślał, że takie słowa mogą kogokolwiek pocieszyć.

— Ogarnij się, dziewczyno. Jesteś jedną wielką raną. Co będzie następnym razem?

— Obiecał, że teraz będzie inaczej.

— Który to już raz? Musisz od niego odejść.

Miłka potrząsnęła bezradnie głową.

— Nie umiem bez niego żyć... Kto by mnie zresztą potem zechciał. Nikt! — znowu płakała. — Jestem do niczego, nie rozumiesz? Zupełnie do niczego!

— Jak jeszcze z nim trochę pobędziesz, to faktycznie nikt już cię nie zechce. Ale nie dlatego, że ci czegoś brakuje, tylko dlatego, że do końca stracisz poczucie własnej wartości. To ostatni dzwonek, Miłka. W tym mieście jest cała masa wolnych facetów. Zdziwiłabyś się, jak łatwo tu o seks. Z miłością gorzej, ale też się zdarza. A kasę masz. Przecież zarabiasz na siebie i często na tego głąba.

— Nie mów tak o nim.

— Tylko głąb bije taką dobrą żonę i taką śliczną kobietę. Masz tyle delikatności i wdzięku. Czy on jest ślepy?

— Tylko tak mówisz.

— Mówię, co myślę, Miłka. Znasz mnie zresztą. Nie lubię kadzić. To nie mój styl. Zrobisz, co zechcesz. Prawda jest taka, że za rok zgodzisz się na dziecko, a za dwa albo trzy lata będziesz patrzyła, jak on je szarpie za śpioszki, bo zdenerwuje go płacz, kupa czy gaworzenie. A wcześniej, zanim jeszcze urodzisz, nazwie cię grubą krową czy kimś w tym rodzaju. Jeśli to będzie córka, to za chwilę będziesz chodziła w drugiej ciąży, bo przecież te zakupione autka nie mogą się zmarnować.

Miłka nie odezwała się, pewnie miała podobne obawy.

— Nie mam się dokąd przenieść — wydusiła w końcu.

— Możesz zamieszkać u mnie.

— Gdybym to zrobiła, zostałabyś jego wrogiem.

— Mam już tylu wrogów, że jeden oszołom więcej nie robi mi różnicy. Wyjeżdżam do Zawrocia, ale zostawię dla ciebie zapasowe klucze u pani Mieci, pod dwójką. Pamiętasz panią Miecię?

— Tak.

— Możesz wprowadzić się, kiedykolwiek zechcesz. Po prostu spakujesz się, weźmiesz taksówkę, potem klucz od pani Mieci i już będziesz w miejscu, w którym nikt niczego nie będzie na tobie wymuszał biciem.

— On mnie znajdzie.

— Blok ma domofon, a mieszkanie solidne drzwi.

— Zaczai się na klatce schodowej.

— Nie jesteś sama. Masz znajomych, rodzinę. Powiedz im prawdę. Ktoś na pewno zechce cię odprowadzać do domu. Poproś lekarzy o obdukcję i zgłoś na policję, że cię pobił. To zwykle otrzeźwia damskich bokserów. Nie będzie się czuł taki bezkarny.

— Będzie się awanturował pod drzwiami — Miłka dalej mnożyła trudności.

— Oby!

— Oby? — zdziwiła się. — Będą mieli pretensję.

— Tak się dobrze składa, że naprzeciwko mieszkają policjanci. Małżeństwo. Nie wiem, które z nich jest większe. Chyba ona.

— Żartujesz sobie ze mnie.

— Bynajmniej. Zofia Trzaska. Bardziej by do niej pasowało: Zofia Kloc, bo wielka i grubo toczona. Jednym cyckiem może zabić.

Pacjentka obok prychnęła śmiechem, mimo że to wszystko opowiadałam Miłce szeptem. Miała niezły słuch.

Miłce wcale nie było do śmiechu. Przyciszyła jeszcze głos.

— Myślisz, że ta policjantka naprawdę by zareagowała, gdyby ktoś dobijał się do drzwi twojego mieszkania?

— Na pewno. Zofia Trzaska nie znosi hałasów. Wiem coś o tym, bo wpadała do mnie parę razy w czasach, gdy jeszcze mocniej imprezowałam.

— Z kajdankami? — rozbawiła się znowu pacjentka.

— Niemal. Głos grzęźnie w gardle na jej widok.

Miłka trochę się rozprostowała.

— U mnie nikt nie słyszy, nikt nie widzi.

Przytuliłam ją.

— W każdej chwili możesz znaleźć się pod czujnym okiem i uchem Zofii Trzaski. Wystarczy tylko się...

3

Nie skończyłam wygłaszania dobrych rad, bo w drzwiach stanął mąż Miłki, wyjątkowo przystojny, dobrze ubrany, uśmiechnięty, z tym czymś w twarzy, co przyciągało wzrok i kazało myśleć, że ten facet, jeśli tylko zechce, przeniesie nas do krainy szczęśliwości. Naprawdę można się było nabrać. Niejedna go Miłce zazdrościła.

Na mój widok uśmiech mu zesztywniał, choć dalej trzymał się jego mięsistych warg. Błażej bowiem potrafił doskonale udawać.

Brysia mijam zaś z daleka, bo nie lubię, gdy ktoś szczeka... — pomyślało mi się słowami Konopnickiej. Tyle że na ominięcie było już niestety za późno.

— Co ty tu robisz, głupia suko? — Bryś wyszeptał mi te słowa do ucha w formie powitania. — Mówiłem ci kiedyś, że masz zniknąć z naszego życia. Jednego prostego zdania nie potrafisz zapamiętać? No już, wypad stąd!

Miłka chyba się domyślała, co usłyszałam, bo opadła na poduszkę, jakby zaliczyła lewy sierpowy. Ja zastygłam w stuporze, nie potrafiąc zagrodzić mu drogi do niej. Za to blondyna przycisnęła dzwonek, jak tylko zobaczyła, że Błażej pochyla się nad Miłką.

W drzwiach stanęła pielęgniarka. Ucieszyłam się, że jest z tych większych.

— Słucham? Która z pań dzwoniła?

— Ten pan jest bardzo agresywny. Używa brzydkich wyrazów i straszy te panie — doniosła sąsiadka Miłki.

Błażej omal nie zabił jej wzrokiem.

— To prawda? — zapytała pielęgniarka.

— Nazwał mnie głupią suką — przyznałam.

— A tamtą drugą panią podstępną, kłamliwą kurwą — dodała blondyna. Wyglądało na to, że ma słuch nie gorszy od Pawła. Ja przynajmniej nie usłyszałam tego, co Bryś zdążył szepnąć Miłce.

— A pan tu do kogo? — Pielęgniarka stanęła naprzeciwko Błażeja.

Popatrzył na nią jak na kupę gówna, nie zamierzając odpowiadać.

— Do mnie — bąknęła zmieszana i przestraszona Miłka.

Pielęgniarka zerknęła na Miłkę, potem na pięść Brysia, wielką, z trochę otartym naskórkiem.

— Widzę, że naruszył pan sobie skórę. Boksowanie żony zostawia ślady.

Bryś uśmiechnął się ironicznie.

— To chyba nie pani sprawa, jak skaleczyłem sobie rękę?

— Za to moją sprawą jest spokój pacjentek. Wyjdzie pan sam czy mam zadzwonić po ochronę?

Błażej zdecydował się na pierwszą opcję, ale nie mógł odejść bez ostatniego słowa.

— Jeszcze się policzymy, gnido! — mruknął cicho, nachylając się nade mną. Tego mi tylko brakowało do szczęścia, gróźb prymitywa i kanalii.

— Ma pan zakaz wstępu na oddział. Proszę wyjść! — Pielęgniarka napierała na niego wielkim biustem. Wydawało się, że Bryś nie wytrzyma i trzepnie ją, o co się modliłam w duchu, bo w końcu byłby dowód na jego brutalność. Pielęgniarka chyba też tego chciała. Widać było, że to baba, która z niejednego pieca chleb jadła i nie z takimi sobie dawała radę. Bryś się jednak tylko zakręcił na pięcie i ruszył ku drzwiom.

Odetchnęłyśmy wszystkie. Pielęgniarka potem pokręciła głową, patrząc na Miłkę, ale nic nie powiedziała i z tym kręceniem wyszła.

Miłce się od tego nie poprawiło. Była przerażona.

— Już po wszystkim — przytuliłam ją. — Jesteś bezpieczna. Ten drań tu nie wejdzie.

Okazało się jednak, że Miłka boi się nie o siebie, a o mnie.

— Będzie na ciebie czekał — wydukała, szczękając zębami. — Przed szpitalem... Jestem tego pewna... Dziecko... Zaszkodzi dziecku...

— Nic mi nie zrobi, najwyżej trochę powrzeszczy.

— Ty go nie znasz... To nie będzie trochę...

Potrząsnęłam nią, bo była naprawdę w histerii.

— Uspokój się! Zaraz coś wymyślimy. Tylko przestań się trząść. No już, spokój!

Miłka dopiero po chwili posłuchała.

— Zadzwonię po kogoś — rzuciłam jeszcze i zaczęłam się zastanawiać, kogo poprosić o przyjazd pod szpital. Jasiek na pewno by się zjawił, ale z Pułtuska do Warszawy był kawał drogi. I nie chciałam korzystać z jego pomocy. Zygmunt! Tyle czasu go ratowałam, niech on teraz ratuje mnie.

Wykręciłam jego numer i zrelacjonowałam krótko sprawę.

— Znam kogoś, kto go nauczy rozumu. Poczekaj chwilę, zaraz oddzwonię.

Po pięciu minutach dostałam wiadomość, że da mi znać, kiedy mam wyjść ze szpitala.

4

Bryś zdziwił się, gdy po pierwszej kurwie, jaką udało mu się rzucić w moim kierunku, zaliczył piękny prawy sierpowy, po którym wylądował na betonie parkingu.

— Śliski jestem — przedstawił mi się olbrzym w dresie i kominiarce. Potem zwrócił się do Brysia: — Mam cię dalej uczyć rozumu czy już wiesz, że do damy się tak brzydko nie mówi?

Bryś chciał coś odpowiedzieć, ale skończyło się na jęku, bo Śliski złamał mu szczękę. Nos też nie przedstawiał się najlepiej.

— Raz a dobrze — cedził Śliski. — Widzisz, jak to boli? Twoją żonę też tak boli. Ona leży na kobiecej sali, ty trafisz na męską. Będziesz miał blisko, by ją przeprosić.

Bryś znowu chciał się wypowiedzieć, ale Śliski zasunął mu takiego kopa w nerkę, że tamtego zgięło w pół i jeszcze skrętnie.

— To gdybyś myślał, że żartuję. Utnę ci jaja, jak jeszcze raz podniesiesz rękę na którąś z nich. A język wyrwę, jak przyjdzie ci na myśl pyskować.

Następny kop był w dupę. Aż zagruchotało. Miałam nadzieję, że Śliski nie złamał kolejnej kości. Nie to, żebym żałowała Brysia, tylko bałam się, że będzie mnie potem ciągać po sądach.

— Żegnam panią! — Śliski ukłonił mi się pięknie i pomaszerował w kierunku swego auta.

— Ty... ty... — Błażej miał pewnie na końcu języka coś parszywego, ale nie dokończył. Nie wiem, czy z bólu, czy ze strachu, bo olbrzym stał jeszcze przy swoim samochodzie i pilnował, by nic mi się nie stało.

Bryś zaczął się niemrawo zbierać z betonu. Czekałam w pobliżu, czy złapie pion, bo jednak nie chciałam go zostawiać bez pomocy, gdyby było z nim gorzej, niż się wydawało.

Pokuśtykał jednak w stronę szpitala, gubiąc czerwone krople z rozbitego nosa. Wzdrygnęłam się. Przeze mnie ktoś pobił człowieka.

Obejrzałam się na Śliskiego, ale był już w samochodzie. Za to zobaczyłam Zygmunta, zakutanego szalikiem tak, by nie było widać jego twarzy. Pomachał do mnie i ruszył w moim kierunku.

— Gdzie masz samochód? Trzeba stąd spadać. — Rozejrzał się i pociągnął mnie w kierunku mojego garbusa. — Uf! — To już było w środku, gdy przekręciłam kluczyk i ruszyłam śladem Śliskiego.

— Uf! — odpowiedziałam, bo ze zdenerwowania nic mądrzejszego nie przyszło mi do głowy.

— Zadowolona?

— Skąd wytrzasnąłeś Śliskiego?

— Wyciągałem go kiedyś z paki. Był mi winny pieniądze.

— Zamówiłeś pobicie czy Śliski sam się zarządził?

— Powiedziałem mu tylko, że ma cię obronić przed damskim bokserem.

— Zatem zarządził się sam.

— No... dodałem, że właśnie pobił żonę. Śliski ma swój kodeks honorowy i nie lubi takich gnojków.

— Więc jednak go napuściłeś.

— Ale to był wybór Śliskiego. Ja zapłaciłem tylko za dostarczenie cię do mnie całej i zdrowej.

— Prawnicy! Kiedy ostatni raz miałeś kontakt ze Śliskim?

— A czy to ważne?

— A nie myślałeś choć przez chwilę, by przestawić nos i szczękę Jaśkowi?

— Może i myślałem...

— I co?

— Ptyś wybił mi to z głowy. W końcu ten barowy amant do niczego Pauli nie zmuszał — mruknął Zygmunt.

— Pamiętaj, że Jasiek jest też ojcem mojego dziecka. Jak go uszkodzisz, to nie będzie komu płacić alimentów.

— To był drugi argument Ptysia.

— A trzeci?

— Skąd wiesz, że był jeszcze trzeci?

— Stąd, że znam dzieje twojej rozpaczy i nienawiści.

— Jesteś bez serca. Zero współczucia — narzekał.

— To co z tym trzecim?

— Ptyś powiedział, że o kobiety walczy się albo samemu, albo wcale — przyznał niechętnie.

Coraz bardziej lubiłam Ptysia.

— Dobrze ci powiedział.

— To mnie przekonało. No a Śliski przydał się w innej sprawie.

— Sprawę to my jeszcze możemy mieć, jak Bryś poda mnie do sądu. Będziesz mnie wtedy za darmo bronił — burknęłam.

— Nie poda — uspokajał mnie Zygmunt.

— Tak czy owak, popełniliśmy przestępstwo.

— Śliski popełnił. On już taki jest, popełniający.

— To nas nie usprawiedliwia. Nie krzyknęłam, żeby przestał. Jak mogłam na to tak spokojnie patrzeć? — zastanawiałam się.

— Może dlatego, że przedtem miałaś okazję obejrzeć sobie dzieło tego baranka.

— Kurczę, jak łatwo przekracza się granice. Będę matką. Matki nie uczestniczą w przestępstwach.

— Niech młode się uczy, jak dać sobie radę ze skurwielem. Za dobry byłem. Gdybym częściej mówił Pauli „nie", to inaczej by się sprawy miały — Zygmunt zboczył z tematu. — A ja spełniałem każdy kaprys. To zachciało jej się więcej. Wszystkie baby są takie same... to znaczy... prawie wszystkie...

Westchnęłam. Analiza Zygmunta była prawidłowa, ale wnioski do niczego. Miałam nadzieję, że nas nie zamkną w jednej celi, bobym tego malkontenctwa zbyt długo nie zniosła. Na razie postanowiłam mu udowodnić, że są na tym bożym świecie dobre kobiety, i zaprosiłam go na kawę.

5

W moim mieszkaniu, gdy już siedzieliśmy nad parującymi kubkami, okazało się, że Zygmunt ma coś nie tylko do bab, ale i do świątecznych dekoracji.

— Parszywy czas — narzekał, wpatrując się ponuro w stroik z bombkami, który zdobił mój stolik. — Nienawidzę tych wszystkich świecidełek, ozdóbek, choinek. A całe miasto jest tym zapieprzone. Jadę ulicami i co chwila mijam kolejne błyszczące gówno. Mam już chyba od tego nerwicę świąteczną.

— Przejdzie.

— Łatwo ci mówić. Potem sylwester, Trzech Króli, Wielkanoc. Pieprzony świąteczny terror. Nie ma jak od tego uciec. Dlaczego nie widziałem wcześniej, że to tylko kolejne pętle?

— Nie ty jeden byłeś w święta sam.

— Wiem, ale ty masz na co czekać. Paweł w końcu wróci. A ja?

— Ty czekasz na niespodziankę. Coś fajnego na pewno jest przed tobą, tylko jeszcze o tym nie wiesz.

— Gadanie! Ptyś też opowiada takie rzeczy. I mówi o swojej dziewczynie na wiosnę. Że niby już do niego idzie ścieżkami przeznaczenia. Dzisiaj mi rzucił taki właśnie tekst, do śniadania. Aż się zakrztusiłem. Pytam, skąd to wytrzasnął, a on że z piosenki. Przetłumaczył sobie jakąś z angielskiego. Obudził się, włączył radio i nagle to usłyszał. I od razu zapomniał o tej od lodówki, a zaczął marzyć o tej na wiosnę.

I zacząłją sobie w dodatku wyobrażać. Mało nie wyrzygałem jajka. Sorry... ale nie dla mnie takie teksty. Zimowa, wiosenna czy letnia, wszystkie wredne, zimne i kłamliwe. Nie ma na co czekać.

To była kolejna faza rozwodowa — negacja. I wkurzenie. Po rozpaczy przyszedł bunt i gniew. I pewnie dlatego oberwał dziś Bryś. Zastępczo! Miał oberwać Jasiek, a skończyło się na Brysiu. To niestety nie rozładowało tej negatywnej energii, która nazbierała się w Zygmuncie. Zaciskał pięści i rozprostowywał je, jakby jeszcze komuś chciał dołożyć.

Chwilę później okazało się, że jest jeszcze jeden powód jego frustracji.

— Rzuciłem wódkę — wyznał. — Koniec picia. Nie ma czego zapijać. Fikcja to jakaś była. Zabawa w dom. A to był tylko trochę większy domek dla lalek. Paula przestawiała w nim swoje ulubione mebelki i mnie przy okazji. Najśmieszniejsze, że mi się wydawało, że to ja rządzę w domu. A nie było w nim ani jednej rzeczy w moim guście. Styl Pauli nawet lubiłem, ale czy nie mogła pozwolić mi urządzić chociaż gabinet? Nie! Podpowiadała, kaprysiła, kręciła nosem, aż w końcu uznałem, że ma rację i faktycznie te meble, które miałem kupić, są za ciężkie i za klasyczne. Bez polotu! No i teraz mam te wszystkie graty i bibeloty z polotem. Jak za karę! A jej domek dla lalek pusty. Też za karę! I tak się nawzajem ukaraliśmy.

LIV. KONIEC STALKERA

1

Odwiozłam Zygmunta do domu i pojechałam na wizytę do ginekologa, by go uprzedzić, że mój pracodawca ma wątpliwości co do zwolnień.

— To jego problem, pani Matyldo. Ja mam dla pani te same zalecenia, co przedtem. Spokój, świeże powietrze, dobre jedzenie i przede wszystkim zero stresu. Czy szef może pani zapewnić spokój? Coś się tam zmieniło od czasu, gdy niemal pani nie wykończyli psychicznie?

— Nie.

— To nie ma o czym mówić. — Sięgnął po bloczek ze zwolnieniami, wypisał je, a potem starannie przybił pieczątkę i z rozmachem podpisał. — Obchodzi nas tylko dobro dziecka — powiedział, wręczając mi zwolnienie. — Widzę dużą poprawę od czasu, gdy pani nie pracuje. Wyniki też się poprawiły. Jak się pani czuje?

— Świetnie — przyznałam.

— I o to chodzi. Nie będziemy tego psuć. Zważywszy że w pani rodzinie były przypadki poronień, musimy chuchać na zimne.

— Dziękuję, panie doktorze.

Ruszyłam potem ze zwolnieniem do teatru. Sekretarka Zmiennika przyjęła je z kamienną twarzą, bez choćby słowa komentarza.

W teatrze trwały przygotowania do sylwestra. Pełna mobilizacja. Dominika też mi na chwilę mignęła, ale porozumiałyśmy się tylko oczami.

Zeszłam do pracowni pani Janeczki. Wyściskała mnie i wróciła do szycia. To nie przeszkadzało jej w mówieniu.

— Aktorzy z tamtego teatrzyku są ci bardzo wdzięczni. Mam dla ciebie dwa zaproszenia na premierę. Chyba żebyś chciała więcej, to mów.

— Na razie wystarczą dwa. Zastanowię się.

— Premiera w połowie stycznia. Mam nadzieję, że będziesz w Warszawie.

— Nie wiem.

— A ja wiem, że potrzebujesz już paru fajnych tuniczek. Uszyję ci je za darmo. Tylko materiały trzeba kupić. Nawet mam upatrzone.

— To zostawię pieniądze.

— I wymiary — zaśmiała się pani Janeczka. — Choć ja właściwie już cię zmierzyłam wzrokiem. No ale pomacham jeszcze centymetrem, by się upewnić. Uszyję ci jedną taką naprawdę elegancką, na specjalnie okazje. Do niej lekki żakiecik, który trochę będzie tuszował brzuszek. I jeszcze jedną taką seksowną. Odsłonimy piersi, bo są teraz naprawdę atrakcyjne. A brzuszek dla odmiany zakamuflujemy. Dasz pod spód cieniutką, przezroczystą bluzeczkę i ten twój Romeo zwariuje, jak cię zobaczy. — Pani Janeczka chyba wiedziała, że ostatnio nie mogłam na siebie patrzeć w lustrze, i usiłowała dodać mi pewności siebie. — No i jeszcze ze dwie codzienne, do jakichś zabawnych trykocików. Dokupisz kolorowe rajstopy i będziesz najśliczniejszą ciężarną pod słońcem.

Wierzyłam pani Janeczce. I wiedziałam, że nawet bez centymetra wszystko będzie pasowało. Gdy chciała, to szyła naprawdę dobrze. Potrafiła wypunktować każdy atut i ukryć każdą wadę.

— Ta elegancka będzie czarna, ta seksowna modra, bo w tym kolorze ci najlepiej, a nad resztą jeszcze się zastanowię. Zgoda?

— Zgoda.

— To leć, bo muszę skończyć te tiule. A to starocie z zeszłego roku i tylko nawdychasz się niepotrzebnie kurzu.

Uściskała mnie jeszcze i wypchnęła za drzwi. Wróżka. Jeszcze jedna wróżka w moim życiu, jak Lucyna i pani Miecia. Każda czarowała w innych sprawach. Pani Janeczka postanowiła wyczarować mi piękne stroje — na wszystkie możliwe okazje. Naprawdę poczułam się z tą myślą pewniej. Potrzebowałam nieco czarów, by choć na trochę ukryć przed Pawłem to warzywko, które w zastraszającym tempie rosło w moim brzuchu.

2

Mój dobry humor chwilę potem popsuła Ruda, która zaczepiła mnie na korytarzu.

— I jak się masz? — spytała niepewnie. Nigdy mnie nie lubiła i to było bodajże pierwsze jej pytanie tego typu.

— Dobrze.

Ruda spłoszyła się tą moją krótką i chłodnawą odpowiedzią.

— To dobrze, że dobrze — wyrzuciła z siebie pośpiesznie i w dodatku się zaczerwieniła. Nawet nie myślałam, że potrafi się czerwienić. Zawsze miała na sobie tonę jasnego makijażu i pewnie dlatego wydawała się jednokolorowa.

— Mam nadzieję, że i u ciebie dobrze — mruknęłam, chcąc ją wyminąć, ale Ruda zastąpiła mi drogę.

— Nie aż tak dobrze jak u ciebie — przyznała. Doprawdy, toczyłyśmy dialog na miarę Nobla. — A nawet kiepskawo — dodała.

Tyle to i ja wiedziałam. I wiedziałam, że nie zaczepia mnie przypadkiem. Chciała czegoś.

— Trochę się śpieszę.

— Słyszałam, że mieszkasz teraz na prowincji. Szukam jakiegoś domku w zieleni, by choć czasami móc sobie odpocząć od tej parszywej rzeczywistości. A i rzeczy już mi się rozmnożyły. — Ruda miała słabość do zakupów i pewnie była posiadaczką tysięcy butów, torebek i innych pierdół. — Może jest jakiś wolny domek w twojej okolicy? Wystarczy coś malutkiego, ale nad wodą. Uwielbiam wodę. Las też zresztą by się przydał. Na początku mogłabym coś wynająć, by się przekonać, czy to w ogóle dla mnie. Nie słyszałaś o czymś takim?

Nagle zrobiłam się czujna. Klepanina Rudej wydawała się coraz bardziej podejrzana. Czemu miałam wrażenie, że gra rolę, i to kiepską, jakby jej nie przećwiczyła?

— Nie słyszałam — skłamałam. Wiedziałam, że w osadzie jest coś wolnego.

— Szkoda. Niedaleko tego twego Zawrocia jest jezioro i domki. Ktoś mi mówił, że jest tam coś na sprzedaż. Ale nie jestem pewna, czy to jeszcze aktualne. Myślałam, że może coś wiesz.

Kostek! Postanowił mi zdradzić to, w co nie chciałam uwierzyć — miał na prowincji donosicielkę. Lilka plątała się tak często po osadzie i miasteczku nie przypadkiem. Zbierała informacje o mnie. To było oczywiste.

— Głupio robisz, wdając się w konszachty z Kostkiem — powiedziałam Rudej wprost. — Jeszcze nikt nie wyszedł na tym dobrze.

— Nie wiem, o czym mówisz — oburzyła się teatralnie.

— Mogłabyś poćwiczyć to swoje oburzenie. Zwykle potrafisz grać całkiem nieźle. Powiem Kostkowi, że się nie starałaś.

Ruda nagle się przestraszyła.

— Pewnie, dobij mnie! Nie każdy nie może stąd wylecieć przez ciążę — rzuciła ponuro. — To twoja wina, że on nas wszystkie zmusza do takich rzeczy!

Ku swemu zdumieniu zobaczyłam łzy. Ruda odwróciła się nagle i popędziła do łazienki. Pewnie po to, by się tam wypłakać. A ja stałam, sama nie wiedząc, czy iść ją pocieszyć, czy wsiadać w samochód, by pojechać zabić Kostka.

3

Piłam potem herbatę w teatralnej kawiarni i wyobrażałam sobie, co Śliski mógłby mu zrobić. Nogi Kostek już miał połamane, ale ręce były całe. Gdyby tak Śliski je połamał, to byłby komplet — wszystko w gipsie. Do tego jeszcze szczęka, by Kostek męczył się z jedzeniem i piciem. Należy mu się samo najgorsze. Za mnie! Może też za Pawła! I za wszystkich, których skrzywdził. Nawet za tę głupią, wielką Tubę, która jak zwykle się do mnie przysiadła i gapiła na mój brzuszek.

— To już piłka nożna. Przedtem była siatkowa. A za chwilę już będzie koszykowa.

— Nie wiedziałam, że tak lubisz sport.

— Nie znoszę — burknęła.

— To czemu tu siedzisz i gadasz o piłkach?

— Patrzę, żeby mi się przypadkiem nie zachciało takiej głupoty. Przez ciebie wszystkim podstarzałym aktoreczkom przypomniało się, że ich zegary tykają. Nakręciłaś je jak jakaś psuja.

Sonia była w wyjątkowo paskudnym humorze.

— Co jest? — zapytałam.

— A co ma być. Będę grała na sylwestra starą ciotkę w komedii Fredry. Pieprzony Nowy Rok, w którym będę jeszcze starsza niż jestem.

— Kostek nie pomógł w zdobyciu lepszej roli? — zakpiłam.

— Skończyłam z nim.

— Czy on z tobą? Ruda mnie zaczepiała.

— Myśl, co chcesz. Koniec.

— Ostrzegałam cię, że nie warto mu donosić.

— Masz jeszcze jakąś dobrą radę?

— Nie.

— To idę robić sobie zmarszczki i wąsa.

— To chyba wujka grasz, nie ciotkę.

— A czy to nie wszystko jedno?

Sonia odpłynęła, a ja pomieszałam fusy w szklance. Latały w koło jak wrony z ptasiego wesela nad brzezinką. Tyle że
wrony latały w różu, a fusy w rozcieńczonym brązie. I tylko
lęk, że to Kostek przyczynił się do kłopotów Pawła, był taki
sam jak wtedy.

4

Godzinę później siedziałam naprzeciwko Kostka w tej samej
kawiarni, w której się dawniej spotykaliśmy. Miał już tylko
jeden gips i był w lepszej formie niż ostatnim razem, gdy
rozmawialiśmy w jego samochodzie.

— Wiedziałem, że zadzwonisz i przyjdziesz. — Nie krył
satysfakcji. — Akcja domek nad jeziorem. Już czas było na
ten wątek. A przedtem tyle innych niespodzianek. Co powiesz o tej perypetii ze zwolnieniem? No tak, słaba. Choć
myślałem, że bardziej zależy ci na teatrze i się złamiesz. Ale
ten klucz wiolinowy na śniegu musiał cię trochę przestraszyć, co? Nie ja to zresztą wymyśliłem. Moja była tylko żaba.
Lilce potem odbiło. — Chyba myślał, że się tym wszystkim
zdziwię albo zdenerwuję. — Mówiłem ci kiedyś, że ze mną
nie można się rozstać. Jestem twoją żabą. Od ciebie zależy,
czy zmienię się w księcia, który cię ozłoci. Masz wybór.

— Jesteś popaprańcem — rzuciłam spokojnie.

— Chciałem cię tylko wyrwać z Zawrocia. Nie mogę do-
puścić do tego, byś marnowała się na prowincji. Zasługujesz
na coś lepszego — uśmiechnął się mściwie.

— Tatuś i mamusia — mruknęłam bez ostrzeżenia. — Wreszcie będziemy mieli wspólny temat. Twoje starsze, ale to może i lepiej. Będziesz moim przewodnikiem po rodzicielstwie.

Kostek nie takich słów się spodziewał. I na pewno nie takiego spokojnego tonu.

— O czym ty mówisz? — zdziwił się nieprzyjemnie.

— O Gracjanie. Mogłeś go nazwać mniej snobistycznie. Cały ty! A, jak zwał, tak zwał! Masz dziecko. Kto by się spodziewał...

— To jakieś bzdury. — Po uśmiechu nie było nawet śladu.

— Oliwa na wierzch wypływa. Wszyscy się ucieszą, gdy się dowiedzą, że jesteś tatusiem. Wprawdzie zrobienie dziecka gosposi matki to nic chwalebnego, ale cóż dziecko winne? Ociepli twój wizerunek.

— Zamknij się! — Kostek patrzył na mnie z nienawiścią. Zwykle to on rozdawał karty, chował asy w rękawach i wyciągał, kiedy chciał.

— Albo się wyniesiesz z mego życia, albo wszyscy się dowiedzą.

— Niczego nie powiesz, bo ucierpiałby Gracjan. Nie potrafiłabyś skrzywdzić dzieciaka. Nawet mojego.

— Teraz obchodzi mnie tylko własne dziecko i własny spokój. Przesadziłeś z tymi psami. A gdybym poroniła? Pomyślałeś o tym, ty wredny, głupi gnojku?

— Z psami? — Kostek tym razem był chyba naprawdę zdziwiony.

— Ktoś otruł moje dwa psy.

— Nie ja. Mogę zrobić naprawdę wiele, ale nie kazałbym truć psów. Wiesz, że kręci mnie co innego.

— Ciebie może i tak, ale twoja pomocnica ma widocznie mniej wyrafinowany gust i sposób działania.

— Coś bym wiedział.

— A wiesz, że jej mąż skończył przez grzybka? Tobie też może się to przydarzyć.

— Grozisz mi?

— Jedynie przed nią ostrzegam. To ty podpowiedziałeś Lilce, by zadzwoniła do producenta Pawła?

— Wiesz, że swoimi podłościami lubię się pochwalić. Z cudzych nie będę się spowiadał. Owszem, zainspirowałem Lilkę do paru akcji, ale to ona decydowała, co i kiedy zrobi. Zabrałaś jej faceta. Możesz mieć pretensje tylko do siebie.

— Nikogo jej nie zabrałam. Nie był z nią, gdy weszłam w ten związek. To była już dawno przebrzmiała historia.

— Czasami stare historie nabierają całkiem nowego smaku i nowej siły.

— Nie dla ciebie już takie przyjemności. Jeśli jeszcze raz odbiorę głuchy telefon, znajdę jakieś paskudztwo na mojej posesji czy usłyszę jakiś słowny atak, będę wiedziała, co zrobić. Odwołasz Rudą, Lilkę i Tubę, jeśli ci jeszcze służy. I wszystkich innych, o których nie wiem. Żadnych problemów z dramatami w teatrach i żadnych dowodów twojej podłości czy choćby tylko zainteresowania mną. Jeśli natrafię na jakikolwiek ślad, że jeszcze się mną bawisz, nie omieszkam pobawić się tobą.

W oczach Kostka znowu błysnęła ciemna nienawiść.

— Lepiej nie bierz się do czegoś, w czym nie jesteś dobra.

— To zależy od ciebie. Nie odpuścisz, to się wezmę. Masz wybór. A! I zostaw w spokoju wszystkich, z którymi jestem związana. Lilka też ma mnie zostawić w spokoju. Potrafisz ją usadzić, tego jestem pewna. Wyśledzę każdą jej i twoją podłość. Konsekwencje znasz.

— Myślisz, że tylko ja cię nie lubię i Lilka? Skąd będziesz wiedziała, czy to my, czy ktoś inny?

— Będę wiedziała, bo cię znam. I to bardzo dobrze. Dlatego wiem, że niełatwo ci będzie się ze mną rozstać. Ale jak już to postanowisz, to równie szybko znajdziesz sobie inną osobę do dręczenia. Myślę, że Lilka doskonale się do tego nada. Wystarczy, że uśmiercisz moją postać w serialu, a stworzysz inną. Tylko będzie trzeba niestety uważać na grzybki.

Wstałam.

— Musisz przyznać, że dostarczyłem ci wielu emocji — uśmiechnął się, ciągle z tym ciemnym w oczach.

— Nie przeceniaj się. Tyle cudownych rzeczy codziennie człowieka zaskakuje. Świty, popołudnia, zachody. Byłeś jak brud na butach. Zdarza się, lecz nikt za tym nie tęskni.

Nie czekałam na jego odpowiedź. Wyszłam z kawiarni prosto w wirujący śnieg. Tak już było. Już kiedyś witał mnie śnieg po rozstaniu z Kostkiem. Teraz jednak padało inaczej, to były drobniutkie prószki, jakby zło i zimno uległo rozproszeniu i przestało być groźne. Ja też poczułam się jak lekki prószek. Koniec. Kostek już nie odważy się mieszać w moim życiu. Zawrocie znowu stanie się azylem, a nie żabią pułapką.

5

Trzeba było jeszcze rozmówić się z Lilką. Ewa zdradziła mi, gdzie ona pracuje. Pojechałam pod budynek, w którym mieściła się redakcja jej gazety i ruszyłam na trzecie piętro trochę zaniedbanej kamienicy. Za szklanymi drzwiami powitały mnie jednak nowoczesne pomieszczenia.

Lilka najeżyła się na mój widok.

— Co tu robisz? — zapytała wrogo.

Uśmiechnęłam się do niej słodko.

— Nie mogłam się ciebie doczekać na prowincji, to pomyślałam, że cię odwiedzę w stolicy.

— Mów, o co ci chodzi i spadaj.

Dziewczyna obok nadstawiła ciekawie uszu.

— Chciałam ci opowiedzieć o pewnym nastolatku, który cię dobrze zna. Jesteś pewna, że wolisz usłyszeć tę historyjkę tutaj? — Mrugnęłam do podsłuchującej dziewczyny.

Lilka pociemniała na twarzy i rzuciła na biurko długopis.

— Naprzeciwko jest kawiarnia. Poczekaj tam na mnie. Muszę coś dokończyć. Za dziesięć minut będę.

I była, równie nastroszona jak przedtem. Czarna wrona bez ogona — rymowało mi się w myślach mało oryginalnie, ale Lilka naprawdę przypominała ptaszysko w tych swoich czarnych trykotach. Miała akurat podkrążone oczy i może przez to już mi się nie wydawało, że czernie ją zdobią. Dziś raczej podkreślały jej zmęczenie.

Lilkę wkurzyło przedłużające się milczenie.

— Obejrzałaś już sobie mnie dokładnie? — warknęła.

— Tak, wystarczająco — powiedziałam spokojnie. Postanowiłam, że nie dam się jej wyprowadzić z równowagi. — Niech zgadnę. Żaba, nietoperz i papuga to twoja inicjatywa — przeszłam do rzeczy. — Choć chyba przy papudze twemu wykonawcy zabrakło kleju — zakpiłam. — Za to nie zapomniał o kluczu wiolinowym. Nie mówiąc już o trutce dla psów.

— Nie wiem, o czym mówisz.

— Chciałaś, bym myślała, że robi to Emila, by być bezkarną. Sądzę też, że dogadałaś się z Hanią, by mnie postraszyła. Wiem, że była nad jeziorem. Ale to nie był twój jedyny cel. Miałaś nadzieję, że to wszystko mnie nie tylko przestraszy, ale i sfrustruje. Makabreski, głuche telefony, atmosfera niechęci. Byłaś pewna, że zacznę wydzwaniać do Pawła z pretensjami. Kostkowi chodziło o mój powrót do Warszawy, a tobie o to, bym skłóciła się z Pawłem. Mieliście różne motywy, ale łączył was jeden wspólny cel. Chcieliście zniszczyć nasze plany.

— To się nazywa paranoja. — Lilka już jednak nie była taka pewna siebie jak poprzednim razem, gdy mi to wmawiała. — Nie znam żadnego Kostka.

— Znasz. Kostek cię wydał. Taki już jest, nielojalny. Zrozumiał, że jesteś nieskuteczna, więc wywala cię na margines swojego życia.

— Tak jak ciebie?

— To ja go wywaliłam. I to już ostatecznie. A to oznacza nici z pisania serialu czy co tam ci obiecał. Nie będziesz scenarzystką. Choć może masz szansę zostać postacią z tego serialu. Nie wiem tylko, czy będzie ci się podobało życie pod dyktando Kostka.

Lilka pociemniała na twarzy, co znaczyło, że trafiłam w sedno.

— Nie uda ci się poróżnić mnie z Kostkiem — burknęła.

Wyglądało na to, że sprawy zaszły dalej, niż myślałam. To wyjaśniało, dlaczego Lilki ostatnio nie było w domku nad jeziorem — romansowała z Kostkiem. Tłumaczyło to także frustrację Ignacego — przestała z nim sypiać.

— Nie mam zamiaru niczego robić — powiedziałam. — W ogóle mnie to nie interesuje. Po prostu mówię ci, co będzie.

— Lepiej martw się o swoją kochaną rodzinkę. Ja zniknę z twego życia, ale Emila nie. Nigdy! Może być tak, że już zawsze będziesz musiała po trzy razy sprawdzać, czy brama Zawrocia jest zamknięta. A i to ci nie pomoże. Bo to nie ja kazałam otruć psy. Nie mam z tym nic wspólnego. Mogłam cię straszyć wypreparowaną żabą czy zdechłą papugą, ale psy to nie moja liga. Nie zrobiłabym krzywdy żywemu stworzeniu.

— No co ty powiesz? A ja nie jestem żywym stworzeniem? A moje dziecko? Co byś zrobiła, gdybym była bardziej lękliwa i poroniła? Jak byś potem z tym żyła?

— Takie jak ty nie tracą dzieci z powodu żaby czy nietoperza.

— A ty wiedziałaś, jaka jestem, gdy się na to decydowałaś? Czy może znałaś tę sukę z opowieści Kostka? Przy nietoperzu omal nie zemdlałam. Niewiele brakowało. A stres też na pewno nie posłużył dziecku.

Myślałam, że przeprosi, ona jednak siedziała z zaciętą miną.

— Jeśli skończyłaś, to idę — burknęła.

— Nie, nie skończyłam. Skrzywdziłaś i wykorzystałaś też tego biednego chłopaka. Namówiłaś go do przestępstwa. Ma przez ciebie poważne kłopoty, a ty wyjechałaś sobie do Warszawy i masz go gdzieś.

— Naprawdę wszystko to ładnie ułożyłaś. Wzruszająca historyjka. Pech tylko, że nie masz żadnych dowodów.

— Nie szukam ich. Zastanawiam się natomiast nad tym, co tobą kierowało. Moje zniknięcie z Zawrocia nic by ci przecież nie dało. Paweł cię nie kocha.

— Myślisz, że jesteś ta jedna, jedyna? Bzdury! Wiesz, jak moje imię ładnie komponowało się z tworzonymi i granymi przez niego melodiami? Lili-lilu, lili-lilo — wyśpiewywała z przesadną intonacją. — Byłam jego ulubioną frazą. A on był moim Pawikiem, najbardziej egzotycznym stworzeniem, jakie mogłam mieć. Jeśli myślisz, że z tego zrezygnuję, to się mylisz. Paweł nie potrafi żyć w ostracyzmie czy towarzyskiej pustce, a ciebie nikt z jego znajomych nie zaakceptuje. Życie w tym twoim odludnym Zawrociu znudzi mu się szybciej, niż myślisz. A ja poczekam na tę chwilę. Lili-lilu, lili-lilo — zaintonowała znowu.

Aż mi się niedobrze zrobiło od tych wszystkich zdań. Lilka była bardzo sugestywna, dużo bardziej niż Hania. Czarna wrona bez ogona — powtarzałam znowu, by zneutralizować te jej zaśpiewy.

— Mogłabym opowiedzieć o wszystkim policji, ale nie zrobię tego ze względu na dzieciaka, którego wykorzystałaś. Za to na pewno opowiem o twoich poczynaniach Pawłowi.

— A ja zaprzeczę. Słowo przeciwko słowu. Bo Kostka przecież nie będziesz prosiła o potwierdzenie. Jesteś pewna, że Paweł ci uwierzy?

— Jestem. Postaram się też, by uwierzyli mi ci z osady.

— Próbuj — Lilka się zaśmiała. Tym razem była bardzo pewna siebie.

— Śledztwo się jeszcze nie skończyło. Jeśli miałaś coś wspólnego z psami, odpowiesz za to. Podobnie jak wówczas, gdyby się okazało, że to ty dzwoniłaś do producenta Pawła i opowiadałaś mu bzdury.

Lilka się rozprostowała.

— No proszę, ilu masz wrogów. Przykro mi, to nie ja. Poszukaj gdzie indziej. Ja to jestem płotka przy twojej upiornej ciotecznej siostrzyczce. Może być zabawnie, bo Paweł ją kocha bardziej, niż wszystkie swoje kobiety razem wzięte. W jego życiu liczy się tak naprawdę tylko ona. Inne przemijają, a ona zostaje.

— Ty już przeminęłaś. Aż dziwne, że się go dalej tak kurczowo czepiasz.

— Też tak będziesz się go czepiała, jak cię rozpieści i zostawi. Może już zresztą cię zostawił, tylko o tym nie wiesz. Trzeba przyznać, że Emila jest nie do zdarcia. Rozdzieleni w takim momencie. Tak prawie w pół orgazmu. Nastrój prysnął bezpowrotnie.

— Widzę, że nie zamierzasz mnie przeprosić.

— Siebie wiń za to, że puszczałaś się na lewo i prawo i ponosisz teraz tego konsekwencje. — Lilka wreszcie pokazała swoją prawdziwą twarz. — Kostek znalazłby sobie kogoś innego, gdybym odmówiła. Ale nie zamierzałam odmawiać, bo od początku myślałam, że jesteś czymś najgorszym, co mogło się zdarzyć Pawłowi. Zwykła ździra z bębnem przed sobą. Mam nadzieję, że ochłonął i przejrzał na oczy. Może i nie będę go miała, ale ty też nie.

Wstałam. Dalsza rozmowa z Lilką nie miała sensu. Nie tylko nie poczuwała się do winy, ale nie miała też zamiaru zrezygnować z niszczenia mojego związku. A ja miałam związane ręce, bo nie byłam w stanie wsadzić do poprawczaka Darka Borsuka. Miałam tylko nadzieję, że Kostek ją trochę utemperuje.

— Lili-lilu, lili-lilo — zaśpiewała jeszcze Lilka, by mnie dobić. Miała ładny, dźwięczny głos.

— A może jednak Pawłowi o tobie nie opowiem... Nie będziemy sobie zaśmiecali tobą naszych słodkich poduszek — rzuciłam, by popsuć jej humor. — Tak... Po co zajmować się jakąś prehistorią. Została ci tylko ta melodia.

LV. SPRAWCY

1

Szłam potem pasażem handlowym, zastanawiając się nad wszystkim, co usłyszałam od Kostka i Lilki. Byli zgodni w tych swoich wrednych opowieściach. Lilka robiła mi koło pióra w osadzie, pilnowała, bym czuła się tam jak piąte koło u wozu, usiłowała mnie skłócić z Emilą i Pawłem, nasłała Darka Borsuka, ale nie zabiła psów. I chyba naprawdę żadne z nich nie miało nic wspólnego z telefonami do producenta. Ich słowa potwierdzały to, co mówił młody Borsuk. Kto zatem zabił psy? Czyżby to była jednak Emila? Aż mi się nie chciało dokończyć tej myśli. Wszyscy, tylko nie ona! Nie chcę!

Byłam tym coraz bardziej zgnębiona. W końcu postanowiłam zadzwonić do Wieśka, by dowiedzieć się, czy nie ustalił czegoś nowego.

— Ależ pani ma wyczucie! — W głosie Wieśka było zdumienie. — Przed sekundą prosiłem Jóźwiaka, by do pani zadzwonił. Właśnie grzebie w notesie.

— Coś nowego?

— Nowego! Wszystko nowe. Kiedy pani wraca?

— Czy ja wiem... — Miałam ochotę pochodzić trochę po sklepach za prezentami i zaliczyć upatrzony spektakl. — Może jutro?

— Ale ja potrzebuję pani już dziś!

— A nie możemy porozmawiać przez telefon?

— No raczej nie. Musi pani potwierdzić zeznanie Jóźwiaka.

Zaniepokoiłam się.

— Coś się stało?

— Myślę, że go mamy!

— Kogo?

— Tego, co zabił psy! — rzucił Wiesiek triumfalnie. — Kto by się spodziewał, że młody Borsuk mówił prawdę!

Ja się spodziewałam — rzuciłam w myślach, jednocześnie czując, że taję w środku. Bo triumfalny ton Wieśka wskazywał na to, że to nie była Emila. Wiesiek nie cieszyłby się tak ze swojego odkrycia, gdyby to była ona. Przeciwnie, byłby zmartwiony, że musi mnie, a potem Pawłowi przekazać złą wiadomość. Zatem to nie ona! Jakiś on. Mikołaj? Bo któżby inny?

— Powie mi pan, kto to? — zapytałam.

— Nic więcej nie zdradzę przez telefon. To kiedy pani przyjedzie?

— Za jakieś trzy godziny powinnam być. To zależy od drogi. No i muszę spakować parę rzeczy.

Chciałam opróżnić trochę półek dla Miłki, gdyby zdecydowała się u mnie zamieszkać. Miałam też zamiar posprzątać w mieszkaniu. To już jednak było teraz niemożliwe.

Kto wie zresztą, czy warto było sprzątać. Miłka nie odbierała moich telefonów. I nie odpowiedziała na esemesa. Czyżby obraziła się na mnie za to, jak Śliski urządził jej mężusia? Sama już nie wiedziałam, co o tym sądzić. Postanowiłam więcej nie wtrącać się w jej życie. Miłka musiała sama zdecydować, co dalej. Klucz czekał na nią u pani Mieci. To wszystko, co mogłam dla niej zrobić.

2

Podróż trwała trochę dłużej, niż planowałam, bo na trasie była stłuczka i korek. Gdy dojechałam, przed domem czekał już na mnie Jóźwiak.

— Jest pani! — Chyba nigdy nie witał mnie z taką radością jak dzisiaj. — W domu ciepło. W kominku też rozpaliłem!

— Dziękuję.

Wytargałam równie uszczęśliwioną Untę. Bzyl był zamknięty w boksie, powitanie z nim zostawiłam więc na później. Odetchnęłam potem głęboko czystym, pachnącym powietrzem, tak innym niż to, z którym miałam do czynienia w mieście.

— Uf! Nie ma to jak u siebie — rzuciłam, przeciągając się jeszcze.

— A pewnie! To już przecież pani dom, to gdzie miałoby być lepiej. A teraz wróci tu w dodatku spokój. Mamy tego drania! — Jóźwiaka rozpierała nie tylko radość, ale i dawno niewidziana u niego energia. Po kłopotach z kręgosłupem nie było śladu. — Wiedziałem, że to ktoś obcy — dodał. — Nikt, kto znał Remiego, nie podrzuciłby mu trutki. — Jak na małomównego zwykle Jóźwiaka to była niemal powieść. Dopiero teraz naprawdę pojęłam, jak bardzo przejął się śmiercią psów.

Po jego słowach i ja poczułam przypływ pozytywnej energii. Ktoś obcy! Nie Emila! To już wiedziałam wcześniej. Ale też nie Mikołaj. I nikt znad jeziora, bo oni też przecież znali Remiego. Nie są więc aż tak podli, jak mi się ostatnio wydawało.

— Pan wie, kto to jest?

— Wiem. Wiesiek wszystko pani opowie. Nie mógł się pani doczekać. Zaraz się tu pewnie zjawi. Nie będę mu psuł efektu. Ale zapewniam, że nie ma się pani czym martwić.

Otworzyłam bagażnik i razem z Jóźwiakiem wnieśliśmy do domu rzeczy, które zabrałam z mieszkania.

— Widzę, że sprowadza się pani na dobre.

— To prawda. A jak sprawuje się Bzyl?

— Będzie z niego dobry pies... kiedyś... — Jóźwiak uśmiechnął się żartobliwie. To była pierwsza taka mina od śmierci Remiego i Solmiego.

Zatem wszystko było po staremu — Bzyl dalej hasał, jak chciał. Teraz jednak ta informacja miała inny smak, bo ani jemu, ani Zawrociu nic już nie groziło. Samowolny czy grzeczny, będzie się miał w Zawrociu dobrze i bezpiecznie. Wróci Paweł i zrobi z Bzyla porządnego psa. Byłam tego pewna.

3

Wiesiek rozsiadł się kwadrans później w kuchni, niczym stały bywalec. I nie bronił się jak kiedyś przed kawą i jabłecznikiem, który przyniosła Jóźwiakowa.

— No i wpadł, gnój jeden! — rzucił, przysuwając do siebie talerzyk ze sporym kawałem ciasta. — Kto by pomyślał, że duch go zdradzi. Tak to już jest z tą całą metafizyką.

— Dość tajemniczo pan zaczyna.

— Tajemnicze początki banalnej prawdy. Dobrze to sobie skurwiel obmyślił! Nie ma co! Tylko trafiła kosa na kamień.

— I kto jest tą kosą, a kto kamieniem? — już nie mogłam doczekać się prawdy.

— No jak to kto jest kamieniem? — Wiesiek się niemal oburzył na moją niedomyślność. — To oczywiste, pani!

— Na razie nic z tego nie rozumiem.

— Jak to nic? Nie dała się pani zastraszyć.

Miałam go ochotę palnąć w głowę, by w końcu wypadła z niej informacja.

— Powie mi pan wreszcie?

Wiesiek był jednak twardy.

— To w sumie dzięki pani doszedłem, kto za tym wszystkim stoi. Trutka! Warto było pytać. A jak mnie odpowiedź zaprowadziła w to samo miejsce, co duch, to już byłem w domu.

— Panie Wieśku, niech się pan zlituje!

— Bartosz Kawecki!

— Nic mi to nie mówi.

— A mówi pani coś hasło: dom weselny?

— Owszem.

— Bartosz Kawecki chciał kupić od pani ziemię, ale Jóźwiak mu powiedział, że o żadnych planach sprzedaży nie słyszał. Potem drugi raz zaczepił o to Jóźwiaka. On wtedy pani po raz pierwszy o tym opowiedział, bo pani akurat była już w Zawrociu. No a trzeci raz to już pani na pewno pamięta.

— Zgadza się. To on?

— Tak, choć pomagał mu jego brat, Damian Kawecki. Ale planował wszystko Bartosz. Damian akurat mieszka pod Lilowem. I ma tu interes, delikatesy w Rynku. To tam narodził się „duch w Zawrociu". Damian opowiedział o nim sklepowym, a one wszystkim klientom. Musieli obserwować pani dom.

— Chyba wiem, w jaki sposób. Unta zaprowadziła mnie raz na szczyt ruiny, po cudzych śladach. Wystarczyła lornetka i Zawrocie było widać jak na dłoni. Dlaczego ja o tym wtedy nie pomyślałam?

— Bo tyle tego wszystkiego było, że nikt by na to nie wpadł. Też przecież często jeździłem koło tej ruiny i do głowy mi nie przyszło, by zerknąć na ślady. A ma pani rację, że to doskonały punkt do obserwacji Zawrocia. Zobaczyli panią w tym białym futrze i wymyślili ducha. A że Bartosz pilnie potrzebował trutki, to dodałem jedno do drugiego i wszystko zaczęło się składać w sensowną całość. Panowie biznesmeni usłyszeli, że ktoś panią straszy, już dość dawno, bo Jóźwiak pytał tu i tam. A że odmówiła pani Bartoszowi, to postanowili wykorzystać sytuację, by wykurzyć stąd panią na dobre. Bo gdyby się pani przestraszyła i wróciła do Warszawy, to przestałaby pani dbać o to miejsce. A oni mieli plany nie tylko na tę ruinę przy stawach, ale i na cały pas od niej aż do Jóźwiaków. Trzeba było tylko obrzydzić pani Zawrocie. To zaczęli z grubej rury. Nie udało się z psami, to poprawili duchem. I niejedna by się wystraszyła. Bzyl też pewnie by skończył jak tamte psy, bo oni nie żartowali.

— No dobrze. Udało się panu rozgryźć, jak do tego doszło, ale jak im pan to udowodnił?

— Jodełka ze śladów pod bramą. Bartosz miał takie buty. I do tego trutka! Znaleźliśmy ją u Damiana Kaweckiego. Powiedzieliśmy, że czekamy na wyniki sekcji zwłok i one na pewno wykażą, że to właśnie tą trutką zabito psy. I że za takie coś to dwa lata można posiedzieć. No chyba że się przyznają, to może na zawiasach się skończy.

— I się przyznali?

— Owszem. Łatwiej im to przyszło, bo na zapleczu znaleźliśmy trefny towar. Woleli nie podskakiwać. Bartosz wziął to wszystko na siebie.

— Piękna akcja, panie władzo.

— Też jestem zadowolony. — Wiesiek aż się wyprostował na krześle. — No ale bez ducha by się nie udało. To na pewno pani chodziła w tym futrze?

— Sama już nie wiem. Może babka kierowała moimi krokami? — żartowałam.

— Tak czy siak, Kaweccy przejechali się na duchu. Nigdy bym nie wpadł, że to mogą być oni, bo trutki kupowało jeszcze parę osób.

— Jestem z pana dumna.

— Ja z siebie połowicznie. Bo mamy prawie wszystkich, którzy pożartowali sobie tej zimy z pani i Zawrocia, ale tylko prawie. Kobieta na obcasach! — przypomniał.

— Może duch ją pogoni — zaśmiałam się.

— Może. Chciałbym ją mieć do kompletu.

— Cierpliwości. Kto wie, może się pan doczeka i tego. — Nie dodałam, że to zależy od Pawła. To jemu zostawiłam decyzję, czy powiedzieć Wieśkowi o Lilce.

— To została kara dla Darka Borsuka. Myślała pani o tym?

— Porozmawiam z Jóźwiakiem. Może mu znajdzie jakąś pracę w Zawrociu. O ile ten gagatek zechce tu pomagać.

— Zechce. Już ja tego dopilnuję.

— Dam panu znać, jakby co.

— To trzeba jechać na komisariat. Musi pani potwierdzić zeznania Jóźwiaka, że tego i tego dnia to i to pani powiedział.

— Oczywiście, jedźmy. Tylko zapakuję dla pana resztę tego jabłecznika. Marta Jóźwiak chce mnie chyba utuczyć jak świnkę. Pan, panie władzo, ma jeszcze sporo miejsca pod paskiem.

Wiesiek chciał protestować, ale potem zerknął na ciasto i machnął ręką.

— Niech pani pakuje. Należy mi się.

— Też tak myślę — powiedziałam ze śmiechem.

4

W drodze powrotnej zajechaliśmy do Borsuków. Borsukowa mało nie zemdlała na nasz widok.

— Spokojnie. Mamy dobre wieści — uspokajał ją Wiesiek.

— O Boże, jak się zlękłam. — Borsukowa klapnęła na krzesło. A potem zaczęła płakać, cicho i żałośnie.

— Rany, mamo! Przecież mówiłem ci, że te psy to nie ja.

Ale Borsukowa nie potrafiła się uspokoić. Zajął się nią Wiesiek, a ja odciągnęłam Darka na bok.

— Wiesz, że to nie koniec? — zapytałam. — Jesteś mi coś winien. Myślałeś o tym?

— Ale ja nic nie mam — Darek ciągle jeszcze miał nadzieję, że się wywinie. — Tamte pieniądze się rozeszły.

— Nie o pieniądze mi chodzi. Zastanawiałeś się, jak odpracować to, co zrobiłeś?

— Matka mówiła, że może sprzątać.

— Nic z tego, Darek. Nie ona wieszała na mojej bramie nietoperza z podciętą głową, tylko ty.

Milczał ponuro.

— Zatem nie myślałeś?

— Przecież nie będę machał łopatą jak jakiś cieć. Jóźwiak chce ze mnie zrobić robola.

— Wstydzisz się pracy?

Wzruszył ramionami.

— Ruszanie łopatą jest bardziej wstydliwe niż straszenie samotnej ciężarnej kobiety? — pytałam znowu.

Milczał.

— Umiesz coś robić?

— Nie.

— To będziesz się miał okazję nauczyć od Jóźwiaka.

— Nie mam zamiaru.

— Masz, tylko jeszcze o tym nie wiesz. I także nie wiesz, że masz przed sobą osobę, która może ci pomóc w dość ważnej dla ciebie sprawie.

— Akurat! Mnie już nikt i nic nie może pomóc.

— A jednak. Los bywa przewrotny. Znam doskonale angielski. Mogę cię poduczyć.

— Nie mam kasy.

— Ale masz dwie ręce. Odpracujesz to, co zrobiłeś, i to, co ja dla ciebie zrobię.

Darek był tak zaskoczony, że nie wiedział, co powiedzieć.

— Pani naprawdę tak dobrze zna angielski?

— Tak dobrze, że tłumaczę książki.

Zapadł się po tym jak przedtem Borsukowa, tyle że się nie rozpłakał. Stał jak kupa nieszczęścia, jakby zgubił nagle ze trzy lata — chudy, zabiedzony dzieciak.

— No co się mówi w takich sytuacjach? — rzucił Wiesiek. — Nie wiesz?

— Ale ja...

— Dziękuję! — powiedziała za niego Borsukowa. — Taka pani dobra. Jak jakiś anioł. Niech Bóg panią wynagrodzi.

Aż mi się głupio zrobiło od takich słów.

— Proszę dopilnować, by Darek zgłosił się do pana Jóźwiaka. No i do mnie z zeszytami. Najlepiej, gdybyś przychodził zaraz po obiedzie, gdy jeszcze jest jasno. I bez żaby proszę — to już było żartem do Darka. On jednak stał ponury i czerwony jak burak. Chyba dopiero teraz naprawdę doszło do niego, co zrobił. I dopiero teraz tak naprawdę poczuł wstyd.

5

Wiesiek odwiózł mnie do Zawrocia, ale długo tam nie pobyłam. Zjadłam naprędce zrobioną kanapkę i kolejny raz wsiadłam w samochód. Miałam jeszcze coś do zrobienia w osadzie nad jeziorem. Był już najwyższy czas, by powiedzieć głośno o postępkach Lilki. Nie chciałam z tym czekać do przyjazdu Pawła. Za to bardzo chciałam zobaczyć, jakie miny będą mieli mieszkańcy osady.

Powitały mnie niestety pustki. Ignacy nie otworzył, poszłam więc do Uli. Raczej nie ucieszyła się z mojej wizyty. W pracowni było w dodatku więcej bałaganu niż zwykle. Wszędzie stały schnące blejtramy.

— Wejdź — powiedziała jednak. — I zrób sobie coś do picia. Ja, jak widzisz, mam upaćkane palce.

Zrobiłam sobie owocową herbatę i usiadłam na gościnnej kanapie.

— Mikołaj też maluje? — zapytałam.

Ula wbiła wzrok w obraz.

— Jest w Warszawie.

Czyżby hulał? Bogna mówiła coś o jego niezbyt chwalebnych obyczajach. Ale podróż teraz, gdy mieli tyle pracy? Ściągnięta twarz Uli nie pozostawiała złudzeń. Czułam, że nie należy drążyć tego tematu.

— Wiem, kto mnie straszył — rzuciłam bez zbytniego wstępu.

— Tak? — Ula dalej trzymała się wzrokiem płótna.

— To Lilka stoi za tymi makabrycznymi żartami. Płaciła chłopakowi z Lilowa, który przyklejał do klamki to, co mu dawała.

Ula nie zareagowała tak, jak się spodziewałam.

— Nie przesadzasz? — spytała z dezaprobatą w głosie. — Zabrałaś Lilce faceta, a teraz chcesz jeszcze zabrać jej dobre imię? Nie za wiele?

Zdziwił mnie jej zimny, oskarżycielski ton. Gdyby to mówił Mikołaj, to jeszcze, ale Ula?

— Nie wierzysz mi?

— Masz niezbity dowód czy to tylko jakieś domysły?

— Mogłabym mieć. Ten nastolatek, któremu płaciła, z łatwością potrafiłby ją rozpoznać.

— To ciągle gdybanie.

— Nie. Znam kogoś, z kim to uknuła. Wydał ją. Ona zresztą zbytnio nie zaprzeczała, choć wątpię, by tu, w osadzie raczyła się do tego wszystkiego przyznać.

— Nie zaprzeczała? Przecież jej tu ostatnio w ogóle nie było!

— Ale ja byłam w Warszawie.

— Dlaczego zatem nie pójdziesz na policję, jeśli tak bardzo jesteś przekonana o jej winie?

— Bo rykoszetem oberwałby ten dzieciak. Nie chcę, by trafił do poprawczaka.

— A może powinien? Przy okazji mogłoby się okazać, że sam wymyślił te wszystkie akcje. Albo z tym twoim tajemniczym znajomym.

Westchnęłam. Dalsza rozmowa z Ulą nie miała sensu. Lilka, winna czy nie, była stąd, z osady nad jeziorem. A ja byłam przybłędą, która usiłowała zniszczyć ich wspólny front.

— Gdybyś widziała tego zabiedzonego dzieciaka, może byś zrozumiała, dlaczego ci to wszystko opowiadam. Mogę ukarać Lilkę tylko w ten sposób, pokazać, jaka jest podła. No ale ty nie lubisz dzieci. Nic dziwnego, że nie masz mnie ochoty wysłuchać. Zwierzęta też tu nie znajdą uwagi. Kogo obchodzi zdechła papuga.

Ruszyłam do wyjścia.

— Poczekaj! — usłyszałam.

Zatrzymałam się koło drzwi. Ula podeszła do mnie. Miała niepewną minę. Nabrała powietrza w płuca, jakby się chciała dotlenić przed tym, co miała mi do powiedzenia.

— Jesteśmy zapożyczeni u Lilki — wyznała. — To nie jest mała suma. Ma nas w garści. Sabinę i Cześka także. Możesz spróbować pogadać z innymi, ale nie wiem, czy zechcą przyjąć twoją wersję wydarzeń, jeśli oczywiście nie liczyć Bogny i Brunona.

— Skąd ona ma tyle pieniędzy, by wszystkim pożyczać?

— Dostała spadek po mężu. Był z bogatej rodziny. Zaczęło się od małych sum, a teraz... — Ula wolała nie kończyć.

— Dzięki, że mi to powiedziałaś. Przepraszam, że ci tak nawciskałam.

— Nie mam do ciebie pretensji. A jeśli chodzi o zwierzęta... Po prostu nigdy mnie nie było stać na psa czy kota. Jedzenie, posłanie, weterynarz... Czasami dorabia się efektownie brzmiącą ideologię do mało efektownych faktów.

Zrobiło mi się głupio.

— Nie pomyślałam.

— Nie musiałaś.

Ucałowałam Ulę.

— Więc zgoda? — ucieszyła się.

— Zgoda.

— To dokończ herbatę, a ja dokończę obraz.

Doszłam do wniosku, że to pewnie na farby i blejtramy poszły te pieniądze od Lilki. Kupowała sobie tutaj przyjaciół. Tak też można. Ulę tylko trochę podkupiła. Z Mikołajem było inaczej. Nie miałam jednak zamiaru mówić Uli o mojej rozmowie z jej Niby-Mężem. Już i tak miała dosyć zmartwień.

LVI. CZEKANIE

1

To już niedługo, babko! Paweł niemal pakuje walizki.

— W końcu połapałem te wredne motywy. Teraz pójdzie jak z płatka — oświadczył zaraz po Nowym Roku.

— Różanego?

— A żebyś wiedziała!

— Róża błękitna!

— Skąd ci to przyszło do głowy?

— Z pamiętnika babki. Chciała wyhodować różę błękitną. I moim zdaniem wyhodowała, czy raczej wychowała. Choć właściwie nie różę, a róża — żartowałam.

— Przyjemne porównanie. Nawet bardzo, ale ja to widzę inaczej. Wychowała zardzewiały klucz wiolinowy. Dobrze o tym wiesz. Zbłękitniałem dzięki tobie.

— Kto by się spodziewał takiej puenty...

— Pomówmy poważnie, kochanie. Niedługo wracam. Spróbuję jeszcze raz porozmawiać z rodzicami. Może jednak uda mi się ich namówić na przyjazd na zaręczyny. Chciałbym, żebyśmy je urządzili zaraz po moim przylocie. Zważywszy na okoliczności, chyba najlepiej będzie je zrobić w Warszawie, by twoja matka nie miała wymówki. I żeby nie była to tylko najbliższa rodzina, ale także trochę dalszej i paru przyjaciół. Co ty na to?

— No nie wiem, zaskoczyłeś mnie... Myślałam o czymś bardziej kameralnym.

— Nie wytrzymamy długo tego fermentu, który jest wokół nas, Maty. Chciałbym, żeby dla rodziny i reszty świata stało się w końcu jasne, że nas nie rozdzielą. Jeśli tego nie zrobimy, miesiącami będą nam sączyć jad do ucha, a my miesiącami będziemy tego słuchać, bo przecież kochamy te nasze potworne mamuśki, siostrzyczki i lubimy kochanych przyjaciół. Zatrują nam życie. A możemy tego uniknąć. Przetniemy dyskusje i wszystko, co im zostanie, to pogodzić się z faktami i nauczyć się szanować naszą decyzję.

— Zdaje się, że układałeś nie tylko muzykę, ale i strategię przetrwania w świecie, który nie chce naszego związku.

— Wiem, że nie jesteś gotowa na ślub, dlatego zaczniemy od hucznych zaręczyn. Nawet takie coś zmienia myślenie. Ludzie dostają znak, że to poważna sprawa. I my z tego skorzystamy. Zamkniemy im gęby zaręczynowym pierścionkiem. Na razie! A potem ślub.

— I tak sam to postanowiłeś? — droczyłam się.

— Wiesz, że mam rację.

— Czy aby nie jesteś zbyt pewny siebie?

Zaśmiał się.

— Przecież tego właśnie chcesz, pewnego i zdecydowanego faceta.

— Ale...

— Żadne ale. Posłuchałem cię w sprawie świąt, a teraz ja trochę podecyduję. A jak nam się znudzi taki układ, poszukamy innego.

— Obiecanki cacanki. Co będzie, jak się na trwałe przyzwyczaisz do rządzenia? — rzuciłam tonem gderliwej żony.

— To się ze mną rozwiedziesz.

— Na wszystko masz odpowiedź.

— Ty też. Teraz tylko trochę poudajesz bezradną kobietkę, która chce mnie zmusić do klękania przy rodzinie i zaciągnąć do ołtarza.

— A jak się na tym naszym planowanym ślubie nikt potem nie zjawi? — kaprysiłam.

— Połączymy go ze zjazdem Malinowskich. To trochę spacyfikuje także Dawida i Jaśka.

— No! — Byłam pełna uznania. To był dobry plan. — Naprawdę jesteś pewny swego.

— Nigdy nie byłem pewniejszy. Po prostu z takim brzuszkiem scenariusz uciekającej panny młodej jest mało prawdopodobny. Dogonię cię z łatwością i ożenię się z kobietą-dynią. Zawsze chciałem efektownego ożenku.

— A ja wezmę ślub z mężczyzną-klawiszem. Też marzyłam o efektownym ożenku.

Paweł prychnął śmiechem, a ja poczułam spokój. On chyba też.

— To mamy wszystko omówione — podsumował, jeszcze rozbawiony.

— Naprawdę nie masz wątpliwości? — spytałam poważnie.

— Mam. Każdy je ma przy takich decyzjach. I boję się, że to się nagle rozwieje jak jakiś dym. Wiem, że masz tak samo. Za dużo przeżyliśmy, by było inaczej. Ale nadzieja przeważa. Prawda?

— Tak, przeważa. Dzięki. Dobrze, że to powiedziałeś. Chyba tego potrzebowałam.

— Ślubu?

— Dobrze wiesz, że mówię o wątpliwościach i strachu.

— Tak. To szykuj kieckę na zaręczyny.

— Rany! Paweł!

— Mam jeszcze jedną propozycję. Może spotkamy się w Warszawie, a nie w Zawrociu? Pomieszkalibyśmy chwilę u mnie. Łatwiej będzie zdecydować o restauracji i pozapraszać gości na zaręczyny. Mógłbym też zobaczyć Fasolkę. Wybierzemy się na USG. Nie mówiąc już o tym, że mam parę spraw do załatwienia. Niestety.

— Dobrze. Dużo będziesz potrzebował tego czasu w Warszawie? Bo nie wiem, na ile się spakować.

— Załóżmy, że to będzie dziesięć dni.

— Okej.

— Spotkam się z twoją matkę i spróbuję ją do siebie przekonać. Może uda się też z Paulą? Z moją matką będzie ciężko, ale może ojciec cię polubi. Jeśli oczywiście zdołam ich ściągnąć do Polski. — O Emili nawet nie wspomniał, więc chyba na jej akceptację nie liczył.

— Ale nie koncentruj się na tym. Dokończ pracę.

— To już płatek, mówiłem ci. Pomyśl, kogo chciałabyś mi przedstawić z bliskich ci osób. Także i z tych, których nie zaprosimy na zaręczyny. Ja też chciałbym cię poznać jeszcze z paroma znajomymi i przyjaciółmi.

— Domykanie kręgu?

— Tak.

— A pamiętasz, że ja już nie wyglądam tak, jak dwa miesiące temu? Może zostawmy to na lepszy czas.

— Nie.

— Rany! Zrobiłeś się taki konkretny, że nie wiem, czy to wytrzymam.

— Przypominam, że w lepszym czasie będziemy bajtać wrzeszczącego stworka. Trzeba teraz pójść razem do kawiarni, kina i teatru, żebyśmy mieli potem co wspominać. Czas we dwoje!

— Powiedzmy.

— Chcę cię pomolestować w kinie. W ostatnim rzędzie.

— Ciekawa fantazja. Tego jeszcze nie było.

— No właśnie.

— Ostatni rząd? Na jakim filmie?

Paweł się zaśmiał.

— Takim o Dzikim Zachodzie oczywiście.

2

Pawłowi pisanie szło jak z niebieskiego płatka, a mnie tłumaczenie wręcz przeciwnie. Wydawało się, że nigdy nie dojdę do końca i nie dowiem się, kto zabił Igę Deviot.

Jeszcze oporniej szło mi uczenie Darka, ale postanowiłam, że się nie poddam, choć żadna była ze mnie nauczycielka, a on miał takie braki w gramatyce, że czasami nie wiedziałam, od czego zacząć. Ale miał niezły słuch i pamięć, powoli więc posuwaliśmy się do przodu. Gorzej było z przymuszeniem go do pracy, ale odśnieżał ścieżki, wynosił popiół i przynosił drewno do kominka. To Jóźwiak wyznaczał mu zajęcia. Chciałam, by Darek miał z nim trochę kontaktu i nauczył się paru przydatnych rzeczy, jak choćby bezpiecznego naprawiania kontaktów. Szłam twoim tropem, babko, bo niejedno dziecko skorzystało tu z twojej pomocy. Miałam nadzieję, że Paweł nie będzie miał nic przeciwko temu.

A prawda! Pani Basia mało nie umarła ze strachu, gdy weszłam do kawiarni w twoim futrze. Obeszłam w nim potem wszystkie możliwe miejsca, by duch przestał straszyć w Zawrociu.

— Naprawdę to zrobiłaś? — śmiała się przez telefon Ewa.

— Bardzo eleganckie futro. Tylko już niedługo się w nim nie zapnę. Do tego biały szal i Unta przy boku. Niejednemu w miasteczku stanęło na chwilę serce. Ale warto było. Już po duchu.

— Najbardziej ucieszy się mama, bo ona trochę się z jego powodu martwiła.

— Przyjedziesz do Warszawy na zaręczyny?

— O... Paweł wraca?

— Tak.

— Ależ się cieszę. Wreszcie!

— Przyjadę was wszystkich zaprosić.

— Warszawa... — zastanawiała się Ewa. — Ja nie obiecuję. Zobaczymy. Ale mama z Wąsikiem na pewno się tam wybiorą. Oni już by cię chętnie adoptowali. Jestem zazdrosna.

— E tam!

— O Pawła też jestem zazdrosna. Przeszliście taki test, że kto miał wątpliwości, to już się ich pozbył.

— Nie jest tak idealnie. Ale myślę, że część osób faktycznie przekonała się, że jesteśmy ze sobą na dobre i na złe.

— Perfumy! Mam nadzieję, że Paweł o nich nie zapomniał. Potrzebuję nowego zapachu jak zbawienia. Romek ostatnio zasypia przy mnie jak przy wałku.

— Przed świętami widziałam co innego.

— Chwilowe ożywienie przed kolejną porcją nauki. Nie wiem, jak ja przeżyję tę jego specjalizację.

— Jeśli ja przeżyłam te dwa miesiące, to i ty dasz radę.

— Może i tak.

— Mam większy problem — mruknęłam malkontencko. — Nie wiem, jak Paweł zareaguje na mój beczkowaty wygląd. Usiłowałam mu powiedzieć, jak wyglądam, ale on jakoś nie bierze sobie tego do serca.

— Przestań. Nie przytyłaś, tylko wyszedł ci brzuszek. Mama ma rację, wyglądasz pięknie.

— Dzięki. Dobra z ciebie siostrzyczka. Ładnie kłamiesz.

— Zawsze do usług, niedowiarku.

— Przyjadę się do was naprzytulać i naściskać. I popatrzeć, jak wygląda prawdziwy dom. Skądś trzeba czerpać wzorce.

— Wsiadaj w samochód. Nastawiam wodę. Wypijemy sobie bawarki — zaśmiała się znowu Ewa.

3

Moja bawarka w Kapiskach wystygła, bo zatrzymał mnie w Zawrociu telefon od Dawida. Byłam trochę zła na ten jego świąteczny donos o Jaśku, dlatego nie przywitałam go tak serdecznie jak kiedyś.

— Muszę z tobą porozmawiać. — Dawid był spięty. — Usiłowałem się do ciebie dodzwonić w święta, ale dopiero Paweł mi powiedział, że jesteś w Warszawie. A potem z kolei nikt nie odbierał w Warszawie...

— Podróże.

— Tak... oczywiście...

— Słucham, o co chodzi, wujku?

— Tyle że to... — urwał.

— Paweł powtórzył mi waszą rozmowę. Chodzi o Jaśka, tak?

— Zadzwonił do mnie w połowie grudnia. A potem jeszcze raz przed świętami. Wiesz, jak rzadko to dotąd robił. I równie rzadko odbierał moje telefony...

Wiedziałam. Obaj dopiero wiosną dowiedzieli się, że są rodziną, ale budowanie ojcowsko-synowskich więzów szło im opornie.

— Mówiłem, że jeszcze kiedyś będzie żałował, że cię stracił — kontynuował tym samym napiętym głosem Dawid.

— Tak, pamiętam.

— Nie wiem, jak ci to powiedzieć...

— Chyba się domyślam.

— Jestem w trudnej sytuacji. Obiecałem ci, że będę cię wspierał, ale jeśli dotrzymam teraz tej obietnicy, to mogę Jaśka stracić na zawsze. On może mi nie wybaczyć popierania twojego związku z Pawłem.

Poczułam psychiczny dyskomfort. Kto by się spodziewał, że to właśnie Dawid tak bardzo mnie zawiedzie.

— Oczywiście... rozumiem twoją sytuację — mruknęłam.

— To nie wszystko... Jasiek prosił mnie, bym wyperswadował ci ślub z Pawłem. Obiecałem mu, że spróbuję to zrobić.

— Nie wiem, czy zdecyduję się teraz na ślub. Ale to bez znaczenia. I tak będę z Pawłem.

— Teraz tak myślisz. Kto wie, co zdarzy się potem. Gdy Jasiek był z Paulą, nie było nadziei, a teraz jest!

— Nie ma, wujku.

— Nie potrafię się jej wyzbyć. Wiesz, że od początku chciałem, byście się zeszli. To było moje marzenie. I teraz wróciło! Pasujecie do siebie jak ulał. Będziecie mieli dziecko. Pomyśl, jakie to dla tego maleństwa byłoby szczęście, gdybyście byli razem.

— Tyle że to niemożliwe.

— Wszystko jest możliwe. Paweł jest jak symfonia, wiem. Coś wyjątkowego. Ale czy ty na pewno chcesz być żoną artysty? Będzie jeździł po całym świecie, a ty będziesz czekała na niego w Warszawie albo Zawrociu. A jeśli wyruszysz z nim, to jaki los zgotujesz dziecku? Będzie raz tu, raz tam, bez swojego miejsca na ziemi. Z Jaśkiem byłoby stabilniej.

— Do czasu, gdy znowu poleciałby za inną.

— Już się wyszumiał.

— Nie jestem w stanie tego zapomnieć. I nie jestem w stanie mu zaufać. Nic na to nie poradzę.

— Na pewno? Może gdybyście sobie to wszystko powyjaśniali, toby się w tobie coś zmieniło?

— To nie tylko to, wujku. Jest jeszcze coś innego, równie niepokojącego. On tak łatwo zostawił teraz Paulę. Uwierzyła w jego miłość, odeszła od męża, zniszczyła całe dotychczasowe życie, a on ją porzucił i nawet się nie obejrzał. Co ja mam o nim myśleć?

— Przecież wiesz, że ona go okłamała.

— Wiem. Kłamała, manipulowała, wymuszała. Wiem. Ale też wiem, że go kochała. I kocha. To moja siostra. Owszem, sama jest sobie winna. A jednak nie mogę się oprzeć wrażeniu, że Jasiek jest równie winny jak ona. To wszystko nie stało się bez jego udziału. Przecież on wiedział, że Paula jest mężatką i że musi kłamać, by się z nim spotykać. A teraz nagle Jasiek się tak bardzo oburzył na kłamstwo. Przecież ten związek był na kłamstwie zbudowany! Tak to widzę. I nic mi się w tym nie podoba.

— Tak... wiem. I wiem, że wobec ciebie również nie był w porządku. Ale on chce teraz innego życia.

— Może, ale minie dużo czasu, zanim w to uwierzę. Myślę, wujku, że Jasiek jest człowiekiem, który lubi trochę niebezpieczne związki i wyzwania. Jego fascynacja Paulą skończyła się, gdy skończyło się jej małżeństwo. Przedtem związek ze mną też się skończył, gdy zrobiło się zbyt poważnie. Teraz wydaję mu się atrakcyjna, bo jestem z innym. Kto wie, czy tak by było, gdybym nagle znowu była wolna. Może stabilizacja, rodzina, prawdziwa odpowiedzialność za ukochaną osobę to nie dla niego.

— Obyś nie miała racji! — W głosie Dawida słychać było smutek. — Sam już nie wiem, jaka jest prawda. Mówi tak, jakby wreszcie wiedział, czego chce. I jakby dojrzał. On przede wszystkim chce zapobiec temu, by jego dziecko wychowywało się bez niego. Powiedział mi, że całe życie brakowało mu ojca. Udawał przed samym sobą, że jest inaczej, ale to było jak cień, który nigdy człowieka nie opuszcza. Pustka. Brak. W końcu to z siebie teraz wyrzucił! Czekałem tyle miesięcy, że powie chociaż: ojcze. Nie spodziewałem się słowa: tato. A on je wypowiedział. I w dodatku całą tę resztę. Przedtem był, jaki był, ale teraz coś się w nim zmieniło. Musisz to przyznać.

— Być może. Jeśli tak, to tylko mnie to cieszy. Ze względu na Fasolkę... to znaczy ze względu na dziecko. Chciałabym, by mieli ze sobą dobry kontakt i by on się wobec dziecka zachowywał inaczej, niż zachował się kiedyś wobec mnie, a teraz wobec Pauli.

— Powiedziałaś to tak chłodno.

— Nie, z dystansem. Nie chcę, by Jasiek pojawiał się w życiu dziecka i znikał. Mam nadzieję, że tak nie będzie. Ale mam prawo do wątpliwości.

Dawid westchną głęboko.

— Nie będę miał dla niego dobrych wieści.

— Przykro mi. Mam nadzieję, że nie przestaniesz przez to lubić Pawła.

— Nie, oczywiście że nie. Ale na razie muszę się trzymać z boku. Sama rozumiesz... bliższa ciału koszula. Jasiek to odzyskany syn. Wszystko bym dał, by był szczęśliwy. A z taką kobietą jak ty by był. Jesteś silna, zdrowa, dorodna. I płodna, co też się liczy. Tyle teraz takich pustych orzechów jak Paula. Mam czterech dorosłych synów, a tylko jednego wnuka. Taka kobieta jak ty to i z pięcioro mogłaby wychować.

— Chyba mnie przeceniasz. I to już nie te czasy — zaoponowałam.

— Może — westchnął. — Tak czy owak, chciałbym ci teraz towarzyszyć w twoim szczęściu, ale nie mogę. Dalej jednak deklaruję pomoc. Gdybyś tylko czegoś potrzebowała, pieniędzy, pomocy lekarskiej, porady czy choćby chwili rozmowy, to dzwoń.

— Dziękuję. Będę o tym pamiętać.

— Codziennie modlę się za was, za ciebie i za tę kruszynkę, którą masz pod sercem.

— Za to też dziękuję.

— Do usłyszenia.

Odłożyłam słuchawkę w kiepskim nastroju. Byłam bardziej zła na Jaśka niż na Dawida. Jak mógł tak knuć za moimi plecami? Przecież tyle razy mu mówiłam, że nic z tego nie będzie. Dlaczego nie potrafił przyjąć tego do wiadomości?

LVII. EPILOG

1

Ludzie szli i szli, a Pawła i jego rodziców nie było. Dreptałam przy taśmie i jednocześnie usiłowałam wciągnąć brzuch, by Paweł nie przeżył szoku od pierwszego wejrzenia. A brzucho miało to gdzieś i zdawało się wystawać bardziej niż zwykle, jakby też wyglądało Pawła.

— Schowaj się, wredna Fasolo! — warknęłam do niej, aż obejrzał się jakiś Chudy. — Obciągnęłam tunikę od pani Janeczki, a Chudy zapatrzył się w mój dekolt. No proszę, działało! Mało torby nie zgubił. Nie jest tak źle. Pani Janeczka naprawdę się postarała.

Nie zdążyłam skończyć tej myśli, bo w wylewającej się z hali przylotów masie pojawił się Paweł. W kalifornijskiej opaleniźnie wyglądał tak, że zmiękły mi nogi. Obok niego szli rodzice i uśmiechali się do mnie.

No tak, to byłaby fajna scena. Wiesz, że czasami lubię trochę pozmyślać, babko. Tego akurat nie odziedziczyłam po tobie, tylko po moim marzycielskim ojcu.

A jak było naprawdę? Opalenizna była, ale rodziców ani śladu. Paweł przyleciał tylko z Julią i Broszką. I to Julia pierwsza się ze mną przywitała, nawet mnie musnęła w policzek, usiłując przy tym nie dotknąć mego brzuszka. Potem musnął mnie Broszka. To dało Pawłowi trochę czasu, by oswoić się z moim wyglądem. Przytulił mnie jakby trochę niepewnie. Gdy spojrzałam mu w oczy, zobaczyłam zmęczenie i nic więcej. On też czegoś szukał w mojej twarzy, ale chyba nie znalazł.

— Jedźmy — przynaglała nas Julia. — Muszę się wykąpać i natychmiast położyć.

— Jedźmy — zgodził się Paweł.

Lecz nie pojechaliśmy razem, bo ich walizki nie pomieściłyby się w garbusie. Julia zamówiła więc taksówkę, a my wsiedliśmy do samochodu. Poczułam się wówczas jeszcze mniej pewnie niż przy powitaniu. Mój brzuch sterczał, jakby miał zaraz wrosnąć w kierownicę. Jak mogłam myśleć, że to bez znaczenia? Wszystko, co zaplanowaliśmy przez ostatnie tygodnie i dni, teraz pewnie wydało się Pawłowi przykrym przymusem, z którego nie sposób było się wycofać.

Oboje jednocześnie spojrzeliśmy na siebie kontrolnie i oboje uciekliśmy wzrokiem. Ruszyłam.

— Zawodzę cię — mruknął Paweł. — Nie tak to miało być.

Co można na takie coś odpowiedzieć? Chciało mi się płakać. Dwa miesiące, parę kilo więcej i po sprawie. Bywa!

— Trzeba powiedzieć ludziom, żeby się nie fatygowali.

— Miałem nadzieję, że to nie będzie dla ciebie aż tak ważne, by odwoływać zaręczyny.

— Nie tak ważne? To co może być ważniejsze? — Jechałam jak kamikadze.

— Zwolnij. A najlepiej zatrzymaj się, ja poprowadzę. Jesteś zbyt zdenerwowana.

— Zbyt?! — Mój głos poszybował w górne rejestry. Nawet nie myślałam, że potrafię coś takiego z siebie wydać. Paweł tym bardziej się tego nie spodziewał. To mnie trochę otrzeźwiło, skręciłam na mały parking przy parku. Zatrzymałam się o włos od barierki.

Paweł zaczął wygrzebywać z paczki papierosa.

— Wiem, miałem nie palić... — Włożył papierosa z powrotem do paczki.

— A jakie to ma teraz znaczenie! — burknęłam.

Paweł myślał długą chwilę nad moimi słowami.

— To, że przekładamy zaręczyny, jeszcze nie znaczy, że mam truć własne dziecko.

Teraz ja zaczęłam się zastanawiać nad tym dziwnym zdaniem.

— Przekładamy? Jak nie chcesz mnie dziś, to nie zechcesz i za miesiąc czy pięć.

— Nie chcę? — zdziwił się dla odmiany Paweł. — Ale to przecież ty nie chcesz zaręczyn bez rodziców i Emili.

— A co oni mają do tego? Przecież mojej siostry i ojczyma też nie będzie. Jedynie matka i Zygmunt obiecali przyjść.

Siedzieliśmy potem w długiej ciszy, każde wtulone w swój fotel, zdumieni skalą nieporozumienia, które udało nam się tak pięknie razem wyprodukować.

— Cudownie wyglądasz — powiedział w końcu Paweł. — Myślałem, że bardziej się zmieniłaś. Żona montażysty filmu przytyła trzydzieści kilogramów. Codziennie przychodziła do studia i codziennie okazywało się, że ma nową fałdkę na brodzie. Robiła kanapki także i dla mnie i podawała je pulchniutką rączką. — Sięgnął po moją dłoń, by ją sobie obejrzeć.

No jasne! Mogłam się spodziewać żarcików.

Zabrałam mu dłoń.

— Już nie będę taka, jaka byłam. Kto wie, jakie zmiany spowoduje poród. Także i psychiczne. Będę matką. Zmęczoną kobietą. Grubawą mleczarnią.

— Będziesz. To prawda. Wiem coś o tym, bo zanim odleciałem, kanapeczki podawane pulchną rączką się skończyły, a na świecie pojawił się wrzeszczący buraczek. Nawet nauczyłem się go kąpać. — Znowu sięgnął po moją dłoń, ale ja kolejny raz ją zabrałam. — Żałuję, że nie mieliśmy więcej czasu, by nasycić się sobą wcześniej. Dziś już bym nie wyjechał. Ale oprócz żalu za tym, co już nie wróci, jest ciekawość tego, co przed nami.

— Ciekawość?

— Może to nie najwłaściwsze określenie, może lepsze byłoby podniecenie, coś w rodzaju ekscytacji, choć takiej bemolowatej, bo się cholernie boję, czy nie zawiodę.

Zrozumiałam w końcu to spojrzenie Pawła, które mnie tak przeraziło na lotnisku. Myślał, że mnie zawiódł. Chciał wrócić z wypchanym portfelem, ułożonymi zawodowymi sprawami i w dodatku z rodzicami, by wszystko odbyło się jak należy. Sprawy zawodowe zdążył wyprostować, rodzinnych się nie dało. To dlatego miał taką niepewną minę.

Teraz ja wyciągnęłam do niego dłoń i splotłam swoje palce z jego długimi palcami. Schudł. Wreszcie to zauważyłam.

— Ty straciłeś na wadze, ja przybrałam, bilans jest niemal na zero.

— Niemal — podkreślił przekornie to słowo Paweł, już całkiem rozluźniony. — Chętnie lepiej przyjrzałbym się tym różnicom, ale nie mogę tego zrobić na parkingu. — Oczy mu zapłonęły. Przyciągnął mnie do siebie. Poczułam jego zapach. Paweł chwilę poświęcił moim ustom, a potem jego głowa osunęła się ku moim piersiom. Pani Janeczka naprawdę wiedziała, co robi.

— Myślę o nich, odkąd je zobaczyłem na lotnisku — mruknął, wtykając nos w rozchylenie przezroczystej bluzki, która dopełniała princeskę.

Poczułam przypływ pożądania. I jednocześnie jakiś dziwny świetlisty spokój. Paweł podniósł na chwilę głowę, by zobaczyć, co mam w oczach i na twarzy. Siłą woli zmusił się, by na dobre oderwać się od piersi i wyprostować. A potem odetchnął głęboko, jakby chciał posmakować powietrze przesycone moim zapachem.

— Przesiadamy się? — spytał.

— Nie. Już dobrze.

— To jedźmy. Śpieszy mi się trochę.

— Czy już ci mówiłam, że postanowiłam zachować czystość przynajmniej do zaręczyn? — rzuciłam, a Paweł prychnął tym swoich rozlewnym, dźwięcznym śmiechem.

— Nie dasz rady.

— Zostało parę dni.

— Przekonamy się?

— Potem. Teraz siedź grzecznie i nic nie mów, bo musimy jakoś dojechać do twojego mieszkania.

Paweł w odpowiedzi znowu prychnął śmiechem. Oboje wiedzieliśmy, że ma rację. Jak mogliśmy wytrzymać bez siebie tak długo? Wytrzymaliśmy! Więc teraz już nic nam nie przeszkodzi i nic nas nie rozdzieli. Nic! Nie ma takiej siły.

2

To byłoby dobre zakończenie. Potem już tylko miłe spotkanie w gronie rodziny i przyjaciół — niewielkim, ale doborowym. Wiesz jednak, babko, że w moim życiu nic tak gładko się nie kończy. Schodzili się już pierwsi goście, gdy zadzwoniła matka.

— Nie mogę przyjść — powiedziała.

— Jak to nie możesz? Obiecałaś, mamo. Obiecałaś!

— Wiem, kochanie. — Miała dziwny, rozmiękły głos. — Obiecałam. I wierz mi, chciałam tej obietnicy dotrzymać. Naprawdę.

— Coś się stało? — zapytałam zaniepokojona.

— Tak... Wybacz, nie mogę przyjść.

— Ale możesz mi przecież wyjaśnić dlaczego.

— To ważny dla ciebie dzień. Nie chcę ci psuć humoru.

— Już zepsułaś.

— Kochanie... Jutro porozmawiamy — powiedziała udręczonym tonem.

Teraz już byłam zaniepokojona na dobre.

— Coś z Kazikiem? — zapytałam. Mój ojczym potrafił zepsuć każde święto.

Matka postanowiła jednak nie słyszeć tego pytania.

— Nadrobimy to. Odezwę się jutro. I zaproszę was oboje do jakiejś miłej restauracji. Poznam go... to znaczy... Pawła trochę lepiej. Tak... jutro. Albo pojutrze... Bawcie się dobrze — dodała bez sensu.

— Bawcie się dobrze? Po takim telefonie? Mamo! Co się stało? Powiesz wreszcie? Coś z Paulą, tak?

— Tak... — przyznała w końcu. — Ona... Tyle się ostatnio w jej życiu stało... Sama wiesz...

Poczułam strach. Opadłam na krzesło.

— Chyba nie jest w szpitalu?

— Nie, aż tak źle nie jest.

— To znaczy?

— Parę szwów na nadgarstkach. Lucjan się tym zajął. To był przyjaciel Kazika. Lekarz. Poczułam się paskudnie.

— Przykro mi — wydusiłam.

— Mnie też. Nie mogę jej zostawić teraz samej.

— Gdzie ona to zrobiła? U was?

— W swoim domu.

— To jak się dowiedziałaś?

— Zadzwoniła do Jaśka — wyznała niechętnie. — A on do mnie. Nawet mu się nie chciało tam pojechać. On jednak nie ma serca. Będziesz miała dziecko z człowiekiem bez serca.

Pominęłam tę kwestię.

— Jesteś teraz u niej w domu? — upewniałam się.

— Przywieźliśmy ją do siebie.

— To dobrze.

— Dzwoniłam do Zygmunta, ale nie odebrał. Gdyby przypadkiem był na zaręczynach...

— Jest zaproszony, ale jeszcze go nie ma. Spróbuję się do niego dodzwonić.

— Dziękuję. To w końcu dalej jego żona.

Tę kwestię też pominęłam.

W ten sposób zaręczynowe przyjęcie zmieniło się w coś w rodzaju stypy. Nie było nieboszczyka, ale nastroje były raczej pogrzebowe. Paula była pod tym względem niezawodna.

— Wszystko będzie dobrze, Bemolku. To tylko parę szwów — powtarzał Paweł. — Zagoi się.

Ja jednak wiedziałam, że to nie takie proste. Rany na nadgarstkach się zagoją, ale czy te w środku także? Nie powinnam jej żałować, a żałowałam. Zepsuła mi zaręczyny, pewnie z premedytacją, a ja nie mogłam przestać o niej myśleć.

— Może chcesz tam pojechać? — spytał w końcu Paweł.

Chciałam, ale potrząsnęłam przecząco głową. Było oczywiste, że tym razem moja obecność nie pomoże Pauli. Miałam wszystko, co ona chciała mieć — dzidziusia w brzuchu, zaręczynowy pierścionek na palcu, ukochanego mężczyznę przy boku. A ona nie miała w tej chwili nadziei choćby na jedną z tych rzeczy. Szczęście się od niej odwróciło. Wiedziałam, że nie może tego znieść. Cóż jednak mogłam na to teraz poradzić? Nic! A właściwie mogłam zrobić tylko jedno — trzymać się od niej najdalej, jak to było możliwe.

Warszawa 30.12.2015

Spis rozdziałów

Wydanie pierwsze

Opieka redakcyjna
Dorota Wierzbicka

Redakcja
Agnieszka Olczyk

Korekta
Ewa Kochanowicz, Barbara Turnau

Projekt okładki
Urszula Gireń

Zdjęcie na okładce
© Reilika Landen / Arcangel Images

Redakcja techniczna
Robert Gębuś

Książkę wydrukowano na papierze Ecco Book Cream 80 g vol. 1,6

Printed in Poland
Wydawnictwo Literackie Sp. z o.o., 2016
ul. Długa 1, 31-147 Kraków
bezpłatna linia telefoniczna: 800 42 10 40
księgarnia internetowa: www.wydawnictwoliterackie.pl
e-mail: ksiegarnia@wydawnictwoliterackie.pl
fax: (+48-12) 430 00 96
tel.: (+48-12) 619 27 70
Skład i łamanie: Infomarket
Druk i oprawa: Drukarnia POZKAL, Inowrocław

ISBN 978-83-08-06148-0 — oprawa broszurowa
ISBN 978-83-08-06187-9 — oprawa twarda